RC

HEYNE <

Das Buch

»Christophs Frau Helene war die Erste gewesen, die im Jahr zuvor, an jenem eiskalten Tag im Mai, geahnt hatte, was auf sie alle zukommen würde. Zitternd und mit dünner Stimme, hatte sie ihrem Gemahl berichtet, wessen sie gerade Zeuge geworden war, wie die drei kaiserlich-katholischen Räte aus dem Fenster der Hofkanzlei der Burg geworfen worden waren, wie die lutherischen Adligen ihnen nachgeschrien und nachgeschossen hatten, und wie sie damit den Kaiser brüskierten.

Das wird Folgen haben, Christoph. Für uns, unsere Familie, das ganze Reich – dies ist erst der Beginn von etwas, dessen Ausmaß noch niemand erahnen kann.

Wie recht Helene behalten hatte. Denn nun herrschte Krieg.«

Die Autoren

Bastian Zach, geboren 1973, lebt und arbeitet als selbstständiger Schriftsteller in Wien.

Matthias Bauer, geboren 1973, lebt und arbeitet als selbstständiger Schriftsteller in Tirol.

Zusammen schreiben sie als Zach/Bauer Romane (unter anderem die »Morbus-Dei«-Trilogie) und Drehbücher, zuletzt zum internationalen Blockbuster »Northmen – A Viking Saga«. Mit den großen Romanepen »Das Blut der Pikten« und »Feuersturm« erweckten sie die Welt der Wikinger zum Leben. Nun legen sie mit »Tränen der Erde« und »Das Reich der zwei Kreuze« eine mehrbändige historische Familiensaga zur Zeit des Dreißigjährigen Kriegs vor.

BASTIAN ZACH ~ MATTHIAS BAUER

Das REICH *der zwei* KREUZE

HISTORISCHER ROMAN

WILHELM HEYNE VERLAG
MÜNCHEN

MIX
Papier aus verantwortungsvollen Quellen
FSC® C014496

Penguin Random House Verlagsgruppe FSC® N001967

Originalausgabe 12/2020

Redaktion: Barbara Häusler
Printed in Germany
Umschlaggestaltung: Sandra Taufer
unter Verwendung von Motiven von akg-images/
Science Source; Shutterstock.com
(Nickita Vanat, kilukilu, Leigh Prather, alexandre17,
Romanova Ekaterina, ULKASTUDIO)
Satz: KompetenzCenter, Mönchengladbach
Druck und Bindung: GGP Media GmbH, Pößneck
ISBN: 978-3-453-42449-4

www.heyne.de

Für alle, die der Verblendung widerstehen und auch in Zeiten größten Unheils Mensch bleiben.

Die Hauptcharaktere

Familie Heidfeldt, Katholiken

Johannes Heidfeldt, Kaufmann

Agnes Heidfeldt, seine Ehefrau

Balthasar, ihr Sohn

Magdalena, ihre Tochter

Sieglinde, ihre jüngste Tochter

Familie Ackermann, Lutheraner

Christoph Ackermann, Transporteur

Helene Ackermann, seine Ehefrau

Lorenz, ihr ältester Sohn

Lucas und Philipp, ihre Zwillingssöhne

Sonstige

Hans Albrecht von Dandorf,
bayerischer Statthalter von Donauwörth

Sibylla, seine Frau

Piero Contarini, Kaufmann in Augsburg

Martin Peller, Kaufmann in Nürnberg

Joachim Sailer, Agent aufseiten der Lutheraner

Hans de Witte,
calvinistischer Finanzier und Hofbankier des Kaisers

Jana Bittová,
Freundin von Lucas und Dienstmagd in Prag

Ulrich und Catharina,
Freunde von Philipp und Künstler in Prag

Casper von Chotěmice, Mäzen und Adliger in Prag

Agathe, seine Tochter

Die Kriegsparteien

Die Katholiken

Ferdinand II., habsburgischer Kaiser des
Heiligen Römischen Reiches Deutscher Nation

Maximilian I., Herzog von Bayern

»Wallenstein«, geb. Albrecht Wenzel Eusebius
von Waldstein, böhmischer Feldherr

Johann T'Serclaes von Tilly,
oberster Heerführer der Katholischen Liga

Comte de Bucquoy, Heerführer der Katholischen Liga

Die Lutheraner

Friedrich V. von der Pfalz, König von Böhmen,
geschmäht als »Winterkönig«

Christian von Anhalt, Heerführer

Christian von Braunschweig-Wolfenbüttel,
Heerführer und aufgrund seiner tollkühnen
Kampfesweise auch der »tolle Halberstädter« genannt

Peter Ernst II. von Mansfeld, Heerführer

Prolog

Donauwörth, Herbst 1618

Johannes Heidfeldt sah aus dem Stubenfenster seines Hauses. Die Butzenscheiben erzitterten im kalten Wind, der durch die Stadt rauschte. Friedhofswind, dachte Johannes, so haben wir ihn als Jungen genannt und den alten Vers gesungen.

Friedhofswind, Grabeswind, macht die Augen aller blind. Lässt grimmig klappern das Gebein, lässt Kälte über allem sein.

Einige abgestorbene Blätter wirbelten vor dem Fenster durch die Luft und vollführten einen einsamen Tanz. Dann waren sie auch schon wieder verschwunden.

Johannes' Blick glitt über den Abendhimmel. Der Wind hatte ihn von Wolken leer gefegt, Mond und Sterne sahen auf Donauwörth herab.

Aber heute waren sie nicht allein.

Denn am Himmel stand, mächtig und Unheil verkündend, ein Komet, der alles andere überstrahlte und dessen Schweif sich über einen großen Teil des Horizonts zog.

Johannes dachte daran, wie ihm zugetragen worden war, dass mit Auftauchen des Irrsterns die Menschen im ganzen Reich in Angst und Schrecken verfallen waren. Man glaubte zu wissen, die himmlische Ordnung des Firmaments wäre gestört und das Ende nahe. Donauwörths katholischer Stadtpfarrer Michael Weinmann hatte sich dieser Meinung angeschlossen und predigte seitdem ohne Unterlass vom Ende der Zeit und dem Nahen des Jüngsten Gerichts. Das Licht am Himmel sei der Vorbote der vier apokalyptischen Reiter, die Krieg, Hunger und Pest brächten und schließlich den Tod aller Menschen.

Johannes, ganz der nüchterne Kaufmann, hatte während Weinmanns letzter Predigt gedacht, dass der alte Schwätzer zumindest mit Krieg richtiglag. Seit vor einigen Monaten drei kaiserlich-katholische Räte von böhmischen lutherischen Adeligen aus dem Fenster der Prager Burg gestürzt worden waren, standen die Zeichen auf Sturm. Der Kaiser hatte auf den infamen Vorfall umgehend reagiert, und so war schon im Sommer eine katholische Armee unter Graf von Bucquoy gen Prag gezogen. Die Kaiserlichen scheiterten jedoch am Heer des Söldnerführers Graf Ernst von Mansfeld, der sich im Auftrag der Böhmen den Eindringlingen entgegenwarf. Bucquoy hatte sich zurückziehen müssen, mittlerweile munkelte man gar, dass das kaisertreue Pilsen bald fallen würde.

Johannes hoffte, es würde sich trotz allem eine friedliche Lösung für die beiden Konfessionen ergeben. Er hatte den Krieg als junger Mann in einer belagerten Stadt erlebt, und er wusste, dass es am Ende nur Verlierer gab. Aber Piero Contarini, Johannes' wie immer bestens informierter Handelspartner in Augsburg, hatte bei ihrem letzten Treffen gemeint, dass es nur eine Frage der Zeit wäre, bis sich das ganze Reich zerfleischen würde. Johannes hatte entgegnet, dass es seit siebzig Jahren keinen großen Krieg mehr im Reich gegeben habe, und das würde auch so bleiben. Die Union[1] und die Liga[2] würden sich ein wenig die Köpfe blutig schlagen, dann an den Verhandlungstisch setzen und einen Kompromiss finden.

Doch der kleine Venezianer hatte auf seiner Meinung beharrt. *Was in Prag begonnen, wird sich über das Reich ausdehnen, Signore Heidfeldt, und dieses Reich wird im Blut ertrinken.*

Was in Prag begonnen …

Geisterhaft schienen die Worte durch die dunkle Stube zu wabern, die so kalt war, dass Johannes seinen Atem sehen konnte. Er rieb sich die Hände und blies hinein. Holz war knapp in Donauwörth, seit die Stadt durch die im Jahre 1607 vollzogene kaiserliche Reichsacht ihren alten Namen Schwäbischwerd, ihren Status als Reichsstadt und alle damit verbundenen Rechte verloren hatte. Eines dieser Rechte war die Nutzung der umliegenden Wälder. Seither wurden in den Häusern nur noch die Räume geheizt, in denen es unbedingt nötig war.

Auf einmal sah Johannes Licht in der dunklen Straße, die unter ihm lag. Zwei Stadtwachen schritten gemessenen Schrittes vorbei. Ihre Laternen erhellten für einen Augenblick das schmiedeeiserne Tor eines Hauses, das dem von Johannes genau gegenüberlag. Dann waren die Wachen auch schon vorbei, und die Straße war wieder in Dunkelheit versunken.

---

1 Bündnis protestantischer Fürsten und Städte, 1608 geschlossen.

2 Bündnis katholischer Reichsstände, 1609 geschlossen.

Johannes kannte das Haus auf der anderen Seite wie sein eigenes. Nichts ließ erahnen, dass es einmal das prächtigste Gebäude in der Reichsstraße gewesen war. Diese hatte damals an sich schon einen höchst beeindruckenden Anblick geboten, mit ihren Gaststätten, den Unterkünften der Zünfte und den Fachwerkbauten mit ihren wundervoll bemalten Giebeln und Erkern. Die schönsten Bürgerhäuser waren jedoch das von Johannes und das gegenüberliegende gewesen.

Das Haus mit dem ehemals leuchtend gelben Tor, welches mittlerweile in fahlen, abblätternden Farben aus den Angeln hing, die Mauern schäbig, die Fenster wie aufgerissene Augen ins Leere starrend.

Das Haus seines Freundes Christoph Ackermann, der mit den Seinen nach der Reichsacht nach Prag hatte fliehen müssen.

Was war das für ein Leben, als Christoph noch dort drüben gewohnt hat, erinnerte sich Johannes. Zäh und skrupellos waren sie beide gewesen und hatten sich deshalb sehr gut ergänzt. Und wo der katholische Kaufmann Heidfeldt sich durch kaufmännischen Instinkt und eine gewisse Bodenständigkeit auszeichnete, war der lutherische Transporteur Ackermann der redegewandte, charmante Teil der beiden, der mit Energie und Witz jeden zögernden Kunden umzustimmen wusste. Ihre verschiedenen Konfessionen hatten sie nicht trennen können, vereint waren sie stärker, vereint hatten sie die beiden erfolgreichsten Unternehmen der Stadt aufgebaut. Und in tiefer Freundschaft vereint waren auch ihre beiden Familien gewesen.

Der Kaufmann drehte sich vom Fenster weg. Genau hier,

in dieser Stube, hatten sich Ackermanns und Heidfeldts unzählige Male getroffen, hatten Spezereien geschmaust und Agnes Heidfeldt gelauscht, während diese Geschichten aus längst vergangener Zeit erzählte.

Mit einem Mal erschien es Johannes, als ob er Stimmen hörte. Mit den Stimmen kam warmes Kerzenlicht, das den Eichenboden und die Stühle und Bänke der Finsternis entriss und die lustigen blau-weißen Kacheln des mannshohen Ofens erhellte. Johannes konnte Agnes vor sich sehen, wie sie an dem wundervoll gefertigten Tisch aus rötlich glänzendem Kirschholz saß, wie die Kinder beider Familien ihr lauschten: Balthasar Heidfeldt und seine Schwestern Magdalena und Sieglinde, neben ihnen die Zwillinge Lucas und Philipp Ackermann. Und sogar Lorenz, der älteste Sohn der Ackermanns, hatte zugehört, obwohl er doch nur Augen für seine schöne Braut hatte, die bei ihm saß.

Für Anna Heidfeldt.

Der Kaufmann schluckte. Die Bilder verschwanden, die Stube fiel wieder der Dunkelheit anheim.

Obwohl es so viele Jahre her war, verspürte Johannes immer noch tiefen Schmerz, wenn er daran dachte, was mit Anna geschehen war. Wie der Tod ihm eine Tochter und Lorenz ein Eheweib und ein ungeborenes Kind geraubt hatte.

Ein Seufzen entrang sich dem Kaufmann, dann verdrängte er die Erinnerung. Was geschehen war, war vorbei, was kam, musste man hinnehmen. In jungen Jahren hatte er noch gedacht, der Herr seines Schicksals zu sein. Mittlerweile wusste er, dass es Dinge gab, die niemand, nicht er und wahrscheinlich nicht einmal die Mächtigen, beeinflussen konnte. Gleichgültig wie mutig, fleißig, stark und gottesfürchtig man war – manche Ereignisse kamen über einen wie ein Sturm, und man konnte sich glücklich schätzen, wenn man ihn lebend überstand.

Johannes fuhr sich mit der Hand durch das mit den Jahren dünn gewordene weiße Haar, über die stoppeligen Wangen und das Kinn. Dann ging er langsamen Schrittes durch die Stube.

Ich habe schon so manchen Sturm überlebt, und ich werde mich auch denen, die noch auf mich warten, entgegenstemmen. Das bin ich meiner Familie schuldig.

Der Kaufmann öffnete die Tür und verließ den Raum.

Die Schritte entfernten sich. Die Stube blieb für sich, kaum merklich erhellt vom Licht des Kometen, der so unheilvoll über Donauwörth stand …

Prag, Herbst 1618

Wortlos starrte Christoph Ackermann auf den Irrstern, der selbst am helllichten Tag sichtbar am Himmel stand und von dem man rätselte, welche Vorboten er wohl schicken mochte. War er ein Zeichen für die Erleuchtung der Menschheit oder ihren Untergang? Ein Segen oder eine Warnung? Niemand in der Stadt an der Moldau wusste es, und so deutete jedermann das in ihn, was ihm gerade widerfuhr.

Für Christoph war der Komet ein schlechtes Zeichen. Das einzige Fuhrwerk in seinem Lager ächzte selbst unter der kleinsten Last dermaßen, als würde es jeden Augenblick zusammenbrechen. Auch das Lager, wenngleich es nicht sonderlich geräumig war, war zum Gähnen leer. Kaum Fässer, kaum Kisten.

Nichts …

Die letzten Wochen waren mit Aufträgen karg gesät gewesen, karger noch als die Monate davor. Und so fraß das einzige Zugpferd, das Christoph noch besaß, jenen Hafer, für den er keine Gegengeschäfte hatte und der eigentlich als Brot auf den Tisch der Familie gehörte. Aber er wusste auch, dass er ohne das Pferd nahezu mittellos wäre. Gut, sein Sohn Lucas half ihm, wo er nur konnte. Dennoch hatte Christoph ihn in den letzten Wochen immer öfter zu anderen Transporteuren schicken müssen, auf dass er sich dort als Tagelöhner ein Zubrot verdiente. Und er wusste, dass er mit nur einem Handkarren allein seine Familie nicht würde erhalten können.

Der Transporteur seufzte schwer. Ein gutes Dutzend Fuhrwerke konnte er einst sein Eigen nennen, dazu eine Handvoll Zillen[3]. Zwei Dutzend Knechte hatte er unter Lohn gehabt, ein ansehnlich großes Lager besessen und in einem der beiden vornehmsten Häuser der Reichsstadt Schwäbischwerd gewohnt. Ja, das Leben war gut zu ihm und Helene gewesen … bevor sich manch wichtiger Herr dazu entschieden hatte, dass er selbst ein Verfechter des wahren Glaubens war, er jedoch nun auch jene, die dies seiner Meinung nach nicht waren, dazu bekehren müsste. Notfalls oder sogar bevorzugt mit Waffengewalt. Viele hatten in den letzten zehn Jahren dafür mit ihrem Leben bezahlen müssen, er und seine Familie zunächst mit dem Verlust ihres Hab und Guts, dann mit dem Verlust ihrer Heimat.

Christoph hatte derlei Anmaßungen noch nie verstehen können – nach ihrem Tod hätten die verschwenderischen Papstküsser schon erkannt, welchen Fehler sie begangen hatten. Wozu sie also im Diesseits darauf hinweisen?

Aber natürlich wusste er auch, dass vermeintlich hehre Ziele oftmals nur vorgeschützt waren. Es ging um Grund und Boden, um Macht und Einfluss. Die Mär eines Kampfes für den Glauben war für die einfältigen Seelen bestimmt.

---

3 Flacher Lastkahn

Christophs Frau Helene war die Erste gewesen, die im Jahr zuvor, an jenem eiskalten Tag im Mai, geahnt hatte, was auf sie alle zukommen würde. Zitternd und mit dünner Stimme hatte sie ihrem Gemahl berichtet, wessen sie gerade Zeuge geworden war, wie die drei kaiserlich-katholischen Räte aus dem Fenster der Hofkanzlei der Burg geworfen worden waren, wie die lutherischen Adligen ihnen nachgeschrien und nachgeschossen hatten, und wie sie damit den Kaiser brüskierten.

Das wird Folgen haben, Christoph. Für uns, unsere Familie, das ganze Reich – dies ist erst der Beginn von etwas, dessen Ausmaß noch niemand erahnen kann.

Wie recht Helene behalten hatte. Denn nun herrschte Krieg.

Christoph schüttelte die dunklen Gedanken ab, denn sie würden ihm kein Brot auf den Tisch bringen. Also lud er zwei Säcke voll Mehl, die neben ihm lagen, auf einen Handkarren und machte sich auf, sie dem Bäcker zu bringen, der danach verlangt hatte.

Die Knochen des Transporteurs schmerzten schon seit geraumer Zeit immer stärker. Einerseits lag dies bestimmt am kalten Wetter. Andererseits war er derlei Anstrengungen einfach nicht mehr gewohnt, hatte er doch so lange Zeit Knechte gehabt, die ihm die harte Arbeit abgenommen hatten.

Nachdenklich kratzte er sich den kurz geschnittenen Vollbart, der mittlerweile so grau war wie sein schütter gewordenes Haupthaar. Wenn doch nur bald die Fässer aus der Lombardei einträfen, wünschte sich Christoph, dann könnte er mit dem dafür versprochenen Salär zumindest die nächste kurze Durststrecke überdauern.

Einstweilen musste jedoch genügen, was man hatte. Und so zog Christoph Ackermann den Karren weiter durch die engen Gassen von Prag, während der Komet unerbittlich am Firmament verharrte …

Donauwörth, März A.D. 1619

Ruhelos ging Agnes Heidfeldt in der Küche auf und ab.

Der Kessel mit der frisch zubereiteten Fleischsuppe hing über der offenen Feuerstelle. Gemüse und Brot standen in hölzernen Schüsseln bereit auf dem Tisch. So gab es im Augenblick nichts zu tun, und genau das machte Agnes unruhig.

Sie nahm eine Schöpfkelle, tauchte sie in den Kessel und kostete vorsichtig. Dann lächelte sie zufrieden. Eine einfache, aber deftige Fleischsuppe war eines von Johannes' Lieblingsgerichten, und wie immer würde sie ihm auch heute munden, und er würde essen, bis er nicht mehr konnte.

Agnes legte die Kelle weg und sah sich in der Küche um.

Verharrte.

Ihre Finger fuhren in die Tasche der Schürze, die sie über dem Rock trug, berührten, was sich darin befand. Fühlten zusammengerolltes Papier, das raschelte –

Irmel, die ältliche Küchenmagd, kam herein. Ihr rosiges, etwas einfältiges Gesicht verzog sich erstaunt, als sie Agnes erblickte. Offenbar hatte sie nicht damit gerechnet, dass sich jemand in der Küche aufhielt. »Habt Ihr besondere Wünsche für das Abendessen, Herrin?«

Wie ertappt, zog Agnes die Hand aus der Tasche. »Nein,

nein … sag mir, wie ist es um unseren Vorrat an Kohl und Rüben bestellt?«

»Haben wir noch für einige Zeit, Herrin.«

»Birnen und Äpfel?«

»Sind noch genug Kletzen[4] da.«

Agnes fuhr sich fahrig über die Haube, die ihr volles Haar verbarg. »Und der gedörrte Salm für morgen?«

»Den wollte ich morgen holen, Herrin«, antwortete Irmel.

»Hol ihn lieber gleich.«

»Aber –«

»Gleich!« Agnes' Ton war unmissverständlich.

»Wie Ihr befehlt, Herrin.« Etwas gekränkt, verließ Irmel die Küche.

Agnes tat es augenblicklich leid, dass sie so schroff gewesen war. Aber sie wollte allein sein, und am allerwenigsten brauchte sie im Augenblick die treue, jedoch etwas anstrengende Irmel um sich.

Unten fiel das Eingangstor ins Schloss.

Agnes atmete auf. Nun war niemand außer ihr im Haus, denn Johannes und Balthasar arbeiteten im Kontor. Die Handelsgehilfen, die sich sonst im Geschäft im Erdgeschoss des Hauses Heidfeldt aufhielten, waren ebenfalls im Kontor und halfen Vater und Sohn. Conrad, der Hausknecht, war in Zirgesheim, und Magdalena und Sieglinde wohnten im Kloster Heilig-Kreuz der Abendmesse bei, die der greise Abt Leonhard Hörmann abhielt. Da Pfarrer Weinmann andauernd den Untergang der Welt predigte,

4 Gedörrte Birnen

schickte Agnes ihre Töchter mittlerweile lieber zum Abt. Der war immer schon ein Mann des gemäßigten Wortes gewesen.

Sie war also allein.

Und doch stimmte das nicht ganz. Jemand war bei ihr, wenn auch nicht körperlich.

Ihre Finger fuhren wieder in die Tasche der Schürze, fuhren über den zusammengerollten Brief und über das Band aus Samt, das ihn zusammenhielt. Berührten ihn, wollten ihn herausziehen. Zögerten.

Denn Agnes wusste, was auch in diesem neuen Brief stehen würde, und sie wollte es nicht lesen. Es stand einer verheirateten Frau nicht zu, an solche Worte auch nur zu denken.

Wer bist du?

Das war die Frage, die sie beschäftigte. Einmal in der Woche ging sie zur Beichte, immer zur gleichen Zeit. Gestern hatte nun schon zum dritten Mal ein Brief im Beichtstuhl gelegen. Jemand wusste also genau über ihre Angewohnheiten Bescheid, und auch, dass er sich auf diese Weise mit ihr in Verbindung setzen konnte.

Agnes war sich bewusst, dass sie trotz ihrer bald fünfzig Lenze immer noch eine schöne Frau war. Ihr Busen war üppig und fest, das Haar lang und blond, das Gesicht nur von wenigen, feinen Falten heimgesucht. Und bei der richtigen Gelegenheit vermochten die klaren blauen Augen immer noch so zu strahlen wie früher. So war es nur natürlich, dass die Frau des Stadtrats und Kaufmanns Johannes Heidfeldt Begehrlichkeiten bei den Männern der Stadt weckte, auch wenn diese sie sorgsam verbargen.

Einer dieser Männer hatte jedoch jede Vorsicht über

Bord geworfen und schrieb ihr. Mehr noch, er offenbarte sich, sprach von einer Zukunft für sie beide. Doch wer?

War es Sebastian Werlin, der Goldschmied, der ihr immer so freundlich begegnete? Rainwailer, der Uhrmacher? Oder gar Anton Wanger, der Bildhauer, dessen dunkle, fast schwarze Augen aufzublitzen schienen, wann immer er Agnes grüßte? Und was war mit einer »Zukunft, die uns Verheißungsvolles bringen wird« gemeint? Gar eine verbotene und daher umso leidenschaftlichere Liaison?

Agnes erschrak innerlich. Sie war mit Johannes seit bald dreißig Jahren verheiratet und liebte ihn innig. Sie waren zusammen durchs Leben gegangen und hatten ein Alter erreicht, mit dem sie zufrieden sein konnten. Johannes und sie waren gesund, auch wenn die Korpulenz ihres Gemahls mittlerweile ein Ausmaß erreicht hatte, dass ihm das Atmen teils schwerfiel. Sie betete tagtäglich, der Erlöser möge seine schützende Hand über Johannes und die Familie halten.

Ich liebe meinen Gemahl. Und niemand wird dieses Glück gefährden.

Trotzdem waren beim Nachdenken drei Männer vor ihrem inneren Auge aufgestiegen. Konnte es sein, dass sie an diese drei dachte, weil sie ihr –

Weil sie dir insgeheim gefallen? Hoffst du sogar, dass es einer der drei ist?

Immer noch lagen Agnes' Finger auf dem Brief in ihrer Tasche. Dann, nach einer schieren Ewigkeit, zog sie ihn heraus.

Hielt ihn in der Hand, zögerte kurz – und warf ihn in das Feuer unter dem Kessel.

In der stillen Küche kam Agnes das leise Auflodern des

Papiers ohrenbetäubend vor. Sie setzte sich an den Tisch, barg den Kopf in ihren Händen und wartete darauf, dass der Brief verbrannte, sich auflöste, dass wieder Ruhe in ihrem Herzen einkehren würde.

Und doch: Als das Feuer die letzten Reste des Papiers und die darauf so kunstvoll mit Eisengallustinte geschriebenen Worte verzehrt hatte, stand die Frage wieder im Raum, drängender denn je.

Wer bist du?

Die Frühlingssonne, die sich eben noch zum ersten Mal seit Tagen gezeigt hatte, verschwand wieder hinter grauen Wolken. Grau war auch das Wasser der Donau, die am Hafen Donauwörths vorbeifloss. Die wenigen Einmaster und Zillen, die am hölzernen Steg vertäut waren, schaukelten ächzend in der Strömung.

Grimmig beugte sich Balthasar Heidfeldt zu dem Mann, der vor ihm stand. Die vierschrötige Gestalt des Kaufmannsohns schien den dicken Wollmantel, der sie umhüllte, sprengen zu wollen, die Wangen waren weniger von der Kälte gerötet, sondern vielmehr vom Zorn. Sogar das kurz geschnittene Haar schien sich aufzustellen. Kurz: Balthasar wirkte wie ein Bulle, der bereit war, auf sein schmächtiges Gegenüber loszugehen. Dieser reckte sich trotzdem tapfer in die Höhe, auch wenn seine Augen im blassen Gesicht unruhig hin und her zuckten und er sich mit der linken Hand immer wieder fahrig über die rote, laufende Nase wischte.

»Du bestehst also wirklich darauf, dass du und deine

verdammten Schifffahrtsknechte mehr Entlohnung bekommen?« Balthasars Stimme klang gefährlich ruhig.

Der Mann schnäuzte sich in den Ärmel seiner Joppe. »Ganz recht, Herr Heidfeldt. Es steht uns zu.«

Balthasar ging unvermittelt ganz nah an den anderen heran. »Ich sage dir eines, du gierige Ratte – wenn du nicht sofort verschwindest –«

»Balthasar.« Eine Stimme hinter seinem Rücken. »Zügle dich.«

Der Mann atmete erleichtert aus. Balthasar knirschte mit den Zähnen, trat aber einen Schritt zurück.

Johannes Heidfeldt ging mit ruhigen Schritten zu den beiden Männern. Wie sein Sohn trug er den Wollmantel fest um sich geschlungen. Doch im Gegensatz zum Sohn waren die Wangen des Vaters von einer auffallenden Blässe, und das dünne Haar lag wie erschlafft auf der Kopfhaut. Alt ist er, dachte Balthasar, und auch sein Umgang mit seinen Leuten ist der eines alten Mannes. Aber nicht mehr lange, da sei der Herr mein Zeuge.

»Du bist Jos Pecherer, hab ich recht? Und du stehst seit Kurzem den Schifffahrtsleuten vor?« Johannes blickte den Schmächtigen nicht unfreundlich an.

Der Angesprochene nickte.

»Ich kannte deinen Vater«, fuhr Johannes fort. »Er hat meinem besten Freund immer wieder Ärger bereitet.«

Auch Balthasar konnte sich noch gut an Veit Pecherer erinnern, der einst die Fuhr- und Schifffahrtsleute angeführt hatte wie jetzt sein Sohn. Veit war immer etwas zu gierig gewesen und hatte es weidlich ausgenutzt, dass keiner die Gewässer besser kannte als er. Und doch hatten diese Gewässer ihn vor einigen Jahren das Leben gekostet, als er von den tückischen Stromschnellen der Frühlingsschmelze verschlungen worden war.

»Aber letzten Endes konnte man sich auf das Wort deines Vaters verlassen, junger Pecherer«, meine Johannes jetzt. »Wie steht es mit deinem Wort?«

Jos zögerte, sein Blick glitt zwischen dem Kaufmann und seinem Sohn hin und her. Schließlich räusperte er sich. »Was für meinen Vater galt, gilt auch für mich.«

»Dann sei es so. Hol meine Waren sicher aus Augsburg, dann erhöhe ich um fünfzehn Kreuzer pro Mann.«

»Damit werden meine Männer nicht einverstanden sein.«

»Dann sollen sie kommen und es uns selbst ins Gesicht sagen, wenn sie Muts genug sind«, fiel Balthasar harsch ein. Aber er verstummte, als er den Gesichtsausdruck seines Vaters sah. Dieser konnte trotz seiner Lenze äußerst unangenehm werden, wenn er wollte. Mochte die Gestalt fassartig, der Atem schwer und das Haar weiß geworden sein – die Fäuste von Johannes Heidfeldt waren immer noch schnell und kräftig.

»Du musst meinem Sohn verzeihen, er hat etwas zu viel Temperament. Zwar ist dies ein Anrecht der Jugend, doch sollte es nicht im Übermaß beansprucht werden.« Johannes machte eine kurze Pause. »Und das gilt auch für dich, junger Herr. Zwanzig Kreuzer. Mein letztes Wort.«

Der Fluss rauschte. Die vertäuten Boote knarrten, vor dem grauen Himmel krächzte ein Vogel.

Schließlich neigte Jos Pecherer den Kopf. »Ich bin einverstanden, Herr Heidfeldt.«

»Und ich bin erfreut, dies zu hören.« Der Kaufmann streckte ihm die Hand hin.

Die beiden Männer schlugen ein, dann entfernte sich Pecherer mit schnellem Schritt.

Johannes blickte dem Mann nach. Als der außer Sicht war, wandte er sich seinem Sohn zu. »Balthasar ...«

»Ja, Vater?«

Wieder einmal fiel Johannes auf, dass Balthasars Augen zwar so blau wie die von Agnes waren, aber anders, irgendwie blasser. Man konnte sie schwer einschätzen, wie den ganzen Jungen.

Balthasar sah ihn jetzt geradewegs an, das Kinn trotzig erhoben, den Mund zusammengepresst, in Erwartung einer Rüge. Aber für die war Johannes Heidfeldt auf einmal zu müde. Es war diese Müdigkeit, die ihn in letzter Zeit öfter plagte, die sich schlagartig über Körper und Geist legte und ihn kraft- und mutlos machte. So auch jetzt; jedes Wort, jede Zurechtweisung erstarb ihm auf der Zunge. »Lass uns ins Kontor zurückgehen.«

»Ja, Vater. Wie du befiehlst.«

Balthasar war sichtlich erstaunt, aber da schwang noch etwas anderes in seinem Gesicht, in seiner Stimme mit: eine Art von Lauern, von stillem Triumph. Als ob die Beute die Schwäche des Jägers wittert, kam es Johannes in den Sinn, und es war kein angenehmer Gedanke.

Wortlos ging er voran, Balthasar folgte ihm.

Nach kurzer Zeit erreichten sie das Kontor des Hauses Heidfeldt, einen großen Bau mit Steinmauern und schwerem Holzdach.

Drinnen stapelten sich die Waren in die Höhe, wenn auch nicht mehr wie in früheren Zeiten. Johannes hatte noch deutlich vor Augen, wie es damals gewesen war, als sich die Waren bis unters Dach getürmt hatten. Doch nicht nur die Menge hatte sich verändert, auch die Art der Waren, mit denen das Haus Heidfeldt handelte. Hatte es früher kunstvolles Glas aus Venedig, Seide, Gewürze und andere erlesene Waren angeboten, war es in den Jahren seit der Reichsacht zu schnöden Gebrauchsgütern übergegangen. Einfache Stoffe, Korn, Fässer mit Salz, Holz für Kommoden und andere Einrichtungsgegenstände füllten nun das Kontor, nur mehr ein Abklatsch vergangenen Reichtums.

Wie so vieles war auch das eine Folge der Reichsacht. Obwohl Katholik, war Johannes durch seine Freundschaft zu den Ackermanns den Makel des »Lutheraner-Freunds« nie ganz losgeworden. Zudem hatte die Flucht von Christoph und Helene Ackermann aus Donauwörth sowie der Tod des Spaniers Emanuel Suárez und seiner Schwester einigen Staub aufgewirbelt. Zwar wussten nur die Eheleute Heidfeldt und Ackermann, dass es sich bei Suárez' Schwester in Wahrheit um seine Gemahlin – und Helenes tot geglaubte Schwester Teresa – gehandelt hatte, die bayerischen Besatzer waren jedoch misstrauisch geblieben. Sie konnten nicht beweisen, dass Johannes seine Hand beim Tod des Spaniers und der Flucht seiner Freunde im Spiel gehabt hatte, hielten den Kaufmann aber auf Abstand.

Erst langsam, über die Jahre, hatte Johannes durch seinen Fleiß und seine Beharrlichkeit den Verdacht zerstreuen können und war in den Inneren Rat der Stadt aufgenommen worden. Das, da machte er sich nichts vor, war nur geschehen, weil kaum noch fähige Männer für dieses Amt in der Stadt waren. In den Jahren nach der Acht waren größtenteils Katholiken in den Rat aufgenommen worden, die lutherischen Patrizier waren in der Unterzahl oder später gar nicht mehr vertreten. Viele der alten lutherischen Familien hatten die Stadt verlassen, ihre Häuser standen leer und verfielen, weil den anderen Stadtbewohnern die Mittel fehlten, die Besitze zu erwerben. Der Handel war immer mehr zurückgegangen, auch das gesamte Leben, von Hochzeiten bis zum Bau neuer Häuser, war im Schwinden.

Das Kontor des Hauses Heidfeldt, durch den sein Besitzer nun mit seinem Sohn schritt, legte davon beredtes Zeugnis ab.

Die Handelsgehilfen waren eifrig damit beschäftigt, Platz für die zu erwartenden Güter aus Augsburg zu schaffen. Sie erwiderten Johannes' Gruß freundlich, den seines Sohnes schon weniger freundlich.

Johannes riss sich aus seinen Gedanken und blieb stehen. »Vergesst mir die Weinfässer nicht«, rief er den Männern zu. »Lasst genügend Platz, denn ein paar davon werden wir sogar in dieser Stadt benötigen.«

Das Weingeschäft war früher ein sicherer Rettungsanker für den Handel gewesen, hatte sich aber zu einem beständigen Streitpunkt zwischen den bayerischen Besatzern und den Bewohnern entwickelt. Die Bayern wollten keinen Wein, sondern Bier, die Bewohner Donauwörths hielten jedoch an ihrem geliebten Wein fest. Nur einige wenige brauten den Gerstensaft, darunter der wie immer sehr geschäftstüchtige Francesco Santorio, der Wirt des Gasthauses Der Rote Hund. Manche Bewohner von Donauwörth nahmen ihm das übel. Johannes nicht. Man musste sehen, wo man blieb.

»Komm mit«, wandte sich der Kaufmann nun an

Balthasar. »Wir werden die letzten Eintragungen vornehmen, dann haben wir das Tagwerk für heute erledigt.«

»Wie du wünschst, Vater.«

Johannes öffnete die hintere Kammer, zu der nur er und Balthasar Zutritt hatten und von wo aus die Geschicke des Unternehmens geleitet wurden. In der Mitte des Raums thronte schwer der wuchtige Tisch, an dem geschrieben und gerechnet wurde. Wie alles in der Kammer war auch der Schreibtisch abgenutzt, wirkte gleich seinem Besitzer von der Last des Alters gebeugt. Nichts wurde mehr erneuert, das Bestehende blieb.

Johannes durchquerte den Raum und ließ sich hinter dem Schreibtisch auf den Stuhl fallen. Er zog ein leinenes Tuch aus der Manteltasche und wischte sich damit über die Stirn. Der Stoff blieb trocken, obwohl dem Kaufmann heiß war und ihm das Blut in den Ohren rauschte.

Balthasar musterte ihn aufmerksam. »Ist dir nicht wohl?«

»Es ist alles in Ordnung. Ein langer Tag, weiter nichts.« Johannes steckte das Tuch wieder weg und schlug das große Buch auf, in dem der Bestand seiner Waren verzeichnet war. »Gib mir die Liste für Augsburg.«

Balthasar tat, wie ihm geheißen. Johannes besah sich erst den Bestand im Buch, dann tauchte er die Schreibfeder in das kleine Tintenfässchen und begann, die noch leere Liste mit den zu bestellenden Waren zu füllen. Doch schon nach kurzer Zeit hielt er inne, legte die Feder beiseite. Er konnte sich einfach nicht konzentrieren.

»Soll ich das übernehmen?« Balthasar war neben ihn getreten.

Johannes zögerte, dann übergab er seinem Sohn die Feder und stand auf. Balthasar setzte sich und begann unverzüglich zu schreiben.

Von außen drangen Gesprächsfetzen und die üblichen Geräusche herein: das Rumpeln, wenn Warengegenstände gestapelt wurden, leises Fluchen, wenn etwas nicht wie vorgesehen klappte.

In der Kammer wurde es dunkler. Die Dämmerung hatte eingesetzt. Johannes entzündete eine Talglampe und stellte sie auf den Schreibtisch, damit sein Sohn genug Licht für seine Arbeit hatte.

Während er Balthasar zusah, dachte Johannes an den Vorfall im Hafen zurück. Balthasar wäre beinahe auf den jungen Pecherer losgegangen, und jetzt saß er hier und erfüllte gehorsam seine Arbeit. Das waren die zwei Seiten seines Sohnes: Mal war er ungestüm und roh, drangsalierte die Untergebenen. Dann wieder vermied er Auseinandersetzungen, bei denen offenkundig war, dass er den Kürzeren ziehen würde. Und eine gewisse Bauernschläue fürs Geschäft war ohne Zweifel vorhanden – aber auch nicht mehr. Das bereitete Johannes Sorgen, und in diesem Augenblick, als das Kratzen der Feder das einzige Geräusch im Raum war, verspürte der Kaufmann das Bedürfnis, über seine Sorgen zu sprechen.

»Balthasar?«

»Ja, Vater?«, antwortete der, ohne aufzusehen.

»Ich möchte mit dir über Jos Pecherer reden.«

»Ich wusste doch, dass du mich nicht so einfach davonkommen lässt.« Balthasar legte die Feder weg, verschränkte die Hände vor dem Bauch und starrte seinen Vater an.

»Es geht nicht ums Davonkommen.« Johannes nahm den Krug mit Wein, der am Rand des Schreibtischs stand, und schenkte die beiden kunstvoll verzierten Zinnbecher voll, die ebenfalls immer auf dem Tisch standen. Er nahm einen Becher, Balthasar den anderen.

»Es geht darum«, fuhr Johannes fort, »dass du mein Nachfolger bist, und zwar mein einziger. Du sollst eines Tages unser Unternehmen führen, aber dazu muss man wissen, wie man mit seinen Untergebenen umgeht. Gerade wenn die Zeiten schlecht sind.« Er nahm einen großen Schluck, sein Sohn tat es ihm gleich.

»Und was rätst du mir, Vater?«

»Natürlich musst du streng sein, musst die Leute führen. Aber es gibt Situationen, in denen man mit Geschick mehr erreicht als mit Strenge.«

Er trank den Becher leer und schenkte sich nach. »Ich erinnere mich, als Lorenz Ackermann einmal –«

»Natürlich. Der heilige Lorenz.« Balthasars Stimme klang ironisch.

»Sprich nicht so respektlos«, erwiderte Johannes scharf. »Niemand ist heilig, vor allem nicht in unserem Gewerbe. Aber vor vielen Jahren stand Christoph dem Vater des Mannes gegenüber, den du heute bedroht hast, fast an der gleichen Stelle im Hafen. Auch der Vater wollte damals, dass Christoph ihm und seinen Leuten mehr bezahlt. Christoph hatte zuweilen ein etwas überschäumendes Temperament, und so wie du wäre er fast auf den Mann losgegangen.«

»Und was hat ihn bewogen, es nicht zu tun?«

»Lorenz. Der ist dazwischengegangen und hat eine für beide Seiten vertretbare Lösung ausgehandelt. So wie es ein Transporteur und natürlich auch ein Kaufmann tun sollte.«

»Du erwähnst oft, wie geschickt Lorenz sich im Unternehmen seines Vaters angestellt hat. Dann erklär mir doch eines.« Balthasar stellte den Becher ab. »Warum treibt sich dieser so musterhafte Sohn jetzt in Frankreich herum? Warum sucht er diese – diese Frau und besudelt damit Annas Andenken?«

Der letzte Satz war nur eine Finte, um Johannes für sich zu gewinnen. Der Kaufmann war sich sicher, dass Balthasar nicht viele Gedanken an seine tote Schwester verschwendete. Aber der Junge wusste, dass Johannes und Agnes auch jetzt noch, nach so vielen Jahren, schwer an dem Verlust ihrer Tochter trugen, und mit dem Bezug auf Louise, die Frau aus Frankreich, konnte er Lorenz' Ansehen gezielt beschädigen.

»Darum geht es jetzt nicht, mein Sohn. Es geht darum, dass ich dir noch einmal dringend rate, dass du Menschen, auch Untergebene, mit Respekt behandelst, so sie ihn verdienen. Denn nur auf diese Weise erhältst du die Leistung, die du brauchst, um dein Unternehmen gewinnträchtig zu führen.«

Von draußen war jetzt ein Krachen zu hören, gefolgt von einem lauten Fluch. Wahrscheinlich war eines der Warenregale zusammengebrochen. Wieder einmal.

»Bist du fertig, Vater? Dann werde ich draußen besser nach dem Rechten sehen, wenn du gestattest.« Balthasar stand auf und blickte den Vater abwartend an. Der öffnete den Mund, um etwas zu sagen, überlegte es sich dann anders und nickte nur.

Balthasar verließ den Raum. Die Tür fiel zu, dann war

der Kaufmann allein. Mit düsterer Miene trank er den Becher leer und füllte ihn ohne zu zögern nach.

Sieglinde Heidfeldt fror. Die feuchte Kälte drang durch den Boden, auf dem die Kirchenbänke standen, und von dort in die Füße der sitzenden Gläubigen. Bei jedem »Ave Maria« waren die Atemwolken der Betenden in der von Weihrauch geschwängerten Luft der Klosterkirche Heilig-Kreuz deutlich zu sehen.

Aber die Kälte war nicht das Schlimmste. Schlimmer war die tödliche Langeweile, die Sieglinde bei jeder Messe von Abt Hörmann befiel.

Sie blickte zwar, wie es sich schickte, zur Kanzel hinauf, von welcher der alte Abt predigte, nahm den Mann Gottes allerdings nicht wahr, weder ihn noch seine Predigt. Es war ihr unmöglich, Hörmanns schier endlosen Ausführungen zu folgen. Lieber wäre sie bei Pfarrer Weinmann in der Stadtpfarrkirche gewesen, der predigte immerhin über Tod und Apokalypse und forderte inbrünstig Gebete für den Kaiser und seine Truppen, damit sie endlich die ketzerischen Lutheraner in Böhmen besiegten. Doch Sieglindes Mutter bestand auf regelmäßige Messen in Heilig-Kreuz, aus welchem Grund auch immer.

»Ich wundere mich stets, wie der alte Hörmann überhaupt noch die Kraft hat, Chorrock und Talar zu tragen«, flüsterte ihr Klara, die kapriziöse Bäckerstochter, von der Seite her zu.

Sieglinde grinste. »Vielleicht sitzt ja der Diakon über ihm und führt ihn wie eine Marionette.«

Sie hörte ein vorwurfsvolles Räuspern von der anderen Seite. Magdalena, wer sonst. Sieglinde musste gar nicht hinsehen, um zu wissen, dass ihre Schwester missbilligend das Gesicht verzogen hatte.

Daher rollte sie gegenüber Klara übertrieben mit den Augen und sah dann wieder zu dem Abt hinauf. Sie versuchte gar nicht erst, seiner Predigt zu folgen, sondern dachte stattdessen an Erfreulicheres, etwa an die jungen Männer der Stadt. Sogar hier in der Kirche warfen sie der jüngsten Tochter des Kaufmanns Heidfeldt verstohlene Blicke zu, Sieglinde konnte es fast körperlich spüren. Am ersten Mai würde sie so viele Maizweige bekommen, dass man die Reichsstraße damit bepflastern konnte, scherzten nicht wenige Stadtbewohner. Und sie hatten nicht unrecht, denn mit ihren erst achtzehn Lenzen war Sieglinde Heidfeldt eine wunderschöne junge Frau, deren schlanker, dennoch sehr weiblicher Körper mit den üppigen blonden Haaren und den tiefblauen Augen die Träume gar mancher braver Bürger von Donauwörth heimsuchte. Es waren schon Wetten abgeschlossen worden, wer ihr Herz erobern würde, denn Anwärter gab es viele.

Aber Sieglinde hatte sich noch nicht festgelegt, obwohl ihre Eltern in regelmäßigen Abständen Fragen stellten. Im Augenblick genoss sie es einfach zu sehr, im Mittelpunkt der allgemeinen Bewunderung zu stehen.

Eine Weile wollte sie noch mit den Herzen der in Liebe Entflammten spielen, und dann – dann würde sie eine Wahl treffen. Und anschließend ein Leben voller Wonne führen.

Bei dem Gedanken daran erblühte ein liebliches Lächeln auf Sieglinde Heidfeldts Gesicht.

Aus den Augenwinkeln sah Magdalena, wie ihre Schwester selig lächelte. Sie war sich jedoch sicher, dass Sieglinde nicht den Worten des Abtes lauschte, sondern an etwas ganz anderes dachte.

Wieder einmal wurde ihr bewusst, wie wenig sie von ihrer Schwester hielt. Das ging schon seit der Zeit, als sie noch Kinder gewesen waren. Immer hatte sich Sieglinde mit Balthasar verbündet und gegen sie Partei ergriffen, sie bis aufs Blut gereizt. Als ihre ältere Schwester Anna noch lebte, hatte diese die beiden wenigstens ab und an in ihre Schranken gewiesen. Nach ihrem Tod war dieser Schutz weggefallen, und Balthasar und Sieglinde fuhren fort, Magdalena zu piesacken.

Wie verschieden wir Geschwister doch immer waren, dachte Magdalena, und das bis zum heutigen Tag. Balthasar war ein grober Klotz, während Sieglinde sich wie eine Kaiserin aufführte, weil ihr die jungen Männer der Stadt wie hechelnde Hunde nachliefen. Magdalena war zwar ebenfalls eine schöne junge Frau, mit langen braunen Haaren und durchdringenden, immer etwas misstrauisch wirkenden grünen Augen. Im Wesen jedoch glich sie ihrer Mutter. Auf jeden Fall war sie gottgefälliger und keinesfalls so verzogen wie Sieglinde, welcher der Vater immer schon viel zu viel nachgesehen hatte.

Die Predigt war zu Ende, und Abt Hörmann stimmte das Credo[5] an. Magdalena betete mit energischer Stimme, denn im Gegensatz zu Sieglinde lag ihr etwas an der Messe – wieder etwas, das sie mit ihrer Mutter verband.

---

5 Glaubensbekenntnis

Sie liebte die alte Klosterkirche, besonders jetzt am Abend, wenn sie von Kerzen erhellt war. Das flackernde Licht fiel dann immer geheimnisvoll auf die reich verzierten Kapellen und Altäre und ließ das Gold geheimnisvoll glänzen. Die Fresken auf den dicken Säulen, welche das Kirchenschiff stützten, schienen zu tanzen, und über allem lag der wunderbare Duft nach Weihrauch.

Auch Anna hatte es hier immer sehr gut gefallen. An einem kalten Winterabend war sie einst mit Magdalena hierhergekommen, weil sie etwas mit dem damaligen Prior Beck besprechen wollte, aber der Prior war zu einem Kranken gerufen worden. Also hatten Anna und Magdalena vor dem Hochaltar ein kurzes Gebet gesprochen, und dann hatte Anna ihrer kleinen Schwester die Geschichte der Kaisermonstranz erzählt, die beim Hochaltar stand und Heilig-Kreuz erst berühmt gemacht hatte.

Zwar kannte Magdalena die Geschichte, aber es war etwas anderes, sie in der stillen abendlichen Kirche zu hören. So viele Kaiser hatten andächtig vor der Monstranz gekniet, die Lukas von Antwerpen angefertigt hatte und die in ihrer Mitte, von Gold, Silber und anderen Edelsteinen verziert, einige Splitter vom Kreuz des Erlösers hielt. An diesem Abend hatte Magdalena, auf den Knien wie unzählige Mächtige vor ihr, sich wie einer dieser Herrscher gefühlt, verbunden im tiefen Glauben an den Erlöser.

Es war ein schöner Moment gewesen, der nur den beiden Schwestern gehört hatte.

Jetzt war Magdalena wieder hier, aber mit einer anderen Schwester, die empörenderweise so aussah, als ob sie nur mit Mühe ein Gähnen unterdrücken könnte.

Eingebildetes Biest. Man sollte dir –

Das beginnende Offertorium[6] riss Magdalena Heidfeldt aus ihren unchristlichen Gedanken und band sie wieder in den Ablauf der Messe ein.

Balthasar schloss das Eingangstor des Hauses Heidfeldt mit aller Behutsamkeit, die ihm möglich war. Trotzdem knirschte das Tor. Der junge Mann erstarrte, blickte die Fassade des Hauses hinauf, dann nach links, dann nach rechts über die nächtliche Straße.

Alles war ruhig. Niemand schien etwas gehört zu haben.

Gut.

Der Sohn des Kaufmanns Heidfeldt zog sich die Kapuze des Mantels über den Kopf und ging mit schnellen Schritten die Straße zum Unteren Markt entlang. Er wusste, dass er sich nicht von den Stadtwachen erwischen lassen durfte, denn sie nahmen jeden ausnahmslos mit, der sich hier ohne Laterne nach Einbruch der Dunkelheit herumtrieb. Auch den Sohn eines Ratsherrn.

Genüsslich sog Balthasar die kalte Luft ein. Er war froh, der tristen Stimmung des Elternhauses entronnen zu sein. Das Abendessen war fast schweigend eingenommen worden. Der Vater hatte erschöpft gewirkt und seiner geliebten Fleischsuppe weniger als sonst zugesprochen. Die Mutter war blass und abwesend gewesen, die beiden Schwestern hatten sich ihren üblichen Sticheleien hingegeben, allerdings ebenfalls nicht in dem Ausmaß wie sonst.

Er selbst hatte ebenfalls nicht viel zum Gespräch bei-

6 Gesang zur Gabenbereitung

getragen, drei Teller Suppe gelöffelt – er brauchte Kraft für den Abend – und dann die Stube verlassen, mit der Bemerkung, er müsse unten im Geschäft noch etwas vorbereiten. Der Vater hatte nur genickt, Balthasar war sich nicht sicher, ob er ihn überhaupt gehört hatte.

Die Dunkelheit und jeden Schatten ausnutzend, schlich Balthasar nun den Unteren Markt entlang. Bei dem Gedanken an das, was ihn erwartete, durchfuhr ihn prickelnde Erregung.

Er näherte sich dem Ende des Marktes, das Stadtzollhaus und das Rathaus kamen in Sicht. Bisher war alles gut gegangen, und so –

Schritte. Sie kamen von vorne, von der Ecke, wo die Reichsstraße eine Biegung machte.

Balthasar durchfuhr es eiskalt. Natürlich konnte er nicht mit Sicherheit wissen, ob es die Wachen waren, aber er durfte kein Risiko eingehen. Mit einer für einen so bulligen Mann erstaunlichen Behändigkeit bewegte er sich schnell und fast lautlos voran.

Die Schritte kamen näher und näher, da bog Balthasar nach rechts ab und glitt in die enge, nur mannsbreite Gasse, die den Unteren Markt mit der Kronengasse verband.

Er presste sich an die Wand und wagte kaum zu atmen.

Eine Stimme, unverkennbar bayrisch.

»Ein Rundgang noch, Hans, dann soll uns der verdammte Joachim ein Bier ausgeben. Der sitzt gemütlich beim Tor und säuft im Warmen, und wir frieren uns unsere verdammten –«

»Bist du von Sinnen? Weißt du noch, was der Alte mit dem Samuel gemacht hat, als er ihn erwischt hat?«

»Hast ja recht.«

Die Schritte wurden langsamer und verstummten. Balthasar sah den Lichtschein einer Lampe hin und her pendeln, genau am Eingang der Gasse. Nur mit Mühe konnte er ein Zähneknirschen unterdrücken. Mussten die beiden ausgerechnet hier stehen bleiben?

»Wir sollten unseren Wachdienst auf dem Turm der Stadtpfarrkirche versehen. Dann könnten wir mit dem alten Virgil saufen.« Ein geräuschvolles Hochziehen der Nase, ein Spucken.

»Da sei Gott vor. Seitdem ihm Frau und Kinder an den Blattern weggestorben sind, jammert der jedem, der in der Nähe ist, die Ohren voll.«

»Das tät ich glatt in Kauf nehmen.«

Balthasar fluchte innerlich. Er war nur ein paar Schritte von den Männern entfernt, und wenn einer der beiden herleuchtete, war er verloren. Es nützte nichts, er musste weiter.

Vorsichtig, Schritt für Schritt, zog er sich noch tiefer in die Gasse zurück – und stieß dabei mit dem Fuß an einen zerbrochenen Krug, den jemand liegen gelassen hatte.

Das Geräusch schien in Balthasars Ohren zu explodieren.

Dann Stille –

»Was war das, Hans?«

»Was denn?«

»Na das eben. Kam aus der Gasse.«

Balthasar handelte instinktiv. Es galt, nur weiter weg vom Licht und von den Wachen zu kommen. So leise er konnte, schlurfte er, an die Hauswände gedrückt, den Durchlass entlang, auf Gegenstände, die am Boden lagen, nahm er dabei keine Rücksicht mehr. Weiter, immer weiter …

Der Schein der Laterne fiel in die Gasse.

Auf einmal fühlte Balthasar am Rücken etwas Platz. Es musste eine Nische sein. Ohne zu zögern drückte er sich hinein, im gleichen Augenblick, da die Laterne höher geschwenkt wurde und ihr Lichtkegel die Gasse ausleuchtete.

Der Kaufmannssohn erstarrte, atmete nicht einmal.

Dann verschwand das Licht wieder.

»Da ist nichts. War sicher nur irgendein Hunds- oder Katzenvieh.«

»Als ob's die noch gäb in der Stadt. Haben die Lutheraner doch alle gefressen, wie letzten Frühling die Waren nicht durchgekommen sind.«

Ein leises, gemeines Lachen. Dann waren Schritte zu hören, die sich entfernten.

Balthasar konnte sein Glück kaum fassen. Zitternd atmete er tief durch und spürte den Schweiß, der ihm trotz der Kälte über Stirn und Rücken geflossen war.

Er verharrte noch einige Augenblicke, dann wagte er sich wieder aus seinem Versteck. Weiter vorne, in Richtung Oberer Markt, waren die beiden Gestalten mit ihrer Laterne zu sehen. Damit war Balthasar für kurze Zeit sicher, und mehr brauchte er nicht. Er verließ den Unteren Markt und huschte zielstrebig durch die Seitenstraße.

Kurze Zeit später erreichte Balthasar sein Ziel – das Manasser-Haus. Seitdem der Spanier Suárez und seine Schwester dort gestorben waren, war das Haus verlassen.

Der junge Mann betrat das Erdgeschoss, zog die Tür, die in den Angeln hing, beiseite und bemühte sich, die

Stufen in das obere Geschoss nicht über Gebühr knarren zu lassen.

Dann schritt er durch den Gang. Er war schon öfter hier gewesen, kannte jede Handbreit.

Er betrat die Stube. Nachdem sich seine Augen an die Dunkelheit gewöhnt hatten, konnte er Schemen wahrnehmen, Bilder an den Wänden, die Vertäfelung, Stühle und Tisch. Er wusste, dass sich am Boden ein Blutfleck befand, bräunlich und verblasst, eine unheilvolle Erinnerung an das, was vor vielen Jahren hier geschehen war.

Es war das Blut des Spaniers, der erstochen worden war. Seine Mörderin hatte sich daraufhin selbst vergiftet.

Balthasar grinste im Dunkeln. Das hier war ein gemiedener Ort und damit der am besten geeignete, um Unzucht zu treiben.

»Da bist du ja endlich.« Die weibliche Stimme klang unwillig.

»Ich bin beinahe den Stadtwachen in die Arme gelaufen. Zum Glück konnte ich ihnen entkommen, sonst müsstest du heute Nacht auf das Vergnügen meiner Gesellschaft verzichten.«

Sie trat aus den Schatten. Klein, fast zierlich, die Haare offen und schwarz, die Augen glänzend im spärlichen Mondschein, der von außen hereindrang.

»Ob es ein Vergnügen ist, werden wir ja sehen, Balthasar Heidfeldt«, meinte Mechthild Meyer und zwinkerte ihm zu.

»Du hast wahrlich ein loses Mundwerk für eine Magd.« Er zog sie an sich, küsste sie gierig und fühlte die Lust in seinen Lenden. Es war ein gefährliches Spiel, das er da trieb, denn auf Unzucht standen hohe Strafen. Bisher hatte er sich immer an Frauen gehalten, die er für ihre Liebesdienste bezahlt hatte, und das ausschließlich, wenn er mit seinem Vater auf Handelsreisen unterwegs war. In Donauwörth selbst hatte er sich immer unnahbar gegeben.

Für Mechthild jedoch war er seinen Vorsätzen untreu geworden. Er hatte die Magd im Hause des Statthalters kennengelernt, als er mit seinem Vater dort war. Ein heimliches Wort gab das andere, am Markt und nach dem Kirchgang, und schließlich hatten sie sich für heute im Manasser-Haus verabredet. Wie es die Magd geschafft hatte, allein und unbemerkt hierherzukommen, war Balthasar ein Rätsel, aber es zeugte von ihrer Entschlusskraft.

Mechthild löste sich wieder von ihm. »Wir müssen uns beeilen. Meine Herrin wird bald nach Hause kommen.«

»Ein wenig wird sie dich noch entbehren müssen.« Balthasar nahm seinen Mantel ab und breitete ihn auf dem Boden aus. Dann umarmte er Mechthild und zog sie auf den Mantel hinab. Sie küsste ihn, ihre Hand glitt in seinen Schritt, streichelte kundig auf und ab. Balthasar fühlte, wie sein Glied in seiner Hose steif wurde. Er keuchte und streifte die Hose ab. Mechthild raffte ihren Rock hoch, und er drang in sie ein. Die Magd begann zu stöhnen wie ein brünstiges Tier. Balthasar spürte die Hitze ihres Schoßes und dachte, dass er noch nie so erregt gewesen war. Dieser kleine schwarzhaarige Teufel vermochte ungeahnte Gelüste in ihm zu wecken.

Dann waren alle Gedanken verschwunden, und Balthasar gab sich nur noch seiner Lust hin.

Agnes betrachtete ihren Gemahl, der in der Bettstatt lag und schnarchte. Das hatte er schon immer, aber jetzt war ein rasselndes Geräusch dazugekommen, das sie sehr beunruhigte.

Sie sprach ein kurzes Gebet, in dem sie den Schutz Gottes für ihre Familie erflehte. Dann bekreuzigte sie sich, löste den Haarknoten und schüttelte ihren Kopf. Das blonde Haar legte sich wie ein tröstender Fächer über ihre Schultern.

Sie blies das Kerzenlicht aus und legte sich neben Johannes.

Schloss die Augen und war bald darauf in einen unruhigen Schlaf gefallen.

Magdalena lauschte den Atemzügen ihrer Schwester, die im gegenüberliegenden Bett der Schlafkammer lag. Deren Atem ging schnell, fast hechelnd. Magdalena wusste genau, was Sieglinde da drüben machte, welche Sünde sie trieb.

Aber war sie selbst besser?

Wurde sie nicht immer wieder von unzüchtigen Gedanken heimgesucht? Von Wünschen nach Liebe und einem Mann, einem ganz bestimmten?

Nach Lucas?

Es war vor einigen Jahren geschehen, als sie mit ihrer Familie nach Prag gereist war. Lucas hatte im Werkraum des Vaters einen kleinen Transportkarren ausgebessert. Es war heiß gewesen, und er hatte sein Hemd ausgezogen. Sein muskulöser Oberkörper hatte von Schweiß geglänzt, als sich seine Arme mit dem Hammer im Schwung rhythmisch hoben und senkten.

Die Gedanken, die sie bei diesem Anblick so unerwartet durchströmten, hatten Magdalena Heidfeldt erröten lassen.

Mit einem Mal hatte er sich umgedreht und sie bemerkt. Zunächst hatte er gestutzt, dann hatte sich ein Lächeln auf seinem Gesicht ausgebreitet. Er hatte sie umarmt, bevor sie auch nur reagieren konnte, und sie spürte seine Kraft und Muskeln mit einer Intensität, die sie selbst erstaunte. Danach hatten sie lange miteinander gesprochen, so vertraut, als wären sie nie getrennt gewesen. Und doch hatte sich etwas verändert, zumindest für Magdalena. Aus einer Kinderfreundschaft war etwas anderes geworden.

In dieser Nacht in Prag, als jedermann im Haus schlief, hatte Magdalena sich zum ersten Mal selbst berührt, wie es ihr Kathrein, die feiste Tochter des Lederers, gezeigt hatte. Sie war schamerfüllt über die Wonne gewesen, die sie durchströmte. Und hatte doch weitergemacht und dabei leise »Lucas« gestöhnt …

In den Jahren darauf hatte sich an ihren Gefühlen nichts verändert. Und auch jetzt, in diesem Augenblick, in ihrer Bettstatt, sah sie Lucas so deutlich vor sich, als ob er wahrhaft vor ihr stünde – beinahe schmerzhaft spürte sie ihr Begehren nach ihm.

Begehren und die Hoffnung, ihn wiederzusehen.

Mit ihm vereint zu sein, für immer.

Donauwörth, Juni A.D. 1619

Der Regen, der noch in der Frühe auf Donauwörth heruntergeprasselt war, hatte aufgehört. Nach der Schwüle der letzten Tage lag nun eine willkommene Frische über der Stadt.

Auf dem Oberen und Unteren Markt herrschte gemäßigtes Treiben. Die Handwerksbetriebe öffneten ihre Tore, Meister und Gesellen gingen für alle sichtbar ihrem Gewerbe nach, teils sogar auf der Straße. Es wurde gehämmert, gehobelt, gewebt, geschmiedet, und so manches unflätige Wort fiel, wenn einer der Meister wieder einmal nicht mit dem Werk seiner Gehilfen zufrieden war.

Die Bürger der Stadt waren ebenfalls unterwegs, allein oder mit ihren Gemahlinnen, alle bemüht, den Eimern mit der Notdurft auszuweichen, die aus den Fenstern der Häuser gekippt wurden.

Von allem unberührt, erhob sich das Rathaus von Donauwörth am Ende des Unteren Markts in die Höhe, steinern und streng.

Johannes Heidfeldt saß zwischen den anderen Mitgliedern des Zwölferrates, der die Geschicke der Stadt leitete. Zumindest nominell, denn in Wahrheit herrschten einzig und allein die Bayern.

Obwohl die Reichsacht 1609 aufgehoben worden war, hatte der bayerische Herzog Maximilian die Oberhoheit über Donauwörth erhalten. Der Kaiser hatte Maximilian zugesichert, dass diesem seine für die Einnahme der Stadt aufgewendeten Kosten von den Stadtbewohnern erstattet werden würden. Zähneknirschend hatten die Bewohner dem Bayern-Herzog das Handgelübde leisten müssen und sich darangemacht, die Schuld loszuwerden. Doch schon im Jahr 1613 war diese Schuld auf annähernd eine halbe Million Gulden angestiegen. Ab da war auch dem letzten Gerbergesellen klar, dass Donauwörth seine Schulden niemals würde zurückzahlen können.

Die Stadt blieb also im bayrischen Würgegriff, mit einem bayrischen Statthalter und drei Bürgermeistern, die ihm unterstanden. Dass es seit dem lutherischen Aderlass, den die Stadt erlitten hatte, fast ausschließlich unfähige, aus katholischen Reihen stammende Ratsherren gab, war aufgrund der Herrschaft der Bayern nicht wirklich von Bedeutung. Johannes tat, was er konnte, aber er war machtlos gegen seine Ratsgenossen, die ihre Untauglichkeit mit einer geradezu hündischen Ergebenheit gegenüber den Bayern wettzumachen trachteten.

So lag das Los von Donauwörth in den Händen des Mannes, der sich jetzt erhob und mit gemessenem Schritt vor dem Rat auf und ab zu gehen begann.

Die Ratsmitglieder blieben still auf der großen, halbrunden Holzbank sitzen, die den Raum beherrschte. Manch einer drehte unruhig den steifen Hut in den Händen, schwitzte ob der Schwüle, die sich noch im Raum hielt, und kratzte sich am Wams oder an der Strumpfhose.

Hans Albrecht von Dandorf, Statthalter Herzog Maximilians, strich sich über die glatt rasierten Wangen und wandte sein schmales, scharf geschnittenes Gesicht dem Rat zu. Alles an ihm wirkte kalt, vom grauen kurzen Haar über die bohrenden Augen bis zum dunklen Mantel, den er trotz der Wärme im Raum um die Schultern trug. Kein Schweißtropfen zierte seine hohe Stirn, keine Unsicherheit war zu erkennen. Von Dandorf befahl, und wer nicht gehorchte, lernte ihn schneller kennen, als ihm lieb war.

»Werte Herren des Rates, die Nachrichten werden immer schlechter.«

Ein unruhiges Murmeln machte sich breit.

»Von Thurns böhmisches Heer«, fuhr der Statthalter fort, »steht vor den Toren Wiens. Niemand weiß, wie lange die Stadt sich halten kann.«

»Und von Bucquoy?« Stadtpfleger Georg Fugger, der bei jeder Ratssitzung dabei war und jeden Beschluss genehmigen musste, fuhr sich unruhig über sein dünnes Haar.

»Wird sich Mansfeld bei Sablat[7] stellen. Auch hier wissen wir nicht, wessen Fahne den Sieg davontragen wird.«

Johannes hatte seine Zweifel, ob es dem kaiserlichen Befehlshaber von Bucquoy, der seit Ausbruch des Krieges nur Niederlagen zu verzeichnen hatte, gelingen würde, den unerschrockenen Söldnerführer Ernst von Mansfeld zu schlagen. Er behielt seine Zweifel jedoch für sich, denn es war nicht ratsam, offen am Kaiser zu zweifeln.

Von Dandorf hob die Hände. »Es gibt jedoch auch gute Neuigkeiten. Ich darf verkünden, dass unser Herzog Maxi-

---

7 Ort im südlichen Böhmen

milian in Gesprächen mit Kaiser Ferdinand steht. Er verhandelt mit dem Kaiser über ein Heer, das er im Namen der Liga gegen die Lutheraner führen wird.«

»Und dann wird sich das Blatt wenden, beim Allmächtigen«, warf Bürgermeister Franz Widemann eifrig ein. Johannes empfand Widerwillen gegen den dicken, immer schwitzenden »Dreier-Franz«, so genannt, weil er im Laufe seines Lebens schon dreimal die Konfession gewechselt hatte. »Fähnlein im Wind« war eine noch viel zu harmlose Umschreibung für den amtierenden Bürgermeister, dessen Unterwürfigkeit sogar im Rat von Donauwörth ihresgleichen suchte.

»Darauf könnt Ihr Gift nehmen«, erwiderte von Dandorf trocken. »Wenn die Liga erst einmal marschiert, werden sich die Böhmen schneller in der Hölle einfinden, als Ihr einen Kapaun fresst, Herr Bürgermeister.«

Einige der Ratsherren lachten, Widemann stimmte mit unbehaglichem Gesicht ein.

Johannes blickte den Statthalter nachdenklich an. Der Mann wirkte wie aus Eisen, hart und unnachgiebig. Aber von den drei bayrischen Statthaltern, die Donauwörth seit der Reichsacht ertragen musste, war von Dandorf noch der gemäßigtste. Am schlimmsten war der berüchtigte Freiherr von Bemelberg gewesen, unter dem ab dem Jahr 1608 die Scheiterhaufen zu lodern begannen. Viele von Johannes' Glaubensgenossen hatten das Vorgehen gegen die »Hexen« begrüßt, der Kaufmann selbst war jedoch mit jeder Faser seines Herzens dagegen gewesen, auch wenn er es natürlich nicht zeigte.

Für Johannes versinnbildlichte vor allem der Tod der Witwe Anna Buecher den Wahnsinn der Verbrennungen.

Die Witwe war eine herzensgute Frau gewesen, die niemals irgendwem ein Leid zugefügt hatte. Aber sie war die Tochter des ehemaligen Bürgermeisters Hans Buecher und bewohnte eines der schönsten Bürgerhäuser der Stadt, und das hatte genügt, um Neid aufkommen zu lassen. Unter glühenden Zangen hatte das arme Weib schließlich gestanden, mit dem Teufel Unzucht getrieben und Kinderfleisch gegessen zu haben. Ihre Schreie auf dem Scheiterhaufen waren geradezu unmenschlich gewesen und hatten Johannes und vielen anderen in der Seele wehgetan. Nur von Bemelberg hatte sich völlig ungerührt über seinen korrekt gestutzten Schnurrbart gestrichen und unverzüglich seinen Umzug in das Haus der toten Witwe veranlasst. Denn einem Statthalter stand eine schöne Unterkunft zu.

Unter dem jetzigen Befehlshaber waren zumindest keine neuen Scheiterhaufen angezündet worden. Aber Johannes wollte nicht daran denken, wozu der Mann fähig wäre, sollten Situationen eintreten, die ein Höchstmaß an Härte verlangten.

»Nun aber, meine Herren, zu der Lage in der Stadt«, fuhr von Dandorf fort …

Johannes stand vor dem Rathaus. Die Sitzung war schnell verlaufen, denn es gab nicht viel zu besprechen. Keine Trauung, die anstand, keine leer stehenden Häuser, die gekauft wurden. Nur das stete Sinken der Einwohnerzahl und das stete Kämpfen des Handels und Handwerks um Abnehmer und Aufträge.

Der Kaufmann blickte von Dandorf und seinem Gefolge nach, die sich vom Rathaus entfernten. Mit Sicherheit ging es wieder zum Goldenen Löwen. Der Löwe war das einzige der großen Gasthäuser, das noch betrieben wurde, und das nur, weil es sich seit dem ehemaligen Bürgermeister Wurm so eingebürgert hatte, dass die hohen Herren der Stadt dort speisten.

Die kleine Gruppe passierte das Stadtzollhaus. Am Erkertürmchen des Hauses ragte die Statue des Ritters von Zusum in die Höhe. Der Ritter war einst einer der hervorragendsten Streiter für Kaiser Maximilian im Krieg gegen die Schweizer gewesen und hatte vom Kaiser als Dank die Fahne des Reiches geschenkt bekommen. Die Statue des Ritters trug diese Fahne bis heute in ihren steinernen Händen.

Johannes huschte ein grimmiges Lächeln übers Gesicht.

Oben am Erker stand der tapfere Ritter, um für immer über die Stadt zu wachen, wie er dereinst geschworen hatte.

Unter ihm ging mit Albrecht von Dandorf das Sinnbild seines Versagens vorbei.

Der Kaufmann setzte sich seinen Hut auf. Gemächlich schritt er in die entgegengesetzte Richtung, die von Dandorf und seine Untergebenen eingeschlagen hatten. Gleich darauf bog er in die Kapellgasse ein und freute sich, als er schon von Weitem den wohlbekannten Fachwerkbau sah und die aus Blech getriebene Figur des flammend roten Hundes über dem Tor.

Agnes, Balthasar, Magdalena und Sieglinde gingen schnellen Schrittes durch die Kapellgasse.

»Ich hoffe der alte Sodomit tischt gut auf. Ich bin hungrig wie ein Wolf.« Balthasar strich sich über seinen Bauch, der unter der Joppe gut sichtbar hervorstand.

»Wie kannst du Santorio nur so nennen?«, empörte sich Magdalena. »Nach allem, was er für uns getan hat?«

»Für die Ackermanns hat er sich hervorgetan. Und das mit Sicherheit auch nur, weil er sich davon einen Vorteil versprochen hat«, erwiderte Sieglinde verächtlich.

»Sprecht nicht so respektlos, ihr alle zusammen! Und nun beeilt euch, euer Vater wartet mit Sicherheit schon auf uns.« Agnes fühlte Traurigkeit über Balthasars und Sieglindes verletzende Worte. Sie wusste, dass Francesco Santorio die Gerüchte nie loswerden würde, obwohl sie völlig haltlos waren. Aber es tat ihrem Herz besonders weh, wenn ihre eigenen Kinder so gedankenlos über den Mann sprachen, der den Familien Ackermann und Heidfeldt immer beigestanden hatte. Vor allem am Anfang, als sich Johannes und Christoph als junge Männer ihren Weg nach oben hatten erkämpfen müssen, hatte der Wirt sie unterstützt. Und war nicht er es gewesen, der in einer kalten Winternacht Christoph und Helene Ackermann auf einem seiner Wagen aus der Stadt hatte transportieren lassen, unter den Augen der bayrischen Besatzer? War nicht er es gewesen, der damit sein Leben riskiert hatte?

Aber ihr Sohn und ihre junge Tochter schmähten diesen Mann seit jeher. Jugend vergaß so schnell, dass es wehtat.

Sie erreichten das Gasthaus, öffneten das schwere Eingangstor und schlüpften hindurch.

Francesco Santorio trat ihnen gebeugt entgegen, das weiße Haar nur mehr ein Flaum auf dem faltigen, mit

Altersflecken übersäten Schädel. Aber seine dunklen Augen strahlten immer noch Kraft und Wärme aus.

»Seid willkommen, Agnes Heidfeldt. Euer Gemahl erwartet Euch bereits.«

Er führte sie umgehend zur besten Stube. Drinnen saß Johannes an einem Ecktisch, und sie setzten sich zu ihm.

Die rauchgeschwängerte Luft war zum Schneiden dick, obwohl die Stube nicht sehr gut besucht war. An einem Tisch saßen einige Bildermacher und Schmiede, an einer Tafel ein Trupp Bayern. Die Soldaten hatten alle einen Krug Bier vor sich, dazu eine riesige Platte mit Sauerkraut und Speckschwarten. Ihre Gesichter waren gerötet, die Augen glasig. Ihre Pfeifen glommen in der dämmrigen Stube, deren kleine Fenster nicht viel Tageslicht hereinließen.

Agnes fühlte sofort Unruhe in sich aufsteigen. »Wie lange sind die schon da?«, flüsterte sie Johannes zu.

»Augenscheinlich schon länger«, antwortete der. »Aber sorge dich nicht über Gebühr – von Dandorf bestraft Übergriffe seiner Männer streng.«

Agnes war nicht ganz überzeugt. Normalerweise hielt sie sich sehr gerne im Roten Hund auf. Mochte die Holzverkleidung der Wände mit den Jahren schäbig geworden sein, mochten die kunstvoll verzierten Ranken und Wappen kaum mehr erkennbar sein, so schien doch immer eine gewisse Ruhe über diesem Haus zu liegen, sodass es die Wirren der Außenwelt aussperrte.

Als Agnes jedoch sah, wie die Soldaten ihre Töchter anzüglich musterten, verspürte sie keine Ruhe, nur Angst. Im Zwielicht der Stube ähnelten die Soldaten einem Rudel Wölfe, hungrig und zum Angriff bereit.

Santorio trat an den Tisch der Heidfeldts. »Ich freue

mich, euch als meine Gäste begrüßen zu dürfen. Ich kann euch Rindsbraten anbieten, dazu Knödel. Außerdem Pastete und frischen Fisch.«

»Du verwöhnst uns, Francesco«, lächelte Johannes. »Wir nehmen gerne an. Und lass auch den anderen bitte Wein bringen.«

»Für mich ein Schwarzbier«, warf Balthasar wichtigtuerisch ein.

»Natürlich, junger Herr Heidfeldt.« Auch wenn Santorio über Balthasars Bestellung irritiert war, so ließ er es sich jedenfalls nicht anmerken und schritt sogleich von dannen.

»Bier? Du musst wohl überall scharwenzeln, Bruder.« Magdalenas Stimme klang gehässig.

»Hab ich nicht nötig. Es schmeckt mir.« Balthasar versuchte, unbeteiligt zu klingen, konnte allerdings niemanden täuschen. Alle am Tisch wussten, dass der Sohn der Familie Heidfeldt einfach nur jeden Vorteil ausnutzen wollte, den es gab. Und wenn es nur der war, dass man vor einigen bayerischen Soldaten Bier trank, wie sie es selbst taten.

»Vielleicht solltest du auch einmal etwas anderes probieren, liebste Schwester«, meinte Balthasar jetzt zu Magdalena.

»Bevor ich das Zeug der Bayern trinke, gehe ich in Santorios Hinterhof und saufe das Dreckwasser vom Boden«, erwiderte Magdalena.

»Kein schlechter Gedanke. Vielleicht muntert dich das ein wenig auf, und du bist dann weniger langweilig.« Sieglinde sah ihre Schwester nicht an, sondern betrachtete ihre gepflegten Fingernägel.

»Ruhe jetzt!« Johannes' Gesicht war gerötet, ob vom Wein oder aus Zorn war nicht ersichtlich. »Alle drei! Behaltet euer Gezanke wenigstens hier im Hund für euch.«

»Verzeih Vater.« Sieglinde legte ihre Hand auf die ihres Vaters. »Wir waren respektlos. Das hast du nicht verdient.«

Die Zornesfalten verschwanden von Johannes Heidfeldts Stirn, wie immer, wenn seine jüngste Tochter ihm schmeichelte.

Hans, der alte Küchenknecht, brachte Wein und Bier und stellte beides stumm auf den Tisch. Agnes bemerkte, dass seine Hände zitterten. Wie bei seinem Dienstherrn war auch an Hans das Alter nicht spurlos vorbeigegangen. Aber wenigstens hatte er dieses Alter überhaupt erreicht, denn Valentin, der andere Knecht und Hans' engster Freund, war vor einigen Jahren an der Wassersucht gestorben. Die beiden Männer waren unzertrennlich gewesen und beide so kräftig, dass sich niemand mit ihnen messen konnte. Sie hatten lange Zeit die Garantie dafür geboten, dass es im Roten Hund nie so wüst zuging wie in anderen Gasthäusern.

Johannes schenkte seiner Frau und den Töchtern ein und hob seinen Becher. »Auf unsere Familie und unser Geschäft. Möge der Allmächtige weiter seine segensreiche Hand über unser Haus halten.«

Die anderen taten es ihm gleich, Balthasar stemmte den Bierkrug in die Höhe. Dann tranken sie.

»Glaubst du, dass sich die Lage wieder bessern wird, Vater?« Magdalena betrachtete Johannes aufmerksam. »Alle haben Angst. Kaiserliche gegen lutherische Truppen in Böhmen, feindliche Truppen vor Wien …«

»Diese Dinge haben wir nicht in der Hand. Wir müssen eben Vertrauen haben, dass die richtige Seite gewinnt.« Johannes machte eine kurze Pause. »Was wir in der Hand haben, ist unser Geschäft. Betet, dass uns unser venezianischer Freund in Augsburg noch lange erhalten bleibt. Denn so ist wenigstens ein bisschen Sicherheit in diesen unruhigen Zeiten gewährleistet.« Er hob erneut den Becher. »Auf Piero Contarini.«

»Auf Contarini.« Die Familie prostete sich zu.

Sieglinde stellte ihren Becher ab und beugte sich näher zu den anderen. »Habt ihr gehört? Der Sattler ist tot.«

»War ein zäher Hund.« Balthasar trank einen kleinen Schluck. »Hätte wohl keiner gedacht, dass er nach der Folter in München noch so lange leben würde.« Er sah, dass am Tisch der Bayern ein Soldat seinen Krug hob, und prostete ihm zu. Der Soldat stutzte, dann erwiderte er die Geste.

»Damit ist der letzte dieser unsäglichen Dummköpfe von uns gegangen. Ich kann nicht sagen, dass ich um ihn trauere.« Johannes hatte seinen Becher bereits leer getrunken und schenkte sich nach.

»Man sagt, dass er zum Ende hin vom Wahn besessen war. Hat nur noch vor sich hin gelallt und in seiner Pisse geschlafen.« Balthasar grinste.

»Es ist nicht christlich, so von einem Toten zu sprechen«, wies Agnes ihn zurecht.

»Dieser Tote hat es verdient«, ergriff Johannes für seinen Sohn Partei. »Immerhin war er es, der die Stadt in die Reichsacht und damit in den Untergang geführt hat.«

Im Grunde ihres Herzens wusste Agnes, dass ihr Gemahl recht hatte. Georg Wurm – aufgrund seiner ursprünglichen Profession »der Sattler« genannt – hatte als lutherischer Bürgermeister mit seiner Dummheit und Arroganz gegenüber Kaiser und Katholiken maßgeblich dazu beigetragen, dass die Acht ausgesprochen worden war. Nach dem Einmarsch der Bayern war er für einige Zeit in den Kerkern von München verschwunden und als gebrochener Mann nach Donauwörth zurückgekehrt. Sein Weib starb, und seine letzten Lebensjahre hatte er nicht in der Stadt, sondern in seinem Geburtsdorf Zirgesheim verbracht. Dem Trunk ergeben, hauste er bis zu seinem Tod in einer heruntergekommenen Hütte – er, der einst die Reichsstadt Schwäbischwerd mit absoluter Macht beherrscht hatte und jeden Tag im Löwen tafelte, als stünde die Apokalypse bevor.

»Natürlich hat der Sattler große Schuld auf sich geladen«, fuhr Agnes fort. »Aber er hat für seine Taten gebüßt.«

»Das entscheidet wohl besser der Allmächtige. Ich dachte nicht, dass ich *dir* das einmal sagen muss.« Johannes lächelte nachsichtig.

Bevor Agnes etwas erwidern konnte, dröhnte Gelächter durch die Stube, so laut, dass jedes Gespräch sinnlos wurde. Offenbar hatte einer der Bayern gerade einen besonders guten Scherz gemacht, und seine Kameraden goutierten dies mit johlendem Beifall. Ebenso laut orderten sie eine neue Runde Bier.

Hans ging zu seinem Dienstherrn, der in der Küche nach dem Rechten sah. »Sie wollen mehr Bier, Herr.«

»Dann bring es Ihnen.« Saufen mir erst alles weg, aber mucken auf, wenn nichts mehr da ist, dachte Santorio. Man kann es ihnen einfach nicht recht machen.

Für einen kurzen Augenblick empfand er eine allumfassende Müdigkeit in sich. Dann atmete er tief durch, riss sich zusammen und half Hans, die neue Runde auszuschenken.

Hans und eine Küchenmagd trugen die Platten mit dem Essen zum Tisch der Heidfeldts.

Balthasar rieb sich die Hände und griff zu einem Messer, als auf einmal eine Gestalt an den Tisch trat und sich darüberbeugte. Es war jener Soldat, dem Balthasar zugeprostet hatte, ein wahrer Riese, dessen Atem nach Bier und dessen Waffenrock stechend nach Schweiß stank.

»Nur *ein* wahrer Bayer am Tisch, wie mir scheint.« Der Soldat schwankte und zeigte auf Balthasars Bierkrug.

»Ganz recht. Mir schmeckt euer Bier«, sagte Balthasar großspurig und nahm einen kleinen Schluck aus dem Krug.

Der Soldat blickte zu dem Tisch mit seinen Kameraden zurück, dann wieder zu Balthasar. Er grinste, aber so, dass Agnes innerlich ganz kalt wurde. »So, dir schmeckt's. Na, dann trink an, wie wir es tun.«

Balthasar sah ihn verständnislos an.

»Bitte«, sagte Johannes beschwichtigend, »er –«

Der Soldat beachtete ihn nicht. »Auf einen Zug. Jetzt.« Seine Stimme hatte alle Jovialität verloren.

Schlagartig war es still in der Stube geworden.

Balthasars Blick glitt unruhig zwischen allen am Tisch hin und her. Dann straffte er sich, setzte an und trank. Doch schon nach einigen Schlucken musste er absetzen und spie dabei sogar etwas Bier aus.

»Schwächling. Alle seid ihr Schwächlinge in dieser

verdammten Stadt!« Der Soldat spuckte auf den Boden und traf Balthasars Stiefel.

Der lief tiefrot an. Jetzt trat Santorio an den Tisch. »Wollt Ihr Euch nicht setzen?«, wandte er sich an den Soldaten. »Die nächste Runde Bier übernehme gerne ich.«

Der Soldat zögerte. Sah den Wirt an, dann die Familie Heidfeldt. Auf Sieglinde verweilte sein Blick besonders lang.

»Bitte.« Santorios Stimme war leise, aber bestimmt. »Es wäre mir sehr lieb, wenn Ihr in meinem Haus jene Ruhe haltet, die der werte Herr von Dandorf allen zugesichert hat.«

Der Soldat überlegte – dann klopfte er Santorio auf den Rücken. »Einverstanden, alter Sodomit. Die nächste Runde geht auf dich.«

Er wankte wieder zu seinem Tisch, wo ihn seine Kameraden lautstark empfingen.

»Danke, Francesco«, sagte Johannes.

»Ihr müsst mir nicht danken. Aber seid in Zukunft besser vorsichtig.« Der Wirt sah zu den Bayern hinüber. »Die Zeit mag vergehen, doch Besatzer bleiben Besatzer.«

Die Nacht war hereingebrochen. Der letzte Gast hatte den Roten Hund verlassen, die Stuben waren aufgeräumt, die Küche gesäubert. Stille herrschte im Wirtshaus.

Francesco Santorio saß in der dunklen Stube, an jenem Tisch, an dem vor Stunden noch die Familie Heidfeldt gesessen hatte. Tiefe Erschöpfung beherrschte seinen Körper, und zwar nicht von der Art, die man auf etwas eingrenzen konnte wie schmerzende Füße, brennende Augen, ein wehes Kreuz.

Nein, es war eine grenzenlose Mattigkeit, die auf ihm lastete. Wenn er daran dachte, wie er früher Tag und Nacht für sein Wirtshaus da gewesen war, unermüdlich und beharrlich …

Aber die Zeit forderte von jedem ihren Tribut, und nun offenbar auch von ihm.

Ein Becher Wein stand vor ihm auf dem Tisch, er war jedoch zu müde, um die Hand zu heben und den Becher zu nehmen. Es war sein eigener, er hatte ihn aus Paris mitgebracht.

Das Zinn des Gefäßes war glanzlos und abgegriffen von den unzähligen Malen, die Santorio ihn benutzt hatte. Trotzdem hatte er ihn nie durch einen anderen ersetzt.

Reglos starrte er auf den Becher.

Mit einem Male stiegen Bilder aus der Vergangenheit in ihm auf, von den Menschen, die sie bevölkert hatten. Paris stand vor seinen Augen, dessen Gassen im Blut der Hugenotten ertranken, Donauwörth, die Heidfeldts und Ackermanns, die vielen schönen Feste, die sie hier im Hund zusammen gefeiert hatten. Dann die Bayern, ein Lebewohl zu Christoph und Helene Ackermann im Hof des Wirtshauses, unter einem bleichen Mond …

Knarrend öffnete sich die Stubentür. Hans lugte herein. »Benötigt Ihr noch etwas, Herr?«

»Nein, Hans«, lächelte Santorio. »Ich habe alles, was ich brauche, und denke nur etwas über den Tag nach.«

Hans sagte nichts, verharrte aber an der Tür.

»Geh schlafen, damit du morgen wieder Kraft für diese Stadt und ihre *freundlichen* Herren hast.«

Hans neigte das Haupt und zog sich zurück.

Der Wirt war wieder allein. Er lehnte den Kopf an die

Vertäfelung, der man die Jahre mittlerweile deutlich ansah. So wie dem Herrn des Roten Hundes selbst, dachte Santorio.

Aber noch ist dieser Herr nicht bereit zu gehen. Noch nicht.

Er schloss die Augen.

So fand ihn Hans am nächsten Tag. Im sanften Schein der Morgendämmerung saß der Wirt des Roten Hundes in seiner Stube, einen friedvollen Ausdruck auf seinem Gesicht …

Es war ein heißer Tag, die Sonne brannte vom fast wolkenlosen Himmel auf Donauwörth herab.

Doch über dem Friedhof etwas außerhalb der Stadt war nichts von der Schönheit dieses Tages zu spüren. Die Gebete von Stadtpfarrer Weinmann schallten über die Gräber und die wenigen Menschen, die gekommen waren, um Abschied von Francesco Santorio zu nehmen.

Johannes Heidfeldt stand inmitten seiner Familie und verspürte tiefe Trauer über den Verlust. Wieder war ein Freund gegangen. Wieder ein Stück seines Lebens geschwunden.

Nicht weit von ihm sahen Hans und die Küchenknechte und Mägde des Roten Hundes mit bleichen Gesichtern zu, wie der Sarg in die Erde gelassen wurde. Sie hatten mehr als einen Dienstherrn verloren und betrauerten den Verlust eines väterlichen Freundes. Aber natürlich war mit Santorio auch ihre Arbeit verloren gegangen. Denn Johannes hatte heute, als er aus dem Kontor kam und die Kapellgasse entlangging, gesehen, dass das Eingangstor des Hundes verschlossen war. Das Rot der Blechfigur wirkte verblichen, das Maul vergeblich aufgerissen gegen die Macht des Schicksals. Da war Johannes endgültig klar geworden, dass der Freund nicht wiederkehren und sein Lebenswerk verfallen würde.

Agnes, die neben ihm stand und zu spüren schien, was in ihm vorging, nahm verstohlen seine Hand. Er drückte sie dankbar.

Johannes' Gemahlin empfand ebenfalls Trauer, aber auch Beunruhigung. Denn Anton Wanger, der Bildhauer, hatte sich bei der Beerdigung eingefunden. Er war einer der drei, denen sie zutraute, die Briefe an sie geschrieben zu haben.

Der Bildhauer betete mit gesenktem Kopf und beachtete sie nicht. Das bewies noch nichts, allenfalls, dass er in der Öffentlichkeit vorsichtig war.

Bist du es?

Als die Zeremonie zu Ende war, legte sich eine Hand auf Johannes' Schulter. Der drehte sich um. Statthalter von Dandorf stand vor ihm, wie immer untadelig ausstaffiert mit Rock, Hut und Rapier.

Seine Gemahlin Sibylla befand sich wenige Schritte hinter ihm. Die ehemalige Frau des Ratsherrn Erasmus Amling, der vor einigen Jahren gestorben war, war immer noch eine Schönheit. Sie nickte Agnes beiläufig zu, welche die Geste erwiderte. Die beiden Frauen begegneten sich nicht sehr häufig, meist nur bei Anlässen offizieller Natur. Natürlich wusste Agnes, wie Sibylla den Ackermanns bei ihrer

Flucht geholfen hatte, dennoch hatte Sibyllas Tat zu keiner größeren Nähe zwischen den Familien geführt. Sibylla blieb für sich, und ihre Heirat mit dem skrupellosen von Dandorf hatte ihr Ansehen bei der Familie Heidfeldt – wie allgemein in Donauwörth – nicht gerade gesteigert.

Die Wahrheit war, dass Agnes Sibylla nicht über den Weg traute. Es war nur ein Gefühl, aber sie spürte, dass es besser war, sich von dieser Frau fernzuhalten. Und daran hatte sich Agnes bis zum heutigen Tag auch gehalten.

»Gott zum Gruße, Herr Rat. Ich wusste nicht, dass der Wirt ein so treuer Freund von Euch war«, meinte von Dandorf. Sibylla nickte auch Johannes zu.

»Nun, er – er hat uns immer freundlich behandelt, verehrter Herr Statthalter, auch als wir vor vielen Jahren nach Schwä–«, Johannes biss sich auf die Lippen, »nach *Donauwörth* kamen.«

»Ach ja, Ihr stammt ja aus einer anderen Stadt. Von woher doch gleich?«

»Worms.« Kein Zittern in der Stimme des Kaufmanns verriet die Lüge. Denn Deutz und alles, was sich dort ereignet hatte, musste im Dunkel der Vergangenheit bleiben.

Von Dandorf betrachtete Johannes nachdenklich. Balthasar und Sieglinde wirkten gelangweilt, nur Magdalena schien zu spüren, dass etwas nicht stimmte, und rückte näher zu Agnes.

Alle schwitzten, nur von Dandorf wirkte kühl und unbeteiligt. Er fixierte Johannes und strich sich über den Bart. »Wisst Ihr, dass eine seltsame Geschichte über diesen Wirt kursiert?«

»Was meint Ihr damit, Herr Statthalter?« Immer noch blieb Johannes' Stimme ruhig.

»In der Nacht vor vielen Jahren, als Eure Freunde Christoph und Helene Ackermann flohen, verließ nur ein Wagen die Stadt. Der von Francesco Santorio.«

»Nun, das ist doch kein Geheimnis. Er ließ Waren aus Marxheim holen.« Johannes rieb sich über den Mund.

Von Dandorf lächelte kurz. »Aber natürlich. Waren aus Marxheim … trotzdem schien es meinen Vorgängern wichtig genug, um es in einer Akte vermerken zu lassen.«

Er schwieg. Stille machte sich zwischen der Familie und dem Statthalter breit.

Dann löste sich von Dandorf aus der Erstarrung. »Aber das sind alte Geschichten. Was ist die Vergangenheit anders als ein Blatt im Wind? Es ist allein die Zukunft, die uns Verheißungsvolles bringen wird, nicht wahr?«

Mit einem Male schien es Agnes, als hätte sich der Himmel verdunkelt und Eiseskälte verdrängte die allgegenwärtige Hitze.

Es ist allein die Zukunft, die uns Verheißungsvolles bringen wird.

Genau die gleichen Worte standen auch in jedem der geheimen Briefe an sie. Aber hier und jetzt waren sie ausgesprochen worden und damit von einer schrecklichen Wahrhaftigkeit.

Und sie stammten auch nicht von irgendeinem Mann, sondern von jenem Mann, der Donauwörth beherrschte. Der ihrer aller Leben in seiner Hand hatte und mit Sicherheit alles tun würde, um sein Begehren in die Tat umzusetzen.

»Da mögt Ihr wohl recht haben, Herr Statthalter.« Johannes schien mit von Dandorfs Bemerkung nichts anfangen zu können.

»Dann darf ich mich empfehlen, Herr Rat.«

Ein leichtes Lächeln, ein beiläufiger Blick zu Agnes. Dann drehte sich von Dandorf um und ging mit seiner Gemahlin davon.

Prag, Herbst A.D. 1619

»Ein wirklich außergewöhnliches Werk.«

Bewundernd blickte Ladislav Velen von Zerotein auf das riesige Ölgemälde, das gut siebzehn Fuß lang und drei Fuß hoch war und einen Großteil der Wand beanspruchte, an der es hing. Darauf zu sehen war die befestigte Stadt Prag, über der am gestirnten Nachthimmel ein Komet mit weitem Schweif seine Bahn zog. Im Vordergrund standen auf der rechten Seite je ein Vertreter der Lutheraner, des Adels, der Bürgerschaft und ein Bauer, die aufgeregt und mit offenen Armen das Himmelszeichen willkommen hießen. Der dargestellte Adelige wies eine gewisse Ähnlichkeit mit von Zerotein auf. Auf der linken Seite war ein katholischer Kardinal zu sehen, der sich die Hände vors Gesicht hielt, als wolle er drohendes Unheil abwenden. Zu seinen Füßen krochen ausgezehrte Bauersleute, in Fetzen gewandet, und scharrten in dem kargen Boden verzweifelt nach Essbarem.

Die Botschaft war unmissverständlich: ein himmlisches Zeichen des Herrn – für die Lutheraner ein Segen, für die Anhänger der römischen Abgötterei ein Fluch. Denn mit der Wahl ihres eigenen Königs hatten die böhmischen Fürsten Kaiser Ferdinand II. vor den Kopf gestoßen, und die Einigkeit im Reich begann zu zerfallen.

»Ich danke Euch für Eure gnädigen Worte«, sprach Philipp Ackermann mit gebührendem Respekt. Er war kräftiger gewachsen, als man es bei einem Maler gemeinhin annehmen würde, und sein penibel gestutzter blonder Vollbart verriet, dass er um sein Aussehen bemüht war. Die kleinen Falten seiner Augenwinkel bezeugten, dass er gerne lachte, auch wenn seine Augen melancholisch und zuweilen betrübt wirkten.

Erwartungsgemäß deutete er eine Verbeugung vor dem vornehm gekleideten Adeligen an, der seine Blicke scheinbar nicht von dem Kunstwerk abzuwenden vermochte. »Es war mir wahrhaft ein Privileg, jene schicksalsträchtige Fügung für Euch bildhaft zu verewigen.«

»Nicht nur bildhaft. Bildgewaltig möchte ich meinen!«

Von Zerotein trat nun ganz nah an das Gemälde heran. Er ließ seinen Blick von einem Detail zum nächsten wandern, als hätte er eine Schatulle mit Edelsteinen vor sich und könnte sich nicht entscheiden, welchen er als prunkvoller erachtete.

»Ihr seid zu gnädig«, setzte Philipp mit sanfter Stimme nach. Er verstand es, seinen Auftraggebern gegenüber so aufzutreten, wie sie es erwarteten. Eine Gabe, die ihn mit seinen gerade einmal einundzwanzig Jahren einer ebenso glanzvollen wie ertragreichen Zukunft entgegenblicken ließ, dessen war er sich gewiss.

Von Zerotein wandte sich um und marschierte geradewegs auf den jungen Künstler zu. »Ich gestehe, ich hatte meine Zweifel, als ich Euch mit diesem Gemälde beauftragte. Immerhin genießt Eure Familie weder sonderliches Ansehen noch Ruhm«, sagte der Adelige und legte Philipp dann väterlich die Hand auf die Schulter. »Aber am heutigen Tag, am Jahrestag der Sichtung des Heiligen Kometen, bereue ich, dass ich Zweifel an Euch gehegt habe.«

Philipp nickte demütig.

»Ihr werdet wahrlich noch Großes schaffen, davon bin ich überzeugt. Und seid versichert, dass ich die Kunde verbreiten werde, welch Gottesgeschenk Ihr in Euch tragt.«

Von Zerotein zog seine Hand wieder zurück, als wäre ihm soeben klar geworden, dass er sich zu sehr von seinen Gefühlen leiten ließ und sich unstandesgemäß verhalten hatte.

»Und nun entschuldigt mich, junger Herr Ackermann. Ich bin mir gewiss, Ihr habt noch andere Meisterwerke, die es zu vollenden gilt.«

»Das habe ich in der Tat, geschätzter Herr.«

»So gehabt Euch wohl. Ich weiß ja, wo Euch meine Dienerschaft aufzusuchen hat, sollte ich Eurer Dienste erneut bedürfen.«

Mit diesen Worten und einem knappen, aber herzlich gemeinten Lächeln ließ von Zerotein den jungen Mann allein in dem weitläufigen Saal zurück.

Philipp atmete tief durch. Er hatte es geschafft. Er hatte sein erstes großes Gemälde nicht nur vollendet, er hatte seinen Auftraggeber auch zufriedengestellt. Und er hatte sich seine leichte Unsicherheit und jede andere Gefühlsregung verkniffen, war ruhig, beinahe stoisch geblieben, so wie es sich geziemte. Doch nun bemächtigte sich seiner eine beinahe ekstatische Freude. Ihm war, als wollte er die ganze Welt umarmen. Und er wusste auch, wo er damit anfangen würde …

Wie eine schützende Hand gegen den Frost einer sternenklaren Nacht schob sich die graue Wolkendecke über die Prager Altstadt. Vereinzelt entwischten Schneeflocken aus den Wolken, tanzten, solange sie konnten, durch die Luft und betteten sich schließlich auf Dächern und Pflastersteinen zur Ruhe. Auf den rutschig gewordenen Straßen waren nur noch jene unterwegs, die unbedingt mussten, und mit ihrem Verschwinden verschaffte sich die nächtliche Ruhe in der ganzen Stadt Platz.

Nur aus dem Salon eines Gebäudes, nahe der Kirche Unsere Liebe Frau vorm Teyn und am Rande des Rings gelegen, drangen laute Stimmen, Flötenspiel und Harfenklänge.

Philipp, der inmitten von rund einem halben Dutzend junger Männer und Frauen stand, machte ein ernstes Gesicht. »So gehabt Euch wohl«, intonierte er mit theatralisch tiefer Stimme. »Ich weiß ja, wo Euch meine Dienerschaft aufzusuchen hat!«

Schallendes Gelächter brach aus.

Die Anwesenden waren ungewöhnlich farbenfroh und beinahe unsittlich leicht gekleidet, trugen getrocknete Blumen im Haar oder hatten bunte Schleifen darin. Ihren Stand konnte man ihnen nicht ansehen, ihre Profession ebenso wenig. Doch dies schien keinen der insgesamt rund zwei Dutzend zählenden Künstler zu stören, im Gegenteil. Ob Maler, Dichter, Musiker oder Schauspieler – wer Lust hatte zu musizieren, nahm sich eine Trommel oder ein anderes Instrument und tat dies. Wer Lust darauf hatte zu singen, tat dies ebenso. An manchen der umherstehenden Staffeleien wurde mit Kreide teils Frivoles gemalt. In einer Ecke, die mit einer Vielzahl von Polstern ausgelegt war, lagen Männer wie Frauen neben- und teils übereinander, tranken Wein aus Karaffen, schnupften Tabak, rauchten Pfeife oder gaben sich der Liebe hin.

Die spärliche Beleuchtung durch Kerzen tat ihr Übriges, eine angenehme, fast heimelige Atmosphäre zu schaffen.

»Ich sage euch«, fuhr Philipp belustigt fort, »der hochwohlgeborene Herr von Zerotein ist so steif in seinem Tun, dass man meinen könnte, er hätte einen armlangen Stock im Arsch!« Er ballte eine Faust und streckte seinen Arm in die Höhe.

Erneut brandete Gelächter auf.

Ulrich, ein schlaksiger Mann Mitte zwanzig mit langen braunen Haaren, legte seinen Arm um Philipp und zerrte ihn gespielt aus der Mitte der Gruppe. »Aber in einem hat der stocksteife Adelige recht. Du wirst noch Großes schaffen, mein Freund.«

Philipp winkte gespielt bescheiden ab. Dann ergriffen die beiden Freunde je einen tönernen Krug, stießen sie aneinander und tranken den dunkelroten Wein darin so gierig, dass ihnen der Rebensaft über die Mundwinkel lief.

»Aber sprich die Wahrheit«, meinte Ulrich und wischte sich dabei den Mund am Ärmel seines dünnen weißen Leinenhemdes ab, das bis zum Bauchnabel aufgeschnürt war. »Wie viele Meisterwerke musst du tatsächlich noch vollenden?«

Philipp stieß ein lautes Ächzen aus. »Wenn es denn nur so wäre. Du weißt doch selbst, dass man als Künstler immer vorgeben muss, beschäftigt zu sein. Sonst meinen die Mäzene gar, man liegt nur auf der faulen Haut und erfreut sich des weinseligen Lebens.«

Erneut wurden die Krüge zusammengestoßen, diesmal jedoch zur Gänze geleert.

Ein Mädchen von vielleicht achtzehn Jahren ging zwischen den beiden Männern hindurch, gab beiden einen festen Schlag auf den Hintern und grinste diabolisch über die Schulter. Die vielen Sommersprossen und ihr rötliches Haar erweckten den Eindruck, als käme sie aus einem nordischen Land, das bunte, geraffte Oberkleid mit tief ausgeschnittenem Steifmieder verstärkte ihn sogar noch.

Philipp zog die rechte Braue nach oben. »Ei der Daus, die hübsche Maid wurde uns noch nicht vorgestellt!«

»Ja, ist es die Möglichkeit? Einen solchen Frevel gilt es sogleich zu tilgen, mein Freund!«

Ulrich griff Philipp an der Hand und zog ihn hinter sich her, dem Mädchen folgend, das auf das mit Kissen ausgelegte Gelage zusteuerte.

Philipp wischte sich seine langen blonden Locken aus der schweißnassen Stirn.

»Ihr reitet wie ein wilder Kürassier, meine holde Dame«, sagte er mit einem Augenzwinkern zu dem Mädchen, das noch immer schwer atmend auf ihm saß. »Und seid gewiss, dass ich dies als Kompliment meine.«

»Oh, das tue ich«, entgegnete sie mit niederländischem Akzent und rutschte von ihm herunter. »Aber du darfst mich trotzdem Catharina nennen.«

»Philipp«, erwiderte er.

»Dein Freund scheint mir wenig ausdauernd.«

Philipp schmunzelte. »Ulrich hatte einfach zu viel des Weins, das kann ich zu seiner Verteidigung versichern.«

»Man kann im Leben eben nicht alles haben. Lust und Laster teilen sich zuweilen dieselbe Hälfte im Bett.«

Philipp lachte zustimmend. Dann schwiegen beide, lagen eng umschlungen und nahezu völlig nackt nebeneinander und blickten an die stuckverzierte Decke. Stille machte sich im Raum breit. Die Musikinstrumente waren verstummt, von den anderen Gästen waren nur noch wenige wach. Manche unterhielten sich mit gedämpfter Stimme, andere gaben im Rausch unverständliche Weisheiten zum Besten.

Langsam strich Catharina mit den Fingern über Philipps Bauch und machte erst halt, als sie sein Gemächt in der Hand hielt.

Sie grinste breit. Dann flüsterte sie ihm einen Vers ins Ohr: »So will ich doch hier unten bleiben und nur mit dir meine Kurzweil treiben.«

Philipp musste ebenfalls grinsen. »Ah, der werte Herr Eulenspiegel.«

Das Mädchen raunte anerkennend.

»Ich halte da gern mit der Reimenweis von Fischart dagegen: ›Der Knecht, der muss deshalben wandern, zog darnach reimenshalb nach Flandern.‹«

Die beiden kicherten wie Kinder, die darauf bedacht waren, nicht von den Eltern bei etwas erwischt zu werden. Dann wandten sie sich einander zu und begannen, sich leidenschaftlich zu küssen.

Auf dem Tisch der beengten Stube stand eine hölzerne Schüssel, aus der es dampfte. In ihr schwamm ein dünner

Brei aus Hirse, in dem einige würfelig geschnittene Steckrüben schwammen. Neben der Schüssel lagen auf einem Holzteller Brotstücke, von denen Helene Ackermann den Schimmel gekratzt hatte. Dass sie den fünfzig Lenzen näher als den vierzig war, konnte man ihr ansehen, auch wenn sie sich für ihr Alter mit überraschender Gewandtheit bewegte. Ihr einstmals dunkelbraunes Haar hatte großteils ein edles Weiß angenommen, und die Falten in ihrem Gesicht zeugten davon, dass sie mehr Freude als Schmerz erlebt hatte.

Mit zufriedenem Lächeln nahm Helene Platz am Tisch, an dem bereits ihr Gemahl Christoph sowie ihre Zwillingssöhne Lucas und Philipp saßen. Stumm reichten sie sich die Hände, flüsterten ein Tischgebet, so wie sie es seit jeher getan hatten. Dann eröffnete der Hausherr mit einem Nicken das Abendessen und schöpfte sich mit einem Löffel Suppe in seine eigene kleine Holzschüssel. Die anderen taten es ihm reihum gleich.

Auch wenn sich die schon fast heruntergebrannte Kerze neben der Suppenschüssel redlich bemühte, Licht zu spenden, so vermochte sie dies gerade so weit zu tun, dass die vier mit dem Löffel in den Mund fanden. Der Rest des Raums blieb im Dunkel.

»Ein oder zwei Kerzen mehr wären auch nicht verkehrt«, grummelte Philipp.

»Dann bring sie doch das nächste Mal mit«, gab Lucas bissig zurück. »Ach, ich vergaß. Das Brot der Künstler ist ja der Applaus.«

Auch wenn die beiden jungen Männer Zwillinge waren, hätten sie unterschiedlicher nicht aussehen können. Lucas hatte kurze blonde Haare, war ob seiner Arbeit muskulös gebaut und trug trotz aller Schwierigkeiten immer ein leichtes Grinsen im Gesicht. Philipps Haare waren lang, seine Statur schmal und sein Ausdruck zumeist melancholisch. Als Jungen waren sie unzertrennlich gewesen, dies hatte sich aber geändert, als sie vor vielen Jahren zu Adam und Magdalena Giese nach Prag gekommen waren, entfernten Verwandten ihrer Mutter. Als Christoph und Helene nur wenige Wochen später nachgereist kamen, war es, als wären die beiden Söhne wie ausgewechselt gewesen. Lucas war aufbrausend und raufl ustig geworden, Philipp hatte sich dagegen immer mehr zurückgezogen. Christoph und Helene hatten den plötzlichen Charakterwandel ihrer Söhne nicht verstanden, ihn jedoch als das hingenommen, was es zu sein schien – der von Gott vorgezeichnete Weg ihrer Söhne, die sie beide liebten.

Lucas' Tatendrang kam Christoph zudem alsbald zugute, da er Unterstützung bei seinen Transporten benötigte. Philipps Ruhe und Ausgewogenheit zeigte sich in seinen Zeichnungen, die immer kraftvoller wurden. Irgendwann wollte er nicht einmal mehr mit den anderen Kindern zum Spielen vor die Tür gehen, denn am seligsten war er alleine, über sein Zeichenpapier gebeugt.

»Es wäre schön«, mischte sich Helene ein, »wenn wir das heutige Mahl ohne Streiterei verbringen könnten.«

Lucas und Philipp nickten gehorsam, aber in ihren Augen lauerte der Zorn.

»Wie geht es dir mit dem Gemälde über den Kometen?«, wechselte Christoph das Thema.

»Gut.« Philipp nickte knapp.

»Das ist alles? Gut?« Die für gewöhnlich angenehme, sonore Stimme des Hausherrn war merklich lauter geworden.

»Herrn von Zerotein hat es gefallen. Ich habe es ihm vor wenigen Tagen übergeben.«

Helene legte ihren Löffel beiseite. »Und da sagst du gar nichts?«

»Ich sage es ja gerade eben.«

Die Eltern warfen sich einen vielsagenden Blick zu.

»Hattest du nicht die Absicht, deinen Verdienst mit uns zu teilen?« Nun legte auch Lucas seinen Löffel beiseite, obwohl seine Schüssel noch halb voll war.

»Ich erhalte mein Salär erst noch«, meinte Philipp schnell. »Und davon muss ich noch mein Atelier bezahlen, neue Farben und Terpentin. Vielleicht auch noch ein paar neue Pinsel. Die reichen Herrschaften sind nicht deshalb so reich, weil sie mit Talern um sich werfen, weißt du, Bruderherz? Zumindest verdiene ich etwas.«

»Ruhe jetzt, ihr zwei Hitzköpfe«, knurrte Christoph und schlug mit der Faust auf den Tisch. »Ich bin sicher, dass Philipp seinen Teil zu unserer Familie beträgt, sobald er kann. Und Lucas tut ebenfalls sein Bestes, nur damit das klar ist. Also entweder wir können ab sofort in Ruhe und als Familie essen, oder ihr beide geht vor die Tür und kühlt euch so lange die Schädel, bis euer Hochmut erfroren ist!«

Einen Augenblick lang herrschte völlige Stille. Dann nickten beide Söhne erneut und löffelten ihre Suppe weiter.

»Ich werde übrigens in den nächsten Tagen ein Porträt abliefern«, sprach Philipp mit leiser Stimme. »Acht Reichstaler werde ich Mutter vorbeibringen können.«

Dankbar tätschelte Helene die Hand ihres Sohnes.

»Und bei uns kommt hoffentlich diese Woche noch der

Wein aus der Lombardei.« Christoph schleckte den Holzlöffel ab. »Dann ist die finstere Jahreszeit nicht mehr ganz so dunkel.«

Helene trank den Rest der dünnen Suppe aus der Schale, dann sah sie ihre drei Männer stolz an. »Wisst ihr, gemeinsam können wir alles schaffen.«

Sie legte ihre Hände mit den Handflächen nach oben auf den Tisch. Christoph, Lucas und Philipp ergriffen sie, und mit einem Male hatten alle vier Ackermanns das Gefühl einer schon lange nicht mehr gespürten Einigkeit, die es ihnen gar ermöglichen würde, die Welt aus den Angeln zu heben. Wenn auch nur an diesem einen Abend.

»Erlauben Sie, holde Maid?« Lucas Ackermann grinste verschmitzt bis über beide Ohren. Seine blauen Augen strahlten voller Lebensfreude, seine große Gestalt und seine breiten Schultern wirkten Furcht einflößend und beschützend zugleich.

Eine junge, zierliche Frau im Gewand einer Dienstmagd kicherte verlegen. »Woher weißt du, dass ich heute hier bin?«

»Heute ist Markt«, gab Lucas von sich. »Und mir deucht, Eure Herrschaften lieben es, an solchen Tagen Wachteln zu verspeisen. Da dachte ich mir …«

»Da dachtest du, du könntest einen süßen Blick oder vielleicht ein Lächeln erhaschen?«

»Sogar ein Lächeln? Potzblitz!«, ulkte der junge Mann, »Ich hätte kaum auf einen frommen Gruß gehofft.«

Verliebt sahen sich die beiden in die Augen.

Vor knapp einem Jahr hatten sie sich zufällig kennengelernt, als Lucas, zwei gestapelte Kisten vor sich hertragend, unbesonnen mit Jana zusammengestoßen war und beide zu Boden stürzten. Nach einem Augenblick des Schreckens war er sofort aufgesprungen und hatte der jungen Frau aufgeholfen, wobei er schier unzählige Entschuldigungen stammelte. Doch als sich Jana aufgerichtet hatte und sich ihre Blicke trafen, schienen beide wie vom Blitz getroffen. Zumindest Lucas war sofort von ihrem Anblick verzaubert. Die Magd hatte viele kleine Sommersprossen, die sich um ihre spitze Stupsnase streuten, die wenigen Haare, die unter ihrer weißen Haube hervorlugten, waren dunkelbraun, von der gleichen Farbe wie ihre Augen, in denen er sich sogleich verloren hatte.

Schließlich hatte Lucas darauf bestanden, sie zum Haus ihres Dienstherrn zu begleiten, wo sie sich seit wenigen Monaten als Magd verdingt hatte. Ihr Vater hatte sie nach Prag geschickt, da hier der Verdienst besser war als auf dem Land. Ursprünglich kam sie aus Schelakowitz, einem kleinen Städtchen von Fischern und Bauern, das eine Tagesreise östlich der Königsstadt lag.

Jana hatte sich höflich von Lucas verabschiedet, nicht ohne mit Nachdruck zu erwähnen, dass sie jeden Donnerstag frühmorgens auf den Viehmarkt gehe.

Von da an sahen sie sich zumeist einmal die Woche, scherzten und lachten zusammen. Und obwohl beiden schnell klar war, dass sie mehr als nur Freundschaft für den anderen empfanden, wagte es keiner, den ersten Schritt zu tun.

So standen sich Lucas und Jana auch an diesem Tag gegenüber, während rund um sie ein geschäftiges Treiben aus Händlern, Bürgern und Kaufleuten herrschte. In das Stimmengewirr aus Feilbietungen und Ausrufern mischten sich das Krähen von Hähnen und Gackern von Hühnern, das Schnauben und Wiehern von Pferden und vielerlei andere Tierlaute. Doch all das schien die beiden nicht zu stören.

»Ich könnte dir den Korb tragen«, schlug Lucas vor.

Jana rümpfte die Nase. »Das könntest du wohl. Aber würdest du auch?«

»Ich würde, wenn ich könnte. Also tue ich, da ich kann.« Er schnappte sich ihren Korb und hob ihn in die Höhe. »Sind noch keine Wachteln drin, so leicht wie der ist.«

»Das hast du gut erkannt«, meinte die Dienstmagd und fügte verschwörerisch hinzu: »Ich muss doch noch Platz für die Goldbarren lassen.«

Als Lucas und Jana nach getätigtem Einkauf das Haus ihres Dienstherrn erreicht hatten, übergab er ihr den Weidenkorb, der mit sechs Wachteln, Eiern sowie frischem Brot prall gefüllt war.

Sie sah ihm tief in die Augen. »Bis nächste Woche?«

Lucas nickte. Einen Moment lang hatte es den Anschein, als wollte er noch etwas sagen, doch er schwieg. Dann schien es, als wollte er sein Gesicht zu ihr beugen, doch er tat es nicht.

Jana lächelte mit einem Funken Enttäuschung in den Augen. Sie drehte sich um und eilte ins Haus. Hinter ihr fiel die Tür zu.

Lucas blieb noch einen Augenblick stehen und betrachtete die Tür. Dann steckte er die Hände in die Taschen seines Mantels und sputete sich zum Lager seines Vaters.

Eiskalter Wind fegte von Westen her über die steinerne Brücke, die die Moldau überspannte, presste sich durch das Tor des Brückenturms hindurch und schnitt nun mit noch stärkerer Kraft durch die vereisten Gassen der Stadt.

Ulrich stand unweit des Zollhauses, das an den Turm grenzte, und trat von einem Fuß auf den anderen, um zumindest ein wenig in Bewegung zu bleiben. Seinen dicken Mantel aus dunklem Stoff hielt er sich mit der rechten Hand zu, mit der linken drückte er sich den Filzhut auf den Kopf. Mit finsterer Miene blickte er immer wieder zu einem der Fenster des gegenüberliegenden Hauses, in dem warmes Kerzenlicht flackerte. Und mit jedem Windstoß verfluchte er seinen Freund ein wenig mehr.

Mit einem Male wurde die Tür dieses Hauses aufgestoßen. Philipp kam heraus, in einen dunklen Umhang gehüllt, einen sorglosen Ausdruck im Gesicht. Er sah in den grauen Himmel, schien ob der Kälte verwundert und ging dann auf seinen Freund zu.

»Unwirtlich, hier draußen.«

»Was du nicht sagst«, knurrte Ulrich durch zusammengepresste Zähne.

»Wann ist es denn dermaßen schneidend geworden?«

»Einen Augenblick nachdem du ins Haus deines Auftraggebers getreten bist. Und in dem du nur wenige Minuten verweilen wolltest.«

Philipp zuckte mit den Schultern, bar jedes Schuldbewusstseins.

»Das war vor einer guten Stunde, mein Freund«, setzte Ulrich nach.

»Unglaublich, wie die Zeit verfliegt«, stellte Philipp fest, »wenn man am offenen Kamin steht, einen süffigen Cognac in der Hand.«

»Noch ein Wort, Mann, und ich bring dich um.«

Regungslos starrten sich die beiden jungen Männer an. Dann brachen sie in Gelächter aus. Philipp klopfte Ulrich auf die Schulter.

»Tut mir leid, dass es so lange gedauert hat, aber ich musste dem gnädigen Herrn von Chotěmice glaubhaft machen, dass die verspätete Abgabe seinem Porträt erst den letzten Schliff verliehen hat.«

Die beiden Freunde setzten sich in Bewegung.

»Das heißt, du hast ihm nicht gesagt, dass die Verspätung eher dem hier geschuldet war?« Ulrich machte eine Trinkgeste.

»Hat es nicht gebraucht.«

»Und die angedrohte Pönale?«

Philipp stieß ein Lachen aus, das sich in dicken Atemwolken in der Luft abzeichnete.

»Ach was, auch die Adeligen sind doch bloß Maulhelden! Der Mann war zufrieden mit meiner Arbeit und somit sanft wie ein Lamm. Genau genommen, war er so sehr zufrieden damit, dass er mich beauftragt hat, die unschuldige Schönheit seiner Tochter Agathe in Öl festzuhalten.«

»Und das hast du nur widerwillig angenommen, was?«

Arglos hob Philipp die Handflächen. »Einem Mann aus dem Adel widerspricht man doch nicht. Nach Weihnachten fange ich an.«

»Die arme Maid.«

Die beiden Männer passierten Karren, die vor den

Fleischbänken[8] ihrer Beladung harrten, und steuerten auf einen der sieben Tortürme zu, die, durch eine Mauer verbunden, die Prager Altstadt von der Neustadt sowohl trennten als auch verbanden.

»Wohin sind wir eigentlich unterwegs?«, wollte Philipp wissen, während sie den weitläufigen Rossmarkt überquerten, an dessen Ende die äußere Stadtmauer mit dem befestigten Rosstor lag.

»Der Spezereihändler beim Neustädter Rathaus soll endlich wieder den ›Stein der Unsterblichkeit‹ liefern können.«

Philipp machte ein fragendes Gesicht.

»Paracelsus' Tinktur ... Laudanum?« Ulrich schüttelte spöttisch den Kopf.

»Laudanum! Ja, warum sagt er das nicht gleich!«

»Wäre doch jammerschade«, fuhr Ulrich fort, »wenn wir uns nicht auch von Laudanums Musen küssen lassen, hab ich recht?«

»Allerdings, mein Freund. Soll die Arbeit doch warten. Wollen wir mit Catharina teilen?«

»Ist der Papst ein verfluchter Katholik?«

Die beiden Männer grinsten einander verschwörerisch zu und beschleunigten ihre Schritte.

---

8 Metzger- und Fleischhauerstände, deren Namen von der Bankform ihrer Verkaufstische stammt.

Augsburg, Herbst A.D. 1619

Der Himmel war von dunklen Wolken bedeckt, als Johannes Heidfeldt und sein Sohn sich durch die Menschen drängten, die den Perlachplatz bevölkerten. Ein kalter Wind fegte über die Freifläche und ging Johannes durch Mark und Bein. Er zog den Mantel enger um seinen Körper.

Balthasar dagegen schien die Kälte nicht im Geringsten zu spüren, im Gegenteil: Ihm war anzusehen, dass er das bunte Treiben des Markttages genoss. Anders als für den Vater war für den Sohn ein Besuch in der mächtigen Reichsstadt immer noch etwas Besonderes. Denn anders als Donauwörth war Augsburg die Welt und der Perlachplatz ihr Zentrum. Hier gab es jede nur erdenkliche Ware, dazu Handwerkshäuser, Wirtshäuser, Handelshäuser, einfach alles.

Unzählige Male schon hatte Johannes das Gewimmel aus Männern und Frauen aller Herren Länder erlebt. Der Händler diskutierte mit dem Handwerker, der Bauer mit dem Tagelöhner, die Stadtwache mit den Gauklern. Bürger zogen den Hut vor adligen Herren und ihren Gemahlinnen und gaben Bettlern einen Tritt, wenn sie ihnen im Weg waren.

Aber heute war es anders als sonst.

Der Kaufmann aus Donauwörth hatte mittlerweile ein sehr feines Gespür für diese Stadt, die unter dem alten Fugger groß geworden war. Und an diesem Tag, als der Wind die Herbstwolken über den Himmel trieb, als die Glocken des Perlachturms läuteten – da konnte Johannes die Unruhe der Menschen fast körperlich spüren.

Stimmen waren gesenkt, Blicke wurden unruhig umhergeworfen, Gesten wirkten fahrig. Und das Flüstern war allgegenwärtig.

Sie haben sich geeinigt.

Der Herzog zieht in den Krieg.

Dann verklangen die Glocken. Unter dem Gekrächze der Rabenvögel am grauen Himmel zog Johannes seinen Sohn zu einer der Ecken des Platzes, zu dem wohlbekannten Geschäft unter dem steinernen Bogen.

»Ich freue mich, Euch zu sehen, Signore Heidfeldt!«

Der Stimme von Piero Contarini war anzuhören, dass er es ehrlich meinte. Aus seinen dunklen Augen blitzte ein jungenhafter Schalk, der die vielen Falten in seinem Gesicht Lügen strafte. Sein Gewand war wie immer ausgesucht kostbar, ohne protzig zu wirken, die Seide schimmernd, die Stiefel aus feinstem Leder.

»Mir geht es nicht anders, Piero.«

Contarini umarmte Johannes herzlich, wie es Sitte in seinem Heimatland war.

»Und es ist mir ein ebenso großes Vergnügen, Euren *figlio* zu begrüßen.« Contarini streckte Balthasar die Hand entgegen.

Der schüttelte sie förmlich. »Gott zum Gruße, Herr Contarini.«

Johannes sah sich um. Lampen erhellten das Geschäft, das nicht sehr breit war, sich dafür aber sehr weit nach hinten erstreckte. Das flackernde Licht fiel auf Waren aus vielen Ländern, auf wertvolle Stoffe und Kleider, Zierrat und Gewürze, auf Edelmetalle und Einrichtungsgegenstände. »Weder du noch dein Geschäft scheinen sich jemals zu verändern, Piero.«

»*Ecco,* Signore Heidfeldt, Ihr müsst gottgefällig leben, das hält Leib und Seele jung.«

Johannes konnte nicht anders, er musste lachen. Der kleine Venezianer hatte diese Wirkung auf ihn. Natürlich musste man bei ihm auf der Hut sein, wie bei allen gerissenen Kaufleuten der »Durchlauchtigsten Dame«[9]. Doch Piero war seit vielen Jahren eine verlässliche Konstante im Leben von Johannes Heidfeldt, früher auch in dem von Christoph Ackermann. Piero und sein Geschäft – sie waren immer da gewesen und würden es hoffentlich immer sein. Wenn sich die Welt auf den Abgrund zubewegte, würde das Geschäft am Perlachplatz Zuflucht bieten, würden der Venezianer und seine Waren von besseren Zeiten künden: Zeiten, in denen Frieden geherrscht und in denen man sich mit schönen Dingen eingedeckt hatte.

So hoffte Johannes zumindest.

»Wie geht es Eurer *famiglia,* Signore?«

»Gut, Piero, danke. Balthasar bringt sich immer mehr ins Geschäft ein« – Johannes schlug seinem Sohn auf die Schulter – »mein Weib ist sittsam, meine Töchter sind manierlich.«

---

9 Spitzname Venedigs

»*Bravissimo*! Sittsame Frauen sind ein Gottesgeschenk – vor allem *a casa*, eh?«, zwinkerte ihm Contarini zu.

»Und die auf der Straße dürfen die Sittsamkeit vergessen, Piero?«

»Straße und *casa* sind zwei Welten, Signore. Und solange ein Mann diese Welten auseinanderzuhalten vermag, ist der Ordnung Genüge getan«, erwiderte der kleine Venezianer.

Johannes wusste, dass es ihm damit ernst war. Wie viele Herzen Piero Contarini auch gebrochen haben mochte, so kehrte er doch immer wieder zu seiner Familie zurück.

»Piero –« Johannes Stimme wurde ernst.

»*Sì*, Signore?«

»Die Menschen in der Stadt kommen mir sehr unruhig vor. Und das wundert mich, denn obwohl Krieg herrscht, standen doch der Handel und die, die ihn betreiben, bisher über allen Dingen.«

»Wundert Euch das wirklich?« Contarini machte eine resignierte Geste. »Wenn die *notizie* schlecht genug sind, macht sich sogar der Handel Sorgen.«

»Was kann denn noch schlechter werden?«

Balthasar entfernte sich mit gelangweilter Miene und schlenderte in den hinteren Teil des Geschäfts. Johannes war verärgert, dass sein Sohn so wenig Interesse an der Unterhaltung zeigte. Dabei waren die Informationen, die man aus solchen Unterhaltungen gewann, oft von unermesslichem Wert. Der Junge musste wahrlich noch viel lernen.

»Der Vertrag von München ist gestern geschlossen worden«, fuhr der Venezianer fort. »Das heißt, der Bayer wird marschieren.«

Johannes fühlte Kälte in seinem Bauch aufsteigen. Mit diesem Vertrag war klar, dass der Krieg nun immer größere Kreise ziehen würde. Einerlei, was Kaiser Ferdinand II. dem bayrischen Herzog Maximilian für Zugeständnisse hatte machen müssen, um ihn zur Aufstellung einer Armee zu bewegen – diese Armee war jetzt bereit. Und damit hatte der Kaiser, der von den Böhmen vor Kurzem so schmählich abgewählt worden war, wieder alle Trümpfe in der Hand.

Johannes räusperte sich. »Was glaubst du, Piero, wird Friedrich von der Pfalz jetzt tun?«

»Pah«, stieß Contarini verächtlich aus, »was soll der liebe Signore Kurfürst schon tun? Er hat die Königswürde der Böhmen angenommen, obwohl ihm alle abgeraten haben.« Er fuchtelte mit den Armen. »*Ecco*, die ganze verdammte Union hat ihm abgeraten, jeder Verbündete, sogar die *giovani*, die Jungen aus unserer glorreichen Republik sind dagegen. *Ma no*, dieser verbohrte Kreuzritter aus der Pfalz muss ja seinen Weg gehen.«

»Man sagt, dass er von großem Sendungsbewusstsein für die lutherische Sache erfüllt ist.«

Der Venezianer blinzelte, dann war ein ironischer Zug auf seinem Gesicht zu sehen. »Die reichen Zinn- und Glasvorkommen der Böhmen kommen dem sendungsbewussten Pfälzer sicher auch nicht ganz ungelegen, meint Ihr nicht auch, Signore?«

»Da magst du recht haben.« Johannes hatte schon oft erlebt, dass hinter den hehren Zielen von Männern, gleich welchen Standes, nur allzu pragmatische Gründe steckten.

»*Allora*«, fuhr Contarini fort. »Ich denke, dass es ab jetzt unabdingbar ist –«

»Wie ist es, Vater, wollen wir uns in den Goldenen Krug aufmachen?« Balthasar war wieder zu den beiden Männern gestoßen. »Ich habe Hunger.«

Johannes war über die rüde Unterbrechung und die Unhöflichkeit seines Sohnes erbost. Aber Contarini legte ihm die Hand auf den Arm. »Übt Nachsicht, Signore. Die Jugend verfolgt immer nur das Nächstwichtige, und das kann auch eine gute Eigenschaft sein. Wir Alten neigen oft dazu, zu weit vorauszudenken. Oder vorauszufürchten.«

Johannes spürte, wie sein Ärger verflog. »Du bist ein weiser Mann, Piero Contarini.«

Der Venezianer schmunzelte. »*Sì*, aber da tut Ihr mir zu viel der Ehre an. Und bevor Ihr Euch im Goldenen Krug ausnehmen lasst, bitte ich Euch, heute meine *ospiti*, meine Gäste zu sein.«

Johannes und Balthasar ließen sich am reich gedeckten Stubentisch nieder. Balthasar war beeindruckt, denn die Stube war mit Sicherheit zweimal so groß wie die elterliche in Donauwörth. Die Bilder an den Wänden kamen aus den Niederlanden, die Rahmen waren meisterhaft verziert. Truhe, Sitze und Tisch waren mit exquisiten Schnitzereien versehen. Fremdartige, aber kostbar aussehende Kristallgläser und Krüge legten Zeugnis davon ab, dass Piero Contarini schon in viele Winkel der Welt gereist war oder zumindest mit ihnen Handel trieb.

Was dieser Zwerg aus Venedig schafft, werde ich auch schaffen, dachte Balthasar und grinste unwillkürlich.

Johannes bemerkte den Gesichtsausdruck seines Sohnes. »Woran denkst du?«

»Dass – dass ich dir sehr dankbar bin, dass du mich auf

diese Reisen mitnimmst, Vater. Es ist von unschätzbarem Wert, was ich dabei lerne.«

Durchdringend blickte der Vater ihn an. Er schien nicht genau einschätzen zu können, ob Balthasar es ernst meinte. »Freut mich, dass du so denkst. Denn es kommt die Zeit, da du diese Reisen allein machen wirst.«

»Ich werde dafür beten, dass das noch sehr lange dauern wird, Vater.«

Johannes Heidfeldt antwortete nicht. Schweigen breitete sich zwischen den beiden Männern aus.

Balthasar ließ seinen Blick über die Tafel gleiten. Es gab alle Arten von Braten, Fisch, Geflügel, erlesenen rubinroten Wein und Spezereien mit Zucker. Sein Magen knurrte, er konnte es kaum erwarten, dass das Mahl begann.

Die Tür öffnete sich. Balthasar sah nicht auf, zu sehr war er in den Anblick der herrlichen Speisen vertieft.

Erst als er den Hauch eines verführerischen Parfüms wahrnahm, hob er den Kopf.

Piero Contarini stand an der Tafel. Und hinter ihm, vom Licht der Kerzen wundersam beleuchtet, die schönste Frau, die Balthasar Heidfeldt je gesehen hatte.

»Signori Heidfeldt«, der Venezianer machte eine schwungvolle Geste, »ich darf Euch meine Nichte Ippolita vorstellen. Sie ist aus Venezia hierhergekommen, um ihrem Onkel bei seinen Geschäften ein wenig auf die Finger zu schauen.«

Johannes stand auf und verbeugte sich, während Balthasar einfach nur der Mund offen stehen blieb. Fast überirdisch erschien ihm Contarinis Nichte. Der Körper in feinste, mit Edelsteinen versehene Seide gekleidet, die ihre vollendeten Formen liebkoste. Die rabenschwarzen Haare kunstvoll hochgesteckt, dunkle Augen in einem blassen, makellosen Gesicht. Der volle geschwungene Mund, die weißen Zähne, die jetzt, als Ippolita lächelte, zwischen roten Lippen hervorblitzten …

Du bist die eine.

Der Gedanke war da wie aus dem Nichts. Ein Gedanke, wie er ihm noch nie beim Anblick einer Frau gekommen war, ein Gedanke, der wie eine Stichflamme in ihm aufloderte. Und als der Sohn des Hauses Heidfeldt ebenfalls aufstand, um sich zu verbeugen, überkam ihn die Gewissheit, dass diese Flamme nie mehr verlöschen würde.

Donauwörth, Herbst A.D. 1619

Agnes schlenderte mit Irmel über den Wochenmarkt. Der Himmel war von einem kalten Blau, der Wind blies bunte, abgefallene Blätter über den Stadtplatz.

An der abbröckelnden Wand eines der leeren Bürgerhäuser lehnten zwei bayrische Soldaten und überwachten das Treiben. Mochten ihre Blicke auch gelangweilt und ihre Waffen nicht erhoben sein, so genügte doch allein ihre Anwesenheit, um einen Schatten über das harmlose Treiben des Marktes zu werfen. Vergesst nie, wer eure Herren sind – das war die Botschaft, die über den Warenständen, die über der ganzen Stadt lag.

Viel wurde auf dem Markt nicht feilgeboten, wie Agnes bemerkte: etwas Fleisch, Fisch und Geflügel, dazu Butter, Äpfel und Kletzen. Aber es reichte, um Johannes und Balthasar, die demnächst aus Augsburg zurückkehren würden, ein Willkommensmahl zu bereiten.

Die Einkäufe überließ Agnes ihrer Magd, denn sie war mit ihren Gedanken ganz woanders. Zwar hatte sie schon länger keinen Brief mehr bekommen, dennoch dachte sie fast unablässig an das, was bei Santorios Beerdigung geschehen war. Der mächtigste Mann der Stadt hatte ihr offenbart, dass er der Verfasser der Briefe war.

Seitdem fragte sich Agnes, warum er das getan hatte.

Warum hast du die Maske fallen gelassen?

Sie fand darauf keine Antwort. Sowohl sie als auch von Dandorf waren verheiratet, und es gab keine Anzeichen, dass sich daran etwas ändern würde. Trotzdem hatte Agnes das Gefühl, dass der Statthalter einen bestimmten Plan verfolgte. Ein Mann wie er, der das Vertrauen des mächtigen Herzogs Maximilian genoss und Donauwörth mit eiserner Hand lenkte, tat nichts Unüberlegtes.

Aber was sollte sie unternehmen?

Sie konnte mit niemandem über ihre Lage sprechen, denn niemand würde ihr Glauben schenken. Und selbst wenn, was würde geschehen? Sie würde sich von Dandorf zum Feind machen, und das konnte nur Unheil für ihre Familie bedeuten.

Obwohl die Sonne am Himmel stand, fror Agnes Heidfeldt mit einem Male.

Herr, unser Gott, bewahre mich vor allem Unglück. Hilf mir und den Meinen, steh uns bei.

Meist fühlte Agnes sich getröstet, wenn sie betete, doch heute blieb jeder Trost aus. Sie kam sich allein vor, obwohl sie sich zwischen all den Menschen ihrer Heimatstadt befand. Allein und verlassen, auch dann noch, als Irmel wieder zu ihr stieß und ihr geschwätzig die erworbenen Waren zeigte.

Zur gleichen Zeit spazierte Sieglinde mit Zacharias Werlein die Stadtmauer entlang. Dies war Absicht, denn die vielen Nischen in der mächtigen Mauer boten den jungen Männern und Frauen der Stadt eine willkommene Gelegenheit, allen wachsamen Augen zu entgehen, und wenn es nur für wenige Augenblicke war.

Eine dieser Nischen tat sich jetzt vor Sieglinde und Zacharias auf.

Mit einem Lächeln zog der junge Mann Sieglinde hinein. Er war groß und kräftig, das Haar fiel ihm lockig auf die Schultern. Leidenschaftlich drückte er Sieglinde an sich. »Sieglinde …«

Sie lächelte spitzbübisch, hielt ihn aber auf Abstand. »Ihr seid sehr stürmisch, Herr Werlein.«

»Sieglinde, spiel nicht mit mir. Du weißt, dass ich dich liebe.«

»Weiß ich das?« Wieder das Lächeln, diesmal verheißungsvoll.

Zacharias beugte den Kopf und näherte sich den herrlichen roten Lippen. Plötzlich presste Sieglinde ihren Mund auf den seinen, und die beiden verloren sich in einem heißen, bebenden Kuss.

Magdalena Heidfeldt konnte gar nicht weiter entfernt von ihrer Schwester sein. Denn im gleichen Moment, als Sieglinde Zacharias küsste, kniete Magdalena vor Abt Leonhard Hörmann und beichtete ihm ihre unkeuschen Gedanken über Lucas Ackermann.

Was sie sonst noch Unkeusches mit ihrem Leib getrieben hatte, behielt sie lieber für sich. Sünderin, schalt sie ihr Gewissen, aber sie bemühte sich standhaft, es zu unterdrücken. Es gab Dinge, von denen brauchte niemand etwas zu wissen, am allerwenigsten der ehrwürdige Abt von Heilig-Kreuz.

Als sie fertig war, hielt sie den Kopf gesenkt und erwartete bang das Urteil des Gottesdieners.

Stille erfüllte die Klosterkirche.

Dann hörte sie die Worte. »Steh auf, Magdalena Heidfeldt.«

Diese tat, wie ihr geheißen. Der Abt stand vor ihr, und obwohl er sie um mehr als Hauptesiänge überragte, wirkte er zerbrechlich.

»Begleite mich hinaus, meine Tochter.« Das faltige Gesicht strahlte keine Strenge, sondern nur Güte aus. Magdalena war es gleich etwas leichter ums Herz. Es sah zumindest nicht so aus, als würde sie der Abt ob ihrer Schwäche verdammen.

Draußen vor der Kirche ging Hörmann langsam den von Kastanienbäumen gesäumten Weg entlang, der vom Kloster wegführte. In ihrem Schatten war auf den fast kahlen Wiesen noch etwas roter Wiesenklee zu sehen.

Der Abt betrachtete die Blumen. »Sieh, Magdalena. Sieh das Wunder der Schöpfung.«

»Ich sehe es, Eure Heiligkeit.« Magdalena fragte sich, worauf Hörmann hinauswollte. Stimmte es doch, was man sagte: War der Abt mittlerweile etwas wunderlich geworden?

»Gottes Schöpfung ist wunderbar und vielfältig, so vielfältig wie die Gedanken und Taten der Menschen. Nicht alle diese Gedanken sind im Einklang mit dem Allmächtigen, so auch die deinen. Du wirst bereuen und das Paternoster beten, den ganzen heutigen Abend.«

»Ich werde es tun, Eure Heiligkeit.«

»Aber«, Hörmann hob den Zeigefinger, »wenn du Buße getan hast, wenn du reinen Herzens bist und diesem Mann wiederbegegnest, dann trachte danach, unter Einhaltung aller Gebote, eine Verbindung mit ihm einzugehen und sie vor Gott zu schließen.«

Magdalena war erstaunt – hatte der katholische Abt von Heilig-Kreuz ihr gerade geraten, einen Lutheraner zu ehelichen?

Hörmann nickte, als hätte er ihre Gedanken erraten. »Ich habe so viel Leid gesehen, in meinem Leben und auch in dieser Stadt. Die Liebe ist das Mittel gegen dieses Leid, die Liebe zu Gott, aber auch zu einem frommen Menschen. Sogar wenn dieser Mensch einer anderen Konfession angehört, so kann er doch ein gottgefälliges Leben führen. Verstehst du mich, Magdalena?«

»Ich verstehe Euch, Eure Heiligkeit.«

»Davon bin ich überzeugt.« Der Abt lächelte. »Ich habe dich immer schon für ein anständiges und kluges Mädchen gehalten. Du ähnelst sehr deiner Mutter. So kehr nun nach Hause zurück und grüße sie schön von mir. Und dann bete zum Herrn, wie ich es dir aufgetragen habe.«

»Das werde ich tun, Eure Heiligkeit. Ich danke Euch!« Magdalena bekreuzigte sich und ging leichten Herzens zum Roten Tor, das in die Stadt hinausführte.

Irmel stellte den Korb mit den erworbenen Waren vor dem Tor des Heidfeldt-Hauses ab. Gerade als sie es öffnete, um ihre Herrin eintreten zu lassen, trat ein Mann zu den beiden Frauen. Es war Hans von Jurgas, der Türmer von Donauwörth.

»Bitte verzeiht, dass ich Euch so unvermutet anspreche, Frau Heidfeldt«, stieß er hervor, »aber es ist von größter Wichtigkeit.« Bei diesen Worten rieb er sich nervös über den Mund.

Agnes hatte von Jurgas schon länger nicht mehr gesehen, jedoch schien der Türmer seit dem letzten Mal dem

Leben noch ferner zu sein. Der einst große und kräftige Mann war nur noch ein Schatten seiner selbst: das Gesicht hager und eingefallen, mit schweren Tränensäcken und Augen, die gerötet waren und beständig tränten. Der mit Schaffell ausgekleidete Mantel, den von Jurgas immer schon gegen die Kälte auf dem Turm getragen hatte, war an manchen Stellen fast durchgewetzt. Ein so durchdringender Geruch nach Schweiß und Wein ging von dem Mann aus, dass Agnes unwillkürlich den Atem anhielt.

»Ich muss Euch sprechen«, wiederholte er mit Nachdruck.

»Mein Gemahl ist nicht da, Herr von Jurgas«, antwortete Agnes förmlich. »Wenn Ihr etwas von Ihm wollt –«

»Nein, ich muss *Euch* sprechen.« Erneut rieb sich der Türmer mit den Fingern über den schorfigen Mund.

Agnes zögerte. Von Jurgas war vor vielen Jahren der ausdauernde Trinkkumpan ihres Bruders Gebhard gewesen. Sie hatte damals wenig für den Türmer übrig gehabt, weil er in ihren Augen dazu beigetragen hatte, dass Gebhard immer mehr der Trunksucht verfallen war.

Andererseits hatte der Mann mittlerweile seine gesamte Familie, die er sehr geliebt hatte, verloren. Sein Leben musste von einer fast unerträglichen Einsamkeit sein. Da war ein einfaches Gespräch nicht zu viel der Christenpflicht, mahnte sich Agnes.

Sie wandte sich an Irmel, die neben ihr wartete. »Geh schon hinauf. Ich komme nach.«

Die Magd warf von Jurgas einen misstrauischen Blick zu, tat dann aber, wie ihr geheißen. Als ihre Schritte verklungen waren, beugte sich der Türmer näher zu Agnes.

»Bitte kommt zu mir in den Turm. Es ist von allergrößter Wichtigkeit.«

Agnes schüttelte den Kopf. »Das werde ich mit Sicherheit nicht tun. Wir können hier –«

»Es geht um Euren Bruder. Ich habe Kenntnis über einige Dinge, die Euch interessieren werden.«

»Was sollte es diesbezüglich noch Bedeutsames geben?« Agnes war ehrlich erstaunt. »Gebhard ist tot, vor vielen Jahren in Prag gestorben.« Ihr Bruder hatte sich schon bald, nachdem er die Kinder der Ackermanns nach Prag gebracht hatte, die Schwindsucht zugezogen und war binnen kurzer Zeit verschieden.

»Es geht nicht um Prag. Es geht unter anderem um die Zeit, als er noch in Schwäbischwerd lebte.« Der Türmer nahm ihren Arm. »Bitte!«

Agnes schüttelte seine Hand ab. Von Jurgas begann, ihr auf die Nerven zu gehen. »Ihr solltet den richtigen Namen der Stadt verwenden oder wenigstens leiser reden. Alles andere wird Eurer Gesundheit mit Sicherheit abträglich sein.«

Ein Ratsherr ging mit seiner Gattin vorbei, grüßte Agnes mit einem Nicken. Sie erwiderte den Gruß, ihr entging aber nicht, dass die beiden von Jurgas neugierig musterten.

»Hört, Herr von Jurgas, es ist wohl besser, wenn Ihr jetzt geht.« Agnes' Ton war äußerst entschieden.

»Der Brand der Stadtpfarrkirche. In jener Nacht, als damals das Feuer im Turm ausbrach, da war … da war Euer Bruder ebenfalls im Turm.«

Jetzt fühlte Agnes Wut in sich aufsteigen. »Das ist viele Jahre her, und wenn ich richtig unterrichtet bin, habt Ihr

Christoph Ackermann geschworen, Schweigen darüber zu bewahren.«

»Ackermann hat meine jüngste Tochter aus den Flammen gerettet, das ist wahr. Aber sie ist tot, und ich fühle mich nicht länger an meinen Eid gebunden.« Mit einem Male wirkte von Jurgas sehr müde. »Ihr wisst, was die Einwohner von Donauwörth und die Bayern dazu sagen werden, wenn sie herausfinden, dass der Schwager des Kaufmanns Heidfeldt für den Brand der Kirche verantwortlich war. Und dass ebendieser Kaufmann und sein lutherischer Freund dies alles verheimlicht haben.«

»Das hat sich vor so langer Zeit zugetragen, dass es weder für die Bürger noch für die Bayern von Interesse ist.« Ein gewichtigeres Argument wäre gewesen, dass damals nicht Gebhard, sondern der Spanier Emanuel Suárez für den Brand der Kirche verantwortlich gewesen war. Aber das ließ sich nicht mehr beweisen, denn Suárez war tot.

»Meine Aussage wird reichen, Misstrauen gegen Euren Gemahl zu schüren. Und ich denke, dass er sich dieses Misstrauen im Augenblick nicht leisten kann.« Der Türmer trat einen Schritt zurück. »Nun?«

Agnes überlegte. Sie war nicht sicher, ob von Jurgas dafür sorgen konnte, dass sich die Stadt und ihre Herren gegen Johannes wandten. Andererseits wollte sie auch kein unnötiges Risiko eingehen. Die Geschäfte des Hauses Heidfeldt liefen im Augenblick schlecht genug. Das Vernünftigste war wahrscheinlich, wenn sie den Türmer anhörte, seine Bitte um Geld – denn was sollte es anderes sein – zur Kenntnis nahm und dann alles mit Johannes besprach, wenn dieser zurück war. Ihr Gemahl würde mit

Sicherheit wissen, wie man mit dem Türmer am besten verfuhr.

»Gut, Herr von Jurgas. Dann sagt mir jetzt, was Ihr zu sagen habt.«

Der schüttelte den Kopf. »Nein, ich muss in den Turm zurück. Ich habe meinen Dienst schon länger als erlaubt vernachlässigt. Wenn Ihr wissen wollt, was ich zu sagen habe, so folgt mir in wenigen Augenblicken, damit wir nicht zusammen gesehen werden.«

Agnes zögerte, dann nickte sie wortlos.

Von Jurgas atmete sichtlich auf. »Ich danke Euch.« Er drehte sich um und schritt in Richtung Oberer Markt, wo die Stadtpfarrkirche Zu Unserer Lieben Frau lag.

Agnes wartete kurz, dann folgte sie dem Türmer von Donauwörth.

Die Frau des Kaufmanns Heidfeldt stieg die Stufen hinauf, die zum Turm führten. Obwohl es Tag war, herrschte Düsternis in dem Bauwerk. Nur undeutlich konnte Agnes die mächtigen Holzpfeiler und die steinernen Verstrebungen erkennen, die den Turm und das hölzerne Treppengerüst stützten. Der Wind pfiff durch die Ritzen im Mauerwerk und ließ Agnes erschauern.

Dann hatte sie es geschafft. Sie erreichte die Unterkunft des Türmers, die nur aus einer Küche und einer Kammer mit zwei Betten bestand. Decke und Wände waren fingerdick mit Ruß bedeckt, auf dem Boden lagen alte Fetzen. Früher hatte von Jurgas hier mit seinem Weib und seinen vier Kindern gewohnt, jetzt war er allein. Agnes sah die winzige Behausung zum ersten Mal und verspürte trotz ihres Ärgers über von Jurgas so etwas wie Verständnis dafür, dass er sich dem Trunk ergeben hatte. Ein Leben lang hier in der Höhe, dem Wetter und der Einsamkeit ausgesetzt …

Sie blickte sich um, konnte aber keine Spur des Türmers entdecken. »Herr von Jurgas, wo seid Ihr?«, rief sie.

Ein Scharren, dann Schritte. In der Tür, die zum Umlauf hinausführte, erschien eine Gestalt.

Agnes erstarrte.

»Ich grüße Euch, Agnes Heidfeldt«, sagte Hans Albrecht von Dandorf mit ruhiger Stimme.

»Ihr müsst verzeihen, dass ich Euch getäuscht habe.« Von Dandorf stand Agnes im Freien des Umlaufs gegenüber, dem Gang, der unterhalb der Spitze um den ganzen Turm herumführte. Darüber befand sich nur noch der Glockenstuhl. »Und Ihr müsst dem Herrn Türmer verzeihen, dass er Euch heraufgelockt hat. Ich musste ihn etwas … unter Druck setzen, damit er mir meine Bitte erfüllt. Es ist erstaunlich, was so ein alter Trunkenbold für Widerstandskräfte aufzubringen vermag, aber schließlich hat er eingesehen, was besser für ihn ist.«

»Wo ist er jetzt?« Agnes rieb sich die Hände.

»Ich habe ihm gesagt, er soll unten in der Kirche bleiben, bis ich ihn wieder heraufschicke. Damit wir beide ungestört sind.« Der Statthalter blickte auf Agnes, auf ihre Hände. »Euch ist doch nicht zu kalt?« Er schien aufrichtig besorgt. »Aber in diesem Misthaufen, die der Mann seine Unterkunft nennt, kann man sich nicht richtig unterhalten.«

»Was wollt Ihr von mir, Herr Statthalter?« Agnes klopfte das Herz bis zum Hals, als sie diese Frage stellte. Sie musste sie stellen, gleichwohl sie die Antwort ahnte und fürchtete.

Doch von Dandorf schwieg und blickte auf die Stadt hinab. Agnes folgte seinem Blick, sah die Stadtmauer mit den vielen Türmen, die Häuser, die sich aneinanderdrängten, die Menschen, die durch die Straßen und Gassen eilten oder schlenderten, je nach Profession.

»Wisst Ihr, Agnes, dass diese Stadt etwas Besonderes ist?«, fragte von Dandorf. »Oh, nicht wegen ihrer strategischen Lage, ihres Weins oder der unglaublichen Dummheit, die sie in die Reichsacht geführt hat.« Jetzt erst wandte sich der Statthalter Agnes zu. »Sie ist etwas Besonderes, weil *Ihr* hier seid.«

Agnes wollte etwas sagen, brachte aber kein Wort heraus.

Von Dandorf blickte ihr in die Augen. »Habt Ihr meine Briefe gelesen? Was frage ich, sicher habt Ihr sie gelesen. Die Frage ist vielmehr – was habt Ihr dabei empfunden?«

Agnes fand mit einem Male ihre Stimme wieder. »Ich fand Eure Briefe in höchstem Maße ungehörig, Herr Statthalter, und ich kann Euch nur hier und jetzt bitten, Euch von jedem Gefühl, das Ihr vielleicht für mich empfinden mögt –«

»Nicht vielleicht.« Von Dandorf hob den Finger seiner rechten Hand. »Ich empfinde tatsächlich tiefe Zuneigung für Euch, Agnes Heidfeldt, wie ich sie noch nie für eine Frau gefühlt habe.«

»Warum habt Ihr Euch mir überhaupt bei Santorios Begräbnis zu erkennen gegeben?«

Der Statthalter trat einen Schritt näher zu Agnes hin. Instinktiv wich sie zurück. »Ihr wisst die Antwort, Agnes. Ich begehre Euch, und ich bin kein Mann, der zögert, sich zu nehmen, was er begehrt. Doch bei einer Frau wie Euch wusste ich, dass ich anders verfahren musste. Ihr habt es *verdient,* nicht überwältigt, sondert erobert zu werden. So schrieb ich Euch erst die Briefe, dann offenbarte ich mich Euch bei dem Begräbnis.« Er machte eine kurze Pause. »Ich wollte in beiden Fällen wissen, wie Ihr reagiert. Und in beiden Fällen habt Ihr niemandem etwas erzählt. Das zeigt mir, dass Ihr Interesse habt.«

»Ihr seid im Irrtum, Herr Statthalter. Ich bin nicht im Geringsten daran interessiert, meinen Gemahl zu hintergehen«, erwiderte Agnes mit fester Stimme. »Und ich habe mich niemandem anvertraut, weil ich es nicht kann. Ihr seid der Statthalter, ich bin die Frau eines Kaufmanns. Was hätte ich denn für eine Chance gegen Euch?«

Von Dandorf musterte sie eindringlich. Sie hielt seinem Blick stand.

Schließlich lächelte er. »Ich bin ein guter Menschenkenner, in meiner Stellung muss ich das sein. Ich erkenne sehr gut, wenn jemand lügt. Ihr lügt vielleicht nicht, Agnes, aber Ihr seid auch nicht aufrichtig. Nur eine kleine Nuance, aber sie ist von größter Bedeutung für mich. Denn diese Nuance deute ich als Bereitschaft von Eurer Seite, mein Begehren zu erwidern.«

Ein Gedanke stieg in Agnes auf, blitzschnell.

Werlin, Rainwailer. Wanger. An die hast du gedacht, als du die Briefe bekommen hast. Diese Bereitschaft erkennt das Scheusal, das vor dir steht.

Von Dandorf machte einen weiteren Schritt auf Agnes

zu, war jetzt ganz nahe. Sie fühlte die Mauer hinter sich und konnte nicht weiter zurückweichen.

»Ich habe es Euch schon einmal gesagt – Ihr täuscht Euch, Herr Statthalter.«

»Das glaube ich nicht, Agnes.« Sein Blick glitt über sie, von oben bis unten. Es war ein so intensiver Blick, dass Agnes ihn fast körperlich spürte. Wollust lag darin und die unbedingte Absicht, sich zu nehmen, was man begehrte.

»Das glaube ich wahrlich nicht…« Der Statthalter beugte sich zu ihr hinab und wollte sie küssen. Sie drehte den Kopf zur Seite, spürte, wie seine kalten Lippen ihre Wange berührten. Ihr war, als würde sie von einer Schlange geküsst. Sie erschauerte, als sie sich ausmalte, wie es erst sein würde, wenn sie –

Sie stieß von Dandorf zurück und holte tief Luft. »Ich liebe meinen Gemahl. Und das wird sich auch in der Zeit, die uns der Allmächtige in seiner Güte noch schenken wird, nicht ändern. Ich kann Euch deshalb nur ein letztes Mal bitten, von Euren Begehrlichkeiten abzulassen.«

Von Dandorf starrte sie an. Schließlich änderte sich sein Gesichtsausdruck. Leidenschaft wich Härte.

»Nun gut, Agnes Heidfeldt. Mag sein, dass ich mich in Euren Gefühlen für mich getäuscht habe.«

Abwartend verschränkte Agnes die Arme.

»Ihr begehrt mich nicht, jedoch ändert das nichts daran, dass ich Euch begehre.«

Nun fühlte Agnes Angst in sich aufsteigen.

»Ihr sagtet vorhin, dass Ihr gegen den mächtigsten Mann der Stadt keine Chance hättet, und da habt Ihr recht.« Von Dandorfs Stimme war kalt geworden. »Ich sage Euch deshalb mit aller Offenheit: Ich will, dass Ihr Euch mir hingebt. Wenn Ihr das nicht tut, werde ich Euch und Eurer Familie großen Schaden zufügen.«

»Dazu wäret Ihr –«, Agnes brach ab, fing sich aber wieder. »Dazu wäret Ihr wirklich fähig?«

»Stellt mich auf die Probe. Als Vertreter Herzog Maximilians kostet mich das weniger Anstrengung, als eine Fliege totzuklatschen«, fuhr der Statthalter ungerührt fort. »Erst ruiniere ich Euren Gemahl. Dann lasse ich ihn in den Kerker werfen, wo er verrotten wird. Was würde dann wohl mit Euch geschehen? Mit Eurem Sohn? Aber vor allem mit Euren Töchtern?«

Agnes verspürte eisige Kälte. Die Angst, die sie vorhin ergriffen hatte, war zu Panik geworden. Sie brachte kein Wort heraus, konnte keinen geordneten Gedanken fassen.

»Ich verlange nur ein erstes Treffen, Agnes. Alles Weitere mag man sehen. Ein Treffen, nur Ihr und ich – ist Euch das Wohlbefinden Eures Gemahls und Eurer Kinder nicht einmal das wert?«

Der Wind rauschte um den Turm und um die beiden Menschen, die sich bewegungslos gegenüberstanden.

Agnes erschien alles merkwürdig verlangsamt. Augenblicke dehnten sich zu Jahren, während sie verzweifelt versuchte, einen Ausweg aus diesem Albtraum zu finden.

Aber es gab keinen Ausweg. Es gab nur eines, dass sie noch sagen konnte.

»Also gut.« Ihre Stimme war fast unhörbar. »Ich werde Euch wiedersehen, jedoch nur einmal.«

»Ihr habt die richtige Entscheidung getroffen.« Von Dandorfs Gesicht spiegelte seinen Triumph wider. »Ich werde alles sorgfältig arrangieren. Es wird noch etwas dauern, denn ich muss in der kommenden Zeit einige

Male nach München reisen. Doch wenn ich zurückkehre, lasse ich Euch einen Brief zukommen. Und dann, Agnes … dann werdet Ihr mich schätzen lernen.«

»Ihr werdet keine rechte Freude daran haben, Herr Statthalter.« Agnes' Lippen fühlten sich seltsam taub an, sie konnte nur mit Mühe sprechen. »Denn Liebe kann man nicht erzwingen.«

»Seid Euch da nicht so sicher. Vielleicht gefällt Euch ja, was Ihr erlebt. Und nun gehabt Euch wohl, Agnes Heidfeldt, und erwartet meine Nachricht.« Mit diesen Worten verließ von Dandorf den Umlauf.

Agnes blickte auf die Stadt und den Fluss, der jenseits der Mauern lag. Kraftlos spiegelten sich die Strahlen der Herbstsonne in seinen Fluten. So kraftlos, wie die einsame Frau am Kirchturm von Donauwörth sich fühlte.

Prag, 4. November A.D. 1619

Es war ein kalter Tag in der Hauptstadt von Böhmen. Der schneidende Wind, von dem die Alten sagten, dass er direkt aus den Steppen des Ostens kam, ließ die Wangen der Einwohner Prags rot werden und wirbelte ihre Atemwolken durcheinander.

Aber heute ließ sich niemand von der Kälte stören. Denn heute war der Tag, den die lutherischen Böhmen mehr als alles andere herbeiersehnt hatten – der Tag, an dem Friedrich V., Pfalzgraf und Kurfürst von der Pfalz, zu ihrem König gekrönt werden sollte.

Nach alter Tradition musste jeder Thronanwärter den Königsweg beschreiten, der vom Zentrum der Stadt zum Hradschin hinaufführte. Auch Friedrich und seine schöne Gemahlin Elisabeth Stuart, Tochter des englischen Königs Jakob, hatten sich dieser Tradition unterworfen und waren mit ausgewählten Mitgliedern ihres Hofstaates am Vormittag aufgebrochen. Dass Elisabeth, die guter Hoffnung war, gleich nach der beschwerlichen Reise nach Böhmen nun auch den Königsweg auf sich nahm, hatte ihr die uneingeschränkte Zuneigung der Bevölkerung eingebracht.

Und so säumten jubelnde Menschen und reich geschmückte Häuser den Königsweg, Salutschüsse aus Kanonen und Glockengeläut waren zu hören, dazu spielten

Trompeten, Posaunen und Trommeln. Ganz Prag feierte seinen zukünftigen Herrscher.

Würdigen Schrittes, ab und an ihren zukünftigen Untertanen zuwinkend und wichtige Vertreter der Prager Gesellschaft begrüßend, gingen Friedrich und die Seinen von der Altstadt zum Rathaus, ließen die steinerne Brücke hinter sich und betraten die Kleinseite.

Der Jubel der Menschen wurde lauter, als sich der Zug durch die Straßen und Gassen hinauf dem Hradschin näherte.

Friedrich bemerkte nun eine alte Frau, die ihre Begeisterung besonders laut kundtat und dabei einen Arm mit einer Flugschrift in die Höhe streckte. Der Thronanwärter verlangsamte seinen Schritt und näherte sich der Alten. Sie war in ein Leinengewand und einen abgetragenen Umhang gekleidet, einzelne Strähnen ihres dünnen weißen Haares lugten unter der Haube hervor. Ihr Gesicht schien von tausend Falten durchzogen, aber ihre schwarzen Augen funkelten lebhaft.

Friedrich stand jetzt direkt vor der Frau. Seine Leibgarde schirmte ihn und die Alte von den anderen Zuschauern ab.

Die alte Frau schien vor Ehrfurcht wie erstarrt, als ihr zukünftiger König so leibhaftig vor ihr stand.

»Würdest du mir das zeigen?« Friedrich deutete mit einer Kopfbewegung auf das Flugblatt, das die Frau in ihrer Hand hielt.

»Natürlich, Eure Majestät.« Die Alte gab ihm das Blatt und senkte ergeben den Kopf.

Friedrich besah sich das Papier. Er und seine Gemahlin waren darauf abgebildet, mit Krone und Zepter. Vier Löwen – die Kurpfalz, Böhmen, England und die Nieder-

lande – bewachten das Königspaar. Nebenbei standen die großen lutherischen Kämpfer Hus, Luther und Calvin. Katholische Geistliche flohen aus einem brennenden Kloster, während im Hintergrund die Sonne am Himmel stand.

Ein warmes Gefühl der Freude stieg in Friedrich auf. Sehr oft wurden Flugschriften, in Massen gedruckt, mit Bedacht unter den Pöbel gebracht, um Aufruhr und Missgunst gegen die Mächtigen zu schüren. Aber nicht hier in Prag. Hier hieß ihn augenscheinlich jeder willkommen.

»Ihr seid die Sonne, Herr. Ihr seid der Frieden.« Die Stimme der Alten bebte.

Friedrich lächelte. »Hab Dank für deinen Glauben, an mich und den Allmächtigen. Übe ihn weiterhin so treu aus, dann wird über Böhmen wahrhaft eine neue Sonne aufgehen. Über Böhmen – und dem ganzen Reich.«

Tränen des Glücks liefen der alten Frau über die faltigen Wangen, als Friedrich ihr das Flugblatt zurückgab und mit hocherhobenem Kinn den Königsweg weiterschritt ...

Im Veitsdom, der zum Bersten gefüllt war, herrschte andächtige Stille. Die Herren der Stadt, die Geistlichkeit und die Abgesandten der Stände – alle waren sie da, um der Krönungszeremonie beizuwohnen.

Unter dem Chor mit seinem prächtigen Parallelrippengewölbe kniete Friedrich im Krönungsmantel. Dieser bestand aus geritzter Seide und war mit Goldfäden, Perlen und unzähligen Ornamenten bestickt. In das Innenfutter aus Damast waren Gold- und Silberfäden eingearbeitet. Der Mantel war schwer, aber Friedrich spürte das Gewicht nicht. Zu beseelt war er von dem, was geschah.

Denn er, der Kurfürst, würde König werden.

Vor dem Knienden standen der Administrator des Erzbistums, Georg Dicastus, sowie Johannes Cyrill von Třebič vom böhmischen evangelischen Konsistorium. Sie sprachen die Gebete, wie die Zeremonie sie vorsahen, doch Friedrich hörte sie nicht.

Er würde König werden.

In wenigen Augenblicken würde der Administrator ihm die Wenzelskrone auf den Kopf setzen und Reichsapfel und Zepter aushändigen. Den Insignien der Macht würde die Salbung mit heiligem Öl folgen. Und dann – war er am Ziel.

Ihr seid die Sonne, Herr. Ihr seid der Frieden.

Die Worte der alten Frau fielen ihm wieder ein. Nun, der Friede würde kommen, aber erst lag noch ein weiter kriegerischer Weg vor ihm. Er hoffte auf den Beistand seines Schwiegervaters in England und der Niederländer, und natürlich auf Bethlen Gábor, den Fürst von Siebenbürgen, der Pressburg erobert hatte und gegen den Kaiser zog.

Mit ihnen allen an seiner Seite würde er zum Kreuzritter des lutherischen Glaubens werden, würde Böhmen und die lutherischen Teile des Reichs gegen den Kaiser verteidigen.

Der Administrator nahm die Krone, die wie die anderen Insignien in einem mit Samt ausgeschlagenen Behälter lagen, und näherte sich Friedrich.

Der starrte die Krone an wie in Trance. Sie war ganz aus Gold gearbeitet und mit Saphiren, Smaragden, Perlen und einem Rubin besetzt. An ihrer höchsten Stelle ragte ein Kreuz in die Höhe. Friedrich wusste, dass sich auf dem Kreuz eine Inschrift befand.

Hic est spina de corona Domini.

Dies ist ein Dorn aus der Krone des Herrn.

Er, Friedrich, würde ebenfalls zum Dorn werden, zum Dorn, der sich in die Seite des Kaisers bohrte. Die kleine Wunde würde größer werden, würde von Böhmen aus schon bald über das ganze Reich klaffen.

Hic est spina de corona Domini.

Die Krone in den Händen des Geistlichen kam noch näher.

Für einen Augenblick spürte Friedrich Zweifel. Hatte er sich zu viel zugemutet? Konnte er sich wirklich gegen den Kaiser auflehnen? Würden ihm seine Verbündeten beistehen? Würde ihn der Allmächtige auf den Schlachtfeldern führen?

Wie als Antwort drang ein Sonnenstrahl durch eines der hohen Fenster und ließ das Kreuz auf der Krone aufleuchten.

Für Friedrich sah es so aus, als wäre es von einem Heiligenschein umgeben. Mit einem Male schwand jeder Zweifel, und er fühlte eine allumfassende Sicherheit. Er war der Auserwählte, gekommen um den Willen des Herrn zu vollenden.

Friedrich senkte den Kopf.

Und die Krone senkte sich auf sein Haupt.

Prag, Anfang A.D. 1620

Mit festem Schritt überquerte Adam Kurzbach die wuchtige Steinerne Brücke, die seit über zweieinhalb Jahrhunderten die Prager Altstadt mit der Kleinseite verband. Die Moldau, die darunter hinwegfloss, war nur zu hören, da der morgendliche Nebel so dick wie Milchsuppe war und man kaum zehn Fuß weit sehen konnte.

Adam passierte den zinnenbesetzten Torbogen der Kleinseite, bog nach rechts ab und erreichte schließlich die Gasse, die zwischen dem Rathaus und der Kirche des heiligen Thomas begann. Dort verlangsamte er seinen Gang, machte kehrt, ging zehn Schritte, machte wieder kehrt – so, als würde er auf jemanden warten, ohne dabei als Wartender wahrgenommen werden zu wollen.

Der dichte Nebel hatte sich bereits ein wenig gelichtet, als Christoph Ackermann sich mit seinem Fuhrwerk auf den Weg machte. Er und Lucas hatten es zuvor mit so vielen Weinfässern beladen, wie die Achsen tragen konnten, und diese gut verzurrt. Der Empfänger der Fässer, ein betuchter Adeliger, der sein Anwesen weit vor den Toren der Prager Kleinseite hatte, wartete derart ungeduldig auf deren Inhalt, dass er in den vergangenen zehn Tagen bereits fünf Boten zu Christoph geschickt hatte, um die Lieferung einzufordern. Doch dieser hatte nur immer wieder versichern können, die Fässer gleich nach dem Tag zu liefern, an dem sie aus Italien bei ihm eingetroffen waren. Am gestrigen Abend war es schließlich so weit gewesen, und so hatte sich der Transporteur heute in aller Herrgottsfrühe mit der Fuhre aufgemacht. Normalerweise hätte Christoph damit zumindest bis zum Vormittag gewartet, da die Pflastersteine dann weniger nass und rutschig waren, aber er erhoffte sich ein wohlwollendes zusätzliches Salär, wenn er bis Mittag lieferte.

Das Fuhrwerk passierte gerade klappernd den Torbogen der Kleinseite, als Christoph die Zügel anzog. Das braune Kaltblutpferd schnaubte und blieb stehen. Die Straße, die an der Kirche des heiligen Nikolaus vorbei- und weiter zum Stadttor hinausführte, war schlecht passierbar, da ein Dutzend Marktweiber zusammenstand und tratschte. Und da sich Christoph weder den Zorn der Frauenzimmer zuziehen noch womöglich mit faulem Gemüse beworfen werden wollte, zeigte er seinem Pferd an, dass es den Weg nach rechts nehmen solle, was dieses auch gutmütig tat.

Adam Kurzbach war des Wartens überdrüssig. Der Mann, auf den er bereits eine gefühlte Ewigkeit gewartet hatte, war noch immer nicht vor sein Haus getreten. Adam ballte die Fäuste. Nicht nur hatte dieser die Impertinenz gehabt, Adams Tochter zu begatten, er besaß auch noch die Kühnheit zu leugnen, jemals mit dem unschuldigen Ding verkehrt zu haben! Aber am heutigen Tag war Schluss mit der Schmach, das hatte sich Adam geschworen! Noch vor Sonnenaufgang hatte er seine liebreizende, wenn auch einfältige Tochter in einen Konvent geschickt. Dort sollte sie nicht nur die Niederkunft ihres Kindes erwarten, sondern auch den Rest ihres Lebens verbringen, was ihr wohl Lehre genug sein dürfte. Für den schamlosen Recken hatte sich Adam ebenfalls etwas ausgedacht, das ihm vor Augen führen sollte, wie dumm es war, sich mit den Kurzbachs anzulegen. Adam fasste in seinen Mantel, holte eine Pistole hervor und spannte den Abzug. Dann ging er zur Tür und klopfte dreimal energisch dagegen. Er hörte Schritte, das Entriegeln eines Schlosses. Einen Augenblick später wurde die Tür geöffnet. Der junge Mann, der auf der Schwelle und Adam damit gegenüberstand, traute sichtlich seinen Augen nicht.

Christoph fuhr am Rathaus vorbei, zog am linken Zügel und spürte, wie sein Pferd den schweren Wagen langsam nach links zog.

Adam trat einen Schritt zurück, hob die Hand mit der Pistole und schoss dem Lüstling mitten ins Gesicht. Der Knall des Schusses peitschte durch die enge Gasse.

Panisch bäumte sich Christophs Zugpferd auf. Es stieß ein lautes Wiehern aus und begann, samt Fuhrwerk davonzugaloppieren, als wäre der Teufel hinter ihm her. Christoph wurde fast vom Kutschbock geschleudert und konnte sich gerade noch festhalten. Der Wagen ächzte, die schweren Weinfässer rieben auf der Ladefläche knirschend aneinander, die Seile surrten.

Wie ein Geschoss raste das Gespann durch die Straße der Kleinseite. Frauen schrien auf, Passanten hechteten zur Seite. Christoph bekam nun endlich die Zügel zu fassen und zerrte an ihnen, so fest er konnte. Doch es schien vergebens. Dem Transporteur war, als könnte nichts und niemand sein Fuhrwerk aufhalten – bis eine prächtige schwarze Kutsche aus einer Seitengasse bog.

Das Pferd, das Christophs Wagen hinter sich herzog, versuchte abzubremsen, aber seine Hufeisen schlitterten auf den nassen Pflastersteinen, als wären sie mit Seife eingerieben. Christoph riss an der Zugbremse, doch auch die eisenbeschlagenen Räder des Fuhrwerks rutschten auf dem feuchten Belag einfach geradewegs weiter.

Der Kutscher des schwarzen Einspänners und Christoph tauschten einen panischen Blick, der einen Moment lang eine Ewigkeit zu sein schien –

Dann prallten Pferde und Wagen aufeinander.

Das Bersten von Holz.

Entsetzliches Wiehern und furchtbares Schnauben.

Aufgeregte Schreie und Hilfe suchende Rufe.

Der Geruch von vergorenen Trauben.

Langsam öffnete Christoph die Augen. Sein Schädel pochte wie wild. Wo war er? Was war geschehen? Er blickte auf seine Hand, die seltsam rot war, und roch daran – Wein. Erst allmählich nahm er wahr, dass eine Vielzahl von Leuten um ihn herumstand, manche mit betroffenen Blicken, andere mit sorgenvollen. Neben ihm lag sein Fuhrwerk, umgekippt, die Speichen des Vorderrads gebrochen. Die zehn Fässer waren von der Ladefläche geschleudert worden und lagen nun überall in der Straße verstreut, zumeist zerborsten und mit gesprungenen Fassreifen.

Ein erneutes Wiehern ließ Christophs Blick zu seiner

Linken schnellen, wo sein Pferd am Boden lag, den Hintermittelfuß seltsam abgewinkelt. Neben ihm stand der Rappe der schwarzen Kutsche und tänzelte nervös, wie ein Mensch es tat, der nicht wagte, auf einen verstauchten Fuß aufzutreten. Die vornehme Kutsche selbst schien kaum Schaden genommen zu haben.

Aus ihrem Inneren stieg ein kleiner Mann Mitte dreißig, edel und dunkel gewandet, mit schlohweißem Haar und buschigen schwarzen Augenbrauen. Sein Blick war so scharf wie seine Nase kantig, sein kleiner Wanst verriet, dass er zwar die guten Dinge des Lebens nicht verachtete, sie jedoch in Maßen zu genießen wusste.

Erst wenige Augenblicke lang hatte er sich das Geschehene angesehen, als sein Kutscher zu ihm gehumpelt kam und zitternd neben ihm stehen blieb.

»Um Himmels willen, mein Herr, sind Sie unversehrt?«

»Es geht mir gut, Jaroslaw«, sagte der Edelmann mit unüberhörbar niederländischem Akzent. »Und dein Befinden?«

Der Kutscher nahm eine stramme Haltung an. »Alles im Lot, Herr. Unkraut vergeht eben nicht.«

Dann erblickte der Mann Christoph. Sogleich eilte er zu ihm und half ihm auf.

»Wie um alles in der Welt konnte das denn passieren?«

Der Transporteur spürte mit einem Male, wie ihm jeder Knochen im Leib schmerzte, doch er versuchte, sich nichts anmerken zu lassen. »Irgendwo muss jemand … geschossen haben. Mein Gaul hat sich erschrocken und ist durchgegangen. Ich … ich bitte vielmals um Vergebung.«

Die beiden Männer schüttelten sich die Hand.

»Christoph Ackermann.«

»Hans de Witte«, stellte sich der Edelmann vor. »Ist sonst noch jemand zu Schaden gekommen?«

Der Transporteur sah die Gasse entlang, aber es schien, als hätte sich jeder Passant rechtzeitig in Deckung bringen können. »Nein, so wie es scheint, nicht.«

»Was man von unseren beiden Gäulen leider nicht behaupten kann.«

Christoph blickte zu dem liegenden und dem tänzelnden Pferd und wusste sogleich, dass es für beide keine Rettung gab. Und auch nicht für ihn, denn er besaß nur das eine Pferd, und was war schon ein Transporteur, der nichts transportieren konnte? Ein bedrohliches Gefühl der Angst machte sich in seiner Magengrube breit.

»Der Schaden an meiner Kutsche scheint nicht der Rede wert«, meinte de Witte. »Aber das Pferd werden Sie mir natürlich ersetzen.«

»Natürlich«, gab sich Christoph verbindlich, auch wenn er wusste, dass er dazu wohl kaum in der Lage war. Genau genommen gar nicht.

»Sie wohnen in Prag?«, wollte de Witte wissen.

Der Transporteur nickte.

»Jaroslaw, mein Kutscher, wird Ihren Namen und Ihren Wohnsitz aufnehmen. Ich werde Ihnen in den nächsten Tagen einen Boten senden, der Ihnen die Höhe meines Schadens überbringt.« De Witte maß Christoph von oben bis unten. »Sie machen mir den Eindruck, ein Mann von Ehre zu sein. So will ich Sie nicht länger drangsalieren.«

Die beiden Männer schüttelten sich erneut die Hand, dann ließ de Witte den Transporteur allein zurück, inmitten des Chaos aus zerborstenen Fässern, zerschlagenen Wagenrädern und schnaubenden Pferden.

»Das ist ein Fiasko. Eine einzige Katastrophe.« Christoph begrub sein Gesicht in seinen Händen. »Ich muss für den Wein aufkommen, und zwar nicht nur für das zerstörte Ladegut, sondern auch noch für den Transport neuer Fässer aus der Lombardei hierher. Dann für das Pferd dieses de Witte. Und ein Gespann habe ich auch keines mehr.«

Tröstend legte Helene ihrem Gemahl die Hand auf das schüttere Kopfhaar. »Wir werden auch dieses Missgeschick meistern.«

Ihre Stimme klang sanft und zuversichtlich, wie die einer Mutter. Aber Christoph spürte, dass es diesmal keine Rettung geben würde.

»Ich werde die wenigen Waren, die wir gelagert haben, an den Nächstbesten verkaufen. Philipp wird ab sofort für sein Auskommen selbst gradestehen. Und Lucas wird sich bei einem anderen Fuhrmann verdingen müssen.« Er begann, leise zu schluchzen. »Warum musste gerade in diesem Augenblick ein Schuss … wäre ich doch bloß später …«

Christoph zitterte am ganzen Körper. Dann hob er den Kopf und sah Helene in die Augen. »Genau genommen, kann ich mir selbst auch gleich eine Kugel in den Kopf jagen.«

Die Miene seiner Gemahlin verfinsterte sich schlagartig. Zornig schlug sie ihm mit der flachen Hand auf den Hinterkopf. »Wage ja nicht noch einmal, so etwas zu sagen, Christoph Ackermann! Du wirst weder mich und die Kinder allein zurücklassen noch deine Seele der Verdammnis preisgeben!«

Der Angesprochene nickte eingeschüchtert, denn er wusste natürlich, dass Helene recht hatte. Er hatte bisher noch immer einen Ausweg gefunden, es musste auch diesmal einen geben. Auch wenn er im Augenblick keinen Lichtblick am Horizont sah.

»Es ist nur … die letzten Jahre waren uns nicht wohlgesonnen. Meine Aufträge wurden immer weniger, niemand scheint mehr eine Fuhre zu benötigen.«

»Die hohen Herren schon«, warf Helene ein. »Oder glaubst du, die schleppen ihre wertvollen Güter selbst?«

»Ja, die hohen Herren. Aber wenn sie von eines Mannes Existenz nichts wissen, dann beauftragen sie eben einen anderen. Und wer kennt mich schon in dieser Stadt? Einige Bäcker, Gerber, Zeugmacher[10] und Schuhmacher. Ein paar Wirtshäuser. Die Weinfuhre wäre endlich eine Möglichkeit gewesen, in höheren Rängen Bekanntheit zu erlangen. Aber was muss ich dir sagen? Du musstest gar Lumpen und Unrat sammeln, damit wir ein wenig mehr Holz im Ofen oder Brei auf dem Tisch hatten. Mein Weib …«

»… würde alles für unsere Familie tun«, beendete Helene den Satz, ein wenig gereizt. »Arbeit hat nichts Unehrenhaftes, nicht vor anderen und nicht vor Gott. Ich tat, was getan werden musste, genau wie du. Ja, es ging uns schon einmal besser, und ich bin überzeugt davon, dass es uns auch wieder besser gehen wird.« Sie strich ihm über die Wange. »Solange wir uns haben, haben wir doch alles, was wir brauchen.«

---

10 Tuchmacher

Christoph nickte beschämt, denn eigentlich müsste er es doch sein, der seinem Weib Trost spendete, nicht umgekehrt. Allerdings war Helene immer dann am stärksten, wenn er am schwächsten war, und dafür liebte er sie umso mehr.

Sie klopfte mit den Knöcheln auf den Stubentisch, um hörbar das Thema zu wechseln. »Also, wer ist dieser de Witte überhaupt? Kennst du ihn?«

Christoph schüttelte den Kopf. »Nur entfernt, aber ich habe mich genauer über ihn erkundigt. Zu sagen, er wäre wohlhabend, wäre so, als würde man sagen, der verdammte Papst wäre ein wenig gläubig.«

»Dann ist er –«

»Er ist der Hofhandelsmann des Kaisers. Der Hofhandelsmann! Und das, obwohl er Calvinist ist.«

Helene blieb der Mund offen stehen.

»Angeblich ist de Witte, fünf Jahre bevor wir hierherkamen, von Flandern aus nach Prag gezogen und sogleich in das größte Handelshaus als Faktor eingetreten. Erst vor wenigen Jahren hat er dann den Eigentümer mit einer Entschädigung abgespeist und ist so alleiniger Hofhandelsmann geworden.«

»Warum will er dann sein Pferd überhaupt ersetzt haben? Einer wie er kann sich doch so viele Gäule leisten, wie er will.«

Christoph zuckte mit den Schultern. »Ich kenne Männer wie ihn. Sie sind weder gut noch schlecht, beurteilen weder deine Herkunft noch deine Konfession. Nur eines ist ihnen wichtig: dass am Ende die Rechnung stimmt.«

Seufzend blickte Helene durch die karge Stube. Sie hatten wahrlich nichts, was sich zu veräußern lohnte. Schließlich ergriff sie mit beiden Händen die Hand ihres Gemahls. »Dann werde bei ihm vorstellig. Bitte ihn um einen Kredit.«

Christoph runzelte die Stirn. »Du meinst, ich soll ihn um einen Kredit bitten, damit ich ihm damit sein Pferd zurückzahlen kann?«

Helene grinste schief. »Das und noch mehr. Einen Kredit, der so hoch ist, dass wir damit wieder transportieren und somit letzten Endes auch ebenjenen Kredit zurückzahlen können.«

»Weib, das klingt nach Erpressung.« Christoph konnte sich ein Schmunzeln dennoch nicht verkneifen.

»Der Ton macht die Musik. Töte einen Mann, bist du ein Mordbube. Töte tausend, bist du Feldherr. Und im Münzwesen ist's nicht viel anders. Schulde einem, bist du ein Bittsteller. Schulde vielen, bist du Bankier.«

»Aber auch ein Bankier ist nur so liquid, wie seine Schuldner es sind.«

»Genau das meine ich ja«, sagte Helene mit leicht triumphierender Stimme. »Du musst de Witte davon überzeugen, dass es ihm gut geht, wenn es uns gut geht. Und bedenke, dass wir dann zwar in seiner Schuld stehen, aber man von uns sagen wird: Hans de Witte hat den Ackermanns Geld geliehen. Ein Beweis des Vertrauens, sprich: Auch den Ackermanns kann man vertrauen.«

Der Transporteur überlegte, wog Für und Wider ab. Dann gab er seiner Gemahlin einen Kuss auf die Lippen. »Du bist wahrlich die beste Frau, die ein Mann an seiner Seite haben kann.«

»Das Gesicht noch ein wenig nach links drehen«, sagte Philipp und beäugte streng die Haltung der jungen Dame, die in einigen Fuß Abstand zu ihm auf einem mit groß gemustertem Edeldamast überzogenem Stuhl saß. Der Stoff wies eine Vielzahl bunter Blüten, Vögel und Schmetterlinge auf und war in Form und Farbe ungemein schöner anzusehen als die Person, die auf ihm saß.

Dies zumindest hatte Philipp sich gedacht, als er den Raum vor knapp einer Stunde betreten hatte. Sein Modell war Agathe, knapp siebzehn Lenze alt und einzige noch lebende Tochter von Casper von Chotěmice, seinem Auftraggeber. Schon als er Ulrich davon erzählt hatte, dass er von Chotěmices Sprössling porträtieren solle, entsponnen sich in seinem Kopf wilde Fantasien von der Schönheit und Anmut derselben und wie er diese Grazie für immer auf Leinwand festhalten, ja geradezu bändigen würde.

Doch dann hatte er sie am heutigen Tage zum ersten Male gesehen. Ihre brünetten Haare waren selbst nach unzähligen Strichen mit der Bürste strohgleich und widerspenstig, ihre Nase war nach einem Bruch schief zusammengewachsen, und ihre Zähne standen wie die Latten eines Bretterzauns nach einem Sturm. Selbst ein Michelangelo hätte es nicht vermocht, einen verkrüppelten Gaul als edle Stute zu skizzieren, davon war der Künstler überzeugt. Was Philipp ihr jedoch konstatieren musste, war, dass sie all dies mit ihrem Selbstbewusstsein wettzumachen schien. Agathe saß, in ein mit teurem Brokat besticktes Korsett gezwängt, auf dem Stuhl mit der Haltung einer Königin.

So galt es, ebenjene Merkmale herauszuarbeiten, die ihr schmeichelten, und Kniffe dafür zu finden, die anderen zu verstecken, hatte sich Philipp Mut gemacht und die Herausforderung angenommen.

Mit gekonnten Bewegungen der Zeichenkohle brachte er ihre Proportionen auf das Papier, das auf der Staffelei vor ihm aufgezogen war. Immer kürzer und genauer wurden seine Linien und Kreise, immer detaillierter die Besonderheiten. Um von der schiefen Nase abzulenken, fügte er die Schräge eines zusammengebundenen Vorhangs hinzu. Die Zähne musste er zum Glück nicht korrigieren, da aus ihrem Lachen ohnedies nur ein anmutiges Lächeln werden würde. Und die widerborstigen Haare glättete er mit schwungvollem Strich. Ihre Augen hatte er deutlich herausgearbeitet, ebenso ihre adrette, füllige Figur. Und so entstand nach einer guten Stunde und mehreren Versuchen die Vorlage für ein Gemälde, dessen Anmut wohl noch Generationen begeistern würde. Zumindest war Philipp davon überzeugt.

Er trat einen Schritt von der Staffelei zurück und beäugte kritisch die Skizze.

»Ihr dürft Euch nun entspannen, wertes Fräulein«, sagte er mit einem Lächeln. »Ich denke, ich habe alles festgehalten, was ich zur Anfertigung Eures Porträts benötige.«

Agathe erhob sich bedächtig und holte tief Luft. Mit kleinen Schritten und ohne Eile trappelte sie zur Staffelei, wo sie mit unbewegter Miene stehen blieb.

Mit einem Mal war Philipp verunsichert. Der werte Herr Vater würde bestimmt keinen einzigen Gulden bezahlen, wenn die Arbeit dem holden Töchterchen schon als Skizze missfiel.

»Das ist … ja eigentlich ganz ordentlich«, sagte sie in

einem Ton, als würde sie irgendeine Nebensächlichkeit beurteilen.

»Ich danke Euch«, erwiderte Philipp und atmete innerlich erleichtert auf.

»Ihr braucht nicht zu glauben, dass Ihr der erste Künstler seid, den mein Vater mit meinem Bildnis beauftragt hat«, fuhr sie kühl fort. »In diesem Jahr waren es schon fünf an der Zahl. Aber keiner vermochte es, so viel kann ich Euch versichern. Entweder man hat mich gezeichnet, als wäre ich von der Schönheit einer Kleopatra, oder so, dass man das Bild lieber verkehrt herum aufgehängt hätte.«

»Aber meine Liebe, das ist doch –«

»Ich bin nicht Eure Liebe. Ich nenne einen Spiegel mein Eigen, also versucht gar nicht erst, mir nach dem Mund zu reden.«

»Dann sollt Ihr wissen, dass Schönheit nicht allein nur dem Auge innewohnt. Auch der Verstand spielt mit und lässt uns die Dinge so sehen, wie sie wirklich sind.«

»Wie meint Ihr das?« Agathe runzelte die Stirn.

»Sagen wir, Ihr seht einen Falken am Himmel, erbarmungslos eine kleine Maus in den Krallen. Ihr könntet geneigt sein, den Raubvogel als unschön zu betrachten, immerhin hat er gerade einem anderen Tier das Leben genommen. Aber wenn Ihr wüsstet, dass derselbe Falke seine Beute als Nahrung zu seinem Nachwuchs trägt, dann erscheint er Euch mit einem Mal als ein liebevoller Elternteil. Und das macht ihn in unserem geistigen Auge schön.«

Die Frau spitzte süffisant die Lippen. »Es wohnen also gleich zwei Personen in Eurer Brust? Ein Künstler und ein Philosoph?«

»Dero drei. Vergesst nicht den Narren.«

Nun konnte Agathe offenbar nicht umhin, sich ein verstohlenes Lächeln abzuringen. Einen Augenblick später war sie wieder todernst. »Den Narren werde ich nicht vergessen. Ihr habt also bereits alles, was Ihr für mein Bildnis benötigt?«

»Das habe ich.«

Sie sah kurz zu der großen Flügeltür, die in das angrenzende Zimmer führte und sperrangelweit offen stand. »Wenn ich mir Eure Skizzen so ansehe, nehme ich an, Ihr werdet mich als Modell noch das eine oder andere Mal in Eurem Atelier benötigen?«, sprach sie plötzlich ungewöhnlich leise.

Philipp wollte gerade etwas entgegnen, da fuhr Agathe unbeirrt fort. »So lasst mich wissen, wann es Euch konveniert. Es soll später nicht heißen, das Bildnis sei missraten, weil ich nicht willens war, mir die nötige Zeit dafür abzuringen.«

»Nächste oder übernächste Woche wäre von Vorteil«, meinte Philipp sachlich.

»So werde ich meinem Vater berichten, dass ich Euch eine Chance geben werde.«

Agathe machte höflich einen Knicks, Philipp deutete eine Verbeugung an. Dann setzte sie ein kühles Lächeln auf. »Ihr dürft Euch jetzt entfernen.«

Der Handkarren ächzte bedenklich, als Lucas das vierte Fass Bier darauflud. Aber bisher hatte der Karren die Last immer getragen, und der junge Mann hoffte, dass er es auch diesmal tun würde. Die Lieferung war für einen Adligen bestimmt – ob für eine Feier oder für den eigenen Genuss war Lucas nicht bekannt.

»Nur vier Fässer?«, ertönte eine weibliche Stimme. »Ich hatte dich für stärker gehalten, Lucas Ackermann!«

Der wandte sich erschrocken um und sah, dass Jana im Tor des Warenlagers stand. »Was um alles in der Welt machst du hier?«

»Meine Dienstherrin hat mich mit Kleidern zu ihrer Näherin geschickt, da sie nicht mehr hineinpasst.« Jana plusterte die Backen auf wie eine Putte. »Und da dachte ich mir, ich besehe mir einmal den Ort, an dem du deiner Arbeit nachgehst.«

Lucas wischte sich den Schweiß von der Stirn und schlenderte zu der jungen Frau. »Du fürchtest nicht, hier gesehen zu werden?«

»Ich hole doch nur Erkundigungen ein«, antwortete sie mit einem Schmunzeln.

»Dann heiße ich dich in meinem Reich willkommen. Oder besser gesagt im Reich meines Vaters.«

Neugierig beäugte Jana das Lager. »Viele Waren habt ihr aber nicht auf Vorrat.«

»Da magst du recht haben«, meinte Lucas betreten. »Die Zeiten waren wahrlich schon besser. Aber Vater und ich sind zuversichtlich, dass es in diesem Jahr wieder bergauf mit uns geht. Wenngleich ...« Lucas schwieg. Als er jedoch Janas fragenden Blick bemerkte, fuhr er fort. »Ein Unfall letzte Woche hat dazu geführt, dass unser Zugpferd verendet ist. Und unser großer Wagen hat einen Achsbruch.«

»Ich hatte vorgestern gehofft, du würdest mich beim Marktbesuch begleiten.«

»Tut mir leid. Im Augenblick versuche ich alles, damit wir die wenigen Aufträge, die wir noch haben, auch ohne Fuhrwerk erfüllen können.« Lucas lehnte sich gegen den Handkarren. »Vielleicht ist es mir nächste Woche möglich, oder –«

»Oder?«

»Ich habe mich gefragt, ob wir uns, also, ob du –« Der junge Mann rang mit den Worten, eine Unsicherheit, die so gar nicht zu seinem kraftvollen Auftreten passte.

»Ich habe jeden zweiten Sonntag ein paar Stunden zu meiner freien Verfügung«, sagte Jana schließlich. »Und bevor du wieder ein Jahr brauchst, um mich zu fragen: Ja, es würde mich freuen, sie mit dir zu verbringen.«

Lucas stutzte. War er tatsächlich so unbeholfen, wie die junge Frau ihm vorführte? Er hatte einfach nur auf den richtigen Augenblick warten, nicht zu forsch oder drängend wirken wollen, war darauf bedacht gewesen, dass –

Gut, er war tatsächlich unbeholfen.

Aber er mochte auch nichts falsch machen. Im Gegensatz zu seinem Bruder hatte er zwar immer ein lautes und loses Mundwerk besessen, doch wenn es darum ging, das Verkündete auch in die Tat umzusetzen, fühlte er sich unwohl, ja beinahe krank. Und so war es gekommen, dass er zwar schon oft die Bekanntschaft eines Mädchens oder später einer jungen Frau gemacht hatte, aber zu mehr als ein paar tiefen Blicken hatte es nie gereicht, da er immer einen Rückzieher gemacht hatte.

»Ich weiß, es geziemt sich nicht für eine Dame, derart forsch aufzutreten. Ich hoffe also, du verzeihst mir?«

Lucas nickte stumm.

»Wir haben nur dieses eine Leben, also sollten wir auch

beizeiten damit beginnen, es zu leben, oder meinst du nicht?«

Erneut nickte Lucas stumm.

Jana trat an ihn heran, stellte sich auf die Zehenspitzen und gab ihm einen Kuss auf die Wange. »Sodenn, Lucas Ackermann, sollten wir uns nächste Woche nicht auf dem Markt sehen, dann erwarte ich dich am übernächsten Sonntagnachmittag.«

Der junge Mann räusperte sich. »Ich freue mich darauf. Sehr sogar.«

Die Dienstmagd lächelte schelmisch. »Ich mich auch. Sonntag gilt natürlich auch für den Fall, dass wir uns auf dem Markt sehen.«

Damit ließ sie ihn allein im Warenlager zurück, wo er noch eine gefühlte Ewigkeit dastand und zu begreifen versuchte, was gerade geschehen war.

Das Haus auf der Kleinseite war wirklich das prunkvollste der Straße, wenn nicht gar des ganzen Viertels. Im Zentrum seiner Fassade befand sich ein hohes Eingangsportal, das durch einen darüber befindlichen Balkon betont wurde. Von ihm aus verzweigten sich die Fenster und Bögen symmetrisch, bis sie in einem auskragenden Dachgesims mündeten. Das Erdgeschoss war mit grobem Verputz, der raues Gestein darstellen sollte, verkleidet, und links und rechts des Portals verlief eine steinerne Sitzbank, auf der Bittsteller Platz nehmen und um eine Audienz beim Hausherren nachsuchen konnten.

Als Christoph sich dem Haus näherte, war er mit einem

Mal unsicher, ob er sich auch zu den beiden schäbig aussehenden Männern auf der Steinbank setzen sollte, entschied dann jedoch, dass dies weder seinem Rang noch seinem Ansinnen entsprach. Er war nicht als Bittsteller gekommen, sondern als jemand, der etwas zu offerieren hatte.

Also schritt er durch das Eingangstor und erklärte dem ersten Diener, der ihm entgegeneilte, dass er eine Unterredung mit Herrn de Witte wünsche. Der führte Christoph mit einer höflichen Geste in einen kleinen Salon und bat ihn, auf die Antwort seines Herrn zu warten.

Der Transporteur nahm auf einem der sechs prunkvollen Stühle Platz und gab sich zuversichtlich. Er hatte frühmorgens bereits ein Bad genommen, war frisch rasiert und hatte eines seiner besseren Gewänder angezogen, auch wenn ihm Rock und Hose mittlerweile zu groß waren. In früheren, besseren Zeiten hatte er sie gut ausgefüllt, aber die waren schon lange vorbei. Gleichwohl musste er denjenigen verkörpern, der er einst gewesen war – Christoph Ackermann, einer der vermögendsten Männer der Freien Reichsstadt Schwäbischwerd. Bei den Gedanken an die Vergangenheit wurde dem Transporteur seltsam rührselig zumute.

Freie Reichsstadt Schwäbischwerd.

Keines der drei Worte hatte mehr Richtigkeit. Nun war es das unterjochte, verpfändete Donauwörth. Christoph atmete tief durch. Das Vergangene sollte man sterben lassen, nur die Zukunft zählte. Und auf die galt es sich nun zu konzentrieren, einerlei wie lange er hier sitzen und warten musste.

Und er musste sehr lange sitzen und warten.

Erst als der Abend anbrach, also gute sechs Stunden nachdem er gekommen war, teilte ihm ein weiterer Diener mit, dass Herr de Witte nun kurz Zeit hätte, sich anzuhören, was Christoph vorzubringen hatte.

Der Transporteur wurde in einen großen, prunkvollen Salon geführt, dessen Boden mit filigranen Mustern aus Stabparkett ausgelegt war, dessen Wände mit feinsten Brokatstoffen verkleidet waren und dessen Decke unter der Last der Stuckatur schier herunterzubrechen drohte. Prächtig gerahmte Bilder unbekannter Maler waren geschickt platziert, sodass jedes Bild genug Raum für sich hatte, um seine Wirkung entfalten zu können. Und inmitten dieses Sammelsuriums an Pracht und Prunk stand der kleine, untersetzte Mann, der wenige Tage zuvor aus der schwarzen Kutsche gestiegen war – Hans de Witte.

»Herr Ackermann«, begrüßte der Hofhandelsmann den anderen freundlich, als würde er einen alten Freund wiedersehen.

»Herr de Witte«, entgegnete Christoph nicht weniger charmant.

»Was kann ich für Euch tun? Hat Euch etwa mein Bote nicht erreicht?«

»Doch, doch, das hat er«, antwortete der Transporteur und verspürte ein Schaudern, als er an die aufgelistete Summe zur Wiedergutmachung des Schadens dachte. »Aber ich bin heute hier, um Euch ein Angebot zu machen.«

»Ist das so?« De Wittes Freundlichkeit wandelte sich in ein finsteres, wissendes Lächeln. »Lasst mich raten: Ihr wollt einen Kredit von mir leihen, um mir damit Eure Schulden zurückzuzahlen.«

Christoph war bemüht, so unbestimmt wie nur irgend möglich dreinzuschauen – immerhin war dies nicht das erste Mal, dass er versuchte, zu seinem Vorteil zu verhandeln. Allerdings war es wohl auch nicht de Wittes Taufe in derlei Belangen.

»Nicht ganz«, entgegnete er mit fester Stimme. »Euch mit Euren eigenen Münzen zu bezahlen mag nur der einfachen Seele zielführend erscheinen, wo doch jeder andere weiß, dass dies die eigentlichen Probleme nur multipliziert.«

De Witte machte aus seiner Überraschung keinen Hehl. »Ihr sprecht nicht ganz so, wie man es von einem Fuhrmann erwartet, das muss ich konstatieren.« Er musterte Christoph eindringlich. »Vielmehr mutet Ihr an wie jemand, der schon viel erlebt hat, Höhen und Tiefen gleichermaßen.«

»Das habe ich, fürwahr. Lasst mich offen sein: Ich komme aus ärmlichen Verhältnissen, habe mich mit Fleiß und Geschick nach oben gearbeitet und alles durch die Dummheit weniger wieder verloren.«

»Die Dummheit weniger?« De Witte glitt mit seinen Fingern über seinen Spitzbart. »Oder gar die Eurige?«

»Wenn Ihr Glauben mit Dummheit gleichsetzt, dann ist das wohl so.«

Wieder betrachtete der Handelsmann sein Gegenüber taxierend. »Lutheraner, wenn ich nicht irre?«

»Das tut Ihr nicht. Und die Dummheit war in meinem Fall mit dem Hochmut meiner Glaubensbrüder gleichzusetzen. Dieser Hochmut war es, der schließlich unser schönes Schwäbischwerd zu Fall brachte.«

»Oder Donauwörth, wie es nun heißt«, meinte de Witte

wissend. »Ich gebe Euch recht, welch triumphale Niederlage der Ratio! Ihr wurdet wohl enteignet?«

Christoph nickte zögerlich.

»Und nun, knapp fünfzehn Jahre später, droht Euch dasselbe Schicksal erneut zu ereilen, nur dass die Stadt diesmal Prag heißt. Die Historie ist einfach gnadenlos.«

»Mit dem Unterschied, dass ich im Moment nicht mehr viel zu verlieren habe.«

»Man hat immer etwas zu verlieren, werter Herr Ackermann«, entgegnete de Witte ruppig. »In letzter Instanz das Leben. Aber mir deucht, Euer Fehler damals war nicht, dass Ihr der vermeintlich falschen Religion angehört habt, sondern dass Ihr verkannt habt, wer Euer Schicksal bestimmt.«

»Da mögt Ihr recht haben«, gab sich Christoph einsichtig und merkte zugleich, dass der andere auf eine Antwort wartete. »Nicht der Glaube besiegelt eines Mannes Schicksal, sondern das Geld.« Oder die Vergangenheit, dachte er, und Bilder von Deutz und dem Spanier Suárez stiegen in ihm auf. Aber das sprach er natürlich nicht laut aus.

De Wittes Miene begann, wieder freudig zu erstrahlen. »Ah, Ihr habt es also erkannt! Nehmt mich: Ich bin von kleiner Statur und würde daher kaum irgendeinen Kampf Mann gegen Mann gewinnen. Und zu allem Übel bin ich auch noch Calvinist und mache nicht einmal einen Hehl daraus. Aber hat je einer den Versuch unternommen, mir auch nur einen güldenen Kandelaber zu entreißen?« Er machte eine unnötig lange Pause und fuhr dann fort: »Nein, hat man nicht! Denn nicht einmal der einfältigste Tor würde es wagen, einen Mann zu berauben, der jenem Herrscher Geld leiht, unter dessen Fahne er kämpft.«

Erneut legte Hans de Witte eine gewichtige Pause ein. Dann fixierte er den Transporteur. »Wenn Ihr einem Herrscher die Münze bewilligt, die seine Truppen bezahlt, so sagt mir: Macht Euch das dann zum Beherrscher des Herrschers?«

Christoph pfiff durch die Zähne. »Eine gewagte Behauptung, edler Herr, deren Verlautbarung eine besonnene Abwägung verlangt.«

De Witte schwieg.

»Die jedoch dadurch nicht minder wahr ist«, fügte der Transporteur hinzu und bemerkte ein sonderbares Funkeln in den Augen des anderen.

»Ihr scheint mir ein höchst besonnener Kopf zu sein«, meinte de Witte schließlich. »Und mir gefällt, wie Ihr die Dinge seht. Aber kommen wir nun zu Eurem Gesuch.«

»Wie Ihr bereits vermutet habt: Für eine Stundung des erlittenen Schadens und einen Kredit biete ich Euch an, beides über einen Zeitraum von zwei Jahren pünktlich zum Ende jedes Quartals zurückzuzahlen.«

Unmerklich hielt Christoph die Luft an. Er hatte sein Anliegen so beiläufig wie nur irgend möglich formuliert, darauf bedacht, dass es wie ein Angebot klang und nicht wie eine Bitte.

Hans de Witte ließ seinen Blick zur Decke schweifen, als könnte er in der Formensprache der Stuckatur lesen, ob es sich um ein interessantes oder ein verruchtes Angebot handelte. Schließlich schien er sich entschieden zu haben.

»Ich verstehe Euer Ansinnen, und es gefällt mir, wie Ihr es vorgetragen habt.« De Witte faltete die Hände. »Aber ich muss ablehnen.«

Christoph versteinerte. Was hatte der andere gerade

gesagt? War seine und die Zukunft seiner Familie gerade wie ein kleines Boot an einem Felsen zerschellt?

»Aber«, sprach der Hofhandelsmann ungerührt weiter, »womöglich hat uns die Vorsehung zusammengeführt. Daher lasst es mich sein, der Euch ein Angebot unterbreitet.«

»Er hat was?« Noch bevor Christoph antworten konnte, war Helene ihm um den Hals gefallen und hatte ihn stürmisch geküsst. »Das klingt ja wie ein Wunder!«

»Allerdings«, entgegnete der Transporteur und schenkte sich und seiner Gemahlin aus einer verbeulten blechernen Karaffe Wein ein. Er hob seinen Becher.

»Auf uns und die Zukunft.«

Voll Freude erwiderte Helene den Trinkspruch und nahm einen mindestens ebenso großen Schluck wie Christoph.

»Wiederhol es noch einmal!«

»Die Schulden für sein Pferd stundet er mir für ein Jahr. Außerdem stellt er mir ein Pferd zur Verfügung, sodass ich mein Fuhrwerk wieder einsetzen kann. Und er möchte, dass ich ab sofort hauptsächlich für ihn transportiere.« Christoph strahlte wie ein Knabe, der seinen Eltern voller Stolz berichtet, dass er einen Schatz gefunden hatte.

»Wenn etwas zu gut klingt, fragt man sich aber, wo ist der Haken?«, meinte Helene, ohne die Antwort wirklich wissen zu wollen.

»Ich fürchte, es gibt keinen. Zumindest kann ich keinen erkennen.« Christoph beugte sich an das Ohr seiner Frau. »Ist Lucas im Haus?«

Die schüttelte den Kopf. »Nein, der ist –«

»Gut«, unterbrach Christoph sie und begann, die Verschnürung am Rücken ihres Mieders zu lösen.

Helene sah ihm tief in die Augen. »Ich liebe dich.«

»Ich liebe dich auch.«

Dann half sie ihm dabei, die Bebänderung schneller zu lösen.

Donauwörth, Februar A.D. 1620

Johannes Heidfeldt ging in der Schreibkammer seines Kontors auf und ab. Dichter Regen trommelte auf das Dach, Böen trieben die Tropfen gegen das Glas des kleinen Fensters der Kammer.

Johannes blieb beim Schreibtisch stehen, leerte den Becher Wein und schenkte sich den nächsten ein, obwohl es noch nicht einmal Mittagessenszeit war. Doch seit Santorios Tod hatten die mittäglichen Mahlzeiten, die er mit Balthasar einnahm, ohnehin ihren Reiz verloren. Der Löwe war nur ein minderer Ersatz für den Roten Hund.

Von draußen hörte er die Arbeitsgeräusche seiner Männer. Balthasar war nicht unter ihnen, sondern am Hafen, um die Ladung der Zillen zu überprüfen.

Der Kaufmann trank einen weiteren Schluck, dann setzte er sich und schlug das Warenbuch auf. Sein Sohn würde bald zurückkommen, und dann würden sie wie so oft in letzter Zeit über die Zukunft des Geschäfts sprechen. Wahrscheinlich mündete das Ganze wieder in einer Auseinandersetzung, denn der Junge war seit der letzten Reise nach Augsburg ungewöhnlich reizbar.

Johannes dachte daran, dass sein Sohn nicht der Einzige in der Familie war, der sich anders benahm als sonst. Agnes war blass und schreckhaft und zuckte an manchen

Tagen schon zusammen, wenn sie Schritte im Haus hörte. Magdalena machte einen abwesenden Eindruck. Nur Sieglinde wirkte von allem unberührt.

Ob sie es spüren?

Natürlich wusste die Familie, dass es nicht zum Besten stand. Aber die ganze Wahrheit hatte Johannes ihnen vorenthalten. Denn wenn sich nicht bald etwas änderte, konnte er seine Verbindlichkeiten nicht mehr einhalten. Der Bedarf an Gütern war noch weiter zurückgegangen, und dazu kam, dass Donauwörth ein Truppenaufmarschplatz für die Söldner von Herzog Maximilian geworden war, die unweit der Stadt eingeschifft wurden. Die Söldner hielten sich, sofern die leeren Häuser der Stadt nicht als Quartier ausreichten, in Lagern außerhalb der Stadt auf. Sie aßen und tranken eine Menge, und nicht alle von ihnen bezahlten. Da blieb nicht viel für die ohnehin schon geschröpfte Stadt übrig, vor allem wenn –

Ein kurzes, scharfes Klopfen, gefolgt vom Öffnen der Tür.

Einen Augenblick später trat Statthalter von Dandorf herein. »Ich grüße Euch, Herr Heidfeldt.«

Verblüfft blickte Johannes ihn an. »Gott zum Gruße, Herr Statthalter. Was verschafft mir die Ehre?«

»Ich bin gerade aus München zurückgekehrt und wollte Euch persönlich von etwas in Kenntnis setzen. Die Aufstellung der Armee des Herzogs«, von Dandorf bekreuzigte sich, »wird noch etwas dauern. Bis es so weit ist und er gegen Böhmen zieht, werdet Ihr allerdings einige Opfer zu bringen haben.«

Johannes verzog missmutig das Gesicht. Dies waren schlechte, aber beileibe keine unerwarteten Nachrichten.

Der im letzten Jahr geschlossene Vertrag von München hatte Kaiser und Herzog vereint. Wie alle anderen Köpfe im Reich, die eins und eins zusammenzählen konnten, hatte Johannes schon vermutet, dass sich Maximilian die Aufstellung des katholischen Liga-Heeres teuer vom Kaiser bezahlen lassen würde. Diese Vermutung hatte sich als wahr erwiesen. Ferdinand II. hatte sich vertraglich dazu verpflichtet, dem Bayern sämtliche Kosten für den Kriegszug gegen die Pfalz zurückzuerstatten. Zusätzlich durfte Maximilian jedes von ihm eroberte Gebiet innerhalb des Reiches behalten. Und wenn man unter vorgehaltener Hand gemurmelten Gerüchten trauen mochte, erhielt er im Falle eines Sieges über Friedrich V. sogar dessen Kurfürstenwürde. Johannes war sich sicher, dass diese Gerüchte der Wahrheit entsprachen. Herzog Maximilian machte keine halben Sachen.

Aber noch war es nicht so weit. Noch brauchte Maximilian eine Unmenge an Geld für die Aufstellung und Ausrüstung der einundzwanzigtausend Fußknechte und viertausend Reiter, die das Heer der Liga bildeten. Und dieses Geld musste jemand aufbringen.

»Verzeiht, Herr Statthalter, aber was sollen es denn diesmal für Opfer sein?« Johannes machte eine fragende Geste. »Mit den Zahlungen, die schon jetzt auf uns Bürgern lasten, bleibt uns kaum Luft zu atmen.«

»Dann werden die Bürger eben ab und an die Luft anhalten müssen«, meinte von Dandorf. »Alle Söldner des Herzogs, die sich in und um Donauwörth aufhalten, sind ab sofort bis zu ihrer Einschiffung auf Kosten der Stadt zu ernähren.«

»Unmöglich«, entgegnete Johannes.

»Wie meintet Ihr?« Der Statthalter blickte ihn fast erstaunt an.

»Verzeiht meine Offenheit, aber die Söldner sind schon jetzt eine große Bürde für die Stadt. Ich muss Euch nicht sagen, wie hoch unsere Verbindlichkeiten gegenüber Herzog Maximilian seit der Reichsacht sind. Wir werden sie niemals mindern können, wenn Ihr uns weitere Bürden auferlegt.«

»Es geht nicht anders, Herr Heidfeldt. Unser Herzog verfügt nicht über unbegrenzte Mittel, auch nicht für seine Soldaten. Es wird die Männer milde stimmen, wenn sie ihren niedrigen Sold nicht für Speis und Trank ausgeben müssen.«

Johannes versuchte, seine Gedanken zu sammeln, und strich sich mit der Hand mehrmals über den Bart. »Ich nehme an, wir haben keine Wahl.«

»Ihr nehmt richtig an«, meinte von Dandorf. »Ich werde für morgen diesbezüglich eine Ratssitzung anberaumen, wollte es Euch vorab aber persönlich mitteilen. Denn Ihr seid von einigem Einfluss, und es würde mich freuen, wenn Ihr auf meiner Seite steht und die anderen Ratsherren in meinem Sinne leitet. Ich will keinerlei Dispute.«

Als ob es irgendwem einfallen würde, lange Dispute mit euch Bayern zu führen.

Trotz dieses Gedankens nickte Johannes beflissen. »Natürlich, Herr Statthalter.«

Von Dandorf lächelte. »Ich danke Euch, Herr Heidfeldt. Ihr seid ein kluger Kopf, der genau einzuschätzen vermag, auf wessen Seite er zu stehen hat. Männer Eures Schlages werden dazu beitragen, dass Friedrich, dieser lächerliche

König« – das Gesicht des Statthalters sprach Bände, als er das Wort aussprach – »bald nur noch ein vergessener Teil der Geschichte sein wird, die er so großherrlich beeinflussen wollte. Die Spanier werden die Pfalz zermalmen, der Herzog und Tilly die Böhmen und Mansfeld vernichten. Und dann wird Vergeltung über die Ketzer regnen, wie sie es noch nie gesehen haben.«

Johannes runzelte die Stirn. »Glaubt Ihr wirklich, dass es so leicht sein wird? Friedrich –«

»– ist isoliert«, unterbrach ihn von Dandorf. »Sogar viele der lutherischen Fürsten bleiben kaisertreu. Und seine sogenannten Schutzherren wie der König von England, der auch sein Schwiegervater ist, unterstützen ihn nur mit Worten. Nein, Herr Heidfeldt, glaubt mir«, jetzt erhob der Statthalter zum ersten Mal die Stimme und ballte die Hand, »diese Narreteien haben bald ein Ende.«

»Ich werde Euch nach Kräften unterstützen, Herr Statthalter.«

»Ich bin erfreut, dies zu hören, Herr Rat. Dann erwarte ich Euch morgen zur Ratssitzung.« Von Dandorf nickte Johannes zu, drehte sich um und verließ die Kammer.

Johannes starrte auf die Tür. Dann setzte er sich und schenkte sich, ohne nachzudenken, einen weiteren Becher Wein ein.

Was hatte dieser Besuch zu bedeuten? Der Statthalter war der letzte Mensch in Donauwörth, der ihn, den Ratsherrn, um seine Unterstützung bitten musste. Steckte mehr dahinter?

Der Regen schlug stärker gegen das Fenster.

Der Kaufmann leerte den Becher und fühlte einen angenehmen Schwindel. Und mit dem Schwindel schwand die Besorgnis, wie jedes Mal, wenn er sich der rubinroten Flüssigkeit anvertraute.

Von Dandorf schritt durch das Lederer-Tor. Die Soldaten grüßten ihn voller Respekt, der Statthalter antwortete mit einem knappen Nicken. Der Regen prasselte auf seinen Hut und Mantel, er schien es jedoch nicht wahrzunehmen. Die anderen Stadtbewohner machten ihm ehrerbietig Platz.

Der Besuch hatte seinen Zweck erfüllt, er war zufrieden. Von Dandorf hatte sich einen persönlichen Eindruck vom Kontor seines Ratsherrn machen wollen, und seine Erwartungen waren übertroffen worden. Das Kontor machte einen jämmerlichen Eindruck, sein Herr ebenfalls. Damit hatte der Statthalter das beste Druckmittel in der Hand, um sich Agnes gefügig zu machen. Und das würde er schon bald tun.

Beschwingt eilte Hans Albrecht von Dandorf weiter und verschwand in den Gassen der Stadt.

Der Regen hatte aufgehört, und der Mond trat hinter den Wolken hervor. Balthasar Heidfeldt betrat das Manasser-Haus und stieg vorsichtig die Treppe hinauf nach oben.

Wieder würde Mechthild ihn erwarten, aber diesmal spürte er keine Vorfreude. Denn für ihn gab es mittlerweile nur noch eine einzige Frau, obwohl er nur einen Abend in ihrer Gesellschaft verbracht hatte.

Ippolita, die Venezianerin.

Balthasar war selbst erstaunt über die Intensität seiner

Empfindungen, die sich so von seinen bisherigen Gefühlen für Frauen unterschieden. Bis vor Kurzem waren diese einzig und allein dazu da gewesen, seine Lust zu stillen. Aber mit Ippolita verhielt es sich anders – sie wollte er lieben.

Auch jetzt, als er das Ende der Treppe erreicht hatte und durch den Gang ging, kreiste sein Denken um sie. Er sah alles wieder vor sich: Contarinis Haus in Augsburg, die prächtige Stube, in ihrem Zentrum Ippolita … wie er von ihrer Schönheit und ihrer samtigen Stimme schier überwältigt war. Das erhebende Gefühl, wie sie sich mit ihm unterhalten, mit ihm gescherzt, ja sogar aufrichtiges Interesse an ihm gezeigt hatte … Gefolgt von tiefer Enttäuschung, als er schon am nächsten Morgen abreisen musste.

Unwillkürlich blieb Balthasar stehen. War er ein Narr, so zu denken? Wie konnte er, der einfache Kaufmannssohn, auch nur im Entferntesten hoffen, ein überirdisches Geschöpf wie Ippolita könnte etwas an ihm finden? Um sie zu erobern, um ihr das Leben zu bieten, das sie gewohnt war, brauchte es Macht, Einfluss, teure Kleider, Geschmeide … all das, was er nicht vorweisen konnte.

Noch nicht.

Er setzte sich wieder in Bewegung, erreichte die Stube und öffnete die Tür …

Mechthild erwartete ihn bereits, wie immer. Sie lag auf einer Wolldecke auf dem Boden, das schwarze Haar offen. Drängend streckte sie ihm ihre Arme entgegen. »Endlich bist du wieder da. Komm zu mir!«

Aber Balthasar tat nichts dergleichen, sondern starrte die Magd nur an. Als er sie jetzt vor sich sah, erschien sie ihm so gewöhnlich, dass er sich nahezu ekelte. Sie glich den Dirnen, welche sich jedem feilboten, der einen Gulden springen ließ.

»Warum siehst du mich denn so an?« Mechthild zog ihre Arme wieder zurück.

»Es – es ist nichts.«

»Du scheinst nicht sehr erfreut, mich zu sehen.«

Balthasar löste sich aus seiner Erstarrung. »Doch, natürlich.«

Er legte sich auf die Magd, empfing ihre Küsse und spreizte ihre Beine. Mechthild umarmte ihn und stieß ein erwartungsvolles Stöhnen aus, als er in sie eindrang.

Nach wenigen Augenblicken machte dieses Stöhnen jedoch Erstaunen Platz.

»Was hast du denn?«

Balthasar spürte, wie sein Kopf vor Scham rot wurde. Er löste sich aus ihrer Umarmung und setzte sich auf. »Ich weiß nicht …«

Sie richtete sich ebenfalls auf. »Liegt es an mir? Gefalle ich dir etwa nicht mehr?«

»Doch, du bist zauberhaft, es ist nur –«

Du bist nicht Ippolita.

Balthasar erhob sich, zog sich die Hose hoch und richtete sich Wams und Joppe. »Verzeih. Es war dumm von mir hierherzukommen.«

Die Magd musterte ihn aufmerksam. »Es ist also dumm, sich mit mir zu treffen. Willst du mir das sagen?«

»Nein, ich –« Wieder durchfuhr Balthasar Scham. »Am besten wird sein, wenn wir uns nicht mehr sehen.«

Mechthilds Augen verengten sich. »Ah, der feine Herr hat eine andere getroffen.«

»Das geht dich gar nichts an.« Seine Stimme war rau.

Mechthild lachte auf. »O wie recht du hast! Du solltest aber zusehen, dass dein Schwanz wenigstens bei deinem neuen Täubchen steht.« Die Magd kam auf die Knie und strich über sein schlaffes Glied in der Hose. »Oder ist es gar ein anderer Mann?«

Bevor Balthasar wusste, was er tat, hatte er Mechthild eine Ohrfeige versetzt, so heftig, dass ihre Lippe blutete.

Mit erschrockenen Augen starrte sie ihn an und begann zu weinen.

»Da habe ich wohl ins Schwarze getroffen«, schluchzte sie trotzig.

»Halt dein Maul!« Seine Stimme klang fremd in seinen Ohren. »Halt dein Maul, und sprich nie mit jemandem über das, was hier geschehen ist. Oder du wirst es bereuen, beim Allmächtigen!«

Immer noch schluchzte Mechthild.

»Haben wir uns verstanden?«

Sie nickte stumm.

Mit polternden Schritten verließ Balthasar die Stube und schlug die Tür hinter sich zu.

Der junge Mann eilte durch die finstere Stadt. Seine Wut war verflogen, er verspürte Reue wegen seines Verhaltens Mechthild gegenüber. Und er wusste, dass er die Magd eigentlich nur dafür bestraft hatte, dass er Ippolita nicht haben konnte, zumindest nicht im Augenblick.

Jetzt musste er darauf hoffen, dass Mechthild den Mund hielt. Denn wenn herauskam, was heute im Manasser-Haus geschehen war, würde er sich wohl im Kerker wiederfinden oder zumindest würde ihn sein Vater zu Hause einsperren. Und das musste er um jeden Preis verhindern, denn die Zeit der Messen und Märkte kam, und es konnte sein, dass er mit seinem Vater erneut nach Augsburg reisen würde – zu Ippolita.

Sie wird schon stillhalten. Verrät sie mich, wandert auch sie an den Pranger.

Balthasar bog in den Unteren Markt ein und beschleunigte seine Schritte, als könnte er damit den unangenehmen Gedanken davonlaufen.

ꕥ ꕥ

Ein Tag war vergangen, seit Balthasar Heidfeldt sie im Manasser-Haus geschlagen hatte. Seitdem hatte Mechthild versucht, ihrer Herrin aus dem Weg zu gehen, hatte lange aufgeschobene Besorgungen erledigt und auf dem Markt eingekauft. Aber nun musste sie ins Haus zurück, es galt, das Abendessen vorzubereiten.

Sie näherte sich von Dandorfs Haus, das in der Dämmerung vor ihr lag.

Ihre Hand fuhr zu ihrem Mund und betastete den Schorf. Für einen Augenblick war sie wieder im Manasser-Haus, spürte den Schlag und hörte den Hass in Balthasars Stimme.

Dann war sie wieder im Hier und Jetzt. Sie holte tief Luft, öffnete das Tor und schlüpfte hinein.

Sibylla wartete in der Diele. Sie vernahm das Öffnen und Schließen der Tür, dann leise Schritte die Stiege herauf.

Bestimmt trat sie der Gestalt entgegen und hörte ihr erschrockenes Aufschnaufen.

»Du bist mir heute aus dem Weg gegangen, Mechthild.« Sibylla musterte ihre Magd streng.

Mechthild senkte den Kopf. »Verzeiht, Herrin, aber ich war auf dem Markt, und –«

»– und da hast du sicher nicht ganzen Tag verbracht.«

»Nein, Herrin«, meinte die Magd leise.

»Und gestern bist du erst sehr spät nachts ins Haus geschlichen, leugne es nicht.«

»Ihr habt recht, Herrin. Verzeiht.« Mechthild walkte angespannt ihre Hände.

»Wo warst du gestern?«, fragte Sibylla, obwohl sie sich die Antwort vorstellen konnte.

»Ich – ich –«

»Komm mit.« Grob zog Sibylla sie in die Küche, in der das Feuer noch glomm. Sie setzte Mechthild auf eine der Bänke und baute sich vor ihr auf.

»Also, wer ist es? Wer bewegt dich dazu, dich zu nachtschlafender Zeit da draußen herumzutreiben?«

Mechthild blieb stumm.

Sibylla stutzte, beugte sich näher zu ihrer Magd und sah die verschorfte Oberlippe. Wut stieg in ihr hoch, denn es war eine Sache, mit einer jungen Frau Unzucht zu treiben, aber eine ganz andere, sie zu schlagen. »Hat *er* das getan?«

Die Magd schüttelte den Kopf.

»Mechthild, du musst dich mir anvertrauen. Nur so kann ich dir helfen.« Sie bemühte sich, ihre Stimme trotz ihres Zorns sanft und verständnisvoll klingen zu lassen.

»Das müsst Ihr nicht, Herrin. Es – es ist nicht mehr vonnöten.« Die letzten Worte waren fast unhörbar, die Magd ließ den Kopf hängen.

Armes Ding, dachte Sibylla, benutzt und weggeworfen,

wie es Art der Männer ist. »Dann geh und leg dich schlafen.«

Die junge Frau nickte und stand auf.

»Und, Mechthild –«

Die Magd sah ihre Herrin an.

»Wenn ich dich noch einmal erwische, lass ich dich an den Pranger stellen.« Sibyllas Stimme verriet, dass sie es ernst meinte.

Stumm schlüpfte die Magd aus der Küche.

Sibylla blickte ihr nach. Kurz schweiften ihre Gedanken zurück, in jene Nächte, als sie selbst heimlich durch die Gassen der Stadt geschlichen war, um einen Mann zu treffen. Nächte, in denen sie sich unter Christoph wand, in der kleinen Kammer des Kontors ... als sie ihm im verborgenen Raum im Rathaus den Dunklen Kuss gab ... als er sie von hinten nahm und sie vor Lust schier vergangen war.

Christoph.

Was hatte sie für Gefahren auf sich genommen, ihn zu sehen. Und nie hatte sie ihn vergessen können, bis auf den heutigen Tag nicht.

Sibylla seufzte, dann verließ sie ebenfalls die Küche. Doch anstatt in ihre Schlafkammer zu gehen, stieg sie die Stufen hinauf zum Prunkzimmer, das im zweiten Obergeschoss ihres Hauses lag. Das Zimmer trug seinen Namen zu Recht, es glänzte von Gold, Silber, Kupfer und Zinn, und jeder kleinste Gegenstand war mit Verzierungen versehen.

Sibylla entzündete die drei Kerzen, die in einem schweren silbernen Halter neben der kostbaren Bank standen, welche mit rotem Leder bezogen war. Dann setzte sie sich auf die Bank und wartete. Denn Mechthild war nicht die

Einzige gewesen, mit der die Herrin des Hauses von Dandorf heute zu sprechen hatte.

Der Mond stand schon hoch über der Stadt, als sich die Tür des Hauses von Dandorf öffnete und wieder schloss.

Sibylla, die immer noch auf der Bank saß, hörte Stimmengemurmel, dann kamen Schritte die Stiege herauf. Wahrscheinlich hat er den Knecht gefragt, wo ich mich aufhalte, dachte sie.

Ihr Gemahl betrat das Zimmer. »Hast du auf mich gewartet?« Er klang nur mäßig erfreut.

»Setzt Euch zu mir, mein Gemahl.« Sibylla deutete neben sich.

Stirnrunzelnd tat von Dandorf, wie ihm geheißen. »Warum so förmlich, Sibylla?«

»Wein?« Sibylla streckte ihm den wertvollen, mit blauen Edelsteinen verzierten Becher entgegen.

Er nahm ihn wortlos und trank einen Schluck. Dann verzog er das Gesicht. »Bitter.«

»Ich muss etwas mit dir besprechen, Albrecht.« Sibylla nahm ebenfalls einen Schluck aus einem juwelenbesetzten Becher. Aber im Gegensatz zu ihrem Gemahl verzog sie nicht das Gesicht und genoss den exquisiten Wein.

»Worum geht es denn?« Von Dandorf stellte den Becher ab.

Sibylla griff unter die Bank und zog ein zusammengerolltes Stück Papier hervor. Der Statthalter sah mit einem Male sehr unbehaglich aus. So hatte Sibylla ihn noch nie erlebt, aber heute hatte er auch allen Grund dafür.

»Wie lange treibst du dieses Spiel schon mit der armen Agnes Heidfeldt?«

Er fing sich schnell, das musste sie ihm lassen, und griff nach dem Papier. »Gib das her«, zischte er.

Sie wich seiner Hand aus und hob das Papier in die Höhe. »Wage es *ja* nicht.« Ihr Gesicht zeigte eine solche Entschlossenheit, dass von Dandorf seine Hand schließlich zurückzog.

Die beiden starrten sich an.

»Als ich Mattheß mit diesem Brief erwischte, konnte ich es zuerst nicht glauben. Ich wollte es nicht glauben«, fuhr Sibylla fort. Mattheß war der Sohn der Köchin, ein mürrischer, schweigsamer Bursche. »Aber als er mir schließlich gestanden hat, dass er schon mehrmals heimlich Briefe für dich in die Kirche gebracht hat, als ich hier drin von einem baldigen Treffen las«, sie deutete mit dem Brief auf von Dandorf, »da musste ich mir die Wahrheit eingestehen: Mein ehrenwerter Gemahl liebt eine andere Frau.«

Der Statthalter schwieg.

»Die schöne Agnes Heidfeldt. So lieblich und rein, prangt auf einem Sockel.« Sibyllas Stimme war bitter. »Was hattest du denn vor? Eine Liebschaft mit ihr einzugehen und dich neben mir mit ihr zu vergnügen?«

»Sei nicht töricht. Es gibt eine vernünftige Erklärung für dies alles.«

»Spar sie dir.« Sibylla brachte ihr Gesicht jetzt ganz nahe an das seine. »Denn jetzt werde *ich* dir etwas erklären. Es wird keine Liebschaft geben. Wir werden beide weiterhin in Eintracht vermählt bleiben und zusammen unser Leben führen. Und nie«, jetzt bebte ihre Stimme vor Erregung, »ich wiederhole: *Nie* wieder wirst du Agnes schreiben, nie wieder an sie denken oder sie begehren.«

»Und wenn nicht?« Der Statthalter wich dem Blick seiner Gemahlin nicht aus.

»Wenn nicht, lieber Gemahl, wirst du es bereuen.«

»Drohst du mir etwa?« Von Dandorf konnte sich ein nachsichtiges Grinsen nicht verkneifen.

»Es würde dir sicher nicht gefallen, wenn dein Brief in falsche Hände gerät. Ein ehrenwerter, vermählter Statthalter, der mit einer ebenso vermählten, unbescholtenen Bürgerin Unzucht anstrebt?«

Von Dandorf schüttelte den Kopf. »Damit würdest du nichts erreichen. Ich würde behaupten, dass der Brief eine kunstvolle Täuschung eines meiner Feinde ist.«

»Und doch bliebe ein Makel an dir haften, und es würde geredet und getuschelt werden ... Aber sogar, wenn du ungeschoren davonkämst, müsstest du trotzdem vor mir auf der Hut sein.« Sibylla nahm den Becher in die Hand. »Warum, meinst du, hat der Wein so bitter geschmeckt?«

Von Dandorf starrte erst den Becher, dann seine Gemahlin an. Er wurde blass, fuhr sich mit der Hand über den Mund. »Du hast doch nicht –«

»Nein, natürlich nicht.« Sibylla deutete mit dem Becher nachdrücklich auf von Dandorf. »Allerdings ... wenn ich herausfinden sollte, dass du eine Liebschaft mit Agnes oder irgendeiner anderen führst, dann solltest du dir im Klaren sein, dass dieses Haus, ja dein ganzes Leben sehr gefährlich werden könnte, teurer Gemahl.«

Der Statthalter starrte seine Gemahlin an, ihr dunkles Kleid, ihre roten Haare, ihre Augen, die im Licht der Kerzen unheilvoll glänzten.

Er schien etwas sagen zu wollen, brachte aber kein Wort heraus.

»Nun?« Sibylla zog eine Augenbraue nach oben.

Die Schultern ihres Gemahls sackten etwas zusammen, gleichsam um die Niederlage einzugestehen.

Sibylla nickte spöttisch und stand auf. »Du vermagst die Dummköpfe im Rat zu täuschen, du vermagst die ganze Stadt zu täuschen, aber nicht mich. Ich kenne die Männer, die starken wie die schwachen. Und du, geliebter Gemahl, gehörst nicht zu den starken.«

Sibylla von Dandorf blies die Kerzen aus, ging aus dem Prunkzimmer und ließ den mächtigsten Mann der Stadt im Dunkel zurück.

»Darf ich Euch sprechen?«

Agnes Heidfeldt, die in der Kirchenbank kniete, blickte auf. Sibylla von Dandorf stand vor ihr.

»Natürlich können wir reden, Sibylla. Wo –«

»Wir bleiben am besten hier.« Die Frau des Statthalters drückte sie wieder auf die Bank zurück und setzte sich neben sie.

Agnes blickte die andere fragend an. »Was ist Euer Begehr?«

Sibylla zögerte. »Ich – ich weiß von den Briefen.«

Agnes durchfuhr es kalt. Sie hatte nichts mehr von von Dandorf gehört, auch keine Briefe mehr bekommen, obwohl er mittlerweile wieder aus München zurück war. Und doch lastete die Angst auf ihr, immerwährend, dass von Dandorf seinen nächsten Zug machte. Deshalb war sie auch in die Klosterkirche gegangen, um wenigstens für einige wenige Augenblicke Ruhe zu finden.

»Wovon sprecht Ihr?« Agnes bemühte sich, das Zittern in ihrer Stimme zu verbergen.

Sibylla sah sie an. Agnes glaubte, eine gewisse Traurigkeit in diesem Blick zu erkennen. »Von den Briefen, die Euch mein Gemahl geschrieben hat. Leugnet es nicht.«

Agnes wusste, dass es keinen Sinn hatte, irgendetwas abzustreiten. »Ja, es ist wahr.«

Die andere nickte. »Natürlich ist es das. Und ich weiß auch, dass Ihr niemals etwas getan habt, ihn dazu zu ermutigen. Das liegt nicht in Eurer Art.« Sibylla nahm Agnes' Hand. Die Finger der Frau des Statthalters waren eiskalt. »Seid versichert, dass ich mit meinem Gemahl unmissverständlich gesprochen habe. Ihr müsst Euch keine Sorgen mehr machen. Er wird sich ab jetzt hüten, seine Stellung zu riskieren, vor allem wegen einer Frau.« Die Worte klangen herablassender, als Sibylla sie wahrscheinlich meinte, aber Agnes war es einerlei. Sie spürte, dass die andere die Wahrheit sagte, und unglaubliche Erleichterung durchströmte sie.

»Wie habt Ihr das geschafft?«

Sibylla winkte ab. »Ich kann sehr überzeugend sein, wenn ich will. Mehr braucht Ihr nicht wissen.«

»Ich danke Euch, Sibylla. Ich –«

»Es gibt nichts zu danken.« Wieder die Traurigkeit, kaum wahrnehmbar, aber da. »Ihr seid wieder sicher, und ich bleibe sicher verheiratet. So ziehen wir beide unseren Nutzen daraus.«

Agnes wusste nichts zu erwidern. Sie selbst konnte nun in ihr gewohntes Leben zurückkehren, zu dem Mann, den sie liebte. Sibylla kehrte zu einem Mann zurück, der einer anderen seine Liebe geschworen hatte und bereit gewesen war, sein Eheweib zu hintergehen. Agnes mochte sich nicht vorstellen, wie das weitere Zusammenleben der beiden aussehen würde.

»Habt Ihr seine Briefe noch?«, fragte Sibylla.

»Nein, ich habe sie allesamt verbrannt.«

»Gut.« Sibylla stand auf. Sie wollte die Kirchenbank verlassen, als ihr noch etwas einzufallen schien. »Was ich fragen wollte: Habt Ihr wieder einmal etwas von Euren Freunden gehört? Wie geht es Christoph und Helene Ackermann?«

»Es ist einige Jahre her, dass wir in Prag waren. Im Augenblick geht es den Lutheranern dort gut, aber wer weiß, was geschieht, wenn sich der Kriegsverlauf ändert.«

»Auch dann wird er es schaffen.« Sibylla richtete sich die Haube, die ihre vollen roten Haare verbarg.

Agnes blickte sie fragend an.

»Ich meine, sie werden es beide schaffen«, verbesserte sich Sibylla. »Sie sind schon einmal den Kerkern entflohen, sie werden auch diesen Krieg überstehen.«

»Wir wollen es hoffen.« Eine unbestimmbare dunkle Ahnung stieg in Agnes auf. Es war der Ausdruck in Sibyllas Gesicht gewesen, ihre Stimme, als sie Christoph erwähnt hatte, nur ihn …

Agnes schob die Ahnung wieder beiseite.

»Gott zum Gruße, Agnes Heidfeldt. Der Herr möge über Euch und die Euren wachen.« Sibylla drehte sich um und ging davon, bevor Agnes den frommen Wunsch erwidern konnte.

Prag, Frühling A.D. 1620

Die Zeit bis zu jenem Sonntag, an dem Lucas Jana abholen durfte, schien kaum zu vergehen. Sicherlich, die Aussicht seines Vaters auf Geschäfte mit dem niederländischen Kaufmann klangen vielversprechend, und so war dieser die letzten Tage über Gebühr gut gelaunt gewesen. Auch Lucas verspürte, wie ihn die Aussicht darauf anspornte, endlich wieder anständig für seine Arbeit entlohnt zu werden. Deshalb war es ihm auch nicht möglich gewesen, Jana auf dem Markt zu treffen.

Dafür war er am heutigen Tag des Herrn schon vor dem Hahnenschrei wach gewesen, hatte sich am Brunnen im Hof mehr als notwendig gewaschen und danach penibel rasiert. Sein Gewand war sauber, die Schuhe gebürstet.

Gleich nach der Messe hatte er sich aufgemacht, um vor jenem Haus zu warten, in dem Jana sich als Dienstmagd verdingte … auch wenn es knapp zehn Uhr vormittags war und sie erst am frühen Nachmittag zu ihm herauskommen würde.

Die erste halbe Stunde hatte sein Herz wie wild in seiner Brust geschlagen, und trotz des winterlichen Wetters war ihm heiß und seine Hände schwitzig gewesen. Doch allmählich kehrte seine innere Ruhe zurück, insbesondere, da er sich selbst Mut zusprach. Seine Selbstsicherheit stieg, bis –

Bis zu dem Augenblick, als Jana vor das Haus trat.

Da begann Lucas' Herz zu rasen. Die Dienstmagd hatte ein Tuch aus Filz um den Kopf geschlagen und einen dicken Mantel an. Ihr Blick war ernst. Erst als sie Lucas am Eck der Gasse warten sah, erstrahlte sie.

Lucas und Jana waren am Graben entlanggeschlendert, der in einem Halbkreis die Altstadt von der Neustadt trennte, hatten viel gelacht und waren stets darauf bedacht gewesen, den kleinstmöglichen Abstand zueinander zu halten, sodass man ihnen zwar kein unsittliches Verhalten vorwerfen konnte, sich ihre Hände dennoch immer wieder scheinbar unabsichtlich berührten.

Schließlich waren sie ans Ufer der Moldau gekommen, die wild und eiskalt aussah. Bis auf einige Männer, die sich als Fischer versuchten, waren die beiden alleine. Lucas versuchte, Steine übers Wasser springen zu lassen, auch wenn das aufgrund der Wellen ein sinnloses Unterfangen war.

»Ich hatte ja nicht gewusst, wie es sein würde, wenn wir einmal länger als eine halbe Stunde und ohne Menschengedränge zusammen sind«, gestand Jana. »Aber ich verbringe gerne Zeit mit dir, Lucas Ackermann.«

»Ich auch«, meinte der und ließ erneut einen Stein aus seiner Hand schnellen.

»Das ist schön, aber …« Jana ergriff seine Hand, in der sich noch zwei Wurfgeschosse befanden. »Aber ich bin hier. Und es ist mir völlig einerlei, ob du Steine springen lassen kannst oder nicht.«

Lucas spürte, wie sein vermaledeites Herz schon wieder schneller zu schlagen begann, und auch, dass sich sein

Mund mit einem Male so trocken anfühlte, als wäre gerade der heißeste Tag des Jahres.

»Entschuldige, ich … ich bin –« Er brach ab und holte tief Luft. »Du bist einfach wunderbar.«

»Ach?« Ihre Augen strahlten, und ihr Mund verzog sich zu einer süßen Schnute. »Was bin ich denn noch?«

»Du bist … so ein fröhlicher und guter Mensch. Noch nie habe ich gehört, dass du dich über andere beschwert oder auch nur ein böses Wort verloren hättest.«

»Ich fluche in Gedanken.«

»Oh, wenn das andere nur auch tun würden.«

»Welche anderen denn?«, forderte sie keck. »Rück heraus damit. Welchen anderen Frauenzimmern hast du auch schon solch schöne Worte gemacht?«

»Keiner. Bei meiner Ehre.« Wie zum Schwur hielt Lucas die rechte Hand hoch.

»Du willst mir also weismachen, dass ein strammer Bursche wie du noch keinem Rockzipfel hinterhergelaufen ist?«

»Ist nicht meine Art. Ich will … niemanden zu etwas zwingen, weißt du, was ich meine?«

Jana schob eine Augenbraue skeptisch nach oben. »Das bedeutet, du möchtest, dass du gezwungen wirst?«

»Was? Nein! Ich –«

Ungeniert näherte sich Jana mit ihren Lippen den seinen. »Nein?«

»Nein, ich jage den Frauen nicht hinterher.«

Nun berührten sich ihre Lippen beinahe. Jana schloss die Augen.

»Obwohl, es gab da einst ein Mädchen«, murmelte Lucas wie zu sich selbst.

Jana machte unwillkürlich einen Schritt zurück. »Ach, wirklich?« Sie verschränkte die Arme vor der Brust. »Dann erzähl doch einmal.«

Lucas stutzte. Diesen Tonfall in Janas Stimme hatte er noch nie vernommen. Sie hatte nichts Liebliches, nichts Zärtliches mehr, sondern war kühl und fordernd – und schuld daran war er allein.

»Das ... ist schon Ewigkeiten her«, begann er zögerlich. »Nur eine Schwärmerei unter Kindern.«

»Ach ja? Wie hieß denn diese Schwärmerei?«

»Magdalena. Magdalena Heidfeldt. Als Kinder waren wir ständig beisammen. Aber dann haben sich unsere Wege getrennt.«

»Sie wollte nichts mehr von dir wissen?«

Lucas schüttelte den Kopf. »Wir mussten aus Schwäbischwerd fliehen, wie so viele Lutheraner.«

»Dann ist sie eine Katholikin?«

»Spielt das eine Rolle?«, gab sich Lucas verwundert.

Die junge Frau schwieg.

»Lass mich dir versichern, dass es nichts gibt, was mich und Magdalena noch verbindet.«

Jana löste ihre Arme. »Wenn du meinst.«

»Es ist so. Immerhin stehe ich jetzt mit dir hier, oder etwa nicht?«

Sie wog unschlüssig den Kopf hin und her.

Lucas lächelte sanft. »Es erinnert mich nichts mehr an sie. Außer vielleicht deine Sommersprossen. Magdalena hatte auch so viele wie du.«

Jana erstarrte. Tränen stiegen ihr in die braunen Augen. Dann gab sie Lucas eine schallende Ohrfeige.

»Lucas Ackermann, du bist ein rechter Hornochse!«

Beim Betreten des Ateliers war Agathe, als würde sie gegen eine unsichtbare Wand aus Gerüchen prallen, die sie augenblicklich bestürmten und ihr die Sinne zu rauben drohten: der fruchtige Duft nach eingedicktem Lein- und Walnussöl, die ätherischen Öle des Mastix-Harzes und der stechende Geruch nach Venezianer Terpentin.

Wie ein Fisch im Trockenen musste sie mehrmals nach Luft schnappen. Dann sah sie sich um. Der Putz an den Wänden des lang gezogenen Raums schien bereits vor Jahrzehnten fast vollständig abgebröckelt zu sein und gab seinen Untergrund aus rot gebrannten Ziegeln preis. Die Decke des einst weiß gekalkten und nun rußigen Tonnengewölbes wurde, einem Spinnennetz gleich, von unzähligen Rissen durchzogen. Überall lehnten Holzplatten, Bilderrahmen und Leinwände, manche davon bereits mehrmals übermalt. Am anderen Ende des Raumes standen eine Liege, die mit abgewetztem rotem Samt überzogen war, einige Stühle und Tische sowie ein paar alte Kommoden und Kabinettschränke, deren Marketerien größtenteils abgeschlagen oder herausgebrochen waren.

Und inmitten all dieses Durcheinanders stand Philipp an einer Staffelei, die dem großen Sprossenfenster zugewandt war und auf der eine Platte aus Eichenholz ruhte. Eine Palette in der linken, einen Pinsel in der rechten Hand, schien er in einer eigenen Welt zu schweben. Einer Welt, in der es nur galt, auf den Maluntergrund zu bringen, was sich vor seinem geistigen Auge befand, und dies mit einer Dringlichkeit, die Agathe denken ließ, es ginge um Leben und Tod.

Unbemerkt stand sie eine geraume Zeit nur da, fasziniert von der Fähigkeit des jungen Mannes, etwas aus dem schieren Nichts zu erschaffen und es für jedermann verständlich darzustellen.

Schließlich setzte sie sich in Bewegung. Mit kleinen Schritten ging sie auf den Künstler zu und schloss dabei mit sich selbst Wetten ab, wann er sie wohl bemerken würde.

Sie verlor sie alle.

Als sie keine vier Schritte mehr von ihm entfernt war, räusperte sie sich.

Philipp erschrak, als hätte ihm jemand von hinten auf den Kopf geschlagen.

»Mir scheint, hier hätten die Hunnen hereinstürmen können, und Ihr hättet es nicht bemerkt, Herr Ackermann. Macht Euch der Gestank etwa taub?«

Die Erschrockenheit im Gesicht des Malers verwandelte sich in Freude. »Wenn ein zartes Geschöpf wie Ihr hereinschwebt, ist es nicht verwunderlich, dass mich mein Gehör im Stich lässt.«

Agathe zog ob des schalen Kompliments die Brauen zusammen.

»Ihr oder die Hunnen, Ihr habt recht«, setzte Philipp mit einem gezwungenen Schmunzeln nach.

Der Blick der jungen Frau wechselte nun vom Künstler zu dessen Werk. Überraschenderweise konnte sie sich in dem Bildnis tatsächlich wiedererkennen. »Ein wenig blass mutet mir das alles an, meint Ihr nicht?«

»Fürwahr. Doch die kräftigen Farben kommen erst zum Schluss. ›Fett auf mager‹ lautet die Devise, also je mehr die Farbpigmente verdünnt werden, desto früher muss man sie auf das Bild setzen. Sonst entstehen Risse.«

»Wollt Ihr damit sagen, man muss bereits wissen, wohin man welche Farbe setzt, bevor man mit dem Malen beginnt?«

»Ganz genau.«

Agathe zog eine Schnute. »Wie langweilig.«

»Findet Ihr?«

»Durchaus. Überraschungen sind doch das Salz in der Suppe des Lebens.«

Philipp legte Palette und Pinsel zur Seite. »Und womit wärt Ihr wohl zu überraschen?«

Agathe sah sich um. »Ich bereite mich lieber vor. Wohlan, wo soll ich Euch Modell stehen?« Plötzlich machte sich ein verwegenes Lächeln auf ihrem Antlitz breit. »Oder gar Modell liegen?«

»Nun, was Ihr da –«

»Um Missverständnisse vorab aus dem Weg zu räumen: Ich werde in zwei Stunden von meinem Kutscher wieder abgeholt. Ihr dürft mich also zunächst zeichnen, wie der Herr mich geschaffen hat. Dann sehen wir weiter.«

Die junge Frau ging zu der alten Liege und wandte Philipp den Rücken zu. »Hopp, hopp, der Herr, mein Korsett öffnet sich nicht von allein.«

Mit einem schweren Ruck fiel die Tür, die auf die Straße hinausführte, ins Schloss. Philipp war wieder alleine in seinem Atelier. Ohne den Blick von der Tür am anderen Ende des Raums abzuwenden, setzte er sich auf einen Stuhl und nahm eine Prise Schnupftabak. Der scharf-würzige Geschmack des Tabaks schien formidabel, die gerade erlebte Leidenschaft zu ergänzen, ja gar abzurunden.

Schließlich wanderte sein Blick zu Boden, wo noch zwei

Kohlezeichnungen lagen, die Agathe zeigten, wie sie sich nackt auf der Liege rekelte. Fünf weitere Zeichnungen hatte sie mitgenommen, um sie in Ruhe zu studieren – und sich daran zu delektieren, wie sie betonte.

Eines musste er ihr lassen: Die besagte Überraschung war ihr gelungen. Gleich nachdem er von hinten an sie herangetreten war, wie sie es befohlen hatte, und ihre Brüste aus der beengenden Sittlichkeit des Mieders befreit hatte, war jegliche Arroganz an ihr wie weggewischt gewesen. Ja, sie strahlte sogar eine leidenschaftliche Wärme aus. Was für eine Frau, dachte Philipp, was für eine wahrlich überraschende Frau. So kalt und abweisend sie zuvor im Gespräch gewesen war, so fordernd und leidenschaftlich waren ihre Küsse. Und bei der Intimität war sie schamlos, im besten Sinne des Wortes.

Natürlich war ihm nicht nach einer festen Liaison, dafür genoss er seine Freiheit viel zu sehr. Und anders als Catharina, die von Geist und Körper her so frei bleiben wollte wie er selbst, so sehr spürte er bei Agathe den Willen, Begehrlichkeiten einzufordern. Sie wusste, was sie wollte, und sie wusste auch, wie sie es bekam. Und zwar ohne dabei jemals den Eindruck zu erwecken, sie würde sich jedem einfach hingeben, der ihr schöne Augen machte. Im Gegenteil – sie war es, die die Trümpfe ausspielte.

Dies bestätigte sich in den lakonischen Worten, die sie ihm nach dem ersten vollzogenen Akt zuraunte: »Ich dachte ursprünglich, Ihr wärt nichts, außer nur schön anzusehen. Aber Ihr habt mehr als nur zeichnerische Qualitäten.«

Und noch etwas war ihm aufgefallen: Jene Makel, die er bei ihrem ersten Treffen so selbstherrlich an ihr festgestellt hatte, waren nun zu Schönheitsmalen geworden, die Agathe in ihrer Gesamtheit erst vollkommen zu machen schienen.

Philipp schloss die Augen. Er sah ihren angenehm rundlichen Körper über sich, schien den Duft ihrer weißen Haut noch einmal aufzusaugen, Ihre kleinen, aber festen Brüste in seinen Händen, ihrer beider Lenden, die sich aneinanderrieben. Er hörte ihre Lust, spürte ihre Fingernägel in seinem Rücken und wie sie sich in Ekstase in seine langen Haare krallte.

Agathe …

Er überlegte, ob er sich noch selbst beflecken sollte, entschied dann jedoch, das restliche Licht des Tages auszunutzen und erst dann wieder seinen Trieben nachzugeben.

Nürnberg, April 1620

Johannes und Balthasar eilten über den Hauptmarkt, das Zentrum der lutherischen Reichsstadt Nürnberg. Trotz der fortgeschrittenen Stunde herrschte geschäftiges Treiben auf dem großen Platz, der von den mächtigen zwei Türmen der Sebalduskirche beherrscht wurde und von Ständen und ausgebreiteten Waren nur so wimmelte. Alles war nach Bereichen aufgeteilt: Im Norden befand sich der Kälbermarkt, der Süden gehörte den Krämern, im Westen lag der sogenannte »Herrenmarkt«, wo die Fronwaage[11] und die Börse beheimatet waren.

Die Börse verteilte sich auf mehrere Lauben und Gewölbe, in denen mit Waren gehandelt wurde, vor allem mit Tuchen und Metallen. Die Stadt besaß Anteile an Bergwerken und sicherte damit den ortsansässigen Handwerkern die benötigten Rohstoffe für die weitere Verarbeitung.

Ebenso wichtig wie der Warenverkehr waren der Münz- und Wechselverkehr. Denn bargeldlose Zahlungen sparten Aufwand und reduzierten im Fernhandel das Risiko eines Überfalls.

War der Hauptmarkt das Zentrum von Nürnberg, so

---

11 Die öffentliche Stadtwaage. Hier wog ein Wagenmeister die Wagen, die Kaufleute mussten dafür eine Gebühr entrichten.

war Nürnberg *das* Zentrum des Handels. Zwar galt die ganz große Blütezeit als vergangen, aber immer noch handelte die Stadt mit der ganzen Welt. Der Spruch »Nürnberger Tand geht durch alle Land« besaß auch jetzt noch seine Gültigkeit. Und nicht nur materieller Reichtum war vorhanden, auch die Kunst spielte eine große Rolle. Dürer hatte hier gemalt, Behaim seinen »Erdapfel« gebaut, wie man den ersten Globus nannte, Hans Sachs als Meistersinger und Dichter gewirkt. Ein ehrwürdiges Gymnasium sorgte für die Ausbildung der Kaufmannssöhne. Ja, Nürnberg war wahrlich »des Reiches Schatzkästlein«.

Ich hoffe, dass aus diesem Schatzkästlein auch etwas für mich abfällt, dachte Johannes. Er zog Balthasar, der noch nie hier gewesen war und mit den Augen alles gleichsam aufzusaugen schien, weiter durch den Markt.

Der Kaufmann und sein Sohn passierten die Frauenkirche und den berühmten »Schönen Brunnen«, aber Johannes hatte keinen Blick dafür übrig, im Gegenteil. Er beschleunigte seinen Schritt, was dazu führte, dass ihm die Luft knapp wurde. Doch er biss die Zähne zusammen und drängte sich durch die Menschen, Balthasar dicht hinter sich. Wenn Piero Contarini nach Nürnberg rief und von einer lohnenden Gelegenheit sprach, dann verlor man besser keine Zeit.

Auf einmal hörten die beiden den hellen Klang eines Glockenschlags von der Sebalduskirche. Dort stand ein Mann, der an einem Seil zog, das mit einem der Strebepfeiler verbunden war, an welchem eine kleine Glocke hing.

Plötzlich änderte sich die Stimmung auf dem Platz, geschäftiges Handeln schlug in geschäftiges Aufräumen um.

Die Händler begannen, ihre Waren umgehend für den Abtransport bereit zu machen.

Erstaunt sah Balthasar sich um.

»Die Marktordnung besagt, dass um die fünfte Stunde nach Mittag der Markt zu schließen ist. Wer sich nicht daran hält, muss Strafe zahlen, und das will jeder tunlichst vermeiden«, erläuterte Johannes.

Sie ließen den Markt hinter sich und kamen an einem großen Haus vorbei, an dem gerade gebaut wurde.

Balthasar blieb stehen, deutete auf das Gebäude. »Was ist das, Vater?«

»Das Rathaus. Es soll vergrößert und damit der Bedeutung der Stadt gerecht werden.« Johannes war ebenfalls stehen geblieben und schnaufte. Die kleine Pause war ihm jetzt doch ganz genehm. »In seinen Gewölben befinden sich die Lochgefängnisse. Bete, dass du in dieser Stadt nie verurteilt und dort hineingeworfen wirst.«

Balthasar ließ seinen Blick über die monumentale Frontfassade gleiten, über die noch nicht fertigen, unzähligen Fenster und die drei Portale, von denen zwei bereits mit kunstvollen biblischen Figuren versehen waren. Über dem Hauptportal in der Mitte prangte unübersehbar das Wappen des Reiches.

»Wenn ich hier hineingehe, dann als reicher Kaufmann und nicht als Verurteilter«, sagte er.

»Für fromme Wünsche ist später Zeit.« Johannes setzte sich wieder in Bewegung. »Wir müssen weiter.«

Am Egidienplatz erreichten sie schließlich ihr Ziel. Johannes hatte von diesem Haus, einem der schönsten in Nürnberg, bisher nur gehört, doch die Wirklichkeit hielt den

Geschichten darüber mühelos stand. Die Fassade war aufwendig gestaltet, über dem Sockelgeschoss erhoben sich zwei weitere Geschosse, über denen sich noch einmal drei Dachgeschosse befanden. Pilaster flankierten die Fensterreihen, Obelisken verzierten die Giebel. Auf der Giebelspitze ragte eine große Jupiterstatue majestätisch in den dämmrigen Himmel.

Johannes und Balthasar näherten sich dem Portal. Doch bevor der Kaufmann klopfen konnte, öffnete sich das Tor. Ein Diener stand vor ihnen, verbeugte sich und machte eine einladende Geste.

Ein kurzes Zögern, dann betraten Vater und Sohn das Haus.

Johannes und Balthasar folgten dem Diener in die Eingangshalle, die ein Sternrippengewölbe überspannte. Unzählige Kerzen in goldenen und silbernen Haltern verbreiteten ein geheimnisvolles Licht.

»Dein Venezianer kennt einflussreiche Leute, Vater.« Balthasars Stimme war nur ein Flüstern, ob aus Ergriffenheit angesichts solchen Reichtums oder wegen des Dieners konnte Johannes nicht ausmachen.

Der Kaufmann nickte nur.

In einem breiten Gang blieb der Diener vor einer großen Tür stehen. Er klopfte, öffnete sie und trat ein. Johannes und Balthasar folgten ihm.

Drinnen standen zwei Männer, jeder einen kristallenen Becher in der Hand. Einer war Contarini, der beim Anblick der Heidfeldts erfreut lächelte. Der andere war ein großer, trotz seines fortgeschrittenen Alters schlanker Mann in dunklem Gewand mit spanischer Halskrause. Sein braunes

Haar war kurz geschnitten, sein Mund schmal, die Augen prüfend. Johannes wusste, dass er den Herrn des Hauses vor sich hatte.

»Seid willkommen in meinem bescheidenen Heim, Ihr Herren Heidfeldt«, sprach Martin Peller.

Johannes war mehr als beeindruckt. Er, der kleine Kaufmann aus Donauwörth, hielt sich im sagenumwobenen »Schönen Zimmer« auf, einem der prunkvollsten Räume der Stadt Nürnberg. Und der Raum wurde seinem Ruf mehr als gerecht: Die Wände waren mit verschwenderisch geschnitzten Vertäfelungen ausgekleidet, die Raumdecke mit Deckengemälden aus der griechischen Mythologie geschmückt. Ölgemälde, Ofen, Stühle, Tische und Boden, ja sogar die Türen – alles war aus wertvollsten Hölzern und Metallen gearbeitet.

Er blickte zu Martin Peller, der am Kopfende der Tafel saß. Zur Rechten des Hausherrn hatte sich Contarini niedergelassen, zu seiner Linken er selbst und Balthasar. Das Feuer im Ofen brannte, die Scheite knackten, die Kerzen aus dem Luster tauchten alles in sanftes Licht.

Der Hausherr ergriff den kristallenen Becher, in den Edelsteine eingearbeitet waren, und hob ihn. »Auf Euer Wohl.«

Die anderen erwiderten den Gruß und tranken. Es war ein hervorragender Roter, wie Johannes noch nie einen getrunken hatte. Aber etwas anderes war in einem solchen Haus auch nicht zu erwarten.

Peller stellte den Becher zurück auf den Tisch. »Ihr wisst, in welchen Geschäften ich tätig bin, Herr Heidfeldt?«

Natürlich wusste Johannes das. Martin Peller – der Mann, der sich mit dem aus Venedig stammenden, in Nürnberg tätigen Kaufmann Bartholomäus Viatis zusammengetan hatte, dessen Tochter geheiratet und mit ihm zusammen die Viatis-Peller-Gesellschaft gegründet hatte, die sowohl im Kredit- und Wechselgeschäft als auch im Rüstungsgeschäft tätig war.

Peller – einer der mächtigsten Männer Nürnbergs.

»Euer Ruf ist im ganzen Reich bekannt.« Johannes neigte den Kopf.

Amüsiert verzog Peller den Mund. »Das mag stimmen. Aber oftmals ist es so, dass man im Reich mehr gilt als in der eigenen Stadt.« Ein schneller Seitenblick zu Contarini. Johannes fragte sich, was die beiden Männer beabsichtigten.

»Ich will Euch etwas erzählen, Johannes Heidfeldt.« Peller beugte sich vor. »Bartholomäus Viatis, mein Schwiegervater, ist einer der mächtigsten Männer weit und breit, und auch ich verfüge über nicht geringen Einfluss. Aber dankt Nürnberg mir das? Nicht im Geringsten.« Er zog die Brauen zusammen. »Im Gegenteil haben mir die feinen Ratsherren unzählige Steine in den Weg gelegt, als ich dieses Haus bauen ließ. Zu groß sei es, zu aufwendig, nicht passend zu dieser Stadt. Die Ratsherren haben mich auch nie in den Inneren Rat der Stadt aufgenommen. Und warum, glaubt Ihr, ist das so?«

Mit einem Male verstand Johannes. »Weil Ihr –«, er räusperte sich, »weil Ihr nicht aus Nürnberg stammt.«

Peller nickte. »Die ehrwürdigen Patrizier der Stadt halten ›Emporkömmlinge‹ wie mich lieber außen vor, gleichwohl ich ihre Geldsäckel fülle.«

»Ein solches Vorgehen ist mir nicht fremd.« Johannes nahm einen weiteren Schluck Wein.

»Darüber hat mich unser Freund, Herr Contarini, bereits in Kenntnis gesetzt.« Peller deutete zu dem Venezianer. »Er hat mir erzählt, wie schwer Ihr es in Donauwörth hattet. Wie Ihr trotz allem, was Ihr für die Stadt getan habt, nicht in den Rat aufgenommen wurdet. Und wie erst eine Reichsacht und ein bayrischer Herzog kommen mussten, damit der Rat seine Meinung änderte.«

»Wenn Ihr das so seht ... aber wenn die Eroberung der Stadt der Preis für mein Amt war, dann hätte ich gerne darauf verzichtet.«

Peller machte eine unwillige Handbewegung. »Eure Bescheidenheit ehrt Euch, aber was geschehen ist, ist geschehen. Und erzählt mir nicht, dass Ihr von der Acht nicht profitiert hättet.« Er musterte Johannes durchdringend, schien ihn einschätzen zu wollen. Der Kaufmann fühlte sich unwohl unter diesem bohrenden Blick, trachtete jedoch danach, sich nichts anmerken zu lassen. Peller hatte etwas vor, aber sicher nicht mit jemandem, der sich in die Hosen schiss, wenn er mit einflussreichen Leuten an einem Tisch saß.

»Signore Peller«, meldete sich Piero Contarini nun zu Wort, der sich im Gegensatz zu seiner sonst so lebhaften Art bisher auffallend ruhig verhalten hatte. »Ich habe Signore Heidfeldt immer als vernünftigen Mann kennengelernt, der die Dinge genauso so zu beurteilen vermag, wie sie sind.«

»Das sagtet Ihr mir schon mehrmals. Wenn dem nicht so wäre, säßen wir nicht hier«, erwiderte Peller, der Johannes nicht aus den Augen gelassen hatte.

Der Kaufmann hielt dem Blick stand.

Schließlich schien Peller zu einer Entscheidung zu kommen. »Nun gut, Johannes Heidfeldt. Bevor wir weiterreden, darf ich Euch bitten, Euren Sohn hinauszuschicken. Das Folgende muss unter uns bleiben.«

Johannes wandte sich Balthasar zu. »Warte draußen, bis ich dich holen lasse.« Sein Ton war unmissverständlich.

Balthasar war sein Unwille anzusehen, er folgte aber dem Befehl seines Vaters.

Als die Tür hinter ihm zugefallen war, beugte sich Peller vor. »Ich verrate Euch jetzt etwas, was diesen Raum nicht verlassen darf.« Seine Stimme nahm einen harten Klang an. »In einigen Monaten, wenn es denn eingetreten ist, darf es so und so jeder wissen.«

»Ihr könnt Euch auf mich verlassen, Herr Peller.« Johannes bemühte sich, ruhig zu klingen, auch wenn er so gespannt war, dass sein Herz klopfte.

»Wir Ihr wisst, sind die Liga-Truppen Maximilians und Tillys noch nicht gegen Böhmen marschiert, weil der Herzog befürchtet, dass dann Unionstruppen Bayern angreifen würden. Er fordert deshalb einen Waffenstillstand zwischen Liga und Union.« Peller machte eine Pause. »Dieser Waffenstillstand wird kommen.«

Stille im Raum, bis auf das Knacken der Scheite im Ofen.

Johannes war sprachlos. Eine Allianz zwischen der Liga und der Union, zwischen Katholiken und Lutheranern?

»Was sagt Ihr dazu, Herr Heidfeldt?« Peller fixierte Johannes.

Der riss sich zusammen. »Das sind – das sind wahrlich große Neuigkeiten.« Für die folgenden Worte legte er alle

Vorsicht, die er aufbringen konnte, in seine Stimme. »Seid Ihr gewiss, dass sie zutreffen werden?«

»Ihr könnt Euch auf den Wahrheitsgehalt meiner Informationen verlassen«, versetzte Peller ironisch. »Es wird dauern, aber die ersten Gespräche sind bereits geführt worden, und zwar auf Betreiben des französischen Königs. Die Union weiß, dass, wenn sie diesen Waffenstillstand nicht schließt, Maximilian und Tilly früher oder später gegen sie marschieren. In einem solchen Fall wäre die Union in der Unterzahl und würde verlieren.«

Johannes überlegte. »Wenn der Waffenstillstand wirklich geschlossen wird, könnten Maximilian und Tilly gegen Böhmen ziehen und die Rebellion niederwerfen.«

»Und dann zurückkehren und sich die Pfalz einverleiben«, nickte Peller.

Für einen Moment schwiegen die Männer.

»Aber noch ist es nicht so weit, denn eine solch gewichtige Angelegenheit wird eingehende Verhandlungen erfordern«, fuhr Peller schließlich fort. »Im Augenblick ist also nur eines von Bedeutung: Für den Feldzug gegen Böhmen und für einen späteren Feldzug gegen die Pfalz braucht die Liga vor allem eines – Waffen. Und zwar alle Waffen, die sie bekommen kann. Sogar der lutherische Rat von Nürnberg hat dafür seine Zeughöfe, Zeughäuser und Magazine geleert und an die Agenten Maximilians und Tillys alles geliefert, was er hat. Trotzdem ist es noch nicht genug. Und hier komme ich ins Spiel.«

Peller nahm seinen Becher, trank einen kleinen Schluck. »In meinen Magazinen lagert bis auf große Kanonen jegliches Material, das nötig ist, um einen Krieg zu führen: Musketen, Schützenrohre, Ladestöcke, Bandeliere, Piken,

Hellebarden, Harnische, Helme, Stiefel, Schuhe, Beile, Schaufeln, Spaten, Wagen … Ich werde Maximilian in der noch verbleibenden Zeit damit versorgen.«

»Das klingt in meinen Ohren nach einem guten Geschäft«, meinte Johannes. Er ahnte dunkel, worauf dies alles hinauslief.

»Ein mehr als gutes Geschäft«, bekräftigte Peller. »Jedoch möchte ich mich bedeckt halten und vermeiden, dass der Nürnberger Rat von meiner Beteiligung an diesem Unternehmen erfährt. Die lutherischen Stadtoberen werden es nicht begrüßen, dass einer ihrer katholischen Bürger sich an einem Geschäft bereichert, das sie als ihr ureigenes Vorrecht ansehen.«

»Und da komme wiederum ich ins Spiel«, sagte Johannes.

»Ganz recht. Ihr und unser gemeinsamer Freund, der einer der bekanntesten Kaufleute in Augsburg ist.« Peller warf Contarini einen wohlwollenden Blick zu. »Nach außen hin wird er derjenige sein, der die Waffen an die Liga verkauft. Natürlich nicht in Augsburg selbst, da wären die lutherischen Stadtherren nicht sehr erbaut.«

»*Ecco*, ich verfüge außerhalb der Stadtgrenzen über genügend Besitztümer, die sich für Verhandlung und Lagerung eignen«, warf der Venezianer ein.

»Und Ihr, Johannes Heidfeldt«, fuhr Peller fort, »werdet als sein Geschäftspartner auftreten und an die Liga liefern. Denn wie ich gehört habe, verfügt Ihr über ausgezeichnete Verbindungen im Transportwesen. Und dass Donauwörth auf dem Weg nach Augsburg liegt, macht Eure Einbindung plausibel.«

Johannes war beeindruckt. Peller schien alles sehr genau

durchdacht zu haben. Er verstand mit einem Mal, warum der andere einer der reichsten Männer der Stadt war.

Trotzdem zögerte er. Das Rüstungsgeschäft war neu für ihn, aber hatte er eine Wahl? Bei Waffen handelte es sich im Prinzip auch nur um eine Ware wie jede andere, und mit Waren kannte er sich aus. Und auch wenn er lediglich ein kleiner Mittelsmann war – lukrativ würde das Ganze auf alle Fälle werden.

Also schob er seine Zweifel beiseite und trank einen Schluck Wein, aber nur einen kleinen, wie der Hausherr. »Wie habt Ihr Euch das Ganze vorgestellt?«

»Ich habe Waffen und Ausrüstung nicht hier in Nürnberg, sondern etwas nördlich, in Erlangen, gelagert. Ihr übernehmt die Ware dort und transportiert sie in die Nähe von Augsburg, ohne dass der Rat von Nürnberg davon erfährt.« Peller deutete zu Contarini. »Herr Contarini wird, wie besprochen, mit den Abgesandten der Liga verhandeln. Sobald das Geschäft abgeschlossen ist, liefert Ihr die Ware an die von der Liga gewünschten Orte.«

»Und die Anteile?«, fragte Johannes.

»Drei Fünftel für mich. Ein Fünftel für Contarini, eines für Euch.«

»Das erscheint mir etwas wenig für das, was ich auf mich nehmen muss. Gerade der Transport von Erlangen nach Augsburg, der kein Aufsehen erregen soll, birgt einige Gefahren«, erwiderte der Kaufmann.

Peller war sichtlich erstaunt. »Muss ich Euch wirklich vorrechnen, wie ertragreich dieses Geschäft sein wird, Herr Heidfeldt? Allein die Kosten für eine Muskete samt Stützgabel und Bandelier kann man in Zeiten des Überflusses mit drei und ein Viertel Gulden veranschlagen. Wir werden diese Kosten höher ansetzen, da die Liga unsere Waffen braucht. Bedenkt, was wir einnehmen, wenn wir Aberhunderte Stück verkaufen, und das sind nur die Musketen. Auch alles andere, was ich vorhin erwähnt habe, wird uns einen erklecklichen Profit bringen.«

Johannes beugte sich vor. »Darüber bin ich mir im Klaren. Ich nehme auch an, dass Ihr über die Lage des Hauses Heidfeldt genau Bescheid wisst und ich es mir nicht leisten kann zu feilschen.«

»Ihr könntet es Euch auch nicht leisten, mit mir zu feilschen, wenn Eure Lage besser wäre«, sagte Peller kühl.

»Ich sage Euch etwas, Herr Peller. Ich bin bereit, auf Euren Vorschlag einzugehen und alle meine Erfahrung und Kraft in dieses Unternehmen zu stecken.«

»Und?« Peller hatte offenbar sofort erkannt, dass noch etwas kam.

»Und dafür besiegeln wir per Handschlag – sollte ich meinen Teil dieser Vereinbarung zu Eurer Zufriedenheit erfüllen –, dass Ihr auch in Zukunft auf mich zurückgreifen werdet. Vor allem wenn der Krieg tatsächlich in der Pfalz Einzug hält und daher weitere Waffen und Transporte gebraucht werden.«

Stille.

Johannes hatte beide Hände auf die Tischplatte gelegt, darum bemüht, sie ruhig zu halten. War er zu weit gegangen? Wer war er schon, vom mächtigen Martin Peller etwas zu verlangen?

Dann – ein Lächeln auf dem Gesicht des Nürnbergers. Eine Hand, die sich Johannes entgegenstreckte.

»Schlagt ein, Johannes Heidfeldt.«

Was der Kaufmann mit Freuden tat.

Nachdem sie weitere Eckpunkte ihrer Vereinbarung festgelegt hatten, verabschiedete sich Peller mit der Bemerkung, er müsse noch eine dringende Verabredung wahrnehmen.

Johannes blieb mit Contarini im »Schönen Zimmer« zurück. Balthasar, den sein Vater wieder hereingerufen hatte, schlenderte durch den Raum, erneut schier geblendet von der Pracht.

Johannes prostete dem Venezianer zu. »Ich kann dir gar nicht sagen, wie dankbar ich dir bin, Piero.«

Dieser lächelte und schüttelte den Kopf. »Das ist doch das Mindeste, was ich für einen *amico* tun kann.«

Der Kaufmann setzte den Becher an und trank mit großen Schlucken. Contarini hingegen nippte nur. Als Johannes den leeren Becher abstellte, schien der kleine Venezianer etwas sagen zu wollen, tat es dann aber doch nicht.

»Sag mir, Piero – wie bist du mit Herrn Peller in Verbindung getreten?«

»Ich kenne Pellers *suocero*, seinen Schwiegervater, er stammt auch aus Venezia. Der Rest waren Gespräche, einige Fäden, die geknüpft wurden …« Contarini machte eine nachlässige Handbewegung, als wäre das alles ganz einfach verlaufen, aber Johannes ließ sich nicht täuschen. Ein Mann wie Peller setzte sich gewöhnlich nicht mit einem Mann wie Johannes zusammen. Der Venezianer musste einiges an Überzeugungsarbeit geleistet haben. Johannes schwor sich, seinen Freund nicht zu enttäuschen.

»Ich werde alles daransetzen, dass diese Fäden weiter zu einem starken Netz geknüpft werden, Piero.« Johannes klopfte mit dem Becher auf die Tafel, wie um dem Gesagten

Nachdruck zu verleihen. »Und dieses Netz wird uns allen Halt bieten in den Zeiten, die noch kommen.«

»Tut das, Signore Heidfeldt.« Nachdenklich betrachtete der Venezianer den Sohn des Kaufmanns, der im Raum umherging und alles mit seinen Augen verschlang. »Aber seid vorsichtig und schlagt nicht über die Stränge. Manch einer, der von der Aussicht auf Reichtum geblendet wurde, hat sich damit dem *diavolo* auf den Schoß gesetzt.«

»Das weiß ich doch, Piero.«

»Ihr schon, Signore.« Es war offensichtlich, auf wen Contarini anspielte, auch wenn er es nicht aussprach.

Und er hat nicht unrecht, kam es Johannes in den Sinn. Ich werde ein Auge auf Balthasar haben müssen.

»Ich – wir werden vorsichtig sein.«

Contarini nickte. »Nichts anderes habe ich erwartet. Im Übrigen würde es mich freuen, wenn Ihr und Euer *figlio* morgen meine Gäste sein würdet.«

»Das nehme ich sehr gerne an, Piero.«

Zwei Tage später stand Balthasar allein am Schönen Brunnen und starrte gedankenverloren auf das Bauwerk, das die Höhe von zehn Männern aufwies. Sein Vater hatte ihm erzählt, dass die vierzig farbig bemalten, auf vier Stockwerke verteilten Figuren das Weltbild des Heiligen Römischen Reiches darstellten. So türmten sich Philosophen auf Kirchenväter und Kurfürsten auf Evangelisten und Propheten. Kostbare Wasserspeier symbolisierten die sieben Todsünden.

Doch Balthasar nahm den Brunnen gar nicht wahr.

Seine Gedanken wurden von Bildern vom gestrigen Tag beherrscht, als er und sein Vater bei dem Venezianer eingeladen gewesen waren.

Die Stube, Kerzenlicht. Sein Vater und Contarini, in Gespräche vertieft.

Sie, *in einem seidenen Gewand.*

Er trinkt förmlich den Duft ihres Parfüms, versinkt in ihrem wunderschönen Gesicht, in diesen dunklen Augen. Erst das zweite Mal in seinem Leben sieht er sie, doch haben sich seine Empfindungen nicht geändert, im Gegenteil – alles ist noch stärker geworden.

Er setzt sich zu ihr.

Ippolita – bleibt Ihr noch lange bei Eurem Onkel?

Ihr vollkommener Mund formt ein Lächeln.

Gut möglich. Oder auch nicht?

Bitte seid ehrlich zu mir.

Nun, eine Weile wird es sicherlich noch dauern, bis ich nach Venedig zurückehre. Mein Onkel ist mir sehr zugetan, und er stellt mir immer wieder gefällige Söhne aus bestem Hause vor, hier oder in Augsburg.

Was sagt Eure Familie dazu?

Die hat ihre ganz bestimmten Vorstellungen. Am liebsten wäre ihr, dass ich in den venezianischen Adel einheirate.

Und Ihr selbst?

Ich selbst lege mich nicht so schnell fest, junger Herr Heidfeldt. Meine Familie wird noch lernen, das zu respektieren. Auch langweilen mich gefällige Söhne sehr schnell.

Sie legt die Hand auf seinen Arm. Es ist nur eine federleichte Berührung, aber sie geht ihm durch und durch.

Mir gefallen Männer, die mutig sind. Männer, die neue Wege gehen. Männer mit Vision.

Er beugt sich näher zu ihr, sie weicht nicht zurück.

Ihr sucht mich.

Ein überraschtes Kichern.

Ihr seid zumindest nicht auf den Mund gefallen. Auch das mag ich an einem Mann.

Ippolita, lasst mich frank und frei sprechen. Ich würde alles dafür tun, Euch glücklich zu machen und Euch das Leben zu bieten, das Ihr anstrebt. Ich weiß auch, ich kann Euch noch nicht den Luxus bieten, den Ihr gewohnt seid, aber ich werde alles daransetzen, dass sich das ändert.

Wieder ein Lächeln, auf roten, verführerisch geschwungenen Lippen.

Ihr seid ein dummer Junge. Warum sollte ich auf Euch warten? Meine Familie wird niemals mit Euch einverstanden sein.

Näher, noch näher kommt er ihr.

Eure Familie …

Die Stimme, heiser. Ist das wirklich die seine?

… interessiert mich nicht im Geringsten. Nur, was Ihr denkt.

Brüste, die sich sanft an ihn drücken.

Ihr macht mir den Eindruck eines Mannes, der sich nimmt, was er will. In Venedig sind die Männer in mancherlei Hinsicht wie Weiber. Laut krakeelend, aber kein Rückgrat, kein Stolz.

Die Lippen, fast kann er sie mit den seinen berühren.

Gebt mir eine Chance, mich zu beweisen.

Ein Finger, der über seine Wange streicht.

So strengt Euch an, Herr Heidfeldt. Strengt Euch an, und alles wird möglich sein.

Eine verheißungsvolle Pause.

Alles …

Ein gehauchter Kuss, ihr heißer Atem.

Und jetzt geht, Herr Heidfeldt.

Und er tut, wie ihm befohlen.

Strengt Euch an … Worte in seinem Kopf, flügelgleich, wie die Raben, die über dem Brunnen am Himmel kreisten.

Oh, er würde sich anstrengen, und die anderen würden staunen! Der Handel mit Waffen war ein guter Anfang, die Gewinne des Hauses Heidfeldt wieder zu steigern. Auch wenn Balthasar der Meinung war, dass sie einen besseren Schnitt hätten machen können. Aber man würde sehen. Und wenn die Gewinne zu klein waren – es gab immer andere Möglichkeiten. Man musste nur skrupellos sein und in neuen Bahnen denken.

Balthasar ließ seine Finger über eine der Figuren des Brunnens gleiten, deren Augen ihn blicklos anstarrten.

Er hoffte nur, dass sich sein Vater solchen Möglichkeiten, wenn sie sich denn auftaten, nicht in den Weg stellte. Denn immer mit Bedacht handeln, das war ein Leitsatz von Johannes Heidfeldt.

Die Finger krampften sich in das steinerne Gewand der Statue, ließen wieder los.

Doch es war nie zu spät, seine Leitsätze zu ändern, wenn die Umstände es erforderten. Auch sein Vater würde das lernen müssen.

Der Sohn des Johannes Heidfeldt drehte sich um und ging entschlossenen Schrittes über den Hauptmarkt davon.

Böhmen, Frühling A.D. 1620

Die Stadtmauer und mit ihr das westliche Turmtor verschwanden langsam hinter sanften Hügeln, auf denen Wein angebaut wurde. Das geschäftige Treiben und der Lärm der Stadt wichen dem Flüstern des Windes und dem Krächzen von Vögeln, unterbrochen nur vom Knarren des Fuhrwerks und dem Stampfen des Pferdes.

Christoph hielt die Zügel fest in der Hand, Lucas saß auf dem Kutschbock neben ihm.

»Willst du mir nicht verraten, wohin wir fahren, Vater?«, wollte der junge Mann wissen, der seit Beginn der Fuhre still dagesessen hatte.

»Ich habe meine Anweisungen von Herrn de Witte persönlich«, meinte Christoph, »und ich weiß auch nur, dass wir unsere Ladung in einem Waldstück abzuliefern haben.«

»Einem Waldstück?« Lucas strich sich über die kurzen blonden Haare. Dann wanderte sein Blick zu der Plane, die über die Ladefläche gespannt war, auf die sie heute Morgen unzählige Schaufeln Holzkohle geschippt hatten.

»Ich frage mich, warum er sich die nicht vom Köhler liefern lässt, so wie jeder andere auch.«

Der Transporteur zuckte mit den Schultern. Er hatte schon vor Jahrzehnten aufgehört, sich über die Wünsche seiner Kunden Gedanken zu machen, solange der Preis stimmte. Und der stimmte bei Hans de Witte immer. Bisher hatte er jedoch nur kleinere Fuhren innerhalb der Stadt für ihn erledigt, manchmal sogar schlicht mit dem Handkarren. Dies war nun sein erster Transport, der ihn aus Prag hinausführte.

Die Straße wand sich sanft zwischen den Weinbergen hindurch, an steinernen Marterln vorbei und schließlich in die weiten Mischwälder hinter dem Örtchen Letowitz hinein.

Je tiefer das Fuhrwerk in die Wälder drang, desto höher schienen die Bäume zu wachsen. Lucas zog seine Joppe an, da die Wipfel die Sonne gänzlich verschluckten und mit ihr ihre wärmenden Strahlen. Aber nicht nur die plötzliche Kühle ließ ihn frösteln. Je weiter sie in die Wälder hineinfuhren, desto undurchdringlicher schienen sie zu werden, dunkler und heimtückischer.

»Alles in Ordnung, mein Sohn?« Christoph klopfte Lucas auf die Schulter.

»Natürlich, Vater«, log dieser und legte seine rechte Hand an den Griff des Messers, das an seinem Gürtel hing.

»Ich meinte dies nicht in Hinblick auf mögliche Gefahren während unserer Reise«, sagte der Transporteur. »Ich meine, bemerkt zu haben, dass du in den letzten Tagen ungewöhnlich still warst. Auch dein üblicher Frohsinn fehlte.«

Lucas presste die Lippen zusammen und schwieg.

»Weißt du, manchmal ist es besser, wenn man mit jemand darüber –«

»Es ist wegen eines Mädchens«, brach es aus dem jungen Mann heraus. »Jana ist ihr Name. Und ich glaube, ich habe meine Chance bei ihr verspielt, weil ich ein Hornochse bin.«

»Ach, Sohn. In den Augen der Weiber sind wir doch allesamt Hornochsen. Aber das heißt nicht, dass sie uns nicht lieben.«

»Meine zeigt mir nur noch die kalte Schulter.«

»Sie hat dich einfach stehen lassen?« Christoph kratzte sich am Bart.

»Ja«, meinte Lucas schwermütig. »Nachdem sie mich geohrfeigt hat.«

Der Transporteur lachte hell auf. »Geohrfeigt hat sie dich? Dann mach dir mal keine Sorgen. Solange sie dich anschreien und mit dir streiten oder dich auch gelegentlich ohrfeigen, ist alles gut. Ernst wird es erst, wenn sie schweigen. Denn wenn eine Frau dir nichts mehr zu sagen hat, dann ist es besser, man packt seine Sachen und geht.«

»Den Eindruck hatte ich nicht, aber –«

»Nichts *aber*! Du musst dich schon um sie bemühen. Ihr das Gefühl geben, dass sie etwas Besonderes ist.«

»Das ist sie auch!« Lucas klang trotzig.

»Umso besser«, fuhr Christoph fröhlich fort. »Dann will sie das auch spüren. Und wenn dem dann endlich so ist, dann hast du sie für dich gewonnen.«

»Ich will sie nicht bedrängen, Vater.«

»Der Tag, an dem ein Weib zu viele Komplimente oder schöne Worte bekommen hat, ist noch nicht angebrochen, mein Sohn.«

Der Transporteur kniff die Augen zusammen, dann überzog ein fast unmerkliches Lächeln sein Gesicht. »Da vorne müssen wir abbiegen.« Er zog an den Zügeln, bis das

Gefährt beinahe stand. Dann ließ er es nach rechts abbiegen, zwischen zwei Bäumen hindurch, auf deren Stämme kaum erkennbar zwei weiße Linien gemalt waren.

»Was genau tun wir hier, Vater?« Unruhig rutschte Lucas auf dem Kutschbock hin und her.

»Das, wofür man uns bezahlt«, antwortete dieser ruhig.

Den Rest des engen Waldweges legten die beiden Männer schweigend zurück, bis ihnen der Brandgeruch von Holz und Kohlen in die Nase stieg.

»Ich denke, wir sind gleich am Ziel«, sagte Christoph und sah zwischen den Baumstämmen bereits das Leuchten einer Lichtung, davor die Kontur zweier Männer.

»Halt! Wer da?«, schallte ihnen eine befehlsgewohnte Stimme entgegen.

»Christoph Ackermann im Auftrag des werten Hans de Witte«, gab der Transporteur ebenso sicher zurück.

Nun wurde das Bild der beiden Gestalten klarer. Sie trugen grüne Strümpfe mit engen blauen Kniehosen, ein andersfarbiges Wams mit Ärmeln, aus dem ein gekräuselter Kragen ragte. Ein eigenartig farbenfrohes Bild, befand Christoph, das in komplettem Gegensatz zu den grimmigen Gesichtern und den zahlreichen Waffen der Männer stand.

»Parole?« Der stechende Blick des Landsknechts schien Vater und Sohn zu durchbohren.

»Sol lucet omnibus«, gab Christoph bestimmt von sich. Er merkte, dass sich Lucas' Griff um sein Messer verstärkte.

Bei diesen drei Worten entspannten sich die beiden Männer, die eben noch bereit schienen, die Ankömmlinge an Ort und Stelle zu erschlagen.

»So fahrt weiter«, wies der vordere Landsknecht den Transporteur an. »Aber der Junge bleibt hier!«

»Das ist mein Sohn«, protestierte Christoph. »Er kommt mit.«

»Ihr könnt hier umdrehen oder alleine abliefern, wozu Ihr hergekommen seid.« Die Worte des Landsknechts duldeten keinen Widerspruch.

»Lass gut sein, Vater«, meinte Lucas. »Ich werde hier auf dich warten.«

Christoph sah seinen Sohn prüfend an, dann nickte er.

Lucas stieg vom Fuhrwerk und tätschelte dem Pferd die Flanke.

Der Transporteur ließ die Zügel schnalzen.

Als sich Christophs Augen an die Helligkeit der Lichtung gewöhnt hatten, erkannte er, woher der Brandgeruch kam: Inmitten der Waldblöße stand ein Haus aus verwittertem Stein, dessen angebauter Kamin ungewöhnlich groß schien. Vor dem Haus stapelten sich Unmengen gespaltenes Holz sowie mehrere Haufen Kohle, die mit einfachen Unterständen überdacht waren.

Am Rande der Lichtung standen vier weitere Söldner, deren Blicke jedoch in den Wald und nicht auf die Lichtung gerichtet waren.

Was in drei Teufels Namen hat eine Schmiede mitten in einem Wald verloren, fragte sich Christoph kopfschüttelnd. Und warum wurde sie derart schwer bewacht?

Ein weiterer Söldner, der deutlich jünger war als die drei anderen Wächter, kam nun auf das Fuhrwerk zu.

»Bist wohl der Neue?«

Der Transporteur zuckte mit den Schultern.

»Bin der Virgil. Da drüben kannst du abladen!« Der Mann deutete auf einen Unterstand, in dem nur ein kleiner Haufen Kohlen lag.

Christoph sprang vom Kutschbock und stellte sich ebenfalls mit Vornamen vor. Dann packte er die Schaufel und tat, wie ihm geheißen.

Nach einer knappen Stunde schweißtreibender Arbeit hatte er endlich die Ladefläche freigeschaufelt. Der Söldner, der ihn eingewiesen hatte, war nur schweigend danebengestanden und hatte ihn dabei beobachtet.

»Wohlan«, sagte Virgil mit zufriedener Stimme. »Dann lass uns den Rest verladen.«

Christoph stutzte. »Was für einen Rest? Ich habe keinerlei Order –«

»Brauchst du auch nicht«, meinte der andere. »Hat der Alte wahrscheinlich vergessen. Wäre nicht das erste Mal. Schau her, ich zeig's dir.«

Der Transporteur konnte sich nicht vorstellen, dass Hans de Witte erbaut darüber gewesen wäre, hätte er gewusst, wie despektierlich ein Mann über ihn sprach, der offenbar in seinem Sold stand. Aber es gehörte nicht zu seinen Aufgaben, sich darüber Gedanken zu machen, ermahnte Christoph sich und folgte dem Söldner zur Seite des steinernen Hauses, wo fünf nahezu quadratische, eisenbeschlagene Kisten aus dunklem Holz gestapelt waren.

»Sind leichter, als sie aussehen, Väterchen«, meinte Virgil launig und packte die oberste.

Nun wollte Christoph dem Jungspund ob seiner Despektierlichkeit erst recht zeigen, wo der Bartel den Most holte, riss sich jedoch zusammen. Dazu war bestimmt ein anderes Mal Gelegenheit. Also nahm er die Kiste darunter, hatte aber schon im nächsten Moment das Gefühl, ihm würden die Arme ausgerissen, so schwer war sie.

»Brauchst du Hilfe?«, wollte Virgil wissen. Es schien aufrichtig gemeint.

»Ich lass es dich wissen«, knurrte der andere.

Nachdem sie alle fünf Kisten verladen hatten, musste Christoph sie mit so vielen Holzscheiten bedecken, bis nichts mehr von ihnen zu sehen war. Dann spannte er, wie bei der Hinfahrt, wieder die Plane darüber.

Virgil wollte gerade kehrtmachen, als er Christophs Blick bemerkte. »Du siehst so aus, als hättest du viele Fragen.«

Der Transporteur schwieg.

»Am besten, du behältst sie für dich. Gehab dich wohl«, meinte der Söldner und ging zum Eingang des Hauses zurück, wo er wieder seinen Posten bezog.

Christoph atmete tief durch und ermahnte sich, dass er alles, was er tun musste, für seine Familie tat. Dann kletterte er auf den Kutschbock und gab dem Pferd die Zügel.

»Welch seltsame Parole«, meinte Lucas, nachdem sie den Wald endlich wieder verlassen hatten und auf dem Weg nach Hause waren.

»Warum? Scheint denn die Sonne nicht für alle?« Christoph schmunzelte.

»Schon. Jedoch …« Der junge Mann schwieg.

»Die Parole ist das Einzige, was dich am heutigen Tag in Staunen versetzt hat? Nicht die Schmiede mitten im Wald? Nicht die Wachen?«

»Nicht das, was wir wieder zurücktransportieren, ohne zu wissen, was es ist?«

Der Vater blickte seinen Sohn prüfend an, dann auf die Plane, die über die Ladefläche gespannt war. »Wir transportieren Holzscheite. Daran ist nichts Verwerfliches.«

»Ich konnte sehen, dass du und der Knecht fünf Kisten geschleppt habt.« Lucas verschränkte stur die Arme vor der Brust.

Christoph gab sich amüsiert. »Dann haben die beiden Kerle an der Lichtung ja ganze Arbeit geleistet.«

»Herr de Witte sollte seine Männer sorgsamer auswählen. Außer vielen derben Späßen waren die beiden kaum zu etwas gut, im Gegenteil. Die schwatzen wie die Waschweiber. Ich weiß nun, dass sie schon seit gut einem Jahr dort Wache schieben. Dass in einer Woche Kohle gebracht und Holz weggekarrt wird und in der darauffolgenden dann Holz eintrifft und Kohle abtransportiert wird.«

Überrascht hob Christoph die Brauen. »Ich ziehe meinen Hut vor dir, mein Sohn. Gut gemacht. Und was lehrt uns das?«

»Dass wir da hinten auf dem Wagen etwas transportieren, wovon Herr de Witte nicht will, dass es irgendjemand weiß.«

»Ganz recht. Und was noch?«

»Dass … Herr de Witte dir anscheinend so weit vertraut, dass er dich mit dem Transport beauftragt, aber nicht genug, dass er dir sagt, was du transportierst.«

»Ja, genau …«, meinte Christoph gedankenverloren. »Auf alle Fälle dürfte dort nicht viel geschmiedet werden. Den Rauch würde man ja meilenweit sehen.«

»Und wenn wir einfach einen Blick in die Kisten riskieren?« Lucas hatte die Frage mit kaum hörbarer Stimme gestellt.

»Zunächst sind die Kisten mit Schlössern versperrt. Und außerdem weißt du nicht, ob es nicht irgendeine Art Vorrichtung gibt, die anzeigt, dass sie jemand unbefugt geöffnet hat. Vertrauen funktioniert nur, wenn es gegenseitig ist, mein Sohn. Es zu missbrauchen ist der erste Schritt Richtung Untergang, denn es ist der schwerste. Alle weiteren werden immer leichter, bis man sich irgendwann keiner Schuld mehr bewusst ist – und nachlässig wird. Das ist dann der Moment, an dem das Richtschwert nicht mehr fern ist.«

Lucas nickte belehrt und dankbar zugleich. »Ich werde deinen Rat beherzigen.«

Christoph nickte zufrieden.

»Auch den Jana betreffend.«

Der Transporteur klopfte seinem Sohn beruhigend auf die Schulter. »Das wird schon alles werden, du wirst sehen.«

Langsam tauchte hinter den Weinbergen die Prager Burg auf und unter ihr die Stadtmauer mit dem Westtor, auf welches das Fuhrwerk der Ackermanns zusteuerte.

Prag, Frühling A.D. 1620

»Seid Ihr bereit?«

Philipp stand hinter einer Staffelei, auf der ein mit einem Leinentuch verhülltes Bild ruhte. Vor ihm standen Agathe und ihr Vater, Casper von Chotěmice, ein groß gewachsener, ernster Mann, dessen viele Falten mehr Geschichten zu erzählen versprachen als das Alte Testament. Ebenfalls anwesend war ein dritter Mann, von Statur eher klein gewachsen, mit schwarzen fettigen Haaren und einer geröteten Nase, die davon zeugte, dass er gern ungezügelt dem Wein zusprach. Dafür verfügte er über eine bestimmende Ausstrahlung, die selbst einen Fremden glauben ließ, er könne mit nur einem Wink ein ganzes Heer befehligen.

Sie alle standen in dem Zimmer, in welchem Philipp die Tochter seines Auftraggebers zum ersten Mal skizziert hatte. Dies lag nun bereits ein gutes halbes Jahr zurück. In der Zwischenzeit hatte ihn Agathe über ein Dutzend Mal in seinem Atelier besucht, mit immer neuen Vorwänden ihrem Vater, aber mit derselben leidenschaftlichen Absicht Philipp gegenüber.

»Wohlan!«, gab der Herr des Hauses die Enthüllung des Gemäldes frei.

Mit festem Ruck zog Philipp das Leinentuch herunter,

der Moment der Wahrheit war gekommen. Sosehr er sich davor fürchtete, war doch der Augenblick, in dem ein anderer eines seiner Bilder zum ersten Mal sah, auch für ihn selbst ein erhabener, ein denkwürdiger Moment. Und dann bemerkte Philipp, worauf er gewartet hatte – die erste Reaktion. Agathes Augen funkelten vor Freude. Auf ihres Vaters Gesicht machte sich ein anerkennendes Lächeln breit. Nur der Ausdruck des dritten Manns im Raum war nicht zu deuten, doch vielleicht war ihm Kunst ja auch einerlei.

»Ich muss schon sagen«, sprach von Chotěmice schließlich, »Ihr habt Euch selbst übertroffen. Es ist Euch gelungen, sowohl die Anmut als auch die Grazie meiner Tochter festzuhalten. Ganz zu schweigen von ihrer Keuschheit.«

Bei den letzten Worten musste Philipp sich beherrschen, nicht laut loszulachen, denn für ihn klang es wie die gute Pointe eines Witzes. »Ich danke Euch für Eure wohlwollenden Worte, werter Herr«, entgegnete er stattdessen. »Aber seid versichert, ein so reines Geschöpf wie Euer eigen Fleisch und Blut zu porträtieren bedarf nicht großer künstlerischer Finesse. Es war, als würde sich das Bild von ganz alleine vervollkommnen.«

Von Chotěmice schritt zum Sims des offenen Kamins, in dem einige Holzscheite knisternd brannten, ergriff zwei Gläser mit einer bernsteinfarbenen Flüssigkeit darin und streckte eines davon Philipp entgegen. »Weil Eure Zunge ebenso zu schmeicheln weiß wie Eure Pinsel.« Das andere Glas reichte er dem Dritten.

Dieser und Philipp nahmen das Angebot des Hausherrn dankend an, richteten sich respektvoll auf und tranken den süßen Likör in einem Zug aus.

»Ein edler Tropfen«, lobte der unbekannte Mann den Gastgeber.

Der schien sich in diesem Augenblick gewahr zu werden, dass er die Anwesenden einander noch nicht vorgestellt hatte.

»Verzeiht meine Manieren«, sprach er hastig. »Philipp Ackermann, darf ich Euch Jan Nepomuk von Kralowitz vorstellen?«

Wie auf Befehl verbeugte sich Philipp. »Es ist mir eine Ehre, Herr von Kralowitz.«

»Auch ich muss sagen«, begann der Adlige, ohne die Geste zu erwidern, »Euer Talent ist nicht zu übersehen. Und ich spreche nicht nur von den beiden Bildnissen meines geschätzten Freundes hier oder dem seiner Tochter. Ich wurde von Ladislav Velen von Zerotein geschickt, für den Ihr bereits den Heiligen Kometen verewigt habt.«

Philipp nickte mit ernster Miene, auch wenn ihm innerlich eher zum Frohlocken zumute war. Hatte dieser Aristokrat also doch Wort gehalten? Er selbst hätte es nicht für möglich erachtet.

»Ihr könnt es nicht wissen, aber der edle Herr von Zerotein ist Kämmerer und Rat Seiner Königlichen Majestät Friedrich von der Pfalz.«

Von Kralowitz ließ die Bedeutungsschwere seiner Worte kurz bei den Anwesenden sacken.

»Wie Euch vielleicht zu Ohren gekommen ist, scheint eine große Schlacht immer unausweichlicher. Generalleutnant Spinola und Herzog Maximilian, so heißt es, treffen in ihrer Armseligkeit bereits Vorkehrungen für einen Marsch gen Prag.«

Er lachte kurz auf.

»Wenn die werten Herren wüssten, dass wir sie erwarten. Aber lasst mich zum Kern meines Anliegens kommen: Jede Schlacht ist nur so groß wie die Erinnerung daran. Und damit die Erinnerung an unseren ersten großen Sieg niemals verblassen möge, beauftragt Herr von Zerotein Euch, werter Herr Ackermann, mit der Verbildlichung jenes denkwürdigen Ereignisses.«

Philipp musste aus seiner Überraschung keinen Hehl machen. Dennoch nahm er Haltung an, wie es wohl ein Bürger tat, wenn er geadelt wurde. Das Gemälde einer Schlacht, das den Sieg des Königs verewigte – damit würde er gewiss von allen Adels- und Königshäusern in ganz Europa verpflichtet werden, unabhängig von ihrer Konfession. Denn die Kunst kannte keine Religion.

»Es wäre mir eine Ehre«, sagte er, bemüht, seine Stimme so honorig wie nur möglich klingen zu lassen.

»Das freut mich zu hören. Natürlich ist es von allergrößter Wichtigkeit, dass Ihr der Schlacht selbst beiwohnt. Nur was das Auge zu sehen vermag, kann der Geist auch gestalten.« Von Kralowitz schmunzelte beruhigend. »Ihr würdet das Geschehen selbstverständlich aus sicherer Entfernung beobachten.«

»Selbstverständlich«, wiederholte Philipp, als müsse er sich selbst überzeugen.

»Das sind der Worte genug. Haltet Euch bereit. Mich dünkt, der Sommer wird die Jahreszeit der Schlacht sein.«

Daraufhin wandte er sich an Agathe und sagte mit einem Augenzwinkern. »Und Ihr solltet Euch einen solch begnadeten Künstler eng am Busen halten, wenn Ihr wisst, was ein alter Narr, wie ich einer bin, damit meint.«

Die Wangen der jungen Frau überzogen sich mit einer

feinen Röte, gerade so, wie es sich schickte, was ihr Vater mit Wohlwollen bemerkte.

»Dann lasst uns auf den Sieg über die großherrlichen Katholiken anstoßen, lieber Herr von Kralowitz«, sprach der Hausherr und wies seinem Gegenüber mit ausgestreckter Hand den Weg in den angrenzenden Salon.

»Herausragende Arbeit«, sagte er zu Philipp. »Auf dass unseren Familien eine glorreiche Zukunft bevorsteht. Gehabt Euch wohl.«

»Ihr auch«, entgegnete Philipp und sah den beiden Herren nach, die ihn und Agathe zurückließen.

Diese trat nun an seine Seite und drückte ihre Brust an seinen Oberarm. »Habt Ihr gehört? ›Eng am Busen‹ hat er gesagt. Seid Ihr Ende der Woche wieder in Eurem Atelier?«

Philipp blickte zu der jungen Frau hinab und merkte, wie ihm eng im Schritt wurde. »Das bin ich. Aber wie wollt Ihr das Eurem Vater gegenüber vertreten? Euer Bildnis ist schließlich vollendet.«

Agathe machte ein Gesicht wie ein Lehrer, der einem dummen Jungen etwas zum wiederholten Male erklären musste. »Aber ich bin ja auch gar nicht bei Euch. Ich fahre zum Lustwandeln vor die Tore der Stadt. Ein Segen, dass mir mein Kutscher so ergeben ist.«

»So erwarte ich Euch eben leider nicht«, sagte Philipp und strafte seine Worte jedoch sogleich mit einem schelmischen Lächeln Lügen.

Prag, Sommer A.D. 1620

Das Warenlager der Ackermanns füllte sich zusehends, und das kam nicht von ungefähr. Christoph hatte bei Bekannten und in weinseliger Runde geschickt die Nachricht gestreut, dass er neuerdings Fuhren für Hans de Witte durchführte. Dessen Ansehen übertrug sich nun langsam, aber sicher auf den Transporteur – denn der genoss ja das Vertrauen des Hofhandelsmannes, dem wiederum der Kaiser selbst vertraute. Nach wie vor handelte es sich zumeist um kleinere Aufträge, zu denen er Lucas mit dem Handkarren losschickte, aber Christoph spürte, dass Ansehen und Auftragslage Hand in Hand gingen. Vielleicht müsste er sogar noch in diesem Jahr ein oder zwei Knechte in Lohn nehmen, die ihm die schweren Arbeiten abnahmen …

Der Transporteur war gerade dabei, Fässer mit Salz auf sein Fuhrwerk zu laden, als ein groß gewachsener, edel gewandeter Mann mit auffällig vielen Falten im Gesicht das Lager betrat und sich umsah.

Als Christoph ihn erblickte, wischte er sich die schmutzigen Hände in einem Leinentuch ab und schritt auf ihn zu.

»Gott zum Gruße! Ich bin Christoph Ackermann, womit kann ich Euch dienen?«

»Auch ich grüße Euch! Wir hatten noch nicht das Vergnügen, aber ich kenne Euren Sohn, den jungen und äußerst talentierten Maler.«

»Ja, Philipps Begabung ist mir zwar ein Rätsel, aber ich habe ihn immer unterstützt, wo ich nur konnte«, meinte Christoph und wunderte sich über das mögliche Ansinnen des Mannes. »Es gibt doch nicht etwa Probleme –«

»Nein, wo denkt Ihr hin«, wiegelte der Mann mit einem Lächeln ab und stellte sich endlich vor. »Casper von Chotěmice.«

»Ah, höchst erfreut! Philipp hat mir berichtet, dass Ihr ihn mit der Porträtierung Eurer selbst beauftragt habt.«

»Und er hat alle meine Erwartungen übertroffen, weshalb er auch meine liebe Tochter Agathe in Öl verewigen durfte.«

»Das freut mich außerordentlich zu hören. Das größte Glück eines Vaters ist doch, wenn einen die Kinder mit Stolz erfüllen.«

Von Chotěmice nickte wissend. »Deshalb dachte ich mir, ich mache mir selbst ein Bild über die Verhältnisse, aus denen Philipp kommt.«

Christoph trat einige Schritte zurück und machte eine einladende Geste. »Die Auftragslage nimmt zu, es geht bergauf.«

»Ihr seid einer der vielen kleinen Transportunternehmer, die den Bedarf des täglichen Lebens erst sichern«, meinte von Chotěmice, nicht ohne ein wenig Spott in der Stimme. »Aber reicht Euch das?«

Christoph spürte, dass ihn die herabwürdigende Art seines Gegenübers zu stören begann, aber um Philipps willen wollte er sich besser beherrschen als der andere.

»Wisst Ihr, ich kann zumindest sagen, dass ich zufrieden bin.«

Der Adlige hob die Brauen. »Zufriedenheit? Nun, dies ist ein Wort, dass man in Zeiten wie diesen äußerst selten hört.« Er maß den Transporteur von oben bis unten. »Und das gefällt mir. Denn wenn ein Mann zufrieden ist, dann agiert er auch besonnen. Und Besonnenheit wiederum ist der Grundstein jedes unternehmerischen Unterfangens. Eine Tugend, die mit Sicherheit auch Hans de Witte zu schätzen weiß?«

»Das müsst Ihr ihn schon selbst fragen, Herr von Chotěmice.«

»Das will ich tun, seid gewiss. Besucht mich doch heute Abend in meinem Haus. Es gibt etwas, das ich mit Euch zu besprechen gedenke.« Mit diesen Worten streckte der Adlige Christoph die Hand entgegen.

Der überlegte einen Augenblick lang, denn er wusste, dass dies eigentlich ein Befehl war. Dann ergriff er sie. »Das will ich gerne tun.«

Den ganzen Tag über hatte sich der Transporteur gefragt, was der Adlige wohl mit ihm zu besprechen hatte, dass man dies nicht auch im Lager hätte tun können. Aber vermutlich ging es darum, mit dem eigenen Wohlstand zu prahlen, um so den Preis für einen Auftrag zu drücken. Zu gern schüchterten Männer wie von Chotěmice Männer wie Christoph mit Hab und Gut ein, um in ihnen die Hoffnung zu wecken, irgendwann einmal vielleicht auch ein Stück davon zu besitzen.

Er trug erneut die Kleidung, in der er auch de Witte seine erste Aufwartung gemacht hatte, und ließ sich, wie auch bei dem Hofhandelsmann, von einem Diener durch das prunkvolle Haus geleiten.

Casper von Chotěmice erwartete den Transporteur im gleichen Zimmer, in dem nur wenige Tage zuvor das Porträt seiner Tochter enthüllt worden war. Wieder stand er am Kamin, wieder warteten auf dem Sims Gläser mit Likör darauf, getrunken zu werden.

»Schön, Euch wiederzusehen, werter Herr Ackermann!«, tönte der Adlige mit leicht geröteter Nase und unüberhörbar schwerer Zunge.

»Ich danke für die Einladung«, gab sich Christoph höflich.

Die beiden Herren tranken den Likör, der sogleich von einem Diener nachgeschenkt wurde. Nach einer kurzen, aber öden Abhandlung über die politischen Verfehlungen des böhmischen Adels während der letzten Monate kam von Chotěmice schließlich auf den eigentlichen Grund seiner Einladung. »Ihr fragt Euch sicher, weshalb ich Euch heute Abend hergebeten habe?«

»Es kam mir durchaus in den Sinn«, erwiderte Christoph trocken.

»Ich muss Euch jedoch ehrlicherweise sagen«, fuhr der Adelige fort, »dass ich keinen Bedarf an einem Transporteur habe.«

Stille.

»Woran ich jedoch einen äußerst dringenden Bedarf habe, ist ein Schwiegersohn.«

Christoph wäre vor Überraschung beinahe das Glas mit dem viel zu süßen Likör aus der Hand geglitten.

Von Chotěmice schmunzelte. »Ich weiß, was Ihr Euch fragt: Warum will der Herr sein Töchterchen unter Stand verehelichen? Seht, Titel und Stand sind wichtig, keine Frage. Aber sie sagen nichts aus über die Fähigkeiten eines Mannes.«

»Da würden Euch viele hohe Herren aber widersprechen«, erwiderte Christoph voll Ironie.

»Da habt Ihr wohl recht. Und genau diese Herren sind es dann, die ob ihrer eigenen Unfähigkeit um ihren Besitz fürchten.«

Beide Männer lächelten. Dann wurde von Chotĕmice wieder ernst.

»Euer Herr Sohn hat eine grandiose Zukunft vor sich. Erst vor wenigen Tagen wurde er von Jan Nepomuk von Kralowitz, der wiederum im Namen von Ladislav Velen von Zerotein tätig war, beauftragt, die bevorstehende, alles entscheidende Schlacht gegen die kaiserlichen Truppen in einem Gemälde zu verewigen. Und ich glaube nicht, Euch sagen zu müssen, dass, sofern von Zoretein mit dem Bild zufrieden ist, sämtliche Größen des Reiches Euren Sohn mit ebenso großartigen Werken beauftragen werden.«

»Das … freut mich außerordentlich zu hören.« Christoph spürte, wie ihn diese Aussicht mit Stolz erfüllte.

»Euer Sohn wird demnach einen steilen Aufstieg nehmen, und es würde mich freuen, Agathe an seiner Seite zu wissen. Was meint ihr?«

»Nun …« Christoph fühlte sich überrumpelt, andererseits jedoch auch geehrt. Dies war wohl eine jener Gelegenheiten, die man sich als Vater nicht entgehen lassen sollte. »Ich denke, sofern sich die beiden jungen Leute mit Respekt und Zuneigung begegnen, sollten wir als Väter unseren Zuspruch nicht verweigern.«

Von Chotĕmice holte offenbar erleichtert Luft. »Auf

genau eine solche Antwort hatte ich gehofft, mein lieber Herr Ackermann. So lasst uns auf die Zukunft unserer Kinder trinken und auf eine glorreiche Zukunft für unser beider Familien.«

Die beiden Männer erhoben ihre Gläser und stießen an.

Trotz der sommerlichen Hitze trug der Botitzbach so viel Wasser zur Moldau, dass er vergnügt vor sich hin plätscherte. In sanften Mäandern schlängelte er sich durch die Prager Neustadt, an seinen Gestaden spielten Kinder, ließen kleine Holzstücke und Blattwerk das Flüsschen hinuntertreiben oder streckten die Füße ins kühlende Nass.

Eine junge Dienstmagd ging ebenfalls am Ufer entlang, genoss den Schatten der Bäume und das Rauschen des Gewässers.

»Ich hab dich gesucht«, sagte Lucas und trat von hinten an die Magd heran.

Diese fuhr erschrocken herum. »Jesusmaria, was – wo kommst du denn her? Bist du mir etwa gefolgt?«

»Du hast nicht auf meinen Brief geantwortet, den ich dir letzte Woche auf dem Markt zugesteckt hatte.«

»Muss ich wohl verloren haben.«

»Und den die Woche davor?«

»Den wohl auch. Außerdem waren die schwer zu lesen«, meinte Jana abschätzig. »Aber keine Sorge, es liegt mit Sicherheit an mir. Deine Magdalena hätte deine Handschrift bestimmt geliebt.«

Lucas stieß ein Knurren aus. »Zumindest hätte sie mir geantwortet.«

»Zumindest ertrage ich dein dummes Geschwätz.«

»So wie ich gerade das deine.«

Jana verzog den Mund. »Sieh einer an, auf einmal ist der Herr nicht auf den Mund gefallen. Wie dies?«

»Ich habe dazugelernt.«

Die Magd sog prüfend Luft durch die Nase ein. »Wohl eher hast du dir mit Bier Mut angetrunken.«

»Das eine schließt das andere nicht aus.«

»Ich trinke eigentlich auch gern Bier. Aber nur wenn ich die Gesellschaft als angenehm erachte.«

Lucas ballte unwillkürlich die Fäuste, mahnte sich dann jedoch zur Ruhe. »Wenn dir meine Gesellschaft so unangenehm ist, sollte ich wohl besser gehen.«

Jana verschränkte die Arme. »Das solltest du wohl.«

»Dann tue ich das auch.«

Die Magd richtete den Blick gen Himmel, als würde sie dort etwas Interessantes beobachten.

»Nun gut«, meinte der junge Mann. Dann zog er Jana an sich und drückte ihr einen Kuss auf den Mund. Sie stieß ihn zurück, einen überrumpelten Ausdruck im Gesicht.

»Das war ja wohl der unbeholfenste Kuss, den mir je einer gegeben hat.«

Lucas stieß einen kurzen Seufzer aus, wandte sich um und machte Anstalten zu gehen, als ihn die Magd an der Hand nahm.

»Das heißt aber nicht, dass wir das nicht üben können. Du kannst mich ja nach Hause begleiten. Vielleicht entdecken wir noch ein Fleckchen, wo wir ungesehen sind.«

Lucas strahlte über das ganze Gesicht. Die beiden setzten sich in Bewegung.

»Du hattest im Übrigen Glück, mich noch hier anzutreffen«, sagte Jana.

»Wieso? Gefällt es dir auf einmal nicht mehr am Botitzbach?«

»Ich meine in Prag. In zwei Tagen fahre ich nach Schelakowitz, meinen Eltern bei der Ernte helfen.«

»Dein Dienstherr lässt dich so einfach ziehen?«

Jana richtete sich ihre weiße Haube. »Das war, was er mir von Anfang an zusicherte. Und er hat sich seither immer daran gehalten.«

»Offenbar weiß er, was er an dir hat.«

»Er ist ein guter Dienstherr, weißt du. Keiner, der laut wird, einen unsittlich berührt oder Dinge fordert, die ihm nicht zustehen.«

»Wann kommst du wieder?«

»Nach der Ernte.«

»Dann freue ich mich jetzt schon darauf.«

»Ich mich auch.« Jana blickte zu Lucas auf. »Ein Hornochse bist du trotzdem.«

※ ※

»Du sollst dich – was?«

Ulrich sah Philipp ungläubig an. Auch Catharina, die neben den beiden jungen Männern saß, blieb der Mund offen stehen.

»Verloben«, meinte Philipp kleinlaut.

Erneut war der Salon des Gebäudes nahe der Kirche Unsere Liebe Frau vorm Teyn mit vielerlei Künstlern bevölkert. Erneut wurde musiziert, gemalt, sich in Akrobatik geübt oder einfach den sinnlichen Genüssen vergorener und gebrauter Getränke oder der körperlichen Liebe hingegeben.

Die drei Freunde saßen auf klapprigen Stühlen in einer Ecke des Salons. Vom hohen Plafond hingen bunt bemalte Seidentücher, die den Raum in eine Vielzahl kleinerer Nischen unterteilten, die Luft war dick vom Pfeifenrauch.

»Liebt denn der Herr die Dame?«, neckte Catharina.

»Irgendwie schon und irgendwie nicht«, antwortete Philipp.

»Immerhin eine ehrlichere Grundlage als bei den meisten Eheschließungen«, gab Ulrich von sich und trank einen Schluck Wein aus seinem Zinnbecher.

»Wisst ihr, mir gefällt ihre aufsässige Art. Auch dass sie einfach einfordert, was sie will … Aber Heirat?« Philipp stieß einen tiefen Seufzer aus.

»Mich wundert vielmehr, dass ein Adliger wie dieser von Chotěmice überhaupt auf die Idee kommt, sein Töchterchen unter Stand zu verehelichen.«

»Sei nicht so kurzsichtig«, entgegnete Catharina. »Der Alte riecht sicherlich, dass Philipp bald in allen Adelshäusern Böhmens, wenn nicht gar des Reiches, ein und aus spazieren wird. Für ihn ist das eine Investition in die Zukunft.«

»Schön, wenn man wie ein Stück Vieh gehandelt wird«, meinte Philipp.

Catharina strich ihm fürsorglich über die Wange. »Oje, hat da wer erkennen müssen, worum sich unsere heilige Welt dreht? Es ist nicht die Kunst, die alles beflügelt. Es ist auch nicht Gott, der Allmächtige. Es ist der allmächtige Mammon.«

Philipp schlug ihre Hand weg und leerte seinen Becher. »Was Ihr nicht sagt, allwissende Catharina.«

»Oh, der Herr wird ruppig«, stellte sie fest. »Dabei wäre ich es doch, die enttäuscht und ruppig sein müsste. Hast du es doch ganz und gar verabsäumt, mich zu fragen, ob nicht ich den Bund der Ehe mit dir einzugehen wünsche.«

Ulrich stutzte. Philipp ebenso. Dann umspielte ein feines Lächeln den Mund des Malers. »Dann lass es mich eben jetzt versuchen, o holde Schönheit aus dem Norden. Willst du –«

»Ja! In deinen Träumen. Aber die Gedanken sind ja bekanntlich frei«, unterbrach ihn Catharina mit lautem Lachen und sah dann abwechselnd Philipp und Ulrich an. »Ihr wisst, ich liebe euch beide, aber mein Leben wird anders verlaufen als das meiner geknechteten Frau Mutter. Und jetzt zieh nicht ein Gesicht wie zehn Tage Regenwetter, mein teurer Philipp, denn noch bist auch du noch frei. Also genieße es.«

Aus einem kleinen seidenen Beutel holte sie eine Phiole hervor, löste die Bebänderung ihrer Bluse und öffnete sie so weit, dass ihre zarten Brüste zum Vorschein kamen. Dann träufelte sie aus der Phiole einige Tropfen einer bräunlichen Flüssigkeit auf jede ihrer Brustwarzen und sich selbst einige Tropfen auf die Zunge.

»Ihr dürft mir jetzt das Laudanum ablecken, meine Herren«, sagte sie mit kecker Stimme und lehnte sich genießerisch zurück.

Prag, Herbst A.D. 1620

Die zurückliegenden Monate waren in gebetsmühlenartiger Gleichförmigkeit und so vorhersehbar verlaufen wie das Amen in der Kirche – einmal in der Woche frühmorgens belud Christoph seinen Wagen mit Holzkohle und fuhr damit durch das Westtor der Kleinseite hinaus. Nachdem er am Örtchen Letowitz vorbeigekommen war, fuhr er hinein in den Wald, der auch nicht vertrauenserweckender wurde, nachdem sich seine Blätter bunt verfärbt hatten.

Er bog bei den markierten Bäumen ab und entlud das transportierte Gut. Dann hievte er gemeinsam mit Virgil drei bis sechs schwere Kisten und danach Holz auf den Wagen und karrte das Ganze wieder zurück nach Prag.

Dort angekommen, steuerte er den Innenhof eines alten Gebäudes an der südlichen Stadtmauer der Kleinseite an, wo er von Hans de Witte persönlich in Empfang genommen wurde. Der bezahlte ihm sogleich sein Salär aus, ohne auch nur den kleinsten Hinweis darauf zu offenbaren, was Christoph ihm geliefert hatte.

Nachdem der Transporteur den Innenhof verlassen hatte, schlossen sich hinter ihm die großen Flügeltore, und sein Wagen wurde vermutlich entladen.

In der Woche darauf wiederholte sich das Schauspiel,

auch wenn diesmal Holz hin- und Kohle zurückgekarrt wurde.

Prag, 5. November A.D. 1620

Mit einem Tritt wurde die Tür des Salons aufgestoßen. Doch kaum einer der Künstler und Musikanten nahm Notiz davon, zu sehr hatten sie sich der Trunkenheit, dem Rausch des Laudanums oder beidem hingegeben.

Christoph Ackermann schritt durch den Raum, das Gesicht rot vor Zorn, und ließ seinen Blick von einem Betäubten zum nächsten schießen. Er stieg über mehrere bewusstlos daliegende Körper, ignorierte mit geballten Fäusten die leutseligen Zurufe eines halb nackten Mannes, der sich an einer Harfe versuchte, und hatte schließlich gefunden, wonach er gesucht hatte –

Philipp.

Zusammengekauert lag dieser zwischen Catharina und Ulrich, die beide halb neben, halb auf ihm schliefen.

Christoph blieb neben den dreien stehen und atmete tief durch. Dann verpasste er seinem Sohn einen dermaßen festen Tritt in den Hintern, dass dieser aufsprang, als hätte ihn jemand mit Feuer versengt. Verwirrt blickte er um sich. Schließlich nahm er die drohende Gestalt wahr, die vor ihm stand. Er kniff die Augen zusammen.

»Vater? Was … machst du denn hier?«

»Das kann ich dir sagen«, knurrte dieser und musste sich sichtlich beherrschen, seine beiden Fäuste unter Kontrolle zu halten. »Ich komme dich holen, weil du für deinen Auftraggeber nicht auffindbar bist. Und das angeblich schon seit Tagen.«

Philipp kratzte sich am Kopf und setzte ein unschuldiges Grinsen auf. »Ist heute nicht der Tag des Herrn?«

»Es ist Donnerstag! Und jetzt pack deine Siebensachen und komm mit, bevor ich dich hier an den Haaren hinausschleife!«

»Oh, das würde ich nur zu gern sehen.« Catharina brachte zwar kaum ihre Augen auf, dafür grinste sie von einem Ohr zum anderen.

Christoph wollte schon etwas Unflätiges und vermutlich Gotteslästerliches entgegnen, doch er besann sich, ergriff den Oberarm seines Sohnes und zerrte diesen mehr durch den Salon, als dass dieser selbsttätig mitging.

»Ist etwas passiert?«, fragte Ulrich mit zusammengekniffenen Augen.

»Es wird mal wieder nach dem großen Philipp verlangt.« Catharina ließ den Blick noch einmal flüchtig durch den Raum schweifen, dann kuschelte sie sich an Ulrich.

Vor dem Haus der Künste drückte Christoph Philipp an die Wand und verdeutlichte ihm so, sich nicht vom Fleck zu rühren. Dann sah er sich suchend um, ergriff den nächstbesten Eimer, der neben einem verschlossenen Haustor stand, und leerte den eiskalten Inhalt über den Kopf seines Sohnes.

Philipp prustete und schien schlagartig munter zu sein. »Was soll das? Warum …« Er roch an seinem nassen Hemd. »Warum überschüttest du mich mit Pisse?«

»Damit du wieder zur Besinnung kommst. Himmel Herrgott noch mal! Mit was für Menschen verbringst du deine Zeit?«

»Mit Menschen, die weder auf die Konfession noch auf den Stand achten, sondern nur den sehen, der man tatsächlich ist«, entgegnete der junge Mann trotzig.

»Na, wenn das nicht herzallerliebst ist«, knurrte Christoph. »Das mag ja auf deine Freunde zutreffen. Aber dem Herrn von Kralowitz ist das eben ganz und gar nicht einerlei!«

Philipp runzelte die Stirn. »Was will der denn?«

»Der fordert nur das ein, was du zugesagt hast. Die böhmischen Stände marschieren gegen die Truppen der Kaiserlichen, und in den nächsten Tagen wird es gar zur entscheidenden Schlacht kommen. Und du hast dich dort einzufinden, um das Schlachtengemälde anzufertigen, du Narr!«

Philipp schwieg. Langsam lichtete sich der Nebel, der sein Bewusstsein so heimelig in weiches Tuch gebettet hatte, machte Platz für den Verstand und die damit einhergehende Verantwortung, die er nun verspürte. Er wischte sich die kalte Pisse aus dem Gesicht und atmete mehrmals tief durch.

»Wohlan, Vater«, sagte er dann. »Aber zuerst will ich mich doch waschen.«

ᘓ ᘐ

Weißer Berg, 8. November A.D. 1620

Es war einer jener kalten Novembermorgen, wie Philipp und seine Geschwister sie als Kinder geliebt hatten – durch die Butzenscheiben der Stube hatte man dichte Nebelschwaden vorbeiziehen sehen, die wie der gefrorene Atem eines riesigen Drachen wirkten. Im Inneren der Stube knisterte behaglich ein warmes Feuer im Kamin, und die ganze Familie saß rund um den Tisch, auf den Bartholomäus, der Küchenknecht, jedem eine Schüssel mit heißem Hirsebrei stellte. Nach einem gemeinsamen Gebet begann die Familie im Stillen ihre Mahlzeit zu löffeln, wobei Philipp bei dem Gedanken an die unwirtliche Kälte draußen der warme Brei noch besser mundete, als es an Sommermorgen der Fall war.

All dies war nun völlig entrückt. Eine rührselige Erinnerung an eine Zeit, die gänzlich unbeschwert und fern der Wirklichkeit schien.

Was geblieben war, war der eisige Morgennebel.

Wie schon an den Tagen zuvor war er an jenem Sonntagmorgen des 8. November so stofflich, dass man vielleicht gerade einmal fünf Klafter[12] weit sehen konnte. Eine

12 1 Klafter = ca. 2 Meter.

Sichtweite, die Philipp gar nicht behagte. Er saß an einem Fenster im obersten Dachgeschoss des Schlosses Stern, eines Lustschlosses, das seinen Namen der ungewöhnlichen sechszackigen Form seines Grundrisses verdankte. Das Bauwerk selbst hatte zwei Stockwerke und zwei Dachgeschosse, und so hatte sich Philipp erhofft, von hier oben einen großartigen Überblick über das Schlachtengetümmel zu haben, das zu seinen Füßen stattfinden würde.

Der Weiße Berg, der eigentlich nicht mehr als ein lang gezogener Hügel war und aufgrund seines Kreidevorkommens so genannt wurde, erstreckte sich von hier aus in den Nebel hinein. Auf ihm hatten in den letzten Tagen die lutherischen Truppen der böhmischen Stände Stellung bezogen, die nun aufgrund der eingeschränkten Sicht jedoch bestenfalls zu hören waren.

Am Fuße des Lustschlosses hatte sich zur Unterstützung der Böhmen die ungarische Reiterei verschanzt sowie ein Infanterieregiment unter dem Befehl des Obristen Johann Ernst von Sachsen-Weimar. Das Gelände konnte leicht verteidigt werden, da das Schloss selbst mit einer Wehrmauer umgeben war und das umliegende, dicht bewaldete Jagdgebiet selbst auch noch einmal von einer ringförmigen Mauer umschlossen wurde, damit auch dem ungeübten Adel die Tierhetze leichtfiel.

Hier sei Philipp sicher, hatte ihm der Heerführer der lutherischen Truppen Christian von Anhalt persönlich versprochen und stolz berichtet, dass in diesen Mauern im Jahr davor gar König Friedrich und seine Gemahlin logiert hatten, bevor sie triumphal in Prag eingezogen waren. Die katholischen Hunde, angeführt vom Comte de Bucquoy und von Johann T'Serclaes von Tilly, werde er mit Leichtigkeit zurückwerfen, brüstete von Anhalt sich. Immerhin habe er doch elftausend Mann Infanterie unter seinem Kommando, dazu noch fünftausend Mann leichte und ebenso viele Mann schwere Kavallerie. Diese hatte er entlang des Weißen Berges strategisch günstig in Art der Niederländischen Ordonnanz[13] aufstellen lassen. Außerdem wurden sie von zehn Stück Feldartillerie verstärkt. Philipp solle nur alles gut in Erinnerung behalten, hatte ihn der Fürst gemahnt, denn heute würde sich die Vorsehung des Kometen bewahrheiten.

Allerdings hatte der Künstler bei der nächtlichen Anreise eine etwas differenziertere Einschätzung der Lage der lutherisch-böhmischen Stände erfahren: Aufgrund der Eilmärsche der letzten Tage, die notwendig waren, damit man hier Stellung beziehen konnte, war ein Großteil der Artillerie zurückgeblieben, da sie mit dem Tempo nicht Schritt halten konnte. Auch waren kaum Schanzwerke, Wälle oder Gräben errichtet worden, da die Soldaten, unterbezahlt, unterernährt und erschöpft von den Gewaltmärschen, schlichtweg meuterten. Außerdem sei im Dreck zu graben Aufgabe der Bauern, so die einhellige Meinung.

Während Christian von Anhalt nun mit seinen Kommandeuren in dem zwölfeckigen Mittelraum des Lustschlosses Kriegsrat hielt, hatte Philipp also am Dachfenster Stellung bezogen, sich mit beschichtetem Papier und Silberstiften bewaffnet und war bereit für das Spektakulum.

---

13 Gefechtsaufstellung des Fußvolks, um eine größere Anzahl von Feuerwaffen effektiver einsetzen zu können.

Langsam, aber stetig brachen die ersten Sonnenstrahlen durch die Nebelwand und rissen Säulen aus Licht ins Grau. Ein leichter Wind kam auf, schien Sonne wie Maler gleichermaßen zu unterstützen. Langsam, als würde man ein Tuch wegziehen, offenbarte sich die immense Truppenstärke, die entlang des Bergs Stellung bezogen hatte. Rechteckige Formationen aus unzähligen Pikenieren waren umgeben von dicht gedrängten Musketieren und Arkebusenschützen. Unterstützt wurden diese Gewalthaufen von Kavallerieschwadronen, die ihre Mitten und Flanken sicherten. Die vereinzelt in Stellung gebrachten Kanonen waren mittels Erdwällen verschanzt.

Philipp kniff die Augen zu Schlitzen zusammen, um den Feind ausmachen zu können. Schließlich schälte auch dieser sich aus dem zurückweichenden Nebel und bot einen Anblick, der seinem Beobachter fast den Atem raubte. Die kaiserlich-katholischen Truppen schienen den lutherischen zahlenmäßig mindestens ebenbürtig, wenn nicht leicht überlegen. Auch sie hatten mindestens zwölf Kanonen in Stellung gebracht. Ihre Infanterie hatte ebenfalls bereits Formation bezogen und sich schachbrettartig gestaffelt aufgestellt. Offenbar war dies dem Feind im Deckmantel des morgendlichen Nebels völlig unentdeckt gelungen.

Auch wenn viele nicht müde wurden zu betonen, dass es in diesem Krieg nur um Hab und Gut ginge, so bezeugte die Lage rund um den Berg in diesem Augenblick doch etwas ganz anderes: überzeugte Katholiken auf der einen, überzeugte Lutheraner auf der anderen Seite. Und jede Partei dazu bereit, der anderen mit Waffengewalt zu beweisen, dass sie selbst im Recht war und Gott auf ihrer Seite hatte.

Philipp verspürte ein flaues Gefühl im Magen – noch nie hatte er dermaßen viele Menschen auf einem Haufen gesehen und schon gar nicht mit der schrecklichen Vorahnung dessen, was sie sich antun würden, wenn sie aufeinanderprallten.

Ob er wegen der Kälte oder aus Angst zitterte, wusste er nicht. Dennoch begann er mit der ersten Skizze. Versuchte in schnellen, schwungvoll kühnen Zügen die erst großen Dimensionen aufs Papier zu bannen und arbeitete sich dann immer mehr zu den Einzelheiten hin. Die Spieße der Pikeniere, die über zwanzig Fuß hoch waren, und die unzähligen Fahnen wirkten wie kahl geschlagene Wälder, die sich im Rhythmus der Männer bewegten, welche sich rund um sie scharten. Doch noch wagte keine Seite einen Vorstoß.

Mit einem Mal bemerkte Philipp das Aufquellen von dichten Rauchwolken entlang der Linie der Katholiken, gefolgt vom verzögerten Donner der Kanonenschläge – der Beschuss ihrer Artillerie hatte also begonnen.

Wo eine Kugel einschlug, wurde zumeist Erdreich in die Luft geschleudert, löste die Ordnung der lutherischen Soldaten jedoch nicht auf, sondern ließ deren Gewalthaufen schwerfällig hin und her wogen, gleich voll beladenen Schiffen auf stürmischer See. Kaum, dass eine Kanonenkugel einen dieser Haufen traf – aber wenn, dann schnitt er eine Schneise in die Reihen der Männer, als würde ein Pferd durch ein blühendes Kornfeld galoppieren und die einzelnen Ähren umgeknickt hinter sich lassen. Doch ungeachtet des Blutzolls, schlossen sich die Gevierte an Pikenieren nur Augenblicke später wieder und hielten Formation, als wäre nichts geschehen.

Philipp mochte sich kaum vorstellen, wie es sein musste, wenn der Mann neben einem, sei es nun Freund oder Fremder, von hier auf jetzt weggerissen wurde und man sogleich auf seinen zerschmetterten Körper steigen musste, damit die Ordonnanz gewahrt blieb.

Immer lauter schwoll der Schlachtenlärm nun an. Die Soldaten schienen sich mit lauten Zurufen Mut zu machen und versuchten, den Gegner mit mindestens ebenso lauten Schreien einzuschüchtern.

Plötzlich wurde es unheimlich still – die Geschütze der Katholiken hatten aufgehört zu feuern. Hatten sie erkannt, dass sie aufgrund der Tatsache, dass sie bergauf feuerten, wenig bis gar nichts ausrichteten? Würden sich die kaiserlichen Truppen gar zurückziehen, da sie sich am Fuße des Hügels in der schwächeren Ausgangsposition befanden?

Doch dann, mit einem gewaltigen Donnerschlag, feuerten die Katholiken alle ihre zwölf Kanonen auf einmal ab – das Signal zum Angriff.

Durch den dichten Pulvernebel stürmte nun die kaiserlich-katholische Infanterie, deren Flanken von ihrer Reiterei gedeckt wurden, gegen den Hügel an.

Von Anhalts Kommandeure reagierten mit geschickter Schnelligkeit, entsandten nun ihrerseits zwei lutherische Kavallerieregimenter dem Feind entgegen. Ihnen folgte ein Infanterieregiment den Hügel hinab, um jene katholischen Truppen abzufangen, die sich die Böschung hinaufmühten.

Je mehr sich die Truppen auf dem Schlachtfeld bewegten, desto schneller wurden Philipps Skizzen, desto energischer seine Linienführung. Für ihn wirkte das unbegreifliche Spektakel, als würden Ameisen in Reih und

Glied und in quadratischen Formationen aufeinander zulaufen. Fortwährend wiederholte sich das gleiche Schauspiel: Näherten sich kaiserlich-katholische Reiter einem Gewalthaufen, so wurden an dessen verwundbarer Seite die Piken abgesenkt und als ein tödlicher Stangenwald gegen die Pferde gerichtet. In ihrem Schutz konnten nun die lutherischen Musketiere und Arkebusenschützen laden und das Feuer auf die Reiter eröffnen, die ihrerseits aus möglichst kurzer Entfernung ihre Musketen auf den stehenden Block abfeuerten. Visierten die Reiter ein neues Ziel an, so wurden die Spieße wieder aufgerichtet, und der Gewalthaufen marschierte erneut gegen einen gegnerischen.

Für Philipp unerwartet, machte nun die lutherisch-böhmische Reiterei, die gerade eben noch den Hügel hinabgeritten war, kehrt, löste sich vom Gegner und passierte in wildem Galopp die eigenen Fußtruppen. Diese blieben wie auf Kommando stehen, verharrten regungslos und waren Augenblicke später in dicke Pulverschwaden gehüllt. Offenbar hatten Musketiere und Arkebusenschützen alle auf einmal das Feuer auf den Feind eröffnet, der noch verhältnismäßig weit entfernt war. Dann machten auch die lutherischen Fußsoldaten kehrt und ergriffen ungeordnet die Flucht nach hinten, den Hügel wieder hinauf.

Philipp stutzte. Wovon wurde er gerade Zeuge? War dies ein ausgeklügelter Schachzug? Eine Form des Gambits, bei dem etwas geopfert wurde, um somit den Sieg zu erringen? Wenn ja, dann war ihm nicht klar, wie dies zu bewerkstelligen sein könnte, denn –

Da preschte ein weiteres böhmisches Kavallerieregiment, das sich bisher in zweiter Linie bereitgehalten hatte, nach vorn, schoss an den eigenen fliehenden Fußsoldaten vorbei und trieb sich, begleitet von unzähligen Musketenschüssen, einen Weg mitten ins Herz eines katholischen Terzios[14]. Gemessen an den Piken, die wild hin und her wankten und wie gefällte Bäume fielen, musste die Reiterei unbeschreiblich zwischen den Fußtruppen wüten. Immer größer wurde der Leerraum inmitten des Terzios, immer weiter zogen die Reiter ihre todbringenden Kreise.

Offenbar ermutigt vom Anblick des Dahinschlachtens des Feindes, formierte sich die böhmische Infanterie, die gerade noch die Flucht angetreten hatte, in Windeseile neu und marschierte mit weiteren lutherischen Regimentern erneut den Hügel hinab, um die berittenen Waffenbrüder zu unterstützen und den Feind ein für alle Mal zu zerschlagen.

Philipp legte seinen Silberstift zur Seite. Er war nun viel zu aufgeregt, um zu zeichnen. Gleich würde er sehen, was er anschließend verewigen würde: den Sieg der lutherischen Truppen über die kaiserlich-katholische Allianz. Dafür brauchte er keine Skizzen mehr. Die Bilder würden sich auf ewig in seinen Kopf einbrennen und ihm die Fähigkeit verleihen, etwas Großes zu schaffen, das ihn zu etwas noch Größerem führen würde – dem Ruf als Meister seiner Zunft. Sein Name gleichauf mit einem Michelangelo, einem Raffael, ja vielleicht gar mit einem da Vinci.

So sehr versunken war Philipp in die Vorstellungen von seiner glorreichen Zukunft, dass er zunächst gar nicht

---

14 Quadratische Formation aus Hunderten Pikenieren, die von Musketieren umgeben waren.

bemerkte, dass sich die kaiserliche Kavallerie ins Schlachtengetümmel gemischt hatte. Ein unüberschaubares Gemenge aus Pferden und Piken, aus Schwertern und Pulverdampf war entstanden, scheinbar unmöglich zu erkennen, wer Freund oder Feind war oder in welche Richtung man stoßen sollte. Dem Künstler war unbegreiflich, wie auch nur ein einziger Mensch aus einem solchen Gehacke und Gehaue unbeschadet hervorkommen sollte.

Plötzlich blitzten immer mehr kleine Rauchwolken auf, die erst zu einer Wolke und dann zu einer Wand zusammenflossen. Durch diese Wand stießen schließlich einzelne lutherische Soldaten, flohen den Hügel hinauf, als wäre der Teufel persönlich hinter ihnen her.

Doch schien ihnen niemand zu folgen.

Dann durchbrach ein einzelner Mann die Pulverwand, hoch zu Ross, gewandet in eine braune Mönchskutte. In der einen Hand ein Kruzifix, in der anderen ein kleines Bildnis, das er gen Himmel reckte. Wie von Sinnen ritt er den fliehenden Truppen hinterher.

Ein Mann ohne Macht. Ein Jäger ohne Waffe. Und doch …

Im nächsten Augenblick taten es ihm unzählige kaiserlich-katholische Fußsoldaten gleich, stürmten ebenfalls wie von Sinnen den Hang des Weißen Berges hinauf. Eine Herde, die ihrem Hirten folgte und immer wieder den gleichen Schlachtruf ausstieß: »Santa Maria!«

Mehr und mehr Kämpfer bemerkten den Umschwung in Kraft und Moral – die eine Seite ergriff wie ihre Glaubensbrüder die Flucht, die andere Seite blies zum Sturm. Die Ordonnanzen, so präzise und mit bestem Wissen und Gewissen am Reißbrett eines Strategen entworfen, lösten sich von außen nach innen auf und stoben in alle Himmelsrichtungen davon.

Santa Maria!

Die lutherisch-böhmische Kavallerie, zum Schutze der verwundbaren Fußsoldaten auserkoren, ließ Schlachtfeld und Schützlinge gleichermaßen hinter sich und strebte nur noch dem Retten der eigenen Haut entgegen.

Santa Maria!

Nach und nach erst dämmerte Philipp, wovon er gerade Zeuge wurde – und was das für ihn bedeutete. Sein Blick glitt entlang des Faltdachs nach unten, dorthin, wo sich die schützenden Wehrmauern rund um das Lustschloss wanden, und dann weiter, über das bewaldete Jagdgebiet hinaus zur Ringmauer, in der das dort eingelassene Tor sperrangelweit offen stand. Von Sachsen-Weimars lutherisches Infanterieregiment floh gerade panisch hindurch, schreiend, fluchend und sich gegenseitig anrempelnd. Hier war nur noch jeder sich selbst der Nächste. Ihnen folgte die ungarische Reiterei, wobei viele von ihnen zu Fuß unterwegs waren. Warum, das erschloss sich Philipp nicht.

Und mit einem Mal spürte er es – eine eigenartige Beklemmung, die sich seiner bemächtigte, die ihm den Brustkorb zu- und den Atem abschnürte. Ein Gefühl der Ohnmacht, des grenzenlosen Ausgeliefertseins.

Da wusste der Künstler, dass er alleine war. Allein im Angesicht eines wütenden Feindes, der wohl vor nichts und niemand haltmachen würde, bis sein Zorn abgeklungen und sein Blutdurst gestillt war.

Ohne zu zögern, packte er Skizzen und Stifte in seine lederne Tasche und stürmte zu der engen hölzernen Treppe, die sich durch die Dachgeschosse nach unten wand.

Philipp kam in den zwölfeckigen Mittelraum des Lustschlosses, in dem die Kommandeure erst Stunden zuvor so siegessicher Kriegsrat gehalten hatten, und sah sich hektisch um.

Sechs Türen führten von hier weg, alle waren geschlossen. Aber hinter welcher lag das Treppenhaus?

Die feindlichen Truppen konnten jeden Augenblick hier sein.

Philipp stürmte zu der Tür, die ihm am nächsten war, riss sie auf – und starrte in einen mit Stuckdecke geschmückten Saal, der die Form einer Raute hatte. Verärgert lief er zur nächsten Tür und riss sie auf. Wieder nichts.

Immer größere Panik machte sich in ihm breit, immer mehr fühlte sich dieses verfluchte Lustschloss an wie eine Falle, der er nicht zu entrinnen vermochte.

Tür, Saal. Tür, Saal. Tür –

Das Treppenhaus!

Einen Herzschlag lang lauschte Philipp, ob nicht bereits Soldaten heraufgestürmt kamen, aber kein Laut war zu hören. Wie von Sinnen stürmte er die Stufen nach unten, nahm zwei, manchmal drei auf einmal.

Er stürmte durch das Tor hinaus auf den Vorplatz, der mit zurückgelassenen Waffen und Rüstungsteilen übersät war. Vor ihm begann der Weg, der durch die Wehrmauer und weiter durch den kleinen Wald bis zur Ringmauer führte. Am Wegesrand saßen einige Soldaten, die offenbar ohne jede Feindeinwirkung von ihren eigenen Kameraden niedergetreten oder -gestoßen worden waren und aufgrund ihrer daraus resultierenden Verletzungen nicht mehr in der Lage waren, die Flucht zu ergreifen. Matt hockten sie da, ihrem Schicksal ergeben.

Und dieses Schicksal würde ihn ebenfalls ereilen, da war sich Philipp sicher, sollte er es nicht sogleich selbst in die Hand nehmen.

Da erblickte er ein gesatteltes Pferd, das, nur wenige Schritte von ihm entfernt, gemütlich vor sich hin trottete. Wenn er überleben wollte, dann war dies seine Chance.

Philipp ging auf das Pferd zu, zügig, aber ohne Eile, immer darauf bedacht, dass es ihn auch sehen konnte.

Nur noch wenige Schritte, dann hätte er es erreicht, dann würde er mit ihm –

Plötzliches Getöse lenkte seine Aufmerksamkeit von dem Pferd zum Tor der Wehrmauer, durch das Soldaten der Katholischen Liga gelaufen kamen … direkt auf ihn zu!

Dann sei's drum, dachte sich Philipp, schnappte sich die Zügel und schwang sich auf den Rappen. Ohne zu zögern, schlug er dem Tier in die Flanken und galoppierte mit ungekanntem Mut geradewegs auf den Feind zu.

Die Männer des Gegners sahen ihn kommen, aber keiner schien etwas gegen ihn unternehmen zu wollen, im Gegenteil: Sie machten ihm sogar Platz.

Dem Wagemutigen gehört die Welt, kam Philipp verwegen in den Sinn. Er reckte die Faust und stieß einen Kampfschrei aus, so laut er nur konnte. Wie durch ein Wunder ließen ihn die Soldaten passieren. Erst durch das Tor der Wehrmauer, dann preschte er auch heil durch das Tor der Ringmauer.

Vor ihm tat sich nun der Rücken des Hügels auf, jener Flecken Erde, den er eben noch aus sicherer Entfernung beobachtet hatte. Dort, wo die vermeintlichen Ameisen in einem eigenartigen Kampfesreigen getanzt hatten …

Doch aus den Ameisen waren nun Körper geworden,

aus dem Kampfesreigen ein einziges Abschlachten. Der ganze Hügel schien voll mit Leibern, die auf seinem Rücken verbluteten – zerschnitten, zerfetzt oder zertreten –, die in den Himmel über ihnen flehten oder sich bar jeden Bewusstseins in Todesqualen wanden. Über diese Leiber stiegen jene, die den Sieg davongetragen hatten, stießen Spieß und Schwert und Dolch in alles, das auch nur den Hauch von restlichem Leben in sich vermuten ließ. Für manche ein sinnlos früher Tod, für andere die Erlösung.

Philipp hatte sein Pferd angehalten. Wie versteinert beobachtete er die grausame Szenerie, die er so heroisch darzustellen gedacht hatte. Und die nun, da er ein Teil von ihr war, nur noch blankes Entsetzen in ihm hervorrief. Mit einem Mal erkannte er, dass es bei dieser Schlacht nicht um Grund und Boden, nicht um den wahren oder falschen Glauben ging – das Einzige, worum gekämpft wurde, war das eigene, nackte Überleben, nicht mehr und nicht weniger.

Ein Schuss knallte, sein Pferd bäumte sich auf, Philipp konnte sich jedoch halten. Er riss die Zügel herum und galoppierte den Hügel hinab, hinweg über geschundene Versehrte auf die Weinberge zu, die am Fuße des Weißen Berges begannen und sich bis an den Rand von Prag erstreckten. Kurz bevor er die grüne Deckung der Weinranken erreichen konnte, knallte ein weiterer Schuss.

Einen Augenblick später sackte das Tier unter ihm zusammen.

Philipp prallte hart auf den frostigen Boden, rollte sich ab und sprang noch im selben Moment wieder auf. Ein Blick zurück – ein halbes Dutzend katholische Musketiere und Pikeniere waren ihm bereits auf den Fersen. Sein Pferd lag auf der Seite, den Schädel vom linken Ohr bis zum Auge darunter wie weggesprengt. Es strampelte in der Luft und schrie wie ein Schwein, das man viel zu langsam abstach.

Noch ein Schuss peitschte, schnitt nur knapp an Philipp vorbei.

Der lief los und rannte in die Weinberge hinein, wobei er ohne Rücksicht auf alles trat, was unter seine Füße kam. Philipp war, als hätte der Tod selbst die geschundenen Leiber über die Weinberge verstreut, gleich einem Bauern, der die Saat ausbrachte.

Plötzlich wurde der Maler am Fuß gepackt und zu Fall gebracht. Er schlug mit dem Kopf auf dem Boden auf und lag benommen auf dem Bauch. Mit einem Mal spürte er, wie ein anderer von seinen Füßen her auf ihm aufwärtskroch, sich in sein Gewand krallte und Stück um Stück in Richtung seines Kopfes hochzog.

Philipp versuchte, sich zu wehren und sich umzudrehen. Aber die Last, die seinen Körper auf das harte Erdreich drückte, wurde immer schwerer, wie auch die Angst, dass der Fremde ihn unter sich begraben würde. Er roch den beißenden Schweiß des Mannes, seine muffige Kleidung und den Gestank abgebrannten Schwarzpulvers.

»Dich nehm ich mit«, keuchte der andere und stützte sich nun mit beiden Handflächen auf Philipps Kopf.

Dessen Kiefer begann zu schmerzen, die linke Schläfe pochte wie wild gegen die Erde darunter. Er konnte ein Auge aufreißen, sah verschwommen die Weinstöcke, sah kleine Steine und ein Holzstück … einen Holzsplitter.

Ohne nachzudenken, packte er den Splitter und stieß mit aller Kraft nach hinten. Doch der Stoß ging ins Leere.

Noch einmal. Diesmal erwischte er den anderen, irgendwo an dessen Leib. Schmerzverzerrt schrie dieser auf und verlagerte sein Gewicht.

Philipp nutzte die vielleicht einzige Chance, die sich ihm bieten würde.

Er drehte sich auf die linke Seite, spürte, wie der andere halb von ihm herunterrutschte, und schnellte dann auf der rechten Seite unter ihm heraus. Er sah dem Mann, der ihn überrascht anstarrte, kurz in die wohl vom Pulverdampf geröteten Augen, in denen er eine Mischung aus Angst und Verzweiflung sah. Doch für Mitgefühl blieb keine Zeit. Mit schnellen Stößen rammte er seinem Widersacher den Holzsplitter mehrmals in die Kehle, bis dessen Hals nur noch ein rot pulsierender Quell war. Dann packte er ihn am Hinterkopf, drückte ihn zu Boden und setzte sich auf ihn. Mit schierer Todesangst blieb Philipp so lange auf dem anderen hocken, bis dieser an seinem eigenen Blut ersoffen war.

Der junge Maler sprang auf.

Er stolperte ein paar Schritte vorwärts und wandte sich noch einmal um, um sicherzugehen, dass er nicht verfolgt wurde. Dann lief er los, lief, so schnell ihn seine Füße trugen, und schwor sich, erst wieder haltzumachen, wenn er entweder in Prag in Sicherheit war – oder tot.

Santa Maria.

Prag, 9. November A.D. 1620

Unzählige tote Männer und einige Pferde hatte die Moldau an die Ufer geschwemmt. Dort, im Schatten der Befestigungsanlagen, blieben sie liegen, da sich die Bürger nur aus der Stadt wagten, um die Flucht Richtung Osten zu ergreifen.

Im Westen waren die Truppen der Katholischen Liga aufmarschiert und hatten die friedliche Übergabe der Stadt gefordert. Der lutherische Magistrat schien sich noch zu beraten, denn eine Weigerung hätte eine Belagerung bedeutet, und ein anschließender Fall Prags die Bewohner samt ihrem Hab und Gut dem unbändigen Zorn der Soldateska ausgeliefert. Vermutlich würde die unausweichliche Brandschatzung einen Großteil der Alt- und der Neustadt in Schutt und Asche legen. Doch viele der Bürger blieben, denn sie hofften, dass die Stadtväter sich ergaben, in diesem Fall wären sie und ihr Eigentum zumindest auf dem Papier geschützt gewesen.

Während die Verhandlungen andauerten, rollte jedoch bereits ein Strom an schwer beladenen Wagen durch die engen Gassen – König Friedrich setzte sich samt Hofstab ab. Hochverrat in den Augen mancher, verabscheuungswürdige Feigheit in den Augen der meisten.

Christoph Ackermann hatte die Tür seines Hauses verbarrikadiert. Es war das schmalste Haus in der Straße und machte einen schäbigen Eindruck, sodass er darauf hoffte, im Falle einer Plünderung zunächst verschont zu bleiben. Er hatte am Stubentisch Platz genommen, ebenso Helene, Lucas und Philipp. Seit geraumer Zeit hatte kaum einer von ihnen ein Wort gesprochen. Es war, als stünde ihrer aller Ende zum Greifen nah.

Unvermittelt schlug Christoph mit der flachen Hand auf den Tisch. »Wir haben Schwäbischwerd überstanden, und wir werden auch Prag überstehen!«

»Aber mussten wir damals nicht wegziehen, weil wir Lutheraner waren?«, warf Lucas mit heiserer Stimme ein.

»Das wohl. Allerdings hatte sich die Stadt zuvor so lange geweigert, bis die Reichsacht über sie gesprochen worden war«, sagte Christoph und ergriff Helenes Hand. »So weit ist es in Prag noch nicht, und so weit wird es auch nicht kommen. Ich schätze, die Stadtoberen beraten, ob man bei einer Belagerung auf die Hilfe des Winters hoffen kann und somit womöglich auf ein Entsatzheer im Frühjahr. Aber ich fürchte, dass der englische König seinen Schwiegersohn ebenso wenig leiden mag wie die lutherischen Fürsten.«

»Wisst Ihr, was man sich erzählt, wo König Friedrich war, als die Schlacht am Weißen Berg begonnen hat?«, warf Lucas spöttisch in die Runde. »Beim Frühstück! Und wo, als die ersten Geflüchteten Prag erreichten?« Wieder machte er eine kurze Pause. »Beim Mittagessen! Augenscheinlich frisst er lieber, als dass er regiert.«

»Seinen Heerführer haben die Katholiken jedenfalls geschnappt«, ergänzte Christoph.

»Christian von Anhalt wurde gefangen genommen?«

Die ersten Worte, die Philipp seit einer gefühlten Ewigkeit gesprochen hatte.

»Das berichtet man sich, ja. Warum?«

»Er wirkte so siegessicher«, sprach Philipp ohne jede Emotion. »Ich jedenfalls hätte ihm an jenem Morgen geglaubt, dass wir den Feind zerschmettern würden.«

Christoph legte seinem Sohn die Hand auf die Schulter. »Das ist auch die Aufgabe eines Heerführers. Wenn er es nicht versteht, seine Truppen in Begeisterung zu versetzen, dann ist die Schlacht schon verloren, bevor sie begonnen hat.«

»Anscheinend hat aber Herzog Maximilian sein Handwerk besser verstanden«, warf Lucas ein. »Denn unsere sind feige getürmt.«

Stille im Raum.

Lucas seufzte. »Wenn unsere Männer nur ein wenig Mut und Ehre ihr Eigen hätten nennen können.«

»Ja, Brüderchen«, sprach Philipp leise. »Red du von Dingen, von denen du keine Ahnung hast. Nur aus sicherer Entfernung lässt sich ein solches Gemetzel mit einem hehren Ziel rechtfertigen. Nur aus sicherer Entfernung lassen sich guten Gewissens Burschen und Männer wie Figuren auf einem Schachbrett aufstellen und sich gegenseitig schlagen, mit der nüchternen Beurteilung eines erlangten Vor- oder Nachteils. Wandere du erst zwischen den zerfetzten Leibern, und dann blicke tief in dich, ob du dort jenen Mut findest, den du hier so leichtfertig anderen abverlangst, oder ob du nicht auch nur einzig deine Haut retten würdest, ganz gleich ob deshalb der Teufel regieren mag.«

»Als ob etwas anzupacken je deine Natur gewesen wäre,

zartbesaiteter Künstler, der du bist.« Lucas versetzte seinem Zwillingsbruder einen heftigen Stoß gegen die Schulter. »Was ist? Willst du jetzt wie ein Mädchen flennen?«

Philipp stand auf und ging zur Tür. »Wegen Menschen deines Schlages müssen alle anderen Furchtbares erleiden.«

Mit diesen Worten verließ er die Stube.

»Und wegen Menschen wie dir verhungern sie!«, rief ihm sein Bruder nach. »Ein bisschen Geschmiere mit Pinseln füllt nämlich keinen Bauch!«

Sorgenvoll blickte Helene zu ihrem Gemahl, doch der winkte ab. »Lass ihn. Ich kann verstehen, dass Philipp etwas Zeit braucht, um das Erlebte zu begreifen.« Dann wandte er sich an Lucas und gab ihm einen Schlag auf den Hinterkopf. »Und du bemühe dich um Verständnis. Seien wir froh, dass wir nicht alle vom gleichen Schlag sind. Sonst wären wir alle nur Bauern, nur Krieger oder nur törichte Söhne.«

Lucas senkte sein Haupt, schwieg aber.

»Was meinst du, wird nun?«, fragte Helene und drückte Christophs Hand.

Der seufzte. »Ich nehme an, die Stadt wird sich beugen. Die Soldaten von Herzog Maximilian werden Prag besetzen, so wie sie es auch in Schwäbischwerd getan haben, und wir werden schon bald Kaiser Ferdinand II. die Treue schwören. Sonst wird nicht viel passieren, so Gott will. Denn würde er alle Lutheraner aus Prag werfen, dann wird der gute Herzog die Stadttore bei Anbruch der Nacht selbst schließen müssen, weil niemand mehr hier ist.«

Helene nickte zuversichtlich, auch wenn sie tiefe Zweifel hegte.

Donauwörth, November A.D. 1620

Agnes Heidfeldt stand in stillem Gebet vor dem Grab ihrer Tochter Anna. Magdalena war bei ihr, wie ihre Mutter in den Anblick des schlichten Kreuzes vertieft.

Hier auf dem Friedhof war nichts von dem Aufruhr und Trubel zu spüren, der in der Stadt herrschte. Schneller als ein Lauffeuer hatte sich die Nachricht verbreitet, dass Tilly die Schlacht am Weißen Berg siegreich für den Kaiser geschlagen hatte und dass Friedrich auf der Flucht war. Nun brandete seit Tagen Jubel durch die Straßen und Gassen von Donauwörth, vor allem aufseiten der Katholiken. Aber auch ehemalige Lutheraner waren froh, dass der Krieg, zumindest in Böhmen, zu Ende zu sein schien.

Zwar würden Mansfeld und Christian von Braunschweig-Wolfenbüttel, der aufgrund seiner Tollkühnheit auch der »tolle Halberstädter« genannt wurde, sich schon bald gegen die Spanier wenden, die in der Pfalz saßen. Aber nach Ansicht vieler war es nur noch eine Frage der Zeit, bis der Krieg zu Ende ging. Böhmen war der Anfang, die Pfalz das Ende.

Agnes war mit Magdalena ins Kloster Heilig-Kreuz gegangen, um die Messe zu besuchen. Inbrünstig dankte sie dem Allmächtigen für den Verlauf, den der Krieg genommen hatte, und bat, dass schon bald wieder endgültig

Friede im Reich einkehren möge. Weiterhin dankte sie dafür, dass das Unternehmen des Hauses Heidfeldt gedieh. Johannes hatte ihr erzählt, was er in Nürnberg erreicht hatte, und tatsächlich waren die Erträge seitdem wieder gestiegen.

Am meisten aber dankte sie, dass Sibylla ihrem Gemahl Einhalt geboten hatte und sie dadurch nicht mehr von ihm belästigt wurde. Die wenigen Male, als sie ihm in der Stadt begegnet war, war er von eisiger Höflichkeit gewesen, nicht mehr und nicht weniger.

Nach dem Gottesdienst hatte Agnes beschlossen, dem Grab ihrer Tochter einen Besuch abzustatten. Mit Magdalena stand sie nun davor, während schwere Regenwolken über dem Friedhof hingen und der Wind durch kahle Bäume fuhr.

Wie immer fühlte Agnes Traurigkeit in ihrem Herzen. Zwar wusste sie, dass Anna im Himmel war und über sie alle wachte. Und doch war sie von der Gewissheit erfüllt, dass ihre Tochter viel zu früh aus ihrem Leben gerissen worden war. Es wäre ein gutes Leben gewesen, mit Kindern und einem liebevollen Ehemann. Und obwohl dieser Ehemann Lutheraner gewesen war, hätte diese Vermählung bewiesen, dass Katholiken und Lutheraner nicht nur durch Krieg getrennt, sondern auch durch Liebe vereint sein konnten.

Doch all das waren leere Überlegungen. Denn es gab nur eine Wahrheit, und die war dieses Grab, dieses schmiedeeiserne Kreuz.

Möge deine Seele in den himmlischen Gefilden wandeln, mein Kind, und uns empfangen, wenn unsere Zeit gekommen ist.

Agnes bekreuzigte sich und wandte sich an Magdalena. »Wollen wir gehen?«

Diese schüttelte den Kopf. »Wenn es dir recht ist, Mutter, werde ich noch kurz verweilen.«

»Natürlich. Aber bleib nicht zu lange.« Agnes blickte in die Wolken, die sich zusammenballten. »Es wird jeden Augenblick zu regnen beginnen.«

Magdalena nickte. Agnes strich ihrer Tochter über die Wange, dann drehte sie sich um und verließ den Friedhof.

Johannes beugte sich über den Küchentisch und schnitt sich eine dicke Scheibe Brot ab. Dann ließ er sich schwerfällig auf die Bank sinken. Genüsslich biss er in das knusprige Brot und nahm sich von dem Käse, der auf einer Platte lag. Ein großer Schluck Wein rundete alles ab.

Herrlich.

Der Kaufmann fühlte sich wohl. In den Monaten, die dem Gespräch in Nürnberg folgten, war das Geschäft so gut abgelaufen, wie man es geplant hatte. Jos Pecherer und seine Leute hatten die Waffen von Erlangen ohne Zwischenfälle Richtung Augsburg transportiert, abwechselnd begleitet von Johannes und Balthasar. Wenn die Lieferungen in Donauwörth auf Zillen und Boote verladen wurden, um den Weg nach Süden über Donau und Lech zu nehmen, war auch von Dandorf jedes Mal zugegen, zeigte sich beeindruckt und gratulierte Johannes zu diesem »gott- und vaterlandgefälligen Geschäft«.

Kurz vor Augsburg wurden die Waffen dann wieder auf Wagen geladen und zu einem großen Anwesen östlich von Augsburg transportiert. Dort trat Contarini dann als offizieller Verkäufer auf und handelte die Konditionen mit den Abgesandten der Liga aus. Diese bezahlten bei dem Venezianer, woraufhin die Heidfeldts an die Liga lieferten, an jeden gewünschten Ort, meist Truppenaufmarschplätze.

Am 3. Juli war dann das eingetreten, was Martin Peller prophezeit hatte: Nach längeren Verhandlungen wurde in Ulm ein Vertrag zwischen Liga und Union geschlossen, in dem sich die Union zum Stillhalten verpflichtete. So konnte das kaiserliche Herr im Spätsommer nach Osten ziehen, gegen Böhmen …

Mit dem Abmarsch des Heeres war das Unternehmen Peller – Contarini – Heidfeldt einstweilen zum Stillstand gekommen, aber der Anteil des Kaufmanns war bereits äußerst lukrativ gewesen. Hinzu kam, dass Donauwörth nicht mehr für die Söldner aufkommen musste, da sich ja alle in Böhmen befanden.

Johannes lehnte sich auf der Bank zurück.

Es würde nicht mehr lange dauern, bis der Krieg in die Pfalz kam. Und dann würde der Handel weitergehen, vielleicht größer werden, und –

»Vater?«

Sieglinde stand an der Tür.

»Ja, mein Kind?« Johannes seufzte innerlich. Er war erst gestern aus Augsburg zurückgekehrt und hatte nun auf einen ruhigen Augenblick gehofft, hier in der Küche auf der Bank neben dem Feuer, mit einer einfachen Mahlzeit und einem Becher Wein. Mittlerweile wurde im Haus Heidfeldt wieder ein wohlschmeckenderer ausgeschenkt als in den Jahren zuvor.

Aber offenbar war ihm die Ruhe nicht vergönnt.

»Ich muss mit dir sprechen.« Sieglinde setzte sich neben ihn und strich sich über die langen blonden Haare.

Johannes betrachtete sie. Wie komme ich dazu, sie als Kind anzusprechen, fragte er sich. Sie ist eine Frau, in ihrem Alter hatte Agnes bereits Anna geboren.

»Was liegt dir auf dem Herzen, Sieglinde?«

»Ich gedenke, mich demnächst zu entscheiden.« Jetzt spielte sie mit einer Strähne ihres Haares.

»Du meinst –«

»Du weißt, was ich meine, Vater.«

Natürlich wusste er es. »Nun, ich freue mich, das zu hören. Wer ist denn der Auserwählte?«

Sie zögerte. »Zacharias Werlein.«

Johannes kannte die Werleins gut. Da hatte sich seine Tochter die nahezu einzige Familie ausgesucht, die noch von den Patriziern des alten lutherischen Schwäbischwerd übrig war. Mittlerweile natürlich katholisch, aber im Herzen standhafte Lutheraner.

Der junge Werlein war in seinen Augen ein junger Mann mit Anstand, nicht übermäßig schlau, aber ein gerader Charakter. Und wahrscheinlich Wachs in den Händen seiner schönen Tochter.

»Seine Familie ist begütert«, fügte Sieglinde hinzu, wie um den von ihr Erwählten noch mehr anzupreisen.

»Mir ist einerlei, ob seine Familie begütert ist.« Johannes lächelte. »Hauptsache, du liebst ihn und er ist ein fleißiger, gottesfürchtiger Kerl.«

Sieglinde nahm seinen Becher und trank einen Schluck. An sich war das eine Ungehörigkeit gegenüber dem Herrn des Hauses, aber Johannes nahm es seiner Tochter nicht krumm. Er hatte ihr noch nie viel übel nehmen können, und er würde jetzt nicht damit anfangen.

»Dir ist einerlei, über wie viel Geld der Mann verfügt, der mich ehelicht? Willst du mich nicht versorgt wissen?«

»So meinte ich es nicht. Natürlich ist es ungemein wichtig, seinen Lebensunterhalt bestreiten zu können und für seine Familie zu sorgen. Aber –«, seine Stimme wurde ernst. »Als ich jung war, hatte ich nichts, und deine Mutter hat mich trotzdem zu ihrem Gemahl genommen. Liebe ist wichtiger als Geschmeide, vergiss das nie.«

»Nun, ich sehe das anders, wie wohl auch der Rest der Welt.« Sieglinde blickte ihn an.

»Es ist dein gutes Recht, alles anders zu sehen, Sieglinde. Mehr als einen Rat kann ich dir jedoch nicht geben. Und mein Rat ist, dass du dich auf dein Herz konzentrieren solltest und nicht so sehr auf das Innere von Werleins Goldschatullen.«

Sieglinde lachte und gab ihm einen Kuss auf die Wange. »Du bist ein merkwürdiger Kaufmann, Vater, aber ich habe dich sehr lieb.«

»Und nun erzähl mir erst einmal alles über deinen Zacharias. Ich weiß ja nicht das Geringste …«

Magdalena stieg hastig die Stiegen hinauf. Sie wollte nur noch in ihrer Schlafkammer Zuflucht suchen und allein sein. Sie hoffte, dass Sieglinde nicht da war, sie hätte ihre Schwester in diesem Augenblick nicht ertragen. Denn die Gedanken, die sie erfüllten, waren düster.

Doch als sie die Schlafkammer betrat, sah sie ihre Mutter, die vor einer offenen Truhe stand. Sie hatte einige Kleider in der Hand, darunter auch eines von Magdalena.

»Wir haben sie von der Näherin zurückbekommen, sie hat gute Arbeit geleistet. Nur weil es mit den Geschäften deines Vaters wieder aufwärtszugehen scheint, muss man ja nicht verschwenderisch werden, nicht wahr?«, sagte Agnes gut gelaunt.

»Wenn du meinst«, erwiderte Magdalena leise. Dann setzte sie sich an den Rand ihrer Bettstatt und ließ die Hände in ihren Schoß sinken.

Agnes legte die Kleider beiseite und nahm neben ihrer Tochter Platz. »Bedrückt dich etwas? Du kannst mit mir über alles sprechen, das weißt du doch.«

Magdalena schwieg. Sollte sie es der Mutter sagen? Aber wem, wenn nicht ihr? Sie war ein Leben lang für sie da gewesen, sie war der einzige Mensch, dem sie rückhaltlos vertraute.

»Nun komm, Magdalena – sag mir, was dir auf dem Herzen liegt.«

»Es – es ist wegen –« Magdalena verstummte.

Agnes blickte sie auffordernd an.

»Es ist wegen Lucas und meiner Gefühle für ihn.« Nun war es ausgesprochen.

Auf Agnes' Gesicht war so etwas wie Erleichterung zu erkennen. »Ich nehme an, du meinst Lucas Ackermann … nun, ich kann nicht sagen, dass mich das sehr überrascht.«

»Was meinst du damit, Mutter?«

»Ich habe immer schon bemerkt, dass ihr euch zueinander hingezogen fühltet.« Jetzt lächelte Agnes. »Und dass lebenslange Freundschaft manchmal zu tieferen Gefühlen führt, ist nicht das Außergewöhnlichste.«

Magdalena schwieg.

»Du liebst ihn?« Agnes beugte sich näher zu ihr.

»Ich weiß nicht. Ja.« Magdalena strich sich fahrig über das Gesicht. »Ich habe ihn so lange nicht gesehen. Aber seit dem letzten Besuch in Prag denke ich unablässig an ihn.«

»Aber das ist doch schön«, meinte Agnes. »Ich freue mich für dich. Und wenn wir das nächste Mal –«

»Nein, das ist nicht schön.« Magdalenas Stimme wurde lauter. »Als ich heute an Annas Grab stand, habe ich für sie gebetet. Und dabei habe ich daran gedacht, was das letzte Mal geschehen ist, als unsere Familien untereinander heiraten wollten.« Mit einem Mal verspürte Magdalena so tiefe Verzweiflung, dass sie zu schluchzen begann.

Ihre Mutter nahm sie in die Arme. »Beruhige dich. Was mit Anna und Lorenz geschehen ist, war göttliches Schicksal. Deine Schwester ist im Himmel und wacht über uns. Und es hat nichts mit dem zu tun, was du für Lucas empfindest. Im Gegenteil – wäre es nicht ein frommes Zeichen, wenn unsere Familien erneut so nahe zusammenrücken?«

»Meinst du?« Magdalena blickte sie mit nassen Augen an.

»Ja, das meine ich. Und ich werde alles dafür tun, dass du deinen Lucas so bald wie möglich wiedersiehst.«

Wieder barg Agnes Magdalena in den Armen, so lange, bis deren Atem ruhiger ging und ein Trost in ihrem Herzen eingezogen war, wie ihn nur eine Mutter ihrer Tochter spenden konnte.

Prag, Winter A.D. 1620

Mit kaltem Säuseln strich der Wind über die Spitzen und Türmchen der Kirchen, glitt entlang der hohen Spitzdächer der Bürgerhäuser, wirbelte um Schornsteine und fuhr in Gassen, die menschenleer waren. Der Grund für die scheinbare Entvölkerung war jedoch nicht etwa die schneidende Kälte, die ankündigte, dass jeden Tag der Winter hereinbrechen konnte – der Grund dafür war, dass sich kein Bewohner Prags auf die Straßen traute. Zu sehr herrschte die Angst vor, man könnte in die Fänge der siegreichen kaiserlichen Truppen geraten, könnte als Mann ihrem willkürlichen Zorn und als Weib ihren willkürlichen Trieben ausgeliefert sein. Auch die Türen und Tore der Häuser blieben verbarrikadiert.

Dieser Zustand der Lähmung der königlichen Stadt hielt nun seit mehreren Tagen an und erweckte den Eindruck, Prag wäre das steinerne Überbleibsel einer Gottesgeißel, die jeden einzelnen Bewohner längst dahingerafft hatte.

Nur vereinzelt, wenn die Glocken der katholischen Kirchen geläutet wurden, war einem, als würde wieder Leben in die Gemäuer kriechen.

Der erste Tag nach der Besetzung der Stadt war der schlimmste gewesen. Trotz ausdrücklichen Befehls an das katholische Kriegsvolk, Leben und Besitz der Prager Bürger zu verschonen, machte sich die Soldateska ohne Umschweife daran, ihren kargen Sold durch Raubzüge aufzubessern und die angestaute Wut und Angst aus der Schlacht mit der Schändung von Frauen zu lindern.

Den ganzen Tag schallten das Bersten von Holz, das Zerschmettern von Glas und die Schreie der Hilfesuchenden durch die Gassen und verhallten schließlich an den Stadttoren, durch welche die Lutheraner die Katholiken in gutem Glauben hereingelassen hatten.

Diese Kakofonie aus Schmerz und Rage ertönte auch am zweiten Tag, wenn auch nicht mehr so häufig, bis die neuen Stadtherren endlich Wachen durch die Straßen patrouillieren ließen, die ihre eigenen Männer zur Mäßigung ermahnen und bei exzessiven Übergriffen einschreiten sollten.

Obwohl derlei Ungebühr dadurch erheblich abnahm, dauerte es doch beinahe zwei Wochen, bis der Zustand wiederhergestellt war, der vor der Schlacht am Weißen Berg geherrscht hatte.

Zumindest schien es so. Denn für das gläubige lutherische Volk sollte sich alles ändern. Noch im selben Monat zog Kaiser Ferdinand II. den Majestätsbrief zurück, der seit 1609 den Böhmen Religionsfreiheit garantiert hatte. Angeblich, so würde sich später die launige Kunde verbreiten, hätte er ihn eigenhändig mit einer Schere zerschnitten.

Dann folgten die Säuberungen, persönlich gepriesen vom Heiligen Vater in Rom. Diese gingen in kleinen Schritten, also gut verdaulich, vonstatten, doch ihre Wirkung war umso immenser: Erst wurden die calvinistischen Prediger vertrieben, später sollten dann auch die lutherischen folgen. Letzten Endes bliebe, so war man sich innerhalb der Katholischen Liga einig, Böhmens Bürgern nichts anderes übrig, als zum einzig wahren Glauben zu konvertieren. Andernfalls würden sie schlicht ihren gesamten Besitz verlieren und schließlich ebenfalls ausgewiesen.

Diese Maßnahmen sollten den aufsässigen Böhmen für alle Zeiten vor Augen führen, unter wessen Gnade sie lebten – eine Einsicht, die ihnen schon lange hätte gewahr sein müssen, kannten sie doch den Wahlspruch des Kaisers »Legitime certantibus corona« – Die Krone gebührt dem Kämpfer für die gerechte Sache.

Das Knarren des Eingangstors zum Atelier. Blitzschnell griff Philipp zu einer Radschlosspistole, die neben seinen Pulverfarben lag, und richtete sie auf den Ursprung des Geräusches.

Ebenso schnell verschwand der Kopf einer Gestalt. Dann erklang die zaghafte Stimme einer Frau. »Philipp, seid Ihr da?«

Er senkte die Waffe. »Ja. Tretet ein, Agathe.«

Die junge Frau tat, wie ihr geheißen, und schloss das Tor hinter sich. Langsam näherte sie sich dem Künstler, der vor einem riesigen Gemälde stand, das er in Arbeit hatte, und sie nun entgeistert anblickte.

»Früher hättet Ihr mich nicht so schnell bemerkt«, sagte sie noch immer zaghaft. »Früher hättet Ihr nur Augen für Eure Kunst gehabt.«

»Früher war vieles anders, meine Liebe. Die Welt wie auch wir. Und nichts wird mehr so sein, wie es war.« Er legte die Pistole wieder weg. »Wie kann es sein, dass Euch Euer Vater alleine auf die Straße lässt?«

»Mein Kutscher hat mich zu beschützen«, gab Agathe knapp zurück.

Philipp nickte stumm.

»Aber was ist mit Euch? Welch düstere Gedanken treiben Euch? Auch habt Ihr schon seit Ewigkeiten nichts mehr von Euch hören lassen.«

Der Maler deutete auf das Bild. »Wie Ihr unschwer sehen könnt, bin ich beschäftigt. Und das werde ich auch noch eine geraume Zeit lang sein.«

Agathe besah sich das Gemälde, auf dem sich unzählige Menschen gegenüberstanden. Im Hintergrund prallten Gewalthaufen aus Pikenieren aufeinander, eingehüllt in dichten Pulverdampf. Davor einzelne Soldaten, die sich Lanzen, Schwerter und Dolche in die Leiber rammten, zu ihren Füßen Verwundete, Mensch wie Tier. Im Vordergrund Befehlshaber in Harnischen, die mit ernsten, weltmännischen Mienen das Geschehen zu dirigieren schienen, wobei die Anführer der böhmischen Stände etwas mehr im Vordergrund standen und auch entschlossener und siegesgewisser wirkten. Obwohl das Gemälde noch weit davon entfernt war, vollendet zu sein, wirkten doch Farben und Figuren bereits eindrucksvoll und die Gesamtkomposition gewaltig.

»Warum beauftragt Euch Herr von Zerotein mit einem Gemälde einer Niederlage unseres Glaubens?«

»Ich vermute, er ist der Überzeugung, dass es nicht darauf ankommt, wer eine Schlacht gewinnt, sondern den Krieg. Und der ist noch lange nicht vorbei.« Philipp seufzte tief und wehmütig. Dann ging sein Blick ins Leere.

Agathe ergriff seinen Arm. »Fühlt Ihr Euch nicht wohl? Ihr seid so abwesend, als wärt ihr hier und doch anderswo.«

»Ach ja? ›Abweisend‹ wolltet Ihr doch sicherlich sagen?«

»Nein, ich … es hieß, Ihr wart Augenzeuge der Schlacht?«

Er schwieg.

»Lasst den Kopf nicht hängen. Nicht nur Ihr seid im Stich gelassen worden. Der König hat uns alle verraten. Aber das Leben muss weitergehen.«

»Erzählt das denen, die in Stücke gehauen wurden.«

»Aber das ist doch nicht Eure Schuld.« Agathe trat vor Philipp und umfasste seine Hüfte.

»Das ist es gewiss nicht. Aber dass ich auf meiner Flucht einen anderen getötet habe, das geht zu meinen Lasten.«

»Das habt Ihr?« Sie schwieg, versuchte, ihre Gedanken in Worte zu fassen. »Aber doch sicher nur, weil Euer eigenes Leben in Gefahr war. Denn Ihr seid kein schlechter Mensch.«

Philipp nickte stumm.

»Seht Ihr. Würdet Ihr mich nun lieber vom Himmel aus in den Armen von demjenigen sehen wollen, der Euch nach dem Leben trachtete?« Sie bemerkte, wie er zaghaft den Kopf schüttelte. »Ihr habt nichts Falsches getan, seid dessen versichert, im Gegenteil. Ihr habt dafür gesorgt, dass sich Eure Mitmenschen auch weiterhin an Eurer Kunst erfreuen dürfen, und ich mich an Euch.«

Mit diesen Worten ging Agathe zur Liege und setzte sich auf den abgegriffenen samtenen Stoff.

»Legt Euch neben mich und genießt mit mir das Leben, solange wir dessen noch fähig sind. Denn früh genug ist zu Ende, dessen Weitergang wir uns ersehnen.«

Philipp zögerte. Schließlich setzte er sich doch neben die junge Frau. Er legte seinen Kopf in ihren Schoß und begann, bitterlich zu weinen.

Böhmen, Anfang A.D. 1621

Der blaue Himmel mochte einem vorgaukeln, es wäre angenehm warm unter ihm. Doch der schneidende Wind belehrte einen, nur Augenblicke nachdem man die wärmende Stube verlassen hatte, eines Besseren.

Christoph Ackermann war dies jedoch einerlei. Mit einer Haube aus Wolle, in einen dicken ledernen Mantel gehüllt, der mit Lammfell gefüttert war, und einer Decke aus Filz auf dem Schoß saß er auf dem Bock seines Fuhrwerks und hatte so ausgestattet bereits am Vortag Salz und Theriak[15] nach Burglitz transportiert. Das Dorf bot einen idyllischen Anblick, thronte doch über ihm die gleichnamige Burg, deren hoher verschneiter Rundturm von Weitem sichtbar war.

Nach einem deftigen Essen hatte Christoph die Nacht im dortigen Gasthaus geschlafen und war beim ersten Hahnenschrei bereits wieder unterwegs. Diesmal hatte er Holz geladen, was zwar nicht viel einbrachte, aber immerhin noch mehr, als die Tagesreise nach Prag ohne Ladung zu unternehmen.

Die Bäume links und rechts der Straße waren mit

15 Ein Antidot gegen tierische Gifte, früher ein »Universalheilmittel« gegen viele Krankheiten und Gebrechen.

Schnee bedeckt. Der Boden war gefroren, aber nicht vereist, weshalb das Pferd den Wagen ohne Probleme ziehen konnte. Damit das Tier bei einer Rast nicht auskühlte, hatte Christoph ihm vorsorglich ebenfalls eine Decke aus Filz über den Rücken geworfen.

Genussvoll sog der Transporteur abwechselnd die kalte Winterluft und dann den würzigen Rauch seiner Pfeife ein, der einen angenehmen süßlichen Nachgeschmack hinterließ.

So unerwartet die Schlacht am Weißen Berg auch ausgegangen war, so schmachvoll hatte sich der jüngst gewählte König von Böhmen mitsamt seinem Gefolge davongestohlen. Friedrich von der Pfalz hatte mittlerweile den Schandnamen »Der Winterkönig« erhalten, da seine Herrschaft nur einen Winter lang angedauert hatte, und über ihn und seinen Heerführer, Christian von Anhalt, war die Reichsacht verhängt worden. Sogar Flugblätter waren verteilt worden, auf denen der Winterkönig mit Reimen und Bildern aufs Schändlichste geschmäht wurde – auf einem beliebten Motiv saß er vornübergebeugt mit einem Affen auf einem großen Weinfass, das wohl an jenes im Heidelberger Schloss erinnern sollte, und spie Kirchen und Klöster aus.

Bürger und Adel, die guten Glaubens in der Stadt geblieben waren, hatten nun unter den neuen Herrschern zu leiden. Man munkelte, über fünfzig Anführer der böhmischen Sache seien als Rebellen gefangen genommen und in den Kerker geworfen worden und dass man ihnen noch in diesem Jahr den Prozess machen wolle.

So gesehen, hatte sich nicht alles dergestalt entwickelt, wie Christoph es prophezeit hatte. Abgesehen natürlich von Philipp, der sich immer mehr zurückzog und auch nicht mehr an den gemeinsamen Mahlzeiten teilnahm. Der Transporteur war zwar überzeugt davon, dass sein Sohn lediglich ein wenig Zeit benötigte, aber sollte dies nicht der Fall sein, würde er wohl das Gespräch mit ihm suchen. Dies betraf natürlich auch die angedachte Vermählung von Philipp und Agathe, die zwar in Anbetracht der äußeren Schwierigkeiten ein wenig in den Hintergrund gerückt war, aber dennoch als vereinbart galt. Auch hier würde Christoph alsbald Herrn von Chotěmice aufsuchen müssen, um klärende Worte zu führen.

Am wenigsten schienen Lucas die Ereignisse der letzten Monate berührt zu haben, war er doch eifrig und strebsam wie eh und je und jedenfalls nicht abgeneigt, seine Konfession zu wechseln. Auch seine Freundschaft zu Jana schien sich zu vertiefen, zumindest war es das, was Christoph aus den Erzählungen seines Sohnes schloss. Sollte diese Verbindung Bestand haben, so wollte Helene die junge Frau dieses Frühjahr unbedingt kennenlernen, und auch er selbst, wenn er ehrlich war. Selten zuvor hatte er Lucas derart glücklich erlebt, und nicht selten kamen in Christoph lang vergessene Erinnerungen an frühere Zeiten auf – als sein Sohn noch ein kleiner Junge war und unbekümmert mit Magdalena Heidfeldt gespielt hatte.

Lauthals krächzend, flog ein Kolkrabe über das Gespann, zog seine Kreise und glitt dann scheinbar schwerelos nach Nordosten. Christoph wurde aus seinen Gedanken gerissen, und sein Blick folgte fasziniert dem schwarzen Tier, als er mit einem Mal stutzte.

Aus der Mitte des Waldes quoll eine dicke Rauchsäule.

Christoph überlegte kurz, dann dämmerte es ihm: Es musste jener Ort sein, wo die steinerne Schmiede von de Witte stand. Nach Rauch aus einer befeuerten Esse sah der Qualm jedoch nicht aus, eher danach, dass das ganze Gebäude brannte.

Ohne zu zögern, ließ Christoph die Zügel schnalzen. Warum er innerlich so getrieben war, konnte sich der Transporteur nicht erklären, doch er wusste, dass Hans de Witte die Schmiede viel bedeutete, andernfalls würde er sie nicht derart scharf bewachen lassen. Und wenn jemand der Schmiede und damit seinem Auftraggeber Schaden zufügte, dann fügte er indirekt auch Christoph Schaden zu.

Und dies konnte er nicht dulden.

Schneller, als es für Wagen und Ladung gut war, trieb Christoph das Pferd durch das Dickicht des Waldweges. Jedes Mal, wenn die Räder über gefrorene Äste rumpelten und diese zerbrachen, war es dem Kutscher, als würde eine Speiche brechen. Aber das wollte er in Kauf nehmen, würde er nur schnell genug –

Mit aller Kraft zog Christoph die Zügel an.

Schnaubend riss sein Pferd den Kopf in die Höhe, stieß dabei eine so große Atemwolke aus, dass es in der eiskalten Luft wirkte, als wäre im Inneren des Tieres ein Ofen am Rauchen. Die schwere Holzladung schob Fuhrwerk und Zugtier noch einige Zeit vor sich her, bis alles schließlich ächzend und knarrend zum Stillstand kam.

Christophs Herz raste in seiner Brust, auch sein Atem ging schwer. Sein Blick ruhte auf den beiden Wachen, die reglos am Boden lagen, eine Blutlache unter sich. Dem Linken war der Schädel fast vom Rumpf getrennt geworden, nur noch wenige Sehnen hielten ihn verdreht am Torso. Dem Rechten fehlte schlicht alles oberhalb des Nasenansatzes. Ein gewaltiger Schwerthieb musste ihm im Bruchteil eines Augenblicks den gesamten Oberkopf abgehackt haben.

Erst jetzt wurde Christoph gewahr, dass er sich selbst womöglich in allergrößte Gefahr gebracht hatte, denn was, wenn sich die Mörder noch im Wald aufhielten? Allerdings erkannte er sogleich, dass die beiden verstümmelten Körper nicht mehr dampften, ebenso wenig das Blut auf der Erde. Der Angriff musste also schon länger her sein.

Dennoch sprang er blitzschnell von seinem Wagen, duckte sich und zog das Messer, dessen Schneide gut zwei Handflächen lang war. Auch überlegte er, ob er die Pistole, die, in eine Decke gewickelt, unter dem Kutschbock lag, laden sollte. Doch vermutlich wäre das Metall zu kalt und würde im kritischen Augenblick gar klemmen.

Langsam und möglichst leise schlich sich Christoph an seinem Pferd vorbei, dessen ganzer Körper immer noch qualmte wie ein Kohlkopf, den man aus einem Kessel mit kochendem Wasser gezogen hatte.

Beruhigend tätschelte ihm Christoph den Kopf. Dann schlich er weiter auf die Lichtung zu. Nahezu ohne seinen Blick abzuwenden, griff er das Schwert des linken Erschlagenen und nahm es in die andere Hand.

Mit zwei Waffen in den Händen kam er schließlich zur Lichtung, in deren Mitte die Schmiede stand. Sie brannte lichterloh, aus den schmalen Fenstern loderten Flammen, und aus den Ritzen der Steinschindeln quälte sich dichter Rauch. Von den Wachen, die rund um die Lichtung gestanden waren, fehlte jede Spur …

Mit einem Krachen wurde auf einmal die Tür der Schmiede aufgestoßen. Heraus fiel eine dunkle Gestalt. Die wenige Kleidung, die sie noch am verkohlten Leib trug, stand in Flammen. Sie wälzte sich im zischenden Schnee, blieb schließlich liegen, die Hände gen Himmel gereckt.

»Virgil!«

Ohne weiter nachzudenken, stürzte Christoph zu dem Verletzten und kniete sich nieder. Es war tatsächlich der großmäulige Söldner. Die verkohlte Haut hing ihm in Fetzen vom Körper, sein struppiges Haar war bis zu den Wurzeln abgebrannt. Ein süßlicher Brandgeruch umgab den jungen Mann. Sein Mund war schmerzverzerrt, seine Augen glasig und mit jener Gewissheit erfüllt, die nur einem Sterbenden innewohnt.

So schnell er konnte, sammelte Christoph etwas vom umliegenden Schnee und drückte ihn dem Verwundeten auf den Leib, um zumindest für seine letzten Augenblicke auf Erden die Schmerzen zu lindern.

»Ist gleich vorbei«, sagte Christoph mit ruhiger Stimme und nahm dabei Virgils Kopf in seine Hände. »Der Herr wird dich zu sich nehmen, dessen kannst du gewiss sein.«

Ein kaum merkliches Nicken als Dank.

»Nur sei dort oben nicht ganz so frech wie hier unten.« Christoph spürte, wie ihn plötzlich Tränen zu übermannen drohten. Immerhin war der junge Mann im gleichen Alter wie sein Lucas.

Dann ein fast unhörbares Flüstern. Christoph beugte sich zu Virgil hinab und legte sein Ohr an dessen Lippen.

»… Brüder, sie … Unter … unter der Esse … dort …« Dann versagte ihm die Stimme gänzlich.

Christoph wusste, dass es keinen Sinn hatte nachzufragen.

»Oder weißt du was?«, meinte er schließlich. »Sei noch frecher. Langweiler gibt es dort oben mit Sicherheit zuhauf.«

Virgil verzog die Mundwinkel zu einem schwachen Lächeln, dann brach sein Blick, und sein Körper erschlaffte.

Christoph verharrte noch eine Weile bei ihm. Dann hob er den Verstorbenen auf, trug ihn an den Rand der Lichtung und hielt ihn im Arm, bis sein Körper so kalt war wie der Rest des Waldes.

Langsam waren auch die Flammen erloschen, nachdem sie alles Brennbare verzehrt hatten. Nur noch Rauch quoll aus dem Haus.

Unter der Esse. Virgils letzte Worte. Aber was hatte er damit sagen wollen?

Christoph wusste, dass es nicht mehr lange dauern würde, bis die Bauern der Umgebung hier eintrafen, um zu stehlen, was nicht niet- und nagelfest war. Vielleicht würden sie sogar die Steine der Mauern abtragen und wiederverwenden.

Es blieb ihm also nicht mehr viel Zeit.

Zunächst trug der Transporteur den Toten zu seinem Fuhrwerk und bettete ihn behutsam auf die Ladefläche. Die beiden verstümmelten Wachen legte er daneben und deckte alle Körper mit einer Decke aus Filz zu.

Dann ging Christoph zur Lichtung zurück, überquerte sie und blieb schließlich vor der Tür der Schmiede stehen, aus der Virgil vorhin herausgebrochen war. Der Qualm im Inneren war noch immer so dicht, dass man keine zwei

Fuß weit sehen konnte. Der Geruch nach Verkohltem brannte in Nase und Rachen. Christoph war, als stünde er vor dem Tor zur Hölle.

Aber es half nichts, dachte er sich. Er musste seinem inneren Drang nachgeben und zumindest den Versuch unternehmen, die letzten Worte des jungen Mannes zu erkunden. Der Transporteur nahm sein Halstuch ab, drückte es so lange in den Schnee, bis es feucht war, und band es sich vor Nase und Mund.

Dann holte er tief Luft und trat in die Dunkelheit der Schmiede ein.

Die schmalen Fenster vermochten die Finsternis nicht zu erhellen, ihr Licht verlor sich nach wenigen Handbreit im Nichts. Das spröde, schwarz verkohlte Holz der großen Werkbank gloste noch, ansonsten waren sämtliche brennbaren Stoffe zu Asche verbrannt. Auch vom großen Blasebalg, der die Holzkohle in der Esse zum Glühen gebracht hatte, war kaum noch etwas zu erkennen. Manche der ehernen Werkzeuge strahlten noch im zarten orangefarbenen Schimmer der Hitze, die sie in sich aufgesogen hatten und nun langsam wieder von sich gaben.

Christophs Blick fiel in eine Ecke. Dort lagen zwei verkokelte Leiber, die auf die Größe von Kindern geschrumpft waren.

Irgendjemand hatte die Schmiede nicht nur angezündet, kam dem Transporteur in den Sinn, irgendjemand hatte dem Feuer selbst geholfen, vermutlich mit Teer oder Ähnlichem.

Unter der Esse.

Vorsichtig schritt Christoph voran, bis er die große offene Feuerstelle mit ihrem Abzug erkennen konnte. Er bückte sich, wischte über die rußigen Steine, die noch allesamt warm waren, und versuchte zu erkennen, was Virgil gemeint haben könnte. Aber er fand nichts. Ein Pochen in seinem Kopf machte sich breit, sein Atem ging schwer. Er wollte gerade wieder gehen, als ihm zwei Ziegelsteine auf dem Boden vor der Esse auffielen, die seltsam lose wirkten.

Mit seinem Messer hebelte er die beiden Ziegel heraus und stellte fest, dass unter ihnen auf dem gestampften Lehmboden etwas in Leinenfetzen eingewickelt lag. Er nahm das handgroße Bündel an sich und verließ diesen Vorhof zur Hölle.

Vor der Tür riss sich Christoph das Halstuch vom Gesicht, sog die klare kalte Winterluft ein. Dann wusch er sich Hände und Gesicht im Schnee.

Nachdem er auf seinem Fuhrwerk eine gute Wegstrecke zurückgelegt hatte, zog Christoph an den Zügeln und ließ Wagen und Pferd halten. Er hatte so schnell wie möglich Entfernung zwischen sich und dem Unglücksort schaffen wollen, um sich nicht vor etwaigen Plünderern erklären zu müssen oder gar mit ihnen in Streit zu geraten.

Jetzt griff er in die Tasche seines Mantels und holte das Bündel heraus, das er aus der Schmiede geborgen hatte. Behutsam schlug er die Leinenlappen auf und erkannte, dass er zwei Plättchen aus Metall in Händen hielt.

Verwundert besah er sich alle Seiten der Plättchen. Langsam machte sich eine lange nicht gekannte Aufregung in ihm breit, denn nun wusste er nicht nur, was Virgil gemeint hatte. Er wusste auch, warum Hans de Witte die Schmiede so schwer hatte bewachen lassen – und was er dort im Geheimen tun ließ …

Prag, Anfang A.D. 1621

»Kein schön're Tod ist in der Welt, als wer vorm Feind erschlagen. Auf grüner Heid, im freien Feld, darf nicht hör'n groß Wehklagen!«

Philipp lallte die Worte mehr, als dass er sie sang.

Ulrich nahm seinen geröteten, vom Wein schweren Kopf in beide Hände und drehte ihn zu sich. »Hör zu, mein Freund. Derlei Liedergut will hier keiner hören, verstehst du?«

Der Betrunkene sah verwirrt um sich. Es schien ihm nicht einzugehen, warum hier, im Refugium der schönen Künste, derlei weltliche Dichtkunst verpönt sein sollte. Doch er grinste seine Zustimmung.

Gleich darauf stimmte er die zweite Strophe an: »Im engen Bett nur Ein'r allein, muss an den Todesreihen –«

Den Schwall Rotwein hatte er nicht kommen sehen, aber einen Atemzug später war er völlig durchnässt.

»Hör doch bitte auf Philipp«, mischte sich Catharina ein. »Lass uns lieber die Freuden der Welt genießen, als ihrem Trübsal hinterherzuweinen.«

»Na, wenn das so ist.« Philipp rappelte sich auf. Das Stehen rang ihm sichtlich einiges an Anstrengung ab. Sein Blick ließ nicht erkennen, ob er überhaupt wusste, wo er sich befand.

»Dann lass uns tanzen!« Mit einem flinken Griff riss er Catharina in die Höhe, klammerte sich an sie und begann, mit ihr vor und zurück zu wanken.

»Lass es gut sein«, meinte diese hörbar verärgert. »Leg dich hin und schlaf dich aus.«

»Diesen todesähnlichen Zustand werde ich nicht freiwillig herbeiführen! Carpe noctem!« Seine Hände wanderten dabei von ihrem Rücken über ihr Gesäß und wieder hinauf zu ihrer Brust. »So will ich deinen Worten gehorchen und die Freuden der Welt genießen!«

Verärgert stieß ihn die junge Frau von sich. »Hör auf damit!«

Philipp machte wieder einen Schritt nach vorn und griff ihr an den Busen. »Sonst zierst du dich doch auch nicht.«

In diesem Moment trat Ulrich zwischen die beiden. »Verschwinde, Philipp.«

Der sah seinen Freund ungläubig an. Dann dämmerte es ihm. »Ah, willst die Dirne wohl für dich allein haben?«

Ulrich zögerte kurz, dann schlug er Philipp mit der Faust ins Gesicht. Der stürzte zu Boden. Blut schoss ihm aus der Nase, verdattert blickte er um sich, als wäre er gerade aus einem Albtraum erwacht.

»Und jetzt raus hier! Ich sag's dir nicht noch einmal.«

Philipp blickte zu seinem Freund auf, sah Catharina hinter ihm und wie sie sich verängstigt an ihn klammerte. Ohne jeden Widerspruch stand er auf und verließ das Haus der Künste.

»Was ist nur in ihn gefahren?«, fragte Catharina. »Er war doch noch nie ein gewalttätiger Mensch.«

»Alles ändert sich«, meinte Ulrich. »Vielleicht ist es nur der viele Wein.

»Er hat mir richtig Angst gemacht.«

»Mir auch.« Er gab ihr einen Kuss auf die Wange.

»Hatte er recht mit dem, was er behauptet hat?«

Ulrich runzelte die Stirn, wusste offensichtlich nicht, worauf sie anspielte.

Catharina kam näher und flüsterte ihm ins Ohr. »Dass du mich für dich allein halben willst?«

Ulrich zögerte, doch er wusste die Antwort bereits. »Ja.«

Die Nacht war klirrend kalt. Doch obwohl Philipp nur Hemd und Hose am Leibe trug, fror er nicht. Zu sehr kochte der Zorn in ihm – Zorn über die, wie er meinte, ungerechte Behandlung, die er durch seine beiden engsten Freunde erfahren hatte.

Er wollte den Abend nicht ohne Gesellschaft ausklingen lassen, doch wo sollte er hin? Zu Hause würde ihm sein Vater die Ohren lang ziehen. Zu Agathe konnte er nicht, deren Vater würde ihn wohl gleich erschlagen.

Er nahm eine Handvoll Schnee, drückte ihn sich auf die Nase, um die Blutung zu stillen, und dachte nach.

Schließlich machte er sich zu einem jener Häuser auf, die sich entlang der Stadtmauer reihten und von denen bekannt war, dass sie einem Gast kaum einen Wunsch abschlugen. Schon gar nicht den Wunsch nach der Nähe eines Weibes.

Das Bier hatte abgestanden geschmeckt, die Strophen der Sänger waren über Gebühr zotig gewesen. Trotzdem hatte sich Philipp in diesem Haus, über dessen Eingang ein gelber Gockel aus getriebenem Blech prangte, unter all den Tagelöhnern, Halsabschneidern und Tunichtguten wohler gefühlt als irgendwo sonst in letzter Zeit. Er hatte sich ein Gesöff nach dem anderen geordert, hatte einer dunkelhaarigen, verschwitzten Metze[16] ebenfalls jeden Trinkwunsch erfüllt und war schließlich mit ihr ein Stockwerk höher gegangen, wo von einem Gang aus ein halbes Dutzend Türen in kleine, schäbige Kammern führten, in denen sich nichts außer einem mit Stroh gefüllten Sack befand.

Hier war er nun seit geraumer Zeit über dem dunkelhaarigen Weibe zugange. Allerdings musste er sich zwischendurch immer wieder zum Weitermachen zwingen, da ihn der Gestank nach feuchten Decken, Schweiß und allerlei sonstigen Körperflüssigkeiten immer wieder zu übermannen drohte.

Doch er wollte sich erleichtern, er fühlte, dass er es musste – ansonsten würde es ihn von innen heraus zerreißen. Endlich spürte er, dass es gleich so weit sein würde. Nur noch wenige Stöße …

Philipp schrie mehrmals auf und verstummte dann. Langsam wurde er gewahr, wo er sich befand, und mit wem er es gerade tat – oder getan hatte. Sein Blick fiel auf die Frau unter ihm, um deren Hals er seine Hände gelegt hatte, welchen er in Ekstase wohl ein wenig zu fest gedrückt hatte.

Erschrocken ließ er los und hielt die Luft an. Augenblicke später nahm er zu seiner Beruhigung wahr, dass die Metze noch am Leben war. Ihr Atem glich jedoch mehr einem Röcheln.

Er rutschte von ihr herunter. »Tut mir leid«, sagte er mit leiser Stimme. »Ich wollte dir nicht wehtun.«

---

16 Altertümlich für Hure.

Schwerfällig setzte sie sich auf. Ihr Gesicht und ihr Körper wirkten in dem wenigen Licht, das zur Tür hereinfiel, wie ein faltiger Sack, wie eine Traube, aus der schon lange jegliche Flüssigkeit gewichen war.

»Halb so schlimm«, entgegnete sie krächzend. »Ihr habt mich wenigstens nicht geschlagen.«

Philipp wollte gar nicht wissen, welch grausame Erfahrungen dieser Aussage zugrunde lagen. Er wollte nur noch eines: weg von hier. Eilig zog er sich die Hose hoch und schnürte sein Hemd zu. Dann nahm er einen Reichstaler aus einem kleinen ledernen Sack, der an seinem Gürtel baumelte, und reichte ihn der Frau.

»Für deine Umstände.«

Die Augen der Metze leuchteten auf. »Das ist sehr großzügig von Euch, Herr. Ich danke Euch vielmals.«

Philipp nickte und wollte gerade den Raum verlassen, da hielt ihn die Frau zurück. »Kommt wieder, Herr, und Ihr könnt mit mir machen, was Ihr wollt. Ich schwöre es bei meiner nicht mehr vorhandenen Jungfräulichkeit! Oder ich mache mit Euch, wonach Euch der Sinn steht. Fragt einfach nach Maria.«

Der junge Mann nickte, auch wenn er im Traum nicht daran dachte, jemals wieder einen Fuß in dieses Haus zu setzen.

»Das werde ich«, log er und ging.

Fragt nach Maria.

Philipp musste unwillkürlich lachen.

Santa Maria.

»Wir dürfen uns nicht mehr sehen.«

Jedes von Janas Wörtern glich einem Dolchstoß in Lucas' Herz. Die beiden jungen Leute standen inmitten des geschäftigen Treibens des Marktes, dessen Ausgänge von katholischen Soldaten flankiert wurden.

»Warum nicht? Hast du jemand anderen kennengelernt?«

Die Magd schüttelte traurig den Kopf. »Nein, das ist es nicht. Aber im Augenblick ist es einfach zu gefährlich.«

»Etwa wegen der verdammten Papstküsser?«

Jana bedeutete ihm, leiser zu sprechen, ihr Blick befahl es nachgerade. »Nein, sondern wegen solch tölpelhafter Worte wie den deinen. Solltest du es noch nicht erfahren haben: Über König Friedrich wurde die Reichsacht verhängt, und über sechzig Böhmen hat man eingekerkert, um sie des Hochverrats anzuklagen. Möchtest du zu ihnen?«

»Woher …?« Lucas fehlten die Worte.

»Mein Dienstherr sorgt sich nicht nur um sein eigenes Wohl, sondern auch um das seiner Dienerschaft. Und damit niemand eine Dummheit macht, unterrichtet er uns über die wichtigen Vorgänge im Reich.«

»Gut, trotzdem hast du meine Frage noch nicht beantwortet. Warum können wir uns nicht mehr sehen?«

»Es braucht nur einem Soldaten zu missfallen, wie du mich ansiehst. Oder wie wir uns zufällig berühren. Dann verprügeln sie dich und vergehen sich an mir. Willst du das?«

Lucas verzog das Gesicht, als hätte man ihm die dümmste Frage auf Gottes Erden gestellt.

»Es ist im Augenblick besser so, glaub mir«, sagte Jana, und der Ausdruck in ihren Augen verriet deutlich, dass ihr diese Entscheidung nicht leichtgefallen war. Sie rang sich ein zuversichtliches Lächeln ab.

Dann wandte sie sich ab und verschwand zwischen den Besuchern des Marktes.

ꟸ ꟹ

Helene Ackermann fuhr aus dem Schlaf hoch. Irgendetwas hatte sie gerade zu Tode erschreckt, irgendetwas war hinter ihr gestanden und … Sie wusste allerdings nicht mehr, was es gewesen war. Der Traum, eben noch so wirklich und zum Greifen nah, war nun fern und verschwommen, nicht mehr als das Aufblitzen einer Erinnerung aus der Kindheit.

Das Mondlicht fiel durchs Fenster und warf sperrige Schatten im Raum.

Helene fuhr mit der Hand auf ihre linke Seite, aber es lag niemand neben ihr. Selbst das Laken war so kalt wie die Luft in der engen Stube.

Sie stand auf, warf sich eine Decke um die Schultern und machte sich auf, ihren Gemahl zu suchen. Sie hatte so eine Ahnung, wo sie ihn finden würde.

»Da bist du ja«, flüsterte Helene mehr, als sie sprach. Christoph saß auf dem Boden der Küchennische, den Rücken an die kleine Feuerstelle gelehnt, die noch ein bisschen Wärme abgab. Die Dunkelheit und die Schatten verschluckten den Mann beinahe vollständig und versteckten so auch das kleine Bündel, das er in seiner linken Hand umklammert hielt. Als er sein Weib hörte, hob er den Kopf, gab als Antwort aber nur ein raues Brummen von sich.

»Was machst du denn hier im Dunkeln, mein Lieber?«

Helene wusste, dass sie darauf keine Antwort bekommen würde, und fügte hinzu. »Auch wenn du meinst, es würde mir nicht auffallen, so weiß ich doch, dass es dich beinahe jede Nacht hierhertreibt. Und das schon seit einer Woche.«

»Ich kann dir wohl nichts mehr vorgaukeln«, meinte Christoph.

Sie kniete sich zu ihm und gab ihm einen Kuss auf die Stirn. »Schon lange nicht mehr. So sprich und teil deine Sorgen mit mir.«

Christoph holte tief Luft und ergriff die rechte Hand seiner Gemahlin. »Ich hatte dir doch erzählt, dass ich bei der Schmiede von Herrn de Witte drei Tote gefunden habe.«

Helene drückte als Antwort seine Hand.

»Herr de Witte selbst schien äußerst bestürzt, als ich ihm die Nachricht überbrachte. Das hätte mich natürlich nicht zu wundern brauchen. Er hatte drei Männer verloren, und die anderen vier schienen ihm weggelaufen zu sein. Auch die Tatsache, dass sein Gewerbe ein Raub der Flammen geworden war, gab mit Sicherheit Grund genug zur Trauer. Doch ich merkte auch, dass es etwas anderes war, das seinen Gram hervorrief. Etwas, das er mir nicht mitteilen wollte.«

»Erzähl es mir«, flüsterte sie kaum hörbar.

Christoph zögerte wie ein kleiner Junge, der etwas angestellt hatte und nun eine Beichte ablegen sollte. Doch dann sah er seiner Gemahlin in die Augen und sprach: »Einen der drei Toten, Virgil, habe ich ein wenig besser gekannt. Er war ein frecher Rotzjunge, hatte das Herz aber am rechten Fleck. Er starb in meinen Armen. Zuvor verriet er mir jedoch noch etwas. Genau jenes Etwas, das Hans de Witte nicht auszusprechen wagte.«

Unwillkürlich hielt Helene die Luft an, als Christoph seine linke Hand hob und ihr das Leinenbündel entgegenstreckte.

»Das habe ich in der Schmiede gefunden.«

Helene griff das Bündel, schlug es auf und nahm eine der beiden darin befindlichen Metallplatten in die Hand. »Das ist doch –«

Christoph seufzte tief. »Ganz genau. Das ist das, was uns einst ebenfalls zu Reichtum verholfen hat.«

»Das sind Schlagplatten.«

»So ist es. Hans de Witte hat in dem abgelegenen Wald eine Heckenmünze betrieben. Die Schmiede war nur Tarnung.«

Helene machte eine argwöhnische Miene. »Warum sollte ein reicher Mann wie er Münzfälscherei betreiben? Allein die Gefahr, dass –«

»Dass er noch reicher werden könnte?«, unterbrach sie ihr Gemahl. »Denn ansonsten bestand für ihn kaum eine weitere Gefahr. Ich nehme an, dass sich Herr de Witte Silber und Kupfer aus einer anderen Stadt als Prag hat liefern lassen. Jedenfalls habe ich das nie für ihn transportiert. Außerdem ist es wohl kaum auffällig, wenn einer Schmiede diese Metalle geliefert werden, oder? Mit dem Schlagen der Münzen konnte ihn auch niemand in Verbindung bringen, denn nach außen hin besaß er ja einen ehrenhaften Betrieb. Bleibt nur noch der Rücktransport der gefälschten Münzen.«

»Dieses Risiko hast du getragen.«

»Ganz recht. Und selbst wenn man mich dabei erwischt

hätte, könnte sich Herr de Witte noch immer darauf hinausreden, er wäre ja wohl kaum imstande, jeden seiner Fuhrleute persönlich zu kontrollieren. Nur in dem Moment, als er die Kisten ausladen ließ, hätte man ihm auf die Schliche kommen können. Aber dies geschah ja immer hinter verschlossenen Toren.«

»Der Mann ist mindestens so raffiniert wie du.« Helene strich Christoph über die Wange.

»Nur nicht so gut aussehend«, fügte er an und wurde wieder ernst. »Nun hadere ich jede Nacht mit mir, was ich mit den Informationen anstellen soll.«

Helene überlegte. »Den Informationen *und* den Platten.«

»Und den Platten, ja. Wir könnten versuchen, was sich schon einmal zu unserem Vorteil entwickelt hat.«

»Das ist sehr lange her. Damals waren wir noch jung und sorglos.«

»Das waren wir. Heute überlegt man zweimal, ehe man eine Dummheit begeht.« Christoph brummte verärgert. »Trotzdem *könnte* ich die Platten einstweilen behalten. Dann wurden sie eben von denen geraubt, welche die Schmiede in Brand gesteckt haben.«

»Und dadurch würdest du wieder ruhiger schlafen?« Helene hatte die Worte in der Gewissheit gesprochen, Christoph würde dies verneinen. »Als du solche Schlagplatten damals aus Deutz mitgenommen hast, brachten sie uns Glück.«

Sie wickelte die Platten wieder in das Leinentuch und hielt ihrem Gemahl das Bündel hin. »Aber vielleicht ist es an der Zeit, mit der Vergangenheit zu brechen.«

Christoph nahm das Bündel und betrachtete es nachdenklich. Dann schien er einen Entschluss zu fassen. »Vielleicht ist es das tatsächlich. Und womöglich wird Redlichkeit gerade in schlechten Zeiten belohnt.« Er half Helene auf. »Komm. Lass uns noch ein wenig Schlaf bekommen.«

Erneut fand sich Christoph Ackermann in jenem kleinen Salon wieder, in dem er erst wenige Monate zuvor über einen halben Tag lang auf eine Audienz bei Seinem Kaiserlichen Hofhandelsmann gewartet hatte.

Diesmal öffneten sich die Türen schneller.

Wieder stand der Mann von kleiner Statur inmitten des prächtigen Salons. Doch anstelle seines freundschaftlichen Lächelns war dessen Miene von Sorgenfalten gekennzeichnet.

»Herr Ackermann«, begann de Witte, noch bevor er die Hand des anderen geschüttelt hatte. »Mir war nicht gewahr, dass wir am heutigen Tag etwas zu besprechen hätten.«

»Herr de Witte«, sagte Christoph schlicht und begrüßte ihn mit einem Handschlag. »Ihr habt ganz recht, mein Erscheinen ist unangekündigt.«

»Was kann ich für Euch tun?«

»Wisst Ihr, mir ist nicht entgangen, dass Euch die unheilvollen Ereignisse bei der Schmiede nicht sorgenfrei belassen haben.«

»Drei arme Seelen«, meinte de Witte und schlug ein Kreuzzeichen.

Christoph tat es ihm gleich. »Das und auch der wirtschaftliche Schaden, der nicht von der Hand zu weisen ist.«

»Gut, natürlich. Dann eben eine Schmiede weniger«, versuchte de Witte seinen Groll hinunterzuspielen.

»Habt Ihr schon in Erfahrung bringen können, wo die vier Wachen vom Waldrand abgeblieben sind?«

De Witte schüttelte stumm den Kopf.

»Oder ob jemand Euch Böses will?«

»Alle Spuren scheinen sich in Luft aufzulösen. Keiner meiner Informanten hat auch nur das Leiseste gehört. Bemüht Euch also nicht.«

Christoph zog die Augenbraue in die Höhe. »Vielleicht werde ich das in Zukunft auch nicht mehr tun müssen. Und wenn ich von wirtschaftlichem Schaden spreche, so meine ich nicht die Schmiede, Herr de Witte.«

Der trat unwillkürlich einen Schritt zurück. »So sagt, was Ihr zu sagen habt. Dass Ihr mich nur aus Kondolenzgründen aufgesucht habt, hatte ich sowieso nicht angenommen.«

Christoph räusperte sich und besann sich noch ein letztes Mal. Dann zog er das Leinenbündel aus seiner Manteltasche und hielt es vor sich wie ein Priester das Kreuz bei einer Prozession.

»Ich weiß, dass die Schmiede nur zur Tarnung diente. Ihr habt dort eine Heckenmünze betrieben«, begann der Transporteur und wartete auf eine Reaktion seines Gegenübers, die jedoch ausblieb.

»Man nimmt Münzen oder Metalle von gleichem Wert und schmilzt sie ein«, fuhr Christoph fort. »Dann fügt man ein weiteres Metall hinzu, das weit unter dem Nennwert der Münze liegt, und prägt aus dem Ganzen zwei oder mehr Münzen. So vermehrt sich Geld faktisch von alleine.«

Christoph wickelte die beiden ehernen Platten aus, wobei die untere eine kreisrunde Vertiefung hatte und die obere eine entsprechende Wölbung. »Wenn Ihr jedoch glaubt, dass ich Euch in irgendeiner schändlichen Art und Weise pressen will, dann irrt Ihr. Auch ich habe dereinst zwei solche Platten mein Eigen genannt. Auch mir haben sie dereinst geholfen, Reichtum anzuhäufen und zu vermehren. Und auch ich wäre froh darüber gewesen, wenn sie mir im Falle eines Raubes zurückgegeben worden wären.«

Mit diesen Worten streckte Christoph de Witte die Platten entgegen, der sie mit ehrlicher Verwunderung entgegennahm.

»Woher wusstet Ihr davon, Herr Ackermann?«

»Virgils letzte Worte.«

»Dann habt Ihr mir die ganze Woche verheimlicht, dass Ihr im Besitz meines Eigentums wart?«

»Wenn Ihr der Ansicht seid, dass man eine im Grunde widerrechtliche Sache besitzen kann, dann habt Ihr vollkommen recht. Doch hier sind sie.«

Anerkennend zog de Witte die Mundwinkel nach oben. »Ein Mann des Wortes und der Ehre. Ich habe Euch nicht unterschätzt. Daher frage ich mich nicht, warum Ihr mir die Platten zurückgebt, sondern was Ihr dafür wollt.«

»Eine wohlfeile Frage«, meinte Christoph und begann, im Salon auf und ab zu gehen. »Lasst mich dazu ein wenig ausholen, auch wenn ich mir bewusst bin, dass Ihr mit dem Stand der Dinge wohlvertraut seid. Seit Ende der Fünfzehnsechzigerjahre gibt es im Heiligen Römischen Reich Deutscher Nation die Probationstage, an denen die Reichsstände sowie die Kreisstände zusammenkommen, um Münzprägungen zu kontrollieren und auch neue Prägungen zu genehmigen. Damit sollte sichergestellt werden, dass ein Mindestmaß an Wertsicherheit gewährleistet war.«

De Witte nickte stumm.

»Da Münzen jedoch bekanntlich frei wie Vögel sind und sich einfach und ungefragt über selbst ernannte Landesgrenzen hinfortsetzen, war es immer schon schwierig, die Einfuhr von minderwertigem Geld zu unterbinden. Und mit Ausbruch der Feindseligkeiten zwischen Lutheranern und Katholiken war dies für viele der Delegierten nur ein rechter und billiger Vorwand, den Probationstagen ganz fernzubleiben. Bekanntlich wird Recht nur dann eingehalten, wenn es kontrolliert und exekutiert wird. Dies gilt natürlich auch für die Reichsmünzordnung.«

»Das tut es fürwahr«, sagte de Witte und strich sich über seinen spitz zulaufenden Kinnbart. »So lasst mich Euch versichern, dass Ihr mich sowohl mit Eurem Wissen als auch mit Eurem Zugang zur Rechtsprechung nicht unbeeindruckt lasst. Doch muss ich meine Frage wiederholen: Was in Gottes Namen wollt Ihr von mir?«

Christoph kniff die Augen zusammen. »Lasst mich an Euren Unternehmungen teilhaben. Nicht an Euren Gewinnen, wohlgemerkt, sondern an Euren Geschäften. Übertragt mir Verantwortung, wo Ihr jemanden braucht, der ein genaues Auge auf Mensch und Tun wirft. Wo jemand an Eurer statt und in Eurem Sinne verhandelt. Und lasst meiner Familie durch meinen Fleiß und meine Verlässlichkeit jenen Wohlstand angedeihen, den sie verdient und der ihr so schändlich geraubt wurde.«

Christoph hatte die Worte mit Inbrunst gesprochen. Mehr konnte er nicht tun.

Dass diese Worte beim anderen ihre Wirkung zumindest nicht verfehlt hatten, ließ dieser sich unverhohlen anmerken. De Witte überlegte, wobei er unbewusst Zeigefinger und Daumen aneinanderrieb. »Christoph Ackermann möchte also wieder jenen Stand erreichen, der ihm durch sein eigenes Verschulden verloren ging? Möchte, dass ich ihm aufgrund einer Geste guten Willens und seines reinen Wortes Angelegenheiten anvertraue, die ich nicht einmal langjährigen Geschäftspartnern offerieren würde?«

»Nicht mehr und nicht weniger«, bekräftigte Christoph selbstbewusst. »Auf dass wir beide in eine noch gedeihlichere Zukunft blicken mögen. Denn für jemanden mit dem rechten Gespür kann Krieg vor allem eins bedeuten: ungeahnte Gewinnmöglichkeiten. Den Absolutheitsanspruch der Konfessionen in allen Ehren, aber den Herren von Geblüt geht es im Grunde um Macht und Einfluss – und dieser wird nicht erkämpft, er wird erkauft.«

»Meint Ihr?«

»Mit Verlaub, die böhmischen Stände haben doch nur deshalb die Schlacht am Weißen Berg verloren, weil sie schon seit Wochen keinen Sold und ausreichende Verpflegung zur Verfügung stellen konnten. Mit schlechter Moral und knurrendem Magen ist auch der stärkste Ritter nur ein gebeugter Knecht.«

»Euch schwebt tatsächlich mehr vor, als man vermuten könnte, Herr Ackermann«, konstatierte de Witte. Er überlegte einen Augenblick, dann straffte er sich. »Und ich ziehe durchaus in Erwägung, mich derlei Tollkühnheiten anzuschließen, denn nur den Mutigen gehört die Welt. So lasst uns Willen und Tragfähigkeit unserer neuen Zusammenarbeit ausloten und darauf trinken.«

Christoph antwortete mit einem verbindlichen Lächeln, doch innerlich fiel ihm ein Stein vom Herzen.

Trotzig reckte sich der wuchtige Turm der Kirche des heiligen Heinrich gegen den grauen Gewitterhimmel. Obwohl bereits die ersten zarten Vogelstimmen zu hören waren, schien der Frühling noch so fern wie ein Friede zwischen den Glaubensrichtungen.

Auf dem kleinen Friedhof, der der Kirche vorgelagert war, stand Agathe, den Kopf gebeugt, und bekreuzigte sich dreimal. Als sie sich umwandte, erkannte sie eine Gestalt, die langsam zwischen den anderen Bürgern dahintrottete, die größtenteils auf dem Weg zum Ross- oder zum Viehmarkt waren.

»Philipp?«

Die Gestalt blieb stehen und drehte den Kopf in die Richtung, aus der der Ruf ertönte.

Agathe ging auf den Mann zu, dem die blonden Haare strähnig ins Gesicht hingen. Sein ansonsten stets gepflegter Bart war struppig geworden, sein Mantel bis zur Hüfte mit altem und frischem Dreck bespritzt.

»Mein Gott, Philipp«, stammelte die junge Frau. »Was ist denn mit Euch geschehen? Wie seht Ihr bloß aus?«

»Welche Frage wünschen Madame als Erste beantwortet?« Der Atem des Malers stank nach Wein.

Agathe war sichtlich entsetzt. »Braucht Ihr Geld?«

»Geld?« Philipp lachte kehlig. »Was soll ich mir damit erkaufen? Etwa mein Seelenheil?«

»Unsinn. Aber Ihr wirkt, als wärt Ihr nicht mehr Herr über Euch selbst.«

Philipp machte eine schwungvoll-belustigte Geste mit der Hand, die wohl andeuten sollte, dass er durchaus noch Herr seiner Sinne war.

»Lasst mich Euch helfen –«

Er stolperte zwei Schritte rückwärts. »Ich brauche keine Hilfe! Sorgt nur weiterhin dafür, dass Euch Euer Herr Vater vor all den Unbilden schützt, die da draußen so mannigfaltig lauern. Da draußen und hier in Prag ... Was treibt Ihr eigentlich an diesem Ort, so ganz allein?«

»Mein Großvater liegt bei der Kirche des heiligen Heinrich beerdigt. Ich komme regelmäßig zu ihm, wenn mich Gedanken quälen.«

»Was wisst Ihr schon von Qualen?« Philipp zog geräuschvoll Schleim durch die Nase und schluckte ihn. »Nichts wisst Ihr. Gar nichts!«

»Ich bitte Euch.« Sie hielt sich die Hände vor den Mund. »Ich, ich ...«

»Was denn? Ich, ich«, fuhr Philipp sie an. »Nun, da nützt auch kein Stammeln. Folgt meinem Rat. Mein Beschützer und Herr ist nun der Wein, und den will ich nun aufsuchen. Lasst mich in Frieden!«

Mit diesen Worten machte der Künstler kehrt, strauchelte kurz und bahnte sich dann wankend seinen Weg durch die Bürger.

»Ich ... ich liebe Euch«, flüsterte Agathe und ließ ihren Tränen freien Lauf.

Auf der anderen Seite des Platzes querten Christoph und Lucas das Gedränge.

»Dann wirst du mit Herrn de Witte zusammenarbeiten?« Begeisterung klang in Lucas' Worten.

»Wir werden sehen«, versuchte Christoph, zu beschwichtigen. »Aber im Moment sieht es ganz danach aus. Ich muss dir nicht sagen, wie launisch solche Menschen sein können. Morgen schon könnte alles ganz anders sein.«

»Oder auch viel besser.«

Zustimmend klopfte Christoph seinem Sohn auf die Schulter. »Das Wichtigste ist nun, Vertrauen aufzubauen«, fuhr er fort, während er versuchte, mit der Hand einen Bettler abzuwimmeln. »Vertrauen ist die Grundlage von allem. Von Familie, von Freundschaft und von Gewerbe.«

»Ja, von Freundschaft …«, wiederholte Lucas wie im Traum.

»Hat sie sich noch immer nicht bei dir gemeldet?«

Lucas schüttelte bedrückt den Kopf.

»Übe dich in Geduld.« Christoph atmete tief durch. »In der Zwischenzeit muss ich dich um einen Gefallen bitten.«

»Natürlich, Vater.«

»Ich habe dir ja erzählt, dass die Schmiede überfallen worden ist. Drei Männer fand ich dort, niedergemetzelt. Die anderen vier jedoch, die auf der Lichtung Wache hielten und den Wald im Auge behalten sollten … von ihnen fehlte jede Spur.«

»Konntest du im Schnee denn gar keine Spuren entdecken, die darauf hätten hindeuten können, von wo der Angriff ausging?«, warf Lucas ein.

Christoph schüttelte den Kopf. »Dafür waren es zu viele. Aber wie gesagt, die vier Männer waren wie vom Erdboden verschluckt, und soweit ich weiß, haben sie sich auch nicht wieder bei Herrn de Witte zurückgemeldet. Dies könnte natürlich vielerlei Gründe haben. Vielleicht haben sie befürchtet, bestraft zu werden, da sie ja ihre Aufgabe nicht pflichtgemäß erfüllt und den Angriff abgewehrt haben. Oder vielleicht sind sie einfach feige getürmt.«

»Oder sie stecken mit den Angreifern unter einer Decke.«

»Ganz genau.«

»Weiß Herr de Witte denn nicht, wen er in seine Dienste stellt?«

Christoph verzog das Gesicht und zuckte mit den Schultern. »Anscheinend hat man auf Leute vertraut, derer man nun nicht mehr habhaft werden kann.« Dann holte er einen kleinen Lederbeutel hervor, griff hinein und nahm zwei Reichstaler heraus. Die drückte er schnell in Lucas' Hand. »Heute in drei Tagen mietest du dir ein Pferd, reitest nach Burglitz und versuchst dort herauszubekommen, ob jemand von den vieren gehört hat. Am besten, du beginnst in der dortigen Taverne, in der du auch übernachten kannst. Aber geh es geschickt an.«

Lucas nickte beflissen. »Und was soll ich tun, wenn ich etwas herausfinde?«

»Gar nichts, hörst du!«, mahnte der Transporteur. »Du berichtest mir, und nur mir, das ist alles. Wir wissen nichts. Weder mit wem wir es zu tun haben noch wer diese Halsabschneider sind oder unter wessen Lohn sie stehen. Virgil war einer der Männer, die starben. Er erwähnte etwas von Brüdern, womöglich sogar die seinen, wenn ich ihn richtig verstanden habe. Aber ich habe Herrn de Witte nichts davon erzählt, da es uns vielleicht zum Vorteil gereichen könnte.«

»Ich werde mein Bestes tun.«

Wieder klopfte Christoph seinem Sohn auf die Schulter. »Das weiß ich doch.«

Böhmen, Anfang A.D. 1621

Die Schmiede war schwer verwüstet und alles noch irgend Verwertbare geplündert worden, genau wie Christoph es befürchtet hatte. Kein Eisenteil war mehr zu finden, ob Werkstoff oder Werkzeug. Auch das draußen geschichtete Feuerholz war bis auf das letzte Scheit geraubt, sogar die verkohlte Eingangstür fehlte. Die Bauern der Umgebung hatten ganze Arbeit geleistet. Einzig die Mauern waren noch heil geblieben, vermutlich, weil es zu kalt war, um sie abzureißen und anderswo wiederzuverwenden.

Hans de Witte stand neben dem Transporteur und wippte auf den Fußsohlen auf und ab, wohl um sich in der kalten Luft warm zu halten. Immer wieder fegten Windstöße durch die Baumkronen der Lichtung, wehten den Schnee von ihnen und trieben ihn dem Dutzend Männer entgegen, die sich auf der Lichtung rund um Christoph und de Witte versammelt hatten.

»Wie habt Ihr Euch nun den Wiederaufbau vorgestellt?« Wie so oft rieb der Hofkaufmann unbewusst Daumen und Zeigefinger aneinander.

Christoph räusperte sich. »Zunächst würde ich die Lichtung vergrößern. Das verschafft uns auch das benötigte Bauholz, um einen Wall aus angespitzten Stämmen rund um die Schmiede zu errichten. Dadurch wird ein Angriff aus dem Wald so gut wie unmöglich, und Ihr könnt mindestens zwei Wachen weniger aufstellen, was Kosten spart.«

De Witte nickte zufrieden und gab seinem Diener mit einem Kopfnicken zu verstehen, dass er mitzuschreiben hatte, was dieser auch sogleich tat.

»Des Weiteren würde ich an die Schmiede eine Hütte anbauen, in der die Wachen sich aufwärmen und nächtigen können. Ihren Dienst teilen wir in zwei Schichten zu je zwölf Stunden, so sind sie ausreichend ausgeruht. Auch würde ich nur Männer in Lohn nehmen, deren Wohnsitz und Familien uns bekannt sind. Somit verringern wir das Risiko, dass sich jemand zu bereichern versucht, ohne Repressalien befürchten zu müssen.«

»Dem stimme ich zu.«

»Und beim Zufahrtsweg durch den Wald würde ich in einen der Bäume einen ständig besetzten Ausguck bauen, von wo aus man mittels einer Glocke die anderen rechtzeitig alarmieren kann.«

De Witte überlegte, sah sich um und überlegte nochmals.

»Gut. Ihr werdet Ausbau und Fertigstellung persönlich beaufsichtigen, Herr Ackermann?«

»So, wie wir es vereinbart haben. Und in weiterer Folge auch die … Vermehrung.«

De Witte nickte zufrieden.

»Konntet Ihr der Mordbuben mittlerweile habhaft werden?«, fragte Christoph leise.

»Nein«, sagte der andere. »Dieser Triumph scheint mir leider versagt zu bleiben.«

Der Transporteur nickte verständnisvoll, wissend, dass

sich Lucas am nächsten Tage nach Burglitz aufmachen würde.

Überraschend fröhlich klatschte de Witte in die Hände. »Dann soll dies der Beginn einer für alle Seiten fruchtbringenden Sache sein!«

Prag, Frühjahr A.D. 1621

Von außen wirkte das prunkvolle Haus der Familie von Chotěmice verlassen und dunkel. Kein Licht fiel auf die Straße, die Fenster blieben selbst bei Einbruch der Nacht noch unbeleuchtet.

Im Inneren jedoch fand statt, was Caspar von Chotěmice, der Hausherr, seit knapp einem Jahrzehnt seinen Winterauskehr-Empfang nannte. Wie jedes Jahr hatte er Freunde und Geschäftspartner geladen, auf dass man den Winter hinfort- und den Frühling herbeitrinken möge. Musikalisch untermalt wurde das Gelage von einem Streichquartett, das die Order hatte, ausschließlich fidele Stücke zum Besten zu geben. Und so lachten, tranken und tanzten die knapp drei Dutzend Gäste so unbeschwert wie jedes Jahr – hatte von Chotěmice doch seine Dienerschaft sämtliche Fenster mit dickem schwarzem Filz verkleiden lassen, damit die neuen katholischen Herrscher von Prag keine Notiz davon nehmen mochten.

»Ah, mein lieber Herr Ackermann! Stoßt mit mir an!«, rief Ladislav Velen von Zerotein aus, als er Philipp unter den Gästen erspähte.

Der sah aus, als würde er selbst dem Adel angehören – die Haare gepflegt zurückgekämmt, den Bart gestutzt. Dunkle, weite Schlumperhosen und ein ebenso dunkelfarbiges Wams mit langem Schoß, dessen faltiger Überschlagkragen aus weißer Spitze elegant am Hals abschloss.

»Herr von Zerotein, es ist mir eine Freude!«, konterte Philipp ebenso jovial.

Nachdem er sich wochenlang nur betrunken hatte, war er eines Morgens aufgewacht, in einer Lache aus Wein und über und über mit Erbrochenem bedeckt. Er hatte versucht, sich aufzurichten, was ihm jämmerlich misslang. Stattdessen war er wieder zurückgefallen und hatte sich dabei die Hand an einem zerbrochenen Krug aufgeschnitten.

Entgeistert beobachtete er, wie sich sein Blut am Boden mit dem Erbrochenen vermischte, sah dann zu seiner Hand, in der die Wunde klaffte. Er hatte verletzt, was ihn ernährte. Denn wenn er seine Finger nicht mehr bewegen konnte, würde er auch keinen Pinsel mehr führen können.

Dies war der Augenblick, in dem er seit Langem wieder einmal so etwas wie einen lichten Moment hatte. Und in dem er eine innere Stimme hörte.

Du bist Maler.

Einerlei, was du gesehen hast – lebe weiter und male.

Philipp wusste nicht, ob er sich die Stimme nur einbildete. Aber sie klang vernünftig, sie klang *wahrhaftig* – schnitt wie ein Sonnenstrahl durch den Nebel aus Trunkenheit, der ihn umgab.

Er fasste einen Entschluss: Er würde sein Leben wieder in die Hand nehmen. Der Entschluss fühlte sich gut an, Philipp überkam sogar so etwas wie leichte Euphorie. Auch wenn er wusste, dass der heitere Gemütszustand nicht von Dauer sein würde – wie sollte er das aauch. Nach alldem, was er gesehen und erlebt hatte, galt es, diese Euphorie zu nutzen.

So hatte er ausgiebig Bäder genommen, sich die Haare geschnitten und frisch gekleidet. Er wollte als erfolgreicher Maler wahrgenommen werden, und dies schien ihm wohl zu gelingen, zumindest heute im Haus Chotěmice.

Philipp und der Graf stießen mit je einem kleinen Gläschen kirschfarbener Flüssigkeit an, bevor sie diese auf einer edel polierten Kommode abstellten.

»Dieser picksüße Likör ist eine weibische Unart«, meinte von Zerotein angewidert. »Aber mein lieber Freund von Chotěmice ist stets pikiert, wenn man ihn nicht zu würdigen weiß.«

Philipp gab ihm mit einem Schulterzucken recht. »Doch kann ich mir weiß Gott Schlimmeres vorstellen als dieses Gesöff.«

»In der Tat«, bekräftigte der Adlige. »Wasser.«

Beide lachten. Der eine, weil er sein Bonmot gelungen fand, der andere, weil er sich dazu bemüßigt fühlte.

»Doch sagt, wie steht es um mein Gemälde?«

»Es wird, wie versprochen, zur Jahresmitte fertig sein«, gab sich Philipp zuversichtlich. »Und es wird grandios.«

»Das freut mich zu hören. Ihr sollt ja in jedem Lebensbereich ein Auge für das Schöne haben, wie man hört.«

Der Maler gab sich verwundert. Von Zerotein deutete daraufhin überdeutlich Richtung Agathe, die neben ihrem Vater stand und artig lächelte.

»Eine bezaubernde junge Dame«, bemerkte Philipp bewusst unbestimmt, was sein Gegenüber mit einem schmierigen Grinsen goutierte.

»So lasst uns mit einem frischen Schlückchen von dem scheußlichen Likör auf die Schönheiten dieser Welt anstoßen!«

Mit einer gewissen Genugtuung hatte Philipp beobachtet, dass Agathe keinen Faden breit von der Seite ihres Vaters gewichen war – oder weichen durfte. Der warf dem Maler nur ab und an einen argwöhnischen Blick zu, hatte dieser doch seit bald einem guten halben Jahr noch immer keine Stellung zum Angebot der Eheschließung bezogen. Das Einzige, was von Chotěmice von Philipps Vater zu hören bekam, waren Vertröstungen, sein Sohn sei künstlerisch zu beschäftigt, um sich über derlei irdische Dinge den Kopf zu zerbrechen.

Philipp hatte gerade einem alten adligen Herrn seine künstlerischen Qualitäten angedient, als er sah, dass der Hausherr hinauseilte – nicht jedoch dessen Tochter. Um sich zu erleichtern, wird der Alte wohl ohne fremde Hilfe auskommen, schoss ihm durch den Kopf, als er die Duftnote eines süßlichen Parfüms wahrnahm.

»Geht Ihr mir etwa noch immer aus dem Weg?« Agathes Stimme.

Philipp wandte sich um. »Wie kommt Ihr darauf? Ich meinte nur, erkennen zu können, dass Euch Euer Herr Vater zur Behübschung benötigte.«

»Ihr habt das Schmeicheln ja doch nicht verlernt«, gab sich Agathe gespielt beschämt. »Auch wenn Ihr wisst, dass mir derlei Speichelleckerei zuwider ist.«

»Oh, und wie ich dies weiß.« Philipp wurde ernst. »Ich möchte mich auch für mein Verhalten entschuldigen, als wir uns das letzte Mal vor der Kirche trafen.«

»Möchtet Ihr, oder tut Ihr es?«

Philipp musste ob der groben Direktheit schmunzeln, die diese junge Frau so anders, ja so attraktiv für ihn machte. »Ich tue es hiermit.«

Nun wurde Agathe ebenfalls ernst. Sie sah sich um, dann flüsterte sie: »Folgt mir, ich muss Euch etwas mitteilen.«

Philipp zog die Stirn kraus, aber er tat, wie ihm geheißen.

In einem Nebensalon öffnete die Tochter des Hausherrn eine Tapetentür, die zu einer schmalen Kammer führte, in der sich bis zur Decke alte Stühle und Kisten türmten. Nachdem sie beide im Raum waren, schloss sie die Tür wieder. Es war dunkel, nur das dämmrige Licht des Halbmondes fiel durch ein schmutziges, kleines Fenster.

Philipp sah Agathe an. Was hatte er nun wieder falsch gemacht? Was wollte sie diesmal? Ein neues Bildnis als Vorwand, um so doch Zeit mit ihm verbringen zu können? Eine neuerliche Ermahnung, wie er sein Leben zu leben habe?

»Ich bin in freudiger Erwartung.«

Grauenhafte Stille.

Philipp schluckte. »Aber …« Ihm fehlten die Worte.

Mit großen, erwartungsvollen Augen sah sie ihn an, wollte seine Begeisterung förmlich aus ihm heraufbeschwören. Einzig das Zucken ihrer Mundwinkel verriet, wie groß ihre Angst davor war, er würde nicht in diese Begeisterung verfallen.

»Nun also …«, begann er erneut. »Wie kann das sein? Wann …«

Mit jedem Wort, das seinen Mund verließ, wurde ihr Lächeln schlaffer, ihr Blick starrer, ihre Augen glanzloser.

»Habt … Ihr nicht gehört, was ich Euch eben gesagt habe?«

Philipp schwieg erneut. Gedanken schossen ihm durch den Kopf. Bilder möglicher Lebensszenarien formten sich und zersplitterten sofort wieder. Er als Vater? So hatte er sich die nächsten Jahre bei Gott nicht ausgemalt. Er mochte Agathe, sehr sogar. Ob es der Keim von Liebe war, wusste er nicht. Aber dass er diesen Schritt nun gehen *musste*, widerstrebte ihm mit jeder Faser seines Körpers.

»Seid Ihr gewiss, dass es von mir ist?« Kaum waren die Worte ausgesprochen, bereute er diese unverschämte Unterstellung auch schon.

»Glaubt Ihr, eine Frau weiß nicht, von wem sie ein Kind empfängt?«, erwiderte Agathe unwirsch. »Nur geben wir es nicht immer kund, aus den unterschiedlichsten Gründen. Aber Ihr kennt mich schon ein wenig. Lieber würde ich mir die Zunge abbeißen, als die Lüge als Wahrheit zu verkaufen.«

»Ich weiß, bitte entschuldigt, aber –«

Aus Agathes Gesicht entwich nun jegliche Regung. »Lasst es gut sein. Ich bin nicht in Erwartung. Aber ich wollte wissen, wie Ihr reagieren würdet, denn dies sagt viel darüber aus, wie Ihr zu mir steht. Und auch zu Euch selbst. Mein Verlangen galt anfangs nur der körperlichen Lust, denn Ihr versteht Euch nicht nur auf die schönen Künste, sondern auch auf die Kunst der Liebe. Aber mit der Zeit hatte ich bemerkt, dass ich mehr für Euch empfinde als rein körperliches Verlangen.«

Philipp wollte ansetzen, etwas zu entgegnen. Doch Agathe hob mit einer Vehemenz ihren Zeigefinger, dass er stumm blieb.

»Spart Euch windige Ausflüchte, das ist nicht nur unter Eurer Würde, sondern vor allem unter der meinen. Genießt Eure Freiheit und all das, was Euch sonst noch so zufliegt, ich hingegen erachte mein Leben als zu kurz, um auf die Erfüllung leichtherzig dahingesagter und mitnichten so gemeinter Versprechungen zu warten.«

Philipp verspürte Schwindel, und der kam nicht vom übermäßigen Genuss des Likörs. Vielmehr von der Erkenntnis, dass er soeben als nicht würdig beurteilt worden war. Aber warum sollte es ihn kümmern? Eine neue Gespielin war mit Sicherheit schneller gefunden als ein tapferer Franzose.

»Wie Ihr meint«, entgegnete er betont kühl. Dann verließ er den Raum durch die Tapetentür und ging, ohne sich noch einmal umzudrehen. Sollte die eingebildete Gans doch weiter am Rockzipfel ihres Vaters hängen. Warum galt es immer nur, entweder alles zu wollen oder nichts? Konnte man nicht auch in Graustufen sehen? Und warum zum Teufel kümmerte ihn das überhaupt?

Doch warum empfand er in seinem Herzen einen solch großen Verlust?

Burglitz, Frühjahr A.D. 1621

Das Gasthaus in Burglitz war gut besucht. An jedem der acht zerkratzten und angeschlagenen Holztische aßen oder tranken wenigstens zwei Gäste. Die Stimmung war ausgelassen, die Luft vom Tabakrauch zum Schneiden dicht. Die Wirtin war eine Frau Mitte dreißig, die ebenso viel schwitzte, wie sie lachte, und einen guten Zentner wog.

Mehrere Male hatte Lucas ihr im Verlauf seiner Mahlzeit und den drei Krügen Bier, die er sich bereits einverleibt hatte, zugelächelt, zwar nie zu offensichtlich, aber dennoch bemerkbar.

Nun nahm sie ungefragt neben ihm Platz, während der Hocker unter ihr erbarmungswürdig ächzte.

»Und, von wo kommt der junge Herr?«, begann die Wirtin mit rotbackigem Lächeln.

»Aus Donauwörth«, antwortete Lucas, den Mund noch voll vom letzten Bissen seines heißen Gerstenbreis mit Kohl.

»Ein weiter Weg zu einer solchen Jahreszeit«, meinte die Wirtin.

»Ich habe es bald geschafft«, gab der junge Mann vor. »In Buntzel erwarten mich Mutter und Vater. Ich soll ihnen im Frühjahr bei der Aussaat zur Hand gehen.«

Die Wirtin tätschelte Lucas' Arm. »Bist ein guter Bursche. Deine Eltern sind gewiss stolz auf dich.«

Der Gast lächelte beschämt.

»Und Buntzel ist nur noch zwei Tagesreisen entfernt. Solltest dich aber trotzdem gut stärken.«

Wie als Beweis hob Lucas seinen Tonkrug und trank ihn in einem Zug aus.

»So ist's recht!« Die Wirtin erhob sich stöhnend, griff den leeren Krug und stapfte damit davon.

Lucas' Gedanken drehten sich nur um eines: Wie sollte er ansprechen, dass er nach den Männern suchte, ohne dass dies bei den anderen Gästen Argwohn erregte? Würde die Kunde zu den Gesuchten dringen, würden sie sich vermutlich auf der Stelle aus dem Staub machen. Oder ihm ans Leben wollen. Und obwohl er gehofft hatte, die Wirtin gesprächig zu stimmen, indem er ihr zulächelte, hatte dies außer einem harmlosen Geplänkel doch nichts bewirkt.

Nun fiel ihm erstmals, seit er in der Wirtsstube war, die junge Frau auf, die hinter der Theke stand. Ihr Gesicht war bar jeder Gefühlsregung, ihr Blick stumpf. Ihren Zügen nach zu urteilen, war sie wohl die Tochter der Wirtsfrau.

»So nachdenklich?«

Die Wirtin hielt ihm einen frisch eingeschenkten Tonkrug Bier hin.

»Nun, wisst Ihr …«, begann Lucas und nahm ihn entgegen. »Nein, es ist nichts. Ich habe mich nur gerade gefragt, warum die Schankmaid ein gar so trauriges Gesicht macht.«

Ohne die Angesprochene anzusehen, entgegnete die Wirtin: »Das wird sie wohl selbst am besten wissen.«

Mit diesen Worten und sichtlich missgestimmt ließ sie Lucas wieder allein. Sein Blick durchstreifte die Runde. Aber auch bei den Gästen schien es ihm unmöglich, etwas herauszufinden, da keiner von ihnen gewillt schien, mit ihm Blickkontakt aufzunehmen, geschweige denn ein Gespräch.

Zwei Biere später trug die Schankmaid einen Eimer mit Unrat vor die Tür. Das Kleid, das sie trug, schien ein Abbild ihres Gemütszustandes zu sein – es war irgendwann am Rücken aufgerissen worden und nun notdürftig vernäht, auch der Rock hing stellenweise in Fetzen.

Ob es an den vielen Bieren lag oder einfach nur an dem traurigen Anblick, konnte Lucas nicht genau sagen. Aber er verspürte mit einem Male tiefes Mitleid mit der jungen Frau. Als sie wieder in die Stube trat, winkte er sie zu sich.

Ihre erste Reaktion auf die Geste des Fremden war blankes Entsetzen in den Augen, doch dann besann sie sich und kam näher. Allerdings blieb sie eine gute Armlänge von Lucas entfernt stehen.

»Der Herr wünschen?«, fragte sie mit leiser Stimme.

Lucas griff in die Seitentasche seines Wamses, holte einen Reichstaler heraus und schob ihn der Schankmaid entgegen. »Hier, nimm. Für ein neues Kleid.«

Die junge Frau überlegte kurz und lächelte dann unsicher. »Ich danke Euch, Herr, aber … was soll ich dafür –«

»Was? Nein, gar nichts sollst du dafür tun. Nimm den Taler, kauf dir ein hübsches Kleid und lass das, was auch immer mit deinem jetzigen Kleid geschehen ist, hinter dir.«

Nun ergriff sie die Münze, so schnell sie konnte, deutete einen Knicks an und bedankte sich mit einem Lächeln.

Wenn er schon seinen Vater enttäuschen musste, so hatte er vielleicht auf diese Weise zumindest etwas Wohltätiges bewirken können, dachte sich Lucas. Er ließ die Gedanken schweifen, zurück zu jenem herrlichen Tag, als er mit Jana den Botitzbach entlanggeschlendert war. Wie sie sich gegenseitig geneckt und mit Worten liebkost hatten, gleich zwei Schmetterlingen, die ihren eigenen geheimnisvollen Tanz vollführten. Und wie ihn Jana dann im Schutze einer dicken Eiche an sich gezogen und geküsst hatte, erst sanft, dann immer stürmischer. Allein bei dem Gedanken daran geriet sein Blut in Wallung, bekam er schwitzige Hände, und die Hose war im Schritt mit einem Mal viel zu eng geschneidert. Jana … die einstmals erträumte gemeinsame Zukunft war jedoch nur noch eine süße Erinnerung.

Nachdem die Wirtin die Gaststube hinter dem letzten Gast abgeschlossen hatte, war auch Lucas im Begriff zu gehen. Doch die Hausherrin kam mit zwei Krügen Bier in Händen zu seinem Tisch und setzte sich. Offenbar war er der Einzige, der an diesem Abend hier nächtigte.

»Aufs Haus.«

Ihre Geste duldete keinen Widerspruch.

Nachdem sie angestoßen und einen Schluck getrunken hatten, maß die Wirtsfrau den jungen Mann von oben bis unten. »Ich muss gestehen, das war eine edle Geste von dir, das mit dem Taler.« Sie zog ein grames Gesicht. »Eine echte Schande, was meinem Lieschen widerfahren ist. Wie hat der Herrgott das nur zulassen können?«

Lucas war sich nicht sicher, ob dies eine Aufforderung war nachzufragen, aber die Wirtin fuhr ohnedies fort.

»Sind in letzter Zeit eine ganze Menge seltsamer Vögel bei uns aufgetaucht. Einige wollten beharrlich wissen, was es mit der Schmiede auf sich hat, die abgebrannt ist.«

Lucas versuchte, so gleichgültig dreinzuschauen, wie er konnte.

»Aber wer gibt Fremden schon Auskunft? Man weiß ja nie.«

Ein zustimmender Schluck.

»Und dann, eines Abends, kamen vier Männer zu uns herein. Vier Brüder, um genau zu sein.«

»Habt Ihr sie gekannt?«

Die Wirtin schüttelte den Kopf. »Bunt gewandet waren sie, und mit ihrem Geld geprahlt haben sie. Und mein dummes Lieschen hat sich natürlich nicht davon abhalten lassen, mit den Männern zu feiern. Gut fürs Geschäft war's ja.«

»Aber unvorsichtig«, meinte Lucas knapp.

»Du sagst es. Sie haben sich alle dermaßen einen angesoffen, dass keiner von ihnen noch grade stehen konnte, als ich mich zur Ruhe legen wollte. Lieschen hat gemeint, sie würde schon abschließen. Dann sind sie über sie hergefallen, diese Schweine.«

»Hier, im Wirtshaus?«

»Nein, nein. Mitgenommen haben sie meine Kleine. Auf der Straße Richtung Rakonick liegt ein Gehöft, und dort –«

Die Wirtin brach ab. Auch Lucas wusste nicht, was er sagen sollte.

»Ich erzähl dir das nur, damit du weißt, wie nobel deine Tat war. Vielleicht bringt das wieder ein wenig Leben in mein Lieschen zurück.«

»Und von deinem Dorf ist niemand gegen die Männer vorgegangen?«

Die Wirtin zuckte mit den Schultern. »Was sollten wir schon ausrichten? Die haben Geld, wir nicht. Die sahen aus, als könnten sie kämpfen, wir können es nicht. Und letzten Endes steht doch ihr Wort gegen das unsere.«

»Das tut mir sehr leid.«

Die Wirtin ergriff Lucas' Hand und lächelte ihn an. »Das merke ich. Bist nicht nur gut aussehend, hast auch ein gutes Herz. Lass uns austrinken, der nächste Morgen kommt bestimmt.«

Die beiden stießen an, dann leerten sie ihre Krüge.

Prag, Frühjahr A.D. 1621

Ein Donnergrollen in der Ferne.

Ein weiteres, diesmal näher.

Noch eines, schneller und noch näher.

Dann die Erkenntnis – das war kein Gewitter, das sich anbahnte, das war die Sprache der Geschütze. Immer mehr Kanonen wurden abgefeuert, bis es unmöglich schien, Schüsse noch einzeln wahrzunehmen. Und dann kamen sie ... Wie der Zorn Gottes, der erst nur ausgesprochen war, aber nun über alles hereinbrach. Pflanzen, Tiere, Menschen.

Philipp war einer unter ihnen, gegeißelt von der gleichen Angst wie die Tausenden um ihn herum. Männer. Frauen. Kinder. Sie alle wussten, was gleich auf sie herabregnen würde, und zugleich war ihnen bewusst, dass es kein Entrinnen geben würde. Niemand würde verschont bleiben, wenn gleich die ersten –

Eine Kanonenkugel schnitt durch die Menge, gnadenlos wie eine Pflugschar, die sich durch den Acker pflügte. Ihr folgte eine zweite, eine dritte ... Schließlich war es so, als würde es Kanonenkugeln hageln.

Alles um Philipp herum wurde entzweigerissen, zerfetzt. Wo eben noch ein Haupt war, war nur noch ein blutiger Stumpf. Wo eben noch ein Leben war, dort feierte nun der Tod. Gliedmaßen wirbelten durch die Luft, die rot von einem Nebel aus Blut war.

Philipp riss die Augen auf, starrte die Kugel an, die für ihn bestimmt war und die ihn in wenigen Augenblicken –

Mit einem Schrei fuhr Philipp hoch. Er sah um sich, unwissend, wo er war. In seinem Atelier? Dann, allmählich, kam er zur Besinnung. Er hatte geträumt. Schon wieder. Immer die gleiche Szenerie, immer das Unausweichliche vor Augen, nur um im letzten Moment hochzuschrecken.

Er atmete tief ein und aus und spürte, wie sein Herzschlag langsamer wurde. Er nahm mehrere Schluck Wein aus der Karaffe, die neben der Liege stand, auf der er geschlafen hatte.

Was sollte er nun tun?

Entschlossen sprang er auf, holte sich mehrere Blätter Papier sowie ein Tintenfass und eine Feder. Damit setzte er sich an seinen Schreibtisch und begann, das Geträumte zu zeichnen. Doch dieses Mal hieß es nicht, dem Auge zu gefallen. Diesmal galt es nicht, behübschende Botschaften bildhaft zu komponieren.

Nein. Diesmal durfte sein einziges Bestreben sein, die Dämonen auf Papier zu bannen, und zwar genau so, wie sie waren.

»Philipp?«

Erschrocken fuhr der Zeichner hoch, wie damals, als ihn Agathe das erste Mal besucht hatte. Er sah auf. Ulrich und Catharina standen mit bedrückten Gesichtern vor ihm.

»Wir … wir haben uns Sorgen gemacht«, sagte die junge Frau und schenkte ihm ein aufrichtiges Lächeln.

»Und wir haben dich vermisst«, ergänzte der junge Mann. »Außerdem solltest du dein Tor versperren, wenn du in deinen Gedankenwelten wandelst.«

Philipp legte die Feder weg. »Ich weiß, dass ich mich rargemacht habe. Bitte entschuldigt.«

Die beiden Besucher nickten.

»Entschuldigt auch mein Benehmen. Es war Eurer nicht würdig.«

Catharina wiegelte ab. »Und deiner schon gar nicht.«

»Wenn ihr wüsstet.« Philipp atmete tief durch. »Ich erkenne mich schon bald selbst nicht wieder.«

»Wo ist der launige Lebemann?«, fragte Ulrich. »Wo ist mein Freund?«

»Der blieb wohl am Weißen Berg zurück.«

Catharina setzte sich auf einen Stuhl. »Willst du darüber reden? Du hast seit damals überhaupt nicht –«

»Nein, reden ist für Waschweiber.«

Die junge Frau verzog das Gesicht.

»Entschuldige, so war es nicht gemeint. Es ist nur … ich habe nicht das Gefühl, dass es mir hilft, wenn ich darüber viele Worte verliere. Ich glaube, es muss anders aus mir heraus. Und zwar so.« Philipp deutete auf die Tuschezeichnungen, die auf dem Schreibtisch und rundherum auf dem Boden verstreut lagen.

Ulrich griff nach einem Blatt und besah es sich genau. Schließlich legte er es zur Seite und betrachtete seinen Freund voller Entsetzen. »Das ist das Schrecklichste, was ich jemals gesehen habe.«

Auch Catharina überflog nun die Zeichnungen und schien dabei zu frösteln. »Das ist alles so düster, so voller Gewalt.«

»So voller Wahrheit«, entgegnete Philipp. »Aber mir ist bewusst, dass diese Werke nicht für das Gefälligkeit suchende Auge bestimmt sind.«

»Ich fürchte, solche Werke sind für niemandes Augen bestimmt. Deine Kunst in allen Ehren.«

»Schaut euch doch die Schlachtengemälde der großen Meister an. Wo sieht man die zerschnittenen Körper? Die halbierten Schädel, aus denen das Gehirn tritt und sich mit Blut und Schlamm zu einem Brei vermengt?«

Angewidert wandte Catharina sich ab.

»Siehst du! Deine Reaktion beweist mir nur, dass ich recht habe«, stieß Philipp nach.

»Aber Aufgabe der bildnerischen Kunst ist es doch, Geschichten zu erzählen«, konterte Ulrich. »Und bei Geschichten sind allein die Gesamtaussagen von Bedeutung und nicht die Einzelheiten. Die kann man getrost den Dichtern überlassen, die um jedes Wort fechten, als ginge es um Leben und Tod.«

»Aber stell dir vor, ein Bild wäre beides: eine Geschichte, in der auch jede Einzelheit stimmt«, sagte Philipp.

»Ja, mein Freund, dann kommt so etwas dabei raus.« Ulrich wies auf die Zeichnungen. »Und das verursacht mir Albträume.«

»Ihr versteht mich nur nicht!« Philipp spie die Worte mehr, als dass er sie sagte.

Ulrich hockte sich vor seinen Freund und legte ihm die Hand aufs Knie. »Hör zu, wenn es dir dabei hilft, wieder so zu werden, wie du noch vor einem halben Jahr warst, dann zeichne, bis dir die Tinte ausgeht. Zeichne deine Seele heil. Und dann komm zurück zu uns. Uns fehlen die Eskapaden mit dir.«

»Ulrich hat recht. Ich vermisse unsere Nächte, in denen wir alles um uns herum vergaßen. In denen es kein Heute oder Morgen gab. Keine Verantwortung und keine Gewissensbisse.«

Philipp seufzte. »Ihr fehlt mir ja auch.«

»Außerdem –« Catharinas Augen blitzten frech auf. »Außerdem lecke ich ungern alleine Laudanum von meinen Brüsten.«

Der Maler warf seinem Freund einen beschwingten Blick zu. »Ich dachte, ihr beide wärt nun ein Paar?«

»Sind wir auch«, antwortete Catharina an seiner statt. »Warum?«

Philipp konnte sich ein Grinsen nicht verkneifen. Erst jetzt wurde er sich bewusst, wie sehr ihm derartiger Unfug gefehlt hatte.

Ulrich richtete sich auf. »Kommst du mit uns? Oder hast du Angst, die Apokalypse findet ohne dich statt?«

Der Zeichner zog eine gespielt gequälte Grimasse. Dann verließ er mit seinen Freunden sein Atelier.

Böhmen, Frühjahr A.D. 1621

»Das sind sie also?«

Hans de Witte stieg am Rand der Lichtung, in deren Mitte der Wiederaufbau der Schmiede in vollem Gang war, aus seiner schwarzen Kutsche. Vier Männer waren mit den Armen nach hinten an vier Bäume gebunden, zerrten an ihren Fesseln und schimpften ohne Unterlass. Christoph und eine Handvoll weiterer Männer warteten geduldig, bis der Hofhandelsmann sie erreicht hatte.

»Ja, das sind sie«, gab Christoph zurück, bemüht, nicht zu selbstherrlich zu klingen. »Vier Brüder, die eigentlich fünf sein sollten.«

De Witte zog die buschigen Brauen hoch. »Demnach ist einer entwischt?«

»Nein«, stellte der Transporteur klar. »Der fünfte Bruder hieß Virgil und starb in meinen Armen.«

Der andere sah ihn verständnislos an.

»Virgil hatte sich geweigert, Raub und Brandschatzung mitzutragen«, erklärte Christoph. »Ja, er hat sein Schweigen über den Verbleib der Platten sogar mit seinem Leben bezahlt. Seine eigenen Brüder haben ihn zusammengeschlagen, gefoltert und zuletzt in die Schmiede gesperrt, die sie dann in Brand setzten. Offenbar waren sie auch so mit dem Diebesgut zufrieden.«

Der Hofhandelsmann setzte sich in Gang und schritt von einem Räuber zum nächsten. »Wer Hans de Witte bestiehlt, der hat sein Leben verwirkt«, tönte er mit gewichtiger Stimme und wandte sich erneut an Christoph. »Nur zu schade, dass niemand die Botschaft in die Welt hinaus wird tragen können.«

Auf ein Handzeichen ihres Dienstgebers hin schritten vier Männer hinter je einen der Bäume, an denen die Räuber gebunden waren. Sie legten jedem von ihnen einen rauen Strick um den Hals, verknoteten ihn und schoben einen Stock durch die Schlaufe.

De Witte nickte grimmig.

Daraufhin drehten sie den Stock, der nun die Schlaufe mit jeder Umdrehung enger zog, bis diese den Delinquenten die Luft abschnürte.

Die Räuber begannen zu japsen, zu husten und zu röcheln. Sie zappelten wie festgebundene Fische, die vergeblich nach Luft schnappten. Schließlich brach bei dreien mit einem knackenden Geräusch der Kehlkopf.

Wenige Minuten später waren alle vier tot.

De Witte klopfte Christoph auf die Schulter. »Ich darf sagen, ich bin beeindruckt. Ihr habt vollbracht, wozu meinen Männern der Verstand, das Glück oder ein wenig von beidem fehlte.«

»Ich danke Euch und sehe mit Genugtuung, dass Virgils Mörder ihrer gerechten Strafe zugeführt wurden«, sagte Christoph und meinte es auch so. »Den Großteil der geraubten Münzen konnten wir ebenfalls sicherstellen. Eure Leute haben sie bereits in Gewahrsam genommen.«

»Ausgezeichnet!« De Witte holte ein ledernes Säckchen aus seiner Manteltasche und drückte es Christoph in die

Hände. »Als kleiner Dank für Eure Bemühungen. Aber geht sparsam damit um, das sind echte Reichstaler.«

Der andere verbeugte sich knapp. »Ich danke Euch erneut und kann Euch versichern, dass ich bereits weiß, was ich mit einem Teil des Geldes anfangen werde.«

Prag, Frühjahr A.D. 1621

Das ganze Haus duftete nach Braten und Soße. Helene hatte keines der Fenster aufmachen wollen, um frische Luft hereinzulassen, denn nach der Stadt hatte es hier drin schon viel zu lange gerochen – nach Braten dagegen seit einer gefühlten Ewigkeit nicht mehr.

Helene kam in die Stube, ein Strahlen im Gesicht. In den Händen hielt sie eine große Schüssel mit dem Festschmaus: Kapaun in böhmischer Brühe. Den Masthahn hatte sie schon frühmorgens geholt, gerupft, ausgenommen und in vier Teile geschnitten, die sie dann in einer Fleischbrühe sieden ließ. Leber, Magen, Füße und Hals des Federviehs sowie Petersilie hatte sie in einem Mörser zerstoßen, mit der Brühe des Kapauns aufgegossen und durch ein Sieb getrieben. Diese Mischung hatte sie anschließend wieder über den Hahn gegossen und mit Muskat, Ingwer und Safran gewürzt. Für Helene war bereits die Zubereitung ein Fest gewesen, das nun dadurch gekrönt wurde, dass sie das Festmahl ihren Männern kredenzen durfte.

Christoph hatte schon am Kopf des Tisches in der Stube Platz genommen, neben sich einen Tonkrug voll Bier. Zu seiner Linken saß Lucas, ebenfalls einen Krug voll Bier vor sich. Der Platz neben ihm war zwar gedeckt, aber leer.

Gekochtes Kraut lag auf einem separaten Holzteller, ebenso gebähtes Brot[17].

Ächzend stellte Helene die schwere Schüssel auf den Tisch, bevor sie sich neben ihren Gemahl setzte.

Die drei fassten sich an den Händen und sprachen im Flüsterton ein Tischgebet.

Danach stand der Hausherr auf und erhob seinen Krug. »Meine Lieben! Nach Jahren, die uns in vielerlei Hinsicht geprüft haben, freue ich mich, dass der Herr unsere Gebete erhört hat und es nun wieder aufwärts mit uns geht. Und dieser Festbraten steht für den Neuanfang, den wir uns alle redlich verdient haben. Auf unser aller Gesundheit!«

Eltern und Sohn stießen an, tranken und begannen, den Braten zu verzehren.

Erst vor wenigen Minuten hatte Lucas die Stube verlassen, sich zuvor jedoch mit einem festen Handschlag von seinem Vater und mit einem Kuss auf die Stirn von seiner Mutter verabschiedet. Nun waren die beiden Eheleute allein und blickten auf die Reste des Festmahls, die so üppig waren, dass die beiden auch morgen noch davon satt werden würden.

Helene stöhnte ob ihres vollen Magens. »Ich weiß gar nicht mehr, wann ich das letzte Mal so viel gegessen hatte. Und so gut.«

»Das weiß ich auch nicht mehr, mein Schatz«, entgegnete der Transporteur und öffnete die untersten Knöpfe seines Wamses.

---

17 Leicht geröstete Scheibe Schwarzbrot.

»Fast hatte ich ein schlechtes Gewissen, so viel Fleisch und so teure Gewürze einzukaufen. Wer weiß, wann wir –«

»Mach dir heute mal keine Sorge«, unterbrach sie ihr Gemahl. »Wir sollten uns wieder an solche Köstlichkeiten gewöhnen. Wer glaubt einem schon, dass man wohlhabend ist, wenn man aussieht wie ein Gerippe.« Schnell fügte er hinzu: »Nicht, dass du diesen Eindruck erwecken würdest, ich spreche ganz allgemein.«

Helene nickte mit einem schiefen Grinsen. »Da hast du deinen Kopf schnell aus der Schlinge gezogen, Herr Ackermann.« Ihr Blick fiel auf den leeren Platz am Tisch und wurde traurig. »Schade, dass er nicht gekommen ist.«

»Er ist ein erwachsener Mann. Er muss selbst wissen, was sich geziemt.« Doch am Schweigen seines Weibes merkte er, dass die Dinge nicht so einfach waren, wie er sie darzustellen versuchte. »Ich weiß auch nicht, was mit dem Jungen los ist. Haben wir nicht immer alles Menschenmögliche getan, damit er zu dem werden konnte, der er sein wollte?«

»Seit Ende letzten Jahres ist Philipp wie ein anderer Mensch. Es scheint, als wäre jede Fröhlichkeit aus ihm gewichen.«

»Du meinst wegen der Schlacht am Weißen Berg? Ich bitte dich, sei nicht albern! Ich habe in seinem Alter –«

»Er ist aber nicht, wie du warst oder bist. Und das wird er auch nie sein.« Helene ergriff Christophs Hand. »Er ist feinfühlig und unerfahren. Wir hätten ihm nie erlauben dürfen, dorthin zu gehen.«

»Mag er feinfühlig und unerfahren sein. Aber er ist ebenso dickschädelig. Du weißt, dass er es sich niemals hätte verbieten lassen, den Auftrag für das Gemälde anzunehmen. Unsere Söhne haben schon immer gemacht, was sie wollten.«

»Eine Tochter im Haus wäre fein gewesen.«

»Ja«, stimmte Christoph zu. »Eine wie Anna.« Er schluckte einen Kloß im Hals hinunter. Die Erinnerung an ihr Gesicht war zwar verblasst und kaum noch vorhanden, doch die Erinnerung in seinem Herzen war so präsent wie an jenem Tag, als sie Lorenz' Vermählung gefeiert hatten. »Ob Lorenz seine Louise bereits in den Armen hält? Was meinst du?«

»Ich hoffe es«, sagte Helene leise. »Denn weshalb sollte er sonst wohl in die Welt hinausgezogen sein?«

Christoph stand auf, umarmte seine Gemahlin von hinten und gab ihr einen dicken Kuss auf die Wange. »Es wird alles gut, du wirst schon sehen. Wir werden genug haben, um unser Auskommen zu finden und unseren Lebensabend sorgenfrei begehen zu können.«

»Lebensabend«, äffte ihn Helene nach. »Nach derlei steht mir noch lange nicht der Sinn.«

»Mir doch auch nicht. Auch wenn wir in unserem Alter von so manchem schon mehr tot als lebendig angesehen werden.«

»Karl der Große wurde sechsundsechzig, und das vor neunhundert Jahren! Und ich habe vor, ihn zu übertrumpfen.«

»Mit Mahlzeiten wie dem Essen von heute werden wir das auch schaffen«, gab sich Christoph überzeugt und küsste seine Frau erneut auf die Wange. »Sollte der Junge nicht zur Besinnung kommen, werde ich mit Philipp reden.«

Helene nickte dankbar.

Der Abend war so wild und gleichzeitig wohltuend gewesen, wie Philipp es von früher her kannte. Der Salon im Haus der Künste war mit knapp vier Dutzend Menschen mehr als gut besucht gewesen. Von überall her schallten unterschiedlichste Musik und Rhythmen, Dichter zitierten eigene Werke oder aus denen ihrer Vorbilder. Tanzende mischten sich unter jene, die herumstanden und diskutierten, und diejenigen, die des Disputierens oder der Kunst überdrüssig waren, gaben sich Tabak, Wein, Laudanum und der Liebe hin – meist in dieser Reihenfolge.

So war es auch für Philipp ein Abend gewesen, der alle Sinne befriedigte. Er hatte getrunken und Ulrich und Catharina dabei zugesehen, wie sie sich liebten.

Irgendwann war auch der letzte Vergnügungssuchende eingeschlafen, und Ruhe kehrte ein in ein Haus, das Lutheraner wie Katholiken am liebsten hätten schließen wollen, jedoch niemals auch nur den Versuch unternommen hatten, dies zu tun. Vielleicht war es der Nimbus der Künste, der sie davon abhielt, oder das Zugeständnis an wenige, das zu tun, was man selbst ebenso gerne tat, nur eben im Geheimen.

Philipp schreckte hoch. Erneut war er aus einem seiner entsetzlichen Träume gerissen worden. Sein Blick wanderte in der Dunkelheit herum. Er wusste, dass er wach war, aber warum lagen dann all diese Toten hier verstreut? Mit abgewinkelten Gliedmaßen, in sich zusammengefallen gleich Marionetten, denen man die Fäden durchtrennt hatte. Doch das leise Schnarchen einiger ließ ihn endlich zur Räson kommen. Dies war kein Schlachtfeld, dies war eine Spielwiese der Lüste.

Er rappelte sich auf, schritt vorsichtig auf den Eingang zu, darauf bedacht, auf niemanden zu treten. Dann schloss er das Tor hinter sich.

Die Kühle der Nacht schlug Philipp ins Gesicht. Niemand war mehr auf den Straßen und sollte dies auch nicht sein, denn die Sperrstunde wurde kontrolliert.

Was sollte er machen? Nach schlafen war ihm nicht zumute, doch die Gaststätten waren bereits geschlossen. Nach Hause zog ihn auch nichts, und auf eine Standpauke seines Vaters hatte er erst recht keine Lust. Er könnte sich natürlich im Atelier der Kunst oder dem Suff hingeben …

… oder er könnte dem Haus an der Stadtmauer einen Besuch abstatten. Jenem Haus, das einen gelb bemalten Gockel über dem Eingang trug und das nie wieder zu betreten er sich geschworen hatte. Allein der Gedanke an den Gestank, das schale Bier und das aufdringliche Weibsvolk ließ ihn erschaudern. Und doch …

Nicht nur in der Gasse war es still. Auch aus dem Inneren des Hauses mit dem gelben Gockel drang kein Anzeichen, dass noch irgendeine Menschenseele auf, geschweige denn am Feiern war. Das eisenbeschlagene, gelb gestrichene Tor war versperrt.

Philipp ließ die Schultern hängen. Was sollte er nun tun? War er doch so geschickt der Nachtwache aus dem Weg gegangen. Enttäuscht ergriff er den Ring des Türklopfers, der im Schnabel eines eisernen Hahnes steckte, und pochte damit einmal gegen die Pforte.

Er wandte sich schon ab, um zu gehen, da hörte er, wie ein eherner Riegel aufgeschoben wurde. Er sah zur Tür, und tatsächlich – zwei trübe Augen versuchten, sich einen Überblick über das Geschehen vor der Tür zu verschaffen.

»Wir haben schon längst geschlossen!«, bellte unfreundlich eine alte Stimme.

»Ich komme zu Maria«, sprach Philipp mit wenig Überzeugung.

Der Riegel wurde wieder zugeschoben, das eiserne Knirschen verhallte in der einsamen Gasse. Dann wurden andere Riegel gezogen und gedrückt. Schließlich öffnete sich das Tor, und ein alter Mann mit Halbglatze stand dahinter. Es war der Wirt, dessen Leibesfülle davon zeugte, dass sein einziges Ziel im Leben darin bestand, so viel wie nur irgend möglich zu essen.

Er maß den Künstler argwöhnisch von oben bis unten. »Ihr sagtet, Ihr kämet zu Maria?«

Philipp nickte.

»Unsere Maria? Hager, dunkle Haare –«

»Ebendiese.«

Der Alte schien zu überlegen, ob dies tatsächlich das Ansinnen seines Gegenübers war. Letztendlich schien es ihm jedoch einerlei zu sein. »Dann trete er ein, der feine Herr.«

Der Wirt führte Philipp an der Gaststube vorbei, die genauso finster war wie die Nacht, und weiter durch einen schmalen Durchgang in den Innenhof. Dort hing eine hölzerne Tür schiefwinkelig in den Angeln, und den erleuchteten Spalten rundum nach zu urteilen, brannte dahinter mehr als nur eine Kerze. Auch schallten Gelächter und die Melodie einer mittelmäßig gespielten Flöte hindurch.

Sein Abend, so schien es Philipp, hatte gerade erst begonnen.

Maria hatte beim letzten Mal nicht zu viel versprochen. Philipp hatte sie nehmen dürfen, wie es ihm gefiel. Zunächst hatte er eine Karaffe voll Wein über sie geschüttet, um ihres strengen Geruchs Herr zu werden, was sie mit einem anzüglichen Kichern goutiert hatte. Danach hatte er sie einfach walten lassen, denn er ging davon aus, dass sie schon wisse, was ihm gefallen könnte. Und er wurde nicht enttäuscht. Sie hatte es verstanden, alles einzusetzen, was ihr zur Verfügung stand – Zunge und Sprache, Hände und Füße, Haut und Haar. Sie war wild und wieder zahm, fordernd und hingebungsvoll zugleich.

Als Philipp irgendwann das Gefühl hatte, völlig ausgelaugt zu sein, legte sie schließlich ihren Kopf auf seine Brust, und sie begannen zu reden. Über Gott und die Welt, wie der Volksmund so treffend sagte.

Und auch wenn er merkte, dass sie ihm verstandesmäßig nicht im Geringsten das Wasser reichen konnte – vermutlich konnte sie nicht einmal lesen und schreiben –, so fühlte er sich doch verstanden.

Als der Morgen graute, machte sich Philipp schließlich auf. Er hinterließ Maria erneut den großzügigen Obolus von einem Reichstaler, wankte durch den schmalen Durchgang zum Tor hinaus und über das nasse Kopfsteinpflaster seinem Atelier entgegen.

Die letzten Gedanken, an die er sich am nächsten Mittag erinnern sollte, waren die, dass es scheinbar doch möglich war, das Leben zu genießen, ohne sich den Fesseln der Gesellschaft zu unterwerfen.

Donauwörth, die Nacht auf den 1. Mai A.D. 1621

Der Mond stand hoch über Donauwörth, das in dieser Nacht von seltsamen Geräuschen erfüllt war.

Peitschenknallen war in den Straßen und Gassen zu hören, begleitet von unheimlicher Musik, die von Pfeifen, Hörnern, Dudelsäcken und Trommeln stammte. Es war die Walpurgisnacht, und gemäß dem alten Brauch lag es an den jungen Männern, alle Hexen und bösen Geister zu vertreiben, um einen Sommer ohne Ungemach zu sichern.

Gerade weil immer noch Krieg herrschte und das Bangen darüber allgegenwärtig war, hielt man auch in Donauwörth an dem Brauch fest, der Leben in die Stadt brachte. Sogar die Bayern drückten ein Auge zu und ließen die Jungen gewähren, als sie mit ihren Fackeln durch die Dunkelheit zogen.

Zacharias Werlein spürte, wie ihm der Schweiß den Rücken herunterlief, als er mit Heinrich Kyrmair die Strohpuppe zum Stadtplatz schleppte. Sie waren umringt von ihren Kameraden und hatten die wichtigste Aufgabe in dieser Nacht. Das Blut rauschte in Zacharias' Ohren, Erregung pulsierte durch seine Adern.

Seine Erregung steigerte sich noch, als sie am Haus des Kaufmanns Heidfeldt vorbeikamen. Dessen Fenster waren dunkel, aber Zacharias war sich sicher, dass eine Bewohnerin ihn beobachtete.

Ein letzter Blick hinauf, dann stieß er ein lautes Juchzen aus und zog mit den anderen weiter.

Sieglinde sah aus dem Fenster hinunter auf die Straße. Zacharias ging in der Mitte des lauten Haufens und trug die Puppe. Sein Gesicht war von Fackeln beleuchtet, und genau in diesem Augenblick hob er den Kopf und blickte zu ihr herauf.

Sie winkte ihm kurz zu, auch wenn er diese Geste nicht sehen konnte. Dachte an den Kuss bei der Stadtmauer, an die Leidenschaft, die darin gelegen hatte.

Das gemeinsame Leben mit Zacharias stieg vor Sieglindes innerem Auge auf, ein Leben, in dem er sie auf Händen tragen würde, glücklich und sorgenfrei …

Der Zug der jungen Männer war schon längst weitergezogen, als Sieglinde sich umwandte. Sie sah, dass Magdalena wach war und sie aus ihrer Bettstatt heraus stumm anblickte.

»Was hast du denn?«, fragte Sieglinde scharf.

Statt einer Antwort drehte Magdalena sich auf die andere Seite.

Agnes und Johannes waren wie ihre Töchter wach und lauschten dem Treiben. Früher hatten sie wie manch andere Bewohner der Stadt dem Spektakel persönlich beigewohnt, heute war Johannes jedoch einfach zu müde gewesen. Er fühlte sich wie erschlagen, und das schon die ganzen letzten Tage. Schwindel und Schweratmigkeit plagten ihn, nicht einmal der Wein vermochte mehr Abhilfe zu schaffen. Doch er konnte und wollte mit niemandem darüber sprechen, denn Schwäche durfte er sich im Augenblick nicht leisten, vor allem nicht im Geschäft, das sich gerade wieder etwas erholt hatte. Und auch vor seiner Familie wollte er stark bleiben. Wenn die Reserven des Hauses Heidfeldt wieder zur Gänze gefüllt waren, würde Zeit für Rast sein. Vorher nicht.

Er fühlte Agnes' kühle Hand, die seine ergriff und sanft mit seinen Fingern spielte.

»Werden wir morgen zum Tanzhaus gehen?«

»Aber natürlich, meine Liebe. Es gilt zu feiern – nicht nur Sieglindes Glück, sondern auch mein Geschäft, das wieder neu erstarkt ist.«

»Ich bin sehr stolz auf dich, Johannes.« Sie gab ihm einen Kuss. »Du hast nie aufgegeben, und nun arbeitest du mit einem der mächtigsten Männer von Nürnberg zusammen. Auch wenn –«

»Was?« Er blickte sie an.

Sie strich ihm über die Wange. »Auch wenn es mir lieber wäre, du hättest wie früher mit kostbaren Waren und ausgesuchten Spezereien gehandelt statt mit Waffen, die so unaussprechliches Leid über die Menschen bringen.«

»Ich kann es mir schwerlich aussuchen. Wenn nicht ich es bin, der Waffen liefert, dann tut es jemand anders. Für die Menschen, die darunter leiden, macht es also keinen Unterschied. Für unsere Familie hingegen schon.«

Wieder küsste sie ihn. »Das weiß ich doch. Ich weiß, dass unser Wohl für dich immer an erster Stelle kommt.«

Sie schwiegen und hörten eine Weile dem Treiben auf den Straßen zu.

»Weißt du noch, was wir früher in dieser Nacht immer

gemacht haben, wenn wir zu später Stunde vom Stadtplatz heimkamen?« Er strich ihr über das lange Haar.

»Das weiß ich nur zu gut«, lächelte sie.

Johannes zog sie an sich und küsste sie lange und innig.

Auch ein anderer Bewohner des Hauses Heidfeldt war noch wach. Balthasar saß in der dunklen Stube und lauschte dem Treiben auf der Straße. Anders als in den Jahren zuvor nahm er nicht daran teil, er konnte es nicht.

Denn er wusste genau, dass die jungen Männer da draußen wieder einmal über nichts anderes als ihre Liebsten sprachen und wie glücklich sie mit ihnen waren.

Und er?

Der Becher Wein stand vor ihm, er hob ihn und trank ihn aus wie die anderen zuvor.

Er hatte die Liebe seines Lebens vor Augen, und doch war sie unerreichbar. Die Geschäfte des Hauses Heidfeldt liefen zwar besser, würden in nächster Zeit aber nicht den Ertrag bringen, den Balthasar sich vorstellte. Den er *brauchte*, um Ippolita zu gewinnen.

Von draußen drangen das Gejohle, das schrille Pfeifen und Peitschenknallen herein.

Balthasar schenkte sich erneut den Becher voll.

Der wilde Trupp war am Stadtplatz angekommen.

Zacharias und Heinrich hoben die Puppe auf den Scheiterhaufen, der beim Stadtbrunnen mit der Merkurstatue aufgebaut war. Die Nähe zum Brunnen war die Bedingung des Statthalters von Dandorf gewesen, damit die Sicherheit Donauwörths gewährleistet blieb. Der letzte große Brand in der Stadt lag zwar schon viele Jahre zurück, wie

Zacharias wusste – damals hatte die Kirche Zu Unserer Lieben Frau gebrannt –, dennoch musste man vorsichtig bleiben. Das Feuer war der unerbittlichste Feind der Städte, nicht einmal Kanonendonner und ein Söldnerheer konnten solche Verheerungen anrichten.

Die beiden jungen Männer stiegen wieder vom Scheiterhaufen.

Die Musik verklang. Alles schien den Atem anzuhalten.

Dann näherten sich drei Fackelträger dem Scheiterhaufen, hoben ihre Fackeln und versenkten sie gleichzeitig im Holz.

Jetzt brachen Zacharias und die anderen in wildes Johlen aus, auch die Musik setzte wieder ein, schrill und ohrenbetäubend.

Flammen schlugen aus dem pechgetränkten Haufen und leckten gierig über die Scheite und die Strohpuppe, die fast augenblicklich Feuer fing.

Am nächsten Tag wurde Zacharias Werlein im Haus Heidfeldt vorstellig und überreichte Sieglinde das »Maien«, den blühenden Zweig einer Birke. Der Brauch, dass die jungen Männer wie früher einen Maibaum vor dem Haus ihrer Liebsten aufstellten, war aufgrund der Holzknappheit verboten worden.

Sieglinde nahm den Zweig an, und die Familie begleitete das junge Paar zum Tanzhaus, wo die anderen Bürger schon versammelt waren, um wie jedes Jahr den 1. Mai zu feiern. Man amüsierte sich, trank und aß, und die Jungen tanzten und drehten sich im Kreis.

Johannes sprach dem Wein und dem Essen zu, obwohl er sich heute besonders schlecht fühlte. Aber er biss die Zähne zusammen und versuchte gute Miene zum bösen Spiel zu machen. Es war ein glücklicher Tag, vor allem für seine jüngste Tochter, und er wollte ihn ihr nicht verderben.

Balthasar kam und setzte sich zu ihm.

»Nun, mein Sohn?« Johannes musterte ihn freundlich. »Willst du dich nicht zu den anderen gesellen und auch tanzen?«

»Mir ist nicht danach.« Balthasar blickte ihn nachdenklich an.

Johannes nahm einen Schluck Wein. »Und wonach ist dir?«

Balthasar räusperte sich. »Vater – ich habe über unseren Handel mit den Waffen nachgedacht. Mir scheint, dass unserem Unternehmen mehr zusteht.«

»Du bist unzufrieden mit der Vereinbarung, die wir mit Peller getroffen haben?«

»Ich finde es nicht recht, dass dieser Zwerg aus Venedig den gleichen Anteil wie wir bekommt. Sollte es weitere Geschäfte geben, muss das anders werden.«

»Sprich nicht so respektlos von Piero«, erwiderte Johannes scharf. »Ohne ihn wäre Peller nie auf uns gekommen. Der Anteil steht ihm zu.«

»Aber –«

»Wenn du über Contarini sprechen willst, ist jeder Augenblick verschwendet.« Ärger stieg in dem Kaufmann auf, für einen Moment sah er alles verschwommen. Dann wurde sein Blick wieder klar.

»Gut, Vater.« Balthasars Stimme verriet, dass nichts gut war. »Trotzdem meine ich, dass wir zu mehr fähig sind.

Dieser Krieg wird nicht mehr ewig dauern, und deshalb sollten wir danach trachten, gut zu verdienen, solange es möglich ist.«

»Und was hast du dir vorgestellt?«

Balthasar zögerte, dann nahm er sich sichtlich ein Herz. »Es spricht nichts dagegen, nur die Liga zu beliefern. Auch die Lutheraner in der Pfalz werden Ausrüstung benötigen.«

Johannes fixierte seinen Sohn. »Über so etwas denke ich gar nicht erst nach. Das ist viel zu gefährlich.«

»Aber –«

»Balthasar, es ist genug. Wir sind hier, um die Verlobung deiner Schwester zu feiern, und nicht, um über Ideen zu sprechen, die uns den Kopf kosten können.« Die Stimme des Kaufmanns wurde schneidend. »Wir haben eine gute Vereinbarung, die uns vielleicht auch in Zukunft gutes Geld bringt. Wir werden diese Vereinbarung einhalten und nichts tun, was sie oder unser Haus gefährdet. Verstanden?«

Balthasar schwieg.

»Hast du verstanden, mein Sohn?«

»Natürlich, Vater.« Der junge Mann stand auf und ging.

Nachdenklich blickte Johannes auf den nun leeren Stuhl. Er hatte sich immer bemüht, Balthasar Bedacht im Geschäft vorzuleben. Sicher, gelegentlich musste man etwas wagen, aber nie über Gebühr.

So wie es aussah, hatten seine Bemühungen nichts gefruchtet. Er konnte nur hoffen –

Auf einmal verspürte er einen bohrenden Kopfschmerz. Das Blut pochte in seinen Ohren, und alles verschwamm vor seinen Augen. Nur undeutlich konnte er eine Gestalt vor sich sehen.

»Herr Heidfeldt …«

Die Gestalt stand jetzt direkt vor ihm. Wie durch einen Nebel erkannte Johannes den Dreier-Franz, das feiste Gesicht wie immer in Schweiß gebadet.

»Ich wollte Euch nur zum Glück Eurer Tochter gratulieren. Ein schönes Paar, sie und der junge Herr Werlein.«

»Das will ich meinen, Herr Bürgermeister.« Johannes' Stimme schwankte. Er bemerkte, dass Agnes ihn besorgt von der Seite ansah, räusperte sich und ermahnte sich, im weiteren Gespräch bestimmter zu klingen.

»Jede neue Eheschließung ist ein Segen für Donauwörth«, fuhr der Bürgermeister fort, »nachdem sie in den letzten Jahren so rar geworden sind. Gerade jetzt –«

Wieder der Schwindel. Johannes wurde schwarz vor Augen, seine Brust fühlte sich an wie in einer Eisenklammer. Der Schmerz war so entsetzlich, dass er laut aufschrie. Dann nahm er nur noch einen Fall wahr und dass er auf dem Boden aufschlug.

»Johannes, was ist mir dir?« Die Stimme seines Weibes, panisch.

»Benachrichtigt den Stadtphysikus!« Der Bürgermeister.

Dunkelheit.

Mit geschlossenen Augen lag Johannes auf seiner Bettstatt. Sein Gesicht war blaurot verfärbt, die rechte Hälfte hing herab und war grausam verzerrt. Der Atem ging rasselnd.

Der Stadtphysikus Ulrich Weikman beugte sich über ihn. Agnes und ihre Töchter sahen ihn angstvoll an, ebenso Balthasar. Im Hintergrund stand Irmel, die Hände gefaltet, ihre Lippen bewegten sich im stummen Gebet.

Als Balthasar seinen Vater so hilflos vor sich liegen sah, überkamen ihn Trauer und Sorge. Und doch – leise und heimlich stiegen schon Gedanken in ihm auf, wie es mit dem Haus Heidfeldt weitergehen würde.

Der Physikus nickte, wie um sich selbst zu bestätigen. »Schlagfluss, ohne Zweifel.« Er öffnete seine Tasche und entnahm ihr ein Messer mit langem dünnem Griff und einer kurzen, gebogenen Klinge. »Bringt mir eine Schale und Verbände. Ich werde einen Aderlass an ihm durchführen, und dann können wir nur noch den Herrgott anflehen, dass die schädlichen Säfte abfließen und der Druck im Kopf nicht zunimmt.«

Irmel verließ die Kammer und kehrte nach kurzer Zeit mit dem Gewünschten zurück. Dann zog sie sich wieder in eine der Ecken der Kammer zurück, wo sie erneut zu beten begann.

»Kommt, Agnes«, sagte Weikman. »Ihr müsst mir helfen.«

Er legte Johannes' linken Arm frei und zeigte auf die herabhängende rechte Gesichtshälfte. »Mag es Doktoren geben, die dafür plädieren, den Aderlass immer auf der Seite der Erkrankung durchzuführen, so halte ich mich an Abucalsis[18]. Wie auch die meisten meiner Profession.«

Der Physikus nahm das Messer fest in die Hand und näherte sich damit dem freigelegten Arm. Agnes hielt, ohne zu zögern, den Behälter darunter.

---

18 Berühmter arabischer Arzt im Mittelalter.

Weikman berührte mit der Spitze das weiche, verletzliche Fleisch, hielt einen Augenblick lang inne. Magdalena und Sieglinde wandten den Blick ab, Balthasar jedoch sah gebannt zu.

Mit einem beherzten Ruck zog der Physikus die Klinge über den Arm. Das Fleisch öffnete sich, Blut trat hervor, erst wenig, dann immer mehr. Es sammelte sich zu einer kleinen Pfütze, dann rann es den Arm hinab und tropfte in den blechernen Behälter.

Ein Geräusch, das in der Stille der Kammer für die Familie des Kaufmanns ohrenbetäubend klang.

Einige Zeit später verabschiedete sich der Arzt mit dem Hinweis, den Verband, der die Wunde verschloss, regelmäßig zu wechseln. Balthasar verließ das Haus ebenfalls, er musste im Kontor nach dem Rechten sehen.

Als sie mit ihren Töchtern allein in der Schlafkammer war, blickte Agnes die beiden ernst an. »Ich möchte, dass ihr ins Kloster geht und für euren Vater betet. Und zwar bis zum Abend.«

Die beiden nickten wortlos und verließen die Kammer, Sieglinde blass, aber gefasst, Magdalena mit tränenüberströmten Wangen.

Die Tür fiel zu. Agnes und ihr Gemahl, dessen Atem nun nicht mehr rasselte, sondern kaum mehr zu vernehmen war, waren in der Kammer allein.

Mit einem Schlag verließ Agnes die Stärke, die sie bis dahin aufzubringen vermocht hatte. Weinend fiel sie zu Boden und überließ sich ihrer Verzweiflung.

Die nächsten Tage vergingen voller Bangen. Da der Aderlass nicht zu helfen schien, hatte Weikman an beiden Seiten der Stirn Blutegel angebracht und befohlen, diese unter keinen Umständen zu entfernen.

Doch Johannes dämmerte weiter dahin und wachte nicht auf.

Agnes kümmerte sich hingebungsvoll um ihren Gemahl, wusch ihn und kühlte sein heißes Gesicht mit nassen Tüchern. Immer wieder entzündete sie wohlriechende Kräuter, um den beißenden Geruch nach Schweiß und Kot in der Kammer einzudämmen. Ihre Töchter verbrachten einen Großteil ihrer Tage im Kloster, um mit Abt Hörmann für Johannes die Gnade des Allmächtigen zu erflehen.

Auch Balthasar besuchte seinen Vater, wenn er auch die meiste Zeit im Geschäft und Kontor verbrachte.

So wartete die Familie Heidfeldt darauf, dass sich etwas änderte. Doch nichts geschah. Wie ein düsteres Mahnmal schien die verzerrte Grimasse von Johannes' Gesicht über dem Leben der Familie zu hängen.

Dann, eines Abends, brachte Irmel frische Verbände in die Kammer. Der Kaufmann lag wie immer reglos in seinem Bett.

Irmel zündete eine Kerze an. Sie sprach ein kurzes Gebet und wollte gerade wieder gehen, als sie etwas hörte.

»Irmel …« Die Stimme war mehr ein Hauch, ein gebrochenes Flüstern.

Die Magd erstarrte. Dann, als sie erkannte, wer da zu ihr sprach, stieß sie einen Freudenschrei aus und stürzte aus der Kammer, um ihre Herrin zu holen.

Wien, 23. Mai A.D. 1621

Diese Nacht war schlimmer gewesen als irgendeine davor. Kein Auge hatte er zugetan. Immer wieder stand ihm der Angstschweiß auf der Stirn, und selbst im Gebet hatte er keine Ruhe finden können. So manches Mal hatte er sich in jener Nacht gewünscht, nur ein einfacher Handwerker, Bauer oder Geistlicher zu sein, und nicht der, der er war – der Kaiser des Heiligen Römischen Reiches Deutscher Nation.

Ferdinand II. kniete vor dem goldenen Kruzifix, das an der Wand hing, die Augen zugepresst, die Hände gefaltet. Wieder und immer wieder kreisten seine Gedanken um dieselben Fragen, verbissen sich in dieselben Vorwürfe und wiederholten dieselben Anschuldigungen.

Warum hatten sich die böhmischen Stände gegen ihn aufgelehnt? Warum mussten sie ihn bis aufs Blut reizen, sodass er sich gar mit dem selbstgefälligen Herzog Maximilian verbünden musste? Und warum zwangen sie ihn nun, ihre eigenen Todesurteile zu unterzeichnen?

Gut, er, oder besser gesagt seine Heerführer, hatten bisher so gut wie ausschließlich nur Siege zu verbuchen. Und die Protestantische Union hatte Wort gehalten und sich nicht in den Krieg in Böhmen eingemischt. Mehr noch – erst vor wenigen Wochen, am Unionstag, der in Heilbronn abgehalten worden war, hatte sie ihre Auflösung vollzogen. Daher war von dem großen, alles überschattenden Schrecken eines Krieges, der das gesamte Reich in den Abgrund zu reißen drohte, nicht mehr geblieben als einige aufsässige Fürsten und Ketzer, die es nun eben einen nach dem anderen zu unterwerfen galt.

Aber was sollte er mit jenen tun, die er bereits unterworfen hatte?

Ferdinand II. war ein Mann, der für seine Großzügigkeit und Gutmütigkeit bekannt war. Am ganzen Hof und darüber hinaus war er ob seiner Umgänglichkeit beliebt, vom Höfling bis zum Diener. Auch war es kein Geheimnis, dass für ihn die fromme Pflicht oberste Priorität hatte und danach nur drei Dinge kamen: das Reich, seine Familie und die Hetzjagd. Und mit der Defenestrierung seiner katholischen Räte war nicht er es gewesen, der das Band des Miteinanders zerschnitten hatte – es waren die böhmischen Rebellen.

Damit wollten sie und die neu gegründete Confoederatio Bohemica wohl seine Gutmütigkeit erneut herausfordern und diese seine Stärke als Schwäche ausnützen, doch es war anders gekommen. Die Konföderation wurde zerschlagen, fünfzig der niederträchtigsten Rädelsführer hatte eine Sonderkommission unter der Leitung von Karl von Liechtenstein und Kardinal Dietrichstein den Prozess gemacht. Dieser war erwartungsgemäß kurz verlaufen, die kaiserlichen Richter hatten mit der Anklage gleichzeitig die Urteile verlesen: Achtzehn von ihnen wurden zu Haft- oder Leibstrafen verurteilt, siebenundzwanzig mit dem Tode bestraft. Doch damit nicht genug. Die obersten Rädelsführer sollten zusätzlich büßen, allen voran Graf von Schlick, der bei lebendigem Leibe gevierteilt werden sollte.

Nachdem die Urteile gefällt waren, obließ man es nun ihm, dem Kaiser, diese auch zu unterfertigen. Und die daraus resultierende, schier nicht zu schulternde Last schleppte er nun schon seit Monaten mit sich herum.

Ferdinand wollte jedoch, wie so oft, nicht einfach nur nach seinem Gutdünken bestimmen, auch wenn er dazu das gottgegebene Recht hatte. Daher hatte er seine engsten Vertrauten um Rat gefragt, wie sie an seiner Stelle urteilen würden.

Die beinahe einhellige Meinung war niederschmetternd: Herzog Maximilian und einige Räte plädierten einstimmig für äußerste Strenge im Sinne der Richtsprüche, allein schon, um die Staatsräson zu wahren.

Auch der Klerus schloss sich dieser harschen Ansicht an. So hatte gar Kapuzinerpater Sabinus in einer seiner Predigten gegen die Häretiker gemahnt, es sei des Kaisers Pflicht, wie ein Töpfer zu handeln und ein Gefäß, das ihm nicht gefalle, eben zu zerbrechen, um es dann neu zu formen.

Allein Ferdinands Beichtvater, der Jesuitenpater Wilhelm Lamormaini, enthielt sich der Stimme und meinte, der Kaiser möge ausschließlich nach seinem Gewissen entscheiden.

Die Einzigen, die Milde walten lassen wollten, waren erstaunlicherweise Wilhelm Slawata von Chlum und Jaroslav Borsita von Martinitz, die man beide so niederträchtig aus dem Fenster der Prager Burg geworfen hatte, die aber anscheinend keinerlei Rachegelüste hegten. Und Kanzler von Lobkowitz, der mehrfach darauf drängte, die Todesurteile in Galeerenstrafen umzuwandeln.

Doch letzten Endes, das wusste Ferdinand, konnte ihm niemand die Entscheidung abnehmen. Letzten Endes musste er sich mit den Schuldsprüchen vor Gott dem Allmächtigen verantworten, und nur vor Ihm.

Die ersten zarten Strahlen der Morgensonne fielen in die karge Kammer, in der der Kaiser kniete. Das Kruzifix an der Wand war der einzige Schmuck im Raum, in dem ansonsten nur ein kleiner Schreibtisch mit einem Stuhl Platz fand.

Ferdinand öffnete die Augen und bekreuzigte sich.

Sein Blick fiel auf den Schreibtisch, auf dem die Papiere mit den Todesurteilen ihrer Unterzeichnung harrten. Ein kalter Schauer lief ihm über den Rücken. Er wusste selbst, dass er kein Mann von schnellen Entschlüssen war und es nie sein würde. Aber irgendwann galt es eben, einen Entschluss zu fassen.

Heute war der dritte Jahrestag des Fenstersturzes. Und so wie die böhmischen Rebellen damals sein Schicksal besiegelt hatten, so würde Ferdinand am heutigen Tage das ihre besiegeln.

Der Kaiser erhob sich, schritt entschlossen zu seinem Schreibtisch und nahm Platz. Er tauchte den Federkiel in die Tinte, verharrte noch einen Augenblick.

Dann kratzte die Feder bestimmt über das Papier. Einmal mehr würde er Gnade walten lassen, das hatte er soeben beschlossen. Und diese Gnade bedeutete, dass man die Rebellen erst nach ihrem Tode vierteilen würde, und nicht davor. Karl von Liechtenstein, sein Statthalter in Prag, hatte nun die kaiserlichen Urteile so schnell wie möglich umzusetzen.

Nürnberg, Juni A.D. 1621

Martin Peller schlenderte durch den Innenhof seines Hauses, einen nachdenklichen Ausdruck auf seinem Gesicht. Er betrat den steinernen Bogengang, der um den Hof herumführte. Hier war es still und angenehm kühl. Nichts war von der Hitze zu spüren, welche seit Tagen in der Stadt herrschte.

Dann blieb Peller unvermittelt stehen und drehte sich zu seinem Besucher um. »Es ist ein nicht ungefährlicher Vorschlag, den Ihr mir da unterbreitet. Warum sollte ich mich überhaupt einer solchen Gefahr aussetzen?«

Balthasar Heidfeldt bemühte sich, den Triumph zu verbergen, der in ihm aufstieg. Es hatte ihn sehr viel Mut gekostet, Peller allein aufzusuchen. Aber allein die Wortwahl des Nürnbergers zeigte, dass er dem Plan nicht abgeneigt war. Denn ansonsten wäre das Gespräch hier und jetzt bereits beendet gewesen.

»Hochwohlgeborener Herr, bedenkt doch – die Lutheraner sind auf dem Rückzug.« Balthasar machte eine enthusiastische Geste. »Nur noch wenige beliefern sie, seit die Protestantische Union sich aufgelöst hat und die Liga im ganzen Reich auf dem Vormarsch ist. Sogar Nürnberg hält seine Zeughäuser für die Lutheraner geschlossen und hat sich das Vorverkaufsrecht an die Liga gesichert.«

»Daran müsst Ihr mich nicht erinnern«, erwiderte Peller trocken. »Der verdammte Rat hat uns damit fast zur Gänze aus dem Geschäft gedrängt. Wir verkaufen nur noch einen Bruchteil dessen, was wir im letzten Jahr geliefert haben.«

»Das ändert nichts daran, dass wir Waffen haben, die die Lutheraner dringend benötigen und für die sie einen erheblich höheren Preis zahlen würden. Zahlen *müssen* – sie werden die Oberpfalz schon bald an die Bayern verlieren, und dann wird sich der Krieg auf die Kurpfalz konzentrieren, wo die Lutheraner es mit der Liga und den verbündeten Spaniern zu tun bekommen. Es wäre töricht für uns, diese Gelegenheit nicht zu nutzen.«

»So bezeichnet Ihr mich als töricht, weil ich nicht schon selbst auf diesen Plan gekommen bin?«, meinte Peller.

»Um Himmels willen, das würde ich niemals wagen«, erwiderte Balthasar hastig. »Bitte verzeiht mein Ungestüm.«

Peller musterte ihn durchdringend, dann nickte er kaum merklich.

»Es scheint mir, dass Ihr meinem Vorhaben durchaus etwas abgewinnen könntet?«, hakte Johannes' Sohn nach.

»Da habt Ihr zumindest nicht unrecht, junger Herr Heidfeldt. Meine Zeit ist begrenzt, und ich verschwende sie nicht an Dinge, von denen ich nicht überzeugt bin.« Er machte eine Pause. »Bei unserem letzten Treffen erschien mir Euer Vater als ein Mann, der durchaus bereit ist, gewisse Wagnisse einzugehen. Aber auch als einer, der keine unnötigen Gefahren auf sich nimmt. Was sagt Johannes Heidfeldt dazu, die Lutheraner zu beliefern?«

Balthasar wusste, dass dies einer der kritischsten Momente war. Er musste Martin Peller belügen, einen der mächtigsten und gerissensten Männer von Nürnberg, und er musste dies überzeugend tun.

»Mein Vater ist immer noch sehr schwach vom Schlagfluss, der ihn letztes Jahr ereilt hat. Er hat mir die Hoheit über das Geschäft übertragen, wie Ihr wisst.« Balthasar legte alle Selbstsicherheit, die er aufbringen konnte, in seine Worte. »Als ich ihm mein Vorhaben schilderte, war er begeistert. Natürlich sah er die Gefahr, aber er sah auch die Möglichkeit, unseren Ertrag zu steigern, solange dieser Krieg noch tobt.«

Der Nürnberger sagte nichts, aber sein Blick durchbohrte den Kaufmannssohn förmlich. Balthasar fühlte, dass sein Mund trocken wurde. War die Lüge überzeugend genug gewesen?

»Das Ganze muss natürlich unter strengster Geheimhaltung vonstattengehen«, sagte Peller schließlich nach einer schieren Ewigkeit, und Balthasar wusste, dass er gewonnen hatte. »Es geht um unsrer beider Köpfe. Wenn herauskommt, dass wir als Katholiken die gegnerische Seite beliefern ...«

»Das wird nicht geschehen, hochwohlgeborener Herr«, warf Balthasar eifrig ein. »Dafür stehe ich hier und jetzt gerade.«

»Dann seht zu, dass Ihr auch weiterhin geradesteht, junger Herr Heidfeldt. Und nicht eines Tages festen Grund verlasst und in einer Schlinge baumelt.«

Respektvoll senkte Balthasar den Kopf. »Natürlich, hochwohlgeborener Herr.«

»Obwohl es noch in keiner Weise sicher ist, dass es gelingt, ein solches Geschäft in Gang zu bringen, halte ich es nicht für verfrüht, über eine mögliche Gewinnaufteilung zu sprechen.«

»Ich bin ganz Eurer Meinung.«

»Ihr sagtet vorhin, dass uns die Lutheraner mehr zahlen müssten, da sie die Waffen dringend brauchen. Hier liegt Ihr natürlich richtig. Wir sollten auf jeden Posten, von der Muskete bis zum Stiefel, ein Drittel auf den herkömmlichen Preis draufschlagen.« Peller überlegte. »Was haltet Ihr von einer Viertelteilung? Drei für mich und eines für Euch?«

Balthasars Mund war trocken. Er schluckte, bevor er weitersprach. »Bitte verzeiht, aber ich werde bei diesem Unternehmen ein großes Wagnis eingehen, da doch alles im Verborgenen stattfinden wird.«

»Und da habt Ihr an einen höheren Anteil gedacht?« Peller zog eine Augenbraue nach oben.

Balthasar holte tief Luft. »Es wäre mir sehr genehm, wenn eine Drittelteilung möglich wäre. Zwei für Euch, eines für mich.«

Es war sehr still im Innenhof. Peller blickte Balthasar nachdenklich an. Der Kaufmannssohn fühlte, wie sein Herz heftig pochte.

»Drei Viertel, ein Viertel«, brach Peller schließlich das Schweigen.

Balthasar verspürte Enttäuschung. Er hatte gehofft, sich durchsetzen zu können, und nun –

»Für die ersten drei Lieferungen«, fuhr Peller fort. »Wenn alles zur gegenseitigen Zufriedenheit abgewickelt werden sollte, erhöhen wir Euren Anteil auf ein Drittel.«

»Ich danke Euch, hochwohlgeborener Herr«, sagte Balthasar, und er meinte es aus tiefster Seele so.

»Dankt mir nicht zu früh, denn noch ist nichts vereinbart.«

»Natürlich, hochwohlgeborener Herr.«

Der andere streckte ihm die Hand entgegen. »Herr Peller mag genügen, nun, da wir zusammenarbeiten.« Balthasar ergriff sie und schüttelte sie freudig.

»Die weiteren Details werden wir im Falle einer zustande kommenden Vereinbarung mit den Lutheranern noch ausarbeiten. Wo nächtigt Ihr, sofern Ihr mir diese Frage gestattet, Herr Heidfeldt?«

»Im Wilden Mann.«

»Eine gute Wahl.« Peller nickte beifällig. »So erwartet morgen um die Abendzeit meinen Boten. Folgt ihm, ohne Fragen zu stellen, er wird Euch zu jemandem bringen, der für die Lutheraner sprechen wird. Er ist vertrauenswürdig, ich kannte ihn schon, bevor dieser Krieg ausbrach.«

»Ich werde tun, was Ihr sagt, Herr Peller.«

»Gut. Dann sind wir fertig.«

»Eine Sache noch.« Balthasar räusperte sich.

Der Nürnberger, der bereits im Begriff gewesen war zu gehen, sah ihn fragend an.

»Ich bin der Ansicht, dass wir Piero Contarini bei dieser Sache aus dem Spiel lassen sollten«, meinte Balthasar vorsichtig.

»Das müsst Ihr nicht erwähnen. Unser venezianischer Freund wird bei diesem Unternehmen, so es denn tatsächlich Realität wird, nicht gebraucht.«

»Das weiß ich. Aber ich finde auch, es ist besser, ihn überhaupt nicht zu informieren. Je weniger von unserem Vorhaben wissen, desto besser.«

Peller sagte eine Weile nichts. Dann überzog ein feines

Lächeln sein Gesicht. »Wie Ihr wünscht, Herr Heidfeldt. Und nun gehabt Euch wohl.«

In dieser Nacht betrank sich Balthasar in einer Gaststätte, bis er nicht mehr stehen konnte. Der Plan geht auf, rief er sich immer wieder in Erinnerung, und ich werde eine Menge Geld machen.

Für Ippolita.

Wen kümmerte es da, dass er gelogen hatte? Natürlich wusste sein Vater nicht Bescheid, aber wenn das Geld floss, würde auch Johannes Heidfeldt zugeben müssen, dass sein Sohn richtig gehandelt hatte.

Nach dem letzten Becher Wein schleppte sich Balthasar in seine Schlafkammer und fiel auf das Bett. Durch das Fenster war die Scheibe des Mondes zu sehen.

Bevor ihm die Augen zufielen, war ihm, als ob sich der Mond in Ippolitas liebliches Gesicht verwandelte, das ihn lockend anblickte ...

Pellers Bote, ein gut aussehender junger Mann mit schulterlangen schwarzen Haaren und glatt rasiertem Gesicht, holte Balthasar wie vereinbart am nächsten Abend ab. Der Kaufmannssohn folgte ihm mit immer noch schwerem Kopf und nicht weichen wollender Übelkeit im Bauch. Die gestrige Zecherei war eine Dummheit gewesen, schalt er sich, denn sein Kopf musste für die Verhandlungen klar sein. Aber er riss sich zusammen und bemühte sich, mit dem Boten Schritt zu halten.

Der bewegte sich rasch durch die Gassen der inneren

Stadt. Sie entfernten sich vom Zentrum und hielten schließlich vor einem großen, offenbar verlassenen Fachwerkbau an.

Der Bote sah kurz nach beiden Seiten, dann öffnete er das Tor. »Tretet ein, Herr Heidfeldt.«

Sein Ton gefiel Balthasar nicht. Ein Hauch von Spott, von Überlegenheit lag darin. »Was ist das für ein Gebäude?«, fragte er gereizt.

»Eine Brauerei, deren Besitzer seines Glückes verlustig ging. Mein Herr hat sie ihm abgekauft.«

»Und dein Herr betreibt sie nicht weiter?«

»Man wird sehen.« Der Bote machte eine Handbewegung. »Bitte geht hinein, wir haben nicht viel Zeit.«

Balthasar fügte sich, auch wenn er kein gutes Gefühl hatte. Aber es blieb ihm keine Wahl, und schließlich hatte Martin Peller alles in die Wege geleitet. Da würde es wohl seine Richtigkeit haben.

Der Bote schloss das Tor hinter sich, entzündete die mitgebrachte Laterne und ging voraus durch einen großen Raum, der von einem betäubenden süßlichen Geruch erfüllt war. Balthasar wurde auf der Stelle noch übler, und er rümpfte hörbar die Nase.

»Es ist der Geist der Maische, den Ihr riecht.« Wieder glaubte Balthasar Spott in der Stimme des Boten zu hören. »Den bekommt man aus einem solchen Haus nicht mehr heraus.«

Jetzt öffnete der Mann eine Tür und leuchtete hindurch. Stufen wurden sichtbar, die in die Dunkelheit hinabführten.

»Wohin führt diese Treppe?«, fragte Balthasar misstrauisch.

»In einen unterirdischen Gang. Solche gibt es unter der ganzen Stadt, damit die Brauereien ihr Bier kühlen können. Sie sind verzweigt und unübersichtlich, niemand weiß genau, wie viele es sind. Und einige, so wie der dort unten, sind verlassen.«

»Mithin also der beste Platz für geheime Treffen.« Balthasar war beeindruckt.

»Ihr habt es erfasst, junger Herr Heidfeldt.« Noch ehe der Bote die Worte zur Gänze ausgesprochen hatte, war er bereits durch die Tür gegangen und stieg die Stufen hinab.

Balthasar lag eine scharfe Erwiderung auf der Zunge, aber er unterdrückte sie. Es war besser, den Mann später in seine Schranken zu weisen. Noch brauchte er ihn, um den Lutheraner zu treffen, welcher offenbar der Verbindungsmann für die Waffengeschäfte sein würde.

Die beiden Männer folgten den Stufen in die Finsternis. Am Ende der Treppe befand sich eine weitere Tür, die sich auf einen Gang öffnete, der in den bloßen Sandstein geschlagen war.

Das Licht der Laterne fiel auf rohe Wände, die grünlich und rot schimmerten. Es war so kalt, dass der Sohn des Kaufmanns Heidfeldt seinen Atem sehen konnte. Von irgendwoher war das Geräusch von auf Stein tropfendem Wasser zu hören. Balthasars Unbehagen wuchs.

Der Bote ging voran, bis der Gang in einen großen Raum mündete, in dem eine noch größere Kälte herrschte und der bis auf einen großen Tisch und eine Bank leer war. Auf dem Tisch standen ein Krug und einige Becher.

»Wir sind im Kühldom, wie man es nennt.« Der Bote deutete mit der Laterne um sich. »Hier wurde früher das Bier mit Eis, das man von den Bergen herbrachte, gelagert.«

»Ich bin hocherfreut, von dir mit solch profundem Wissen versorgt zu werden.« Balthasar fixierte den anderen. »Aber wenn ich mich recht erinnere, sollte ich hier jemanden treffen.«

Der Bote ging zum Tisch, schenkte aus dem Krug zwei Becher voll. Er deutete darauf. »Bitte sehr, Herr Heidfeldt.«

»Ich möchte nichts.« Balthasar hob seine Stimme. »Noch einmal – wo ist der Mann, zu dem du mich bringen solltest?«

»Er steht Euch gegenüber.« Der vermeintliche Bote nahm einen der Becher. »Ich pflege bedeutende Vorhaben, vor allem wenn sie äußerste Verschwiegenheit erfordern, gerne selbst zu erledigen. Auf Euer Wohl, Herr Heidfeldt.« Er prostete Balthasar zu.

Der war wie vor den Kopf geschlagen. »Ihr …«

»So ist es.« Der Mann nickte. »Mein Name ist Joachim Sailer. Herr Peller hat mich darüber informiert, dass Ihr unserer Sache nützlich sein könntet.«

»Das – das ist richtig.« Balthasar hatte sich wieder gefangen.

»Nun, die erste Frage, die sich für mich stellt: Warum sollte ein Katholik den Lutheranern helfen?«

Der junge Transporteur hatte diese Frage erwartet, und so kam ihm die Antwort leicht über die Lippen. »Ich bin Kaufmann. Wer meine Ware braucht, an den liefere ich sie, ungeachtet seiner Konfession.«

»Auch an Ketzer, wie Eure Leute nicht müde werden, uns zu schimpfen?«

»Wer meine Ware braucht, bekommt sie«, wiederholte Balthasar nachdrücklich. »Denn am Ende ist es am Herrn zu richten, nicht an mir.«

»Ein Kaufmann durch und durch.« Sailers Ton ließ nicht erkennen, was er von dieser Tatsache hielt.

»Unser Haus ist seit letztem Jahr im Handel mit Kriegszeug vertraut. Niemand wird Verdacht schöpfen, auch wenn die Routen ab und an anders verlaufen.«

»Und die Leute, die Ihr dafür in Diensten habt?«

»Sind in völligem Maße vertrauenswürdig.«

Sailer kniff die Augen zusammen. »Vertrauen ... Da sprecht Ihr einen wichtigen Punkt an.« Er betrachtete den Becher, den er immer noch in seiner Hand hielt. »Wisst Ihr, Herr Heidfeldt, ich habe noch nie einem Mann vertraut, mit dem ich nicht getrunken habe.« Die Bemerkung klang beiläufig, aber ihre Bedeutung war überdeutlich.

Balthasar nahm den anderen Becher. Der Geruch von Bier stieg ihm in die Nase und verursachte ihm heiße Übelkeit. Doch er biss die Zähne zusammen, er durfte sich nichts anmerken lassen. »Auf Euer Wohl.«

Sie stießen an.

Balthasar war aufrichtig froh, früher bereits Bier getrunken zu haben, denn sonst hätte er sich hier und jetzt über den Tisch, die Bank und Sailer übergeben.

So aber rollte Balthasar das bittere Gesöff kurz in seinem Mund hin und her, bevor er es schluckte. Sein Magen hob und senkte sich.

Beherrsch dich. Denk an Ippolita.

Das Bier blieb unten. Balthasar stellte den Becher ab.

»Nun gut, Herr Heidfeldt. Herr Peller vertraut Euch, und ich denke, ich kann es auch. Ihr werdet unverzüglich mit der Belieferung beginnen. Was wir benötigen, wisst Ihr – es unterscheidet sich in nichts von dem, was an die Liga geht.«

Balthasar unterdrückte ein letztes Aufwallen von Übelkeit und nickte. »Hundertfünfzig Musketen nebst allem, was die Schützen benötigen, dazu Piken, Harnische und Weiteres wird in einer ersten Lieferung möglich sein.«

»Das ist gut«, nickte Sailer befriedigt. »Meine Herren in der Kurpfalz wollen schon jetzt so viel Ausrüstung wie möglich in den Lagern wissen, um für das kommende Jahr gewappnet zu sein. Denn dann werden wir der Liga gegenübertreten.«

»Dann wäre nur noch eine Frage zu erörtern – der Preis.« Balthasar zögerte kurz. »Aufgrund der schwierigen Umstände dieses Unternehmens setzten wir ihn zu einem Drittel über dem üblichen Preis fest.«

»Ihr scherzt, Herr Heidfeldt«, entgegnete Sailer entschieden.

»Bedenkt doch, welches Risiko wir zu tragen haben. Und es ist auch nicht so –«

»– dass wir eine andere Wahl haben, wollt Ihr doch sicher sagen.« Sailer lächelte, aber es war ein Lächeln, das seine Augen nicht erreichte. »Und doch verlangt Ihr zu viel.«

»In diesem Fall werdet Ihr Euch jemand anderen suchen müssen. Ich selbst bin auf dieses Vorhaben weniger angewiesen als Ihr.« Balthasar staunte in diesem Augenblick über sich selbst. Er fühlte sich alles andere als sicher, aber nach außen hin gelang es ihm, sehr abgeklärt zu wirken.

Sailer schwieg eine Weile. Dann schüttelte er den Kopf. »Ein Kaufmann durch und durch … also gut. Ich nehme Euren Vorschlag an.«

Balthasar jubelte innerlich. »Das freut mich überaus, Herr Sailer. Ich darf Euch versichern, dass Ihr es nicht bereuen werdet. Wir haben unsere Vereinbarungen noch stets eingehalten.«

»Oh, davon bin ich überzeugt.«

Sailer trat näher an Balthasar heran. »Und Ihr werdet noch etwas anderes einhalten, Herr Heidfeldt«, sagte er mit ruhiger Stimme.

Balthasar zog fragend die Brauen hoch.

»Ihr werdet mich nie hintergehen, ganz gleich, was geschieht. Für Euch mag das alles nur ein weiteres Unternehmen sein, aber für mich und meine Herren ist es der entscheidende Kampf für unseren Glauben. Und wir sind bereit, diesen Kampf mit allen Mitteln zu führen. Habe ich mich deutlich ausgedrückt?«

»Überaus deutlich«, erwiderte Balthasar leichthin.

Sailers Augen blitzten auf. »Das hoffe ich. Denn wenn Ihr Euch nicht daran haltet, werden wir uns hier unten wiedersehen, und ich werde Euch in Fesseln mit einer Schnittwunde im Gemächt zurücklassen, auf dass Euch die Ratten bei lebendigem Leibe auffressen.«

»Solche Maßnahmen werden nicht nötig sein«, erwiderte Balthasar, diesmal mit gebührendem Ernst. »Das Haus Heidfeldt steht zu seinen Verpflichtungen.«

»Dann sind wir uns ja einig.« Sailer streckte Balthasar die Hand entgegen. »So lasst uns denn auf unsere gemeinsame Zukunft einschlagen.«

Der ergriff die Hand und schüttelte sie energisch.

Dann stellte er die Frage, die ihm noch auf der Zunge brannte. »Herr Sailer, etwas müsst Ihr mir noch sagen.«

»Ja?« Der andere blickte ihn an.

»Ihr kanntet mich nicht, und seid doch allein mit mir in dieses Gewölbe gestiegen.«

Ein Grinsen huschte über Sailers Gesicht. »Und jetzt meint Ihr, dass ich entweder ein sehr mutiger oder ein sehr törichter Mann sein muss?«

»Nun, bei der Wichtigkeit des Ganzen –«

Nun lachte Sailer laut auf. »Ihr habt noch eine Menge zu lernen, Balthasar Heidfeldt.« Er hob kurz eine Hand. Unmittelbar danach traten zwei Gestalten aus den Schatten des Kühldoms. Stumm stellten sie sich hinter Sailer. Beide waren groß und mit Rapieren bewaffnet, einer hatte hässliche Furunkel auf der linken Wange.

»Ist Eure Frage damit beantwortet?«, fragte Joachim Sailer ironisch.

Prag, 21. Juni A.D. 1621

Der Morgen hätte anbrechen können wie an den Tagen zuvor – kühl, trist und still. Doch an diesem Morgen schallte Trommelwirbel über den Ring vor dem Altstädter Rathaus. Wie eine nicht enden wollende Salve fegte er über die Köpfe der versammelten Bürger, auf deren Gesichtern sich Betroffenheit, Mitleid, mitunter auch pures Entsetzen widerspiegelten, und brach sich an den Fassaden der Häuser und der Kirche Unsere Liebe Frau vorm Theyn. Kaum einer sprach ein Wort, vielen kam nur ein leises Schluchzen oder Wimmern über die Lippen.

Es war also tatsächlich wahr geworden, was viele von ihnen in der Nacht zuvor schon geahnt oder insgeheim befürchtet hatten: Nachdem die Wachen der Stadt verstärkt und alle Tore geschlossen worden waren, wurde nun eine Ausgangssperre verkündet. Unter Strafe durfte sich kein Bürger, Knecht oder Geselle nach Anbruch der Dunkelheit noch auf den Straßen tummeln. So würde nicht nur die Nacht über Prag fallen, sondern auch eine bedrückende, alles verschlingende Stille.

Erst waren nur die schweren Schritte von Soldaten zu hören, das vereinzelte Klirren von Rüstungen und Waffen sowie das Knarren von Wagenrädern. Dann erhellten Dutzende Fackeln den Altstädter Ring, und unter ihrem flackernden Schein luden Knechte Bretter und Balken ab, aus denen unter den hallenden Schlägen von Hämmern ein großes Podest gezimmert wurde, das als Richtstätte dienen sollte.

Vor diesem stand nun Philipp in der ersten Reihe, umringt von Soldaten, die mit Musketen bewaffnet waren. Er hatte vom Grafen von Zerotein den Auftrag erhalten, das Geschehen zeichnerisch festzuhalten, um für die Nachwelt zu verewigen, wie mit jenen verfahren wurde, die sich gegen Gott und Kaiser auflehnten.

Auf dem Podest stand ein mannshohes Kruzifix, mahnend und erlösend zugleich. Dahinter verharrten die Delinquenten, manche tief ins Gebet versunken.

Am Balkon vor dem Rathaus hatten die hohen Herren der Stadt Platz genommen und beäugten mit sichtlicher Genugtuung, was sich auf dem Podest zu ihren Füßen abspielte. Unter ihnen weilte auch Albrecht Wenzel von Waldstein, der neue Statthalter von Prag, dessen Soldaten den Platz und die angrenzenden Straßen sicherten, um mögliche Unruhen im Keim zu ersticken.

Begonnen hatte das Schauspiel mit einem gemeinschaftlichen Gebet, das mit den Worten endete: »Möge der große und allmächtige Gott und Erlöser alle bösen Anschläge wider Seine Kaiserliche Majestät und Seine christliche Kirche gnädiglich brechen. Amen.«

Dann hatte der Ausrufer die Bühne betreten, ein großer stämmiger Mann von grimmiger Natur. Seine Aufgabe bestand darin, allen Versammelten lauthals kundzutun, weshalb hinter ihm siebenundzwanzig Männer standen – drei adlige Herren, sieben Ritter und siebzehn Bürger. Allesamt waren sie nicht aus Prag geflohen, weil sie wohl auf die

Großherzigkeit des Kaisers vertraut hatten. Offenbar vergebens.

»So werden diese siebenundzwanzig«, sprach der Ausrufer mit lauter und gewichtiger Stimme, »wegen Rebellion und Landfriedensbruch gegen Seine Kaiserliche Majestät, bei Einziehung ihrer sämtlichen Güter, standesgemäß zum Tod durch den Strang oder das Schwert verurteilt!«

Als schließlich der Scharfrichter, ein gewisser Johann Seifenmacher, mit seinen vermummten Schergen die Hinrichtungsstätte betreten hatte, verstummten selbst jene unter den Versammelten, die bis zu diesem Zeitpunkt noch geschwatzt hatten.

Mit schnellen Strichen und Schraffierungen hielt Philipp jene Augenblicke fest, die seiner Meinung nach sinnbildlich für das standen, was an jenem Morgen geschah – die traurige Schar an Bürgern, sich an den Händen haltend oder betend. Die verzweifelten Blicke der Verurteilten, himmelgerichtet und flehend. Die Stadtoberen und geistlichen Würdenträger auf dem Balkon, mit selbst- und gottgefälligen Mienen.

Die Trommelwirbel ebbten ab, wurden mit einem weiteren Schlag beendet.

Als Erster wurde Graf Joachim Andreas von Schlick in die Mitte der Bühne gestoßen. Er war Obrist und einer derjenigen, welche drei Jahre zuvor die beiden katholischen Statthalter sowie den Kanzleisekretär aus dem Fenster der Prager Burg geworfen hatten. Nach einem Gebet kniete er nieder und bot sein Haupt dar, das Kinn gereckt. Der Scharfrichter holte mit dem Schwert aus, hielt einen Augenblick lang inne – und schlug dem Grafen mit großer Behändigkeit und in einem Streich den Kopf ab.

Sogleich trat er einen Schritt zurück, um dem Blutschwall auszuweichen, der aus dem Rumpf pulsierte. Dann wartete er, bis das abgetrennte Haupt auf dem Boden zum Liegen kam und der Körper zur Seite gefallen war. Mit einem weiteren Schlag hieb er die rechte Hand vom leblosen Körper ab. Schließlich gab er seinen vermummten Schergen durch Kopfnicken ein Zeichen, die den Toten von der Bühne schleiften und Kopf und Hand in einen eisernen Korb legten.

Nachdem sich das Raunen unter den versammelten Bürgern gelegt hatte, verkündete der Ausrufer den Namen des Nächsten – Wenzel Wilhelm Freiherr Budowecz von Budowa, einer der Wortführer der rebellischen Taugenichtse, wie ihn der Ausrufer protokollgemäß hieß.

Ihm wurde nur der Kopf abgetrennt.

Als Dritter und Letzter der adeligen Herren kam Christoph Harant von Polschitz und Weseritz an die Reihe. Er war einer der Heerführer der Aufständischen gewesen, Geheimer Rat und Präsident der böhmischen Kammer, von Wallenstein gefangen genommen. Nun verlor er sein Leben, ebenfalls durch das Schwert.

Jene drei, die durch den Strang gerichtet werden sollten, wurden mit am Rücken zusammengebundenen Händen zu den Galgen geleitet. Zwei von ihnen zog der Scharfrichter beim Rathaus auf, den dritten auf einem Galgen unweit der versammelten Bürger.

Nach wenigen Minuten hilflosen Zappelns erschlafften ihre Körper, endlich und endgültig.

Philipp merkte, wie ihn das Schauspiel zu ermüden begann. Nicht, weil er kein Mitleid mit den Hingerichteten empfand, sondern weil ihm unklar war, was genau er hier festhalten sollte. Jede einzelne arme Seele, verharrend im Augenblick, bevor das Richtschwert sie aus dem Leben schnitt? Das Entsetzen ob der Ungerechtigkeit in den Augen der Versammelten, da der Kaiser offenbar keine Gnade walten ließ? Oder eine zusammenfassende Darstellung der heutigen und der vorangegangenen Ereignisse, die man in Kupfer stechen, auf Papier drucken und als lehrreiches Flugblatt im ganzen Reich verkaufen würde?

Er entschied, dass er genug gesehen hatte. Den Rest würde er mit Leichtigkeit aus der Erinnerung zeichnen können. Daher verstärkte er nur noch in unregelmäßigen Abständen Linienführung oder Schraffierung auf dem jüngsten Blatt, darauf hoffend, das Ganze würde schnell vorbei sein.

Doch seine Hoffnung war vergebens.

Fünfzehn Köpfe waren schon gerollt, zwei Klingen hatte der Scharfrichter bereits verschlissen, und drei Stunden waren vergangen. Auch die versammelten Bürger schienen am Ende dessen, was sie ertragen konnten.

Dann betrat Johannes Jessenius die Bühne, der ehemalige Rektor der Prager Universität. Auch er durfte ein kurzes Gebet sprechen. Anschließend musste er sich dort niederknien, wo bereits das Blut von fünfzehn Männern eine Lache bildete, die zu groß war, um ihr auszuweichen. Mit seinen vierundfünfzig Jahren war er ein über die Landesgrenzen hinaus geachteter Philosoph und Mediziner, der zwanzig Jahre zuvor die erste öffentliche Autopsie in Böhmen durchgeführt und damit großes Aufsehen erregt hatte. Nach dem Fenstersturz entsandten ihn die lutherischen Stände an den ungarischen Reichstag, wo er öffentlich eine Lobpreisung auf den Winterkönig gehalten hatte, die ihm nun zum Verhängnis geworden war. Denn Jessenius' Urteil fiel härter aus als das der anderen.

Bevor ihn der Scharfrichter enthauptete, fasste er seine Zunge mit einer kleinen Zange, zog sie heraus und schnitt sie mit einem Dolch ab. Der ehemalige Rektor versuchte, Haltung zu bewahren, doch er spuckte Blut, verschluckte sich daran und fiel von einem Hustenanfall in den nächsten. Ein gezielter Streich mit dem Richtschwert erlöste ihn von seinen Qualen. Dann wurde sein lebloser Körper in vier Teile gehackt, was Entsetzen und Abscheu bei den Versammelten noch größer werden ließ.

Auch Philipp seufzte schwer. Ihm war bewusst, was der Kaiser mit derartigen Exempeln, wie an von Schlick und Jessenius vollzogen, lehren wollte: Wer die Hand erhebt, dem wird sie abgeschlagen. Wer seine Zunge nicht im Zaum halten kann, dem wird sie abgeschnitten.

Außerdem würden zwölf Köpfe, zwei Hände sowie die Zunge des Rektors nach dem heutigen Tag auf dem Altstädter Torturm aufgespießt werden, um dort als warnendes Beispiel zu dienen.

Wenn es doch nur so einfach wäre, kam dem Maler in den Sinn, dem Menschen Gerechtigkeit einzutrichtern, dann gäbe es keine Schänder oder Mordbrenner mehr. Nicht, nachdem auch nur einer von ihnen als abschreckendes Beispiel hingerichtet worden war. Aber so einfach ging das mit Gottes Schöpfung wohl nicht, sinnierte Philipp weiter, während nach über vier Stunden der letzte Verurteilte vom Leben in den Tod befördert wurde.

Der Mensch machte sich seine eigenen Gesetze, seine eigene Moral – und er vergaß schneller, als es ihm zuträglich war.

❧ ☙

Die sommerliche Abendluft war lau und schmeichelnd. Während das Abendrot sanft im Westen verklang, blitzten immer mehr Sterne am wolkenlosen Firmament auf. Darunter, auf der nördlichen Seite des Festungswerks der Prager Burg mit dem Veitsdom gelegen, breitete sich der Königsgarten aus. Darin stand das Lustschloss der Königin Anna, das einst prächtig im italienischen Baustil errichtet worden war, mit einem Arkadengang aus sechsunddreißig Säulen und einem mit Kupferplatten gedeckten Dach, welches seiner Form nach an den Rumpf eines Schiffes erinnerte, das kieloben lag.

Vor dem Lustschloss erklang die Musik eines Geigentrios, und an die einhundert Gäste bevölkerten den Garten, der nur noch einen Hauch von jener Pracht besaß, in der er einst geplant worden war. Im flackernden Schein unzähliger Fackeln wirkte er jedoch wild-romantisch und geheimnisvoll.

»Wart Ihr bereits einmal hier oben geladen?«, fragte de Witte Christoph, der ihn nach dem Spektakel der Hinrichtungen hierherbegleitet hatte.

»Mit Verlaub, nein, ich hatte noch nie das Vergnügen.«

»Kaiser Ferdinand I. ließ all das hier für seine Gemahlin Anna Jagiello errichten, die er sehr geliebt hat und die sich im Volk außerordentlicher Beliebtheit erfreute. Doch wie es das Schicksal wollte, erlebte sie die Fertigstellung nicht mehr. 1547 starb sie bei der Geburt ihres fünfzehnten Kindes.« De Witte seufzte. »Das Schloss wurde zwar fertiggestellt, wird seither jedoch mehr vernachlässigt denn gepflegt, wie sich an Bausubstanz und Wildwuchs der Pflanzen unschwer erkennen lässt.«

»Für mich strahlt alles hier eine gewisse wilde Schönheit aus«, sagte Christoph und meinte es auch so.

»Gewiss, besonders am Abend. Deshalb werden Lustschloss und Garten vermutlich immer noch für Feierlichkeiten wie diese genutzt.«

»Und weil kein schöneres Bauwerk zur Verfügung steht«, tönte eine gewichtige Stimme hinter de Witte und Christoph. »Nun, zumindest noch nicht.«

Der Transporteur und der Hofhandelsmann drehten sich um und standen einem groß gewachsenen Mann gegenüber, der Anfang dreißig sein musste. Ihn zierten ein gepflegter dunkler Schnurr- und Spitzbart, dreieckig zusammenlaufende Geheimratsecken und ein stechender Blick, der nicht verriet, ob der Mann einem wohlgesonnen war oder nicht.

De Witte breitete die Arme aus. »Wallenstein!«

Die beiden Männer begrüßten sich herzlich.

»Darf ich Euch vorstellen?«, fuhr de Witte fort. »Dies ist Christoph Ackermann.«

Dieser deutete eine Verbeugung an, die Wallenstein erwiderte.

»Albrecht Wenzel von Waldstein.«

»Ich darf Euch gratulieren«, sagte Christoph, ohne darauf zu warten, gefragt zu werden. »Wie ich hörte, seid Ihr nun Mitglied des Hofkriegsrates zu Wien.«

»Das bin ich in der Tat«, meinte Wallenstein stolz. »Außerdem Statthalter von Prag und noch ein bisschen mehr.«

Selbst jetzt konnte Christoph nicht deuten, wie der

Mann ihm gegenüber auftrat. War er erfreut? Dienten die Floskeln lediglich der Höflichkeit und waren dazu gedacht, die Begegnung möglichst schnell wieder zu beenden? Seine ausgeprägte Überheblichkeit gedachte der Adlige jedenfalls nicht zu überspielen, so viel stand fest.

»Ihr seid also der neue Partner dieses ketzerischen Bankiers?«

Unwillkürlich richtete sich Christoph kerzengerade auf. »Das bin ich voller Stolz. In Zeiten wie diesen sind –«

»Worauf ich eingangs angespielt hatte«, unterbrach Wallenstein Christoph ungerührt, »war, dass ich am Fuße des Hradschin gedenke, mir ein Palais bauen zu lassen. Etwas Prächtiges, etwas Großes.«

De Witte verschränkte die Arme. »Nun, da müsst Ihr erst einmal für Platz sorgen, so dicht, wie dort die Häuser stehen.«

Wallenstein machte eine Handbewegung, als wollte er etwas vom Tische fegen. »Was der Mensch erbaut, kann der Mensch auch schleifen. Zwanzig Häuser sollten dafür genügen, oder nicht, mein Freund?«

De Witte zuckte mit den Schultern. »Aus meiner Sicht ist das nur eine Frage des Geldes. Wie alles auf dieser Welt.«

Wallenstein lachte auf. »Immer der Bankier!« Dann zwinkerte er Christoph zu und deutete auf de Witte. »Man könnte meinen, man spricht mit einem Juden.«

Die beiden anderen Männer lächelten höflich, wenn auch gezwungen.

»Solltet Ihr eines talentierten Malers für Gemälde und Fresken in Eurem neuen Palais bedürfen«, warf Christoph den Köder aus, »so wendet Euch vertrauensvoll an mich.«

Der Kriegsherr gab sich überrascht. »Transporteur *und* Kunstmäzen! Ich bin beeindruckt!«

»Und sein Sohn Philipp ist höchst begabt, müsst Ihr wissen«, bekräftigte de Witte.

»Muss ich das? Nun, ich werde mich gern daran erinnern, wenn es denn so weit ist und die Gestirne es goutieren, Herr Ackermann«, sagte Wallenstein.

»Die Gestirne?« Christoph gab sich erstaunt.

»Ihr müsst wissen«, sprang de Witte in die Bresche, »mein guter Freund Wallenstein ließ sich vor einigen Jahren ein Horoskop von Seinem Kaiserlichen Hofmathematiker Johannes Kepler erstellen.«

»Ein Weitblick, der meinem geschätzten Herrn de Witte leider fehlt. Euch kann ich nur auch dazu raten«, meinte Wallenstein, nun ohne jegliche Arroganz, und blickte in den nächtlichen Himmel. »Die Sterne sind unseres Schicksals Schmied.«

»Ihr könnt wahrlich einen hochrangigen Edelmann Euren Freund nennen«, sagte Christoph zu de Witte, als sie wieder zu zweit durch die Gartenanlage flanierten. Wallenstein hatte sie allein gelassen, nachdem er erneut ausgiebig von seinem geplanten Prachtbau geschwärmt hatte.

»Einen Freund? Mit Wallenstein ist das so eine Sache ...«, gab sich de Witte zugeknöpft. »Ihr habt ihn ja soeben selbst erlebt. Er ist ... wie soll ich sagen ...«

»Er ist Wallenstein«, brachte Christoph es auf den Punkt.

De Witte lachte. »Vortrefflich, ja, das ist er. Ein kühner Stratege, der, wenn man seinen Gegnern Glauben schenkt, oftmals die eigenen Leute hintergeht, um seiner Sache oder ihm selbst einen Vorteil zu verschaffen. Und er ist ein Meister der Zahlen, eine Eigenschaft, die vielen Feldherren fehlt. So wie ich handelt Wallenstein nicht aus der Überzeugung, für den einen wahren Glauben zu kämpfen. Er tut es im Grunde für sich.« De Witte senkte die Stimme. »Bis zum heutigen Tag soll der Kaiser ihm für Anwerbungen und sonstige Kriegskosten über einhundertneunzigtausend Gulden schulden.«

Christoph pfiff durch die Zähne.

»Natürlich ist beiden Parteien bewusst, dass diese Schuld niemals zurückgezahlt werden kann, und daher verpfändet der Kaiser einfach Ländereien. Über Semil, Großskal, Gitschin und viele mehr soll Wallenstein bereits das Pfandrecht haben.«

»Und der Krieg geht weiter«, warf Christoph ein und war sich gleichzeitig bewusst, welch großen Vertrauensvorschuss derlei Informationen darstellten. Vielleicht hatte de Witte die Art gekränkt, wie Wallenstein ihn im Spaße genannt hatte, vielleicht auch nicht. Christoph wusste nur, dass er in diesem Augenblick am rechten Ort war.

»Ganz recht«, fuhr de Witte fort, »der Krieg geht weiter. Achtzigtausend Gulden soll der Kaiser Wallenstein abverlangt haben, und der hat zugesagt. Jetzt besitzt er auch noch das Pfand über die Grundherrschaften an Reichenberg und Friedland.«

»Erstaunlich, dass Wallenstein eine solche Schuldenlast tragen kann.«

»Das tut er eben nicht!«, sagte de Witte lauter als gewollt und mahnte sich sogleich zur Mäßigung. »Auch er überträgt die Schuldenlast, an Leute wie mich.«

»Ihr finanziert Wallenstein?«

»Nun, ich und einige andere. Ein gutes Geschäft lässt sich unter jedem Stein finden, wie ich zu sagen pflege. Man muss nur gewillt sein, ihn umzudrehen.«

»Und wie, wenn Ihr die Indiskretion gestattet, könnt Ihr auf solche Vermögensreserven zurückgreifen?«

»Auch ich entlehne. Man muss nur darauf achten, dass die Zinsen, die man verrechnet, nicht die gleichen sind, die man bezahlt.«

»Ich verstehe, was Ihr meint.« Christoph blickte den anderen nachdenklich an. »Man kann nur hoffen, dass dieses Kartenhaus aus Leihen und Verleihen nicht irgendwann in sich zusammenbricht.«

Prag, Sommer A.D. 1621

Christoph Ackermann traute seinen Augen nicht. Überall an den Wänden des Ateliers seines Sohnes hingen Zeichnungen, bildgewaltige Ausgeburten verstörender Gewalttätigkeiten in schwarzer Tinte. Ihm war, als hätte ein kranker Geist die Exzesse des Alten Testaments überhöht und sie mit abartigen sexuellen Spielweisen verbunden, um dem Betrachter Bilder ins Auge zu brennen, die er nie wieder vergessen könnte. Nach dem Schöpfer dieses gezeichneten Grauens hielt der Vater jedoch vergebens Ausschau.

»Philipp?« Keine Antwort.

Christoph rief noch einmal, diesmal lauter. Das Ächzen einer Tür am anderen Ende des Ateliers, die in den Hof führte, verriet, dass jemand kam. Dann trat Philipp ein, das Gesicht blass, die Haare strähnig.

»Herrgott, was ist denn mit dir?«

»Ich war pissen«, entgegnete der junge Mann lapidar. »Was suchst du hier, Vater?«

»Ich bin hier, um nach dir zu schauen. Du warst schon ewig bei keinem Sonntagsessen mehr, Lucas hat dich auch schon lange nicht mehr gesehen.«

Der Maler zuckte mit den Schultern. »Der muss ja seiner redlichen Arbeit nachgehen.«

»Deine Mutter macht sich Sorgen, Junge.«

»Dann kannst du ihr ja berichten, dass ich wohlauf bin und mich erquicklich des Lebens erfreue.«

Christoph sah seinen Sohn entgeistert an. »Das hier nennst du dich des Lebens erfreuen? Deine Mutter würde Albträume bekommen, sollte sie diese Zeichnungen sehen.«

»Wenn ich wollte, dass jedermann sie zu Gesicht bekommt, dann würde ich sie auf dem Viehmarkt verteilen, meinst du nicht?« Philipp setze sich auf die Liege, schlug die Beine übereinander und verschränkte die Arme. »Was willst du wirklich, Vater?«

Der merkte, wie ihm die Zornesröte ins Gesicht stieg. »Meinst du, dies ist der angebrachte Ton, in dem du mit mir reden solltest?«

»Ich will überhaupt nicht reden. Warum, glaubst du, setze ich kaum einen Fuß aus meinem Atelier? Die Menschen widern mich an, wenn du es genau wissen musst.«

Christoph atmete tief durch. Aufgebracht wollte er seinem Sohn etwas entgegenschmettern, etwas, das mit Dankbarkeit und Demut zu tun hatte. Etwas, das beinhaltete, was er und sein Weib alles hatten tun müssen, damit Philipp seiner Begabung nachgehen und die Teynschule besuchen konnte, um danach bei großen Meistern sein Handwerk zu verfeinern. Und wofür das alles? Für Tuschezeichnungen, für die einen die Katholiken vermutlich exkommunizieren würden. Aber nichts davon kam ihm über die Lippen.

Mit besonnenen Schritten näherte er sich der Liege und setzte sich ans andere Ende.

»Ich verstehe, dass das, was du gesehen hast, verstörend war. Dem Himmel sei Dank konnten wir alle bisher ein Leben führen, das uns das Leid des Krieges nur vom Hörensagen zutrug. Und obwohl wir in Schwäbischwerd alles zurücklassen mussten, haben sich Helene und ich doch wieder emporgearbeitet. Für uns. Für euch.«

Philipp löste sich aus seiner starren Haltung, schien zumindest ansatzweise zu verstehen, was Christoph ihm sagen wollte.

»Mein Sohn, ich will nicht behaupten, dass du das, was da an den Wänden hängt, nicht schaffen sollst. Aber eben nicht ausschließlich.«

»Ich werde schon wieder hübsche Nichtigkeiten in Öl malen. Lucas mag es ja nicht glauben, aber auch ich muss mir mein Salär hart verdienen.«

»Lucas weiß das doch«, meinte Christoph beschwichtigend. »Er findet nur eben keinen rechten Zugang zu den schönen Künsten. Deshalb arbeitet er auch bei mir und du hier.«

Philipp brummte seine Zustimmung.

»Auch kann der Kuss einer Muse oft Wundersames bewirken.«

Der Sohn verdrehte die Augen ob der Anspielung.

»Was hattest du an Agathe auszusetzen?«, bohrte Christoph nach. »Gut, sie ist nicht die hübscheste Stute im Stall, aber –«

»Aber der Stallbesitzer ist ein honoriger Adliger, und darauf kommt es schließlich an, richtig?«

Der Vater fuhr sich durch den kurzen, beinahe schon gänzlich weißen Vollbart. »Natürlich kommt es darauf *nicht* an. Deine Mutter und ich haben aus Liebe geheiratet, und das passiert wahrlich selten. Und nichts anderes wünsche ich mir für dich. Aber ich hätte gedacht, dass ihr beide ganz gut zusammenpassen würdet. Du, der künstlerische Freigeist, und Agathe, eine junge Frau, die weiß, was sie will.«

»Und was sie nicht will. Mich nämlich, Vater. Sie hat das Interesse an mir verloren. Bist du nun zufrieden?« Philipp stand auf, begann wie ein gehetztes Tier im Kreis zu gehen. »Lass mich einfach in Frieden! Du und Mutter mit euren weisen Ratschlägen. Ulrich und Catharina, die unbeschwert in den Tag leben können, als wären wir alle im Paradies.«

»Nun gut«, versuchte Christoph zu beschwichtigen. »Die beiden sind –«

»Die beiden sind zumindest ehrlicher als die meisten!« Philipp war nun außer sich. »Die beiden brauchen keinen Glauben vorschützen, um ihren Machthunger zu stillen! Sie brauchen keinen armen Lump in den Tod schicken, um noch mehr Reichtum anzuhäufen!«

Nun sprang auch Christoph auf. »Ja, weil die beiden ein reiches Elternhaus im Rücken haben, das für ihre Eskapaden geradesteht!«

»Dir geht es doch auch immer nur ums Geld.«

»Da hast du ausnahmsweise recht. Denn wenn man keines hat, dann hat man auch keine Wahl. Oder hast du schon vergessen, dass deine Mutter noch vor zwei Jahren Lumpen sammeln musste?«

Philipp schritt zu der Wand, die ihm am nächsten war, und begann seine Zeichnungen abzureißen. »Weißt du was? Ich werde die nun alle zum Verkauf anbieten. Dann kann ich euch ja vielleicht zurückzahlen, worum ich nie gebeten hatte!«

Mit gut einem Dutzend Zeichnungen unter dem Arm stürzte Philipp aus dem Atelier und warf das Tor lautstark hinter sich ins Schloss.

Christoph stand da und konnte noch nicht begreifen, wie das von ihm angestrebte ruhige Gespräch derart hatte ausarten können. Er verstand, dass ein Sohn seinen eigenen Weg gehen musste, so wie er es auch getan hatte, aber wider besseres Wissen zu handeln zeugte eher von Dummheit als von Zielstrebigkeit.

Er ging auf das Tor zu. Kurz bevor er es erreicht hatte, schwang es auf, und Philipp kam noch einmal herein.

»Lass mich dir noch sagen, was du ab sofort bei mir unterlassen kannst, Vater: Einer, der hinter dem Rücken seines Weibes dem Laster frönt, sollte tunlichst davon absehen, anderen Moralpredigten zu halten.«

Christoph war wie vom Blitz getroffen. Woher –

»Ich hab dich gesehen, Vater, damals in Schwäbischwerd. Dich und Sibylla Amling. Und der Kuss, den ihr euch gabt, war keiner, den man einer Bekannten oder Verwandten gibt. Also lass mich endlich in Frieden!«

Mit diesen Worten verließ Philipp endgültig sein Atelier.

Christoph war, als hätte man ihm einen Dolch ins Herz gestoßen. Enttäuschung über seinen Sohn war die eine Seite der Klinge, Reue ob des damaligen Betrügens seines Weibes die andere. Aber er würde befolgen, was sein Sohn verlangt hatte, und im Moment fiel ihm dies auch nicht schwer. Denn im Moment wollte er das Bürschchen frühestens zum nächsten Weihnachtsfest wiedersehen.

Ein heftiger Windstoß zerrte an den Ästen der Bäume, entriss ihnen die noch grüne Blätterpracht und trieb sie vor sich her. Wirbelnd taumelte sie über die teilweise eingestürzten Festungsmauern und weiter hinaus, über die Hütten am Fuße des niedrigen Berges, bis die Blätter irgendwann kraftlos zu sinken begannen und schließlich von den Fluten der Moldau verschluckt wurden.

»Die ersten Vorboten des Herbstes«, sprach de Witte, der neben dem Transporteur auf der Mauer stand.

»So weit würde ich nicht gehen. Auch wenn sich vermutlich so mancher Söldner das wünschen würde, damit das Blutvergießen zumindest eine winterliche Auszeit nehmen kann.«

»Das wird noch dauern. Immerhin konnten die kaiserlich-katholischen Truppen vor wenigen Monaten Pressburg rückerobern. Und Ambrosio Spinola hat im letzten Jahr zwar alle Gebiete erobert, die westlich des Rheins liegen, er hat sich aber wieder zurückgezogen und nur eine Garnison dort stationiert. Ich wette, dass der Bayernherzog ganz wild darauf ist, sich im Namen des Kaisers dieses Gebiet, wie auch den Rest der Pfalz, einzuverleiben – um es ihm anschließend natürlich in Rechnung zu stellen.«

Nachdenklich strich sich Christoph über den Vollbart. »Da habt Ihr wohl recht. Derart gewaltige Heerscharen fressen immerhin auch, wenn sie stehen.«

»Wallenstein selbst hegt für den Rest des Jahres ebenfalls große Pläne, die vorbereitet und finanziert werden wollen«, meinte de Witte und fuhr nach einer kurzen Pause fort. »Wisst Ihr, hier oben auf Wyschehrad habe ich immer gern gestanden und auf den Hradschin in der Ferne geblickt. So emsig und geschäftig es dort auch zuging, so ruhig empfand ich es hier. Von Mauern wie denen unter uns, die einst Macht und Größe repräsentierten, durch den Zahn der Zeit jedoch glanzlos geworden sind, geht immer noch eine stoische Würde aus. Als wüssten sie viel mehr als der Mensch. Als hätten sie sich mit ihrem Schicksal abgefunden und ertrügen es ohne Wenn und Aber.«

»Memento mori«, sprach Christoph leise, beinahe andächtig.

De Witte nickte. Dann wandte er sich von der Moldauseite ab. »Kommt, lasst uns ein paar Schritte gehen, damit ich Euch mein Leid klagen kann.«

Die beiden Männer stiegen die verfallenen Stufen der Mauer hinab und schritten langsam zwischen den Hütten der zahlreichen Handwerker hindurch, welche die verfallene Festung seit knapp einhundert Jahren bevölkerten.

»Ich weiß, Ihr seid fleißig und spornt die Männer an«, fuhr der Bankier fort. »Aber der Nachschub an Münzen liegt weit unter dem, was so mancher Kriegsherr von mir verlangt.«

»Noch mehr Kredite aufzunehmen scheint wohl nicht ratsam?«

»Die Verbindlichkeiten, die ich in den letzten Monaten eingegangen bin, übersteigen schon jetzt nahezu meine Möglichkeiten, sie bei den Messen termingerecht zurückzuzahlen. So gnade mir der Herr, wenn ich einen Termin verpasse. Meine Glaubwürdigkeit wäre gefährdet, und alle könnten ihr Geliehenes auf einen Schlag zurückfordern.« De Witte bekreuzigte sich. »Zu allem Übel leidet auch der Kaiser an chronischer Geldnot, wie jedes Kind weiß.«

Schweigend setzten die beiden Männer ihren Weg fort, während rund um sie Schmiede, Korbflechter und Weber ihrer Arbeit nachgingen.

Als Christoph und de Witte zur Rotunde des heiligen Martin kamen, einem einstöckigen Turmbau, der schon seit mehr als fünfhundert Jahren hier stand, blieb der Transporteur abrupt stehen. Sein Blick fixierte einen unbekannten Punkt in der Ferne, seine Lippen bewegten sich lautlos und mit einer Hast, als würde er ein stilles »Vater Unser« so schnell wie nur möglich herunterbeten.

De Witte zog die buschigen Augenbrauen zusammen und runzelte die Stirn. »Geschätzter Freund, muss ich mir Sorgen ob Eurer Gesundheit machen?«

Zunächst schien Christoph nicht zu reagieren. Doch dann löste sich seine Starre ebenso schnell, wie sie gekommen war. Mit seltsamer Verzückung sah er dem anderen in die Augen. »Wenn der Kaiser Geld braucht, dann sollte er doch auch bereit sein, etwas dafür zu geben.«

De Witte verstand nicht.

»Das Münzregal ist womöglich der Schlüssel«, erklärte Christoph und schien dabei seine Gedanken selbst zu ordnen, »und –«

»Und dieses ist ein Hoheitsrecht des Kaisers«, unterbrach ihn de Witte mit ungeduldigem Unterton. »Worauf wollt Ihr hinaus?«

»Was wäre, wenn einem der Kaiser einen Teil des Münzregals vertraglich zusichert?«, fuhr Christoph unbeirrt fort. »Denn unsere Bemühungen mit der Heckenmünze in allen Ehren, aber nur wer das Monopol auf die Münzprägung hält, der bestimmt auch den Wert des Geldes.«

De Witte wusste immer noch nicht, worauf sein Geschäftspartner eigentlich abzielte. Aber sein Schweigen verriet zumindest eine gewisse Neugierde.

»Sagen wir, jemand offeriert dem Kaiser, das Münzprägemonopol für Böhmen von ihm zeitlich begrenzt zu pachten, zunächst für ein Jahr. Die gebotene Pachtsumme müsste natürlich dementsprechend hoch sein.« Der Transporteur überlegte. »Sagen wir drei oder vier Millionen Gulden.«

»Drei oder – Ihr seid ja des Wahnsinns!« De Witte machte unwillkürlich einen Schritt zurück. »Das wäre so viel, wie ganz Böhmen in einem halben Jahr der Krone an Steuern zahlt!«

»Eben. Ein solches Angebot klingt einfach zu gut, um wahr zu sein, oder nicht? Also könnte der Kaiser es mit dem Hintergedanken annehmen, dass er dabei nur gewinnen kann. Und man verspricht ihm, dass die Pachtsumme jede Woche an die Kaiserliche Hofkammer geliefert würde, natürlich von Soldaten eskortiert.«

De Witte rieb Daumen und Zeigefinger aneinander. »Das wären … über einhunderttausend Gulden pro Woche. Welcher Mann soll so viele Münzen prägen?«

»Kein Mann«, entgegnete Christoph geheimnisvoll. »Niemand könnte eine solche Last alleine schultern. Nein, es müsste sich um den Zusammenschluss mehrerer kluger und fähiger Köpfe handeln. Ein Konsortium.«

»Ein Münzkonsortium?« Dem Bankier waren die Worte lauter entwichen, als er dies beabsichtigt hatte. Flüsternd fuhr er fort. »Dazu müssten sich die wichtigsten Herren des Landes und die gesamte Hofkammer verpflichten. Geheimratspräsident Graf Eggenberg. Wallenstein. Und natürlich der Hofjude Bassevi.«

»Fürst von Liechtenstein wäre ebenfalls äußerst dienlich. Es heißt, er soll Statthalter von Prag werden.«

»Ihr seid wohlunterrichtet, Herr Ackermann.«

»Dank Eures Vertrauens«, schmeichelte Christoph. »Stellt Euch vor, wir würden in Prag und in anderen Teilen des Reichs Prägestätten errichten und könnten selbst bestimmen, wie viele Gulden wir aus einer Feinmark[19] schlagen. Statt neunzehn wie bisher sind es vielleicht fünfzig oder sechzig, und das alles unter der Schirmherrschaft Seiner Kaiserlichen Majestät.«

»Das eingesetzte Kapital würde sich wohl … mindestens verdreifachen«, murmelte de Witte wie in Trance.

»Natürlich müsste mit der Pacht des Regals auch einhergehen, dass wir das Monopol auf den Silberhandel erhalten, andernfalls könnten wir unmöglich so viele Münzen prägen.«

»Und ein kaiserlich verbriefter Annahmezwang für die neue Münze wäre ebenfalls eine Bedingung …«

Der Bankier sah Christoph mit den verklärten Augen eines Kindes an, dem gerade ein Herzenswunsch erfüllt worden war. »Ihr versteht es tatsächlich, mich immer wieder aufs Neue zu überraschen, Herr Ackermann.«

In diesem Augenblick wussten beide Männer, dass sie einen ungeheuerlich großen verborgenen Schatz entdeckt hatten. Beide wussten, dass diese Idee zu ungeahntem Reichtum führen könnte, ohne Gefahr für Leib und Leben und ohne die Mühsal harter körperlicher Arbeit. Doch das Unterfangen barg auch gewisse Risiken. Neider konnten ihnen vorwerfen, Seine Majestät bewusst zu hintergehen, um sich selbst zu bereichern, und das konnte man als Hochverrat auslegen. Entscheidend war, wen man in welcher Reihenfolge mit ins Boot holte – und Christoph kannte bereits den Mann, bei dem de Witte den Anfang machen sollte.

---

19 1 Wiener Feinmark enthielt im Jahr 1618 280 Gramm Silber.

Bei Anbruch der Morgendämmerung hatte Christoph Hans de Witte vor dessen Domizil getroffen, und sie hatten gemeinsam dessen Kutsche bestiegen. Die Vorhänge der Seitenfenster im Kabinenwagen waren bereits zugezogen, sodass der Transporteur nur erahnen konnte, wohin die Fahrt ging. De Wittes Auskünfte hatten sich auf die zwingend notwendigen Details beschränkt, genau genommen lediglich auf Tag, Uhrzeit und den Zweck ihrer Reise – das Kennenlernen der einzelnen Teilhaber des sich möglicherweise bildenden Prager Münzkonsortiums.

Christoph hatte in dieser Nacht, wie auch schon die Nächte davor, äußerst unruhig geschlafen, da er im Geiste immer wieder die verschiedensten Eventualitäten durchspielte, die dieses Treffen nach sich ziehen konnte – und er hatte einige Nachforschungen in Auftrag gegeben, von denen er hoffte, sie könnten ihm von Nutzen sein. Doch nun war er wie ausgewechselt, die Ruhe und Besonnenheit in Person. Schon beim Händedruck zur Begrüßung hatte er seinen Geschäftspartner spüren lassen, wie überaus dankbar er ihm war, dass dieser ihn mit ins Boot geholt hatte, etwas, das andere Geschäftsleute mit Sicherheit nicht getan hätten. Zugunsten des eigenen Gewinns hätte man ihn wohl übervorteilt, denn wer konnte schon nachweisen, dass es die eigene Idee gewesen war, die etwas Großes hervorzubringen versprach?

Das Klappern der Hufe auf Pflastersteinen endete mit einem Mal, ein Hinweis für Christoph, dass sie die geschäftigen Straßen der Prager Kleinseite verließen. Das sanfte Rauschen zu seiner Rechten sagte ihm, dass die

Kutsche wohl am Teufelsbach entlangfuhr, und das hohle Dröhnen, dass sie den Weg über eine Brücke nahmen, die zu jener Halbinsel führte, die man »Klein Venedig« nannte, welche durch den Teufelsbach von der restlichen Stadt getrennt war. Weshalb ein derart abgelegener und standesuntypischer Ort ihr Ziel war, konnte sich der Transporteur hingegen nicht erklären. Die Insel selbst war von vielen Gärten und Weinreben überzogen, und an ihren Ufern reihten sich alte Mühlen aneinander.

Irgendwann blieb die Kutsche stehen, und de Witte, der die ganze Fahrt über kein Wort gesprochen hatte, setzte ein zuversichtliches Lächeln auf.

»Nun denn, Herr Ackermann. Wollen wir versuchen, nichts Geringeres als Geschichte zu schreiben.«

Ohne eine Entgegnung abzuwarten, stieg der Bankier aus dem Kabinenwagen. Christoph folgte ihm unaufgefordert.

Die Straßen der Halbinsel lagen im Dunkel. Die Luft war feucht, der Wind kühl. Christoph knöpfte sich das Wams zu, da er nicht wusste, ob sie einen längeren Fußmarsch vor sich hatten.

»Keine Sorge, wir sind schon da«, meinte de Witte, als er es bemerkte.

Christoph sah an dem Gebäude empor, vor dem sie standen: Das dunkle, beinahe schwarze Holz der Fassade wuchs bedrohliche zwei Stockwerke hoch. Die Fenster waren klein und nur mit Tüchern verhangen. Ein hölzernes Knirschen und Knarren drang zu den beiden Männern nach draußen, als würde im Inneren das Hauses ein teuflisches Gewerk stetig an etwas noch Teuflischerem arbeiten.

Zwei Männer, bewaffnet mit Schwertern und Dolchen,

standen am Eingang der Mühle Wache. Als de Witte auf die beiden zuging, versteiften sie ihre Haltung, während von einem weiteren von innen die Tür geöffnet wurde.

Christoph folgte seinem Geschäftspartner durch das Innere des Hauses, in dem das unablässige Knirschen des hölzernen Mühlwerks noch unheimlicher klang.

Schließlich erreichten sie einen Raum, der gerade einmal ein Viertel der Größe von de Wittes Salon haben mochte. Die Luft war schwer und mit bläulichen Tabakschwaden durchzogen. In der Raummitte stand eine Tafel aus dunklem Holz, an deren Seiten vier Männer saßen, jeder einen silbernen Becher mit Wein vor sich. Alle waren schwarz gewandet, und alle trugen eine weiße Halskrause.

Sie blickten Christoph an.

Schließlich stand einer der Männer auf, die Wangen gerötet, der graue Spitzbart gepflegt, die Zornesfalten auf der Stirn jahrzehntelang kultiviert.

»Mein geschätzter Herr de Witte«, sprach er mit sonorer Stimme, an diesen gewandt. »Ich heiße Sie in unserer Runde herzlich willkommen.«

Der Bankier verneigte sich vor den anderen. Dann nahm er Platz und gab Christoph mit einem kaum merklichen Zeichen zu verstehen, dass er stehen bleiben solle.

»Herr Christoph Ackermann, wie mir deucht?«, meinte der Mann und wandte erst im Reden den Kopf dem Angesprochenen zu.

Der nickte. »Das bin ich. Mit wem habe ich das Vergnügen?« Der Transporteur wusste, dass so mancher dies als Ungebührlichkeit deuten konnte, aber er wollte von Anfang an den Eindruck der Ebenbürtigkeit erwecken.

»Gestatten: Fürst Karl von Liechtenstein.«

Christoph verneigte sich knapp, aber lange genug.

»Und dies sind der kaiserliche Hofbankier Jacob Bassevi, der Sekretär der böhmischen Kammer Paul Michna sowie mein verehrter Herr Bruder, Freiherr Gundaker von Liechtenstein, Geheimer Rat und Präsident Seiner Kaiserlichen Hofkammer.«

»Es ist mir eine Ehre, meine Herren!«, sprach Christoph ernst.

»Der Grund, warum Ihr heute vor uns steht, ist, dass Herr de Witte sich dafür verbürgt, dass Ihr nicht nur ein Mann voller Ideen seid, sondern diese auch zum Wohle Seiner Kaiserlichen Majestät und zum Sieg des einzig wahren Glaubens verwendet wissen wollt.« Von Liechtenstein zog prüfend die Augenbrauen zusammen, als wolle er in die Seele seines Gegenübers blicken.

»Man hat Euch recht unterrichtet«, meinte Christoph respektvoll.

»Und doch fragt sich so mancher unter uns, was für einen Nutzen ein Lutheraner wohl am Sieg der Katholischen Liga haben könnte?«

Christoph setzte ein verschmitztes Lächeln auf. »Der Triumph der einen oder anderen Glaubensrichtung mag für die von Wichtigkeit sein, die sich diesem gläubigen Leben verschrieben haben und von ihm profitieren. Die Kardinäle, die Priester, die Klosterschwestern. Männer mit weltlicheren Bestrebungen sehen darin schlicht eine Möglichkeit, ihr Hab und Gut zu vermehren. Daher überrascht es mich nicht, in dieser ehrenwerten Runde keinen Vertreter des Klerus zu sehen.«

Ein kurzes Aufblitzen im Blick des Fürsten, ob anerkennend oder missbilligend, blieb verborgen.

»Meine Behauptung wird dadurch untermauert«, fuhr Christoph ohne Umschweife fort, »dass beispielsweise mein geschätzter Freund Hans de Witte bekennender Calvinist ist.«

De Witte zeigte zwar keine Regung, Christoph spürte jedoch, dass es diesem wiederstrebte, seinen Glauben in den Vordergrund gerückt zu sehen. Daher wandte sich der Transporteur einem der anderen Männer zu, dessen Blick ebenso dümmlich, wie sein Antlitz fahl war.

»Von Euch, werter Herr Michna, Sohn eines Metzgers aus Budin an der Eger, heißt es, Ihr wärt mit Ursula von Oppersdorff liiert, die in erster Ehe mit dem königlichen Oberstlandrichter von Schlik zu Passaun und Weißkirchen verheiratet war. Und den richtete man bekanntlich vor unser aller Augen am 21. Juni dieses Jahres mit dem Schwerte.«

Der Graf zuckte unbeteiligt mit den Schultern. »Sie ist vermögend und tut, was man ihr sagt. Was wollt Ihr mehr?«

Ein zustimmendes Schmunzeln ging durch die Reihen der Männer.

»Oder Ihr, geschätzter Herr von Liechtenstein.« Christoph sah den Fürsten an. »Es ist kein Geheimnis, dass sowohl Ihr als auch Euer Bruder erst anno 1599 zum katholischen Glauben konvertiert seid. In Anbetracht unser aller Vergangenheit meine ich daher, man solle das Predigen den Pfaffen überlassen und das Handeln den Geschäftsmännern.«

Ungläubiges Schweigen herrschte in dem kleinen Raum. Hatte dieser dahergelaufene Bürger gerade die Impertinenz besessen, die honorigen Herren vorzuführen wie Preisvieh auf dem Markt?

Langsam wanderten alle Blicke ans andere Ende des Tisches, an dem von Liechtenstein saß, die Miene unbewegt. »Und trotzdem befinden wir uns alle in jenen Positionen, in denen wir sind. Was jedoch mag einen Mann, der sich seinen Lebensunterhalt mit dem Transport von Waren verdingt, dazu befähigen, mit uns Geschäfte zu tätigen, die rein gar nichts mit seinem Gewerbe zu tun haben?«

Die Blicke wandten sich erneut Christoph zu. Der schmunzelte. »Zunächst einmal hat wirklich alles im Leben mit dem Transport von einem Ort zum anderen zu tun. Sonst könnten Hunger oder Durst nicht gestillt, Kriege nicht geführt und Liebende nicht vereint werden.«

Von Liechtenstein rang sich ein Lächeln ab, in das die übrigen Herren verzögert einstimmten.

»Und außerdem«, fuhr der Transporteur fort, »habe ich dieses Gewerbe nicht immer ausgeübt. Es hat sich einfach irgendwann als günstig erwiesen. Das erste Vermögen habe ich mit dem Handel von Waren gemacht, und … mit dem Betrieb einer Heckenmünze.«

Aus den Gesichtern der hohen Herren konnte Christoph nichts Minderes als ehrliches Erstaunen lesen.

»Ihr habt ganz recht gehört. Es ist auch nichts, weshalb ich mich schämen müsste. Ich kam in jungen Jahren durch eine unglückliche Fügung in den Besitz zweier Schlagplatten der Stadt Deutz. Und da wusste ich, was ich zu tun hatte. Von der Gier, zu viel Kupfer beizumengen, habe ich mich nie hinreißen lassen, und so vermehrten sich meine Münzen etwas langsamer, dafür aber stetig. Man könnte also sagen, bei allem Respekt vor Euch und Euren Ämtern, meine Herren, dass ich vermutlich derjenige in diesem Raum bin, der von derlei Geschäften am meisten versteht.«

Christoph sah in die Runde und war sich seines herausfordernden Auftretens durchaus bewusst. Doch mit vornehmer Zurückhaltung würde er bei diesem Schlag von Männern nichts erreichen, davon war er überzeugt, und so hieß es alles oder nichts.

Im Raum war es still.

Dann, mit einem Mal, riss von Liechtenstein beide Arme in die Höhe, als wolle er Segen spenden, und verkündete lauthals: »So seid, werter Herr Ackermann, in unserer Runde willkommen!«

Die anderen klopften mit den Fingerknöcheln auf der hölzernen Tischplatte ihre Zustimmung, und de Witte wies Christoph den Platz neben sich zu.

Der setzte sich erleichtert. Er wollte gar nicht genauer darüber nachdenken, wie knapp dieses verbale Spiel zu seinen Gunsten ausgegangen war.

»Der Grund«, begann von Liechtenstein, »warum wir uns hier treffen, und nicht in einem standesgemäßeren Ambiente, ist, dass kein Wort von dem, was wir hier besprechen, nach außen dringen darf. Nicht ein einziges.«

Allgemeines Nicken.

»Und wir alle haben de Wittes Idee –« Der Fürst sah Christoph in die Augen. »*Eure* Idee überschlagen, erörtert und für gut befunden. Sie erscheint uns als eine Möglichkeit, bei der es nur Gewinner geben kann, allen voran unsere Kaiserliche Majestät. Ist es nicht so, Herr Bassevi?«

Der Hofbankier atmete tief durch und strich sich über die Schultern, als wolle er schuppiges Haar entfernen. »Genau so ist es. Die gegenwärtige politische Lage scheint unserem Kaiser auch kaum eine andere Möglichkeit zu lassen, als unser Angebot anzunehmen. Tausende Söldner müssen abgemustert werden und erwarten das ihnen versprochene ordentliche Entlassgeld. Enorm hohe Kriegsschulden wollen Feldherren wie diesem gierigen Bayernherzog und vielen anderen zurückgezahlt werden, welche die bisherigen Siege vorfinanziert haben. Im Westen lauert unser Erzfeind Frankreich, im Osten das Osmanische Reich. Und der König von Ungarn ist trotz einiger Niederlagen immer noch eine imminente Bedrohung.«

Bassevi trank einen Schluck Wein, bevor er fortfuhr. »Abmusterungen, Kriegsschulden sowie die Vorbereitung auf kommende Konflikte – Ihr seht also, werte Herren, die Finanznot unseres Kaisers ist außerordentlich groß. Ich habe am Hofe natürlich bereits Rücksprache mit allen wichtigen Würdenträgern gehalten, und allen erscheint es sinnvoll, dem Kaiser vorzuschlagen, das Münzregal für ein Jahr an uns zu verpachten. In unser aller Namen werde ich, sofern die werten Herren einverstanden sind, nach Wien reisen, um Seiner Kaiserlichen Majestät unseren Vorschlag untertänigst zu unterbreiten.«

Wieder klopften alle Anwesenden auf die Tischplatte. Diesmal war auch Christoph Ackermann einer von ihnen.

∞

»Von wem ist das?«, stöhnte die Metze, während sie auf Philipp ritt und ihr Blick auf die Tuschezeichnung gefallen war, die neben Hose und Hemd ihres Freiers lagen.

»Was?« Die Gegenfrage war dem Maler schärfer entfahren als beabsichtigt und ließ die Frau über ihm zusammenzucken. Sie war noch jung an Jahren, voller Kraft und Ausdauer. Und sie mühte sich redlich.

Philipp konnte das mittlerweile beurteilen. Seit dem Streit mit seinem Vater verspürte er eine zusätzliche innere Unruhe, der er nur Herr wurde, wenn er sich betrank. Oder der käuflichen Liebe nachstieg. Seit Agathes klaren Worten hatte er kein Interesse verspürt, irgendein jungfräuliches Töchterchen zu verführen oder eine Übriggebliebene zu beglücken. Zu sehr hatte er das Gefühl, damit Verpflichtungen einzugehen oder Erwartungen erfüllen zu müssen. Hier, in den schmutzigen Hinterzimmern der Metzenhäuser, die sich entlang der Stadtmauer reihten, musste er keinerlei Erwartungen erfüllen, und an Verpflichtungen ging er nur eine einzige ein: die Frau zu bezahlen. Und da sich deren Dienste sogar Knechte leisten konnten, war ihm einerlei, ob er sie einmal pro Woche oder fünfmal aufsuchte. Das Einzige, was er verspürte, war der Drang nach Abwechslung, was sich nicht unbedingt auf die Hübschlerin selbst bezog, sondern auch auf das von ihr Gebotene.

»Die Zeichnung«, sagte die Frau und hielt in ihren Bewegungen des Beckens inne. »Kennst du den Künstler?«

Philipp stöhnte gereizt. »Natürlich. Das ist mein Werk.«

Die junge Frau runzelte die Stirn. »So etwas Düsteres habe ich noch nie gesehen. Gefällt mir.«

Ein überraschtes Lächeln überzog Philipps Gesicht, das jedoch sogleich erlosch, als die Metze in ihren Schoß blickte. »Willst du nicht mehr?«

Nun spürte der Maler es ebenfalls. Was eben noch hart geritten wurde, taugte nun höchstens noch zum Pissengehen. Irgendwie hatte ihn das Weibsstück mit seiner Fragerei durcheinandergebracht, auch wenn sie anders reagiert hatte als alle anderen, die seine Zeichnungen bisher zu Gesicht bekommen hatten.

»Dir gefällt die Skizze?«, bohrte er nach.

Sie nickte. »Sieht aus, als wäre das Leben direkt aufs Papier gebracht worden. Wenn du weißt, was ich meine.«

»Eine Metze mit Sinn für Kunst«, sinnierte er. »Wer hätte das gedacht?«

In dem Moment gab sie ihm eine schallende Ohrfeige, gefolgt von einer beinahe zeitgleichen Entschuldigung.

Philipp sah die Frau irritiert an, die sich zusehends versteifte, wohl einen Gegenschlag erwartend. »Nein«, meinte er. »Ich muss mich bei dir entschuldigen. Und jetzt schlag mich noch einmal.«

»Wie bitte?«

»Du hast schon richtig gehört: Schlag mir noch mal ins Gesicht.«

»Aber –«

»Tu es, und die Zeichnung gehört dir.«

Die Frau zögerte. Sie schien zu überlegen, ob dies irgendeine Art von Falle sein könnte, die ihn dazu ermächtigen würde, seinerseits sie zu schlagen. Dann holte sie aus und schlug ihm erneut mit der flachen Hand ins Gesicht.

»Fester!«, befahl Philipp.

Er spürte, wie ihn diese neue Erfahrung erregte, und wusste sogleich, dass er ihr nachzugehen gedachte.

Prag, Herbst A.D. 1621

Es war einer jener Abende gewesen, an denen der Tag davor bereits ein Fest für sich gewesen war. Am Morgen hatte Philipp den letzten Firnis auf das Porträt einer adligen Witwe aufgetragen, womit es für seine Vollendung nur noch zu trocknen hatte. Als Belohnung dafür hatte er sich einige Becher Wein gegönnt und war dann zum Haus der Künstler flaniert, wo er sich schon seit einer gefühlten Ewigkeit nicht mehr hatte blicken lassen. Seine Befürchtung, niemanden dort anzutreffen, hatte sich als völlig unbegründet herausgestellt – eine Handvoll Schauspieler gab gerade ein Stück namens »Macbeth« zum Besten, das ein gewisser Engländer namens Shakespeare fünfzehn Jahre zuvor geschrieben haben sollte. Obwohl Philipp der englischen Sprache nicht mächtig war und daher kein Wort verstand, unterhielten ihn doch die ausdrucksstarke Darbietung und die vielen Morde. Auch wenn das Stück wohl eine Tragödie war.

Am Nachmittag waren erst Ulrich und nach ihm Catharina zu der Gruppe gestoßen, und so feierte man mit allen zur Verfügung stehenden Hilfsmitteln das Wiedersehen. Als die Nacht hereinbrach, wurde bis zum Umfallen weitergefeiert, und irgendwann verspürte Philipp den Drang nach etwas, das lasterhafter und verruchter war als das, was hier unter Gleichgesinnten geschah.

Also hatte er sich zur Stadtmauer aufgemacht.

Nach einem erfrischenden Fußmarsch war er in das Gasthaus mit dem gelben Blechgockel eingekehrt, hatte bei Musik und Bier mit Maria am Schoß geschäkert, gegrölt und gelacht und sich schließlich an ihrer Hand in das erste Stockwerk führen lassen.

Hier saß er nun, nackt mit dem Rücken an die schmutzige Wand gelehnt, unter sich den Strohsack und vor sich Maria, die keine Regung mehr zeigte. Wie es dazu kommen konnte, wusste er beim besten Willen nicht mehr, sosehr er sich auch den Kopf zermarterte. Erst hatte er sie von hinten genommen, dann war sie auf ihm und musste ihn mit Schlägen liebkosen. Irgendwann hatte er sich wohl auf sie gerollt … waren seine Hände um ihren Hals gelegt gewesen? Hatte sie sich gewehrt oder war sie einfach so entschwunden?

Die dringlichste Frage, die sich Philipp jedoch stellte, war, was er nun tun sollte. Würde er einfach gehen, konnte jedermann, der ihn zuvor im Schankraum mit Maria gesehen hatte, bezeugen, dass er mit ihr nach oben gegangen war. Auch wenn sein Wort vielleicht gegen das Wort eines anderen Trunkenboldes stehen würde, so wäre die Schmach für seine Familie nicht zu ertragen. Und sein Lebensweg als Maler wäre damit zumindest in Böhmen ebenfalls beendet gewesen.

Nein. Er hatte etwas Schreckliches getan, und er musste dafür geradestehen.

Philipp schlüpfte in seine Kleidung, deckte den leblosen Körper Marias mit einer Filzdecke zu und stapfte nach unten in den Schankraum.

Der Wirt faltete seine Hände vor seinem stattlichen Ranzen und pfiff ungläubig durch die Zähne. »Maria war schon zu Lebzeiten keine Augenweide. Aber als Leiche …« Er bekreuzigte sich dreimal. »Allein, einen Anstand hat die gehabt. Davon könnten sich die meisten anderen Weiber eine Scheibe abschneiden. Und so mancher Bürger gleich mit dazu.«

»Den hatte sie«, bekräftigte Philipp und schlug ebenfalls drei Kreuzzeichen.

»Und sie hat einfach so aufgehört zu atmen?«

Ein knappes Nicken.

Der Wirt zog die Decke ganz von der Toten, bückte sich zu ihr und fuhr mit einer Talglampe ihren verbrauchten und geschundenen Körper ab. Die Haut war stellenweise gelblich oder bläulich verfärbt, etliche Narben zeugten von überstandenen Krankheiten. Besonderes Augenmerk richtete er auf Hals und Gesicht.

Schließlich erhob er sich wieder. »Dem Herrn sei Dank, jetzt hat sie es hinter sich. Scheint so, als hättest du tatsächlich nichts mit ihrem Dahinscheiden zu tun.«

»Das bezeugte ich Euch ja bereits.«

Der Wirt sah den jungen Mann mit verschwollenen Augen an. »Was gedenkst du nun zu tun? So eine Geschichte macht schnell die Runde, wenn sie erst einmal erzählt ist. Das hat schon ganz andere Herrschaften ruiniert.«

Philipp schwieg. Er hatte gehofft, der Wirt würde ihm einen Vorschlag unterbreiten. Nach einem Moment der Stille tat er genau das auch.

»Hör gut zu«, sagte er mit konspirativer Stimme. »Ich werde dich nicht mit Marias Tod in Verbindung bringen.

Genau genommen werde ich behaupten, sie sei abgereist, um …«, er überlegte kurz, »… um ihre schwindsüchtige Schwester in Linz ein letztes Mal zu besuchen.«

»Und ihren Körper?« Philipp verstand nicht.

»Um den mach dir mal keine Sorgen, Bursche. Mein Schwager hält draußen vor der Stadt ein halbes Dutzend Schweine. Die verputzen sie schneller, als du den Rosenkranz beten kannst.«

Zu seiner Überraschung schauderte es Philipp kein bisschen bei dieser Vorstellung. Ihre Seele war bereits im Himmel, und was mit ihrem Körper geschah, war wohl nicht mehr von Bedeutung. Um die zerschmetterten Soldaten nach einer Schlacht krähte schließlich auch kein Hahn mehr.

»Allerdings –« Nun drängte sich der Wirt unangenehm nah an Philipp und hielt die Hand auf. »Dafür erwarte ich eine Gegenleistung.«

»Natürlich«, sagte dieser und langte nach seinem ledernen Münzbeutel.

»Wie heißt du eigentlich, mein Junge?«

»Philipp Ackermann«, antwortete er und bereute es noch im selben Moment. Wie zur Hölle konnte er nur seinen richtigen Namen nennen?

Der Wirt stutzte und zog seine Hand zurück. »Ackermann, Ackermann. Dann ist dein Vater wohl der neue Vertraute dieses Bankiers … Hans de Witte, richtig?«

Philipp war überrascht. Woher wusste einer wie sein Gegenüber, was die Stadtoberen miteinander zu schaffen hatten?

»Du brauchst gar nicht erst zu fragen«, sagte der Wirt mit schmierigem Grinsen. »Bei uns geht nicht nur die

Knechtschaft ein und aus. Alle kommen sie irgendwann in den Gockel, weil jeder weiß, dass das, was hier drinnen passiert, auch hier drinnen bleibt. Und ich kenne sie alle – die ehrwürdigen Ratsherren, die raffgierigen Händler und die frommen Priester. Du glaubst gar nicht, wie redselig so manch einer wird bei ausreichend Wein und anschmiegsamem Weib.«

»Nun gut. Was ist nun Euer Ansinnen?«

»Nachrichten können manchmal genauso wertvoll sein wie ein ganzes Heer. Und ich möchte noch zu Lebzeiten sehen, wie diese katholischen Papstküsser aus meinem schönen Böhmen gejagt werden.« Der Wirt beäugte den Künstler abschätzend. »Bist doch wohl keiner von denen?«

»Gott behüte«, gab sich Philipp entrüstet, auch wenn er nie recht verstanden hatte, wie man ein und desselben Glaubens sein und trotzdem den anderen als Ketzer anprangern konnte.

»Dann ist das ja wohl auch in deinem Sinne. Du wirst mir also regelmäßig Bericht erstatten, wirst mir erzählen, wenn der werte Herr von Wallenstein neue Kredite von de Witte bezieht, wenn er sich über die Maßen Geld leiht und so weiter. Denn das lässt vielerlei Rückschlüsse zu.«

»Und wenn ich dessen unwillens bin?«

»Dann ziehst du am besten gleich durchs nächste Stadttor von dannen. Denn genauso, wie ich die Misere mit Maria zu decken gedenke, könnte mir in den Sinn kommen, dass dich vielleicht auch keiner vermissen wird.«

Die beiden Männer sahen sich ernst in die Augen. Dann lächelte der Wirt jovial. »Aber so weit braucht es ja nicht zu kommen. Eine Hand wäscht die andere, hab ich recht? Ich bin der Karel.«

Er spuckte sich in die offene rechte Handfläche und hielt sie Philipp hin.

Der holte tief Luft.

Dann schüttelte er dem Wirt die Hand, auch wenn er ahnte, dass dies ein Pakt mit dem Teufel sein könnte.

ꟸ ꟸ

In der wuchtigen Kirche Heiliger Martin in der Mauer verhallten die letzten Töne des in deutscher Sprache gesungenen Psalms, der die Predigt beendete. Langsam erhob sich die Kirchengemeinde von den Bänken, viele zitternd, da es im Inneren des Gotteshauses mindestens ebenso kalt war wie draußen.

»Eine angemessene Predigt des Herrn Pfarrer«, sagte Helene. »Meint ihr nicht auch?«

Christoph, Philipp und Lucas nickten zustimmend, auch wenn ihr Blick verriet, dass sie lieber längst in einer warmen Stube hocken würden, vorzugsweise bewirtet.

»Ich habe seine Worte gar kämpferisch empfunden«, fuhr Helene fort, während sie mit ihren Männern unter dem imposanten Netzrippengewölbe zum Ausgang schritt. »Womöglich wird ihm und uns doch noch gestattet, hier weiterhin unseren Glauben auszuüben?«

Der Transporteur schüttelte den Kopf. »Ich würde nicht darauf wetten.«

»Hast du etwas anderes vernommen?« Philipp sprach die Worte, ohne seinen Vater anzusehen.

»In einem Jahr wird es keine einzige lutherische Kirche in Prag mehr geben«, sagte dieser leise. »Gebäude sowie Grund und Boden werden sich die Katholiken einverleiben.

Genauso, wie sie es mit dem Besitz der verurteilten Adligen getan haben.«

»Widerlich, diese Gier.« Helene bekreuzigte sich.

»Dafür kann man die Güter vermutlich zu guten Preisen erwerben.« Nun sah Philipp seinen Vater verstohlen an. »Vorausgesetzt, man kann solche Summen aufbringen.«

Christoph zuckte mit den Schultern. »Dem wird so sein. Aber wir gehören nicht zu derlei Volk. Noch nicht.«

»Und wer gehört dazu? Der, mit dem du so viele Geschäfte machst, dieser de Witte?«

Christoph schmunzelte. »Neid ist ein schlechter Lehrmeister, mein Sohn. Wir sollten vielmehr dankbar sein, dass wir wieder genug zu essen und noch immer ein Dach über dem Kopf haben, meinst du nicht?«

Philipp knurrte seine Zustimmung, sagte aber nichts mehr.

Helenes argwöhnische Blicke fielen ihm nicht auf.

Riga, 16. September 1621

Der Beschuss auf die prächtige Stadt an der Ostsee hatte den ganzen Tag gedauert. Nun schwiegen die Kanonen, und eine fast unheimliche Stille breitete sich aus.

Der Mann auf dem Schlachtross, der sich mit seinem Stab auf einer Anhöhe befand, betrachtete die Stadt. Normalerweise wurde diese von den drei spitzen Türmen des Doms, der Kathedrale und der St. Petrikirche beherrscht. Doch nun lagen diese Türme in den Rauchschwaden verborgen, die aus der brennenden Stadt in den Himmel stiegen.

Das Schlachtross wieherte, der Mann tätschelte ihm beruhigend den Hals. Er trug ein helles ledernes Wams und eine helle Hose, gleichfalls aus Leder. Über den Schultern lag ein roter Umhang. Unter dem breitkrempigen Hut mit der Feder blickten blaue Augen über einem blonden Spitzbart aufmerksam auf das Inferno.

Und auf die gewaltige Belagerungsmaschinerie, die es von allen Seiten umgab.

Seine *Belagerungsmaschinerie.*

Es war ein schier unüberschaubares Netz aus Feldlagern und Soldaten, aus Gräben, Wällen und Artillerie, das von den drei Landseiten her jedes Entkommen unmöglich machte. Von der Seeseite aus blockierte eine Flotte aus Kriegsschiffen die Stadt.

Es war eine tödliche Schlinge, die seit Wochen um Riga lag. Heute hatte sich die Schlinge zugezogen.

Eine Reiter preschte auf die Anhöhe und zügelte sein Pferd. »Herr, Sie geben auf!«, stieß er schwer atmend hervor.

Der Mann auf dem Schlachtross nickte nur, als habe er nichts anderes erwartet.

Mit dem Fall von Riga hatte er einen wichtigen Sieg im Krieg gegen das polnische Königreich errungen. Er würde diesen Krieg gewinnen und damit den Einfluss seines Reiches vergrößern, vor allem im Osten.

Dies war aber nur der erste Schritt. Denn die Pläne des Mannes richteten sich letzten Endes nicht nach Osten.

Er wandte kurz den Kopf und blickte auf das flache Land, das gen Süden führte.

Dorthin würden er und seine Männer ziehen.

In ein Reich, in dem ein Kaiser und sein Vasall dabei waren, den Glauben, der auch sein *Glaube war, zurückzudrängen. Wobei nicht der Kaiser die Gefahr darstellte.*

Die drohendere Gefahr war der Vasall. Denn dieser vergrößerte stetig seinen Einfluss und bewies mit jeder seiner Maßnahmen, dass er vorausdachte. Darin glich er dem Mann auf dem Schlachtross.

Ein Zusammenprall zwischen ihnen beiden war also unvermeidlich. Zwei Männer, die über die Grenzen ihrer Reiche hinausstrebten, mussten sich irgendwann messen.

Und dann würde dieser Herr Wallenstein zeigen können, was wirklich in ihm steckte.

»Wollt Ihr in die Stadt reiten, mein König?«, fragte ihn ein Mitglied des Stabes.

Der Mann riss sich aus seinen Gedanken.

»Natürlich.« Seine Stimme war trocken. »Die Bewohner

sind sicher schon begierig darauf, ihrem neuen Gebieter zu huldigen.«

Mit diesen Worten ritt Gustav Adolf, König von Schweden, von der Anhöhe hinab und auf die brennende Stadt zu …

Donauwörth, Oktober A.D. 1621

Es waren bereits einige Monate vergangen, seit Balthasar Heidfeldt in den Gewölben von Nürnberg den Pakt mit Joachim Sailer geschlossen hatte. Wie Balthasar es damals vermutet hatte, war die Oberpfalz von den Lutheranern aufgegeben worden, und Bayern hatte das Gebiet besetzt. Die in lutherischem Kriegsdienst stehenden Befehlshaber Mansfeld und Halberstedt begannen, ihre Heere für das nächste Jahr zu sammeln, wie auch ihre katholischen Gegenspieler. Der letzte große Zusammenstoß zwischen den beiden Konfessionen schien unausweichlich, und er würde im Jahr 1622 stattfinden, in der Kurpfalz, dem Reich des »Winterkönigs«.

In Donauwörth nahm derweilen alles seinen gewohnten Gang. Immer noch litt die Stadt unter den bayrischen Zahlungspflichten, das Haus Heidfeldt hatte sich ebenso wie sein Herr indes erholt. Durch die Lieferungen an die kaiserlichen Truppen war Johannes' Ansehen gestiegen, und Balthasar hatte sich in den Augen seines Vaters so gut bewährt, dass er auch weiterhin mit der Leitung des Geschäfts betraut war. Johannes selbst, der fast völlig genesen war – wenn er auch sehr an Gewicht verloren hatte –, begnügte sich mit flüchtiger Aufsicht und widmete sich ansonsten der Familie. Schließlich galt es, die Vorbereitungen für die Vermählung von Sieglinde und Zacharias Werlein im kommenden Jahr zu treffen.

Niemand ahnte etwas von Balthasars Alleingang und den Waffenlieferungen an die Lutheraner. Als Balthasar die erste Lieferung abgewickelt hatte, war ihm nichts anderes übrig geblieben, als seinen Vater – ein weiteres Mal – zu hintergehen. Er hatte Johannes gegenüber vorgegeben, von Peller mit einem neuen Geschäft betraut worden zu sein: Der Nürnberger hätte den Handel mit Metallen ausgebaut und wollte Balthasar dabeihaben, um nach dem Krieg mit dem Haus Heidfeldt die versprochene Zusammenarbeit weiterzuführen.

Johannes hatte seinem Sohn auf die Schulter geklopft und seinem Stolz Ausdruck verliehen. Balthasar verspürte den Anflug eines schlechten Gewissens, schob es aber schnell beiseite.

Zwei Lieferungen hatte der Kaufmannssohn in der Folge durchgeführt und sich dafür ausschließlich neuer, von Peller angeheuerter Helfer bedient. Es waren harte, verschwiegene Männer, die einzig ihr Lohn interessierte. Und der wurde pünktlich gezahlt.

Die Lieferungen waren ohne Schwierigkeiten verlaufen. Balthasar hatte die Waffen aus Erlangen abgeholt und transportierte sie über den gleichen Weg, den auch die Waffen an die Kaiserlichen nahmen. Allerdings führte die Route nicht über Donauwörth und Augsburg, sondern bog nördlich davon ab und mündete in der Nähe der Reichsstadt Schwäbisch Gmünd. Das katholische Schwäbisch Gmünd war von Sailer ausgewählt worden, weil die Stadt nicht weit vom lutherischen Herzogtum Württemberg entfernt lag, das seinerseits an die Kurpfalz grenzte.

Hier, in einem abgelegenen Waldstück, übernahm Sailer mit seinen Leuten die Ware. Er bezahlte Balthasar, der brachte den Gewinn zu Peller und erhielt seinen Anteil. Diesen deponierte er in der neu gegründeten Banco Publico, der Bank der Nürnberger Kaufleute, die sich im Rathaus der Stadt befand. Da er selbst kein Nürnberger war, bediente sich Balthasar für die Geldeinlage eines Mittelsmannes, den ihm Peller zur Verfügung stellte. Der Kaufmannssohn hatte vorgegeben, die Erträge aus diesem Geschäft nicht in Donauwörth haben zu wollen. Der bayrische Statthalter mit seinen scharfen Augen und dem steten Drang, die Geldsäckel seines Herzogs zu füllen, stellte ein zu großes Risiko dar. Peller hatte die Erklärung ohne weitere Fragen akzeptiert und alles in die Wege geleitet.

Zwei Waffenlieferungen waren also gut gegangen. Die dritte, die dafür sorgen würde, dass Balthasar erheblich höher am Gewinn beteiligt wurde, stand unmittelbar bevor.

Es war ein grauer, kalter Tag, und die Wolken hingen tief über den Wäldern und Hügeln.

Auf der Straße, die sich durch die Landschaft zog, bewegte sich ein Tross aus Reitern und Transportwagen stetig voran. Sieben Wagen waren es, auf dem Kriegszeug verstaut war, bewacht von fünfzehn schwer bewaffneten Männern.

An der Spitze ritt Balthasar, dick vermummt in seinen Mantel und mit Hut.

Er war guter Dinge, denn Schwäbisch Gmünd war nicht

mehr weit, und auch bei diesem Transport hatte es bisher keine Probleme gegeben. Wie bei den ersten beiden Lieferungen hatte sich ihnen niemand in den Weg gestellt, die Zollstationen hatten sie umgehen oder mit dem einen oder anderen Obolus davon überzeugen können, nicht zu genau hinzusehen. Mitunter war es Balthasar fast unheimlich, wie glatt dieses an sich so gefährliche Unternehmen lief. Predigten die Priester seiner Konfession nicht unablässig von der Schuld, die jeder Einzelne unablässig auf sich lud, und von dem Unglück, das auf jede böse Tat folgte?

Und er, der Kaufmannssohn aus Donauwörth, belieferte den Erzfeind der Katholiken, und was geschah?

Nichts.

Wahrscheinlich war es besser, nicht weiter darüber nachzudenken und die Dinge so zu nehmen, wie sie kamen, dachte Balthasar und zog den Mantel enger.

Unmittelbar vor ihm tat sich jetzt eine Kreuzung auf, von der breiten Straße führte eine schmalere rechts in den Wald hinein. Balthasar gab das gewohnte Zeichen, woraufhin Wagen und Männer in den Wald hineinschwenkten.

Das Sträßchen wurde bald noch schmaler, blieb aber gut befahrbar. Balthasar wusste, dass es zu mehreren Ortschaften führte, die vor nicht allzu langer Zeit von den Pocken fast völlig entvölkert worden waren. Niemand hielt sich dort mehr auf, die Gegend wurde gemieden. Genau deshalb hatte Sailer sie ausgewählt.

Jetzt verspürte Balthasar doch so etwas wie Anspannung. Die dritte Lieferung – ging alles gut, würde er bald erheblich mehr verdienen. Es durfte einfach nichts geschehen.

Im Wald war es still. Nur das Stampfen der Hufe und das Ächzen der Wagen waren zu hören.

Sie hatten die Lichtung, an der die Übergabe wie gewohnt stattfinden würde, fast erreicht. Eine Kurve noch, dann waren sie da.

Unwillkürlich hielt Balthasar den Atem an.

Über dem Wald flogen Rabenkrähen krächzend am Himmel.

Dann die Kurve, und – Sailer und seine Männer waren bereits vor Ort.

Balthasar stieß die Luft aus, Erleichterung durchströmte ihn. Er hatte es geschafft.

»Das habt Ihr gut gemacht, junger Herr Heidfeldt«, meinte Sailer zufrieden. Er hatte die Ware kontrolliert, wenn auch weniger genau als die beiden ersten Male. Offenbar vertraute er dem Kaufmannssohn mittlerweile etwas mehr als zu Beginn.

Seine Männer waren bereits eifrig dabei, die Ware auf ihre eigenen Wagen umzuladen. Peter Hoeck, der Lutheraner mit den Furunkeln im Gesicht, der schon beim Treffen in Nürnberg dabei gewesen war, beaufsichtigte das Ganze.

»Es freut mich, dass Ihr zufrieden seid, Herr Sailer«, sagte Balthasar. »Ich darf Euch versichern, dass ich diese für uns beide so vorteilhafte Verbindung weiterhin genau einhalten werde.«

Der Lutheraner beobachtete eine Zeit lang das Umladen. »Und es berührt Euch wirklich nicht, dass Ihr die Feinde Eures Glaubens beliefert?« Er sah Balthasar bei diesen Worten nicht an.

»Wie Ihr sagtet: ein Kaufmann durch und durch.«

Jetzt wandte sich Sailer ihm zu. »Im jetzigen Leben.

Doch auch Euer Kaufmannsleben endet einmal, und dann steht Ihr vor dem Richter.«

»So wie Ihr«, erwiderte Balthasar trocken. »Wir werden uns beide vor ihm verantworten müssen, mit dem Erzfeind Geschäfte gemacht zu haben.«

Sailer lachte. »Da habt Ihr auch wieder recht.«

Balthasar zögerte kurz. »Sagt, Herr Sailer – stellt Ihr mir diese Fragen, weil es Euch wirklich um den Glauben geht oder weil Ihr im Zweifel seid, ob ich nicht doch eines Tages auf mein Gewissen höre und meine Vereinbarungen nicht mehr einhalte?«

Sailer wollte gerade antworten, als er auf einmal verharrte. Er legte einen Finger auf seinen Mund.

Balthasar hatte es auch gehört.

Ein Rascheln im Unterholz nicht unweit von ihnen, das Knacken dürrer Äste.

Auf einmal tauchte ein Junge aus dem Wald auf, das Gesicht mit Pockennarben bedeckt. Er hielt ein Bündel Holz in den Händen.

Für einen Augenblick starrten sich Junge und Männer an. Dann ließ der Junge das Bündel fallen, drehte sich um und eilte hinkend in den Wald zurück. Sailer gab Peter Hoeck ein Zeichen, der dem Jungen sogleich hinterherlief.

Eine Zeit lang tat sich nichts. Balthasar blickte Sailer fragend an, aber der winkte unwillig ab.

Dann hörten sie Schritte. Peter Hoeck tauchte wieder aus dem Unterholz auf, wobei er sich beiläufig die Klinge seines Dolches an der Hose abwischte. Ein dunkelroter Strich blieb auf dem Stoff zurück. Hoeck steckte die Waffe ein und nickte Sailer zu.

»Gut gemacht«, sagte Sailer.

»Weiter, Männer. Wir haben nicht ewig Zeit«, rief Hoeck den Männern zu. Diese machten sich unverzüglich wieder an die Arbeit.

»War das unbedingt notwendig?«, fragte Balthasar.

»Wir dürfen keinerlei Risiko eingehen. Das müsstet Ihr doch wissen, Herr Heidfeldt.«

»Natürlich.« Balthasar räusperte sich. »Aber der Junge hat nur Feuerholz gesammelt und nicht einmal begriffen, was wir hier tun.«

Sailer fixierte ihn. »Er nicht. Aber womöglich seine Eltern, denen er davon erzählt. Wie ich sagte – kein Risiko.«

Balthasar schwieg. »Ihr habt recht, wie immer«, stieß er schließlich hervor.

Sailer klopfte ihm auf die Schulter. »Natürlich habe ich das. Und jetzt kommt. Wir trinken einen Schluck auf dieses Geschäft, dann zahle ich Euch aus.«

Donauwörth, November A.D. 1621

Im Kontor des Hauses Heidfeldt war es still. Nur in der Schreibkammer flog eine Feder kratzend über die Seite des zweiten Warenbuches, das Balthasar für sich angelegt hatte und das er vor seinem Vater verbarg. Es diente dazu, die Erträge aus dem Geschäft mit den Lutheranern festzuhalten.

Der Kaufmannssohn addierte die Beträge, dann hielt er kurz inne. Eine Stimme war in seinem Kopf zu hören, die Stimme Joachim Sailers.

Wir dürfen keinerlei Risiko eingehen. Das müsst Ihr doch wissen, Herr Heidfeldt.

Er sah das Gesicht des Jungen vor sich. Und Hoeck, wie er aus dem Wald kam und den blutigen Dolch an seiner Hose abwischte, so beiläufig, als hätte er bloß ein Tier abgestochen.

Balthasar legte die Feder beiseite. Hatte er sich überhaupt etwas vorzuwerfen? Er versorgte die Lutheraner mit Waffen, die tausendfach Katholiken töteten. Kam es da noch auf einen kleinen Jungen an?

Tief in seinem Inneren wusste Balthasar, dass es sehr wohl darauf ankam.

Er schenkte sich einen Schluck Wein ein und trank ihn langsam.

Andererseits hatten die Pockennarben des Jungen Furchtbares nahegelegt. Vielleicht hatte Hoeck ihm sogar einen Gefallen getan.

Balthasar stellte den leeren Becher ab. So war es, der Junge wandelte nun in einem besseren Leben, und ab jetzt würde er sich nicht mehr damit beschäftigen. Es gab Wichtigeres zu tun.

Er begann wieder zu schreiben. Als er die letzte Eintragung getätigt hatte, lehnte er sich zufrieden zurück.

Zwar würde dieses Unternehmen nicht ewig andauern, denn sobald die Lutheraner von Tilly und den Spaniern in der Kurpfalz in die Zange genommen wurden, war das Ende des Krieges abzusehen. Aber noch war es nicht so weit, noch benötigten die Lutheraner die Waffen. Das Geld würde also weiterhin fließen, zumindest bis nächstes Jahr. Bis dahin würde Balthasar ein schönes Sümmchen angehäuft haben, vor allem, weil Peller wie versprochen seinen Anteil für die zukünftigen Aufträge erhöht hatte.

Balthasar schloss die Augen. Wie schon oft davor, träumt er davon, wie er bei Ippolita vorstellig wurde und dabei als Oberhaupt des mächtigen Hauses Heidfeldt auftrat, das die kaiserlichen Truppen so vortrefflich in ihrem Kampf gegen die Ketzer unterstützt hatte. Er konnte sich alles lebhaft vorstellen: die schöne Venezianerin mit ihren Eltern, die ihn, den in kostbare Gewänder gekleideten Balthasar Heidfeldt, empfingen, das verheißungsvolle Lächeln der Venezianerin, wenn sie seinen Antrag vernahm, die prunkvolle Vermählung und dann ihr Körper, im Kerzenlicht in einem Bett aus Seide, ein Körper, der nur ihm gehörte …

Da flog die Tür auf und riss Balthasar unsanft aus seinen

Gedanken. Sein Vater trat ein, ein Blatt Papier in der Hand. Mit festem Schritt kam er zum Schreibtisch gestapft und baute sich vor seinem Sohn auf. Das Gesicht des Kaufmanns war so zornig, dass Balthasar erschrak.

»Was hast du getan, du verdammter Narr?«

»Was meinst du, Vater –«

»Wage ja nicht, das Unschuldslamm zu mimen!«, brüllte Johannes. »Ich vertraue dir und übergebe dir unser Unternehmen, und was muss ich erfahren? Mein Sohn, der Emporkömmling, macht mit beiden Seiten Geschäfte!«

Balthasar erkannte schlagartig, dass Leugnen sinnlos war und seinen Vater nur noch mehr in Rage versetzen würde. Also ging er zum Gegenangriff über. »Wer hat dich darüber in Kenntnis gesetzt?«

»Dann stimmt es also.« Jetzt packte Johannes Balthasar an seinem Hemd und zog ihn hoch. »Bis zu diesem Augenblick hatte ich gehofft, dass die Nachricht eine Lüge ist, aber auch hier scheine ich mich getäuscht zu haben.«

Balthasar hätte die Hände seines Vaters mühelos abschütteln können, tat es aber ganz bewusst nicht. Er musste ruhig bleiben, das war das Wichtigste. Sein Vater mochte wütend sein, aber wenn er ihm erst einmal seine Beweggründe – und vor allem den Profit – dargelegt hatte, sah es vielleicht anders aus.

»Ich tat es nur für uns, Vater. Für unser Geschäft.«

Jetzt ließ Johannes ihn los. »Für uns? Es lief doch alles hervorragend, es gab keinen Grund, ein solches Risiko einzugehen!«

Balthasar räusperte sich. »Nun, wir wissen doch beide, dass der Krieg nicht mehr lange dauern wird. Also wollte ich uns zusätzliche Reserven für die Zeit danach verschaffen.« Jetzt sah er seinem Vater direkt in die Augen. »Und das habe ich auch erreicht. Es hat sich für uns bisher mehr als gelohnt, und niemand hat etwas bemerkt.« Er machte eine Pause. »Ich glaubte, in deinem Sinne zu handeln.«

Johannes lachte bellend auf. »In meinem Sinne, dass ich nicht lache! Wenn dem so wäre, hättest du mich um meine Meinung gefragt.«

»Ich wollte dich überraschen, dir beweisen, dass ich ein guter Kaufmann bin.« Jetzt fühlte Balthasar seinerseits Zorn in sich aufsteigen. »Immerhin habe ich das Geschäft in deiner Abwesenheit ordentlich geführt. Und ich fand, dass es an der Zeit war, etwas zu wagen.«

»Etwas zu wagen?« Wieder beugte sich Johannes ganz nahe zu Balthasar. »*Etwas zu wagen?* Du hast uns mit deiner törichten Gier – denn nichts anderes hat dich bewogen, leugne es nicht – in die denkbar allergrößte Gefahr gebracht! Wir leben in einer katholischen Stadt, und so wie es aussieht, gewinnt der Kaiser den Krieg. Kannst du dir auch nur im Entferntesten vorstellen, wie man mit uns verfährt, wenn herauskommt, dass wir die Lutheraner unterstützt haben? Und nicht nur mit uns beiden, sondern auch mit deiner Mutter und deinen Schwestern? Wir werden geächtet und verlieren alles, was wir haben.«

»Das wird nicht geschehen«, erwiderte Balthasar zuversichtlich. »Alles ist abgesprochen, die lutherischen Verbindungsleute sind vertrauenswürdig.«

Johannes schüttelte den Kopf. »Aber doch nur, solange der Kriegsverlauf offen ist. Wenn die Lutherischen den Krieg verlieren, gibt es für sie keinen Grund mehr, ihre Mäuler zu halten. Irgendwer redet immer, vor allem, wenn er in die Ecke gedrängt ist.«

»Ich glaube nicht, dass Herr Peller das zulassen würde. Er war von Anfang an auf unserer Seite.«

»Herr Peller!«, stieß Johannes verächtlich aus. »Als ob ein solcher Mann sich nicht abgesichert hätte. Die Spuren werden zu uns führen und nur zu uns, da kannst du dir sicher sein.« Er deutete auf den Weinkrug. »Jetzt schenk mir einen Becher ein, und erzähl mir verdammt noch mal genau, was geschehen ist.«

Als Balthasar geendet hatte, reagierte sein Vater zunächst nicht. Dann ging er zum Fenster und starrte hinaus.

Die Stille hing drückend im Raum.

»Du hast mit deinem Vorgehen nicht nur dich selbst, sondern unsere ganze Familie und unser Geschäft in Gefahr gebracht.« Johannes sprach, ohne sich umzuwenden. Jeder Zorn war aus seiner Stimme gewichen, Resignation war an seine Stelle getreten. »Ich weiß nicht, ob es uns gelingen wird, mit heiler Haut aus dieser Sache rauszukommen. Aber wenn doch –«

Balthasar fühlte eine unheilvolle Ahnung in sich aufsteigen.

Johannes drehte sich um und fixierte seinen Sohn. »Wir werden dieses Geschäft gemeinsam zu Ende bringen. Doch wenn der Krieg vorbei ist, wirst du nichts mehr mit dem Haus Heidfeldt zu tun haben. Du bist nicht mehr mein Nachfolger, denn ich vertraue dir nicht mehr.«

»Vater, das kannst du nicht machen.« Balthasar hob beschwörend die Hände. »Ich bin dein einziger Sohn.«

»Der mich bitter enttäuscht hat. Meine Entscheidung ist endgültig.«

Er blickte auf den Brief, den er die ganze Zeit in der

Hand gehalten hatte, seit er in den Raum gestürmt war. »Ich danke Gott und unserem Freund Contarini, dass er von deinen Taten erfahren hat und mich in Kenntnis setzte, bevor er nach Venedig fuhr.«

»Venedig?« Balthasar fühlte, wie sein Herz schneller zu schlagen begann. »Ist seiner Nichte etwas widerfahren?«

Johannes blickte ihn erstaunt an. »Was interessiert dich das? Ihr ist in der Tat etwas widerfahren, aber etwas Glückliches. Sie wird einen der einflussreichsten Männer Venedigs heiraten, und so wie ich Piero kenne, hat er da wahrscheinlich im Hintergrund die Fäden gezogen, und –«

Sein Vater sprach weiter, aber Balthasar hörte ihn nicht. Alles war gedämpft, unscharf, der Raum schien zu verschwimmen.

Sie wird einen der einflussreichsten Männer Venedigs heiraten.

Dieser Satz nur, aber er drang in Balthasar ein wie die Pike eines Söldners. Unbarmherzig, schmerzhaft und endgültig.

»– mit deiner Mutter sprechen.«

»Wa… was?« Johannes' Stimme drang jetzt wieder in Balthasars Bewusstsein. Er rieb sich die Augen, um seinen Blick zu klären.

»Ich sagte, ich werde mit deiner Mutter sprechen. Bete, dass sie mich besänftigen kann, denn ich hätte nicht übel Lust, dich mit der Peitsche zu züchtigen.«

Polternd stürmte Johannes aus der Kammer.

Und ließ einen Sohn zurück, dessen Welt gerade zusammengebrochen war.

Sie wird einen der einflussreichsten Männer Venedigs heiraten.

Der schwer in den Sessel fiel –

Sie wird einen der einflussreichsten Männer Venedigs heiraten.

– die Augen schloss und sich seinem Schmerz überließ.

Prag, Winter A.D. 1621

»Die lutherischen Kirchen werden aufgelöst, und den Besitz krallen sich die Papstküsser?« Karel, der beleibte Wirt, machte einen erstaunten Eindruck. Dann schlug er Philipp mit der flachen Hand ins Gesicht. »Du sollst mir keine Dinge berichten, die schon die Spatzen von den Dächern pfeifen! Herrgott noch mal!«

Philipp stand unbeweglich am Ausschank des Gelben Gockel, auch wenn seine linke Wange brannte und sich seine Hände zu Fäusten ballten. In der Stube befanden sich nur noch er und der Wirt. »Ich kann Euch nur berichten, wovon ich Kenntnis erlange.«

»Dann streng dich mal ein bisschen an, mein Junge. Ich hab meinen Teil unserer Vereinbarung gehalten. Maria ist, wie man so schön sagt, wie vom Erdboden verschluckt.« Der Wirt lachte glucksend über seinen schalen Witz.

»Mein Vater führt seine Geschäfte nun mal nicht auf dem Viehmarkt, wo alles hinausgeschrien wird.« Der Zorn in Philipps Stimme war unüberhörbar.

»Oh, es liegt nicht daran, wie dein Vater seine Arbeit verrichtet. Es liegt daran, wie du dich der Sache annimmst. Da hört sich ja ein zehnjähriger Rotzjunge geschickter um als du.«

Die beiden Männer starrten sich erbost an. Der eine,

weil er tat, was er konnte, und der andere, weil dies schlichtweg nicht genug war.

Schließlich lenkte Karel ein. Er schenkte Bier in zwei Becher und stellte diese auf die Theke des Ausschanks.

»Du musst das anders angehen«, sprach er in einem versöhnlichen Ton. »Halt die Augen offen. Rede geschickt mit Leuten, die dein Vater gut kennt. Erst, wenn die daraus gewonnene Erkenntnis sich überraschend zu einem Ganzen formt, hast du etwas, was wahrhaftig von Interesse ist.«

Philipp verzog das Gesicht. Die Worte des Dicken klangen ebenso einfach, wie sie schwierig waren. Aber er wusste natürlich, dass der Wirt recht hatte.

Die beiden Männer nahmen die Becher und stießen sie aneinander.

Erneut war Christoph mit de Witte in dessen Kutsche zur Mühle nach Klein Venedig gereist. Diesmal jedoch hatte er gewusst, weshalb er hier war und wer die Anwesenden sein würden. Und diesmal sollte es auch nicht darum gehen, ob der Transporteur Aufnahme ins Konsortium finden würde, sondern wie die Verhandlungen am Hofe in Wien gelaufen waren.

Rund um den dunklen Tisch saßen, wie bei der letzten Zusammenkunft, Fürst Karl von Liechtenstein, Hofbankier Jacob Bassevi, der Sekretär der böhmischen Kammer Paul Michna sowie Freiherr Gundaker von Liechtenstein, Präsident der kaiserlichen Hofkammer.

Außerdem war diesmal auch Albrecht von Waldstein, genannt Wallenstein, zugegen.

Nachdem von Liechtenstein einige Höflichkeitsfloskeln von sich gegeben hatte, erteilte er Bassevi das Wort.

Der verneigte sich knapp. »Grundsätzlich darf ich Euch berichten, dass Seine Kaiserliche Majestät unserem Ansinnen wohlwollend gegenübersteht. Die Hofkammer hatte sich zunächst ein wenig geziert. Doch mit der Zusage, dass auch sie von dem Vertrag profitieren würde, waren alle Bedenken wie weggewischt.«

»Hört, hört!«, ließ Wallenstein vernehmen.

»Wir sind übereingekommen, das Münzregal für ein Jahr vom Kaiser zu pachten. Neben Böhmen wären nun auch Mähren und Niederösterreich mit inbegriffen. Allerdings – Seine Majestät verlangt einen dementsprechenden Abschlag.«

»So nennt schon den Betrag«, gab sich Wallenstein ungeduldig.

Der Hofbankier holte tief Luft. »Sechs Millionen Gulden.«

Stille.

»Ansonsten kämen die kaiserlichen Kriegszwecke zum Erliegen«, fügte Bassevi eilig hinzu, »und damit wäre auch das Ende dieses Konsortiums besiegelt, meine Herren.«

»Wie steht es um das verbriefte alleinige Recht auf Bergsilber?« Paul Michna hatte die Frage gestellt und wirkte durch diese wesentlich weniger dümmlich, als sein Gesicht vermuten ließ.

»Es wird gewährt«, meinte der Hofbankier.

Christoph hob den Kopf. »Und wie steht es um Bruchsilber aus Böhmen und Mähren, aus Niederösterreich sowie der Oberpfalz? Bergsilber allein wird die benötigten Mengen nicht aufbringen.«

Alle Blicke richteten sich auf den Hofbankier.

»Wird natürlich ebenfalls gewährt«, sagte dieser, als wäre dies völlig selbstverständlich. »Und zusätzlich vierhundert Zentner Kupfer – unentgeltlich.«

Zustimmendes Raunen ging durch die Runde.

»Ich würde einen Pass- und Geleitbrief benötigen«, sagte de Witte, »der mir erlaubt, das restliche Silber im ganzen Reich aufzukaufen.«

Der Hofbankier nickte zustimmend und ergänzte: »Außerdem wird vertraglich verankert, dass jeder Herr, der sich mit seinem eigenen Kapital an diesem Konsortium beteiligt, im Verhältnis zu seinem Stand und Rang einen entsprechenden Anteil an Gulden pro Feinmark erhalten soll.«

Der Bankier wandte sich an Paul Michna. »Und solltet Ihr infolge der Vermehrung Eures Vermögens Unterstützung beim Erwerb neuer Ländereien benötigen, so wendet Euch vertrauensvoll an diesen Herrn. Schließlich war er Beisitzer der Reformations- und Rektifikations-Kommission für enteignete Liegenschaften der böhmischen Ketzer.«

Michna verneigte sich. »Es wäre mir eine Ehre.«

Der Knall einer Handfläche, die auf den Tisch gehauen wurde, ließ alle Anwesenden zu Wallenstein blicken. Der hob den versilberten Weinbecher, der vor ihm stand. »Auf dass der Kaiser unterzeichnet! Und auf eine güldene Zukunft für uns alle, meine Herren!«

Die anderen im Raum taten es ihm gleich, auch Christoph.

»Auf eine güldene Zukunft!«

Der Wind zerrte verbissen an dem gelben Schild in Form eines Gockels und ließ es knarrend hin und her schwanken. Eisige Kristalle hatten die blecherne Oberfläche fast zur Gänze überzogen, wie auch die restliche Fassade des schiefwinkligen Hauses.

Eine Gestalt stand darunter, in einen schweren Mantel gehüllt mit tief ins Gesicht gezogenem Hut. In einem eigenartigen Rhythmus betätigte sie den Türklopfer, kurze Zeit später wurde ihr Einlass gewährt.

»Ich hatte schon gedacht, du willst mir gar keinen Besuch mehr abstatten«, sagte Karel, der Wirt, als er mit seinem Gast die Schankstube erreicht hatte. Er ließ seinen Worten ein rasselndes Husten folgen.

»Es war mir eben nicht eher möglich«, antwortete Philipp verärgert. Dann nahm er den Hut vom Kopf, klopfte sich den Schnee von den Schultern und knöpfte sich den Mantel auf. »Eine Schweinekälte da draußen.«

»Dafür hat unsere Kundschaft hier genügend Gelegenheiten, um sich aufzuwärmen.«

»Ihr habt noch geöffnet?«

Der Wirt schüttelte den Kopf und lächelte anzüglich. »Aber bis vor gut einer Stunde wollten noch einige Herren ihre Sehnsüchte gestillt wissen.« Sein Gesicht wurde ernst. »Was kannst du mir berichten?«

Philipp sah sich um, als wolle er sichergehen, dass sie nicht belauscht wurden. Dann beugte er sich zu Karel. »Die Geschäftsbeziehungen meines Vaters mit Hans de Witte werden immer enger, und nicht nur das – sie werden auch immer gewinnbringender.«

»Euer Vater ist eben ein tüchtiger Mann. Ich neide es ihm nicht.«

»Aber an den Geschäften scheint nicht nur dieser calvinistische Bankier beteiligt zu sein. Ich habe erfahren, dass der kaiserliche Obrist Wallenstein ebenfalls ein Partner ist.«

Überrascht zog der Wirt die Brauen hoch. »Dein Vater wurde also in den engeren Kreis der Finanziers dieser katholischen Hunde aufgenommen?«

»So scheint es, ja.«

»Mir ist klar, dass bis zum Anbruch des Frühjahrs nicht viel passieren wird. Wallenstein hat anscheinend ausreichend Mittel, um seine Heerschar zu überwintern, genau wie der verdammte katholische Bayernherzog. Die Frage ist, wann und wie der Kaiser zu neuen Geldern kommen will, um im Frühjahr zu beenden, was er in diesem Jahr begonnen hat? Münzen wachsen ja bekanntlich nicht auf den Bäumen.«

»Das werde ich herausfinden«, gab Philipp sich entschlossen.

»Tu das, und es wird dein Schaden nicht sein. Auch wenn du glaubst, du würdest von mir erpresst, so sei dir versichert, dass ich das nur mache, um unserer Sache zum Sieg zu verhelfen.«

Der junge Mann nickte, obwohl er sich nicht sicher war, ob diese Aussage der Wahrheit entsprach oder nicht. Sein Blick wanderte zu den Stufen, die in den ersten Stock führten.

»Die dicke Arbella ist noch oben«, meinte der Wirt beiläufig. »Sie hatte zwar bis vor Kurzem noch Besuch von den beiden Schmiedebrüdern, aber wenn dir der Sinn danach steht …«

Philipp rang kurz mit sich, hatte die Entscheidung aber

wohl schon getroffen gehabt, als er ans Tor des Gockels geklopft hatte.

Karel nickte ihm zu.

»Aber sei nicht zu übermütig mit ihr«, meinte er und setzte ein böses Grinsen auf. »Ich hab keine Lust, schon wieder die Schweine füttern zu müssen.«

Prag, Anfang A.D. 1622

Christoph hatte sich geweigert, ihr zu sagen, wohin die Fuhre mit der Kutsche gehen würde, und Helene hatte nicht darauf bestanden. Sie spürte, dass ihr Gemahl etwas im Schilde führte, aber auch, dass es etwas Freudiges sein würde. Also hatte sie die Fahrt durch die Prager Altstadt genossen, die Überquerung der steinernen Brücke, unter der die Moldau dicke Eisschollen vor sich hertrieb, und schließlich die Einfahrt in die Kleinseite, die sie schon lange nicht mehr besucht hatte.

Sie blickte aus dem Seitenfenster des Kabinenwagens und hinauf zum Hradschin, auf dem sich der Veitsdom imposant gen Himmel reckte. Augenblicklich musste sie daran denken, wie sie hier vier Jahre zuvor Lumpen gesammelt hatte, wie sie den Weg entlang der Festung genommen hatte und wie nach einem lautstarken Disput drei Männer aus einem Fenster geworfen wurden.

»Wollen wir sehen, ob ihm seine Maria helfen wird!«, hatte man ihnen spöttisch nachgerufen.

Dass die drei ohne gröbere Verletzungen überlebt hatten, war dem Bauwerk selbst zu verdanken, dessen Befestigungsmauer schräg nach außen verlief und so ihren Sturz bremste – und nicht, wie diese katholischen Lügner seither behaupteten, dass der Herr ihnen einen Misthaufen hingezaubert hätte oder Maria höchstpersönlich erschienen wäre, um sie sanft zur Erde zu geleiten!

Dass dies der Auslöser für derart viel Leid und Tod unter Böhmens Bevölkerung sein würde, hätte sich Helene damals nicht träumen lassen. Aber so war es gekommen, auch wenn es den Anschein hatte, als würde der Konflikt Christophs Auftragsbücher zusehends füllen und so zumindest das Leben ihrer eigenen Familie verbessern.

Das Halten der Kutsche riss Helene aus ihren Gedanken.

Christoph sah sie verschwörerisch an. »Bist du bereit?«

Das Ehepaar stieg aus der Kutsche, die vor einem zweistöckigen Haus stehen geblieben war. Links und rechts des Eingangs standen ein Mann und eine Frau in dunkler Dienstbotenkleidung, die Blicke höflich gesenkt.

Verwundert sah Helene Christoph an.

»Na, was meinst du?«, fragte er und erkannte noch im gleichen Augenblick, dass seine Gemahlin nicht wusste, worauf er anspielte.

Daher verbeugte er sich wie ein Diener und deutete mit beiden Händen einladend auf das Gebäude. »Darf ich die hochwohlgeborene Dame durch ihr neues Zuhause geleiten?«

Helene fiel buchstäblich die Kinnlade herunter. Die helle Fassade wurde von einem Hauptportal mit Rundbogen beherrscht, über das sich zu beiden Seiten plastisch hervorgehobene Säulen und gemalte Verzierungen ausbreiteten, die einen Eindruck von Geltung und Würde erweckten.

»Willst du damit sagen, dass … also, dass wir …?«

Christoph gab ihr einen schnellen Kuss auf den Mund

und brachte sie so zum Verstummen. »Der Kaiser hat das Münzkonsortium abgesegnet, und ich bin darin einer der Partner. Schon Ende dieses Jahres werden wir wieder all das besitzen, was uns so schmählich geraubt worden ist. Und dieses Haus ist der Anfang.«

Helene war immer noch sprachlos. Natürlich war ihr nicht entgangen, dass ihr Gemahl während der letzten Monate annähernd Tag und Nacht seinen Geschäften nachgegangen war, und wenn auch nicht immer tatkräftig, so doch im Geiste. Ihr war auch nicht entgangen, dass er sich vornehmer gewandete als zuvor und auch ihr bereits drei Kleider aus edlen Stoffen hatte anfertigen lassen. Aber ein ganzes Haus?

Eigentlich hätte Helene ihm jetzt glückselig um den Hals fallen müssen, hatte er doch erreicht, wovon sie all die Jahre der bitteren Armut geträumt hatten. Doch so ganz wollte sich diese unbändige Freude nicht einstellen. Warum, das wusste sie im Augenblick selbst nicht. Es war nur ein Gefühl, dass all dies einfach zu schön schien, um wahr zu sein.

»Ich glaube, mir fehlen schlicht die Worte.« Ihre Stimme klang dünn.

»Du musst auch gar nichts sagen«, meinte Christoph und ergriff Helenes Hand. »Komm, ich will dir alles zeigen.«

Christoph hatte sie durch das Hauptportal geführt und ihr die einzelnen Räume im ersten und zweiten Stock gezeigt. Allesamt waren sie frisch verputzt sowie mit Zierelementen wie Putten, Schweifwerk und Stuckarbeiten verziert. In zweien waren sogar mannshohe Spiegel an den Wänden angebracht, sodass die Räume noch größer wirkten, als sie schon waren. Das Inventar bestand aus edlen Kommoden aus Nussholz, Schränken aus Eiche, und sogar ein kunstvoll gezimmertes Ehebett war vorhanden.

Helene konnte sich nicht entsinnen, je eine derartige Pracht gesehen zu haben, zumindest nicht, seit sie damals nach Prag gekommen waren. Das Haus war sogar prächtiger als jenes, das sie einst in Schwäbischwerd bewohnt hatten.

»Was meint meinte geliebte Gemahlin?«, gab sich Christoph überschwänglich.

»Es ist wunderschön«, sagte Helene. »Aber glaubst du nicht, dass das von allem zu viel ist? Sieh dir unsere momentane Behausung an, und dann das hier … vielleicht sollten wir zunächst etwas erwerben, das nicht so teuer ist?«

Christoph machte eine abwehrende Handbewegung. »Unsinn. Wir brauchen uns nicht mehr zu verstecken. Alle Welt soll sehen, mit wem sie es zu tun hat.«

Helene schwieg, da sie erkannte, dass die Entscheidung bereits gefallen war.

»Wenn du meinst«, sagte sie schließlich ohne rechte Freude.

Christoph nahm sie in die Arme, drückte sie an sich. »Vertrau mir. Ich setze nur ein, was unser ist. Kein Darlehen oder dergleichen.« Er küsste sie zärtlich auf die Stirn.

»Warum konntest du das Haus überhaupt erwerben? Sind seine Besitzer fortgezogen oder verstorben?«

Der Transporteur zögerte. »Nein … viel Grund und Boden ist in den letzten Monaten an den Statthalter zur weiteren Verwendung übergegangen, und Karl von Liechtenstein ist mir eben wohlgesonnen.«

Helene löste sich aus der Umarmung. »Du meinst, die Besitzer des Hauses wurden vom Kaiser enteignet? So wie wir damals in Schwäbischwerd?«

»Nein, es ist nicht … also gut, ja, so ist es.« Christoph seufzte. »Aber wenn wir das Haus nicht kaufen, dann tut es jemand anders. Der Preis dafür ist fast geschenkt.«

Mit ernstem Blick verschränkte Helene die Arme.

Ihr Gemahl fuchtelte entschuldigend mit den Händen. »Bist du vielleicht der Meinung, ich soll das Drei- oder Vierfache bezahlen? Gut, dann lass uns noch einen oder zwei Winter in unserer zugigen Behausung verbringen. Wenn wir Glück haben, rafft uns vielleicht nicht unser schlechtes Gewissen dahin, sondern die Kälte!«

Helene atmete tief durch. Im Grunde ihres Herzens wusste sie, dass Christoph es nur gut mit der Familie meinte. So strich sie ihm über die Wange.

»Das Haus gefällt mir sehr. Ich danke dir.« Dann gab sie ihm einen langen Kuss auf den Mund. »Wann können wir einziehen?«

Die Eisschollen, die die Moldau trug, waren mehr geworden. Helene stand am Geländer der steinernen Brücke und blickte stromaufwärts. Wann immer zwei Schollen aneinanderstießen, war ein Knirschen zu hören, als würden beide darum kämpfen, wer seinen Platz auf dem breiten Strom behaupten durfte. Immer mehr Eis kam, und mit ihm ein böiger Wind, der feine, aber harte Eiskristalle vor sich herpeitschte.

Doch Helene wandte ihr Gesicht nicht ab. In irgendeiner Weise genoss sie es regelrecht, wie ihre Wangen glühten und ihre Stirn brannte. Christoph hatte noch zu

Hans de Witte gemusst, der nur wenige Gassen weiter wohnte, und sie hatte vorgegeben, die Kutsche nach Hause zu nehmen. Allerdings war sie gleich nach dem Torturm auf der Kleinseite wieder ausgestiegen und wollte nun den Rest des Weges zu Fuß zurücklegen.

Hier, inmitten des eisigen Windes und des Ächzens der Eisschollen, erkannte sie, was sie so gestört hatte, als ihr Christoph das Haus präsentiert hatte. Es war nicht die Tatsache, dass man seine Vorbesitzer enteignet hatte – ihnen war ja das Gleiche widerfahren, und jeder musste zu allen Zeiten eben zusehen, wo er blieb.

Nein, es war die Erkenntnis, dass sie über all die Jahre in wichtige Entscheidungen, die Christoph zu fällen gedachte, mit eingebunden gewesen war. Dieses Mal nicht. Zwar hätte sie ebenso entschieden wie er, hätte den Beschluss aber mitgetragen und wäre nicht, so wie nun, einfach vor vollendete Tatsachen gestellt worden. Das war es, was an ihr nagte. Mit ihren dreiundfünfzig Lenzen fühlte sie sich schlicht zu jung, um über sich bestimmen zu lassen, und vermutlich würde dies auch bis zu ihrem Tod so bleiben.

Das schwere Tor zum Atelier ihres Sohnes konnte sie nur mit Mühe aufstoßen. In dem lang gezogenen Raum war es dunkel und so kalt, dass Helene ihren Atem sehen konnte. Wie in einer Kirche, kam ihr in den Sinn, oder in einer Gruft.

Sie kniff die Augen zusammen und versuchte zu erkennen, ob Philipp hier war oder nicht. Tatsächlich lag jemand auf der roten Liege, dick eingehüllt in mehrere Decken.

Während sie sich näherte, verspürte sie tiefes Bedauern, Trauer, dass sie ihren Sohn nur noch sehr selten sah. Aber auch darüber, dass er sich über die Jahre so verschlossen hatte und zu einem stillen, in sich gekehrten Menschen geworden war. Einem, dem die Abgeschiedenheit wichtiger zu sein schien als die Gemeinschaft von Familie und Freunden. Der Probleme lieber mit sich im Stillen ausfocht, als sie gemeinsam mit seinen Lieben zu lösen. Und der kaum noch Anteil am Leben um ihn herum zu nehmen gedachte, sondern lieber in seinen eigenen, düsteren Welten versank.

Drei seiner Tuschezeichnungen hatte Christoph ihr gezeigt, und sosehr sie sich auch bemüht hatte, so war es ihr doch unmöglich, auch nur in einer von ihnen einen Funken Wohlgefallen, geschweige denn Hoffnung oder Erhabenheit zu entdecken. Sie waren Blicke in die Abgründe der Seele eines Verdammten, war ihr in den Sinn gekommen. Und doch war dieser Verdammte ihr Sohn.

Plötzlich fuhr die zugedeckte Gestalt vor Helene hoch, schreckte aus einem offenbar fürchterlichen Traum.

»Nein, ich will noch nicht –«

Philipp sah verwirrt um sich. Sein Antlitz war fahl und verschwitzt, dunkle Schatten lagen unter seinen Augen. Nur langsam schien er zu erkennen, wo er war – und wer vor ihm stand.

»Mutter?«

»Ich grüße dich, mein Junge«, sprach Helene sanft. »Ist dir nicht wohl, dass du am helllichten Tage schläfst?«

»Was? Doch, es ist nur …« Er holte tief Luft. »Ich habe gestern Nacht lange gezeichnet, und so fühlte ich mich heute Morgen matt und ausgelaugt.«

Der junge Mann musste kräftig nießen.

»Für mich klingt es, als hättest du dir eine Krankheit

zugezogen.« Helene setzte sich zu ihrem Sohn und fühlte ihm besorgt die Stirn. »Du fieberst. Ist ja auch kein Wunder in diesem kalten Loch.« Ihr Blick wanderte durch den Raum, von den Malutensilien über die leeren Weinflaschen am Boden zum Kamin, in dem nur erkaltete Asche lag. »Hast du kein Holz zum Heizen?«

»Hab nur vergessen nachzulegen.« Ein weiterer heftiger Hustenanfall beutelte Philipp. »Was willst du überhaupt?«

Mit verärgertem Blick stemmte Helene die Hände in die Hüften. »Darf eine Mutter nicht ihren Sohn besuchen, der sich kaum noch blicken lässt?«

»Und da ist sie wieder, die feine Klinge.«

»Oh, ich denke, da hast du etwas missverstanden. Das war keine feine Klinge, das war ein Hieb mit dem Breitschwert.«

Philipp rang sich ein Lächeln ab. »Ich hab dich auch vermisst, Mutter. Aber sei unbesorgt, es geht mir gut, und es fehlt mir an nichts.«

Helene entfuhr ein verärgertes Knurren. Als sich der junge Mann wieder unter die Decken verkriechen wollte, hatte sie endgültig genug. Mit einem festen Ruck zog sie die Decken weg. »Schluss mit den Fisimatenten! Der Herr Künstler kommt jetzt mit mir mit! Und wage es ja nicht, zu widersprechen. Dein Vater hat ein neues Haus auf der Kleinseite erworben, und genau dort werde ich dich jetzt hinbringen, ob du willst oder nicht!«

Das Zimmer, in dem Philipp lag, war hell und groß, das Bett herrlich warm und kuschelig. Seine Mutter hatte es zuvor mit einem Bettwärmer aus Kupfer, in den sie glühende Holzkohlen gefüllt hatte, vorgewärmt, ihm anschließend Wadenwickel gemacht und für den nächsten Tag einen Aderlass versprochen. Wie es ihr möglich war, das alles innerhalb kürzester Zeit auf die Beine zu stellen, blieb ihm ein Rätsel.

Das neu erworbene Haus empfand er als beeindruckend und einschüchternd zugleich.

Als er sich von einer Seite auf die andere drehte, schmerzten ihn Brustkorb und Rücken. Auch sein Magen tat ihm weh. Dass dem so war und aus welchem Grund, hatte er seiner Mutter gegenüber mit keinem Wort erwähnt und hatte auch keineswegs vor, dies zu tun. Zu groß war die Schmach, zu groß die Scham vor dem, was geschehen war.

Wie ihn vor wenigen Tagen drei Halsabschneider in einer Gasse abgepasst hatten.

Wie sie begannen, auf ihn einzuschlagen und einzutreten, darauf bedacht, nur seinen Oberkörper, nicht aber sein Gesicht zu treffen.

Und wie sie ihm, als er nur noch zuckend in der nassen Gosse lag, mitgeteilt hatten, wem er diese Bestrafung zu verdanken habe und warum: »Karel und seine Freunde lassen recht herzlich dafür danken, dass du sie über die Gründung des Münzkonsortiums so trefflich unterrichtet hast.«

Karel und seine Freunde … der Pakt mit dem Teufel.

Zaghaft erschien das Gesicht einer jungen Frau voller Sommersprossen im Torrahmen, zaghaft suchten ihre Augen das Dunkel des Warenlagers ab. Schließlich blieben sie an einem jungen Mann hängen, der wie wild auf einen verbogenen Haken aus Eisen einhämmerte.

Die Worte, die sie sprach, verklangen ungehört unter dem Getöse der Hammerschläge, entmutigt wich sie vom Tor zurück.

Lucas hielt inne. War da gerade jemand am Eingang gewesen? Stöhnend streckte er sein Kreuz durch. Mit dem Unterarm wischte er sich den Schweiß von der Stirn und legte den schweren Hammer neben den immer noch verbogenen Haken. Dann schritt er neugierig zum Tor. Aber es war niemand mehr zu sehen.

Bevor er kehrtmachte, streckte er noch den Kopf hindurch und blickte auf die Straße hinaus, sah Handwerker und Bürger, unterschiedlich gekleidet und alle in Eile, sah eine junge Magd –

»Jana? Jana!«

Die junge Frau blieb stehen und drehte sich dem Rufenden zu.

Lucas lief auf sie zu. »Warst du eben am Tor?«

Erst schüttelte sie den Kopf. Dann nickte sie.

»Was wolltest du?«

Sie schwieg.

»Aber es ist schön, dich zu sehen«, sagte Lucas mit sanfter Stimme, Gesicht und Arme rußig von der Arbeit. »Wie ist es dir in den letzten Monaten ergangen?« Er überlegte kurz. »Nein, im letzten *Jahr*. Ist es bereits ein Jahr her, dass wir uns das letzte Mal gesehen haben?«

Jana lächelte. »Gut. Es ist mir gut ergangen, wirklich. Dir auch?«

Er warf einen Blick zum Lagerhaus. »Du siehst ja, unser

Warenlager ist prall gefüllt. Die Aufträge werden immer mehr, die Arbeit auch. Mein Vater konnte sogar ein neues Heim auf der Kleinseite erwerben.«

Jana gab sich beeindruckt.

Der junge Mann atmete tief durch. »Und vermisst habe ich die Morgen auf dem Markt … und dich, natürlich.«

»Zum Glück hat sich in der Stadt alles wieder beruhigt. Ich … ich habe mich auch beruhigt.«

Lucas lächelte ermutigt.

Sie strich ihm sanft mit dem Zeigefinger über den Handrücken. »Weshalb ich dich heute aufsuchte, mag eigenartig klingen, deshalb bin ich wieder gegangen. Ich –«

Er schwieg weiter und sah die junge Frau nur mit großen blauen Augen an.

Die kicherte verlegen. »Also gut, ich will es geradeheraus sagen: Die Erntezeit wird schneller kommen, als wir glauben, und –«

»Und du fährst erneut deinen Eltern helfen.«

»Ja«, meinte Jana und schien sich sichtlich ein Herz fassen zu müssen. »Mein Cousin ist diesen Winter gestorben. Da dachte ich, wir könnten noch Hilfe gebrauchen.« Sie griff seine schmutzige Hand. »*Ich* könnte Hilfe gebrauchen.«

Lucas zog ein langes Gesicht. »Du fragst, ob ich deinen Eltern bei der Ernte helfe?«

»Schelakowitz ist ein kleines Dorf. Ohne Soldaten, ohne missgünstige Bürger. Die Arbeit ist schwer, gewiss, aber wir hätten auch Zeit … für uns.«

Der junge Mann war verblüfft. Wenn er mit allem gerechnet hätte, als er an diesem Morgen aufgestanden war – selbst mit dem Jüngsten Gericht … Aber niemals hätte er erwartet, dass Jana ihn fragen würde, ob er mit ihr verreise.

»Ich muss erst mit meinem Vater Rücksprache halten«, sagte er darum bemüht, seine Begeisterung zu verbergen.

»Natürlich. Und Lucas: Bitte entschuldige mein Verhalten. Ich war töricht … Kannst du mir verzeihen?«

Der junge Mann neigte den Kopf hin und her, als müsse er eine Antwort erst in Erwägung ziehen, aber in Wirklichkeit hatte er ihr längst vergeben.

Donauwörth, April A.D. 1622

Sieglinde und Magdalena Heidfeldt gingen die Stadtmauer entlang. Sieglinde hatte ihre Schwester eingeladen, sie zu begleiten, was diese erstaunte. Denn die Jüngere suchte selten Magdalenas Nähe, heute hingegen schien ihr das wichtig zu sein.

Kurz zuvor hatten sie noch, wie ihre Mutter es wünschte, für das Heil ihres Vaters und ihres Bruders gebetet. Agnes Heidfeldt hatte dies für dringend notwendig erachtet, denn Johannes und Balthasar waren zu einer geschäftlichen Reise in den Norden aufgebrochen. Da alle Welt von einer bevorstehenden Schlacht zwischen Tilly und Mansfeld in der Pfalz sprach, war Agnes Heidfeldt begreiflicherweise besorgt. Doch hatte Johannes, bevor sie aufgebrochen waren, sehr bestimmt erklärt, dass die Reise unumgänglich sei.

Balthasar hatte sich hierzu nicht geäußert. Magdalena war verwundert gewesen, wie still sich ihr ansonsten so großspuriger Bruder verhielt. Denn als der Vater sich von seiner Krankheit hatte erholen müssen und Balthasar derweil das Geschäft führte, hatte er sich gegenüber seinen Schwestern über die Maßen aufgeplustert. Davon war in der letzten Zeit jedoch nichts mehr zu spüren.

Jedenfalls hatten die beiden Heidfeldt-Töchter am heutigen Tag den Wunsch ihrer Mutter erfüllt und folgsam gebetet. Sie hatten dies wie immer im Kloster Heilig-Kreuz getan. Der greise Hörmann war zwar im letzten Jahr gestorben, und der neue Abt Schuster hatte sich als bei Weitem nicht so konsensbewusst gezeigt wie sein Vorgänger. Aber gegen Stadtpfarrer Weinmann galt er immer noch als gemäßigt. Deshalb zog Agnes Heidfeldt das Kloster der Stadtpfarrkirche immer noch vor, zumindest für das stille Gebet.

Nach dem Gebet hatte Sieglinde den Vorschlag gemacht, und so schlenderten die beiden Schwestern nun durch eine Gasse neben der Mauer, die Donauwörth umgab.

Sieglinde gab sich charmant und plauderte mit Magdalena über alles Mögliche, eigentlich bestritt sie das Gespräch fast zur Gänze, denn Magdalena kam kaum zu Wort. Dennoch fand diese es angenehm, in aller Eintracht mit Sieglinde unterwegs zu sein, und fragte sich, ob sie ihre Schwester nicht vielleicht doch falsch beurteilt hatte. Womöglich war Sieglinde bestrebt, sich zu ändern, nun da in Bälde ihre Vermählung bevorstand? Im Herbst sollte es so weit sein, aus Rücksicht auf Zacharias' Mutter, die gerade erst wieder einen ihrer schweren Gichtanfälle hinter sich hatte und noch länger brauchen würde, um sich zu erholen. Im Herbst würde Sieglinde sich also in die Obhut eines Mannes begeben, und obwohl sie diesem Mann sehr zugetan schien, war es doch ein großer Schritt, ein anderes Leben, das sich dann auftat. Zumal für jemanden wie sie, die lange Zeit mit Wonne mit ihren Verehrern gespielt hatte, dachte Magdalena.

Die beiden Schwestern näherten sich einem weniger begangenen Teil der Stadtmauer.

Vielleicht kann ich mit ihr über Lucas reden, wenn sie

schon meine Nähe sucht, kam es der Älteren in den Sinn. Denn der Mann im fernen Prag beherrschte immer noch ihre Gedanken, und leider war ein Treffen wegen der vielen Kampfhandlungen im Augenblick nicht möglich, wie ihre Mutter ihr mitgeteilt hatte. Wenn Sieglinde ihr einen Rat geben konnte, wenn sie –

»Gott zum Gruße, die Damen.«

Magdalena blieb stehen. Mit Erstaunen sah sie Zacharias Werlein, der aus einer der Nischen feixte, wegen derer sich die Stadtmauer so gut für ein Stelldichein eignete.

Sieglinde lächelte ihn an, dann wandte sie sich ihrer Schwester zu. »Es macht dir doch nichts aus, auf mich zu warten und kurz aufzupassen, ob jemand kommt? Weißt du, es ist so schrecklich, mit Zacharias nie allein sein zu können.«

Magdalena wusste nur zu gut, dass seit der Verlobung immer eine Magd aus dem Hause Werlein die beiden auf ihren gemeinsamen Spaziergängen begleitete. Offenbar traute die Mutter von Zacharias ihrer künftigen Schwiegertochter nicht ganz über den Weg.

»Ich dachte, nach dem Gebet wäre eine gute Gelegenheit.« Sieglinde blickte ihre Schwester treuherzig an. »Das verstehst du doch?«

»Nun«, Magdalena räusperte sich, »ich dachte eigentlich –«

»Ich danke dir, Schwesterchen.« Sieglinde drückte der anderen den Arm und begab sich zu ihrem Verlobten in die Nische.

Magdalena entfernte sich einige Schritte und zupfte ihren Umhang zurecht. Ihr Kopf fühlte sich ganz heiß an vor Scham. Wie hatte sie nur so dumm sein können anzunehmen, ihre Schwester hätte etwas anderes als ihren eigenen Vorteil im Kopf? Aber das würde ihr eine Lehre sein, denn heute, so schwor sie sich, heute war es das letzte Mal, dass sie Sieglinde einen Gefallen getan hatte. Mochte sich in Zukunft die Werlein-Familie mit diesem selbstsüchtigen Biest herumschlagen.

Mit finsterer Miene sah sie vorsichtig in beide Richtungen, ob jemand auftauchte.

»Können wir uns auf deine Schwester verlassen?« Zacharias hatte Sieglinde in die Arme genommen und mehrmals leidenschaftlich geküsst. »Sie schien mir nicht gerade erbaut über deine Bitte.«

»Ach, was soll die Betschwester denn sonst tun? Die Familie geht ihr über alles. Das war schon immer so.«

»Das ist aber nicht sehr nett, wie du über sie sprichst.«

»Das ist mir einerlei, und ich will auch gar nicht über sie sprechen.« Sie küsste ihn, immer wieder.

Schwer atmend, ließ Zacharias schließlich von ihr ab. »Ich ersehne den Tag, an dem wir vereint sind.« Er strich ihr über die blonden Haare.

»Ich ebenso, glaube mir.« Sieglindes Augen blitzten.

»Und damit du immer an mich denkst, bis es so weit ist, habe ich ein Geschenk für dich.« Zacharias fasste in die Tasche seines Mantels und nahm etwas heraus, das in ein dunkelblaues Tuch eingeschlagen war. Er reichte es Sieglinde. »Öffne es.«

Sie tat es. Mit ehrfurchtsvollem Blick nahm sie den goldenen Ring mit dem kostbaren eingefassten Stein heraus, welcher grünlich schimmerte. »Zacharias. Er ist – er ist wunderschön.«

»Ein Familienerbstück«. Der junge Mann nahm ihr den Ring aus der Hand und steckte ihn ihr an. »Und niemand erscheint mir würdiger als du, ihn zu tragen.«

Entzückt besah sich Sieglinde den Ring an ihrem Finger, dann drängte sie sich Zacharias erneut in die Arme und küsste ihn heiß und innig.

Ein Rabe flog krächzend über die Stadtmauer. Magdalena blickte kurz zu ihm hinauf, aber er war schon wieder verschwunden.

Weder Magdalena noch ihre Schwester oder Zacharias Werlein ahnten, dass hier in dieser Nische, an dieser Stadtmauer, schon einmal ein junger Mann einer jungen Frau einen Verlobungsring geschenkt hatte.

Vor sechzehn Jahren war es Lorenz Ackermann gewesen, der seiner Verlobten Anna Heidfeldt das Geschenk gemacht hatte. Ein Geschenk, das eine Verbindung besiegelte, die nur ein Jahr später mit Annas Tod endete …

Mingolsheim, 27. April A.D. 1622

Über den Hügel und die Ebene südlich von Mingolsheim wehte ein kalter Wind. Graue Wolken zogen über den Himmel.

Martinus Leynfelder sog die Luft tief ein. Doch der Wind war zu schwach, um den Geruch nach Schweiß und Ausscheidungen, der über Martinus und seinen Kameraden lag, zu vertreiben. Denn die Schlacht stand kurz bevor, und nicht jeder der Männer hatte seinen Körper so unter Kontrolle, wie er wollte. Bei vielen war die Angst übermächtig.

Martinus blickte auf den gegenüberliegenden lang gezogenen Hügel. Er war von Abertausenden gegnerischen Soldaten gesäumt, die unzählige Gewalthaufen bildeten. Ernst von Mansfeld hatte alles aufgeboten, was in seiner Macht stand, um es Tilly entgegenzuwerfen. Zwanzigtausend Mann sollten es sein, wie man in Tillys Heer, dem Martinus angehörte, munkelte.

Nicht weit von dem Hügel waren schwarze Rauchwolken zu sehen. Sie stammten vom Dorf Mingolsheim. Martinus und seine Kameraden hatten vor Kurzem vernommen, dass der Gegner das Dorf angezündet hatte, um den Angreifern einen Rückzugsort zu nehmen. Das war ungünstig, ebenso wie die Tatsache, dass sich der Gegner auf einem Hügel befand, sodass Martinus und seine Kameraden sich nach oben kämpfen mussten.

»Haltet euch bereit!«

Die Stimme des Befehlshabers. Flaggen peitschten im Wind, der stärker wurde.

Martinus fühlte, wie sein Herz zu klopfen begann. Auch wenn er unter dem Banner des glorreichen Tilly marschierte, der die Schlacht am Weißen Berg gewonnen hatte und wohl ebenso viele Männer befehligte wie Mansfeld, spürte der Söldner die altvertraute Furcht, die ihn jedes Mal vor einer Schlacht befiel.

Er hielt sich, wie es für einen Musketier üblich war, außerhalb seines Gewalthaufens auf. Innerhalb desselben waren die Pikeniere, die mit ihren meterhohen Piken einen Schutzwall für die Musketiere bildeten, welche unter ihnen feuerten. Im Gegensatz zu den Pikenieren, die wenigstens Helm und Harnisch trugen, waren die Musketiere nicht gerüstet, sondern hatten nur ihre Waffe. Martinus fühlte sich deshalb entsetzlich nackt und verwundbar.

Der Söldner ergriff noch einmal die Kette mit dem Medaillon, die er um den Hals trug, zog es zu seinem Mund und küsste es. Martinus' Mutter hatte es ihm geschenkt, und es hatte ihn bisher durch alle Schlachten gebracht, die er unter Tilly erlebt hatte. Er schickte ein kurzes Stoßgebet zum Himmel, dass es ihm auch heute Glück bringen möge. Dass er seine Frau und seine zwei kleinen Söhne, die sich hinten im Tross befanden, wiedersehen würde.

»Laden!«

Martinus setzte seine schwere Muskete auf die brusthohe Stützgabel mit den zwei Zinken. Ohne die Gabel hätte er die schwere Waffe nicht halten können. Dann folgten die tausendmal geübten Handgriffe: Der Söldner schüttete Schwarzpulver aus einem der zwölf Holzfläschchen, die am Bandelier quer über seine Brust hingen, in das Mündungsrohr. Nach dem Pulver stopfte er die Bleikugel mit dem Ladestock fest in den Lauf, gab dann das Zündkraut[20] auf die Zündpfanne am hinteren Ende des Laufes. Über der Zündpfanne lag die Lunte, die er jetzt zum Glimmen brachte. Die Mischung aus Salpeter und Rinderdung, in welcher die Lunte getränkt war, stank wie immer bestialisch.

Einen Überraschungsangriff werden wir so wohl nie machen können, dachte Martinus. Wir sind meilenweit zu riechen. Der Feind allerdings auch.

Jetzt war auf einmal Geschützdonner vom Hügel zu hören. Wenig später erzitterte der Boden, als schwere Kugeln aus Eisen auf Tillys Heer niedergingen und Lücken in die Schlachthaufen rissen. Von überallher drangen Schreie, Martinus spürte, wie eine warme Flüssigkeit seine Schenkel hinunterrann und wie auch ihn die Angst zu übermannen drohte. Aber er biss die Zähne zusammen und konzentrierte sich auf das Einzige, was zählte.

Seinen Finger am Abzugshahn.

In der Ferne sah er jetzt die feindliche Reiterei, die sich rasch näherte.

»Feuer!« Der Ruf des Befehlshabers erschallte.

Martinus drückte ab. Die glimmende Lunte senkte sich auf die Zündpfanne. Das Zündkraut entflammte, und über

---

20 feines Schwarzpulver

ein feines Loch gelangte die Flamme zum Schwarzpulver hinter der Kugel.

Der Schuss – und mit ihm Tausende andere – donnerte dem Feind entgegen …

Mingolsheim, 29. April A.D. 1622

Die Lieferung an die Lutheraner – es war die erste, bei der Johannes persönlich anwesend war – hatte sich etwas verzögert, da ein Sturm die Wege teilweise unpassierbar gemacht hatte. Trotzdem war die Übergabe erfolgt, wenn auch Joachim Sailer, von dem Balthasar Johannes erzählt hatte, nicht dabei gewesen war.

Nach der Übergabe wollten sich Johannes und seine Leute gerade auf den Heimweg machen, als sie überraschend nach Heidelberg beordert worden waren. Um, wie es hieß, Sailer zu treffen und über wichtige Dinge zu sprechen. Johannes war beunruhigt gewesen, aber sie hatten keine Wahl. Er schickte den Großteil seiner Leute zurück und brach mit Balthasar und zwei Männern als Schutz auf. Peter Hoeck würde sie nach Heidelberg führen.

Die Nachricht von der Schlacht bei Mingolsheim ereilte sie mitten auf ihrem Weg dorthin. Hoeck beschloss daraufhin, zwei Tage zu warten und danach weiterzureiten. Sie verbrachten die Zeit in einem schmutzigen Wirtshaus und brachen dann wieder auf. Es regnete in Strömen, sodass die Pferde des kleinen Trupps nur mühsam über die schlammige Straße vorwärtskamen.

Johannes taten vom langen Ritt sämtliche Knochen weh.

Auch Balthasar und die beiden Fuhrleute, die sie begleiteten, sahen mitgenommen aus.

Der Kaufmann musterte seinen Sohn, der stumm dahinritt. Er hatte Balthasar seinen Alleingang immer noch nicht verziehen. Der Junge schien dies hinzunehmen, wie er überhaupt stiller, ja, nachdenklicher geworden war.

Agnes hatte Johannes schon häufiger auf Balthasars verändertes Verhalten hingewiesen und ihn gebeten, ihm zu verzeihen, obwohl sie wusste, was dieser getan hatte.

Aber der Kaufmann konnte es nicht. Und er wusste nicht, ob er es jemals können würde.

Vor ihm zügelte Hoeck sein Pferd und ließ sich ein wenig zurückfallen, bis er mit Johannes gleichauf war. Eines von Hoecks Furunkeln, das am Rand des Bartes aus der Haut brach, musste sich vor Kurzem geöffnet haben, denn verschorfter Eiter war darauf zu sehen.

»Wisst Ihr, was mir der Wirt heute früh über Mingolsheim erzählt hat, Herr Heidfeldt?«

»Ihr werdet es mir gleich mitteilen, nehme ich an«.

»Es war ein Schlachtfest und wahrlich kein Glückstag für die Katholiken.« Hoeck lachte gehässig.

Johannes lag eine scharfe Erwiderung auf der Zunge, doch er beherrschte sich. Wahrscheinlich war es nur von Vorteil, alles über die Schlacht zu erfahren. In Heidelberg würde vonseiten der lutherischen Geschäftsgenossen mit Sicherheit darüber gesprochen werden. »Und wie ist es dazu gekommen? Nun erzähl schon, wenn du alles zu wissen glaubst.«

Auch Balthasar und die Fuhrleute hörten jetzt zu.

»Erst ließ Mansfeld Mingolsheim niederbrennen«, fuhr Hoeck genüsslich fort. »Tilly kam von Süden, sah am

Ohrenberg, dass Mansfeld dort auf ihn wartete. Er entschloss sich zum Angriff, Mansfeld griff jedoch seinerseits an und trieb den Gegner ins brennende Dorf zurück. Tausende von Tillys Männern starben, nur wenige der unseren. Ein Segen für den wahren Glauben.« Er bekreuzigte sich.

»Und dann?«, stieß Johannes zähneknirschend hervor.

»Dann bewies Mansfeld Großmut und ließ die Besiegten ziehen. Er sähe keine Ehre darin, den geschlagenen Gegner zu schlachten.«

Dieser Fehler wird ihn teuer zu stehen kommen, dachte Johannes. Und sich für uns in barer Münze auszahlen, war ein weiterer, nüchterner Gedanke, denn der Krieg würde damit andauern und zusätzliche Waffen erfordern.

»Und jetzt leckt Tilly in Wimpfen seine Wunden. Bis zur nächsten Schlacht.«

Hoeck zog einen Apfel aus seiner Tasche und biss krachend hinein. Dann gab er seinem Pferd leicht die Sporen und ritt voran, den Trupp durch den strömenden Regen führend.

Sie näherten sich dem Ende des Waldes, als Johannes auf einmal ein abscheulicher, fauliger Geruch in die Nase stieg. »Riechst du das?«, wandte er sich an Hoeck.

Der grinste kaum merklich und ritt weiter. Die anderen folgten ihm, gleich darauf erreichte der kleine Trupp den Waldrand. Der Geruch wurde stärker. Nun rümpften auch Balthasar und die beiden Fuhrleute geräuschvoll die Nasen.

Als sie die letzten Bäume hinter sich gelassen hatten, sahen sie den Grund für den Gestank.

Nicht weit vor ihnen war ein einzelner, riesiger Baum zu erkennen, der sich in die grauen Regenwolken erhob. An seinen starken, ausladenden Armen hingen Gestalten.

Viele Gestalten.

Balthasar warf seinem Vater einen erschrockenen Blick zu. Der ignorierte ihn und ritt Hoeck hinterher.

Es war eine alte Eiche mit teils mannsdicken Ästen. An ihnen baumelten an die zwanzig Männer, die Hände hinter dem Rücken zusammengebunden. Stulpenstiefel und zerrissene Bandeliere ließen vermuten, dass es sich um Soldaten handelte.

Die Gesichter der Toten waren blaurot und aufgedunsen, bei manchen stand die Zunge zwischen den Lippen hervor. Allen gemeinsam waren die Flecken im Schritt und am Gesäß.

Der Geruch nach Verwesung und Kot war so überwältigend, dass Johannes sich die Nase zuhalten musste. Balthasar und die Fuhrleute taten das Gleiche, nur Hoeck sah aus, als berührte ihn das Ganze nicht im Mindesten. »Haben sich angeschissen, bevor sie zur Hölle gefahren sind«, meinte er gleichgültig.

Johannes starrte hinauf. Über ihm baumelte ein Leichnam, der ihm den Rücken zugewandt hatte und sich jetzt im Wind langsam auf ihn zudrehte. Der Kaufmann hörte ein seltsames Geräusch, das er nicht zuordnen konnte. Der Tote drehte sich weiter, bis Johannes seine Vorderseite sehen konnte – nun erkannte er auch die Quelle des Geräusches: Eine kleine fette Krähe hatte sich in die Schulter des Gehängten gekrallt und pikte unablässig in eines der

Augen. Als sich eine gallertartige Masse unter den Schnabelhieben aus der Augenhöhle löste, übergab sich Balthasar neben ihm geräuschvoll.

Hoeck musterte den Sohn des Kaufmanns und schüttelte den Kopf. »Ein großer starker Mann wie Ihr muss dem doch gewachsen sein.«

Balthasar wischte sich über den Mund und sagte nichts.

»Und warum zeigst du uns das?«, fragte Johannes.

Der Mann blickte ihn seltsam an. »Ich zeige Euch gar nichts. Wir befinden uns auf dem kürzesten Weg nach Heidelberg, und das dürfte wohl in Eurem Sinne sein, habe ich nicht recht?«

»Natürlich«, meinte Johannes knapp.

Hoeck gab seinem Pferd die Sporen.

Hinter dem Galgenbaum führte der Weg einen Hügel hinab. In der Ferne zeichneten sich durch die Regenschleier hindurch undeutlich die Umrisse eines Dorfes ab.

Nach kurzer Zeit erreichten sie das Dorf oder besser gesagt dessen Überreste: vom Feuer zerfressene Balken auf rußverschmierten, eingestürzten Mauern, ein vollständig ausgebranntes Kirchlein. Und keine Menschenseele weit und breit.

Der Regen hatte aufgehört, das Stampfen der Hufe und Schnauben der Pferde war alles, was zu hören war. Ansonsten herrschte eine gespenstische Stille.

»Ist dies das Dorf, welches die Mansfelder angezündet haben?«, fragte Johannes.

»Ganz recht«, nickte Hoeck. »Und was noch stand, haben die Katholiken bei ihrem Rückzug dem Erdboden gleichgemacht.«

Auf einmal trat nicht weit vor dem Trupp ein alter Mann mitten auf den Weg, wie um ihn zu versperren. Der Alte war groß, trug ein zerrissenes Leinengewand, das Gesicht war hager, die Augen weit aufgerissen. Seine wenigen Haare klebten ihm nass am Kopf.

Hoeck hob die Hand, und der Trupp zügelte seine Pferde.

»Mach Platz«, fuhr Hoeck den alten Mann grob an, »sonst reite ich dich über den Haufen.«

Der Alte reagierte nicht. Starr blickte er den Trupp an.

Jetzt wandte Johannes sich an ihn. »Wir wollen dir nichts Böses, wir sind nur Kaufleute auf dem Weg nach Heidelberg.«

»Haben die Herren in ihrer Gnade gar etwas zu essen?« Die Stimme des Alten war tonlos und leer wie sein Blick.

Johannes gab Balthasar ein Zeichen. Der öffnete seine Satteltasche und nahm einen kleinen Laib Brot und ein Stück Speck heraus. Als der alte Mann die Nahrungsmittel sah, erwachte sein Gesicht zum Leben. Die Gier darin war geradezu erschreckend.

Balthasar warf dem Alten Brot und Speck zu. Der fing beides mit überraschender Gewandtheit auf, steckte sich sofort ein Stück Brot in den Mund und begann, schmatzend zu kauen. Dann zog er ein Messer aus seiner Tasche, schnitt mit zitternden Händen etwas vom Speck ab, verschlang es.

»Bist du allein?«, fragte Johannes ihn.

Der alte Mann hielt kurz inne. »Die wenigen, die noch übrig sind, sind ins Kloster geflüchtet. Aber ich nicht. Ich bin schon mein ganzes Leben hier und werde auch jetzt nicht gehen.«

»Du bist ein mutiger Mann«, meinte Johannes. »Die Deinen werden zurückkommen, du wirst schon sehen. Dann werdet ihr euer Dorf aufbauen und habt wieder ein Zuhause.« Schon als er die Worte sprach, fühlte Johannes, wie schal sie klangen. Hier würde mit aller Wahrscheinlichkeit nie mehr ein Dorf stehen, die Zerstörung war endgültig. Die Überlebenden würden im Kloster bleiben, bis der Krieg vorbei war, und dann wahrscheinlich in eine der nächstgelegenen Städte ziehen.

Dann ertönte auf einmal ein Krachen. Nicht weit von ihnen stürzten die Überreste eines Hauses zusammen. Johannes blickte hin, und dabei fiel ihm etwas auf.

Neben dem Haus, auf einer freien Fläche, befand sich eine Stelle, die so aussah, als sei hier vor Kurzem gegraben worden. Mehrere kleine Erdhaufen erhoben sich über dem Boden.

Johannes betrachtete die Stelle genauer. Und mit einem Mal war ihm, als ob einer der Haufen sich bewegte.

Er stieg vom Pferd und klopfte ihm beruhigend auf die Flanken.

»Vater?« Balthasar sah ihn fragend an.

»Gleich. Mir war nur …« Der Kaufman ging los, auf die Erdhaufen zu.

Wieder die Bewegung.

»Balthasar, komm her!«, rief Johannes.

Dann beugte er sich hinunter und begann, mit den Händen in der feuchten Erde zu wühlen. Balthasar tat es ihm gleich.

Der Alte, Hoeck und die beiden Fuhrleute traten hinzu. »Macht euch keine Mühe«, sagte der alte Mann ruhig, »hier lebt niemand mehr.«

Johannes grub tiefer und hielt auf einmal inne. »Was im Namen des Allmächtigen –«

Denn vor ihm, in der dunklen Erde, war ein weißer Finger zu sehen, der schwach zuckte.

Johannes begann, fieberhaft weiterzugraben, und legte nach und nach einen Arm und einen Kopf frei. Hatte Augen vor sich, in denen unsagbares Grauen stand. Lippen, die in einem erdverschmierten Gesicht zitterten. Eine Faust, die etwas umklammerte, das wie ein Medaillon aussah.

»Was hast du gemacht?«, brüllte Johannes den Alten an. »Der Mann lebt noch!«

»Das war nur recht und billig.« Die Stimme des anderen war bar jeden Gefühls. »Als die anderen geflohen sind, als alles vorbei war, habe ich unsere Toten begraben. Und als ich auf ihn stieß, wie er verwundet vor mir lag«, er blickte auf den Mann in der Erde, »habe ich ihn ebenfalls begraben. Denn er und seine Kameraden haben uns alles genommen, also nehme ich ihm auch alles. Auge um Auge, Zahn um Zahn.«

Der lebendig Begrabene blickte Johannes flehentlich an. Der Kaufmann begann weiterzugraben. »Mir ist einerlei, was er getan hat. So zu sterben ist eines Mannes nicht würdig. Wir werden ihn jetzt befreien, und dann –«

So schnell, dass Johannes nicht reagieren konnte, bückte sich der Alte und stieß dem Soldaten das Messer in den Hals. Blut schoss daraus hervor, der Mann schrie gequält auf. Der Alte zog das Messer heraus. Der Kopf seines Opfers kippte langsam zur Seite.

»Auge um Auge, Zahn um Zahn«, wiederholte der alte Mann. Er richtete sich auf und ging langsamen Schrittes davon, das blutige Messer in der Hand, während Johannes und die anderen ihm wie erstarrt nachblickten.

Heidelberg, 30. April A.D. 1622

Johannes und Balthasar gingen gemächlich durch die Straßen von Heidelberg, denn sie wollten nicht auffallen. Die Verabredung war zu wichtig, als dass sie sie in irgendeiner Weise gefährden durften. Das hatte ihnen Hoeck noch einmal sehr deutlich gemacht, bevor er sie verlassen hatte.

Auch durften sie ihre beiden Fuhrleute nicht mitnehmen. Nur der Kaufmann und sein Sohn waren erwünscht.

Sie bogen in die Mönchgasse ein. In einiger Entfernung sahen sie rechts von sich die Spitze der Heiliggeistkirche in den dämmrigen Himmel ragen. Auf der linken Seite waren oberhalb der Stadt die Türme und Mauern eines riesigen Schlosses zu erkennen. Der Winterkönig hatte es seit 1612 für seine Gemahlin Elisabeth Stuart zu einem wahren Palast ausbauen lassen.

»Zwei Katholiken in einer der lutherischsten Städte überhaupt. Sie hätten uns keinen besseren Ort für unser Treffen vorgeben können«, meinte Johannes trocken.

»Es ist die Stadt des Siegers und damit wohl angemessen«, entgegnete Balthasar, und er hatte recht. Heidelberg war glänzender Laune, denn mit der gewonnenen Schlacht in Mingolsheim hatte Mansfeld die Karten wieder neu gemischt. Alles schien möglich für den Söldnerführer, der den gefürchteten Tilly geschlagen hatte.

»Wir werden sehen, wer sich Sieger nennen darf, wenn das Jahr vorbei ist.«

Ein Bau wurde nun auf der linken Seite der Gasse sichtbar, wuchtig und fast völlig aus Stein errichtet.

Sie blieben davor stehen. »Das muss das Haus sein, das Hoeck uns beschrieben hat«, meinte Balthasar. »Aus Stein, links am Ende der Gasse.«

Er öffnete die Tür, trat als Erster ins Innere. Johannes folgte ihm.

Im Haus herrschte fast völlige Dunkelheit. Nur vereinzelt fiel das fahle Licht der Abenddämmerung von oben durch das Dach, welches offenbar an manchen Stellen eingestürzt war. Undeutlich sahen die beiden Männer aus Donauwörth Steinwände und mächtige Holzverstrebungen an der Decke.

Dann tauchte eine Laterne vor ihnen auf. Sie kam rasch näher, und als sie direkt vor ihnen war, ließ ihr Licht auch ihren Träger erkennen. Es war ein gut aussehender Mann mit schwarzen Haaren. Johannes wusste sofort, dass sie Joachim Sailer vor sich hatten, denjenigen, der mit Balthasar in Nürnberg die verhängnisvolle Verbindung besiegelt hatte.

Hinter Sailer waren zwei weitere Männer zu sehen. Einer davon war Hoeck.

»Ihr kommt spät, Balthasar Heidfeldt.« Der Schein der Laterne wanderte auf Johannes. »Und Ihr müsst Johannes Heidfeldt sein.«

»Ganz recht«, erwiderte Johannes. Er zögerte kurz. »Wenn Ihr mir die Frage erlaubt – wo sind wir hier? Ist dieser Ort sicher?«

»So sicher wie Gottes Schoß, Herr Heidfeldt«, sagte der

andere, eine Spur Verachtung in der Stimme. »Dies ist die Mönchsmühle. Sie gehörte früher den Zisterziensern, bis die Calvinisten, dem Allmächtigen sei Dank, alle Bettelorden aus der Stadt geworfen haben. Seitdem ist die Mühle verlassen.«

»Dann habt Ihr eine sichere Nase für konspirative Treffen, wie mir scheint.«

»Wenn Ihr damit auf die Nürnberger Gewölbe anspielt, von denen Euch Euer Sohn ohne Zweifel erzählt hat – ja.« Sailer leuchtete nun in die Gesichter von Johannes und Balthasar. »Ihr wisst, warum ich euch heute sprechen wollte?«

»Ihr werdet es uns mit Sicherheit mitteilen«, meinte Johannes mit fester Stimme.

»Wir hatten eine klare Vereinbarung. Waffen gegen Geld.«

Der Kaufmann nickte. »So ist es, und wir haben sie auch eingehalten.«

»Aber was Ihr diesmal nicht eingehalten habt, war die Zeit.« Sailer stellte die Laterne auf einen Tisch, der unweit von ihm stand. Im Hintergrund konnte Johannes nun die Überreste von zwei großen, schweren Mühlsteinen erkennen.

»Wisst Ihr, warum ich bei der letzten Übergabe nicht anwesend war?« Sailer stemmte die Arme in die Seiten. »Ich musste meinen Herren begreiflich machen, warum sie auf die Waffen warten mussten. Das war alles andere als angenehm, das könnt Ihr mir glauben«

»Es war nicht unsere Schuld«, warf Balthasar ein. »Ein Sturm –«

»Ein Sturm. *Ein Sturm!*« Sailers Stimme wurde lauter.

»Und wenn sich euch Luzifer persönlich in den Weg gestellt hätte, wäre das ohne Belang für mich. Wir brauchen Waffen, und wir brauchen sie pünktlich.« Er hielt inne. »Ich nehme an, Ihr habt Kenntnis davon, wie die letzte Schlacht verlaufen ist?«

»Wir haben davon erfahren«, sagte Johannes.

»Und habt Ihr den Galgenbaum gesehen?«

Johannes nickte.

Sailer grinste kalt. »Ich habe Hoeck ganz bewusst befohlen, euch daran vorbeizuführen. Damit Ihr begreift, was mit denen geschieht, die sich nicht an Vereinbarungen halten.«

Johannes dachte an den seltsamen Blick, den Hoeck ihm zugeworfen hatte, als er ihn gefragt hatte, warum er ihnen den Baum gezeigt habe. Nun war alles klar.

»Ich verstehe, dass Ihr verärgert seid.« Johannes machte eine beschwichtigende Handbewegung. »Aber das Haus Heidfeldt erfüllt seine Verpflichtungen. Das hat es stets, und das wird es auch in Zukunft so halten.« Er machte eine kurze Pause. »Ich habe jedoch viel über unsere Geschäftsbeziehung nachgedacht, die besonders für uns große Risiken birgt. Ich bin der Ansicht, dass es am besten wäre, wenn wir diese Vereinbarung lösen. Es gibt sicher andere, die bereit sind, mit Euch zusammenzuarbeiten.« Er ließ Sailer nicht aus den Augen.

Der sah ihn verblüfft an. »Woher dieser Sinnesumschwung? Wollt Ihr etwa mehr Geld herausschlagen?«

»Es geht mir nicht um das Geld. Sondern um die Sicherheit meines Hauses.«

Langsam wich die Verblüffung aus Sailers Gesicht. Er nahm die Laterne, hob sie ganz nah an Johannes' Gesicht und blickte den Kaufmann durchdringend an. »Sagt mir – wusstet Ihr eigentlich von der Vereinbarung, die Euer Sohn mit mir traf?«

»Gewiss. Balthasar genießt mein volles Vertrauen.« Johannes hielt dem Blick des Mannes stand.

Schließlich schüttelte Sailer den Kopf. »Ihr lügt ausgezeichnet, wie ich es mir von einem Kaufmann nicht anders erwartet habe.« Er stellte die Laterne wieder ab. »Und doch sage ich Euch auf den Kopf zu, dass Euer Sohn auf eigene Faust gehandelt hat. Dass Ihr selbst Euch nie auf einen solchen Handel eingelassen hättet.«

»Es ist Euer gutes Recht zu glauben, was immer Ihr wollt.« Johannes hatte das Gefühl, sich auf einem Scheiterhaufen zu bewegen, der jeden Moment entzündet werden konnte.

»Und deshalb«, fuhr Sailer fort, als hätte er Johannes' Bemerkung nicht gehört, »ist es nur zu verständlich, dass Ihr nun vorschlagt, diese Vereinbarung zu beenden.«

»Ihr irrt in Eurer Ansicht über Balthasar, es wäre aber in der Tat das Vernünftigste«, meinte Johannes.

Sailer rieb sich über die Wange. »Ich muss mich wundern, dass Ihr etwas so Törichtes überhaupt in Betracht zieht. Ihr werdet natürlich weiterhin an uns liefern, so lange, bis wir diesen Krieg gewonnen haben. Mingolsheim war erst der Anfang. Wir werden Tilly aus der Pfalz werfen, und dann wird uns auch Böhmen wieder gehören.«

»Und wenn ich diesen Weg nicht mit Euch gehe?« Die Stimme des Kaufmanns war ruhig.

Jetzt lächelte Sailer. »Glaubt mir Johannes Heidfeldt, wenn Ihr Euch aus unserer Vereinbarung zurückzieht, töte ich jeden, den Ihr liebt. Und wenn Ihr schließlich ganz allein auf dieser Welt seid, wird die Kunde über Eure Geschäfte mit den Ketzern durchs Reich erklingen. Und dann wird Euer jämmerliches Leben unter dem Schwert enden.«

»Eure Drohungen berühren mich nicht.« Johannes' Herz schlug schnell, er zwang sich jedoch, ruhiger zu klingen, als er sich fühlte. »Würden sie das, wäre ich nicht der Mann, der ich heute bin.«

»Mag sein, mag nicht sein.« Sailer blickte Johannes auffordernd an. »Was also wird der Mann, der Ihr heute seid, nun tun?«

Johannes hatte unvermittelt ein Bild vor Augen, aus einer anderen Zeit, an einem anderen Ort. Eine Kammer in einem Kontor in Donauwörth, drei Männer, einer davon jemand, der die Zukunft der Familien Ackermann und Heidfeldt bedrohte.

Johannes wusste noch genau, wie er und Christoph diesen Mann damals beseitigt hatten. Die Erinnerung daran hatte ihn niemals verlassen.

Auch heute stand ihm jemand gegenüber, der das Wohl seiner Familie bedrohte.

Aber heute war es anders. Heute gab es nur einen Weg.

»Nun gut, ich will unsere Vereinbarung weiterhin einhalten«, sagte der Kaufmann schweren Herzens. »Aber nur, wenn Ihr mir versichert, dass Ihr persönlich darauf achtet, alles geheim zu halten.«

»Ich bin erfreut über Eure Entscheidung«, meinte Sailer zufrieden. »Und das größtmögliche Maß an Geheimhaltung ist selbstverständlich. Glaubt mir, auch auf unserer Seite gibt es viele, die nicht billigen würden, dass ich Waffen von einem Papstküsser kaufe.«

»Und noch etwas«, sagte Johannes beinahe tonlos.

Sailer setzte ein fragendes Lächeln auf.

»Solltet Ihr oder einer der Eurigen sich jemals wieder erdreisten, mir zu drohen, dann würdet Ihr Euch wünschen, selbst an dem Galgenbaum zu hängen.«

Das Lächeln des Lutheraners verschwand schlagartig.

»Dann wissen wir ja beide, woran wir sind. So gehabt Euch denn wohl.« Sailer wandte sich an Hoeck. »Geleite unsere treuen Verbündeten nach draußen.«

Hoeck nickte, nahm die Laterne und ging voran. Die beiden Männer aus Donauwörth folgten ihm schweigend.

Der Kaufmann und sein Sohn saßen sich in dem heruntergekommenen Gasthaus gegenüber, in dem sie nächtigten. Sie hatten es bewusst ausgesucht, weil sie nicht auffallen wollten. Beide hatten einen Becher schlechten Weines vor sich, aus dem sie schweigend tranken.

»Nun, es scheint, dass wir keine Wahl haben«, sagte Balthasar schließlich.

Der Wirt brachte eine Platte, auf der sich etwas befand, das nach Schweinebraten aussah. Der Geruch des Mannes nach Schweiß und Notdurft passte zu seinem Haus und zu seinem Wein. Wortlos stellte er die Platte ab und entfernte sich wieder.

Angewidert betrachteten Vater und Sohn das Essen.

»Und wie geht es nun weiter?«, fragte Balthasar.

»Wenn der Allmächtige auf unserer Seite ist, gewinnen die Kaiserlichen den Krieg noch in diesem Jahr, und dann haben wir dieses Geschäft hinter uns.«

Die Knechte, die am anderen Ende der Stube saßen,

lachten und trommelten mit ihren Fäusten auf den Tisch. Ihr betrunkenes Gegröle machte die Fortsetzung ihrer Unterhaltung unmöglich.

Balthasar schob den leeren Becher hin und her. Als die Knechte wieder ruhiger geworden waren, sah er seinen Vater an. »Es tut mir leid, Vater, dass ich das alles ausgelöst habe. Dass ich in meiner Verblendung die Familie in eine solche Gefahr gebracht habe.«

Johannes schwieg.

»Ich weiß, dass du mir nicht mehr vertraust. Ich kann nur aus ganzem Herzen hoffen, dass ich mir dein Vertrauen wieder verdienen kann.« Er blickte Johannes offen an.

Johannes konnte keine Falschheit in diesem Blick erkennen. Balthasar sah aus, als meinte er es ernst und bereute seine Fehler wirklich. Auch seine soeben gesprochenen Worte hatten ehrlich geklungen.

Der Vater fühlte mit einem Mal tief in seinem Inneren, dass die Zeit gekommen war, sich seinem Sohn wieder anzunähern.

Er legte diesem die Hand auf den Arm. »Du hast einen schweren Fehler begangen, aber du kannst ihn wiedergutmachen. Trachte in Zukunft danach, nicht mehr so zu handeln wie bisher, sondern immer zum Wohl unseres Hauses und unserer Familie.«

»Ich danke dir, Vater. Ich werde deinen Ratschlag beherzigen.« Balthasar lächelte, aber es war ein bitteres Lächeln. »Sogar wenn manches auch mit äußerstem Willen nicht wiedergutzumachen ist.«

»Worauf spielst du an?«

Balthasar schwieg einige Augenblicke, dann gab er sich

sichtlich einen Ruck und schüttete seinem Vater sein Herz aus, das erste Mal in seinem Leben. Er erzählte ihm von Ippolita und von seiner Liebe zu ihr. Dass er alles nur für sie getan hatte. Und ihm, seit er erfahren hatte, dass sie für immer verloren war, zumute war, als sei sein Herz durch einen eisernen Block ersetzt.

»Immer wieder habe ich sie vor mir. Ihr Gesicht, ihre Augen, ihre Stimme, ihren Duft ... ich kann sie nicht vergessen, obwohl ich weiß, dass sie für mich verloren ist«, schloss Balthasar.

Johannes schenkte ihnen beiden nach. »Die Liebe. Nichts vermag uns so glücklich und so verwundbar zu machen.« Er hob seinen Becher. »Aber gib nicht auf. Ich habe selbst eine Liebe begraben und eine neue gefunden. Und sie hat mir Kinder geschenkt, auf die ich stolz bin.« Bei diesen letzten Worten lächelte er Balthasar an.

Die beiden Männer aus Donauwörth stießen an und tranken, während die Knechte erneut laut wurden und die Stube in ihrem Gebrüll unterging.

Donauwörth, Mai A.D. 1622

Sibylla von Dandorf saß im Prunkzimmer ihres Hauses und trank mit Genuss einen Becher Obstsaft. Es war eine Mischung aus Äpfeln und Birnen mit etwas Honig. Der Saft war köstlich, und sie würde Mechthild auftragen, ihr einen weiteren Becher davon zu bringen. Aber das hatte noch Zeit.

Das Fenster, das auf die Straße hinausging, war geöffnet, denn im ganzen Haus war es heiß und stickig. Die Woche war sehr warm gewesen, aber heute am Nachmittag hatte es endlich geregnet. Nun wehte ein kühles Lüftchen herein, das natürlich den gewohnten Gestank nach menschlicher Notdurft und allen Arten von Tierkot mit sich brachte. Dennoch war es erfrischend, nur das zählte.

Sibylla stellte den Becher auf den schweren Stubentisch und strich sich das lange rote Haar glatt. Sie schloss die Augen, dachte nach.

Und wie so oft kreisten ihre Gedanken um einen ganz bestimmten Mann.

Sie hatte es immer verstanden, Männer an sich zu binden, vor allem solche, die ihr das Leben boten, das sie sich wünschte. Erst Erasmus, jetzt Hans Albrecht von Dandorf, auch wenn Letzterer ein schwieriger Fall war mit seiner lächerlichen Schwärmerei für Agnes Heidfeldt.

Es gab jedoch nur einen Einzigen, der sich wirklich den Weg in ihr Herz hatte bahnen können. Dieser eine war Christoph Ackermann.

Christoph, mit seinen starken Armen, die Sibylla so gekonnt zu halten vermochten, den blitzenden Augen, dem unbändigen Lachen und der unerschöpflichen Kraft. Wie oft hatten sie sich ihrer Lust hingegeben, manchmal sogar an den gewagtesten Orten? Noch heute spürte Sibylla ein Prickeln, wenn sie im Rathaus an dem verborgenen Raum vorbeiging. Jedes Mal stiegen dann Bilder in ihrem Kopf auf, wie sie Christoph hineingelockt hatte, wie Seide geraschelt hatte, als sie vor ihm auf die Knie gegangen war, wie sie ihm in fast völliger Dunkelheit gekonnt Vergnügen bereitet hatte …

Aber das war vorbei. Christoph hatte die Liebschaft beendet, um sich wieder mehr seiner Familie zu widmen. Und dann war er geflohen, und kein Mann hatte seitdem die Leere füllen können, die sich in ihrem Herz aufgetan hatte. Am wenigsten Albrecht.

Von irgendwoher ertönte ein Summen. Sibylla achtete nicht darauf.

Seit sie ihren Gemahl zur Rede gestellt hatte, vermochte dieser sie nicht mehr zu befriedigen. Es war, als habe sie ihm mit ihren Worten nicht nur seine Verliebtheit für Agnes Heidfeldt, sondern auch seine Standfestigkeit genommen. Nach außen hin ließ sich das Ehepaar von Dandorf natürlich nichts anmerken. Der Statthalter gab sich wie immer als unbestrittener Lenker von Donauwörth, der nicht einmal die Stimme heben musste, um sich Respekt zu verschaffen. Wenn die Ratsherren wüssten, welch erbärmliches Bild der große Befehlshaber in der Bettstatt bot, wären sie ihm mit Sicherheit nicht mehr so uneingeschränkt zu Diensten.

Wieder das Summen, nun näher.

Sibylla öffnete die Augen, konnte die Ursache des Geräuschs jedoch nicht ausmachen. Während sie noch im Raum umherblickte, griff sie nach dem Becher mit dem Saft. Auf einmal spürte sie einen scharfen Stich im Zeigefinger. Sie zuckte unwillkürlich zusammen, wobei sie den Becher losließ. Der kippte um, und Saft ergoss sich auf den Tisch.

Neben der Flüssigkeit lag eine Biene. Sie musste auf den Becher gekrochen sein, angelockt vom süßen Inhalt. Dann hatte sie Sibylla gestochen und dies, wie es das Schicksal ihrer Art war, mit dem Leben bezahlt.

Sibylla sah auf den in ihrem Finger steckenden Stachel. Sie nahm den Finger in den Mund und versuchte, den Stachel mit den Zähnen herauszuziehen. Es gelang ihr nicht. Nun, sie würde hinunter zu Mechthild gehen, und die Magd würde ihr mit einem kleinen Messer –

Auf einmal wurde ihr schwindlig. Sie setzte sich aufrecht hin und atmete tief durch. Der Schwindel wurde schwächer, verschwand aber nicht völlig. Sibylla stand auf, um zum Fenster zu gehen und etwas Luft zu schnappen. Da kehrte der Schwindel mit solcher Gewalt zurück, dass sie zu Boden fiel.

Keuchend lag sie auf dem Rücken, alles verschwamm ihr vor den Augen.

Was geschah mit ihr? Das konnte doch nicht von einer kleinen Biene kommen. Sibylla war in ihrem Leben erst einige wenige Male gestochen worden, und auch wenn die betreffenden Stellen danach stets für einige Tage schmerzhaft anschwollen, waren die Folgen nie so schlimm gewesen wie heute.

Sibylla öffnete den Mund und wollte um Hilfe rufen, brachte aber nur ein jämmerliches Geräusch hervor. Ihre Kehle fühlte sich an wie zugeschnürt, sie bekam kaum noch Luft. Panik durchströmte sie, sie versuchte, sich aufzurichten, aber vergeblich. Ihre Füße trommelten auf den Boden.

Dann hörte sie etwas.

Das Öffnen einer Tür.

Schritte.

Sibylla verspürte tiefe Erleichterung. Wer immer hereingekommen war, würde ihr helfen, würde sie zum Physikus bringen –

Ein Gesicht, genau über ihr. Sibylla kniff die Augen zusammen, um es zu erkennen. Für einen kurzen Augenblick sah sie klar.

Sah das Gesicht ihres Gemahls, des Statthalters Hans Albrecht von Dandorf.

»Um Himmels willen! Was ist passiert?«

Sibylla krallte ihre Hand in seinen Mantel und legte alle Kraft, die sie noch hatte, in den Versuch zu sprechen. »Bitte –«, krächzte sie schließlich schwach, »hilf mir …«

Von Dandorf, der neben seiner Gemahlin kniete, hörte die verzweifelten Worte. Er wollte schon aufstehen, um Hilfe zu holen, als er verharrte.

Was geschah hier?

Geschah hier nicht genau das, was er seit Langem insgeheim erhoffte? Hatte der Allmächtige seine Gebete erhört und holte Sibylla zu sich?

Der Statthalter stand nicht auf, verließ nicht die Stube,

ließ nicht nach dem Stadtphysikus rufen. Stattdessen nahm er seine Gemahlin in die Arme.

»Ruhig«, sagte er beinahe zärtlich, »es ist bald vorbei.«

Glühendes Entsetzen erfasste Sibylla, als sie Albrechts Worte hörte und erkannte, dass er ihr nicht helfen würde. Sie wollte ihn anflehen, brachte aber kein Wort mehr hervor. Obwohl sie sich mit allen Kräften anstrengte, konnte sie nicht mehr einatmen. Ihre Lungen schmerzten fürchterlich, ihr Herzschlag dröhnte ihr in den Ohren. Sie wand sich in den Armen ihres Gemahls, aber er hielt sie eisern fest. Nur undeutlich vernahm sie seine Stimme.

»Ich werde bei dir bleiben, damit du den letzten Gang nicht alleine gehst. Das ist ein Ehemann seinem geliebten Weib schuldig.«

Sibylla bäumte sich auf. Ihr Brustkorb fühlte sich an, als würde er bersten, im vergeblichen Bestreben, Luft zu holen. Bilder rasten durch ihren Kopf, eines stand über allem: Christoph, wie er vor seinem Kontor stand, in dessen oberer Kammer sie sich so oft geliebt hatten.

Er winkte ihr zu, dann wurde sein Bild undeutlich und verblasste unter dem Dröhnen ihres Herzschlags.

Und dann legte sich Dunkelheit über Sibylla von Dandorf.

Als Johannes und Balthasar mit den beiden Fuhrleuten über den Oberen Markt ritten, wunderten sie sich über die Ruhe in der Stadt. Nur wenige Menschen waren auf den Straßen von Donauwörth zu sehen.

»Was ist geschehen? Wo sind denn die Bürger?«, sprach Johannes einen Küchenknecht des Goldenen Löwen an, der gerade einen Eimer mit Schmutzwasser und Kot auf die Straße auskippte.

»Die meisten sind auf der Beisetzung, Herr«, meinte der Knecht gleichmütig.

»Beisetzung? Wer ist denn verstorben?«

»Wisst Ihr das denn nicht, Herr?« Der Knecht wischte sich den Rotz von der Nase und betrachtete anschließend seine Finger.

Johannes hätte dem Mann am liebsten einen Hieb versetzt, riss sich jedoch zusammen. Der Knecht war offenbar nicht ganz bei Sinnen. »Wir kommen gerade von einer Reise zurück, sonst würde ich nicht fragen. Und nun rede endlich – wer ist gestorben?«

»Die Gemahlin des Statthalters.« Der Knecht wischte sich seine Hand an seinem besudelten Hemd ab und machte Anstalten zu gehen.

»Warte noch«, hielt Johannes ihn zurück. »Ist der Leichenzug schon am Friedhof?«

Der Knecht nickte. »Er kam um die Vormittagsstunde vorbei, Herr.« Dann ging er endgültig ins Wirtshaus zurück.

Johannes sah Balthasar an. »Wir werden nach Hause reiten, unser Reisegewand wechseln und sofort zur Beisetzung gehen. Es ziemt sich nicht, dass ein Ratsherr einer solchen Zeremonie nicht beiwohnt.«

Balthasar nickte, die beiden gaben ihren Pferden die Sporen.

Als Vater und Sohn Heidfeldt wenig später den Weg zum Friedhof einschlugen, kam ihnen bereits der Trauerzug entgegen. An der Spitze schritt von Dandorf, hinter ihm die höheren Bürger der Stadt.

Johannes ging auf ihn zu, neigte sein Haupt und streckte ihm die Hand entgegen. »Ich bitte Euch, mein tiefes Beileid für Euren Verlust entgegenzunehmen, Herr Statthalter.«

Von Dandorf schüttelte ihm die Hand. »Ich danke Euch.« Dann ließ er Johannes' Hand los und musterte den Kaufmann scharf. »Ich habe Euch bei der Beisetzung vermisst, Herr Rat.«

»Wir sind gerade erst von einer Reise zurückgekehrt und –«

»Ihr scheint mir nicht das Gewand eines Reisenden zu tragen, Herr Heidfeldt«, meinte von Dandorf trocken.

»Es wäre mir respektlos erschienen, im schmutzigen Reisegewand zu der Beisetzung zu kommen«, erwiderte Johannes hastig.

Die Bürger, die den Trauerzug bildeten, verfolgten den Wortwechsel. Etwas weiter hinten konnte Johannes Agnes mit Magdalena und Sieglinde erkennen.

»Ihr habt natürlich recht getan«, sagte von Dandorf. »So begleitet mich nun zum Totenmahl.« Ohne Johannes' Antwort abzuwarten, ging er los. Der Kaufmann und sein Sohn reihten sich bei Agnes, Magdalena und Sieglinde in den Trauerzug ein und folgten dem Statthalter auf seinem Weg durch Donauwörth.

Im Goldenen Löwen saß Johannes mit seiner Familie an der Tafel in der Nähe des Statthalters. Das Mahl war reichlich, aber nicht über Gebühr, wie es sich ziemte.

Johannes biss in eine Scheibe knusprig gebratener Ente

und kaute genüsslich. Dann spülte er sie mit einem Schluck Wein hinunter.

Sein Blick glitt über die Tafel, die in der großen Stube des Löwen aufgebaut war. Unter der von Kerzen und dem Rauch unzähliger Pfeifen dunkel gewordenen Holzdecke hatten sich die einflussreichsten Bewohner der Stadt versammelt. Bürgermeister Widemann saß zur Linken des Statthalters, Pfarrer Weinmann zur Rechten. Der Dreier-Franz machte wie immer einen beflissenen Eindruck und nickte zu allem, was der Statthalter von sich gab, selbst wenn es nur ein Rülpser war.

Stadtpfarrer Weinmann aß mit ruhigen und bedächtigen Bewegungen. Der weiße Haarkranz, der sich um seinen faltigen Schädel zog, schien im Licht der Talglampen zu leuchten. Seine Augen waren jedoch trotz seines Alters scharf, immer wieder blickte er damit durch den Raum, wie um sich zu versichern, dass jedes seiner Schäfchen sich so benahm, wie es gottgefällig war.

»Wie ein Raubvogel«, sagte Johannes leise zu Agnes, die neben ihm saß.

»Was?«, sagte diese geistesabwesend.

Johannes wandte sich ihr zu. »Ich meine unseren verehrten Herrn Pfarrer. Wacht über uns wie ein Raubvogel, bereit, jeden zu maßregeln, wenn es seiner Ansicht nach vonnöten ist.«

Agnes erwiderte nichts. Sie war schon die ganze Zeit auffallend schweigsam gewesen.

Johannes beugte sich näher zu ihr. »Ist alles in Ordnung, meine Liebe?«

»Ja. Gewiss.« Agnes stocherte in der Pastete, die vor ihr auf dem Teller lag.

»Geht dir der Tod von Sibylla so nahe?«

»Näher, als du denkst.« Agnes' Stimme war bitter.

Johannes war erstaunt. Ihm war nicht bewusst gewesen, dass seine Gemahlin und Sibylla freundschaftlich verbunden gewesen waren. »Woran ist sie eigentlich gestorben?«, fragte er weiter. »Ich hatte noch keine Gelegenheit –«

»Man weiß es nicht genau.« Agnes trank wieder etwas Wein. »Sie wurde in ihrem Haus gefunden, offenbar ist sie erstickt.«

»Erstickt? Woran denn?«

»Ich sagte doch, dass man es nicht weiß«, antwortete Agnes mit einer gewissen Schärfe in der Stimme.

Bevor Johannes etwas entgegnen konnte, stand von Dandorf auf. Augenblicklich herrschte Ruhe in der großen Stube.

»Geschätzte Herren von Donauwörth.« Der Statthalter blickte in die Runde. »Zunächst möchte ich Euch danken, dass Ihr mit mir meine geliebte Gemahlin Sibylla auf ihrer letzten Reise begleitet habt.« Er räusperte sich. »Unermessliches Leid hat mein Haus getroffen, als der Allmächtige beschloss, Sibylla aus dieser Welt abzufordern. Und doch ist meine Eheliebste in eine bessere Welt aufgebrochen, zu *Ihm* in Sein Freudenreich. Ich werde für sie beten, an jedem Tag, der mir in dieser Welt noch bleibt.« Seine Stimme wurde lauter. »Ich weiß, dass sie über mich, über uns alle an der Seite unseres Herrn wacht.« Von Dandorfs Blick fiel auf Johannes. »Dass sie alle unsere Wege leitet, die sich in der Zukunft noch für uns auftun werden.« Er hob den Becher, alle anderen ebenfalls. »So lasst uns nun meiner Gemahlin gedenken.«

»Auf Sibylla von Dandorf.« Der Statthalter trank, die

anderen taten es ihm gleich. Dann setzte er sich. Langsam wurden die Gespräche wieder aufgenommen.

»Ich frage mich, warum er gerade mich angesehen hat«, sagte Johannes zu Agnes.

»Er hat nicht dich angesehen«, erwiderte sie leise.

»Was meinst du damit?«

Agnes legte ihm die Hand auf den Arm. »Nicht jetzt. Wir reden später, wenn wir zu Hause sind.«

Agnes lehnte mit dem Rücken an der Küchentür und betrachtete Johannes. Der Kaufmann hatte sich auf die Bank gesetzt, sichtlich erschüttert über die Enthüllungen seiner Gemahlin.

Lange hatte sie mit sich gerungen, ob sie ihrem Gemahl die Wahrheit sagen sollte. Aber der Tod von Sibylla hatte alles verändert, und so war es unumgänglich gewesen.

Johannes blickte sie an. »Verstehe ich das richtig – du hättest dich mit von Dandorf verabredet, wenn Sibylla nicht eingeschritten wäre?« Seine Stimme klang spröde.

»Das hätte ich getan. Und ich hätte es für uns getan, denn er hat gedroht, dir zu schaden, wenn ich ihm nicht gefällig bin.«

»Wer weiß, ob er das ernst gemeint hat«, erwiderte Johannes.

Agnes dachte an die Begegnung mit von Dandorf auf dem Turm zurück. An die unbedingte Entschlossenheit in seinem Blick, seine kalten Lippen auf ihrer Wange. »Du kennst ihn nur als Statthalter von Donauwörth. Mir hat er sich als Mann offenbart, der von einer großen Leidenschaft getrieben wird. Und solche Männer sind zu allem fähig.« Ihre Stimme wurde beschwörend. »Nachdem er mir auf dem Turm seine Absichten erläutert hat, war das Leben die Hölle für mich. Jeden Tag, jeden Augenblick erwartete ich seine Aufforderung, zu ihm zu kommen. Als Sibylla mir dann erzählte, dass alles vorbei sei, kam es mir vor, als hätte mir der Allmächtige noch einmal eine Chance geschenkt. Deshalb beschloss ich, dir nichts zu erzählen.«

»Und das verstehe ich nicht. Warum bist du nicht ehrlich zu mir gewesen, nachdem Sibylla eingeschritten ist?«

»Weil ich dich sehr genau kenne.« Sie ging zu ihm und ergriff seine Hand. »Du liebst mich und hättest von Dandorf deshalb nie mehr mit gleichen Augen gesehen, weil du gewusst hättest, was er mit mir vorhatte. Vielleicht hättest du dich irgendwann einmal vom Groll leiten lassen und dich verraten. Und dann hätte er dich zum Schweigen gebracht, daran zweifle ich nicht.«

Johannes sagte nichts. Dann zog er sie in seine Arme. »Ich bin ein Narr, Agnes.« Er küsste sie sanft. »Verzeih mir meine unüberlegten Worte. Du hast gelitten, und das nicht nur für mich, sondern für unsere ganze Familie.«

Agnes fühlte, wie ihre Augen sich mit Tränen der Erleichterung füllten. Trotz aller Gefahren, die noch auf sie warten mochten, tat es unendlich gut, mit dieser Bürde nicht mehr allein zu sein.

Dann löste sie sich von ihm. »Nun müssen wir etwas unternehmen, denn mit dem Tod von Sibylla ist von Dandorf frei in seinem Handeln.«

Johannes nickte. »Er könnte mich auf irgendeine Weise aus dem Weg schaffen. Und dich dann zwingen, ihm gefügig zu sein. Er ist ein Mann mit Macht, die er sicher skrupellos gegen eine Witwe und ihre Kinder einsetzen wird.«

»Da sterbe ich lieber, bevor ich das zulasse«, gab Agnes leidenschaftlich zurück.

Stille kehrte in der Küche ein, während der Kaufmann überlegte. Dann, nach einer schieren Ewigkeit, schien er einen Entschluss zu fassen. »Ich denke, es gibt nur eine Möglichkeit. Wir werden Donauwörth verlassen und für eine Weile woanders wohnen. Damit entziehen wir uns dem Einfluss von Dandorfs. Außerdem sind wir näher bei meinen Geschäftspartnern.« Er machte eine Pause. »Ich denke an Nürnberg. Herr Peller ist ein mächtiger Mann, der uns auch einen gewissen Schutz bieten kann.«

»Donauwörth – verlassen?« Agnes war wie vor den Kopf geschlagen, auch wenn sie tief in ihrem Inneren wusste, dass Johannes recht hatte.

Er nahm sie bei den Schultern und sah sie ernst an. »Es muss nicht für immer sein. Wenn sich die Umstände ändern, werden wir zurückkehren. Vielleicht stirbt dieser verdammte Bayer oder zieht sich den Unmut seines Herzogs zu. Ich weiß es nicht. Ich weiß nur, dass es im Augenblick die beste Lösung ist.«

Agnes ließ es sich durch den Kopf gehen, doch es schien das einzig Vernünftige, was sie tun konnten.

»Ich stimme dir zu«, sagte sie schließlich.

Johannes lächelte. »Darüber bin ich sehr froh.« Er rieb sich kurz über den Bart. »Wir müssen allerdings vorsichtig sein. Ich werde vorgeben, dass ich auf eine längere Geschäftsreise gehe, bei der ich euch bei mir haben will.«

»Gut. Dann ist nur noch eines zu tun.« Sie ging zur Tür, öffnete sie. »Irmel!«

Die Magd, die die Treppen gefegt hatte, schlurfte herbei. »Ja, Herrin?«

»Sind die Mädchen und Balthasar im Haus?«

Die Magd nickte. »Sieglinde und Magdalena nähen in der Stube, Balthasar ist unten im Geschäft. So war es zumindest vorhin noch.«

»Dann sag ihnen, dass sie zu uns kommen sollen.«

»Wie Ihr befehlt.« Die Magd ging schnellen Schrittes davon.

Agnes wandte sich um, verschränkte die Arme. »Was werden sie sagen?«

Johannes zuckte mit den Schultern. »Nun, ich denke mir, dass nur eines unserer Kinder Vorbehalte haben wird, und wir wissen beide, wer das ist.«

Sie warteten, bis Schritte zu hören waren. Gleich darauf betraten Magdalena und Sieglinde die Küche, gefolgt von Balthasar.

»Hört mir zu.« Johannes blickte die drei ernst an. »Ich mache keine langen Worte. Es ist aus verschiedenen Gründen unumgänglich, dass wir nach Nürnberg reisen, und zwar alle zusammen. Ich werde mich dort länger geschäftlich aufhalten müssen, und ich möchte Euch bei mir haben. In diesen Zeiten ist es sicherer, wenn die Familie zusammenbleibt.«

»Das wird nicht möglich sein«, erwiderte Sieglinde. »Ihr wisst doch, dass ich Zacharias noch in diesem Jahr ehelichen werde.« Sie klang nicht im Mindesten aufgeregt, und Agnes wusste auch warum: Ihre jüngste Tochter war überzeugt, ihren Kopf durchsetzen zu können, so wie sie es immer getan hatte.

Aber heute irrte sie sich.

Johannes schüttelte den Kopf. »Das muss erst einmal warten. Das nächste Jahr mag auch noch genügen.«

»Vater, ich sagte, dass es nicht möglich sein wird.« Jetzt wurde Sieglindes Stimme eisig. »Ich werde hierbleiben und Zacharias heiraten. Wie es vorgesehen ist.«

»Nein, Tochter.« Johannes Stimme war sehr ruhig. »Das wirst du nicht.«

»Aber –«

»Es ist genug.« Die Stimme des Kaufmanns war eindeutig. »Meine Entscheidung ist unumstößlich. Und du wirst dieser Entscheidung gehorchen, wie jeder in diesem Haus.« Er sah Sieglinde streng an. »Ein Haus, dessen Herr immer noch ich bin, wie du offenbar vergessen hast.«

Sieglinde war blass geworden. Ihr Mund öffnete und schloss sich wieder. Dann, als sie erkannte, dass sie diesmal nichts bei ihrem Vater ausrichten konnte, verzog sich ihr Gesicht, und mit einem Mal war die schöne, manierliche Tochter des Kaufmanns Heidfeldt verschwunden. In ihren Zügen stand hässliche Niedertracht. Johannes fühlte Beklemmung, denn in diesem Augenblick keimte eine Ahnung in ihm auf, was für ein Mensch seine Tochter wirklich war.

»Das wirst du bereuen. Das werdet ihr alle bereuen!« Sie drehte sich um und lief aus der Küche.

»Warte!«, rief Johannes ihr hinterher. »Wie kannst du es wagen –«

»Lass sie.« Agnes ergriff seinen Arm. »Sie wird sich beruhigen. Es ist nicht leicht für sie.«

»Zumal sie das erste Mal in ihrem Leben nicht bekommt, was sie will.« In Magdalenas Stimme schwang etwas mit, das Agnes nicht gefiel, das sie aber verstand. Sie wusste sehr gut, dass Magdalena es mit Sieglinde nicht immer leicht gehabt hatte, und an ihrer Stelle hätte sie wahrscheinlich auch Schadenfreude darüber empfunden, was sich eben in der Küche abgespielt hatte.

»Wir werden sofort mit den Vorbereitungen beginnen. Balthasar, komm mit mir.«

»Ja, Vater.«

Vater und Sohn verließen die Küche.

Agnes blieb mit Magdalena zurück. Diese blickte ihre Mutter prüfend an. »Werden wir jemals zurückkehren?«

»Wie kommst du denn darauf? Natürlich werden wir das.«

»Es ist nur so ein Gefühl«, meinte Magdalena und zog die Schultern hoch. »Vater klang so ernst, und er würde uns doch nicht mitnehmen, wenn es nicht unbedingt notwendig wäre. Schließlich ist er schon oft länger fort gewesen, und da sind wir immer hiergeblieben.«

Ihre kluge Tochter. Agnes hätte wissen können, dass Magdalena alles hinterfragte. »Wir werden sehen.« Sie zögerte. »Aber wenn wir tatsächlich nicht wiederkommen sollten – wäre das schlimm für dich?«

»Nicht sehr. Das Leben, das ich ersehne, hängt nicht von einer Stadt ab.« Magdalena lächelte. »Es hängt vielmehr von einem einzigen Menschen ab, das weißt du.«

»Und ich weiß auch, was ich dir versprochen habe.« Agnes umarmte sie. »Wenn wir in Nürnberg sind, werden sich die Dinge ändern, du wirst sehen.«

Magdalena erwiderte die Umarmung. »Ich hoffe es, Mutter. Ich hoffe es für uns alle.«

Donauwörth, Juli A.D. 1622

Es regnete, als Johannes Anstalten machte, in die Kutsche zu steigen. Seine Familie saß bereits darin. Er selbst ließ seinen Blick noch einmal über das Haus gleiten, in dem er so lange gelebt hatte, das Haus, das fast sein ganzes Leben darstellte.

Würde er es noch einmal wiedersehen?

Wirst du nicht.

Er wusste nicht, woher die Gewissheit kam, die er auf einmal empfand. Aber er wusste, dass es die Wahrheit war.

Mit einer entschlossenen Bewegung stieg er in die Kutsche und schloss die Tür. Einen Augenblick später schnalzte Conrad mit den Zügeln, und die Kutsche fuhr los.

Seine Familie musterte ihn, bis auf Sieglinde, die ihn eisern ignorierte. Johannes hätte nicht gedacht, dass sie so stur sein konnte. Nun, auch das würde sich geben.

»Es ist also so weit«, meinte er und versuchte, seiner Stimme so etwas wie freudige Erregung zu verleihen.

»In Nürnberg ist alles vorbereitet?«, fragte Agnes.

Johannes nickte. »Wir werden vorerst in Contarinis Gemächern unterkommen. Ich habe Nachricht von ihm, dass er nichts dagegen hat. Er wird demnächst wieder aus Venedig zurückkommen« – ein unmerklicher Seitenblick zu Balthasar – »und uns willkommen heißen.«

»Matthäus und die anderen sind instruiert«, sagte Balthasar jetzt. »Ebenso Jos Pecherer.«

»Gut«, nickte Johannes beifällig, »dann sind unsere Geschäfte hier in besten Händen, bis wir zurückkehren. Und die Oberhand behalten wir von Nürnberg aus.«

Die Kutsche fuhr durch den strömenden Regen. Er ließ die Häuser, die draußen vorbeizogen, grau und verschwommen aussehen.

Dann hielt die Kutsche vor dem Nördlinger Tor. Johannes hörte einen Wortwechsel und erwartete, die Kutsche würde in Kürze weiterfahren. Das geschah jedoch nicht.

»Conrad, was ist denn?«, rief Johannes ungeduldig.

Keine Antwort.

Er beugte sich aus dem Kutschenfenster. »Conrad –«

Von Dandorf stand vor der Kutsche, zwei Soldaten hinter sich.

Johannes durchfuhr es eiskalt. Würde der Statthalter Schwierigkeiten machen, sie gar nicht aus der Stadt lassen? Zwar fehlte ihm dafür die gesetzliche Handhabe, aber von Dandorf würde schon etwas einfallen, davon war der Kaufmann überzeugt.

»Ich bin gleich zurück«, sagte er zu seinen Lieben und stieg aus der Kutsche.

Er ging auf von Dandorf zu, der hob die Hand.

»Herr Heidfeldt – habt Ihr wirklich geglaubt, dass ich das zulasse?«

Johannes blieb unsicher stehen. »Was meint Ihr?«

»Dass ich einen meiner angesehensten Bürger ziehen lasse«, fuhr der Statthalter fort. »Ohne mich persönlich bei ihm zu verabschieden?«

Jetzt streckte von Dandorf Johannes die Hand entgegen.

»Ich wünsche Euch Gottes Segen für Eure Geschäfte. Mögen sie weiter so gut gehen und unserem Herzog und Donauwörth nützen.«

»Ich danke Euch, Herr Statthalter.« Johannes schüttelte dem anderen die Hand. »Ich werde alle meine Kraft weiterhin für Donauwörth einsetzen. Und schon bald kehren wir ohnehin wieder zurück.«

»Da bin ich mir sicher …« Ein undurchsichtiges Lächeln umspielte den Mund von Dandorfs. »Ihr *werdet* zurückkehren.«

Wieder fühlte Johannes Unruhe. Ahnte der Statthalter, dass hinter der Reise mehr steckte?

»Ihr habt doch sicher nichts dagegen, dass ich mich auch von Eurer entzückenden Gemahlin verabschiede?«

Jetzt kam zur Unruhe Wut hinzu.

Lass dir nichts anmerken. Sonst wird er euch niemals fortlassen.

»Gewiss wird sie erfreut sein, Herr Statthalter.«

Von Dandorf ging zur Kutsche. Agnes, die alles mitverfolgt hatte, beugte sich zu ihm hinaus. »Ich wünsche Euch Gottes Segen für die kommende Zeit, Herr Statthalter. Und die Kraft, die Trauer um Eure Gemahlin zu bewältigen.«

Von Dandorf ergriff Agnes' Hand und deutete einen Kuss an. »Ich danke Euch für Eure freundlichen Worte. Ich werde ebenfalls für Eure sichere Rückkehr beten, denn wir brauchen Euch und Eure Familie hier in Donauwörth.«

Immer noch hielt von Dandorf Agnes' Hand. Deren Gesicht war verkrampft, das Lächeln gequält.

Dann ließ er ihre Hand los. »Gute Reise. Auf ein baldiges Wiedersehen.«

Er trat von der Kutsche zurück. Johannes stieg ein, das Gefährt setzte sich in Bewegung und war schon bald durch das Tor hinaus.

Johannes fragte sich, wie er das Ganze bewerten sollte. Der Statthalter hatte sie alle ziehen lassen. War das mit Absicht geschehen, wollte von Dandorf eine schmutzige Tat, wenn er sie denn plante, ganz bewusst nicht in Donauwörth begehen, damit auch nicht der Hauch eines Verdachtes auf ihn fiel?

Johannes wusste, dass diese Überlegungen sinnlos waren. Im Augenblick konnte er nichts unternehmen, außer weiterzufahren, einer unsicheren Zukunft entgegen.

Als sie die Brücke passierten, beugte sich Johannes noch einmal aus dem Kutschenfenster und blickte zurück.

Unter grauen, schweren Regenwolken lag Donauwörth, mit seiner Stadtmauer, seinen Türmen und seinen Menschen, die ihrer aller Leben geprägt hatten.

Im offenen Stadttor konnte er die Silhouette eines dieser Menschen erkennen, und er hätte schwören können, dass ihm dieser spöttisch zuwinkte.

Johannes Heidfeldt zog den Kopf in den Wagenkasten zurück und ließ sein altes Leben hinter sich.

Prag, Sommer A.D. 1622

In aller Herrgottsfrüh wurde Jana von ihrem Vater mit dem Fuhrwerk abgeholt. Danach fuhren sie zum Rossmarkt, wo Lucas schon auf die beiden wartete, eine lederne Tasche in der Hand.

Der junge Mann verspürte einen Anflug innerer Unruhe, ob aus Freude oder Unsicherheit, wusste er selbst nicht. Als sie ihn erreichten, stellte Janas Vater sich ohne viel Aufhebens als Petr vor, schüttelte ihm mit eisernem Griff die Hand und wies ihm seinen Platz auf der Ladefläche des Wagens zu.

Durch das Porützer Tor ließen sie Prag hinter sich und machten sich auf den Weg nach Schelakowitz. Sie hatten sich nördlich gehalten, bis sie die Elbe erreichten, waren dann dem Flusslauf nach Osten gefolgt und hatten den Strom bei nächster Gelegenheit über eine ächzende hölzerne Brücke gequert.

Die Fahrt war holprig, doch die Luft jenseits der Stadt war seidig warm und voller Bienen und Schmetterlinge. Während der Fahrt sprachen weder Jana noch ihr Vater viel. Überhaupt schien der Mann eher einer der Tat denn der Worte zu sein, und so war Lucas gespannt, was ihn in Janas Heimatdorf erwarten würde. Sicher, er kannte das Dorfleben ein wenig von den vielen Transportfahrten mit seinem Vater, aber es würde mit Bestimmtheit etwas anderes sein, wenn man dort mit einer Familie wohnte, als wenn man als Durchreisender nur eine Nacht da verbrachte. Vom Alter her war Petr schwer einzuschätzen, wobei Lucas ihm wohl zehn Jahre weniger geben würde, als er aussah – die Haut sonnengegerbt und ledrig, die Falten im Gesicht gleichermaßen Zeugnisse von Freud und Leid. Die Hände kräftig und voller Schwielen. Sein Umgangston laut und eigensinnig, aber rechtschaffen. Alles in allem, so kam Lucas zu der Überzeugung, war Petr ein Kerl, auf den man sich wohl verlassen konnte.

Als der Abend nahte, schälten sich die Umrisse eines Dorfes aus dem warmen Dämmerungslicht. Die Siedlung umfasste gut drei Dutzend Höfe samt Nebengebäude, die mit einem Zaun umschlossen waren, der immer wieder von Hecken durchbrochen war. In der Mitte der Siedlung ragte auf einer kleinen Anhöhe ein verwitterter kleiner Kirchturm gen Himmel, dessen Kirchhof von einem steinernen Schutzwall eingefasst war.

»Schelakowitz!«, rief Jana voll Freude über ihre Schulter, ein Blitzen in den Augen.

Lucas richtete sich auf und zog sein Hemd straff.

Das Fuhrwerk passierte den Zaun. Die einzelnen Höfe waren durch ungepflasterte Wege miteinander verbunden, in denen tiefe Fahrrinnen klafften. Kinder jeden Alters liefen laut krakeelend an dem Wagen vorbei, viele von ihnen mehr in Lumpen gekleidet als in Hemd und Hose oder Kleidchen. Petr grüßte sie mit einem Schmunzeln und einem knappen Griff an seine Hutkante. Jana winkte ihnen so herzlich, als wären es ihre Geschwister.

Die junge Frau sah sich um und legte die Stirn in Falten. »Viele der Höfe scheinen unbewohnt. Ist etwas geschehen, Vater?«

»Nein, aber du weißt ja, wie es ist: Ein Schaf kommt vom Weg ab, und viele andere folgen ihm. Die hoffen halt, dass sie woanders ihr Glück finden, die armen Narren.«

»Aber so viele?«

Scheinbar gleichgültig zuckte Petr mit den Schultern. Schließlich zog er die Zügel an. Der Wagen hielt vor einem der größeren Gehöfte des Dorfes. Es war aus Holz und Lehm erbaut und dick mit Stroh gedeckt, das sich an einzelnen Stellen jedoch schon dunkel zu verfärben begann und hätte ersetzt werden müssen.

Quietschend schwang die Tür des Hauses auf.

Zwei Mädchen, um die zehn Lenze, kamen jubelnd herausgesaust, gefolgt von einer gebrechlich wirkenden Frau, deren abgetragenes Kleid schon an vielen Stellen geflickt worden war.

»Maminka!« Jana sprang vom Kutschbock, lief zu der alten Frau und umarmte sie innig. Dann drückte sie auch die beiden Mädchen an sich, die fröhlich ihre schmutzigen Gesichter in Janas Kleid vergruben.

Lucas stieg von der Ladefläche und spürte, wie ihm von der langen Fahrt jeder Knochen im Leib schmerzte. Aber das war ihm einerlei. Er hatte sein Ziel erreicht, und das in mehrfacher Hinsicht – Janas Dorf und Janas Familie. Und vielleicht auch bald ihr Herz. Er wartete, bis Petr ebenfalls vom Kutschbock abgesessen war und sich zu seiner Familie gesellte.

»Mein Weib Anneta«, sprach der Mann mit ruhiger Stimme, »und meine Töchter Lenka und Milonja.«

Die alte Frau lächelte freundlich, aber distanziert, während die beiden Mädchen sich darin versuchten, einen Knicks zu machen.

»Lucas Ackermann, hocherfreut«, schmetterte der junge Transporteur ihnen allen entgegen.

»Und das ist Rul, einer unserer Lohnarbeiter«, fuhr Petr fort und blickte zu dem jungen hageren Mann mit dem fahlen Gesicht, der in Lucas' Alter sein musste und gerade zu ihnen gestapft kam.

»Ahoj«, sagte der mit heiserer Stimme.

»Der kränkelt ja schon wieder«, meinte Petr mit scharfem Blick und verzog verstimmt das Gesicht. »Besser, du wirst bis morgen früh gesund, es gibt viel zu tun.«

»Du kennst mich ja, Petr. Im Herzen unverwüstlich«, gab Rul gutmütig zurück.

»Schön, euch alle kennenzulernen«, bekräftigte Lucas und sah aus dem Augenwinkel, dass Jana sich ebenso freute.

Mit einer Handbewegung wies Petr Lucas in Richtung eines kleinen, marode wirkenden Häuschens. »Rul wird dir zeigen, wo du mit dem Rest des Gesindes nächtigst. Morgen beginnen wir bei Tagesanbruch mit der Arbeit. Sieh zu, dass du ausgeruht bist. Unsere Tage sind länger als die der Städter.«

»Ich bin harte Arbeit gewohnt.«

Janas Vater musterte den jungen Transporteur von oben bis unten, wenn auch mit gütigem Blick. »Wohlan. Aber heute ist ja noch nicht morgen. Heute gibt es noch eine stärkende Suppe, hab ich recht?«

Anneta nickte sanft.

»Dann danke ich, dass du uns hilfst«, bekräftigte Petr. »Willkommen auf unserem Hof!«

Das Abendessen nahm Lucas gemeinsam mit Janas Familie und dem Gesinde ein, die alle um den wuchtigen Tisch in der Stube Platz genommen hatten. In der Mitte des Tisches warfen einige Kienspäne ein unstetes, gedämpftes Licht. Auch war das Essen karger ausgefallen, als Lucas es erwartet hatte. Statt einer Fleischbrühe gab es eine dünne Gemüsesuppe, statt Bier oder Wein trank man Molke. Überhaupt, so stellte Lucas fest, entsprach weder der Zustand des Hofes noch der seiner Bewohner jenem Bild, das Jana mit ihren Erzählungen bei ihm hervorgerufen hatte – alle und alles schien wesentlich ärmer und heruntergekommener zu sein.

Aber vielleicht täuschte ihn ja der erste Eindruck, kam Lucas in den Sinn, als er sich schließlich auf dem Strohsack seines Nachtlagers umdrehte. Mit dem jungen Transporteur lagen noch fünf weitere Knechte im Raum des kleinen Häuschens abseits des Hofes, und auch diese Schlafstätte war anders, als sie sich der junge Mann vorgestellt hatte. Dass man ihn nicht mit Jana ein Bett würde teilen lassen, davon war er ausgegangen. Aber dieses Häuschen war nun doch ein wenig arg weit weg. Jana schien ihm nun genauso fern zu sein, als würde er in Prag in seiner Stube und sie im Hause ihres Dienstherrn schlafen.

Was ihm an diesem Abend jedoch angenehm aufgefallen war, war der freundschaftliche Umgangston, denn alle im Haus miteinander pflegten. Nicht nur Janas Familie unter sich, sondern auch mit den Mägden und Knechten. Wäre Lucas vorhin als Fremder in die Stube gestolpert, hätte er wohl angenommen, dass hier eine einzige große Familie ihr abendliches Mahl zu sich nahm, die miteinander scherzte, sich manchmal piesackte, aber alle unter ihrem Dach respektierte und mochte. Eine gänzlich andere Welt als jene, die er von Prag her kannte, dachte sich Lucas, bevor ihn der Schlaf übermannte.

Schelakowitz, Sommer A.D. 1622

Noch vor dem ersten Hahnenschrei waren die Knechte aufgestanden und hatten Lucas geweckt. Nach einem gemeinsamen Gebet mit dem Bauern nahmen alle ein stärkendes Frühmahl aus Haferbrei mit einem kleinen Stück Brot zu sich. Auch die Frauen und Kinder waren schon wach, aber zu Lucas' Enttäuschung konnte er kaum einen Blickkontakt zu Jana herstellen, da sie fast ausschließlich in ihre Holzschüssel starrte. Entdeckte er gar einen Anflug von Traurigkeit in ihrem müden Blick? Hatte es vielleicht gestern Nacht noch Streit im Hause gegeben? Oder vielleicht gehörte Jana zu jenen Menschen, wie auch sein Bruder Philipp, die morgens müde und abends glockenwach waren? Er vermochte es nicht zu sagen.

Nach dem Mahl gab der Bauer die Gerätschaften für die anstehenden Arbeiten des heutigen Tages aus: Sensen, Sicheln und Rechen. Da Lucas keinerlei Erfahrung im Umgang mit einer Sense hatte, erhielt er eine Sichel, um damit den Roggen abzuschneiden. Zwar ging damit die Arbeit wesentlich langsamer vonstatten, dafür war der Ernteertrag größer, wie ihm Ruhl erklärte. Das Korn würde dabei nämlich nicht so leicht aus der Hülse fallen.

Anschließend würden die Frauen die gemähten Halme

zu Garben binden und diese gegeneinander auf dem Feld zu Puppen aufstellen, damit sie abreifen und trocknen konnten.

Doch zuerst wurden die Erntegeräte und der wild schnaubende, wenn auch mager wirkende Ochse, der den Wagen zog, noch vom Dorfpfarrer gesegnet – auf dass der Ertrag reich sein würde und alle helfenden Hände die schwere Arbeit unbeschadet überstünden. Anschließend zog der gesamte Hof los, um die erste Ernte des Jahres einzufahren.

»Fällst du schon um oder trinkst du noch einen Gebrannten mit uns?« Rul sah Lucas herausfordernd, aber mit müden Augen an. Der Mond stand bereits hoch am gestirnten Firmament, eine Brise strich angenehm kühl um Haus und Knechte. Der gesamte Hof hatte sich bereits zur Ruhe gelegt, nur die fünf Männer hockten noch vor dem kleinen Haus, das ihre Schlafstellen beherbergte.

»Ich und einen trinken? Mit Verlaub: gerne«, entgegnete Lucas, auch wenn er am liebsten an Ort und Stelle zusammengebrochen wäre. Schwere körperliche Arbeit war er zwar gewohnt, aber die immer gleichen Bewegungen mit der Sichel und das ständige Bücken wiesen seinen Leib bereits am ersten Erntetag in seine Schranken.

»Hast dich nicht schlecht geschlagen für einen Städter«, meinte einer der Knechte und reichte Lucas einen ledernen Trinkschlauch. »Allerdings fragen wir uns, was ein Recke wie du aus der Stadt hier bei uns will. Dort wirst du doch mit Sicherheit höher entlohnt, nicht wahr?«

Der junge Transporteur nahm einen großen Schluck des beißenden Obstschnapses und reichte den Schlauch dann weiter. »Das hängt davon ab, wie dringlich man benötigt wird. An manchen Tagen weiß man nicht, wo einem der Kopf steht, an anderen verrinnt kaum die Zeit.«

»Hier ist's nicht viel anderes. Auch wenn seit einem Jahr viel den Bach runtergeht. Früher war's einfach besser.« Rul trank ebenfalls, dann blickte er Lucas scharf an. »Doch so mancher arbeitet nicht des kargen Lohnes wegen, sondern eher wegen anderer Gelüste.« Mit dreistem Grinsen formte er die Konturen einer wohlgebauten Frau nach. Die anderen Knechte konnten sich ein Lachen nicht verkneifen.

Mit einem gezwungenen Grinsen sah Lucas zum Hof hinüber, an dem zwei der kleinen Fenster vergittert waren. »So wie Petr auf seine Töchter achtgibt, scheint es mir sinnvoller, in einem Kloster nach einer holden Maid zu suchen als hier.«

Wieder lachten die Knechte auf.

Lucas erhob sich mit einem Stöhnen. »Wenn die Herren von Welt mich nun entschuldigen wollen. Die Totenstarre ruft.« Der junge Mann stapfte ins Haus, blieb vor seinem Strohsack stehen und fiel gestreckt darauf wie ein gefällter Baum.

Die Glocken der kleinen Kirche von Schelakowitz auf dem Hügel hatten zum Gebet gerufen, und das ganze Dorf hatte dem Ruf Folge geleistet. Dicht gedrängt, hatte man die Frühmesse am Tag des Herrn begangen, die Bauern auf den Bänken sitzend, die Knechte und Mägde dahinter und auf der Seite stehend, alle geeint in Gebet und Gesängen.

Anschließend schritt die Dorfgemeinschaft durch den

kleinen Friedhof und das Tor in der Schutzmauer, die diesen und die Kirche umgab. Neugierig versammelte sie sich auf dem Dorfplatz, auf dem ein Mann mit zerfleddertem Schlapphut stand und auf alle zu warten schien. Vor sich hatte er ein hüfthohes Tischchen mit einer Handglocke sowie mehreren Schatullen darauf, hinter sich zwei grimmig dreinblickende Männer, mit Pistolen und Schwertern bewaffnet.

In den Gesichtern der Bauern vermochte Lucas eine Mischung aus Abscheu und Furcht zu erkennen, manchen der Frauen stiegen Tränen in die Augen. Er blickte zu Jana, die zwar keine Angst zu haben schien, aber sichtlich in Sorge war.

Das Gefühl stiller Zufriedenheit während der Messe war blitzartig verflogen, und eine drückende Schwere legte sich über das Dorf und seine Bewohner.

Der Mann mit dem Schlapphut griff zur Glocke und schwang sie energisch durch die Luft.

»So kommet, ihr frommen Leut', und tauscht eure Münzen!«, rief er laut und ließ dies weniger als Angebot denn als Befehl klingen. »Tauscht, solange ihr noch könnt! Eure alten Münzen werden bald keinen Pfifferling mehr wert sein! Kommt und tauscht!«

»Schon wieder so ein lausiger Münzwechsler«, knurrte Petr, der hinter Lucas stand. »Der Blitz möge ihn beim Scheißen treffen.«

»Dann tausch eben nicht«, meinte Lucas, ohne lange zu überlegen.

»Tausch eben nicht, spricht der Städter!« Petrs Kopf war blitzartig rot angelaufen, sein Blick voller Zorn. »Und was sollen wir Bauersleute tun? Wenn die nächsten Händler in unser Dorf kommen, dann nehmen sie die alten Münzen am Ende nicht mehr an. Womit soll ich dann bezahlen?«

Lucas schwieg. Mit Unbedacht hatte er Janas Vater gegen sich aufgebracht.

»Lass gut sein, Petr!« Anneta hatte die Worte ihrem Gemahl entgegengefaucht.

Der schien sich zu besinnen und klopfte Lucas auf die Schulter.

»Na ja, mein Weib hat wie immer recht. Kannst es ja nicht wissen, Junge. Komm, wir gehen zum Wirt.«

Die Gaststube war eng und voller Rauch, nur an der Hälfte der Tische saßen Gäste. An einem von ihnen hatten Lucas, Petr und Rul Platz genommen. Frauen hielten sich hier nicht auf. Der Wirt stellte drei Becher Bier vor den dreien ab und hielt die Hand auf.

Petr hob den Blick. »Nimmst du noch die alten, oder muss ich heut schon mit den neuen weichen Münzen bezahlen?«

»Red nicht so töricht. Das Gleiche, wie immer.«

Der Bauer nickte zufrieden. Er fasste in den ledernen Beutel an seinem Gürtel, holte ein paar Münzen heraus und drückte sie dem Wirt in die schmutzige Hand. Der grunzte und ging.

Die drei Männer stießen an, dann wandte Petr sich Lucas zu. »Scheinst mir ein rechter Kerl zu sein, deshalb nehme ich dir das Dumme, was du vorhin von dir gegeben hast, auch nicht krumm.« Mit griesgrämigem Gesicht holte er tief Luft. »Münzwechsler sind die schlimmsten Ausbeuter, die vor dem Herrn auf Erden wandeln. Gegen die sind katholische Fürsten genügsame Lämmer. Es ist so: Der Wechsler verspricht fünf neue Münzen für vier der alten zu tauschen. Größer in Form sind sie auch noch, also was für ein verlockendes Angebot. Aber das neue Geld wird immer weniger wert, und zwar schnell. Was nützt es mir also, wenn ich fünf statt vier Münzen in der Tasche habe, wenn alles, was ich auf den Märkten kaufen will, um ein weitaus Vielfaches teurer wird?«

Lucas nickte nachdenklich. Rul verzog verärgert das Gesicht und nahm einen Schluck Bier.

»Den meisten Lohn des Jahres erhalten wir im Herbst für unsere Ernte«, fuhr Petr fort. »Von diesem Geld muss ich meine Familie den Rest des Jahres unterhalten, notwendige Reparaturen oder neues Gerät kaufen und alles andere, was ich nicht selbst herstellen kann.« Der Bauer lehnte sich zurück. »Aber sieh mich an. Glaubst du, ich laufe gern derart zerlumpt umher? Wenn vor einem Jahr ein anständiges Gewand noch acht Gulden gekostet hat, so muss man nun froh sein, wenn man unter vierzig dafür bezahlt. Vierzig! Das Leben wird nicht nur teurer, es wird bald unerschwinglich sein für Leute wie uns. Und dabei bin ich noch einer der größten Bauern hier in der Gegend.«

Petr seufzte tief. »In manch anderen Dörfern soll es ganz im Argen liegen. Dort kauft mancher dem Abdecker Ross und anderes Vieh ab, um es auszukochen und mit seinem Weib und seinen Kindern essen zu können. In wieder anderen Dörfern, so heißt es, liegen die Hungernden gar auf den Straßen, bis der Herrgott ein Einsehen mit ihnen hat und sie zu sich holt. Schlimm wird alles, ganz schlimm.«

Lucas wurde mulmig zumute. Er musste an seinen Vater denken, an dessen Geschäfte mit Hans de Witte. An das unglaubliche Vermögen, das sie in kürzester Zeit anhäuften, während in der gleichen Zeit Bauern und Handwerker an den Bettelstab gebracht wurden.

»Deshalb bin ich froh, dass meine Jana eine Anstellung in der Stadt hat. Da bleibt sie wenigstens von solchen Unbilden verschont.« Petr sah Lucas in die Augen. »Und dass sie womöglich gar einen Mann hat, der sie beschützt, wenn es sein muss?«

Lucas lächelte knapp. »Das hat sie, mein Wort drauf.«

Der alte Bauer nickte zufrieden. Dann trank er seinen Becher auf einen Zug aus und stand auf. »Alsdann, Burschen. Wir haben noch viel zu tun!«

Die Tage vergingen, als hätte der Herrgott ihre Stunden um die Hälfte gekürzt. Trotzdem wurden immer mehr Getreidefelder abgeerntet, und Puppen aus Roggen wuchsen nun auf ihnen.

Lucas hatte sich an die schwere Arbeit gewöhnt, auch wenn er innerlich zugeben musste, dass er sich schon wieder darauf freute, als Transporteur tätig zu sein, da ihm diese Arbeit abwechslungsreicher vorkam. Mit Petr verband ihn mittlerweile ein freundschaftliches Verhältnis, auch wenn der alte Bauer tunlichst darauf bedacht war, dass Jana nie zu viel Zeit mit den Knechten verbrachte. Ein paar Blicke hier, einige Scherze dort, mehr gemeinsame Zeit schien Lucas und Jana nicht vergönnt.

Bis zu jenem Abend, als Rul mit dem Fuhrwerk in Richtung des Hofes aufbrach und die anderen Knechte und Mägde auf der Ladefläche mitnahm –

Alle bis auf Lucas und Jana.

Der junge Transporteur hatte sich gerade in einem Buschwerk erleichtert und die Magd einige der Roggenpuppen, die der Wind über Nacht umgeweht hatte, fester zusammengebunden und wieder aufgestellt. Ungläubig standen die beiden nun da und sahen den Wagen immer kleiner werden.

»Ist keinem aufgefallen, dass wir nicht mit an Bord sind?« Lucas kratzte sich die kurzen blonden Haare.

»Offenbar nicht«, meinte Jana nachdenklich. Doch dann setzte sie ein schelmisches Lächeln auf und hakte sich bei Lucas ein. »Jetzt obliegt es wohl dir, mich wohlbehalten nach Hause zu bringen.«

Der grinste ebenfalls. »Den ganzen Weg allein mit des Bauern Tochter? Was werde ich wohl mit ihr reden? Das alles klingt irgendwie ungewohnt.«

»Ungewohnt oder unbehaglich?«

Die beiden sahen sich in die Augen. Dann küssten sie sich, so leidenschaftlich, als gäbe es kein Morgen.

»Lass uns lieber nach Hause aufbrechen«, flüsterte Jana, nachdem sie und Lucas sich eine gefühlte Ewigkeit geküsst, ihre Hände über den Körper des anderen hatten wandern lassen und von der Leidenschaft schier übermannt worden waren. »Vater wird mit Sicherheit schon misstrauisch sein.«

Lucas seufzte, ließ dann von der zarten Haut ihres Halses ab. »Wir könnten … siehst du das kleine Wäldchen dort?« Sein Blick fiel auf drei Bäume, die eng zusammenstanden und dicht von Büschen umgeben waren.

»Auf dem Weg kann immer jemand vorbeikommen«,

gab die junge Frau zu bedenken. »Wenn man uns sieht, dann wird Vater –«

Mit enttäuschtem Gesicht machte Lucas einen Schritt von Jana weg. »Ja, wird wohl besser sein«, log er und atmete noch einmal tief durch, als müsse er all seine angestauten Gefühle auf einmal hinauspressen.

Die beiden setzten sich in Bewegung.

»Bitte sei mir nicht böse.« Jana wagte nicht, den Blick zu heben.

»Das bin ich nicht. Aber ich muss gestehen, ich hatte mir die Ernte mit dir anders vorgestellt.«

Jana sah ihn überrascht an. »Und wie?«

»Na, eben mit *dir* und nicht mit den anderen.«

»Mir geht es auch so. Aber Vater scheint in diesem Jahr besonders darauf bedacht zu sein, mich in seiner Obhut zu behalten.«

»Er ist ein gerader Kerl, da kann man nichts sagen.« Lucas' Worte waren ohne jeden Hohn.

Sie lächelte. »Ja, das ist er. Aber er wirkt sehr nachdenklich, ich vermisse die Fröhlichkeit, die ihm sonst so zu eigen war. Ich glaube, er macht sich große Sorgen … und das nicht nur meinetwegen.«

»Er hat mir von den Münzwechslern erzählt. Und davon, dass sie alle im Dorf in die Armut treiben.«

»Vater wird es schon schaffen. Er hat es noch immer geschafft, du wirst sehen«, sagte Jana zuversichtlich und nickte, als müsste sie sich selbst davon überzeugen. »In wenigen Tagen haben wir und auch alle anderen Bauern die Ernte eingefahren, dann gibt es ein großes Fest. Eigentlich das größte im Dorf. Ich verspreche, dass ich da der Obhut meines Vaters entschlüpfen werde. Für dich, und nur für dich.«

Dann drückte sie ihm einen Kuss auf die Wange. Lucas war skeptisch, wusste aber, dass es in diesem Augenblick besser war, den Mund zu halten.

Mit vergnügter Miene ließ Lucas seinen Blick über den Dorfplatz schweifen, der mit Fackeln und offenen Feuern flackernd erhellt wurde. In seiner Mitte war ein Pfahl errichtet worden, auf dessen Spitze eine prachtvolle Erntekrone prangte, aus Ähren geflochten und mit Blumen bunt verziert. Rund um ihn hatten sich alle Bewohner eingefunden, von Jung bis Alt, vom Bauern bis zum Tagelöhner. Alle lachten, tranken oder tanzten zur Musik der Spielleute, die mit Geigen, Trommeln und Flöten beschwingte Melodien aufspielten.

Zuvor hatten sich alle zur Heiligen Messe eingefunden, in welcher der Pfarrer die reichliche Ernte segnete. Doch nicht nur dem jungen Transporteur, sondern offensichtlich allen Anwesenden war dieser Gottesdienst viel zu lang gewesen, denn ein jeder hatte sich auf das anschließende Fest gefreut.

Dies hatte nun endlich begonnen, und vergessen war die harte Arbeit der letzten Wochen. Jetzt zählte nur noch, dass die Scheunen voll waren und das Jahr somit seinem glücklichen Ende entgegenging. Verflogen waren auch die fast greifbare Schwere und der Trübsinn, die der Münzwechsler mit seinen Geschäften einige Tage lang hinterlassen hatte.

Am heutigen Tag hieß es zu feiern, und das so ausgelassen, wie es das eigene Gewissen zuließ.

Drei kleine Kinder, die Gesichter schmutzig und mit Rotz unter den Nasen, wären fast mit Lucas zusammengestoßen, als sie mit Ähren in den Händen laut johlend durch die Menge gerannt kamen. Er wich ihnen aus, dann schritt er auf Rul zu, der auf ein leeres Fass gestützt lehnte, die Augen von Bier und Schnaps bereits gerötet.

»Hast es geschafft. Nun kannst du den Städtern berichten, wie hart wir auf dem Land für ihren Reichtum arbeiten!« Ruls schwere Zunge war unüberhörbar.

»Du meinst, ich soll das erzählen, während ihnen die gebratenen Tauben in die Mäuler fliegen und ihnen nackte Jungfern die Leiber mit Goldtalern abreiben?« Lucas grinste von einem Ohr zum anderen.

»Genau das sollst du, mein Freund!«, lallte Rul. »Und bei nächster Gelegenheit bringst du mir einen dieser Goldtaler mit. Können auch zwei sein, da will ich nicht kleinlich sein.«

Der Knecht hielt Lucas einen Trinkschlauch hin, sein Blick duldete keinen Widerspruch.

»Auf dich«, sprach der junge Transporteur und trank. Dabei ließ er erneut den Blick durch die Menge schweifen, als würde er jemanden suchen. Er erspähte Petr, der mit ein paar anderen Bauern zusammenstand und wild gestikulierte. Er sah Anneta, die sich mit vier anderen Frauen unterhielt, während ihre Töchter Lenka und Milonja an ihrem Kittel hingen. Dann entdeckte er Jana. Sie tanzte fröhlich mit anderen Mägden und Knechten im Kreis um ein Feuer. Als sie ihn bemerkte, winkte sie ihn zu sich.

Der junge Mann tat sogleich, wie ihm geheißen. Mit einem dankenden Kopfnicken gab er Rul den Trinkschlauch zurück und reihte sich in den Kreis der Tanzenden ein, ließ sich einfach von der Musik und der Lebensfreude der anderen mitreißen. Er versuchte, möglichst rhythmisch zu hopsen, während seine Tanzpartnerinnen wechselten – bis er mit einem Mal Janas Hand ergriff.

»Ich dachte schon, du wärst mir entflohen«, meinte er halb im Scherz.

»Oh, entfliehen möchte ich schon«, gab sie zurück. »Die Frage ist nur: mit wem?«

Sie zwinkerte ihm keck zu, dann wechselte sie im Tanzschritt zu dem Mann neben Lucas.

Nach einer schieren Endlosigkeit, in der die Musikanten das Tempo immer mehr erhöhten, bis so manche Magd zum Gaudium der anderen stolperte, brachen diese schließlich das Spiel ab, um sich mit Bier zu stärken. Erschöpft hielten auch die Tanzenden inne, manche außer Atem, andere noch voller Kraft und ungeduldig, wann es wohl weiterginge.

Erneut suchte Lucas die junge Frau und entdeckte sie etwas abseits der Gruppe. Als ihre Blicke sich trafen, strich sie ihr Haar nach hinten und lief davon. Lucas setzte ihr nach.

Doch abseits des Dorfplatzes wurde es schlagartig finster, da sich der Mond hinter einer dichten Wolkendecke versteckte.

Wo war sie hin?

Die Feiernden hatte er bereits weit hinter sich gelassen, als ihn ein Pfiff aufhorchen ließ. Er schaute um sich, aber außer den dunklen, heruntergekommenen Häusern konnte er nichts erkennen.

Erneut ein Pfiff, wohl aus der kleinen Scheune zu seiner Linken. Er kniff die Augen zusammen.

»Wer da?«, tönte er gespielt forsch.

Für einen Augenblick tauchte das Gesicht einer jungen Frau im Torrahmen der Scheune auf, Nase und Wangen voller Sommersprossen. Erinnerungen blitzten auf, wie ihn Jana das letzte Mal in Prag beinahe aufgesucht, dann aber das Weite gesucht hatte. Lucas schmunzelte innerlich. Würde sie diesmal auch die Flucht ergreifen?

Der junge Mann hatte das Tor schon so gut wie erreicht, als eine Hand aus der Dunkelheit nach ihm griff und ihn in die Finsternis zerrte.

»Habe ich dir zu viel versprochen?« Janas Atem raste, ihr Gesicht war schweißnass. Dunkelbraune Haarsträhnen klebten ihr auf Wangen und Hals. Die Kleider der beiden lagen um sie herum im Heu verstreut. Aus der kleinen Luke in der Wand fiel samtenes Mondlicht auf die zwei nackten Körper. Die junge Frau beugte sich nach vorn, während er ihre Brüste fest in Händen hielt, und sah dem Mann unter ihr tief in die Augen. »Ich suchte bereits seit einer Woche nach einer passenden Gelegenheit. Nun war sie da.«

Jana ergriff Lucas' Hände, drückte ihren verschwitzten Oberkörper auf ihn, rieb ihre Wange an der seinen. »Wie du mit meinen Eltern umgehst, wie du mit Milonja und Lenka spielst, das hat mich sehr berührt, weißt du?«

»Sind auch liebe Menschen. Alle miteinander hier. Der Zusammenhalt, die gegenseitige Hilfe. So etwas ist selten in Zeiten wie diesen.«

Sie rutschte von ihm herunter und kuschelte sich an seine Seite. »Es ist mir wichtig, dass du das so empfindest. Wer weiß, vielleicht –«

Sie brach ab.

»Vielleicht ... haben wir uns gefunden?«, versuchte Lucas den Satz zu vollenden.

Sie nickte stumm und drückte sich so fest an ihn, als wollte sie in ihn hineinkriechen.

Langsam öffnete Lucas die Augen. Der Schlaf war schwer und traumlos gewesen, trotzdem verspürte er eine gewissen Unrast. Aber er lag immer noch im Heu, und neben ihm – seine Hand tastete ins Leere. Verwundert richtete er sich auf. Sowohl seine als auch Janas Kleider waren da, aber wo war sie?

Ein leises Schluchzen, kaum wahrnehmbar, ließ Lucas in eine dunkle Ecke blicken. Weinte dort Jana?

Er rappelte sich auf, stapfte durchs Heu, bis er auf den Ursprung des Schluchzens stieß – nackt und zusammengekauert hockte die junge Frau in der Ecke, das Gesicht in den Händen begraben.

»Was ist los?«, wollte Lucas mit sanfter Stimme wissen. Sie zu berühren wagte er nicht.

»Verzeih. Habe ich dich geweckt? Das wollte ich nicht.«

»Ist es meinetwegen? Habe ich dir –«

Jana schüttelte den Kopf, sprach mit zitternder Stimme. »Ich habe geträumt, dass sich ein schwarzer Nebel um das Dorf legt, der nie wieder weggeht. Und der jeden Menschen in sich gefangen hält, bis in alle Ewigkeit.«

Nun umarmte sie der junge Mann doch. »Alles gut. Träume führen uns manchmal an der Nase herum und machen uns Dinge glauben, die niemals geschehen werden.«

»Es ist nur ... ich war nicht ganz aufrichtig zu dir, als ich gesagt habe, dass es keine Gelegenheit gegeben hätte, dass wir Zeit für uns haben. Und auch nicht, dass ich Vaters Obhut nicht entrinnen könnte. Ich … ich habe mich einfach geschämt.«

Heftiges Schluchzen übermannte Jana. Sie wandte sich von Lucas ab.

Der schwieg erst, dann seufzte er. »Wofür müsstest du dich schämen?«

»Vielleicht fällt es dir nicht auf, aber so wie jetzt kenne ich mein Dorf nicht. Wir hatten nie viel, aber es war trotzdem reichlich für alle da. Aber nun … Alles ist verkommen, kaum einer, dem nicht die Wangenknochen hervorstehen. Ich wollte dir das wunderschöne, das lebenshungrige Schelakowitz zeigen. Nicht ein Grab voll Hungerleider. Und ich kann verstehen, wenn du mich –« Janas Stimme wurde dünn. »Wenn du mich in Prag nicht mehr sehen magst.«

Lucas konnte einen Augenblick lang nicht begreifen, was die junge Frau ihm da gerade gesagt hatte, dann verstand er. Doch er wusste, dass dies für ihn keine Rolle spielte, es wohl auch nie tun würde. Seine Eltern hatten bis vor nicht allzu langer Zeit ebenfalls am eigenen Leib spüren müssen, was es hieß, von Reichtum an den Bettelstab zu geraten. Doch nie hatte die Armut zwischen ihnen gestanden, nie hatte sie ihre Liebe beeinträchtigt. Und genauso wollte er es auch in seinem Leben halten.

Er nahm Jana erneut in die Arme, hielt sie an sich gedrückt, während ihr Schluchzen langsam abebbte. »Ich werde immer zu dir stehen, ungeachtet der Umstände. Ich schwöre es.«

Sie nickte tapfer.

»Hat dein Vater mit dir gesprochen? Plagen ihn die gleichen Sorgen?«

»Nein«, flüsterte Jana und wischte sich mit der Hand Augen und Nase trocken. »Nein, er hat nichts gesagt. Doch genau das macht mir Angst. Ich habe das Gefühl, dass er etwas vor Maminka und mir verheimlicht. Wenn er sich unbeobachtet fühlt, dann entweicht jede Freude aus seinem Gesicht. Seine Stirn legt sich in Falten, sein Blick wird stumpf. So kenne ich ihn einfach nicht.«

»Was meinst du, wollen wir deine Eltern zur Weihnachtszeit wieder besuchen? Dann wird die stille Jahreszeit auch die Sorgen zur Ruhe kommen lassen, und dann könnte ich auch …« Lucas holte tief Luft. »Dann würde ich gern bei deinem Vater um deine Hand anhalten.«

Nun umarmte auch Jana Lucas. »Das wäre bestimmt unser schönstes Weihnachten seit Langem.«

Während draußen langsam die Dunkelheit wich, saßen die beiden Verliebten noch in stummer Einigkeit da und wussten, dass ihr Leben von nun an in gemeinsamen Bahnen verlaufen würde. In guten wie in schlechten Zeiten.

Prag, Spätsommer 1622

Die Waffenkammer bildete schier endlose Gänge aus Rüstzeug. Brustharnisch reihte sich dicht gedrängt an Brustharnisch. Die an Stangen aufgehängten schweren Rüstungen der Kürassiere wirkten, als würden sie jeden Augenblick losschlagen. Doch das verzaubernde Glänzen der blank polierten Stücke war trügerisch – dies war eine Sammlung von aus Metall getriebenem oder geschmiedetem Werkzeug, das dem Schnitter willfährig zur Hand gehen würde.

In der Mitte des Ganges reckten sich Dutzende und Aberdutzende Piken, Hellebarden und Gabeldegen in die Höhe. Unzählige Bandeliere mit daran bereits befestigten Pulverinen, Aposteln[21] *und Zinnfläschchen hingen an den Wänden, und mindestens ebenso viele Arkebusen und Musketen samt Bleikugeln harrten ihrer fatalen Verwendung.*

Für Bürger und Bauern gleichermaßen war dies ein Kabinett des Schreckens.

Für den hochgewachsenen Mann mit dem gepflegten Schnurr- und Spitzbart, der stolzen Fußes die Reihen entlangschritt, war es der Himmel auf Erden.

---

21 Pulverine: Zündkrautfläschchen mit Mehlpulver für die Zündpfanne der Schusswaffe. Apostel: Holzbüchsen mit der genauen Pulvermenge für einen Schuss.

Während Wallensteins Schritte im Tonnengewölbe widerhallten, überflog er die Fülle an Kriegszeug, musterte aufmerksam scheinbar beliebige Details und nickte fortwährend in ungeteilter Zustimmung. Dabei rieb er sich die Hände, wie es sonst nur Menschen tun, denen gleich eine große Bitte gewährt wird.

Der Feldherr wusste, dass das, was hier lagerte, nur der Auftakt zu einer großen Symphonie sein würde – seiner *großen Symphonie. Er würde den Taktstock schwingen, er würde entscheiden, welche Stücke gespielt wurden, und er würde den Einsatz der verschiedenen Stimmen befehligen.*

Doch im Gegensatz zu einem gewöhnlichen Musikstück würde seine Symphonie durch ganz Europa schallen, würde selbst Taube nicht unbeteiligt lassen und sich bereits fortschreiben, noch während sie zum ersten Mal aufgeführt wurde.

Wallenstein war mit sich zufrieden. Für einen Jungen aus Hermanitz an der Elbe, der mit elf Lenzen bereits Vollwaise war und das karge Erbe seines Vaters mit seinen beiden Schwestern teilen musste, hatte er es weit gebracht. Er sprach fließend Deutsch, Tschechisch, Italienisch und Latein, hatte an den Universitäten von Padua und Bologna studiert und widmete sich seit seinem neunzehnten Lebensjahr ausschließlich der Kriegskunst. Vom Schildknappen unter Markgraf Karl von Burgau war er stetig aufgestiegen, wurde Fähnrich, Hauptmann und schließlich Obrist. Die schwere Verwundung seiner Hand hatte er ebenso überlebt wie die Ungarische Krankheit[22]*. Und das Horoskop, das*

22 Fleckfieber, das durch Kleiderläuse, Milben und Flöhe übertragen wird.

ihm der kaiserliche Hofmathematiker Johannes Kepler erstellt hatte, prophezeite ihm nicht nur eine ruhmreiche Zukunft, sondern auch, dass er all seine Feinde niederringen werde.

Diese Sterndeutung bewahrheitete sich bereits seit vielen Jahren.

Erst Ende des letzten Jahres war er auf Geheiß Seiner Kaiserlichen Majestät zum Obristen von Prag ernannt worden, erst letzten Februar zum militärischen Gubernator des Königreichs Böhmen. Und er war Mitglied des Münzkonsortiums, das dieses Füllhorn an Waffen, welches in seinem Magazin lagerte, erst ermöglichte.

Achtzehntausend Mann hatte er für das kaiserliche Heer ausgehoben. Aber wenn es nach ihm ging, dann stellte dies erst den unbedeutenden Anfang dar. Fünfzigtausend Mann unter Waffen – das war es, was ihm vorschwebte. Mit einer solchen Streitmacht könnte er jeden Herrscher, gleich welcher Konfession, niederringen. Die größte Armee der Welt, und er würde sie befehligen. Über Einwände von Neidern, die infrage stellten, wie er denn gedenke, ein dermaßen großes Heer auch zu erhalten, konnte Wallenstein nur mitleidig lächeln. Diesen Herren fehlte jegliche Vision.

Sie sahen einfach nicht, was er sah – der Krieg würde den Krieg ernähren.

Böhmen, September A.D. 1622

Zwei Pferde hetzten übers Land, schnaubten getrieben und am Ende ihrer Kräfte. Auf dem Braunen saß Jana, den Blick starr auf den Horizont geheftet, auf dem Rappen Lucas, der das Gefühl hatte, dass ihnen mit jedem Hufschlag die Zeit förmlich zwischen den Fingern zerrann. Unsicher, ob sie ihr Ziel am heutigen Tage noch erreichen würden, schlug er dem Pferd unter sich in die Flanken, auf dass dieses seine letzten Reserven mobilisieren möge.

Noch wenige Stunden zuvor war alles anders gewesen …

Während Lucas Kisten und Fässer von einem Wagen abgeladen hatte, konnte er gar nicht anders, als mit einem Lächeln in Erinnerungen zu schwelgen, wie gut es ihm in letzter Zeit ergangen war. Der Abschied von Janas Eltern war herzlich gewesen und hatte sich beinahe so angefühlt, als wäre er bereits ein Teil der Familie. In den darauffolgenden Wochen in Prag hatten er und Jana es immerhin geschafft, sich zweimal die Woche zu sehen, und immer waren ihre gemeinsamen Stunden von der Freude auf das geprägt, was noch vor ihnen lag. Auch Lucas' Eltern hatten Jana ins Herz geschlossen, und in unausgesprochener Übereinkunft waren alle gewiss, dass es im Frühjahr ein rauschendes Hochzeitsfest geben würde.

Doch dann riss ihn der verzweifelte Ruf seines Namens

aus seinen Gedanken ... ließ ihn auf die Straße vor dem Lager laufen ... und Jana erblicken, wie sie, in Tränen aufgelöst, auf ihn zustürmte.

Schluchzend berichtete sie ihm, sie sei gerade auf dem Markt für ihre Herrschaften einkaufen gewesen, als sie eine alte Freundin traf, mit der sie als Kind in Schelakowitz gespielt hatte. Die berichtete davon, dass Janas Vater schon wenige Wochen nach dem Erntefest das gesamte Getreide verkauft habe, in der verzweifelten Hoffnung, noch genug dafür zu bekommen, um das kommende Jahr zu überstehen. Doch diese Hoffnung war trügerisch gewesen. Der Preis für sein Getreide fiel von Tag zu Tag schneller, während alles andere immer teurer wurde. Den Winter hätte er so kaum überlebt, also hatte er das Angebot eines Edelmannes angenommen, der ihm und vielen anderen im Dorf Grund und Boden abgekauft hätte – für einen redlichen Preis, wie es hieß. Doch noch in derselben Nacht, in welcher der Kauf vonstattenging, wurde in Petrs Hof eingebrochen und alles von Wert geraubt. Er selbst wurde dabei schwer verwundet, Janas Mutter und ihre kleinen Töchter standen nun vor dem Nichts.

Als Jana mit ihrer Erzählung fertig war, wusste Lucas, was es zu tun galt. Er lieh sich zwei Pferde, packte etwas Proviant und jagte mit ihr durch die Stadttore aus Prag hinaus.

So waren sie, mit nur wenigen Pausen, rastlos unterwegs gewesen, denn beide hatten das Gefühl, dass jede Stunde zählte.

Als der Abend anbrach, hatten sie Schelakowitz endlich erreicht. In den meisten der Höfe brannte kein Licht, und auf den Wegen war keine Menschenseele zu sehen. Lucas und Jana erreichten schließlich das Heim der Familie, das ebenfalls im Dunkeln lag, die Eingangstür schief in den Angeln. Jana sprang vom Pferd und stürmte in ihr Elternhaus. Lucas stieg ebenfalls ab und band die Pferde fest. Die erschöpften Tiere hatten Schaum vor dem Maul.

Er wollte eben in das Haus hineingehen, als Jana ihm auch schon entgegenkam. Tränen liefen ihr über die Wangen.

»Es ist … niemand mehr hier …« Mit starrem Blick fiel sie auf die Knie und legte ihre Hände in den Schoß. »Wir waren nicht schnell genug. Wir hätten –«

»Ihr hättet auch nichts mehr ausrichten können.«

Eine Gestalt, eine bekannte Stimme.

Rul kam auf die beiden zu, das Haupt gesenkt. »Glaubt mir, das ist die Wahrheit, so wahr mir Gott helfe.«

Lucas umarmte den Knecht, als wäre er ein alter Weggefährte. »Was ist hier passiert, um Himmels willen?«

Rul setzte sich zu Jana auf die Erde, Lucas ebenso. Dann erzählte der Knecht, was sich zugetragen hatte, seit die beiden wieder nach Prag gereist waren. Er erzählte von dem lächerlichen Preis, dem man Petr für die Ernte geboten hatte und der Tag für Tag niedriger wurde. Erzählte von der Angst ihres Vaters, seine Familie womöglich nicht einmal bis ins nächste Frühjahr ernähren zu können. Und er erzählte von dem Grafen, der ihm einen stattlichen Preis für seinen Hof geboten und diesen auch bezahlt hatte – und davon, wie Petr sein Hab und Gut mit seinem Leben verteidigt hatte und dabei schwer verwundet wurde.

»Wer waren die Unholde?« Lucas Miene war bar jeder Regung.

Rul zuckte mit den Schultern. »Katholische Schweine waren es, so viel ist wahr.«

»Woher –«

»So etwas merkt man einfach. Wie sie gesprochen und sich gegeben haben, mit beispielloser überheblicher Niedertracht.« Der Knecht spuckte abfällig aus.

Jana hatte noch immer kein Wort gesprochen. Also tat Lucas es für sie. »Wie geht es Petr jetzt? Wo ist er hin?«

Ruls Lippen begannen zu zittern. Dann drehte er langsam den Kopf, bis sein Blick auf der Kirche und dem ihr vorgelagerten Friedhof hängen blieb.

Lucas ergriff Janas Hand. »Und ihre Mutter und Geschwister?«

»Die haben letzte Woche das Dorf verlassen. Sie wollten nach Prag – zu Jana.«

Die Worte trafen die junge Frau wie ein Faustschlag. »Sie ... sie kamen nie bei mir an. O mein Gott, wenn ihnen auch was zugestoßen ist, dann –«

Jana versagte die Stimme. Lucas drückte sie an sich, während sie haltlos schluchzte.

Irgendwann ergriff Lucas erneut das Wort. »Und was wird aus dir?«

Rul seufzte. »Mich hält hier nichts mehr. Ich werde mich wohl den lutherischen Söldnern anschließen.«

»Du ziehst in den Krieg?«

»Schlimmer als hier kann es für mich nicht werden. Immerhin erhält man regelmäßig seinen Sold, und was man erobert, darf man behalten. So habe ich zumindest die Hoffnung, reich zu sterben. Wenn ich hierbleibe, kann ich nur arm verrecken.«

Mit diesen Worten blieben die drei schweigend auf der

Erde sitzen, während über ihnen der Mond aufstieg. Und sie teilten das Gefühl, dass von nun an nichts mehr so sein würde, wie es war.

Prag, September A.D. 1622

Ein gutes Dutzend Kerzen erhellten den prunkvollen Salon, in dem sich Christoph, Helene, Lucas und Jana eingefunden hatten. Die vier saßen rund um den prächtigen italienischen Tisch aus Pappelholz, auf weich gepolsterten Stühlen aus geschnitztem Nussholz. Doch all die Pracht vermochte nicht über ihre betrübten Gesichter hinwegtäuschen.

Christoph trank einen ordentlichen Schluck Wein aus einem silbernen Becher. »Das sind ja wahrhaft grauenvolle Neuigkeiten, die ihr da bringt.«

Helene wischte sich eine Träne aus dem Gesicht und griff nach der Hand ihres Gemahls.

»Zum Glück zeigte Janas Dienstherr Verständnis dafür, dass sie zwei Tage unentschuldigt fortgeblieben war.« Lucas seufzte schwer. »Auch wenn sie die Ausfallzeit natürlich wieder hereinarbeiten muss.«

»Es ist ein gutes Haus«, sagte Jana beinahe im Flüsterton.

Nun legte Helene ihre andere Hand auf die der jungen Magd. »Konntet ihr in Erfahrung bringen, wo Janas Mutter ist?«

Die schüttelte den Kopf. »Sie soll alles von Wert auf den Wagen geladen haben, den Ochsen davorgespannt, und sei, ohne ein Wort zu verlieren, Richtung Prag gezogen.«

»Vielleicht wollte sie dir keine Belastung sein? Habt ihr andernorts Verwandte?«

Wieder schüttelte Jana den Kopf. »Außer meinen Eltern und meinen Geschwistern lebt niemand mehr.« Sie begann, heftig zu schluchzen. »O Gott, Lenka und Milonja. Die beiden sind noch so jung.«

»Wie können wir euch helfen?«, fragte Christoph sanft.

Lucas zuckte mit den Schultern. »Ich fürchte, es ist für jede Hilfe zu spät.«

»Ich werde auf alle Fälle die Kunde umgehen lassen, dass Anneta Bittová und ihre beiden Töchter gesucht werden und sie sich umgehend bei uns melden soll.«

»Danke«, sagte Jana ohne Hoffnung.

Christoph trank seinen Becher aus. »Wenn ihr Geld braucht, dann –«

»Geld?« Lucas hob den Blick. »Was sollten wir jetzt mit Geld?« Nun erhob er auch die Stimme. »Es ist doch erst das verfluchte Geld, dass Petr in die Knie zwang! Immer mehr, was immer weniger wert ist.«

»Beruhige dich doch.« Helenes Blick war voller Mitgefühl.

»Ich soll mich beruhigen? Das ist leicht gesagt, wenn man stete Einkünfte bezieht, bei denen sich auch der Preis dem Wert anpasst. Stell dir vor, Vater, wir würden nur einmal im Jahr unsere Waren feilbieten können. Und den Rest des Jahres würden die Preise für alles, was man zum Leben braucht, um das Vierfache steigen oder gar schlimmer. Dann ist der Gulden, den man vor einem Monat redlich eingenommen hat, nur noch die Hälfte wert, und man muss auf einmal zwei Gulden für ein und denselben Gegenstand löhnen. Schlimmer noch – weißt du, wie viele

Kreuzer man für einen Reichstaler noch vor eineinhalb Jahren berappen musste? Einhundertundfünfzig. Und heute?«

Christoph schwieg, denn er wusste, worauf sein Sohn hinauswollte.

»Heute sind es achthundert! Achthundert! Und wer ist schuld daran?« Lucas schlug mit der Faust auf den Tisch. Helene und Jana schreckten hoch. »Sag schon, Vater, wer, meinst du, ist schuld daran?«

»Der Krieg ist ein hungriges Monstrum, mein Sohn.«

»Oh, das ist er! Und er ist angetrieben von der Gier. Aber gefüttert wird er nicht mit dem Leben der Unschuldigen. Gefüttert wird er mit Münzen. Und wenn es davon nicht genügend gibt, dann schlagen wir einfach noch ein paar neue. Kommt dir das bekannt vor?«

Christoph sprang auf, den Kopf hochrot. »Allerdings! Aber wie wohlfeil ist es, sich in einem solch prächtigen Haus wie dem unseren seinen Kopf über die Probleme der armen Leute zu zerbrechen! Wie edel, mit vollem Wanst den tadelnden Zeigefinger zu erheben und empört die Ungerechtigkeit der Welt anzuprangern!«

Nun sprang auch Lucas auf. »Ich habe mir mein Geburtsrecht nicht ausgesucht! Und ich habe immer hart für unsere Familie gearbeitet!«

»Glaubst du, ich nicht?«, brüllte Christoph. »Du hast keine Ahnung, welche Entbehrungen deine Mutter und ich auf uns nehmen mussten! Damals, als wir aus Deutz flohen! Als wir im Kerker von Schwäbischwerd lagen. Als wir hier in Prag neu anfangen mussten.«

Er hielt kurz inne. »Willst du mir wirklich vorwerfen, dass wir uns einen Reichtum erarbeitet haben, den die meisten Leute sich nicht einmal zu erhoffen, geschweige denn vorzustellen wagen?«

Lucas starrte seinen Vater an. Dann schüttelte er langsam den Kopf. »Ich hoffe nur, dass du dir mit deinem Reichtum auch dein Lebensglück erkaufen kannst. Denn unseres ist von dir und deinesgleichen zerstört worden!«

Lucas bot Jana die Hand. Diese ergriff sie eingeschüchtert. Gemeinsam verließen sie den Raum.

Christoph packte den silbernen Becher und schleuderte ihn so fest gegen die Wand, dass ein Stück Putz herausbrach.

Helene atmete tief durch und sah dann ihren Gemahl ernst an. »Ich weiß, dass wir das zu einem gewissen Teil mitzuverantworten haben. Aber ich möchte, dass du Lucas ohne Wenn und Aber unsere Beweggründe darlegst, damit er es verstehen kann. Und dann helfen wir Jana.«

Christoph sah um sich mit einem Blick, als befände er sich hilflos inmitten des Weltuntergangs. Dann nickte er.

Nürnberg, September A.D. 1622

Johannes hatte sich gut in Nürnberg eingelebt. Peller hatte ihnen zu einem ansehnlichen, aber immer noch freundschaftlichen Preis eines seiner Häuser in der Nähe des Marktes zur Verfügung gestellt. Das zweigeschossige Haus war kleiner als das in Donauwörth, aber es genügte.

Conrad und Irmel waren nachgekommen und lebten wieder bei der Familie, während Matthäus, einer der Handelsgehilfen, von Johannes mit der Aufsicht über das Kontor in Donauwörth beauftragt war. Natürlich leiteten Johannes und Balthasar nach wie vor das Unternehmen und hielten sich abwechselnd in Nürnberg, Augsburg und Donauwörth auf.

In den letzten Monaten hatten die Katholiken Schlacht um Schlacht gewonnen. Ein katholisches und ein spanisches Heer unter Tilly und dem spanischen Feldherren Gonzalo Fernández de Córdoba besiegte im Mai den lutherischen Markgrafen Georg Friedrich von Baden-Durlach bei Wimpfen. Im Juni verlor der »tolle Halberstädter« Christian gegen Tilly und Córdoba bei Höchst. Und schließlich setzten sich Mansfeld und der tolle Halberstädter nach der Schlacht bei Fleurus im August in die nördlichen Niederlande ab und stellten sich in den Dienst Moritz von Oraniens, um gegen die Spanier zu kämpfen.

Die Waffenlieferungen von Peller und dem Haus Heidfeldt an die Katholiken waren nach und nach völlig zum Erliegen gekommen, da der Rat von Nürnberg dieses Geschäft abdeckte. Peller hatte jedoch, um Johannes sein Vertrauen zu verdeutlichen, schon jetzt kleinere Teile seines Gewürzhandels an diesen delegiert, was ein lukratives Geschäft darstellte.

Und natürlich wurden nach wie vor die Lutheraner beliefert. Johannes war mehr denn je davon überzeugt, dass das Geschäft mit Sailer ein überaus gefährliches war. Er konnte aber nichts dagegen tun, zumal auch Peller keinerlei Anstalten machte, die bestehende Vereinbarung zu überdenken.

Insgesamt hatte sich das neue Leben der Familie in Nürnberg also eingependelt. Der Kaufmann fühlte sich in der Stadt zunehmend wohl, zumal er und Balthasar sich wieder nähergekommen waren. Seitdem er sich in Heidelberg mit seinem Vater ausgesprochen hatte, schien der Sohn langsam darüber hinwegzukommen, was ihm Ippolita angetan hatte. Bei zwei Treffen mit Contarini hatte es Johannes tunlichst vermieden, dessen Nichte zu erwähnen, und der Venezianer hatte ebenfalls nicht von ihr gesprochen. Ebenso wenig wie er auch sein Wissen erwähnte, dass Peller und die Heidfeldts die Lutheraner belieferten. Mit seinem damaligen Brief und der Warnung an Johannes hatte er offenbar getan, was er tun wollte, aus allem anderen hielt er sich heraus.

Im gleichen Maße, wie sich Vater und Sohn wieder nähergekommen waren, hielt die jüngste Tochter der Heidfeldts ihre Familie immer noch auf Distanz. Nach wie vor konnte Sieglinde Johannes nicht verzeihen, dass er sie aus einem Leben gerissen hatte, das sie sich schon in allen Farben ausgemalt hatte. Für sie handelte der Vater aus purem Eigennutz, des Geschäfts wegen – derselbe Vater, der ihr gesagt hatte, dass Liebe wichtiger sei als Geschmeide, wie sie nicht müde wurde, ihm vorzuwerfen.

Trotz einiger Vermittlungsversuche von Agnes kam Johannes nicht an Sieglinde heran. Dass er nicht für sich selbst, sondern nur für Agnes und das Wohl der gesamten Familie gehandelt hatte, konnte er Sieglinde nicht sagen. Der Kaufmann und seine Gemahlin hatten beschlossen, alles, was von Dandorf betraf, vorläufig für sich zu behalten. Es war sicherer, wenn so wenig Menschen wie möglich davon wussten und sich niemand, ob gewollt oder ungewollt, verplappern konnte. Andernfalls würde man sich nur zu gerne erzählen, dass der ehrwürdige Statthalter von Donauwörth leidenschaftliche Gefühle für eine verheiratete Frau hegte. Im tiefkatholischen Bayern konnte so etwas einem Mann nicht wenig schaden. Und auch wenn er die Gerüchte abstritt, würden die Heidfeldts wieder stärker in sein Blickfeld rücken, und das wollten sie um jeden Preis vermeiden.

So erfuhr Sieglinde also nicht den wahren Grund für die Abreise der Familie aus Donauwörth und gab sich deshalb keinerlei Mühe, sich auf Nürnberg einzulassen. Anders als Magdalena, die den Wechsel in eine so bedeutende Stadt aufregend fand, schottete sich ihre Schwester ab und strafte ihre Familie mit Schweigen oder bissigen Bemerkungen. Wenn Johannes sich darüber erzürnte, besänftigte ihn Agnes mit dem Hinweis, es würde schon wieder besser werden.

Aber nicht nur die Tochter haderte mit dem Leben in Nürnberg.

Agnes ging über den Hauptmarkt, wieder einmal zum Schönen Brunnen. Balthasar war der Erste gewesen, der ihr von diesem wunderbaren Bauwerk erzählt hatte, und sie hatte sich bald selbst davon überzeugen wollen, ob der Brunnen den Erzählungen gerecht wurde. Und er wurde ihnen mehr als gerecht; mittlerweile war er Agnes zum liebsten Ort in Nürnberg geworden. Sie konnte sich in den kunstvollen Figuren, den Wasserspeiern und dem unablässigen, scheinbar unendlich fließenden Wasser richtiggehend verlieren.

Möglicherweise fühlte sie sich auch deswegen zu dem Bauwerk hingezogen, weil es sich mitten im Herzen der Stadt befand, inmitten zahlloser Menschen. Obwohl diese den Brunnen für etwas ganz Selbstverständliches zu halten oder ihn überhaupt nicht zu beachten schienen. Gleichgültig strömten sie um ihn herum.

So wie um Agnes.

Denn im Gegensatz zu ihrem Gemahl tat sich Agnes schwerer mit dem Leben in Nürnberg. Natürlich war sie froh, von Dandorfs Zugriff entkommen zu sein. Aber Donauwörth war ihre Heimatstadt und würde es immer bleiben. Einerlei was sie in der Vergangenheit mitgemacht hatte, einerlei was das Schicksal ihr und der Stadt zugemutet hatte – Donauwörth war ihr Hafen, der ein Leben voller Erinnerungen in sich barg.

Wundervolle Erinnerungen wie an Johannes und ihre Familie, an die Freundschaft mit den Ackermanns.

Schreckliche Erinnerungen wie an Annas Tod und die Reichsacht. Und natürlich an von Dandorf – nie wieder wollte sie sich so hilflos fühlen wie an jenem Tag im Turm über der Stadt, als kalte Lippen ihre Wangen berührten und eine mitleidlose Stimme ihr Leben mit Johannes bedrohte.

Wundervolles und Schreckliches, Schönes und Schlechtes, so wie das Leben nun einmal war. Aber nicht hier in Nürnberg. Hier war das Leben zwar sicher und geordnet, jedoch ebenso schal.

In Donauwörth hatte Agnes die Menschen gekannt, auf dem Markt geplaudert, genau wie nach den Gottesdiensten und den diversen Feierlichkeiten, die in regelmäßiger Abfolge stattfanden. Hier hatte sie das alles nicht. Was einerseits daran lag, dass sie sich in einer lutherischen Stadt aufhielten, in der einzig der Deutsche Orden in unregelmäßigen Abständen katholische Gottesdienste in der Elisabethkirche abhalten durfte. Und zum anderen, weil Peller, mochte er vom Rat auch nicht respektiert werden, doch in gehobenem Stand verkehrte. Es waren die Frauen dieses Standes, welche die Heidfeldts und vor allem Agnes deutlich spüren ließen, dass sie nicht gleichen Ranges waren und es nie sein würden.

Als sie dies Johannes gegenüber einmal erwähnte, hatte er sie nicht verstanden. Seitdem hatte sie ihre Gefühle nicht mehr erwähnt.

Und so stand sie auch heute am Brunnen, ließ ihre Finger über die Figuren gleiten und lauschte dem Plätschern des Wassers.

Sie konnte nichts tun, nur abwarten. Vielleicht würde das Leben hier besser werden, vielleicht würde sie ja doch noch Zugang zu den Menschen von Nürnberg finden. Und wenn nicht – sie würden schließlich nicht für immer in

Nürnberg bleiben. Wenn von Dandorf starb oder aus irgendeinem Grund einmal nicht mehr Statthalter von Donauwörth war, konnten sie zurückkehren.

Bist du dir sicher? Glaubst du, dass Johannes wirklich zurückwill? Wo er doch hier sehr glücklich wirkt?

Mit einem Male war das Plätschern des Wassers nicht mehr tröstlich. Es wurde in Agnes' Ohren vielmehr zu einem Rauschen, das immer lauter und lauter zu werden schien, wie um sie zu verschlingen.

Jäh drehte sie sich um und ging davon, ließ den Brunnen hinter sich.

Während ihre Mutter den Hauptplatz überquerte, saß Magdalena in der nicht weit entfernten Sebalduskirche ins innige Gebet versunken.

Dass sie sich in einem lutherischen Gebäude aufhielt, berührte sie nicht weiter, denn ihr gefiel die Kirche sehr. Angeblich war sie auf dem Grab des Sebaldus von Nürnberg erbaut, von dem man sich erzählte, dass er vor Jahrhunderten hier in der Gegend als Einsiedler gelebt hatte. Man erzählte sich weiter, dass er einstmals ein dänischer Königssohn gewesen war, verlobt mit einer französischen Prinzessin. Er löste diese Verlobung aber und widmete sein Leben ganz und gar dem Allmächtigen. Vielerlei Wundergeschichten rankten sich um ihn, und nach seinem Tod brachte ihn ein führerloses Ochsengespann hierher in die Stadt, wo er begraben wurde. Und genau an dieser Stelle wurde dann die Sebalduskirche gebaut, in der die Reliquien des Heiligen aufbewahrt wurden. Das war etwas, das Magdalena gefiel: Eine lutherische Kirche beherbergte die Reliquien eines katholischen Heiligen. Dies zeigte, dass die

Religionen nicht nur getrennt, sondern auch vereint sein konnten.

So wie ich und Lucas, dachte Magdalena und betete inbrünstig weiter.

Herr im Himmel, halte deine schützende Hand über uns.

Und halte sie auch über Lucas, auf dass wir eines Tages vereint sein werden.

Sieglinde stand an dem kleinen Fenster der Dachkammer, in der sie mit ihrer Schwester untergebracht war.

Sie sah auf das Treiben in der Gasse hinab, auf die Bürger und das Gesinde, welche eilig in Richtung des Marktes vorbeistrebten. In dieser Stadt schien jeder geschäftig zu sein, jeder schien zu wissen, was er zu tun hatte, jeder hatte seinen Platz.

Und sie? Sie hatte nichts.

Ein junger Mann in edlem Gewand schritt unten vorbei.

Sieglinde wusste um ihre Schönheit, und sie hätte diese Schönheit mühelos einsetzen können, um einen reichen, einfältigen Dummkopf wie den unten in der Gasse an sich zu binden.

Aber sie wollte es nicht. Sie wollte es aus dem einfachen Grund nicht, um es ihrer Familie und vor allem dem Vater heimzuzahlen. Mochten die sich hier wohlfühlen, sie würde ihnen diese Suppe versalzen.

Der junge Mann unten in der Gasse bog um die Ecke und verschwand. Mit einem Mal erinnerte sich Sieglinde daran, wie sie damals in Donauwörth, in der Nacht vor dem ersten Mai, ebenfalls aus einem Fenster auf die Straße hinuntergeblickt hatte. Wie die jungen Männer, Zacharias in ihrer Mitte, vorbeigezogen waren und die Nacht von Fackellicht, wilder Musik und Leidenschaft beseelt gewesen war.

Und jetzt lag anstelle der breiten Straße von Donauwörth eine schmale, dreckige, unbedeutende Gasse unter ihr. Sie schien das Leben, das vor ihr lag, so deutlich zu symbolisieren, dass flammende Wut in Sieglinde aufstieg.

Sie sah sich um, und ihr Blick fiel auf den kleinen, reich verzierten Handspiegel, den der Vater ihr vor Jahren von einer Reise nach Venedig mitgebracht hatte. Der Spiegel war sehr wertvoll, und sie hatte immer gut auf ihn achtgegeben.

Jetzt packte sie ihn und warf ihn ohne zu zögern gegen die Wand, wo er klirrend zerbrach.

Eine Zeit verging, dann waren trippelnde Schritte zu hören, und die Tür öffnete sich.

»Ist etwas geschehen?« Irmel lugte herein.

»Nein, es ist nichts geschehen. Lass mich allein.«

Die Magd starrte Sieglinde einen Moment an, dann die Scherben auf dem Boden. Ohne ein weiteres Wort zog sie sich aus der Kammer zurück.

Sieglinde nahm eine Scherbe vom Boden auf.

Drückte sie, sodass ein kleiner Blutfaden an ihrer Handfläche herunterfloss.

Ich zahle dir alles heim, Vater. So wahr mir Gott helfe.

Prag, September A.D. 1622

Der Diener öffnete die Tür zum großen Salon im Hause de Witte. Christoph trat ein. De Witte, der gerade Papiere durchgesehen hatte, wandte sich ihm zu. »Ah, Herr Ackermann. Ich habe ein wichtiges Anliegen, über das ich sofort mit Euch sprechen wollte.«

»Ich bin so schnell gekommen, wie ich konnte.« Christoph blickte den anderen abwartend an.

»Ich habe mich an den Rat von Nürnberg gewandt, da wir gezwungen sind, Waffen zuzukaufen. Wallenstein glaubt trotz der Niederlagen der Lutheraner nicht, dass der Krieg so schnell endet. Als militärischer Befehlshaber von Böhmen ist er an einem weiteren Ausbau eines schlagkräftigen Heeres interessiert.«

»Und diese Waffen findet Ihr nur in Nürnberg?«

De Witte lächelte. »Natürlich könnten wir die Waffen auch anderswo erwerben. Aber Wallenstein ist besonders an den Musketen aus Suhl[23] interessiert. Und diese bietet zurzeit ausschließlich der Rat von Nürnberg an.«

»Davon habe ich gehört. Die hervorragendsten Musketen, allerdings teuer.«

---

23 Stadt im heutigen Thüringen. In früheren Jahrhunderten für seine exzellente Waffenprodukte bekannt.

De Witte machte eine abwehrende Geste. »Das spielt im Augenblick keine Rolle. Er will die beste Ausrüstung, nur das zählt.«

Christoph strich sich über den weißen Vollbart. »Und Ihr wiederum wollt, dass ich nach Nürnberg reise und das Vorhaben abwickle.«

De Witte nickte. »Ich vertraue Euch rückhaltlos.«

Der Transporteur überlegte kurz. »Nürnberg hat die gewünschten Waffen vorrätig?«, fragte er.

Wieder lächelte der Bankier. »Nürnberg ist ›des Reiches Schatzkästlein und Waffenschrein‹, wie man so schön sagt. Zwei Zeughöfe für Fuhrparks, sechs Zeughäuser für Waffen, mehrere Magazine in den Stadttürmen. Wenn dort nicht genügend vorhanden ist, ist es das nirgends.« Er machte eine Pause. »Ihr nehmt zwanzig Mann, die Wagen kauft Ihr in Nürnberg. Fünfhundert Musketen bringt Ihr sofort, eintausend weitere sollen im nächsten Monat geliefert werden, da braucht Ihr aber nicht mehr dabei zu sein, denn da ist das Geschäft schon in die Wege geleitet. Was den Preis betrifft: Fünf Gulden pro Stück, Ihr habt Verhandlungsspielraum bis fünf und einen halben Gulden. Die Bezahlung erfolgt über Wechsel, Ihr wickelt das über die Börse und die Banco Publico ab.«

Er sah Christophs verständnisloses Gesicht. »Keine Sorge, ich gebe Euch ein Schreiben mit, in dem alles fein säuberlich niedergelegt ist. Und auch an wen Ihr Euch zu wenden habt.«

»Gut. Dann werde ich schon bald aufbrechen.«

De Witte gab ihm die Hand. »Die Männer werden übermorgen bereitstehen.«

»Schon übermorgen«, entfuhr es Christoph.

»Habt Ihr denn etwas Dringlicheres vor, als wichtige Geschäfte für den militärischen Befehlshaber von Böhmen abzuwickeln?«, fragte de Witte trocken.

»Aber nie im Leben«, beeilte sich Christoph zu antworten.

»Das dachte ich mir. Dann gehabt Euch wohl, Herr Ackermann.«

ꟸ ꟸ

Wie vereinbart, war die Kutsche vor dem prachtvollen Haus der Familie Ackermann auf der Kleinseite vorgefahren.

Drinnen im Innenhof stand Christoph und hielt Helene fest umarmt.

»Achte gut auf dich.« Helene schien ihn nicht loslassen zu wollen.

»Ich bin ja nicht allein. Lucas kommt mit, und vor der Stadt werden die zwanzig Männer von de Witte zu uns stoßen«, erklärte Christoph mit beruhigender Stimme.

»Ist es denn nötig, dass du gerade jetzt nach Nürnberg fährst? Wir haben immerhin Krieg. Und es ist nicht unsere Seite, die auf dem Vormarsch ist.« Helene löste sich von ihrem Gemahl.

»Es gibt im Moment nicht unsere Seite, es gibt nur die Seite, für die ich arbeite. Und das sind de Witte und Wallenstein und damit die mächtigsten Männer hier in Böhmen, neben dem Kaiser.«

Helene sah ihn nachdenklich an. »So macht es dir nichts aus, dass sich die Angehörigen unseres Glaubens auf dem Rückmarsch befinden?«

Christoph nahm seine Gemahlin bei den Schultern. »Helene, ich bin Transporteur. Natürlich schmerzt es mich, dass sich die beiden Konfessionen im tödlichen Ringen befinden und es meine Konfession ist, die bedroht ist. Aber ich muss für euch sorgen, ich muss euch ein Leben bieten, das in Zeiten wie diesen so etwas wie Schutz verheißt. Und Lutheraner, Katholiken – wir haben ein Leben lang in enger Freundschaft mit den Heidfeldts gestanden. Willst du etwa jetzt damit beginnen, die Konfessionen hier, zwischen uns, zu einem Disput werden zu lassen?«

Sie nahm seine linke Hand und küsste sie. »Verzeih. Vielleicht ist es auch gar nicht die Tatsache, dass du für einen Katholiken tätig bist, die mich stört. Vielleicht«, sie biss sich auf die Lippen und blickte dann zum Stiegenaufgang, auf dem jetzt Schritte zu hören waren, »vielleicht ist es dein Geschäft an sich. Vergiss nicht, dass Lucas dir immer noch vorwirft, was mit Janas Familie passiert ist.«

»Für Jana und die Lage, in der sich die Ihren befinden, bin ich nicht verantwortlich«, sagte Christoph und spürte das klamme Gefühl im Magen, das von Lüge kündete. »Ich hoffe, dass Lucas das versteht und unser Geschäft irgendwann weiterführen wird.«

»Ich wünsche es uns.« Sie gab ihm einen letzten Kuss, dann trat sie von ihm zurück.

Lucas war die Stiege heruntergekommen. Er ging zu Helene und beugte sich zu ihr hinunter. Sie umarmte ihn. »Pass gut auf deinen Vater auf, mein Sohn.«

»Das werde ich.« Lucas war anzusehen, dass ihm die Bemerkung seiner Mutter nicht behagte, er aber gute Miene zum bösen Spiel machte. »Bis bald, Mutter.« Er nickte Christoph zu, dann ging er hinaus.

Der schüttelte den Kopf. »Der eine Sohn wirft mir etwas vor, den anderen verstehe ich nicht. Zwei von zwei – kein guter Gewinn für einen Geschäftsmann.«

»Dann steigere deinen Gewinn. Das ist dir schon öfter gelungen.«

»Meine Helene. Was würde ich nur ohne dich machen?« Er zwinkerte ihr zu.

»Du würdest vertrocknen wie eine Blume in der Wüste.« Sie zwinkerte ihm ebenfalls zu.

Der Transporteur lachte und verließ den Innenhof.

Philipp wartete, bis die Kutsche seines Vaters abgefahren war, dann stahl er sich, von seiner Mutter unbemerkt, hinaus. Er eilte durch die Gassen, bis er sein Atelier erreicht hatte.

Aufatmend betrat er es und machte die Tür hinter sich zu. Er war nicht mehr oft hier gewesen, seit seine Mutter ihn heimgeholt hatte. Gelegentlich schien ihn jedoch etwas zu rufen, ihn magisch anzuziehen, und dann kam er her.

So wie heute.

Drinnen war alles wie immer.

Der Geruch nach Farbe, Öl und Terpentin, die bloßen Ziegelwände, das rußige, mittlerweile fast schwarze Deckengewölbe, all die Bilderrahmen und Leinwände.

Und in der Mitte des Raums – die große Staffelei mit der Platte aus Eichenholz.

Und doch ist nichts wie immer, dachte Philipp, während er sich auf der roten Liege niederließ.

Denn die große Staffelei war leer. Schon sehr lange hatte er nichts mehr darauf gemalt, sondern sich eher auf Skizzen und Tuschezeichnungen verlegt, die an der Wand hingen und mit ihren Fratzen, aufgerissenen Mündern und den schier unendlichen Variationen des Grauens jeden Besucher erschreckt hätten, so denn einer gekommen wäre. Doch bis auf die Metze, die Philipp geritten hatte – es schien ihm ewig her –, hatte noch nie jemand seine neuen Zeichnungen zu Gesicht bekommen.

Die Staffelei, auf der er seine großen, erfolgreichen Bilder und Porträts gemalt hatte, war leer. Würde er je wieder darauf malen?

Philipp streckte sich auf der Bank aus und schloss die Augen. Auch wenn ihm die Zeit im Elternhaus gut getan hatte und die Verletzungen, die er durch den Angriff von Karels Männern erlitten hatte, verheilt waren, so glichen seine Schuld und seine Vereinbarung mit dem Wirt doch einer dunklen Wolke, die sein Leben andauernd zu bedrohen schien.

Eine Wolke aus Bildern bestürmte ihn – Erinnerungen an Maria, an die Schlacht, an Karels Häscher, ihr Gelächter, ihre Fäuste, ihre Tritte. Manchmal, wenn er davon träumte, war ihm, als ob rote Farbe wie Blut über die Traumbilder rann.

Manchmal träumte er auch von Agathe. Von der Traurigkeit in ihrem Blick, als sie gegangen war.

Er war seitdem dann und wann bei ihrem Haus gewesen, hatte es aber nicht über sich gebracht, mit ihr zu reden. Agathe war eine gute Frau, und er – er war ein Tier, das sie mit seiner Anwesenheit nur besudeln würde. Denn er hatte eine Frau getötet, und ihr geschundener Körper war den Schweinen zum Fraß vorgeworfen worden. Er hatte seinen Vater verraten, er hatte seine Kunst verraten –

das, was er zeichnete, hatte nichts mehr mit Kunst zu tun, es waren Bild gewordene Albträume.

Plötzlich hörte er, dass sich die Tür öffnete. Mit pochendem Herzen sprang er auf.

Im Türrahmen standen zwei von Karels Männern, die ihn zusammengeschlagen hatten. Einer der beiden grinste. »Na was ist, Jüngelchen – so allein? Dann hast du doch sicher Lust auf Gesellschaft.«

ꕥ

Karel fixierte Philipp, der sich beherrschen musste, um nicht zu zittern. Er, Philipp und die beiden Männer befanden sich im leeren Schankraum des Gelben Gockel.

»Ist ja nun schon eine Weile her, dass du uns die Ehre gegeben hast«, meinte der Wirt jovial.

Die zwei Männer standen links und rechts von Philipp. Einer der beiden ließ die Knöchel seiner Faust knacken.

»Ich – ich bitte um Verzeihung.« Philipp gelang es, seine Stimme fest klingen zu lassen. »Aber ich war über einen längeren Zeitraum krank.«

»Krank. Ich hoffe nichts Schlimmes?«, fragte Karel mitfühlend.

Philipps rechte Hand fuhr unwillkürlich zu seiner Wange, wo eine kleine Narbe von den Schlägen zurückgeblieben war. »Nein.«

»Dann bist du also wieder gesundet?«

Philipp nickte.

»Das ist gut«, nickte Karel zufrieden. »Was kannst du mir Neues berichten?«

Nervös rieb sich Philipp über den Mund. »Nun, mein

Vater ist zu einer Reise nach Nürnberg aufgebrochen. Was genau er dort bezweckt, weiß ich nicht.«

»Er weiß es nicht.« Karel wandte sich an seine Männer.

»Es ist die Wahrheit.« Philipp hob beschwörend seine Hände.

Karel kam ganz nahe an ihn heran. »Dann rate ich dir, mehr in Erfahrung zu bringen. Red mit deiner Mutter, euren Dienern, von mir aus mit den gottverdammten Ratten in deiner gottverdammten Werkstatt. Red mit ihnen allen, und bring mir mehr Informationen.«

»Ja«, erwiderte Philipp leise.

»Was hast du gesagt?«, fuhr Karel ihn an.

»Ich werde mehr in Erfahrung bringen und wiederkommen. Ich verspreche es.«

»Gut. Zwing mich nicht«, der Wirt machte eine Kunstpause, »dich wieder daran *erinnern* zu müssen, dass du in meiner Schuld stehst.«

Wieder das Knacken der Fingerknöchel.

»Das wird nicht – nicht nötig sein«, stammelte Philipp.

Er sah Karel an und erkannte, dass dieser die Unterhaltung offenbar als beendet ansah. Schnell drehte er sich um und verließ den Schankraum.

Nürnberg, Oktober A.D. 1622

»Dann sind wir uns ja einig.« Christoph schüttelte Georg Freymann, dem Vertreter des Nürnberger Rates für den Handel mit Kriegszeug, die Hand.

Der andere lächelte knapp. »Es war mir ein Vergnügen, mit Euch Geschäfte zu machen. Die Musketen und die Fuhrwerke warten im Zeughaus auf Euch. Ich werde die entsprechenden Papiere ausfertigen lassen und Euch mitgeben.«

»Mein Sohn wird Euch begleiten und sie übernehmen.« Er gab Lucas ein Zeichen, der Freymann daraufhin stumm in die Laubengänge folgte, wohin sich alle, die mit der Börse zu tun hatten, zu Beratungen zurückziehen konnten. Die eigentlichen Börsengeschäfte wurden unter freiem Himmel hier am Herrenmarkt getätigt, einerlei ob es um Wechselgeschäfte, Kredite, Anteile an Bergwerken oder Waren wie Metalle und Gewürze ging. Hier waren, im Gegensatz zu den anderen Bereichen des Marktes, die Großkaufleute zugange.

Christoph war anfangs erstaunt gewesen, dass eine so bedeutende Einrichtung wie die Börse kein eigenes Gebäude hatte. Auch Freymann hatte darauf keine Antwort gewusst, es »sei bis jetzt noch nicht nötig gewesen«.

Dem Transporteur aus Prag war es letzten Endes auch

einerlei. Während er Freymann nachsah, der mit Lucas in den Lauben verschwand, dachte er, dass er gut verhandelt hatte. Er war bei fünf und ein Viertel Gulden geblieben, womit er die von de Witte vorgegebene Höchstgrenze nicht überschritten hatte. Die fünfhundert Musketen, frisch aus Suhl eingetroffen, warteten auf ihn, eintausend weitere würden im nächsten Monat nach Nürnberg gebracht werden. Waffen, die ihren Dienst nicht versagen würden wie manch andere, die billig eingekauft worden waren.

Waffen, die Lutheraner töten würden. Viele von ihnen.

Für einen Augenblick dachte Christoph an Helenes Worte vor seiner Abreise und empfand so etwas wie Schuldbewusstsein. Doch er zwang sich sofort, jeden Anflug davon zu vergessen. Der Krieg wäre bald vorbei, und wenn es der Wille des Allmächtigen war, würde sich die Familie Ackermann noch eine ganze Weile ihres irdischen Daseins erfreuen. Und für dieses Dasein brauchte es Geld, Sicherheit, Schutz. All das genoss er unter der Schirmherrschaft de Wittes und Wallensteins.

Christoph schloss die Augen und genoss die wärmenden Strahlen der Herbstsonne, die auf den Markt herabschien.

Es war ein weiter Weg gewesen, erst aus Deutz nach Donauwörth, von Donauwörth nach Prag, von der dortigen Armut in die Dienste de Wittes und nun hierher an die Börse, wo die wichtigsten Kaufleute handelten.

Wo mochte ihn sein Weg noch hinführen?

Auf einmal fühlte Christoph eine Hand auf seiner Schulter und hörte eine Stimme, die er seit Jahren nicht mehr vernommen hatte.

»Da soll mich doch der Teufel hohlen, wenn ich diese armselige Gestalt nicht kenne!«

Christoph fuhr herum – und wahrlich, da stand Johannes Heidfeldt vor ihm, an seiner Seite sein Sohn Balthasar.

»Johannes? Das ist doch nicht möglich!«, rief Christoph freudig aus.

Die beiden Männer umarmten sich überschwänglich. Dann lösten sie sich wieder, und Christoph streckte Balthasar die Hand hin. »Balthasar. Du bist ja ein ganzer Mann geworden.«

Der ergriff die Hand und schüttelte sie lebhaft. »Ich freue mich sehr, dich zu sehen.«

Johannes klopfte Christoph auf die Schulter. »Was verschlägt dich denn hierher zu den feinen Herren? Was ist mit deinem Unternehmen in Prag? Das letzte Mal sah ich dich, als du deinen einzigen Karren wieder instand setzen wolltest, und jetzt –«, er trat einen Schritt zurück, »jetzt tätigt der feine Herr in feinem Zwirn Geschäfte an der Nürnberger Börse.«

»Das ist eine lange Geschichte. Eine sehr lange.«

»Die du mir erzählen wirst«, meinte Johannes mit Nachdruck. »Und zwar gleich, wenn es dir genehm ist.«

Christoph überlegte kurz. Die Waffen würden sie morgen am Vormittag übernehmen, es sprach also nichts dagegen, eine alte Freundschaft gebührend zu feiern.

»Überaus gerne. Was hast du dir denn vorgestellt?«

»Agnes und Magdalena würden sich freuen, euch beide zu sehen«, sagte Johannes. »Und Contarini ist ebenfalls in der Stadt, er wäre sicher glücklich, uns bei sich zu Hause zu empfangen.«

»Hochwohlgeborener Freund«, erwiderte Christoph

würdevoll, »mich drängt nicht nach häuslichen Stuben oder zu kurz geratenen Venezianern, wiewohl ich sie gerne noch sehen werde. Mich drängt es eher nach –«

»– Wein, Bier und zünftiger Musik.« Johannes feixte.

»Da habt Ihr ins Schwarze getroffen, Herr Heidfeldt.«

Lucas trat aus den Gewölben, einen zusammengerollten Brief in der Hand. Als er die drei sah, blieb er unwillkürlich stehen, dann erblühte ein breites Grinsen auf seinem ernsten Gesicht. So hatte Christoph seinen Sohn schon lange nicht mehr gesehen, nicht seit den Vorkommnissen rund um Jana.

Mit schnellen Schritten kam Lucas auf sie zu und begrüßte Johannes und Balthasar herzlich.

»So, nun haben wir der Form wohl Genüge getan«, meinte Johannes schließlich. »Ihr Herren Ackermann, folgt mir.«

»Zu Befehl.« Christoph deutete einen militärischen Gruß an. Er fühlte sich einfach großartig: ein Geschäft nach vollster Zufriedenheit abgewickelt und seinen besten Freund nach einer schieren Ewigkeit wiedergetroffen. Das würde ein denkwürdiger Tag werden, dachte er, während er neben Johannes einherging. Hinter ihnen waren Balthasar und Lucas bereits in ein Gespräch vertieft.

Schon nach Kurzem kamen sie zu einem Haus aus Sandstein mit einem fein gegliederten Giebel. Über dem Eingang prangte ein prächtig gearbeitetes Relief.

Johannes zeigte darauf. »Die eine Gestalt links ist der Knecht, der die Waage bedient. In der Mitte, da steht der Wagenmeister. Rechts davon, bekümmert dreinschauend, ist der Kaufmann, der die Waagegebühr bezahlen muss.«

Christoph machte ein langes Gesicht. »Ich nehme an,

das ist das Haus der Stadtwaage, schön. Wollten wir nicht feiern?«

Johannes grinste. »Nur nicht so voreilig, mein Freund.«

Christoph sah sich in dem Raum um, der den zweiten Stock des Waagegebäudes einnahm. Mehrere wuchtige, schwarz und weiß angestrichene Tische und Bänke waren aufgestellt, am Rand stand eine Tafel zum Anschreiben der Zeche. Es war brechend voll, Bier und Wein wurden serviert, Gelächter und deftige Zoten drangen durch den Tabakqualm. Überdies spielten zwei Männer lustige Weisen auf Fiedel und Dudelsack.

Der Wirt brachte einen riesigen Krug Wein und vier Becher. Er nickte Johannes zu. »Wohl bekomm's, Herr Heidfeldt.« Er verließ den Tisch wieder.

»Der Wirt persönlich. Du musst ein gern gesehener Gast sein«, meinte Christoph.

»Nun, ich war einige Male hier, seit wir in Nürnberg leben. Das ist die Herren-Trinkstube, hier haben sich früher ausschließlich die Großkaufleute und die feinen Patrizier nach ihren Geschäften getroffen. Aber seit einiger Zeit dürfen auch die weniger bedeutenden Händler herein, und man hat mir gesagt, dass es seitdem angenehmer ist. Ich kann das nur bestätigen, hier lässt es sich ausgezeichnet feiern.« Johannes hob seinen Becher, die anderen ebenfalls. »Auf den Allmächtigen, der uns hier zusammengeführt hat. Auf uns und unsere Freundschaft«, sagte Johannes.

Sie stießen an.

»Du hast eben gemeint, dass du in Nürnberg lebst.« Christoph blickte Johannes neugierig an. »Wie ist das gekommen?«

Und Johannes erzählte ihm alles. Von den immer schwierigeren Bedingungen in Donauwörth, dem Waffenhandel mit Peller und Contarini – dass er die Lutheraner belieferte, verschwieg er allerdings –, von seiner Krankheit und zuletzt, unter dem Siegel tiefster Verschwiegenheit, vom Statthalter von Dandorf und seinem Begehren nach Agnes. Und dass er nach Sibyllas Tod nur noch die Möglichkeit gesehen habe, Donauwörth zu verlassen.

Als er Sibyllas Tod erwähnte, wurde Christoph merklich stiller. Johannes wusste warum, er wusste, was seinen Freund und Sibylla verbunden hatte.

»Glaubst du, er hat Sibylla beseitigt, um bei Agnes freie Hand zu haben?«, fragte Christoph nachdenklich.

»Ich weiß es nicht. Wenn, dann hat er es so schlau eingefädelt, dass es keine offensichtliche Mordtat war, sonst hätte ihn wohl irgendwer angeklagt.«

Christoph blickte ins Leere. »Sibylla … sie war eine bemerkenswerte Frau.«

Johannes schwieg.

Der andere gab sich sichtlich einen Ruck. »Aber das ist alles Vergangenheit. Nur das Hier und Jetzt zählt.«

»Da hast du recht.« Johannes trank einen großen Schluck. »Und nun erzähl mir, wie du in dieses Jetzt geraten bist.«

Lucas warf einen Blick auf seinen Vater, der gerade erneut lautstark mit Johannes angestoßen hatte, dann wandte er sich wieder Balthasar zu. Er war erstaunt, wie sehr sich der Sohn der Heidfeldts verändert hatte. Früher hatte er sich immer nur aufgespielt, nun schien er von einem gewissen Verantwortungsbewusstsein erfüllt. Auch sprach er mit

Kenntnis und Begeisterung vom Familiengeschäft – etwas, das Lucas nicht so recht in den Kram passte.

Denn mochte der Sohn der Familie Heidfeldt im Geschäft seines Vaters aufgehen, so wollte der Sohn der Familie Ackermann mit dem Geschäft seines Vaters nichts zu tun haben, das wurde ihm mit jedem Tag deutlicher bewusst. Jeden Tag dachte er an Jana und das, was mit ihrer Familie geschehen war, und jedes Mal wuchs der Groll auf Christoph, den er dafür verantwortlich machte.

»Mit Martin Peller haben wir einen der größten Männer Nürnbergs auf unserer Seite«, meinte Balthasar gerade, »und er –«

»Wie geht es denn deinen Schwestern?«, unterbrach ihn Lucas. Er hatte genug vom Unternehmen Heidfeldt.

Balthasar stutzte kurz, dann nickte er. »Tut mir leid. Ich rede und rede, und wir haben noch nicht einmal über die Familien gesprochen. Magdalena ist zufrieden hier in Nürnberg, soweit ich das beurteilen kann. Sieglinde nicht, sie ist immer noch böse, dass Vater hierhergezogen ist.«

»Warum denn?«

Balthasar verdrehte die Augen. »Sie war diesem Werlein versprochen, und die Heirat wird nun fürs Erste nicht stattfinden.«

»Zacharias Werlein? Mit dem will sie sich vermählen?«, fragte Lucas ungläubig. »Diesen Tölpel haben wir doch als Kinder sogar einmal in Kagmairs Schweinekoben gesperrt. Er hat Rotz und Wasser geheult und ist zum Rockzipfel seiner Mutter gelaufen.«

Balthasar lachte. »Das war ein Spaß.« Er trank einen Schluck. »Und bei euch in Prag? Wie geht es Philipp?«

Ja, wie ging es Philipp? Das war eine Frage, die wahrscheinlich nicht einmal dieser selbst beantworten konnte, geschweige denn sein Bruder, der ihn kaum noch sah. Und wenn doch, dann glich Philipp einem Gespenst, blass und abwesend.

»Er ist Maler geworden«, meinte Lucas beiläufig.

»Und hat er Erfolg?«

»Er hatte. Nun nicht mehr. Aber Erfolg ist auch nicht immer wichtig.«

»Da kann ich dir nicht ganz zustimmen.« Balthasar spielte mit dem Becher in seiner Hand.

Lucas sah seinen Vater an, der mit Johannes lachte und trank. Ein Inbild der Zufriedenheit, und doch verantwortlich für das Leid vieler Menschen. »Ich bleibe dabei. Es gibt Wichtigeres als das liebe Geld. Und zwar die, die einem am Herzen liegen.« Seine Stimme wurde leiser. »Die, die man liebt.«

Balthasar erwiderte nichts.

Lucas blickte ihn an. »Gibt es jemanden, den du liebst?«

Auf Balthasars Gesicht zeigte sich Unwille. »Es gab. Nun nicht mehr, und es ist besser so.« Er nahm den Becher und trank ihn auf einen Zug leer.

Lügner, dachte Lucas, sagte aber nichts.

»Ich sage dir, Johannes«, Christoph hatte bereits eine vernehmlich schwere Zunge, »es ist kein Zufall, dass wir uns heute getroffen haben.«

»Meinst du?« Johannes war ebenfalls nicht mehr nüchtern.

»Nein. Ich sage dir – heute haben wir vier uns getroffen. Aber nicht nur wir vier sollten uns treffen. Wir alle sollten uns treffen.« Er machte eine weit ausholende Geste.

»Alle, die hier in der Trinkstube sind?«

»Narr«, sagte Christoph und grinste. »Ich meine unsere Familien. Wir haben unser Leben zusammen verbracht, im Guten und im Schlechten. Dann hat uns das Schicksal getrennt, und wer weiß schon, was dieses Schicksal noch für uns bereithält? In diesem Reich, in diesem Krieg?«

»Und deshalb –«

»Deshalb, Johannes Heidfeldt, werden sich unsere Familien zusammenfinden und ein Fest feiern. Wir werden reden, essen, trinken, lachen, wir werden unsere Freundschaft zelebrieren. Was hältst du davon?«

Johannes überlegte. »Das ist eine glänzende Idee. Am besten teilen wir sie morgen gleich Agnes mit.«

»Das machen wir«, bekräftigte Christoph. »Aber erst noch einen neuen Krug. Herr Wirt, zu uns!«

Als Johannes in der Frühe erwachte, übergab er sich als Erstes in die Schüssel mit der Notdurft. Dann erzählte er Agnes von dem Abend mit den Ackermanns in der Herren-Trinkstube. Agnes glaubte ihm erst nicht. Erst als es an der Tür klopfte und Christoph Ackermann vor ihr stand und ihr mit einem spitzbübischen Grinsen die Hand küsste, erkannte sie, dass Johannes die Wahrheit gesagt hatte. Freudig bat sie Christoph und Lucas herein.

Sie rief ihre Töchter, die sich ebenfalls erfreut zeigten, vor allem Magdalena. Agnes wusste warum, und als sie sah, wie sich Magdalena und Lucas so ungezwungen unterhielten, als wären sie nie getrennt gewesen, wurde es ihr warm ums Herz.

Irmel tischte tüchtig auf, und so stärkten sich erst einmal alle mit Brot und Sülze. Dabei wich allmählich die Blässe aus den Gesichtern der Männer, und sie schienen nach dem gestrigen Trinkgelage wieder an Kraft zu gewinnen. Johannes ließ Conrad, den Kutscher, kommen und trug ihm auf, zum Haus von Contarini zu gehen und diesen zu fragen, ob er ihnen die Ehre geben würde. Ein alter Freund sei da, den zu treffen Herrn Contarini sicher Freude bereiten würde. Conrad machte sich umgehend auf den Weg.

Nachdem Irmel den Tisch abgeräumt hatte, hielt Johannes die Zeit für gekommen, Agnes von Christophs Idee zu erzählen.

»Das ist einfach wunderbar. Herrlich!« Auf Agnes' Gesicht stand helle Freude.

Auch Magdalena war sichtlich angetan, nur Sieglinde zeigte sich eher unverbindlich, aber das tat sie schon seit Christophs und Lucas' Ankunft. Agnes hatte sich an die Distanziertheit ihrer jüngsten Tochter beinahe schon gewöhnt.

»Nun müssen wir nur noch entscheiden, wo das Fest stattfinden soll«, meinte Christoph.

In diesem Augenblick trat Piero Contarini ein. Als er Christoph Ackermann sah, erstrahlte sein ganzes faltiges Gesicht.

»Signore Ackermann! Welch Freude, Euch zu sehen.«

Der Venezianer begrüßte und umarmte Vater und Sohn Ackermann mit der gewohnten Theatralik. Dann setzte er sich zu ihnen an den Tisch.

»Christoph und Lucas sind hier, weil sie Geschäfte an der Börse getätigt haben«, erklärte Johannes.

»Dann habt Ihr Euch wohl gut gemacht, seit Ihr nach Prag gehen musstet«, meinte Contarini anerkennend. »Wie Eure Freunde. Auch sie konnten alle Schwierigkeiten in Donauwörth überwinden und sich hier ihren Platz schaffen.«

»Nur mit deiner Hilfe, Piero«, erwiderte Johannes. »Ohne dich gäbe es kein Geschäft mit Peller, nichts.«

»Ihr dankt mir zu viel, Signore Heidfeldt«, sagte der Venezianer bescheiden. »Ich habe nur das getan, was jeder gute Freund für einen anderen in einer Notlage tut. Und zum Glück hat sich das Geschäft mit Herrn Peller für uns alle als höchst vorteilhaft erwiesen.« Agnes sah, dass er Balthasar bei diesen Worten kurz musterte, konnte den Blick aber nicht deuten.

»Piero, ich habe gestern mit Johannes besprochen, dass wir uns gerne wiedersehen würden. Die beiden Familien wieder vereint. Was hältst du davon?« Christophs Begeisterung war unüberhörbar.

Contarini dachte kurz nach. »*Ecco*, eine fantastische Idee. Man muss das Leben und die Freundschaft feiern, gerade in diesen gefährlichen Zeiten.«

Johannes nickte. »Und nun überlegen wir gerade, wo ein solches Fest stattfinden könnte.«

»Vielleicht irgendwo zwischen Nürnberg und Prag?«, schlug der Venezianer vor. »Dadurch hielte sich die mühevolle Reise für beide Familien in Grenzen.«

»Ja, aber wo?«, warf Christoph ein. »Es müsste etwas sein, wo man sich gefahrlos aufhalten kann.«

Contarini lächelte verschmitzt. Johannes sah ihn an. »Piero – weißt du mehr als wir?«

»Zufällig nenne ich ein Gut in der Nähe von Waidhaus

mein Eigen. Es liegt nicht weit von der Goldenen Straße[24] entfernt.«

»Waidhaus«, meinte Johannes nachdenklich, »davon habe ich schon gehört. Es soll schwer verwüstet worden sein, nachdem Mansfeld sich zurückgezogen hat.«

»Mein Gut wurde davon nicht berührt. Ich stelle es euch gerne zur Verfügung.« Contarini überlegte. »Ihr hättet es gar nicht besser treffen können. Es sind ungefähr sieben Tagesreisen von hier nach Waidhaus, und von Prag aus nur unwesentlich länger.«

»Wie kommst du zu diesem Gut?«

»Wenn ein Mann seine Verbindlichkeiten nicht mehr einhalten kann, bekommt ein anderer, was diesem bis dahin gehört hat«, sagte der Venezianer achselzuckend. »Nun, was sagt Ihr?«

Ackermann und Heidfeldt sahen sich an. Es war Johannes, der aussprach, was alle dachten. »Dann – auf nach Waidhaus!«

---

24 Alte Hauptstraße von Nürnberg nach Prag.

Nürnberg, Oktober A.D. 1622

Martin Peller kniete im Beichtstuhl der Elisabethkirche und hörte die Stimme neben sich.

»Der Herr vergibt dir deine Sünden. Bete fünf Vater Unser und entziehe dich der Versuchung.«

Peller bekreuzigte sich und stand auf. Seine größte Sünde hatte er seinem Beichtvater nicht offenbart, denn dafür würde er keine Absolution erhalten.

Er wollte gerade gehen, als die Stimme noch einmal erklang.

»Mein Sohn, warte noch.«

Peller verharrte.

Die Worte, die folgten, fielen wie Steine in den düsteren Beichtstuhl.

»Mein Sohn … ich weiß, was du tust.«

Und irgendwas in diesen Worten, er wusste nicht was, ließ Peller sofort erkennen, worauf der andere anspielte. Trotzdem gab er sich ahnungslos. »Nun, ich habe Euch schon oft von meiner Profession erzählt. Natürlich wisst Ihr über mich Bescheid, hochwürdigster Herr.«

Die Stimme wurde unverkennbar ärgerlich. »Muss ich erst aussprechen, was ich meine? Willst du auch noch die Sünde der Lüge auf dich laden, hier in diesem Beichtstuhl, vor Gott und mir?«

»Nein«, sagte Peller leise.

»Gut. Ich weiß, dass deine Profession oftmals verlangt, den Glauben zu vergessen«, Abscheu war in der Stimme zu hören, »und nur den Ertrag als das Wichtigste zu erachten.«

Eine Pause. Peller wartete.

»Aber dies hier«, fuhr die Stimme fort, »diese Zeit, in der wir leben, ist mit nichts vergleichbar. Diese Zeit, mein Sohn, ist die Endzeit, der letzte Kampf unseres reinen, allwissenden Gottes gegen Ketzer, die sich abgespalten haben, sich gegen unseren Vater im Himmel und den Vater in Rom wenden.«

»Hochwürdigster Herr –«

»In dieser Zeit brauchen wir Menschen wie dich in unseren Reihen, Menschen mit Einfluss«, unterbrach ihn der andere barsch. »Aber du hast den Weg unseres Herrn aus den Augen verloren. Kehre auf ihn zurück, unverzüglich, und halte ein mit deinem Werk, das dem Herrn so zuwiderläuft.«

»Und wenn mir das nicht möglich ist?« Die Lippen von Peller fühlten sich ganz taub an bei dieser Frage.

»Dann werden du und die Deinen brennen, Martin Peller. Erst hier auf Erden und dann in der Hölle, auf ewig.«

Ein Knarren, als der andere sich erhob. Das Öffnen und Schließen der Tür. Schritte, als Bischof Johann Eustach von Westernach, Oberhaupt des Deutschen Ordens Nürnbergs und damit der einzigen katholischen Enklave der Stadt, sich langsam entfernte.

Während Martin Peller zurückblieb und in die Finsternis starrte.

Johannes saß an der Tafel, vor sich einen unberührten Becher Wein, denn Peller hatte auch noch nicht getrunken. Der Hausherr stand am Fenster und sah auf den Innenhof hinab.

Der Kaufmann wartete. Er wusste nicht, warum ihn der andere gerufen hatte, war jedoch beunruhigt. Peller hatte bei seiner Ankunft einen überaus ernsten Eindruck gemacht.

»Unser Freund Contarini hat mir mitgeteilt, dass Ihr alte Freunde treffen werdet«, sprach Peller schließlich, ohne sich umzudrehen.

»Das stimmt.«

»Freunde …«, meinte Peller nachdenklich. »Etwas vom Wertvollsten auf der Welt. Teilen vieles, und sind doch in manchen Dingen so unterschiedlich.« Er machte eine Pause. »In Dingen, die ein Reich in einen Krieg gestürzt haben.«

Jetzt wusste Johannes, worauf der andere hinauswollte. »Ihr sprecht davon, dass die Ackermanns Lutheraner sind. Lasst mich Euch sagen, dass dies unsere Freundschaft durchaus auf die Probe gestellt hat, vor allem im alten Schwäbischwerd.«

Vor allem mit Annas Tod.

»Aber wir sind noch aus jeder Herausforderung gestärkt als Freunde hervorgegangen«, schloss Johannes entschieden.

Peller drehte sich um. »Davon gehe ich aus. Was ich sagen wollte – nicht jede Freundschaft oder Beziehung zwischen den Konfessionen ist verheerend.« Er musterte

Johannes durchdringend. »Aber manche schon. So wie unsere Verbindung zu den Lutheranern und unsere Waffenlieferungen an sie.«

»Da sprecht Ihr mir aus der Seele, Herr Peller.«

»Deshalb werden wir diese Geschäftsbeziehung beenden. Ich werde es Sailer selbst mitteilen.«

Johannes starrte ihn an. »Seid Ihr Euch sicher? Er ist ein gefährlicher Mann.«

Peller machte eine abfällige Handbewegung. »Das bin ich auch, wenn es nötig ist.« Er fuhr sich über den grauen Bart. »Sailer wird andere finden, die ihn beliefern, in der kurzen Zeit, die dieser Krieg noch andauert.« Er fixierte Johannes. »Er wird es nicht wagen, etwas gegen mich zu unternehmen. Aber bei Euch bin ich mir nicht so sicher. Vielleicht ist es ganz gut, wenn ihr eine Weile nicht in Nürnberg weilt, bis sein Zorn verraucht ist.«

Johannes wusste nicht, wie er das alles einschätzen sollte. Einerseits war er erleichtert, andererseits war er beunruhigt, weil er die Tragweite von Pellers Vorhaben noch nicht genau übersehen konnte. Weil er schlicht nicht wusste, wie Sailer reagieren würde.

Doch im Augenblick blieb ihm wohl nichts anderes übrig, als dem anderen zu vertrauen.

»Ihr habt recht, Herr Peller. Ich werde den ganzen nächsten Monat nicht hier sein, und danach wird man sehen, was Sailer unternimmt. Wenn er denn etwas unternimmt.«

Peller nickte, dann trat er zum Tisch und nahm sein Glas. »Ich trinke auf ein gutes Geschäft, das nun seinen Abschluss gefunden hat. Und auf das Fest von Euch und Euren Freunden.«

Sie stießen an.

Piero Contarini stand mit Johannes in den Laubengängen der Börse, etwas abseits der anderen Kaufleute. Dennoch flüsterte der Venezianer. »Das hat er gesagt?«

»Ja, Piero.«

Der Venezianer strich sich über das glatt rasierte, faltige Kinn. »Nun, man mag über Martin Peller sagen, was man will, aber wenn er sich zu einem Vorhaben entschlossen hat, führt er dieses auch durch.«

»Kannst du dir vorstellen, warum er auf einmal umgeschwenkt ist?«

Contarini überlegte. »Ich kann mir nur vorstellen, dass es jemanden gibt, der davon weiß. Jemand an höchster Stelle, der unserem Freund zu verstehen gegeben hat, dass es besser ist aufzuhören.« Wieder strich er sich übers Kinn. »Und es *muss* jemand ganz weit oben sein, ansonsten würde ein Martin Peller nicht damit aufhören, weiterhin gute Gulden zu verdienen.«

»Da könntest du richtigliegen, Piero. Aber wer es war, ist letztlich ohne Bedeutung. Von Bedeutung ist nur, dass er Peller überzeugt hat.«

Der Venezianer blickte ihn aufmerksam an. »Ich kann keine Freude in Eurem Gesicht erkennen, Signore Heidfeldt. Dabei müsste die Aufgabe dieser besonderen Geschäftsbeziehung doch ganz in Eurem Sinne sein.«

Der Kaufmann wusste, dass Contarini recht hatte. Und doch hatte er ein klammes Gefühl im Magen, eine Vorahnung, dass die Sache nicht so einfach ausgestanden war, wie Peller sich das vorstellte.

Nicht weit von ihnen sah Johannes die Kaufleute, die verhandelten. Ihre Stimmen klangen zu ihm und dem Venezianer herüber, manchmal laut, dann wieder leiser.

Auf einmal war ihm, als ob die Stimmen ineinander verschwammen und zu einer einzigen wurden.

Wenn Ihr Euch aus unserer Vereinbarung zurückzieht, töte ich jeden, den Ihr liebt.

Und wenn Ihr schließlich ganz allein auf dieser Welt seid, wird die Kunde über Eure Geschäfte mit den Ketzern durch das Reich erklingen.

Und dann wird Euer jämmerliches Leben unter dem Schwert enden …

In der Nähe von Waidhaus, November A.D. 1622

Die Kutsche mit der Familie Heidfeldt hatte Vohenstrauß hinter sich gelassen und fuhr über die Goldene Straße in Richtung Waidhaus.

»Es wird nicht mehr lange dauern«, sagte Johannes und lächelte Agnes zu, die wie Magdalena und Sieglinde einen erschöpften Eindruck machte. Sieben Tage waren sie unterwegs, unter zunehmend schlechteren Bedingungen. Aus Regen war Schneeregen geworden, die Kälte kroch den Reisenden in die Glieder, gleichgültig, wie dick die Decken waren, unter die sie sich kauerten. Die Gasthäuser am Weg entsprachen nicht immer dem, was Familie Heidfeldt – zumindest Mutter und Töchter – gewohnt waren. Aber die Vorfreude auf das Treffen überwog jede Pein.

»Das letzte Stück halten wir auch noch aus, Vater«, meinte Magdalena. Obwohl sie müde war, schien sie zu strahlen. Hätte Johannes ihr mehr Beachtung geschenkt, hätte er längst merken müssen, dass seine Tochter seit dem Besuch der Ackermanns, der nun schon einige Wochen zurücklag, einen sehr glücklichen Eindruck machte. Aber er merkte es nicht.

»Und du, Sieglinde?«, wandte sich Johannes an seine jüngste Tochter.

»Ich bin froh, wenn diese Reise zu Ende ist«, erwiderte diese.

»Ich auch, das kannst du mir glauben«, sagte Johannes. »Aber wenn wir erst in Waidhaus sind –«

»Ich spreche nicht von Waidhaus.« Sieglinde betrachtete wieder einmal betont gelangweilt ihre gepflegten Fingernägel – eine Geste, die den Vater mittlerweile jedes Mal mehr reizte, wie die Tochter genau wusste. »Ich spreche von Nürnberg. Ich bin froh, wenn unser Aufenthalt dort endet und wir endlich wieder nach Donauwörth zurückkehren.«

»Was findest du denn überhaupt an diesem Werlein?«, ließ Balthasar sich vernehmen. »Er war ein Dummkopf, als wir noch Kinder waren, und daran hat sich bis heute nichts geändert.«

»Halt deinen Mund!«, zischte Sieglinde. »Zacharias ist ein guter Mann.«

»Der dir einen güldenen Stuhl unter dein Popöchen schiebt«, grinste Balthasar. »Um mehr geht es dir ja nicht, ich kenne dich doch, Schwester.«

»Balthasar, lass gut sein«, sagte Johannes jetzt, auch wenn er seinem Sohn innerlich zustimmte.

»Aber er spricht die Wahrheit«, mischte sich Magdalena ein. »Ich und alle in dieser Kutsche verstehen nicht, warum du dich so verhältst, Sieglinde. Gut, die Vermählung hat nicht stattgefunden. Aber das wird sie noch. Und wenn nicht – es gibt so viele junge Männer aus bestem Hause in Nürnberg, die sich darum reißen würden, mit dir ins Tanzhaus zu gehen. Ich merke doch, wie sie dir nachblicken, wenn wir mit Mutter über den Markt schlendern.«

Sieglinde blickte ihre Schwester zornig an. »Da glaubt

wohl jemand, mich in Herzensdingen beraten zu müssen? Hat das mit einem gewissen Besuch zu tun, der letztens in unserem Haus stattgefunden hat?«

Magdalena wurde rot. Aber bevor sie etwas sagen konnte, fiel Balthasar ihr ins Wort. »Ich sage dir eins: Du bist ein stures Biest, warst du schon immer. Der einzige Grund, warum du Vater nachträgst, dass er uns nach Nürnberg gebracht hat, ist nicht Werlein. Sondern dass du das erste Mal in deinem Leben nicht bekommen hast, was du wolltest. Ich kann dir nur sagen – es wird nicht das letzte Mal sein. Man erträumt sich etwas, dann platzt der Traum. Gewöhn dich daran.«

Sieglinde sagte nichts, faltete die Hände im Schoß und blickte trotzig zu Boden.

Schweigen herrschte in der Kutsche.

Der Kaufmann wandte sich an seine Gemahlin. »Es scheint, dass unsere Kinder in schönster Vorfreude auf das Fest schwelgen.«

Agnes rollte mit den Augen.

Kurze Zeit später steckte Johannes den Kopf aus dem Kutschenfenster. Wind und Schneeflocken wehten ihm ins Gesicht, und fast sofort begannen ihm die Augen zu tränen.

Trotzdem sah er nicht weit vor sich einen Weg, der links von der Straße abzweigte und offenbar zu einem mächtigen Hügel führte.

»Wie weit ist es noch bis Waidhaus, Conrad?«, rief er dem Kutscher zu.

»Nicht mehr weit, Herr«, antwortete dieser, dick eingemummt in Mantel und Decke. Neben ihm saß Burkhard

Feyl, ein großer, kräftiger Mann, der ansonsten in Contarinis Diensten stand, den ihnen der Venezianer aber als Schutz mitgegeben hatte. Feyl, der mit einer Arkebuse[25] bewaffnet war, schien die Kälte nichts auszumachen.

»Dann sind wir am Ziel. Kurz vor Waidhaus, links von der Straße weg, am Fuße eines großen Hügels. So hat Contarini es beschrieben.«

Der Kutscher nickte. »Ich werde dort vorne abbiegen, Herr.«

»Gut.« Johannes zog den Kopf zurück, das Gesicht von der Kälte gerötet.

Er sah die anderen an. »Gleich ist es so weit.«

Agnes lächelte. »Wir haben dich gehört.«

Sie spürten, wie die Kutsche eine Kurve beschrieb, dann das Holpern, als das Gefährt den von tiefen Spurrinnen zerfurchten Weg nahm.

Schließlich hielt das Gefährt.

»Wartet kurz, ich sehe nach, ob alles in Ordnung ist.« Johannes öffnete die Tür und stieg aus.

Er stand vor mehreren Gebäuden. Das zweigeschossige Wohnhaus war aus Stein gebaut, um es herum lagen die Wirtschaftsgebäude verteilt. Aus einigen Stallungen hörte Johannes das Wiehern von Pferden, das Muhen von Kühen und das Schnattern von Gänsen.

Nun trat ein Mann aus dem Wohngebäude. Er war kahlköpfig und mochte etwas über fünfzig Lenze zählen, war jedoch sichtlich bemüht, sich sein Alter nicht ansehen zu

25 Leichtere und kürzere Form der Muskete, für die keine Stützgabel erforderlich war und die damit auch für Reiter gut verwendbar war.

lassen. Seine Kleidung war einfach, aber in Ordnung gehalten.

»Ihr müsst Herr Johannes Heidfeldt sein. Herr Contarini hat Euch angekündigt.« Der Mann verbeugte sich. »Mein Name ist Ludovicus Kolberger, ich bin der Vorsteher.«

Johannes nickte ihm zu. »Sind unsere Freunde schon angekommen?«

Ludovicus schüttelte den Kopf. »Noch nicht. Es handelt sich hierbei ohne Zweifel um die Familie Ackermann?«

»Ohne Zweifel, ja.« Johannes lächelte. Der Mann gefiel ihm.

Er wandte sich wieder der Kutsche zu und hielt Agnes die Hand hin. »Darf ich der hochwohlgeborenen Dame heraushelfen?«

»Ihr dürft«, ging Agnes auf den Scherz ein. Es war offensichtlich, wie froh sie war, dass die anstrengende Reise zu Ende war.

Ludovicus rief zwei Knechte, die das Gepäck der Familie ins Haus schafften. Johannes gewann schnell einen Eindruck von dem Gebäude: Ebenerdig lagen die große Küche und die noch größere Stube, reich getäfelt und mit einem prachtvollen Kachelofen. Im oberen Stockwerk befanden sich die Schlafkammern, und im Dachgeschoss schliefen Ludovicus, seine Gemahlin Ursula und seine Tochter Adelheit. Mutter und Tochter arbeiteten beide im Haus, Ursula in der Küche und Adelheit als Magd. Eine zweite Magd namens Johanna war ebenfalls im Dachgeschoss untergebracht. Das restliche Gesinde, das aus drei Knechten bestand, wohnte in einem kleinen Häuschen bei den anderen Wirtschaftsgebäuden. In diesem Gesindehaus würden auch Conrad und Burkhard für die Dauer ihres Aufenthaltes unterkommen.

Nachdem sich die Familie eingerichtet hatte, versammelte sie sich in der Stube, die gut eingeheizt und wohlig warm war.

Adelheit brachte eine Platte mit Braten und Klößen und stellte sie auf den wuchtigen, mit kunstvollen Verschnörkelungen versehenen Tisch, Johanna kam mit einem Krug heißem gewürztem Wein. Die Familie griff hungrig zu, sogar Sieglinde sah das erste Mal etwas freundlicher aus.

»Hier lasse ich es mir gefallen«, sagte Johannes und blickte sich wohlgefällig um.

Im gleichen Augenblick hörte er etwas von draußen. Es war das Wiehern von Pferden, dazu die Rufe eines Kutschers, der seine Tiere zügelte.

Auch die zweite Familie hatte ihr Ziel erreicht.

Ungeachtet des stärker werdenden Schneefalls, lief Agnes mit den anderen hinaus, um die Freunde zu begrüßen. Diese waren in einer großen, vornehm aussehenden Kutsche angereist und hatten zwei Reiter als Schutz dabei.

Gleich darauf lagen sich Helene und Agnes in den Armen, Johannes und Christoph schlugen sich auf die Schultern, und auch die Kinder begrüßten sich herzlich. Nur Philipp hielt es kurz und ging fast sofort ins Haus.

Christoph schaute seinem Sohn nach. »Lasst uns auch nach drinnen gehen. Es gibt keinen Grund, gleich am ersten Tag zu erfrieren. Wir bleiben ja noch eine Weile.«

Vereint betraten die beiden Familien das Gut, das in den nächsten Tagen ihr Zuhause sein würde …

Das Essen war herrlich gewesen, denn Adelheit und Ursula hatten einen ganzen Kessel mit Fleisch und Gemüse aufgesetzt, um die Kälte aus den Knochen der Gäste zu vertreiben. Der dampfende Eintopf tat sein Werk, auch wenn mehr gesprochen und gelacht als gegessen wurde.

Helene genoss es, sich mit ihrer alten Freundin auszutauschen und dass sie wieder zusammen waren. Die Freundin brachte ein wenig von der Vergangenheit, von einem anderen Leben zurück.

Munter blickte sie sich um. Johannes und Christoph saßen sich gegenüber und waren im Gespräch, Lucas, Magdalena und Balthasar schwatzten ebenfalls vergnügt miteinander, nur Philipp und Sieglinde hielten sich etwas abseits.

Sie deutete mit dem Kopf auf Sieglinde. »Was hat sie denn?«

Agnes verdrehte nur die Augen.

Geistesabwesend spielte Philipp mit dem Messer, mit dem er zuvor lustlos ein Stück Fleisch zersäbelt hatte. Er fühlte sich nicht wohl hier, aber immerhin etwas besser als in Prag, wo ihn andauernd alles an sein Scheitern erinnerte: als Maler, der nur noch Abbilder des Schreckens schuf, die den Rest der Welt vergraulten; als Mann, der Agathe verloren hatte; und als Sohn – denn er hinterging seinen Vater.

Aber was sollte er tun?

Das Licht der Kerzen spiegelte sich in der Messerklinge.

Die Hure. Karel und seine Männer. Gelächter. Blut. Gesichter im Nebel.

Agathe.

»Philipp?«

Er hörte die Stimme erst nicht.

»Philipp?«

Gesichter im Nebel, eine Hand, auf seiner Schulter –

»Hört auf!« Philipp fuhr herum und schlug die Hand weg.

»He, was ist mit dir?«

Jetzt sah Philipp wieder klar. Balthasar stand vor ihm.

»Verzeih mir – ich, ich war etwas abwesend.«

»Das glaube ich dir. Ich wollte nur fragen, ob du dich an unserem Gespräch beteiligen willst.« Balthasar rieb sich die Hand, die Philipp getroffen hatte.

»Ich – ich werde mich zurückziehen. Ich bin müde.« Er stand auf und verließ die Stube.

Mit verwunderter Miene setzte sich Balthasar wieder zu Magdalena und Lucas.

Der schüttelte den Kopf. »Philipp ist nicht mehr derselbe. Du solltest einmal seine Bilder sehen. Früher hatte er hochherrschaftliche Auftraggeber und schuf beeindruckende Werke für klingende Münze. Aber jetzt – jetzt schafft er nur noch Darstellungen des Grauens. Furchtbar.«

Balthasar nahm ein Stück süßes Gebäck und stopfte es sich in den Mund. »Wir haben alle Furchtbares gesehen.«

»Ach ja?« Lucas betrachtete ihn interessiert. »Was hast du denn schon gesehen?«

Balthasar lag es auf der Zunge, von dem Leichenbaum nahe Mingolsheim zu erzählen, aber er verbiss es sich im letzten Moment. Er war mit seinem Vater übereingekommen, nicht darüber zu sprechen, auch nicht mit engen Freunden. Nicht über den Baum und nicht über die Geschäfte, die damit im Zusammenhang standen.

»Was man eben so erlebt, wenn man unterwegs ist«, sagte Balthasar fast trotzig.

»Ich werde dir sagen, was schrecklich ist. Wenn du Menschen, die dir am Herzen liegen, darben und sterben siehst. Und wenn der eigene Vater dafür verantwortlich ist.« Lucas blickte zu Christoph, der gerade laut über einen Scherz von Johannes lachte. Eine Mischung aus Wut und Schmerz war auf Lucas' Gesicht zu sehen.

»Wofür ist dein Vater denn verantwortlich?«, fragte Magdalena und legte ihm fast beiläufig die Hand auf den Arm.

Lucas schwieg kurz. »Wie du gemerkt hast, ist Vater sehr erfolgreich in seinem Unternehmen. Der Handel, den er bei euch in Nürnberg getätigt hat, hat sein Ansehen bei den Herren, in deren Diensten er steht, sogar noch steigen lassen.« Er holte tief Luft. »Aber Nürnberg war nur ein Teil seines Geschäftes. Die Dienste, die er ansonsten für seine Herren ausführt, hat die Familie meiner Jana zerstört.«

Er spürte, wie Magdalena ihre Hand von seinem Arm zurückzog und ein Keuchen ausstieß.

»Jana?«, fragte sie fast unhörbar.

»Das Mädchen, das ich liebe.«

Abrupt stand Magdalena auf und verließ die Stube.

Sieglinde lachte. »Das hast du großartig gemacht, lieber Lucas!«

»Sei doch ruhig!«, fuhr Balthasar sie an. »Mach es nicht noch schlimmer.«

»Was soll ich getan haben?« Lucas wandte sich der jüngsten Heidfeldt-Tochter zu.

»Sie liebt dich, du Tölpel. Hat sie immer schon getan. Und dass du eine Liebste in Prag hast, hat ihr ihr dummes kleines Herz wahrscheinlich gerade zerspringen lassen.« Ungerührt schenkte sie sich einen frischen Becher süßen Wein ein und nippte genüsslich daran.

Lucas sah sie ernst an. Dann stand er auf und ging eilig aus der Stube.

Er suchte sie überall im Haus, fand sie aber nicht. Schließlich zog er sich einen Mantel über und ging hinaus.

Und wirklich – da stand Magdalena, nur im Kleid, Wind und Schnee schutzlos ausgesetzt.

»Bist du verrückt? Du wirst dir den Tod holen.« Lucas eilte zu ihr und legte ihr seinen Mantel um die Schultern. »Lass uns hineingehen.«

Sie schüttelte stumm den Kopf.

So standen die beiden nebeneinander. Der Wind heulte über den Hof und wirbelte die Schneeflocken durcheinander.

Geräusche drangen aus dem Inneren des Hauses, Lachen, das Zusammenstoßen von Weinbechern.

Schließlich räusperte sich Lucas. »Magdalena –«

»Lass mich einfach nur allein«, stieß sie hervor.

»Aber –«

Jetzt schlug sie die Hände vors Gesicht. »Geh!« Die Stimme wurde zu einem Schluchzen.

Er stand noch einen Augenblick lang linkisch da, dann tat er, was sie verlangte, und verschwand wieder im Haus.

Magdalena spürte den kalten Wind nicht, sie spürte und fühlte nichts. Nur das Loch, das an der Stelle ihres Herzens klaffte, groß und schmerzhaft.

Dann vernahm sie ein Geräusch, das von der Tür kam. Sie sah hin. Balthasar trat heraus.

»Hast du etwa alles gehört?«

»Das musste ich gar nicht.« Er zögerte kurz. »Ich weiß nur zu gut, wie es ist, enttäuscht zu werden.«

Er nahm sie in die Arme. Dann erst begann sie, aus tiefster Seele zu weinen, so heftig, dass es ihren ganzen Körper schüttelte.

Balthasar hielt sie an sich gedrückt, bis ihr Weinen verstummt war. Dann führte er sie ins Haus zurück.

Am nächsten Tag hatte das Schneetreiben aufgehört. Die Sonne stand am blauen Himmel, wenn ihre Strahlen auch nicht zu wärmen vermochten.

Nachdem sie sich mit einem kräftigen Frühmahl gegen die Unbilden des vielen Weins vom Vorabend gestärkt hatten, suchten Christoph und Johannes nach Ludovicus. Einer der Knechte teilte ihnen mit, der Hofvorsteher sei im Pferdestall, wo auch die Kutschen untergebracht waren.

Die beiden Freunde gingen über den Hof und atmeten tief die frische, eiskalte Luft ein.

»Das tut meinem Kopf wohl«, meinte Johannes.

»Verträgst du das bisschen Wein nicht mehr, das wir gestern zu uns genommen haben?«, feixte Christoph.

»Warte nur ab, mein Freund. Wir sind ja noch ein paar Tage hier.«

Sie betraten die Stallungen durch das breite, zweiflügelige Tor. Im Inneren schlug ihnen der durchdringende Geruch nach Pferdemist entgegen. Rechts konnten sie die Zugtiere sehen, links waren die Kutschen untergebracht.

Ludovicus war gerade dabei, mit Conrad das rechte Hinterrad der Heidfeldt-Kutsche zu untersuchen.

»Ist etwas mit der Kutsche«, fragte Johannes.

»Einige Speichen sind angeknackst, Herr«, antwortete Conrad. »Bei beiden Hinterrädern. Wir müssen sie ausbessern.«

Christoph besah sich die Hinterräder, ließ seine Finger über die beschädigten Speichen gleiten. Dann zwinkerte er Johannes zu. »Was sagt Er – ist Er gewillt, sich mit mir die Finger schmutzig zu machen?«

»Aber natürlich«, lachte der Kaufmann. »Ein wenig anstrengende, ehrliche Arbeit wird uns beiden guttun. Und unseren Söhnen auch.« Er wandte sich an Conrad. »Hol die beiden. Sie sollen uns helfen.«

»Meine Herren, Ihr müsst das nicht tun«, sagte Ludovicus nun. »Die Knechte können das in den kommenden Tagen erledigen, sie haben diese Arbeit schon oft verrichtet.«

»Du brauchst dich nicht zu sorgen, ich kenne mich mit Fuhrwerken aller Art gut aus«, meinte Christoph beschwingt. »Lass dir sagen, dass ich Transporteur bin und mich wie mein werter Freund hier von unten nach oben gearbeitet habe. Und wie er richtig bemerkte – ein wenig Anstrengung wird uns guttun. Damit wir nicht vergessen, woher wir kommen.«

Johannes gab Conrad ein Zeichen, der daraufhin den Stall verließ. Dann wandte sich der Kaufmann an Ludovicus. »Bevor wir mit der Arbeit beginnen, wollten wir noch etwas mit dir besprechen«, sagte er.

Der andere sah ihn abwartend an.

»Wir würden sehr gerne ein Fest feiern, an dem alle teilnehmen«, meinte Johannes, »auch du und die Bediensteten dieses Hofes.«

»Das ist sehr großzügig von Euch.« Ludovicus überlegte. »Wenn Ihr mir einen Tag Zeit gebt, lasse ich alles vorbereiten. Morgen könnten Spielleute kommen, wir werden eine Sau schlachten und sie am Spieß braten.«

»Genau so haben wir uns das vorgestellt.« Christoph klopfte dem Hofvorsteher auf die Schulter. »Und nun werden wir uns den Rädern widmen.«

Conrad gab Balthasar und Lucas Bescheid, die noch in der Stube saßen. Agnes und Helene waren bei ihnen, ebenfalls Sieglinde. Nur Magdalena und Philipp fehlten.

»Kutschenräder in Ordnung bringen?« Helene runzelte amüsiert die Stirn. »Meinem werten Gemahl scheint schon jetzt die Zeit ein wenig lang zu werden. Aber wenn er meint …«

»… dann werden wir ihm wohl gehorchen«, sagte Lucas trocken. Er nahm sich noch einen Apfel vom Tisch, stand auf und verließ die Stube. Balthasar folgte ihm.

Jetzt erhob sich auch Sieglinde und ging ohne ein weiteres Wort.

Agnes sah ihrer Tochter nach.

Helene nahm die Hand der Freundin. »Es wird sich bessern. Irgendwann wird sie einsehen, wie kindisch sie handelt.«

»Ich hoffe es sehr«, seufzte Agnes.

Draußen im Hausgang bog Lucas zur Stiege ab, die zu den oberen Geschossen führte. »Geh schon voraus, ich hole Philipp«, sagte er zu Balthasar. Dann stieg er die Treppen hinauf.

Philipp saß in seiner Kammer auf dem Bett, auf den Knien ein Blatt Papier und in der Hand einen Silberstift.

Der Stift huschte über das Papier, skizzierte verzerrte Münder, aufgerissene Augen, Hände, die sich flehend in die Höhe streckten.

Klingen, die herabstießen.

Es war ungeordnet, chaotisch, was da entstand, und doch floss es zusammen, zu einem einzigen Bild des Schreckens.

Philipp war eins mit diesem Bild, er war *in ihm*. So vertieft war er, dass er nicht bemerkte, dass die Tür sich öffnete und sich nach wenigen Augenblicken wieder schloss.

Lucas blieb vor der Kammer stehen, in der Philipp wie im Wahn zeichnete. Am besten ließ er dem Bruder seine Ruhe, er würde ihnen bei der handwerklichen Arbeit ohnehin nichts nützen.

Er wollte gerade gehen, als am Ende des Ganges eine Tür aufging und Magdalena heraustrat.

Sie sah Lucas. Zögerte, blieb stehen.

»Magdalena, lass uns doch über alles sprechen«, meinte er ruhig.

»Es gibt nichts zu besprechen. Alles ist, wie es ist.« Ihre Stimme war bar jeden Gefühls.

Lucas wollte etwas erwidern, doch als er die Traurigkeit in ihren Augen sah, blieb ihm jedes weitere Wort im Halse stecken.

Wortlos ging sie an ihm vorbei, die Stiege hinab. Als

ihre Schritte verklungen waren, machte sich auch der Sohn des Transporteurs auf den Weg.

In der Stube trugen die beiden Mägde Adelheit und Johanna die Reste des Frühstücks ab.

Durch eines der Fenster sah Agnes, wie Magdalena über den Hof ging, mit langsamen Schritten, als würde sie etwas schier zu Boden ziehen.

»Es hat sie schwer getroffen, dass Lucas sich einer anderen verpflichtet fühlt«, sagte sie leise.

»Das arme Kind«, meinte Helene mitfühlend.

Die beiden Frauen blickten Magdalena nach, bis diese verschwunden war.

»Es scheint, dass die älteren Familienmitglieder mehr Gefallen an diesem Fest finden als die jüngeren.«

»Vielleicht entdecken sie wieder, was sie einst verband«, sprach Helene, allerdings mehr zu sich selbst.

Über Agnes' Gesicht huschte ein Lächeln. »Und ich weiß vielleicht etwas, das ihnen dabei helfen könnte.«

Der Abend war angebrochen. Während es draußen wieder zu schneien begann, war es in der Stube des Gutshauses wohlig warm, der Kachelofen glühte förmlich. Adelheit hatte Tannenzweige auf dem Tisch drapiert, aber Zweige waren nicht das Einzige, was den Tisch zierte: Ursula hatte sich für diesen besonderen Abend selbst übertroffen und süße Spezereien gekocht, neben Gebäck waren auf Platten kunstvoll Feigenküchlein, Äpfel in Wein und mit Mandeln sowie Birnenquitten mit Nelken und Honig angerichtet.

Die Familien hatten sich in der Stube versammelt. Die Männer, die den ganzen Tag mit der Kutsche beschäftigt gewesen waren, bedienten sich hungrig an den süßen Köstlichkeiten.

Dann stand Helene auf und ergriff das Wort.

»Meine Lieben – so lange ist es her, dass wir alle vereint waren.« Ihr Blick schweifte über die Runde: Christoph neben ihr, Johannes und Agnes gegenüber, dann Lucas und Balthasar, und schließlich Magdalena, Sieglinde und Philipp, die sich von den anderen etwas abzugrenzen schienen.

»Nun hat sich unser aller Leben natürlich verändert. Auf jeden von uns kommen neue Herausforderungen zu, die uns manchmal vergessen lassen, worin unser Glück besteht. Ich glaube aber, dass unser Glück, das Glück der Familien Ackermann und Heidfeldt, in unserer tiefen Freundschaft bestand und besteht. Wir gehören verschiedenen Konfessionen an, und das ist in dieser Zeit keine Kleinigkeit. Ein Krieg wird deshalb geführt. Aber gerade deshalb«, Helenes Stimme wurde eindringlich, »ist unsere Freundschaft wichtiger denn je. Deshalb hatten unsere werten Familienoberhäupter die Idee, dieses Fest in die Wege zu leiten.« Sie lächelte kurz. »Und sie haben dafür ordentlich Federn lassen müssen, wie mir mein Gemahl und Agnes mitgeteilt haben. Der starke Johannes Heidfeldt war nach diesem denkwürdigen Abend gar blässlich um die Nase, wie ich hörte.«

»Alles für die Freundschaft«, grinste Johannes und stieß mit Christoph an.

»Wie ich anfangs schon gesagt habe«, und jetzt wandte sich Helene vor allem an die Kinder der Familien, »ändert sich alles. Was wir erstreben, bekommen wir oft nicht, was wir erleben, verändert uns.«

Die Gesichter der fünf zeigten, dass Helenes Worte sie berührten, auch wenn sie es zu verbergen trachteten.

»Aber manches ändert sich nicht. Und wenn ich zurückdenke, was wir alles zusammen erlebt haben, dann denke ich, dass wir am glücklichsten, am vereintesten waren, wenn sich beide Familien in der Stube des Hauses Heidfeldt versammelt und meiner lieben Freundin gelauscht haben, wenn sie Geschichten aus vergangener Zeit erzählt hat.«

Ihre Stimme wurde brüchig, für einen Augenblick schwieg sie. Von draußen war der Wind zu hören, der den Schnee gegen die Scheiben der kleinen Fenster drückte.

»Es war eine andere Zeit, ein anderes Haus. Aber das ist nicht von Bedeutung – wir waren damals vereint, wir sind heute wieder vereint. Lasst uns, gerade in diesen schweren Zeiten, wieder zusammenrücken und unsere Freundschaft feiern.«

Mit diesen Worten setzte sie sich.

Stille herrschte in der Stube.

Dann hoben Christoph und Johannes ihre Weinbecher. »Wohlgesprochen, wie es auch kein hoher Herr am Hradschin besser könnte,« sprach der Transporteur. »Auf uns. Auf Ackermanns und Heidfeldts.«

Alle hoben ihre Becher, auch Sieglinde und Philipp.

»Nun denn, werte Gemahlin. Was hast du denn heute für uns?«, fragte Johannes.

Agnes verharrte kurz, dann begann sie zu erzählen.

»So berichtet man, dass es sich zugetragen hat, in der ehrwürdigen Stadt Nürnberg. Die Burg, die die Stadt beherrscht, verfügt über einen Brunnen. Dessen Bau hatte Jahrzehnte gedauert und war von Gefangenen verrichtet worden. Wenn man von oben hineinblickt, sieht man das frische Wasser und rechts und links zwei dunkle Höhlenöffnungen im Felsen. Diese führen zu unterirdischen Tunneln, die sich recht bald zu einem einzigen vereinen und sich unter der Stadt hindurch hinaus in den Wald ziehen. Das ist nun noch nichts Ungewöhnliches, denn sogar ich, die ich noch nicht lange in Nürnberg weile«, Agnes lächelte, »habe die Kunde vernommen, dass die ganze Stadt und der Berg, auf dem die Burg thront, gleich einem Ameisenbau von unterirdischen Tunneln durchzogen ist.«

Sie nahm einen kleinen Schluck Wein, dann fuhr sie fort. »Es begab sich also, dass ein Mann in Nürnberg wegen verschiedener Verbrechen zum Tode verurteilt wurde. Der Verurteilte bat daraufhin so flammend um sein Leben, dass sich die strengen Ratsherren seiner erbarmten und beschlossen, ihm einen Ausweg anzubieten.

Schon viele, so sprachen die Herren, hätten versucht, den Tunnel, der vom Brunnen der Burg wegführt, bis ans Ende zu durchqueren, aber niemand sei je zurückgekommen. Einer Legende nach soll der Tunnel bis unter den Karlsberg bei Poppenreuth führen, wo der sagenumwobene Kaiser Karl der Große in ewiger Ruhe schlafen soll. Wenn nun der Verurteilte den Mut habe, den Tunnel bis ans Ende zu gehen, und den Ratsherren einen Beweis für die Wahrheit der Legende bringe, dann werde sein Leben verschont.

Freude erfüllte den Verurteilten, und noch in der gleichen Nacht wurde er in der Burg in den Brunnen hinabgelassen. Er betrat einen der Tunnel und machte sich mit einer Fackel in der Hand auf den Weg. Eine schiere Ewigkeit lang wanderte und wanderte er. Dann erreichte er ein großes, eisernes Tor. Es stand offen, und so lugte er vorsichtig hinein. Drinnen, in einem Saal ähnlich einer Kathedrale, saß wahrhaftig der alte Kaiser Karl reglos auf einem steinernen Stuhl an einem steinernen Tisch, um den sich Herren in prächtigen Gewändern scharten. Der Verurteilte blickte zum Kaiser und konnte nicht glauben, was er sah: Dessen mächtiger weißer Bart war mitten durch den Tisch gewachsen. Auf einmal schienen alle im Raum die Anwesenheit des Ankömmlings wahrzunehmen! Schwerfällig rührten sie sich, wandten sich ihm zu und starrten ihn aus ihren dunklen Augen an!« Agnes machte eine dramatische Pause.

Für Helene war es, als wäre sie wieder in Donauwörth, damals, vor Annas Tod, vor der Acht, vor allem Unglück. Ein lange nicht mehr gekanntes Gefühl heimeligen Glücks überkam sie. Sogar Philipp und Sieglinde waren unwillkürlich näher zusammengerückt und lauschten gespannt der Geschichte.

»Der Verurteilte erschrak nun über die Maßen und wollte schon Fersengeld geben, als er sich daran erinnerte, dass er ja einen Beweis für das Gesehene brauchte, um sein Leben zu retten. Da erblickte er einen Schild, mit dem Wappen des Kaisers. Er packte ihn und rannte, so schnell er konnte, in den Tunnel und zum Brunnen zurück. Er ließ sich hinaufziehen und erzählte dann den Ratsherren, was geschehen war. Sie wollten ihm keinen Glauben schenken und verspotteten ihn, da präsentierte er ihnen stolz den Schild. Nun glaubten sie ihm und schenkten ihm das Leben.

Der Schild verblieb auf der Burg, bis er von Landsknechten geraubt wurde und spurlos verschwand. Die Geschichte um ihn aber besteht fort, und mit ihr die Legende vom Kaiser, der noch immer im Berg tafelt.«

Agnes hatte geendet. Alle schwiegen, berührt von der Erzählung und von den Erinnerungen an eine längst vergangene Zeit.

Es war eine friedvolle Stimmung, die sich in der Stube ausgebreitet hatte, und Lucas gedachte, sie zu nutzen. Er beugte sich zu Magdalena und sagte mit leiser, aber fester Stimme: »Ich möchte mit dir sprechen. Bitte, weise mich nicht wieder ab.«

Sie sah ihm in die Augen und schien zu überlegen.

Dann nickte sie.

Die beiden standen auf.

»Au revoir, ihr beiden Turteltäubchen.« Sieglindes Stimme war gehässig.

Zorn blitzte in Magdalenas Augen auf, aber sie beherrschte sich und ging wortlos hinaus. Lucas folgte ihr.

Im Hausgang kam ihnen Johanna entgegen. Hinter ihr war Ursula zu sehen, die einen Korb in die Küche trug.

»Gehen wir hinaus«, meinte Lucas. »Hier gibt es mir zu viele Ohren.«

Er überließ Magdalena wieder seinen Mantel, wie am Abend zuvor.

»Du wirst erfrieren«, sagte sie zu ihm.

»Du hast noch nie einen Winter in Prag erlebt«, grinste Lucas. »Ein Tag an der Moldau, wenn die Eisschollen darauf ächzen und stöhnen, und das hier kommt dir vor wie ein lauer Frühlingstag.«

Gegen ihren Willen musste sie lächeln. »Ich erinnere dich daran, wenn du wie Espenlaub zitterst.«

Er öffnete die Tür. Schnee stob herein. »Was ich sage: ein Frühlingstag.«

Flocken fielen vom Himmel, alles war still und friedlich.

Magdalena zog den Mantel eng um sich. »Nun sag, was du zu sagen hast.«

Lucas holte tief Luft. »Magdalena – es ist mir nicht entgangen, dass du mehr für mich empfindest als bloße Freundschaft.« Er hielt kurz inne. »Seit wann?«

Erst schwieg sie. Dann atmete sie tief durch. »Immer, schon als Kind. Vielleicht wusste ich es damals noch nicht, aber als ich älter wurde, war ich mir über meine Gefühle im Klaren. Vor allem, als ich dich in Prag traf.«

Lucas sagte nichts.

»Seitdem habe ich gehofft, dich wiederzusehen.« Ihre Stimme zitterte. »Habe gehofft, dass du ebenfalls etwas für mich empfindest. Verzehrte mich nach dir.«

Er nahm ihre Hand. Sie zog sie nicht weg. »Du bist eine wunderschöne Frau, klug und voller Güte. Der Mann, der dein Herz für sich gewinnen kann, wird der glücklichste Mann dieser Welt sein.« Er blickte ihr tief in die Augen. »Und es tut mir unendlich leid, dass ich es nicht bin. Aber mein Herz gehört Jana.«

Sie wollte ihm ihre Hand entziehen, aber er hielt sie fest. Magdalena sah ihn lange an, während sich Schneeflocken in seinem Haar verfingen. Wie oft hatte sie sich vorgestellt, wie sie ihre Finger durch dieses Haar gleiten ließe, über seine Wangen strich, ihn küsste, während er sie in seine Arme nahm und sie nie mehr losließ.

Aber das würde nicht sein. Nicht heute, niemals.

Und hier, in diesem Augenblick, in diesem Hof fern von zu Hause, erkannte sie, dass sie das Unvermeidliche zu akzeptieren hatte, sonst würde sie ihn auch noch als Freund verlieren.

Sie drückte seine Hand. »Ich verstehe.«

Er lächelte sanft.

Im gleichen Augenblick traf der Griff eines Messers mit voller Wucht Lucas' Hinterkopf, stöhnend sackte er in die Knie. Eine Hand umfasste Magdalenas Mund und presste ihn zu, bevor sie schreien konnte.

Die Familien in der Stube waren in Gespräche vertieft, als die Tür aufflog und Lucas und Magdalena hereingestoßen wurden.

Hinter ihnen stand ein Mann im Türrahmen, noch jung und mit schwarzen, schulterlangen Haaren. Ein Mann, hinter dem bewaffnete Söldner wachten.

»Dann wären ja alle versammelt.« Die Stimme des Mannes klang gefährlich ruhig.

»Sailer!«, rief Johannes erschrocken aus.

»Ganz recht«, nickte der Lutheraner und schwenkte bei diesen Worten etwas in seiner rechten Hand, das er jetzt in die Mitte der Stube warf.

Das Ding rollte ein Stück, dann blieb es liegen.

Entsetzt erkannten die Familien, dass es ein Kopf war. Ein Kopf, aus dem die gebrochenen Augen von Piero Contarini sie anstarrten. Alle sprangen auf.

Joachim Sailer trat nun weiter in die Stube, vier Männer folgten ihm, die Hände an den Rapieren. Aus dem übrigen Haus waren Rufe und Poltern zu hören.

»Seid Ihr des Wahnsinns«, rief Johannes, »wie konntet

Ihr das tun?« Wut und Trauer erfüllten ihn, nur mit Mühe konnte er den Blick vom abgeschlagenen Kopf seines Freundes abwenden.

»Setzt euch erst einmal. Wenn Ihr euch benehmt, wird euch nichts geschehen.«

Als niemand reagierte, wiederholte er die Aufforderung, nur etwas schärfer. Die Familien gehorchten.

Nun schenkte sich Sailer einen Becher Wein ein und trank. »Ah, das tut wohl. Es ist eine kalte Nacht, und wir sind scharf geritten.«

»Johannes, wer ist das?« Christoph musterte Sailer mit großer Abscheu.

»Ja, Johannes Heidfeldt, wer bin ich?«, meinte Sailer. »Ich denke, es ist an der Zeit, dass Ihr mich vorstellt.«

Johannes zögerte kurz. »Das ist Joachim Sailer. Er ist –«, der Kaufmann zögerte, »er steht in lutherischen Diensten.«

»Und?« Sailer machte eine auffordernde Handbewegung.

»Und – ich habe Geschäfte mit ihm gemacht.«

»Ihr sagt es.« Sailer nickte. »Wir *haben* Geschäfte gemacht. Aber ich rede nicht etwa von Salz oder Tuch. Wer am Tisch errät, womit mich Herr Heidfeldt belieferte?«

Alle Blicke waren auf Johannes gerichtet, aber keiner sprach ein Wort.

»Habt Ihr Eure Freunde denn nicht über mich aufgeklärt?« Sailers Stimme nahm einen grimmigen Tonfall an. »Und das, wo ich Euren gierigen Kaufmannsschlund mit nicht wenigen Gulden gestopft habe.«

Johannes räusperte sich. »Wir haben neben den Katholiken auch die Lutheraner mit Kriegszeug beliefert.«

»Und wir hatten eine gute, für alle Seiten gewinnbringende Vereinbarung.« Sailer stellte den Weinbecher ab. »Bis mir unser gemeinsamer Freund, Herr Peller, mitgeteilt hat, dass die Vereinbarung gelöst ist.«

»Warum sprecht Ihr dann mit mir? Und warum habt Ihr Piero Contarini getötet?« Verzweiflung klang in Johannes' Stimme.

»Ein Mann wie Martin Peller lässt sich nicht so einfach überzeugen. Ich glaube aber tief und fest, dass Ihr dies an meiner statt tun könnt. Nur hieltet Ihr Euch nicht mehr in Nürnberg auf. Wir suchten also Euren Freund«, Sailer deutete auf den Kopf, der immer noch am Boden lag, »und brachten ihn dazu, uns Euren Aufenthaltsort zu verraten. Natürlich konnten wir nicht das Risiko eingehen, dass er euch warnt. Also haben wir ihn mitgebracht.«

»Ihr seid ein Teufel«, sprach Johannes tonlos.

Sailers Gesicht wurde starr, seine Stimme kalt. »Nein, Ihr seid ein Teufel, Johannes Heidfeldt. Ich habe Euch klar gesagt, dass dieser Krieg ein Krieg des Glaubens ist, ein Krieg, in dem wir Lutherischen uns gegen den Endfeind wehren.« Er wurde lauter. »Ich habe Euch in Heidelberg klargemacht, was geschieht, wenn Ihr Euch nicht an diese Vereinbarung haltet. Ich habe also nur mein Wort gehalten.« Eine kurze Pause. »Und jetzt sind alle, die Ihr liebt, hier. Was glaubt Ihr, werde ich tun?«

Die vier Söldner zogen ihre Rapiere.

Johannes sprang auf und hielt die Arme vor seine Familie. »Verschont sie. Nehmt mich!«

»Ein lobenswerter Vorschlag, der von Eurer Zuneigung für die Menschen hier kündet. Zugleich ein völlig unsinniger, denn ich brauche Euch noch. Habt Ihr mir nicht zugehört?«

Von draußen waren Schreie zu hören. Dann kam ein weiterer Söldner in die Stube, es war Peter Hoeck. »Es ist alles vorbereitet, wie Ihr es gewünscht habt.«

»Gut.« Sailer wandte sich wieder den Familien zu. »Hinaus mit Euch! Und versucht erst gar nicht, Euch zu wehren. Meine Leute haben unter Mansfeld gedient, sie würden Euch auf schnellstem Weg zu Eurem Schöpfer schicken.«

Es hatte aufgehört zu schneien, eine Schneedecke überzog den Boden vor dem Haus. Bittere Kälte herrschte, und die Frauen der Familien zitterten. Eine Handvoll weiterer Söldner erwartete sie, zwei von ihnen trugen Handlaternen, deren Licht den Hof flackernd beleuchtete.

In ihrer Mitte befanden sich Ludovicus, seine Frau Ursula sowie Adelheit und Johanna, alle mit gebundenen Händen. Mit Hoeck zählte Johannes insgesamt zehn Männer, die in Sailers Diensten standen.

Nicht weit vom Eingang lag ein junger Mann bäuchlings am Boden. Neben seinem Kopf hatte sich eine Blutlache im Schnee ausgebreitet. Es war einer von Christophs Leuten, die er zum Schutz mitgebracht hatte.

»Was ist passiert?« Sailer deutete auf den Toten.

»Er dachte, es wäre klug, sich uns in den Weg zu stellen. Wir mussten ihn eines Besseren belehren«, meinte Hoeck.

»Ihr verdammten Schweine!«, rief Christoph.

Sailer blickte ihn ernst an. »Euer Wachhund ist das geringste Eurer Probleme, glaubt mir.«

»Was habt Ihr mit den anderen gemacht?«, wollte der Kaufmann wissen.

»Im Gesindehaus eingesperrt. Wir brauchen sie im Augenblick nicht.«

Johannes atmete innerlich auf. Wenigstens waren Burkhard, Conrad und die Knechte noch am Leben.

Ohne dass Sailer ein Wort verlor, traten zwei Söldner mit Lederriemen in den Händen zu den Familien.

»Ich lasse mich nicht binden«, stieß Christoph grimmig aus.

Bevor jemand etwas sagen konnte, zog Peter Hoeck, der neben Agnes stand, seinen Dolch und hielt ihn ihr an die Kehle.

»Gibt es noch jemanden, der sich nicht binden lassen will?«, fragte Sailer trocken.

Der Transporteur zögerte, dann nahm er die Hände auf den Rücken.

Binnen kurzer Zeit waren alle Familienmitglieder gefesselt und mussten sich hinknien. Auch Ludovicus, seine Frau und Tochter sowie Johanna wurden auf die Knie gezwungen.

Sailer baute sich vor seinen Gefangenen auf. »Nun, Johannes Heidfeldt, ich stehe vor folgendem Dilemma: Ich benötige weiterhin Waffen, aber der Mann, der sie zur Verfügung stellen kann, weigert sich. Ihr werdet diesen Mann überzeugen.«

»Ich werde es versuchen, das könnt Ihr mir glauben.«

»Ihr habt mich schon einmal hintergangen. Deshalb denke ich, dass ich Euch noch ein wenig mehr anspornen muss.« Er nickte Hoeck zu. Der gab seinen Männern ein Zeichen. Zwei Söldner packten die Tochter des Hofvorstehers sowie die Magd Johanna und schleiften sie einige Fuß weit von den anderen Gefangenen weg.

»Vater!«, rief Adelheit panisch.

»Bitte«, keuchte Ludovicus zu Sailer, »bitte tut ihnen nichts.«

Sailer reagierte nicht. Die zwei Söldner hielten die beiden jungen Frauen weiter in ihrem eisernen Griff. Nun trat Hoeck zu ihnen.

»Bitte, Sailer, haltet ein!«, rief Johannes.

Hoeck zückte einen Dolch. Schnell und sicher schnitt er den beiden Frauen nacheinander die Kehlen durch. Sie fielen zu Boden wie Mehlsäcke, wobei sie gurgelnde Todeslaute ausstießen.

Gequält schrien Ludovicus und Ursula auf, als sie das Sterben ihrer Tochter mit ansehen mussten. Die Mutter ließ sich schluchzend in den Schnee fallen. Der Vater blieb wie erstarrt auf den Knien.

Dann lagen Adelheit und Johanna still.

»So«, meinte Sailer. »Ich gehe davon aus, dass jeder hier nun endgültig verstanden hat, wie ernst es um ihn steht.«

»Ihr seid ein Unmensch! Eine Schande für unseren Glauben«, stieß Helene weinend hervor.

»Im Gegenteil, meine Liebe – ich tue alles für unseren Glauben.« Er ließ seinen Blick über die Gefangenen schweifen und verharrte bei Magdalena und Sieglinde. »Über die Mittel, die zu ergreifen ich gezwungen bin, mag der Allmächtige urteilen.«

Er gab seinen Männern einen Wink. Sie packten die beiden Mädchen und trennten sie von den anderen.

»Nein!«, brüllte Johannes, wurde aber festgehalten. »Sailer, ich flehe euch an! Ich tue alles, was Ihr verlangt, aber verschont Magdalena und Sieglinde!«

Die Mädchen knieten weinend im Schnee. Hoeck ging zu ihnen und zückte erneut seinen Dolch.

»Ich bin nicht der Unmensch, der ich vorhin geheißen wurde, Herr Heidfeldt. So werde ich einer Eurer Töchter die Gnade des Lebens erweisen. Die andere allerdings –« Der Lutheraner schüttelte mitleidig den Kopf.

Johannes wand sich in seinen Fesseln, wie Christoph und die anderen. Aber er konnte sich nicht befreien.

Sailer nickte Hoeck zu.

Die Klinge an der Kehle von Magdalena. Dann an der von Sieglinde. Dann wieder an der von Magdalena.

Johannes fühlte sich, als würde sich Wahnsinn seiner bemächtigen.

Hoeck zog die Klinge durch.

Agnes schrie auf, ein Schrei, der nicht enden wollte ...

Beide Mädchen knieten immer noch, die Hälse unversehrt.

Sailer beugte sich zu Johannes hinab, dem die Tränen über die Wangen liefen. »Vergesst diesen Augenblick nie, Johannes Heidfeldt. Das nächste Mal schneidet die Klinge durch das Fleisch.«

Johannes nickte wie von Sinnen. »Ja. Ich vergesse nicht. Ich rede mit Peller, wir werden alles tun, was Ihr sagt.«

»Gut. Ich denke, ich kann Euch Glauben schenken. Im Augenblick jedenfalls.«

Sailers Männer umringten nun Ackermanns und Heidfeldts, ebenso Ludovicus und Ursula. Sie zogen alle wieder auf die Füße und stießen sie vorwärts, auf das Gesindehaus zu. Nur Magdalena und Sieglinde blieben bei Sailer und Hoeck zurück.

»Vater!« Magdalenas Augen waren voller Schrecken.

»Was habt Ihr vor?«, schrie Johannes, während er vorwärtsgestoßen wurde.

»Morgen früh brechen wir auf, mit Euren Töchtern als Pfand. Wenn unsere Vereinbarung wiederauflebt, werdet Ihr eine Eurer Töchter zurückbekommen. Die andere, wenn wir den Krieg gewonnen haben.«

»Das könnt Ihr nicht –«

Mit heftigen Stößen wurden die Familien in das Gesindehaus hineinbugsiert. Die Tür fiel donnernd ins Schloss und wurde von außen verriegelt.

ꟸ ꟸ

Eine Talglampe flackerte in der größeren Kammer des Gesindehauses, wo sich alle zusammengefunden hatten. Ackermanns, Heidfeldts, Burkhard, Conrad, der Mann, den Christoph mitgebracht hatte – ein junger, bulliger Mann namens Bojan –, Ludovicus, Ursula und die übrigen Knechte.

Ursula schluchzte, ihr Gemahl hielt sie wortlos und mit starrem Blick in den Armen.

Johannes saß ebenfalls da wie erstarrt, Agnes und Balthasar neben sich. Seine Gemahlin hatte lange geweint, versuchte, sich nun aber sichtlich zu beherrschen.

Draußen war es still. Kurz zuvor war noch ein Hämmern und Klopfen zu hören gewesen, als Sailers Männer die Tür und die wenigen Fenster mit Brettern verschlagen hatten.

Christoph wandte sich an seinen Freund. »Welcher Teufel hat dich bloß geritten, mit so einem Mann Geschäfte zu machen?«

Johannes antwortete nicht.

»Warum?«, wiederholte Christoph zornig.

»Na, was glaubst du wohl? Es war eine lohnende Vereinbarung, hinter der auch einer der mächtigsten Männer von Nürnberg stand.«

»Aber hast du nicht gutes Geld mit den Lieferungen an die Kaiserlichen verdient?«, warf Helene nun ein.

»Es erschien mir einfach ein gutes Geschäft«, erwiderte der Kaufmann tonlos. »Ich musste an die Zukunft der Familie denken.«

»Das ist dir gelungen. Ein Freund hat mit dem Leben bezahlt, ebenso zwei unschuldige Mädchen. Und zwei Mitglieder deiner Familie schweben in Todesgefahr«, sagte der Transporteur bitter.

»Glaubst du, das weiß ich nicht?« Johannes wurde lauter. »Glaubst du, ich werfe es mir nicht jeden Augenblick vor?«

Stille.

Dann erklang Balthasars Stimme. »Vater ist nicht dafür verantwortlich. Ich war es, der Herrn Peller den Vorschlag mit den Lutheranern gemacht hat. Vater wäre niemals damit einverstanden gewesen, aber er musste mitmachen, als alles erst einmal begonnen hatte.«

»Du?«, fragte Christoph ungläubig.

Bevor Balthasar etwas entgegnen konnte, drangen auf einmal schreckliche Laute zu ihnen. Ein Wiehern, Schnauben, dazu schreckliches Kreischen.

»Die Pferde.« Das war Conrad. »Sie töten die Pferde.«

»Der Mann geht wirklich kein Risiko ein.« Christoph seufzte. »Nun wird es schwierig, ihn zu verfolgen.«

»Verfolgen?« Johannes' Blick war ungläubig.

»Natürlich«, entgegnete Christoph grimmig. »Oder

glaubst du vielleicht, wir lassen Magdalena und Sieglinde in den Händen dieses Mannes?«

»Das wäre doch zwecklos. Du hast gesehen, wozu er imstande ist. Wir dürfen ihr Leben nicht aufs Spiel setzen«, erklärte Johannes verzweifelt.

Christoph blickte ihn an. »Glaubst du Sailer? Glaubst du, dass er der ehrbare Lutheraner ist, der er vorgibt zu sein? Männer wie er glauben in Wahrheit nicht an den Allmächtigen, sondern nur an das Recht des Stärkeren.« Der Transporteur fasste seinen Freund am Arm. »Ich frage dich erneut: Bist du der festen Überzeugung, dass er dir deine Töchter wiedergibt?«

Der Kaufmann schwieg.

Nun wandte sich Burkhard an Christoph »Herr, darf ich etwas sagen?«

Johannes nickte ihm zu.

»Ich verstehe, dass Ihr an eine Verfolgung denkt, aber Sailer hat zehn Männer und ist bewaffnet. Wir sind, wenn ich alle hier zusammenrechne, neun Männer, dazu die Knechte. Wir haben keine Pferde, und unsere Waffen wird Sailer mitnehmen. Das ist eine sehr schlechte Ausgangsposition. Und heute Nacht können wir nichts unternehmen, da Sailer uns mit Sicherheit bewachen lässt. Morgen, wenn sie weg sind, können wir uns befreien, aber dann ist es zu spät.«

»Wir sind zu zehnt.« Es war Ludovicus, der sprach, das erste Mal seit er seine Tochter hatte sterben sehen. »Und ich werde Himmel und Hölle in Bewegung setzen, um mich zu rächen.«

Alle wandten sich ihm zu.

»Waidhaus liegt nicht weit von hier. Ich kann dort

Pferde für uns besorgen, dazu einige Waffen, wenn auch nur Rapiere und Dolche. Wenn sie morgen in der Frühe aufbrechen, werden sie nur langsam vorankommen, denn der Schneefall wird wieder stärker werden. Ich und die Knechte bringen die Pferde, dann reiten wir hinterher. Die Straße macht einen Bogen, wegen des Flusses. Ich kenne einen Weg, der die Strecke abkürzt, und ich werde euch führen. Dann können wir sie dort abfangen.«

»Ich bin dir sehr dankbar«, sagte Johannes und spürte trotz ihrer Lage das erste Mal so etwas wie Hoffnung in sich aufsteigen.

»Dankt mir, wenn wir dieses Schwein in die Hölle geschickt haben«, erwiderte der Hofvorsteher grimmig.

Am nächsten Morgen hörten sie, wie Sailer und die Männer losritten. Eilig machten sie sich daran, die Tür aufzubrechen, was ihnen nach einer Weile auch gelang. Anschließend untersuchten sie das Gut und mussten erkennen, dass alles so war, wie sie es befürchtet hatten.

Sailer hatte die Pferde töten lassen und die Kutsche der Heidfeldts unbrauchbar gemacht. Die Kutsche der Ackermanns war fort, ebenso alle Waffen.

»Ich gehe sofort los«, sagte Ludovicus.

»Hier hast du Geld für Pferde und Waffen«, meinte Johannes und drückte ihm einen ledernen Beutel in die Hand. »Es wird reichen.« Der Hofvorsteher nickte, dann machte er sich mit den Knechten auf den Weg.

»Und wir«, sagte Christoph, »bereiten alles für die Verfolgung vor. Wir brauchen Proviant und für alle Fälle sämtliche Hieb- und Stichsachen, die wir im Haus finden können.«

Balthasar eilte mit Johannes vor. Christoph wollte ihnen eben nach, als Lucas ihn ansprach.

»Glaubst du wirklich, dass wir eine Chance haben, Vater?«

Christoph musterte seinen Sohn. Es war unverkennbar, dass er an dem Vorhaben zweifelte.

»Die Frage stellt sich nicht«, erwiderte der Transporteuer. »Wir sind zwar zwei Familien, und doch sind wir eins. Wenn es meine Söhne wären, die in Gefangenschaft gerieten, würden sich unsere Freunde auch unverzüglich aufmachen, um euch zu retten. Wir stehen füreinander ein, das haben wir schon unser Leben lang getan, und das werden wir auch jetzt tun.«

Lucas sah ihn an. Sein Gesicht nahm einen entschlossenen Ausdruck an. »Dann sollten wir keine Zeit verlieren.«

Vater und Sohn gingen mit schnellem Schritt ins Haus, gefolgt von Philipp, der einen deutlich weniger entschlossenen Eindruck machte als sein Bruder.

Als Ludovicus nach nur wenigen Stunden zurückkehrte, war der Himmel grauer, die Wolken schwerer geworden. Schneetreiben hatte eingesetzt, das immer dichter wurde.

Der Hofvorsteher hatte acht Pferde auftreiben können, dazu vier Rapiere und zwei Dolche. Zusammen mit den Messern aus der Küche und einigen Hauen und Sicheln aus der Scheune war dies alles an Bewaffnung, was möglich war. »Nicht gerade das, was man für eine Unternehmung wie diese benötigt«, meinte Ludovicus, »aber es muss reichen.«

Es wurde beschlossen, dass Conrad und die Knechte auf dem Gut bleiben sollten – als Schutz für die Frauen und weil ohnehin zu wenig Pferde für alle da waren.

Agnes und Helene umarmten und küssten jeden ihrer Familie.

»Bring sie zurück. Ich werde für euch beten«, sagte Agnes mit feuchten Augen.

Johannes nickte. »Du wirst sie wiedersehen. Das schwöre ich.«

»Du wirst sie alle wiedersehen.« Christoph umarmte Agnes ebenfalls. Für einen Augenblick schien er wieder wie der junge Mann, der er einst gewesen war, voller Energie, jeden von seiner Ansicht überzeugend.

Und für einen Augenblick glaubte Agnes ihm.

Väter und Söhne der Familien Ackermann und Heidfeldt sowie Burkhard, Bojan und Ludovicus schwangen sich auf die Pferde. Als der Trupp davonritt und Schnee aufwirbelte, schwand Agnes' Glaube. Sie stand neben Helene, Hand in Hand mit der Freundin. Stumm blickten sie den Männern nach, bis diese im Wald verschwunden waren …

Im Inneren der Kutsche saß Sailer den beiden Mädchen gegenüber. Diese hatten sich in Mäntel und Decken gewickelt, zitterten aber trotzdem ob der Kälte in der Kutsche.

Magdalena blickte zu Boden, Sieglinde dagegen dem Lutheraner direkt in die Augen.

»Du scheinst es mir übel zu nehmen, dass ich euch auf diese Reise mitgenommen habe«, meinte dieser.

Jetzt sah Magdalena auf. »Unser Vater wird uns finden«, stieß sie trotzig hervor.

»Das glaube ich kaum. Er wird sich an das halten, was ich ihm gesagt habe, da er weiß, was euch sonst geschieht.«

»Ich kann mir sehr gut vorstellen, was Männer Eures Schlages mit uns machen, wenn sie nicht bekommen, was sie wollen.« Sieglindes Stimme klang kalt.

Sailer schüttelte den Kopf. »Du verkennst mich. Alles, was ich tue, hat einen Grund, ich lasse mich nicht von irgendwelchen Gelüsten leiten. Ich habe mit deinem Vater einen Handel abgeschlossen. Er hat ihn nicht eingehalten. Also habe ich ihm verdeutlicht, was passiert, wenn er sich nicht an Vereinbarungen hält. Ich denke, er hat nun verstanden, und wir bringen unser Geschäft zu einem guten Ende. Und dann seid Ihr frei.«

Sieglinde starrte ihn an. »Ein Mann mit Prinzipien also.«

Sailer musterte sie genauer. Ein wunderschönes Gesicht mit blauen Augen und einem vollen roten Mund. Blondes Haar, das unter der Kapuze des Umhangs hervorlugte.

Eine Frau, die einem Mann ordentlich den Kopf verdrehen konnte. Und es waren nicht wenige Männer, die diese Kutsche begleiteten.

Auf dich muss ich gut achtgeben, damit du auf dieser Reise keine Federn lässt, dachte Joachim Sailer.

Die Kutsche holperte dahin. Von draußen war der Wind zu hören, der immer lauter heulte.

Sailer lugte zum Kutschenfenster hinaus. Wirbelnder Schnee, ein Sturm, der offenbar immer stärker wurde.

Wenn das so weiterging, würden sie bald irgendwo anhalten und Schutz suchen müssen.

Der Lutheraner lehnte sich wieder zurück. Ein paar Stunden länger unterwegs würden auch keinen Unterschied machen. Es war Winter geworden, und damit würden die nächsten Schlachten erst wieder im Frühjahr stattfinden. Bis dahin würde er aus Peller und Heidfeldt jede Muskete, jede Lunte und jedes gottverdammte Bandelier herausquetschen, die sie auftreiben konnten. Wenn Mansfeld im nächsten Jahr dann aus den Niederlanden zurückkehrte, würde er wohlgerüstet sein, und dann würde den Katholiken Hören und Sehen vergehen.

Der Verfolgertrupp preschte trotz des Sturms über einen schmalen Pfad durch den Wald. Johannes spürte weder die Kälte noch den Wind, er wurde nur von einem einzigen Gedanken getrieben – seine Töchter zu retten.

In den Stunden, seit sie vom Gut aufgebrochen waren, hatte Ludovicus, der die Männer anführte, das Tempo nicht ein einziges Mal gedrosselt. In einen dicken schwarzen Mantel gehüllt, führte er sie an, und so wie Johannes nur an die Rettung von Sieglinde und Magdalena dachte, war der Hofvorsteher sichtlich ebenfalls nur von einem Gedanken erfüllt – dem nach Rache. Die zusammengepressten Lippen und die zornblitzenden Augen sprachen Bände.

Obgleich der Schneefall dicht war und der Pfad mitunter unwegsam, war es von Vorteil, dass sie im Wald unterwegs waren. Denn hier lag weniger Schnee als draußen im offenen Gelände. Und so waren sie zügig vorangekommen, auch wenn sie hin und wieder hatten anhalten müssen, um die Pferde an den Zügeln über besonders schwierige Stellen zu führen.

Jetzt hob Ludovicus die Hand und wurde langsamer. Die anderen taten es ihm gleich.

Der Waldrand tauchte vor ihnen auf. Der Wind trieb ihnen die Schneeflocken mittlerweile waagrecht in die Augen, überdies hatte die Dämmerung eingesetzt.

Sie blieben stehen und sahen zwischen den Bäumen hinaus ins offene Gelände. Vor ihnen lag ein Abhang, darunter war die Straße zu erkennen, die sich kaum noch von der Umgebung abhob, so dicht schneite es. Spuren waren nicht darauf zu sehen.

»Und jetzt?« Johannes wandte sich an Ludovicus.

»Jetzt warten wir. Sie müssten bald kommen.«

»Gut«. Der Kaufmann blickte auf die Straße hinab. »Und dann benötigen wir einen Plan.«

Christoph nickte. »Und einen verdammt guten dazu.«

»Wozu denn?« Das war Balthasar. »Wir legen einen Hinterhalt und überfallen sie. Sie werden so überrascht sein –«

»Überrascht?« Johannes schüttelte den Kopf. »Mein Sohn, das sind zehn wohlbewaffnete Söldner, die da unten kommen werden. Jeder davon ist in der Kriegskunst bestens bewandt, während wir nur über zwei Mann mit Erfahrung verfügen, nämlich Burkhard und Bojan. Und auch wenn wir anderen alle wie die Löwen kämpfen, hilft uns das nicht. Der Feind ist uns überlegen, vor allem auf offener Straße.«

Balthasar sah etwas verlegen aus.

Johannes legte ihm die Hand auf die Schulter. »Dein Mut ehrt dich. Und du wirst ihn schon bald unter Beweis stellen können.«

Christoph blickte in den dunkler werdenden Sturmhimmel. »Ist ein Dorf in der Nähe, das man heute noch erreichen kann?«, fragte er Ludovicus.

»Bei diesem Sturm nicht mehr.«

»Gut«, meinte der Transporteur. »Liegt etwas an der Straße, wo man zur Not einkehren kann?«

Die Kutsche hielt an. Sailer beugte sich hinaus. »Was ist? Warum halten wir?«

Hoeck beugte sich zu ihm. »Der Sturm wird stärker, und es wird dunkel. Wir werden nicht mehr lange weiterreiten können.« Hoeck wischte sich den Schnee vom Gesicht.

»Das nächste Dorf ist weit.« Sailer überlegte. »Wir reiten weiter, vielleicht finden wir etwas, wo wir für die Nacht unterkommen können. Sonst müssen wir in den Wald und dort Schutz suchen.«

Die beiden hörten einen Ruf. Einer der Söldner tauchte vor ihnen aus dem Schneetreiben auf, ritt auf sie zu. »Ich habe etwas entdeckt, gleich da vorne!«

Zitternd vor Kälte und mit tränenden Augen, lagen Johannes und die anderen hinter Büschen versteckt und beobachteten das Haus ihnen gegenüber an der Straße. Wie Ludovicus ihnen erklärt hatte, handelte es sich um ein verlassenes Wirtshaus, das vor einiger Zeit von den Bayern geschlossen worden war, weil man konspirative Zirkel darin vermutete.

Das Gebäude war im wirbelnden Schnee nur schemenhaft zu erkennen, nur zwei Fenster auf der linken Seite waren erleuchtet. Auf der rechten Seite war alles dunkel.

Vor dem Haus zeichnete sich die Silhouette eines Mannes ab. Ein Wachposten.

»Sicher nicht der Einzige«, meinte Johannes. »Ein Mann wie Sailer wird auch in einer solchen Nacht auf der Rückseite, zum offenen, ungeschützten Gelände hin, einen Mann postieren.«

Christoph brummte seine Zustimmung.

»Und wie sollen wir an diesen Posten vorbei?«, fragte Lucas.

Für einen Augenblick sagte niemand etwas. Dann ergriff Ludovicus das Wort. »Sailers Leute werden zwar Wache schieben, allerdings nicht sonderlich aufmerksam sein, denn wer sollte in einer so stürmischen Nacht etwas unternehmen? Zumal sie alle davon ausgehen, dass sie nicht verfolgt werden. Und genau das ist unsere Chance.« Er sah die anderen an. »Wir werden noch etwas Zeit verstreichen lassen, bis die Männer im Haus müde oder im besten Fall betrunken sind. Dann nehmen wir uns die Posten vor. Zwei Mann schleichen sich an jeweils einen Posten an und töten ihn.«

Er lächelte grimmig, als er die ungläubigen Blicke der anderen bemerkte. »Ihr könnt mir vertrauen, ich weiß wovon ich rede. Ich war nicht immer Hofvorsteher. Ich habe einst unter Chodkiewicz[26] als Söldner im polnischen Heer gegen die Schweden gedient. Und dabei so manches über das Kriegshandwerk gelernt.«

»Warum hast du uns das nicht gleich gesagt?«, fragte Johannes überrascht.

---

26 Jan Karol Chodkiewicz, polnisch-litauischer Feldherr im 17. Jahrhundert.

»Es war bisher nicht von Bedeutung. Jetzt schon, und jetzt sage ich es Euch.« Ungerührt wandte sich Ludovicus wieder nach vorn und beobachtete das Haus.

Zwei Söldner brachten Fleisch und Brot und legten es auf den Küchentisch. Holz brannte in der offenen, gemauerten Feuerstelle in der Mitte, langsam begann es in dem großen Raum wärmer zu werden. Bis auf den Tisch, die Bänke und einige Pfannen und zerschmetterte Schüsseln, die am Boden lagen, war die Küche leer.

Sailer und die Mädchen saßen auf einer der Bänke. Der Lutheraner wollte gerade von dem Fleisch nehmen, als Hoeck hereinkam.

»Der Stall ist halb abgebrannt«, meinte dieser, »aber wir haben die Pferde trotzdem darin unterbringen können. Hier im Haus ist der Schankraum völlig zerstört. Zwei Kammern im Obergeschoss sind aber heil.«

»Die Stiege zu den Kammern?«

Hoeck zuckte mit den Achseln. »Solange man kein flottes Tänzchen wagt …«

»Gut.« Sailer wandte sich an die Mädchen und deutete auf das Essen. »Nehmt euch.«

Beide rührten sich nicht.

»Ich sagte: Esst! Ihr müsst bei Kräften bleiben, dahinsiechend nützt ihr mir nichts.« Lustlos nahmen sich Magdalena und Sieglinde etwas Fleisch. Es waren Reste vom Braten, den Ursula gestern auf dem Hof aufgetischt hatte. In einem anderen Leben, wie es Magdalena vorkam.

Sie sah sich verstohlen um. Außer ihr und Sieglinde waren noch Sailer, Hoeck und sieben Mann im Raum. Die anderen hatte der Lutheraner auf Wache geschickt.

»Schmeckt es euch nicht?« Einer der Söldner, der beobachtete, wie wenig die beiden Mädchen aßen, grinste und biss schmatzend in ein gewaltiges Stück Rindfleisch.

»Bitte verzeiht, dass ich in so illustrer Gesellschaft keinen rechten Appetit habe«, meinte Sieglinde.

Für einen Augenblick war es ruhig in der Küche.

Sailer schüttelte den Kopf. »Dein Vater hat es offenbar verabsäumt, dir Respekt beizubringen.«

»Mein Vater«, versetzte Sieglinde, »hat so einiges verabsäumt.«

Magdalena stieß ihr den Ellbogen in die Seite.

»Na, dann teil uns doch einmal mit, was dein Vater so alles verabsäumt hat.« Sailer wirkte amüsiert.

Sieglinde holte tief Luft. »Auch wenn es Euch überhaupt nichts angeht – er hat mit dem Wegzug aus unserer Heimatstadt meine Vermählung verhindert.«

»Herr im Himmel, dieser Schuft! Und jetzt ist das arme Täubchen einsam«, meinte Hoeck und spitzte den Mund. Die anderen lachten schallend.

Magdalena fühlte Zorn in sich aufsteigen. »Wie kannst du es wagen, so über Vater zu sprechen?«, fuhr sie Sieglinde an. »Er hat immer nur zu unserem Wohl gehandelt!«

»Ich weiß, dass dir meine Vermählung einerlei ist«, erwiderte ihre Schwester. »Aber zumindest *wollte* mich jemand heiraten.«

»Halt deinen Mund!«, zischte Magdalena, Zornesröte im Gesicht.

Sailer und seine Männer verfolgten den Disput und tauschten dabei beredte Blicke.

Sieglinde war nun ebenfalls sichtlich aufgewühlt. »Sag du mir nicht –«

»Ich denke, es ist besser, wenn ihr eure Auseinandersetzung oben fortsetzt«, unterbrach Sailer sie. »Denn Ihr verbringt die Nacht gemeinsam in einer der oberen Kammern.«

»Da bleibe ich lieber hier unten bei Euch«, stieß Sieglinde hervor.

»Nein, das wirst du nicht.« Der Lutheraner sah Sieglinde ernst an. »Mein Faustpfand muss unberührt bleiben, und ich bin mir wohl bewusst, dass meine Männer anders darüber denken.«

»O ja. Ich würde das Blümlein gerne pflücken. Eigentlich beide«, röhrte einer der Söldner. Die anderen lachten brüllend.

Magdalena wurde blass, auch auf Sieglindes Gesicht war Unsicherheit zu sehen.

»Ich sehe, ihr habt verstanden.« Sailer nickte. »Ich wünsche euch eine gute Nacht.« Er gab einem seiner Männer ein Zeichen, der aufstand und die beiden Mädchen hinausführte.

Die Verfolger kauerten immer noch hinter den Büschen.

Die Untätigkeit und die beißende Kälte ließen Johannes die Strapazen der Verfolgung nun schmerzhaft spüren. Er war fast steif gefroren, der ganze Körper tat ihm weh. Außerdem hatte er immer wieder Schwierigkeiten, Luft zu holen. Aber der Kaufmann verbiss es sich mit aller Kraft, sich etwas anmerken zu lassen. Für Schwäche war später Zeit, wenn seine Töchter befreit waren.

Auf einmal vermeinte er ein Knirschen zu hören, hörte Schritte im Schnee – dann tauchte Ludovicus gebückt von der Seite auf und ließ sich schwer atmend zwischen die Männer fallen.

»Wie sieht es aus?«, fragte Johannes.

»Zwei Wachposten, wie ich vermutet habe. Der eine vor dem Wirtshaus, der andere auf der Hinterseite.«

»Und nun?«, ließ Lucas sich vernehmen.

»Wir warten, bis die Wachen wechseln, damit wir nicht von der Ablöse überrascht werden«, meinte Ludovicus. »Dann haben wir Zeit, die Posten zu erledigen. Burkhard und Bojan übernehmen den auf der Rückseite, ich den auf der Vorderseite. Ich brauche allerdings einen Mann als Rückendeckung.«

»Ich gehe mit dir«, sagte Johannes sofort.

»Seid mir nicht böse«, Ludovicus machte eine beschwichtigende Geste, »aber Ihr macht mir einen angegriffenen Eindruck. Besser Ihr ruht Euch noch etwas aus, und jemand anderer begleitet mich.«

»Ich gehe, Vater«, sprach Balthasar entschlossen.

Johannes zögerte. Er wollte seinen Sohn nicht in unnötige Gefahr bringen, andererseits war ihm bewusst, dass er ihn dann erst gar nicht hätte mitnehmen dürfen. Und Ludovicus würde den Wachposten erledigen, der zweite Mann war so und so nur Rückendeckung.

Also überwand er seine Zweifel und gab seinem Sohn einen ermutigenden Klaps auf die Schulter. »Gib auf dich acht und richte dich nach allem, was Ludovicus sagt.«

»Das werde ich, Vater.«

»Viel Glück. Möge der Allmächtige auf eurer Seite sein.« In Johannes' Stimme klang trotz des Wunsches unüberhörbar Sorge durch.

Die vier verschwanden im wirbelnden Weiß.

Ludovicus und Balthasar hatten einen weiten Bogen geschlagen und waren dann von der rechten Seite auf das Haus zugeschlichen. Der Schneesturm gab ihnen Deckung.

Nicht weit vor ihnen stand der Wachposten. Er hatte sich in die Nähe der Hauswand zurückgezogen und in Mantel und Kapuze gehüllt, um wenigstens etwas Schutz vor dem Wetter zu haben. Sein Blickfeld war wegen der Kapuze eingeschränkt und so gut wie ausschließlich nach vorn gerichtet.

Ludovicus zog einen Dolch. Es war einer von denen, die er aus Waidhaus mitgebracht hatte. Die Klinge war lang und etwas gebogen.

Er bedeutete Balthasar, an Ort und Stelle zu bleiben. Dann näherte er sich von der Seite dem Posten, dicht mit dem Rücken an der Hauswand.

Balthasar hielt den Atem an. Er zitterte, jedoch nicht wegen der Kälte.

Ludovicus hatten den Posten fast erreicht, als dieser sich auf einmal umdrehte, genau in seine Richtung. Einen Herzschlag später war er bei dem Mann, hielt ihm den Mund zu und stieß ihm den Dolch ein gutes Dutzend Mal in die Brust. Der Posten wehrte sich, aber vergeblich. Er zuckte mehrmals, dann ging er kraftlos in die Knie.

Als der Mann keine Bewegung mehr machte, schleifte Ludovicus ihn zu Balthasar. Gemeinsam brachten sie den Toten auf die östliche, unbewachte Seite des Hauses.

Gleich darauf tauchten Burkhard und Bojan von der Rückseite des Hauses auf.

Burkhard nickte den anderen wortlos zu.

Dann machte Ludovicus einige Schritt nach vorn und winkte mehrfach. Dies war das Signal für die anderen, die hinter den Büschen warteten, dass alles gut gegangen war und sie zum Wirtshaus kommen sollten.

Kurze Zeit später hatten sich alle an der Ostseite des Hauses versammelt.

Die beiden Leichen der Wachposten lehnten, bereits mit Schnee bedeckt, an der Hauswand. Johannes und Christoph warfen nur einen kurzen Blick auf die Toten, Philipp hingegen konnte seinen Blick nicht von ihnen abwenden. Die Kälte des Schnees saugte ihnen die letzte Wärme aus den Körpern – das Ende zweier Leben, weil sie zur falschen Zeit am falschen Ort waren.

Christoph lauschte. Niemand im Haus schien etwas von den Vorgängen draußen mitbekommen zu haben. Immer noch fiel Licht aus den beiden ebenerdigen Fenstern. Auch aus einem Fenster im oberen Geschoss drang seit Kurzem flackernder Kerzenschein.

»Bisher hatten wir Glück, und so wollen wir das Eisen schmieden, solange es heiß ist«, meinte Ludovicus leise zu den anderen. »Die Söldner sind dort.« Er deutete auf das erleuchtete Fenster. »Ich habe vorhin hineingesehen, und wenn ich mich nicht täusche, waren Magdalena und Sieglinde nicht bei ihnen. Vielleicht sind sie in der oberen Kammer, aus der Licht dringt. Lasst uns hineingehen und sie suchen.«

»Aber sicher bist du dir nicht, dass sie da oben sind«, flüsterte Christoph.

»Habt Ihr einen besseren Vorschlag, Herr?«

Christoph überlegte kurz, dann schüttelte er den Kopf.

Ludovicus blickte Johannes an. »Herr Heidfeldt, Ihr kommt mit mir. Eure Töchter vertrauen nur Euch rückhaltlos, und wenn wir sie finden, darf es keine Fragen und kein Zögern geben. Alle anderen bleiben hier draußen in Deckung. Achtet auf alles, was im Haus geschieht. Greift nur ein, wenn Herr Heidfeldt und ich entdeckt werden.«

»Und was machen wir dann?«, flüsterte Balthasar.

»Ihr kämpft«, entgegnete Ludovicus. »So wie Ihr es noch nie in Eurem Leben getan habt, junger Herr Heidfeldt.«

Sie zogen die Tür auf und glitten hindurch. Dann schloss Johannes die Tür wieder, ließ sie aber einen Spalt offen, damit die anderen von draußen mitbekamen, was sich im Haus ereignete.

Nun befanden sie sich in einem langen Flur, in dem es durchdringend nach Rauch roch.

Der Gang war düster, an seinem Ende war linker Hand ein Lichtschein zu sehen. Das musste der Raum sein, in dem sich die Söldner aufhielten, vermutete Johannes.

Lachen war zu hören, dann erklangen Stimmen.

»Wenigstens ist es hier drinnen warm.«

»Wir könnten es noch wärmer haben«, eine kurze Pause, erneut das Gelächter von mehreren Männern. »Aber unser werter Herr Kommandant lässt uns ja nicht. Hat unsere kostbaren Schätze weggesperrt.«

»Wir brauchen sie noch, Männer.« Sailers Stimme. »Doch ich verspreche euch – wenn wir erst wieder auf dem Vormarsch sind und Tilly durch das Reich zurücktreiben, werdet Ihr noch genug katholischen Damen den wahren Glauben näherbringen können.«

Dröhnendes Lachen.

Johannes ballte unwillkürlich die Faust. Dann fühlte er

Ludovicus' Hand auf seiner Schulter, der gleichzeitig auf eine Stiege deutete. Der Kaufmann nickte.

Sie stiegen nach oben. Ungefähr in der Mitte knarrte eine Stufe unter Johannes' Füßen. Er verharrte, sein Herz trommelte in seiner Brust.

Aber außer den entfernten Stimmen der Männer und dem Heulen des Windes von draußen war nichts zu hören.

Sie schlichen weiter. Oben angelangt, lugten sie um die Ecke.

Nicht weit von ihnen saß ein Wachposten auf dem Boden vor einer Tür, mit dem Rücken an die Wand gelehnt. Er hatte es sich augenscheinlich gemütlich gemacht und rechnete nicht mit einer Gefahr.

Ludovicus bedeutete Johannes, nichts zu unternehmen. Dann trat er auf den Boden und ließ das Holz bewusst knarren.

»Hans? Ist schon Ablöse?«, hörten sie den Posten sagen.

Wieder knarrte der Boden.

»Hans?« Jetzt war die Stimme ärgerlich, gleich darauf hörte Johannes Schritte, die auf sie zukamen. »Mach keine Fisimatenten, ich –«

Er kam um die Ecke. Ludovicus packte ihn und riss ihm den Kopf von einer Seite auf die andere. Ein widerliches Knacken war zu hören, dann zog Ludovicus den Leichnam wieder zurück und ließ ihn zu Boden gleiten.

»Los. Macht schon!«, flüsterte er Johannes ungeduldig zu, als dieser den Toten anstarrte.

Der Kaufmann riss sich zusammen und ging zu der Tür, neben der der Posten gehockt hatte.

Leise klopfte er dagegen. »Sieglinde. Magdalena. Ich bin es.«

Nichts war zu hören.

Er sah Ludovicus an, der nickte. Unendlich vorsichtig öffnete Johannes die Tür.

Drinnen saßen seine beiden Töchter, an den Händen gebunden, ansonsten aber unversehrt. Überrascht blickten sie ihn an, und Johannes gab ihnen ein Zeichen, still zu sein. Dann war er auch schon bei den beiden und löste ihre Fesseln.

»Kein Wort«, flüsterte er, »wir müssen sofort hier raus.«

Die beiden waren sichtlich immer noch verblüfft über das Auftauchen ihres Vaters, gehorchten ihm aber unverzüglich. Sie schlüpften aus der Kammer, gefolgt von Johannes.

Zu viert stiegen sie die Treppe hinab, bemüht, jeden Laut zu vermeiden. Doch wieder knarrten die Stufen, und wieder hörte sie niemand. Johannes sandte ein Stoßgebet zum Himmel, dass es dabei bleiben möge.

Sie erreichten den Fuß der Stiege, dann die Eingangstür.

Johannes wollte sie gerade aufziehen, als auf einmal polternde Schritte zu hören waren und am Ende des Gangs ein Söldner auftauchte.

Sie starrten ihn an. Der Mann starrte zurück. Die Zeit schien stillzustehen. Blitzschnell zog Ludovicus seinen Dolch und schleuderte ihn auf den Söldner. Aber zu spät. »Alarm« schrie der Mann noch, bevor er mit dem Dolch in der Brust zusammenbrach.

Einen Augenblick später brach die Hölle los.

Ludovicus riss die Eingangstür auf und stieß Johannes und die Mädchen hinaus, während weitere Söldner im Gang auftauchten. »Burkhard, Bojan«, brüllte er, »zu mir!«

Die beiden stürzten herein. Zusammen mit Ludovicus standen sie wie ein Mann im Gang und versperrten den Söldnern, die mit gezogenen Rapieren auf sie zustürzten, den Weg.

»Lauft!«, schrie Ludovicus Johannes zu, der noch in der Tür stand und ihn entsetzt anblickte. »Wir halten sie auf!«

Der Kaufmann verschwand.

Schon hatten die Söldner die drei Männer erreicht. Im Glauben, leichtes Spiel zu haben, hoben sie ihre Waffen, bereit, den Gegner zu vernichten.

Und waren überrascht, als der Gegner die Zähne zeigte.

Ludovicus tauchte unter einem Hieb durch, durchbohrte seinen Angreifer, der schreiend zu Boden ging. Burkhard wurde am Arm getroffen, wehrte sich aber weiter, während Bojan den seinen mit einigen gekonnten Hieben zurückwerfen konnte.

Der enge Gang verschaffte ihnen einen Vorteil, das wusste Ludovicus. Aber er wusste nicht, für wie lange.

»Was sollen wir tun?« Johannes konnte mit einem Male keinen klaren Gedanken fassen.

Wohl aber sein Freund.

»Wir helfen den dreien«, stieß Christoph hervor. Von der Eingangstür, die nur wenige Schritte entfernt war, waren das Klirren von Klingen und Schreie zu hören. Er wandte sich an Philipp. »Nimm die Pferde der Söldner und bring die Mädchen zum Gut zurück. Wir kommen nach.«

Sein Sohn zögerte kurz. Dann packte er Magdalena und Sieglinde an den Händen und lief mit ihnen los auf den halb abgebrannten Stall zu.

»Zu Ludovicus!«, rief Christoph, zog sein Rapier und wandte sich wieder dem Eingang zu.

Ludovicus hörte Sailers Stimme, die vom Ende des Ganges erschallte. »In Deckung, Männer!«

Die Söldner gehorchten ihrem Herrn und warfen sich zu Boden. Jetzt sah Ludovicus Sailer hinten am Gang stehen, neben ihm Peter Hoeck. Der Söldner zielte mit einer Arkebuse auf die drei Männer.

Er riss Burkhard, der neben ihm stand und stark aus dem Arm blutete, mit sich auf die Seite – als ein donnernder Knall ertönte, gefolgt von einem so dicken Schwall aus Pulverdampf, als gieße man Milch in Wasser.

Bojan wurde durch die Wucht des Aufpralls der Kugel nach hinten gerissen und blieb wie eine leblose Puppe liegen, mit zerfetztem Hals.

Nun kroch der Rauch der abgefeuerten Arkebuse wie ein lebendiges Wesen durch den Gang und hüllte alles ein.

»Schnell!«, rief Ludovicus zu Burkhard. »Wir müssen hinaus!«

Bevor Christoph und die anderen ins Haus eindringen konnten, fauchte Pulverdampf aus dem Eingang, aus dem Ludovicus und Burkhard ins Freie gestolpert kamen.

Gleich darauf folgten ihnen die Söldner – zwar in der Unterzahl, jedoch kampferprobter, und diesen Vorteil würden sie hier im Freien voll ausnutzen. Augenblicklich deckten sie Christoph und die anderen mit gezielten Hieben ein. Diese wehrten sich, so gut es ging, mussten aber Schritt für Schritt zurückweichen …

Burkhard ging schwer verwundet zu Boden.

Ludovicus blutete am Oberkörper, kämpfte aber weiter.

Da hörte der Transporteur ein Wiehern – Philipp kam aus dem Stall herausgeritten, die beiden Mädchen folgten ihm, gemeinsam auf einem Pferd.

Plötzlich knallte ein Schuss –

Philipps Pferd stürzte wiehernd. Das Pferd mit den Mädchen stolperte über das vordere und ging ebenfalls zu Boden. Philipp und die Mädchen wurden in den Schnee geschleudert.

Peter Hoeck, der mit Martin Sailer hinter den Söldnern aufgetaucht war, senkte die Arkebuse, mit der er auf das Pferd gefeuert hatte.

Sailer hastete zu Magdalena, packte sie an den Haaren und drückte seine Radschlosspistole an ihren Kopf. »Waffen fallen lassen! Sofort!«

Alle hielten inne.

»Na wird's bald?«, wiederholte der Lutheraner.

Johannes war der Erste, der sein Rapier fallen ließ, die anderen taten es ihm gleich. Schon waren die Söldner um sie und hielten sie in Schach.

Sailer blickte Johannes an. »Erneut habe ich eine Vereinbarung gehalten und Ihr eine gebrochen. Kein Haar habe ich Euren Töchtern gekrümmt, und wie dankt Ihr es mir? Verfolgt mich und greift mich an. Tötet meine Männer.« Er machte eine Pause. »Ihr wollt es einfach nicht verstehen, wie mir scheint.«

Er stieß Magdalena zu Hoeck, der sie in eisernen Griff nahm.

»Bitte –«, stieß Johannes hervor, »ich flehe Euch an –«

»Bitten?«, schrie der Lutheraner, nun zum ersten Mal Anzeichen von deutlicher Wut zeigend. »Ihr bittet mich, seit ich Euch kenne! Ihr bittet, und ich gewähre. O nein, Johannes Heidfeldt – die Zeit des Bittens ist vorbei. Ihr seid kein Mann der Ehre, also könnt ihr auch keine Ehre einfordern. Eine Tochter stirbt, die andere lebt.« Er griff in eine der Taschen seines Mantels. »Aber sogar jetzt noch bin ich gnädig und nehme Euch die Entscheidung ab.«

Er zog seine Hand wieder heraus. Johannes sah, dass er eine Münze hielt.

»Kopf für die«, Sailer deutete auf Magdalena, »Wappen für die andere«, er zeigte auf Sieglinde. »Die Tochter, die lebt, bekommt ihr zurück, wenn Ihr endlich Euren Teil unserer Vereinbarung erfüllt habt.«

Instinktiv wollte Christoph einen Schritt nach vorn machen, aber sofort hielt ihm einer der Söldner die Spitze des Rapiers an die Brust. Zähneknirschend wich er wieder zurück.

Sailer warf die Münze. Besah sie sich. Sah Sieglinde an, hob seine Pistole und zielte auf sie.

Stumm und totenblass blickte diese in den Lauf der Pistole.

Johannes sah, dass Sailer einatmete und die Luft anhielt. Ohne nachzudenken, warf sich der Kaufmann vor Sieglinde, genau in dem Augenblick, in dem der Lutheraner abdrückte.

Ein Schuss schnalzte.

Johannes fiel schwer zu Boden. Sieglinde war unverletzt, während sich auf Johannes' Brust ein großer dunkler Fleck ausbreitete.

Philipp starrte Johannes an, das Blut, das den Schnee dunkel färbte. Er sah den entsetzten Ausdruck in den Gesichtern der anderen, die Verzweiflung, die Furcht, den Schmerz.

In diesem Augenblick fühlte er, wie etwas in ihm zerbrach … wie alles, was sich in der letzten Zeit in ihm aufgestaut hatte, in einen bodenlosen Abgrund gerissen wurde.

Mit sicherem Griff nahm er ein Rapier, das neben ihm im Schnee lag, und durchbohrte damit den überraschten Söldner neben sich. Er sah, wie das Leben aus dessen erschrockenen Augen wich, dann stürzte er sich mit einem Schrei auf den nächsten Gegner und wälzte sich mit ihm auf dem Boden.

Erst jetzt merkten die anderen, was geschehen war.

Ludovicus nutzte das Durcheinander und schlug Hoeck nieder. Balthasar und Lucas warfen sich gemeinsam einem anderen Söldner entgegen.

Alles war so schnell gegangen, dass sogar Sailer überrascht war. Aber jetzt fing er sich wieder. »Formiert euch!«, brüllte er, während er die Pistole wegwarf und sein Rapier zog.

Von rasendem Zorn erfüllt, packte Christoph seine Waffe, die vor ihm am Boden lag, und stellte sich Sailer in den Weg.

Der Transporteur deckte den anderen mit wütenden Hieben ein. Dieser parierte Christophs Attacken gewandt und trieb ihn gekonnt zurück.

Dann machte Sailer einen Ausfall – und schlug Christoph die Waffe aus der Hand. Ohne zu zögern, holte er zum todbringenden Stoß aus –

Und erstarrte.

Hinter ihm tauchte Philipp auf, einen blutigen Dolch in der Hand.

Sailer ließ sein Rapier fallen und zuckte unkontrolliert. Erneut stach Philipp zu, Sailer stürzte. Doch Christophs Sohn ließ nicht ab, wieder und wieder rammte er dem am Boden liegenden Sailer den Dolch in den Rücken, auch als dieser sich längst kaum noch rührte. Mit einem alles übertönenden Schrei stieß er Sailer schließlich den Dolch durch den Schädel und blieb schwer atmend auf dem reglosen Körper sitzen.

Christoph legte Philipp die Hand auf die Schulter. »Lass ihn. Er ist tot.«

Jetzt erst riss sich Philipp von dem Leichnam los und blickte auf seinen Vater. Christoph erschrak: Es lag ein Ausdruck in dessen Augen, den er nicht deuten konnte. Es schien eine Mischung aus Qual und aus Lust.

Von den Söldnern war nur noch Peter Hoeck am Leben. Burkhard und Lucas hatten ihn gepackt und ihm die Arme auf den Rücken gedreht.

Jetzt trat Ludovicus vor die drei hin, ein Messer in der Hand. Hoeck wusste, was ihm blühte, und wehrte sich, aber vergeblich.

Ludovicus packte ihn mit der linken Hand am Genick, mit der anderen schnitt er ihm die Kehle durch.

Der Söldner ging zu Boden und starb wie die Tochter des Mannes, der ihn gerichtet hatte.

Derselbe Mann, der jetzt das Messer traurig zu Boden warf. Denn die Vergeltung war vollzogen, die Trauer des Verlustes würde hingegen nicht verschwinden, niemals. Das wusste Ludovicus Kolberger genau, während er zusah, wie das Blut von Adelheits Mörder im Schnee versickerte …

Sieglinde konnte fast nichts erkennen, war vor Tränen blind. Sie starrte in das Gesicht ihres Vaters, wischte ihm immer wieder die Schneeflocken aus dem Gesicht und versuchte, ihn vor dem Sturm zu schützen.

Der Vater, den sie so gescholten und der sich heute für sie geopfert hatte.

»Vater, du darfst nicht sterben. Bitte!«

»Sieglinde ... es ist gut. Ich – ich hab dich lieb.« Er drückte schwach ihre Hand.

Sie umarmte ihn schluchzend.

Auch Magdalena kniete neben ihm und umarmte ihn. »Pass gut auf deine Schwester auf, Magdalena«, sagte der Vater zu ihr. »Sie braucht dich.«

Magdalena nickte, brachte aber kein Wort heraus.

Nun beugte sich Balthasar mit feuchten Augen über Johannes. »Mein Sohn«, sprach der Kaufmann, »ich lege das Wohl der Familie und unseres Hauses in deine Hände. Ich weiß, du wirst in meinem Sinne handeln.«

»Das werde ich, Vater.« Jetzt weinte auch Balthasar.

Christoph kniete sich neben die Kinder des Kaufmanns Heidfeldt und ergriff dessen Hand.

»Alter Freund.« Johannes' Stimme war kaum mehr zu hören.

Christoph nickte schweigend.

»Sei für meine Familie da. Wann immer sie dich braucht.« Johannes wurde von einem krampfhaften Husten geschüttelt.

»Du hast mein Wort. Beim Allmächtigen«, sprach der Transporteur.

»Und sagt Agnes –«, wieder das Husten, »sagt meinem Weib, dass ich sie immer geliebt habe. Mehr als alles andere auf der Welt. Und dass wir uns dereinst wiedersehen werden.«

Johannes lächelte. Seine Finger lösten sich aus Sieglindes Hand.

Das Heulen des Windes wurde lauter, trug das Weinen von Magdalena und Sieglinde und die Trauer der Männer mit sich fort …

Nürnberg, Dezember A.D. 1622

Der Himmel war von einem tiefen, eisigen Blau, als Johannes Heidfeldt in Nürnberg zu Grabe getragen wurde.

Agnes stand in der Mitte des Friedhofs und wurde von ihren Töchtern und Balthasar gestützt. Die Ackermanns waren ebenfalls bei ihr.

Auch Martin Peller war mit seiner Gemahlin gekommen. Bischof Johann Eustach von Westernach, von dem Agnes gehört hatte, dass es sich um Pellers Beichtvater handelte, war eigens hier, um die Gebete zu sprechen.

Doch Agnes nahm seine Worte nicht wahr.

Die Trauer in ihr war so allumfassend, so enorm, dass sie nicht wusste, was sie tun konnte. Wie durch einen Schleier sah sie die Kreuze des Friedhofs, sah das frisch ausgehobene Grab vor ihr, das schon in Bälde den Sarg mit ihrem Gemahl aufnehmen würde.

Die Stimme des Bischofs, eigenartig verzerrt und gedämpft, drang an ihre Ohren.

Als der Sarg in die Erde hinabgelassen wurde, gaben Agnes' Beine nach. Balthasar und Christoph fingen sie im letzten Augenblick auf.

Sieglinde war wie ihre Mutter blind vor Trauer. Schon bei dem Wirtshaus, wo der Vater gestorben war, hatte sie – zu spät – erkannt, wie sehr er sie geliebt hatte. Jetzt, hier am Friedhof, zwischen all den anderen Gräbern und im Schatten der großen steinernen Kirche, war der Abschied, den sie nehmen musste, noch schmerzvoller, noch unmittelbarer.

Leb wohl, Vater. Ich werde dich immer lieben, werde dein Andenken in Ehren halten. Und ich werde in deinem Sinne leben, wie du es dir von mir gewünscht hast.

Magdalena war in ein Gebet für ihren Vater vertieft. Ihre Lippen bewegten sich, während sie dem Vater seinen Platz im Himmel wünschte, der ein tröstlicher, ein besserer Ort war.

Trotz der Pein, den sie wegen des Verlustes des geliebten Vaters empfand, empfand sie auch so etwas wie Trost. Denn sie hatte in der Zeit, seit sich diese schrecklichen Dinge ereignet hatten, einen Entschluss gefasst. Sie würde eine Dienerin Gottes werden und danach trachten, sein Werk zu tun.

Leb wohl, Vater. Ich weiß, dass du an einem besseren Ort bist. Und ich hoffe, dass du meine Entscheidung billigst. Ich werde trotz meines Dienstes für den Herrn immer für die Familie da sein, das schwöre ich bei deinem Grab.

Auch Balthasar, Lucas und Philipp waren in Gedanken versunken, während der Bischof Weihwasser auf den Sarg hinabträufelte.

Balthasar schwor sich, das Familienunternehmen so zu führen, wie es sich der Vater gewünscht hatte. Nie mehr würde er sich nur vom Streben nach seinem eigenen Vorteil leiten lassen. Denn es war allein seine Leidenschaft für

Ippolita gewesen, die den Ereignissen ihren verhängnisvollen Lauf gegeben hatte.

Ohne ihn, Balthasar Heidfeldt, wäre kein Joachim Sailer ins Leben der Familie getreten, und der Vater wäre nicht in einem gottverlassenen Ort im Schnee gestorben.

Nie mehr. Ich werde die Familie nie mehr in Gefahr bringen, das gelobe ich dir, Vater.

Lucas dachte daran, dass Johannes Heidfeldt – auch wenn Balthasar alles ausgelöst haben mochte – letzten Endes durch die gleiche Gier gestorben war, die auch seinen eigenen Vater antrieb. Und diese Gier war es, die zu Janas Leid geführt hatte.

In diesem Augenblick beschloss Lucas, mit Jana von Prag fortzugehen. Er wusste noch nicht wohin, einfach nur fort. An einen Ort, wo das Geld nicht so viele in den Untergang stürzte.

Wo Jana und ich in Frieden leben können.

Philipps Gedanken waren ungleich dunkler. Und doch spürte er so etwas wie Optimismus, denn er wusste nun endlich, was seine Bestimmung war. Seit er die Söldner wie im Rausch getötet hatte, wusste er es.

Er würde tun, was er in seiner Kunst schon längst getan hatte. In seinen Bildern hatte er den Tod umarmt, ihn ausgekostet, sich an ihm delektiert – das würde er nun auch im Leben tun.

Er würde in den Krieg ziehen und den Tod über alle bringen, die ihn verdienten.

Vielleicht werde ich dann endlich wieder so glücklich sein, wie ich es einmal war.

Christoph stand mit Helene neben Agnes.

Er sah zu dem Sarg. Erinnerungen stiegen in ihm auf: von ihrer Kindheit, der Flucht aus Deutz, dem Leben in Donauwörth. Dem Wiedersehen in Nürnberg, so fröhlich. Dem Fest und dem schrecklichen Ende, das es genommen hatte.

Ich werde auf die Deinen achtgeben, alter Freund. Immer.

Der Allmächtige sei mit dir.

Die Frau des Transporteurs weinte, um Johannes, um ihre Freundin, die so litt. Und sie weinte, weil sie wusste, dass der Verlust von Johannes ein Schnitt in ihrer aller Leben war. Ackermanns und Heidfeldts waren durch dick und dünn gegangen, seit sie dem Kindesalter entwachsen waren. Und auch wenn sie nach der Reichsacht an verschiedenen Orten gelebt hatten, war doch immer das Wissen vorhanden gewesen, dass einer für den anderen da sein würde, wenn sie einander brauchten.

Dies würde auch weiterhin so sein. Aber eine Konstante würde fehlen.

Leb wohl, Johannes Heidfeldt. Du warst ein bedeutender Teil unser aller Leben, und wir werden in der Zeit, die uns noch bleibt, das Andenken an dich in Ehren halten.

Nach der Zeremonie standen sie noch eine Weile am Grab zusammen.

Martin Peller kam zu Agnes und schüttelte ihr die Hand. »Nehmt meint tiefes Mitgefühl für Euren Verlust. Ich hoffe, Ihr folgt meiner Einladung und begebt Euch mit Euren Freunden zu mir? Es wäre mir eine Freude, Euch zu bewirten und damit vielleicht dazu beizutragen, Eure Trauer etwas zu lindern.«

»Ihr seid sehr großzügig. Ich danke Euch.« Agnes wischte sich die Tränen aus den Augen. »Wir werden kommen. Und seid Euch meines tiefen Dankes sicher, dass der Bischof die Zeremonie durchgeführt hat. Er ist ein besonderer Mann.«

»Das ist er wohl …«, sagte Peller mit einem nicht zu deutenden Gesichtsausdruck.

Er entfernte sich mit seiner Gemahlin.

Christoph wandte sich ihr zu. »Agnes, du weißt, dass du immer mit meiner, mit unserer Hilfe rechnen kannst. Einerlei, wie schwarz jetzt alles aussehen mag – dein Gemahl war einer der tapfersten Männer, die ich je gekannt habe, und seine ganze Liebe galt euch. Deswegen hat er sich auch für euch geopfert – und ich werde alles dafür tun, dass dieses Opfer nicht umsonst war.«

»Ich danke dir.«

Helene umarmte sie. »Ich werde ebenfalls immer für dich da sein.«

Agnes erwiderte die Umarmung.

Dann sah sie sich um. An ihrer Seite standen ihre Töchter, die zu ihr halten würden. Und ihr Sohn, der das Geschäft im Sinne des Vaters führen würde.

Auch ihre Freunde waren bei ihr und würden es immer sein.

Agnes Heidfeldt atmete tief durch. Hier, im Kreis ihrer Lieben, verspürte sie zum ersten Mal, seit die Reiter Johannes' Leichnam zum Gut gebracht hatten, wieder so etwas wie eine leise Hoffnung, die Zukunft bewältigen zu können.

Sie blickte auf das Grab.

Geliebter. Ich danke dir für das, was du für unsere Töch-

ter getan hast. Wir werden uns in den himmlischen Gefilden wiedersehen, und unsere Liebe wird ewig sein.

Gerade als sie sich umdrehen wollte, um mit den Ihren das Grab zu verlassen, vermeinte sie jemanden zu sehen – und erschrak bis ins Mark.

Das konnte doch nicht sein? Die schlanke Gestalt, der graue Mantel …

Dann war der Mann wieder verschwunden. Sie blinzelte. Hatte sie sich getäuscht? Es musste so sein. Wahrscheinlich war sie durch ihre Trauer verwirrt.

Hans Albrecht von Dandorf war nicht hier. Er war nur ein Geist aus vergangenen Zeiten. Nun galt es, in die Zukunft zu sehen.

Agnes Heidfeldt nahm ihre Lieben in die Arme. So schritten Heidfeldts und Ackermanns gemeinsam aus dem Friedhof, einem neuen Leben entgegen …

Epilog

Paris, Dezember A.D. 1622

Ohne Hast und Eile begann die Mittagssonne ihren gemächlichen Abstieg. In Kürze würde sie mit ihrem Verschwinden die königliche Residenzstadt erneut der winterlichen Kälte anheimgeben.

In den Räumen des katholischen Palais, das zwischen der Porte du Temple und Notre-Dame lag, war es ebenfalls kalt. Weder die kunstvolle Stuckatur an den Wänden noch die farbenfrohen Fresken konnten darüber hinwegtäuschen, dass es hier zu dieser Jahreszeit frostiger war als in jeder einfachen Bauernstube.

Aber das störte Lorenz Ackermann nicht. Nie wieder würde er das eintauschen wollen, was er seit seinem Weggang aus Prag hier in Frankreich erreicht hatte. Sein Weg war allerdings kein leichter gewesen.

Während Lorenz sich in die Hände blies, um sie zu wärmen, dachte er daran zurück, was sich alles ereignet hatte ...

Enthusiastisch und voller Zuversicht war er im Jahr 1612 aufgebrochen, über sechs Monate hatte er gebraucht, um zu Fuß bis nach Sully-sur-Loire zu gelangen – jenem Städtchen, in dem er Louise Croÿ vermutete. Doch seine Hoffnung, sie dort anzutreffen, hatte sich als trügerisch erwiesen. Niemand kannte die junge Frau oder wollte etwas von ihr gehört haben. Allerdings konnte Lorenz auch keinen Grund erkennen, warum ihm Louise die Unwahrheit über ihre Herkunft hätte erzählt haben sollen. So hatte er sich eine Lohnarbeit gesucht, denn er wollte nicht nur das Land und seine Leute besser kennenlernen, sondern musste vorrangig Geld verdienen, da die lange Reise sein Erspartes aufgezehrt hatte. Bei einem Fassbinder kam er unter, da dieser auch Deutsch sprach, und so arbeitete Lorenz in der Werkstätte, die unweit des ansehnlichen Schlosses an der Loire lag.

Nach über einem Jahr hatte Lorenz nicht nur die Sprache des Landes gelernt, er machte auch die Bekanntschaft des Herzogs Maximilien de Béthune, des Herrn über das Schloss. Dieser schien Gefallen an dem jungen Mann aus Donauwörth gefunden zu haben, und so traf man sich ab und an auf dessen Besitz, um bei etlichen Gläsern Wein über Gott und die Welt zu sinnieren. Irgendwann kam das Gespräch auch auf Lorenz' Reise von Prag hierher und warum er sie auf sich genommen hatte. Beim Namen Louise Croÿ wurde der Herzog hellhörig. Er meinte, besagte Dame zu kennen. Auch stimmten Lorenz' Beschreibung ihres gelockten schwarzen Haares und ihrer Vorliebe, kleine, steife Hütchen zu tragen, mit jener Frau überein, an die sich der Herzog erinnerte. Was allerdings gar nicht übereinstimmen wollte, war, dass Lorenz sie als selbstbewusste Witwe beschrieb, der Herzog sie hingegen vom französischen Hof her kannte und sie dort angeblich ganz und gar andere Tätigkeiten ausübte, als die traurige Witwe zu mimen.

Nichtsdestotrotz fasste Lorenz erneut Mut, seine Liebe doch noch zu finden. Er reiste nach Paris, wo ihm der Herzog den Kontakt zu einem befreundeten Adligen herstellte, bei dem Lorenz nicht nur wohnen, sondern der ihn auch an den französischen Hof bringen konnte – zumindest zu einem der rauschenden Bälle, die dort, ungeachtet der inneren und äußeren reichsstaatlichen Querelen, immer wieder stattfanden.

Bei einem solchen Ball kam es schließlich dazu, dass Lorenz jene Frau erspähte, für die er durch den halben Kontinent marschiert war und die er über Jahre hinweg gesucht hatte – Louise Croÿ. Als der junge Mann mit pochendem Herzen bei ihr vorstellig wurde, konnte sie kaum glauben, dass er ihr so weit nachgereist war. Nicht, dass sie ihn vergessen hatte, aber ihr Leben hatte in der Zwischenzeit Wendungen genommen, die vorherzusehen unmöglich gewesen waren. Auch war sie nicht zum eigenen Gaudium auf dem Ball, sondern in einem Auftrag. Mehr konnte sie nicht sagen. Die beiden verabredeten sich für zwei Tage später zur Mittagszeit bei der Pont Rouge, dann trennten sich ihre Wege wieder.

Lorenz war am vereinbarten Tag bereits lange vor der Mittagszeit bei der Brücke am Rande der Stadt, wo er angespannt wartete. Er musste sich eingestehen, dass das Wiedersehen mit Louise nicht so verlaufen war, wie er es sich vorgestellt hatte. Ihm war, als würde sie einen Freund aus der Kindheit wiedersehen und nicht jenen Mann, der er für sie sein wollte. Vielleicht würde sie ja gar nicht zu dem Treffen erscheinen? Dann, so schwor sich Lorenz, würde er seine wenigen Habseligkeiten packen und den Rückweg nach Prag antreten. Als die Sonne im Zenit stand, erblickte er schließlich eine Frau mit keckem grünem Hütchen, dazupassendem Kleid und jenem frechen Ausdruck in den Augen, der ihm seit ihrer ersten Begegnung in Donauwörth nicht mehr aus dem Kopf hatte gehen wollen.

Die Begrüßung fiel immerhin herzlicher aus als zwei Tage zuvor auf dem Ball. So schlenderten sie nebeneinander die Seine entlang und ließen das geschäftige Treiben der Handwerker und Schiffer hinter sich. Lorenz erzählte, welchen Unbilden zum Trotz er seinen Weg hierhergeschafft hatte. Und Louise, dass sie nach ihrer Rückkehr nach Sully-sur-Loire dem Ruf an den Pariser Hof gefolgt war, da sie bereits damals für einige Herren unter dem Deckmantel eines Augenaufschlags und mit den Waffen weiblicher Verlegenheit tätig gewesen war – so wie auch einst in Donauwörth, wo sie für kurze Zeit Wemding und Monheim aufgesucht und dort gewichtige Aufträge erledigt hatte.

Lorenz wurde hellhörig – war das, was er meinte, das sie verband, auch nur gespielt? Doch Louise verneinte mit ihrem unwiderstehlichen Lächeln, umarmte Lorenz und flüsterte ihm ins Ohr, wie sehr sie sich freue, dass er nun hier bei ihr sei.

Den Rest des Nachmittags schwelgten sie in gemeinsamen Erinnerungen, an ihr erstes zufälliges Treffen in Donauwörth, an den lautstarken Aufstand, den die Bürger probten, bis hin zu jenem gewittrigen Nachmittag, der sie in eine Scheune zwang, wo sie sich zum ersten Mal geküsst hatten.

Wie es nun weitergehen solle, wollte Lorenz bei Einbruch der Dunkelheit wissen. Aber darauf konnte ihm Louise keine Antwort geben, doch bei ihr daheim hätten sie die ganze Nacht Zeit, dies herauszufinden.

Nachdem sich die beiden einen Monat lang hauptsächlich ihren Begierden hingegeben hatten, musste Louise für eine Woche verreisen. Doch bevor sie die Reise antrat, wollte sie Lorenz noch reinen Wein einschenken, denn bezüglich ihrer Tätigkeit hatte sie ihm nicht die ganze Wahrheit erzählt. Dass sie von hohen Herren am Hofe beauftragt wurde, in deren Name Dinge zu erledigen oder in Erfahrung zu bringen, ohne dass deren Namen erwähnt wurden, wisse er ja bereits. Was er nicht wisse, sei, dass diese Dinge gelegentlich auch ganzen Körpereinsatz erforderten und bisweilen darin gipfeln konnten, dass sich Louise eines Widersachers für immer entledigte. Lorenz habe nun eine Woche Zeit, sich zu überlegen, ob er mit einem solchen Menschen wie ihr verbunden sein wolle, ja, ob er mit einem solchen Menschen gar Brot und Bett teilen würde.

Die anfängliche Entrüstung, die Lorenz empfand, wurde von Tag zu Tag geringer und machte schließlich einer Überzeugung Platz: Mit Anna hatte er einst ohne sein Zutun seine geliebte Frau verloren – er wäre doch ein Narr, würde er nun derjenige sein, der seinem Glück selbst im Wege stand. Und so war für ihn die Entscheidung gefallen, noch bevor Louise wieder nach Paris zurückkehrte. Sie war außer sich vor Freude, als sie es schließlich erfuhr.

So begann die außergewöhnliche Liaison zwischen Lorenz und Louise und entwickelte sich zu einem Band, das durch ihre Liebe zusammengehalten wurde und bald unzerreißbar schien. In den Jahren, die vergingen, warteten viele Herausforderungen auf die beiden, vor allem als Louise immer wichtigere Aufgaben übernahm. Sie war es, die für den Ulmer Vertrag des Jahres 1620 vermittelt hatte, weil sich der französische Hof so eine gestärkte Front gegen die spanischen Truppen erhoffte, und was am Ende zum Sturz des Winterkönigs geführt hatte. Und sie war es auch, die im Dezember des darauffolgenden Jahres ihre Finger im Spiel hatte, als Charles de Luynes unerwartet verstarb, jener Mann, der die Ernennung eines anderen zum Kardinal verhindert hatte.

Und doch stellte jeder Tag erneut eine Prüfung dar – manch eine, die man mühelos meistern konnte, und mitunter, wie hier am heutigen Tag im katholischen Palais, eine, deren Tragweite sich noch nicht einmal erahnen ließ.

Lorenz sah zu seiner Linken, wo Louise stand und ihm ein zuversichtliches Lächeln schenkte, während ihr Atem in der Kälte des Raumes gefror.

Mit einem hallenden Ruck wurden von zwei Dienern die beiden großen Flügeltüren geöffnet, und ein dritter Lakai bat die beiden Wartenden mit einer einladenden Geste in den angrenzenden Raum.

Sie folgten dem Gesuch und betraten einen prunkvollen Salon, in dem jeder Fleck auf Wand und Plafond eine Verzierung aufzuweisen schien. Am anderen Ende des Raumes erwartete sie ein groß gewachsener Mann im geistlichen Purpurgewand mit dunklem, eingesunkenem Blick.

»Ah, meine Teure«, sagte der Mann mit schmeichelnder und zugleich kraftvoller Stimme, »ich freue mich, dass Ihr und Euer Gemahl es einrichten konntet. Kommt näher, es gilt, gewichtige Dinge zu besprechen!«

Und während sich die großen Flügeltüren wieder schlossen, begann seine Eminenz Kardinal Richelieu, die beiden Besucher in seine geheimen Pläne einzuweihen …

Danksagung

»Das Reich der zwei Kreuze« ist der zweite Teil unserer Familiensaga über den Dreißigjährigen Krieg. Während Teil 1 von den Hintergründen und Ursachen handelte und sich vor allem auf die süddeutsche Stadt Donauwörth in den Jahren vor dem Krieg konzentrierte, schildert Teil 2 die erste Phase des Krieges, den sogenannten »Böhmisch-Pfälzischen Krieg«. Damit erweitert sich der Handlungsraum erheblich, und unsere Familien Ackermann und Heidfeldt begegnen ihren schicksalhaften Herausforderungen nicht nur in Donauwörth, sondern auch in Augsburg, Nürnberg und vor allem Prag.

Die altehrwürdige Stadt spielte eine große Rolle im Dreißigjährigen Krieg: Hier wurden drei kaiserlich-katholische Räte aus dem Fenster gestürzt, was dazu beitrug, das mörderische Ringen in Gang zu setzen. Nicht weit von der Stadt prallten katholische und protestantische Heere in der größten Schlacht dieser ersten Kriegsjahre, der »Schlacht am Weißen Berg«, zusammen. Und nicht zuletzt spielte sich in Prag der Aufstieg eines gewissen Wallenstein ab.

Wie schon bei Teil 1 lasen und recherchierten wir, was die schriftlichen Quellen hergaben, und dann begaben wir uns auf die für dieses Genre unabdingbare Recherchereise.

In Prag hatten wir das Glück, dass der örtliche Tourismusverband uns mit Herrn Vladimir Handlir einen überaus kompetenten und sympathischen Stadtführer zur Verfügung stellte, der sich mit uns auf die Spurensuche des Dreißigjährigen Krieges begab. Sein immenses Wissen über das historische Prag hat mit dazu beigetragen, dass jene Zeit überaus lebendig vor unseren Augen entstehen und damit in dieses Buch einfließen konnte. Ein großes, herzliches Danke deshalb an Herr Handlir und natürlich auch an »Prague City Tourism« für die Organisation.

Des Weiteren danken wir dem Heyne Verlag, der die Reihe mit großem Enthusiasmus begleitet und sich neuen Ideen immer aufgeschlossen zeigt.

Und wie jedes Mal gilt unser Dank natürlich vor allem unseren Partnern und Familien, die uns in den nicht immer leichten Zeiten der Entstehung eines großen historischen Romans mit Geduld und Verständnis begleiten.

Bastian Zach | Matthias Bauer

Wie alles begann

978-3-453-43978-8

Getrennt durch die Religion – geeint in einem Verbrechen:
Zwei Familien, die sich dem Schicksal stellen müssen.

Teil eins der großen Saga von Bastian Zach und Matthias Bauer.